恋爱中的女人

Women in Love

[英]劳伦斯◎著　　纪全艳◎译

煤炭工业出版社

·北　京·

图书在版编目（CIP）数据

恋爱中的女人／（英）劳伦斯著；纪全艳译 . -- 北京：煤炭工业出版社，2016（2022.3 重印）
ISBN 978 - 7 - 5020 - 5466 - 3

Ⅰ.①恋… Ⅱ.①劳… ②纪… Ⅲ.①长篇小说—英国—现代 Ⅳ.①I561.45

中国版本图书馆 CIP 数据核字（2016）第 189563 号

恋爱中的女人

著　　者	（英）劳伦斯
译　　者	纪全艳
责任编辑	刘少辉
封面设计	左小文
封面插画	严文胜

出版发行　煤炭工业出版社（北京市朝阳区芍药居 35 号　100029）
电　　话　010 - 84657898（总编室）
　　　　　　010 - 64018321（发行部）　010 - 84657880（读者服务部）
电子信箱　cciph612@126.com
网　　址　www.cciph.com.cn
印　　刷　唐山楠萍印务有限公司
经　　销　全国新华书店

开　　本　710mm×1000mm$^1/_{16}$　**印张**　20　**字数**　460 千字
版　　次　2016 年 10 月第 1 版　2022 年 3 月第 3 次印刷
社内编号　8329　　　　　　**定价**　58.00 元

目　录

第一章　姐妹俩

在贝多弗父亲的屋子里,布朗温家的两姐妹厄秀拉和戈珍悠闲地坐在凸肚窗的窗台上,一边绣花、绘画,一边有一句无一句地聊着。厄秀拉正在绣一件色彩鲜艳的东西,戈珍的膝盖上架着一块画板在画画儿。

她们不停地绣着、画着,想到什么就随意说点什么。

"厄秀拉,"戈珍说,"你真的想结婚吗?"厄秀拉把刺绣摊在膝盖上并抬起头来,神情冷静、若有所思地说:

"我不知道,这要看从哪方面说了。"

戈珍有些惊讶地盯着姐姐,看了好长时间。

"这个嘛,"戈珍调侃姐姐说,"一般来说也就是指的那回事! 但是,你不认为你应该,嗯,"她神情有些黯淡,然后说,"那也应该比现在的处境更好一点呀。"

厄秀拉脸上闪过一片阴影。

"应该,"她说,"但是我还是没有把握。"

戈珍又不讲话了,她有点不乐意了,她原本想得到一个确切的答案。

"你不觉得一个人结婚是需要经验的吗?"她问。

"难道你认为结婚是一种经验吗?"厄秀拉反问道。

"绝对是,不管怎么说都是。"戈珍冷静地回答,"也许这经验并不都会让人感觉愉快,但肯定会得到一种经验。"

"那可说不准,"厄秀拉说道,"或许倒是经验的结束呢。"

戈珍挺直身子坐着,认真听厄秀拉讲这些话。

"那是当然了,"她说,"是得想到这个。"说完后,她们就不再说话了。戈珍差不多是气冲冲地抓起橡皮,开始擦掉自己画上去的东西。厄秀拉则专心地绣着她的花儿。

"有条件不错的人向你求婚你也不考虑一下吗?"戈珍问道。

"我都拒绝了好几个了。"厄秀拉说。

"真的?"戈珍涨红了脸问,"什么值得你这样做? 你真有什么其他的想法吗?"

"一年中有那么多人求婚,我喜欢上了一个很好的人,我太喜欢他了。"厄秀拉说。

"真的! 是不是你被人家引诱了?"

"可以说是,也可以说不是。"厄秀拉说道,"一到那时候,根本就没有引诱这一回事。要是我被人家引诱了,我早就结婚了。我受的是人家不结婚的引诱。"说到这里,两姐妹的脸色变得明朗起来,感到乐不可支。

"太棒了,"戈珍叫道,"这引诱力也太强了,不结婚!"她们两人相视一笑,但她们心里却感到有些可怕。

这之后她们沉默了好长时间,厄秀拉仍然在绣花儿,戈珍也依旧画她的素描。姐妹俩长大了,厄秀拉二十六岁,戈珍二十五岁。但她们都像现代女性那样,看上去有些冷漠,但又很纯洁,不像青春女神,反倒更像月亮女神。戈珍长得很漂亮,皮肤娇嫩,体态婀娜,温润如玉。她穿着一件墨绿色绸缎上衣,领口和袖口上都镶着蓝绿相间的亚麻布褶边儿;脚上穿的袜子是翠绿色的。她看上去与厄秀拉完全相反。她时而自信满满,时而有些害羞,而厄秀拉则有些敏感,但却充满信心。本地人都惊诧于戈珍那安然自若的神态和毫不掩饰的举止,说她是个"聪明伶俐的姑娘"。她刚刚从伦敦回来,在那儿生活了几年,在一所艺术学校里一边工作一边学习,俨然成了艺术家。

"我现在一直在等一个男人的到来。"戈珍说着,忽然咬住下嘴唇笑起来,一半是狡猾的笑,一半是痛苦的表情,冲着姐姐做了个奇怪的鬼脸。

厄秀拉听到这里吓了一跳。

"你回家来,就是为了要在这儿等一个男人?"她笑道。

"得了吧,"戈珍大声叫道,"我才不会犯神经自己去找他呢。但是嘛,要是真有那么一个人,相貌出众、一表人才,又有不少的钱,那——"戈珍有点不好意思,没再往下说。然后她看着厄秀拉,好像要把她看透似的。"你不觉得你都有些厌烦了吗?"她问姐姐,"你有没有发现什么都没有办法实现?什么都实现不了!一切都还未等花开呢就凋谢了。"

"你说什么没开花就凋谢了?"厄秀拉问。

"嗨,什么都是这样啊,一般的事情都是这样。"姐妹俩又不说话了,都在朦朦胧胧地思考着自己的命运。

"这可真够可怕的。"厄秀拉说,停了一下又说:"但是你想通过结婚得到什么呢?"

"那是下一步的事情,避免不了。"戈珍说。厄秀拉想着这个问题,心中有点苦涩。她在威利·格林中学当老师,工作好几年了。

"我知道,"她说,"人一幻想起来好像都那样,但要是设身处地地想想也就没事了,想想吧,想想你了解的一个男人,每天晚上工作完回家来,对你说声'哈喽',然后吻你。"

她们谁都不说话了。

"没错,"戈珍小声说,"这是不可能的,男人根本不可能这样。"

"当然,还会有孩子。"厄秀拉有些迟疑地说。

戈珍的表情严肃起来。

"你真的想要孩子吗,厄秀拉?"她冷冷地问。听她这么问,厄秀拉脸上露出了疑惑的表情。

"我没有想过,我觉得这个问题离我还太远。"她说。

"你是这样的感受吗?"戈珍问,"我从来都没想过要生孩子,没这样的感受。"

戈珍面无表情地看着厄秀拉,厄秀拉微微皱起了眉头。

"也许这并不是真的,"她支支吾吾地说,"也许人们心里并不是真的想要孩子,只是表面上想要而已。"戈珍的神态严峻起来,她并不需要太确定的说法。

"但有时一个人就会想到别人家的孩子。"厄秀拉说。

戈珍又一次看看姐姐,眼神中甚至有些敌意。

"是这样。"她说完就不再说话了。

　　姐妹两人又开始一言不发地绣花、绘画。厄秀拉总是那么精神抖擞，充满活力，心中燃着一团扑扑作响、熊熊燃烧的火。她自己已经独立生活很久了，洁身自好，工作着，一天又一天，总想依照自己的想法去把握生活的节奏。表面上她停止了活跃的生活，但实际上，在冥冥中却有什么其他的在生长出来。要是她能够冲破那最后的那一道屏障该多好啊！她仿佛像一个胎儿那样伸出了双手，但是，她不能，还不能。她仍有一种奇怪的预感，感觉有什么将要发生。

　　厄秀拉放下手中的刺绣，看看妹妹。她觉得戈珍实在太漂亮、太迷人了，她柔美、丰腴、线条纤细，还有点淘气、顽皮、话语辛辣，真是个毫无修饰的处女。厄秀拉打心眼儿里羡慕她。

　　"你回家来的目的是什么?"

　　戈珍明白厄秀拉羡慕她了。她挺起腰来，浓密的眼睫毛下的目光注视着厄秀拉。

　　"问我为什么回家吗，厄秀拉?"她重复道，"我自己已经问过自己千百次了。"

　　"那你知道了吗?"

　　"知道了，我想我明白了。我认为我退一步是为了更好地前进。"

　　说完她久久地看着厄秀拉，目光追随着她。

　　"我知道!"厄秀拉喊道，那神情有些迷惑，好像是在说谎，好像她不明白一样，"但你要跳到哪里去呢?"

　　"哦，去哪里无所谓，"戈珍说，口气有点超然，"一个人如果跳过了一面墙，他总能落到某个地方的。"

　　"但这不就是在冒险吗?"厄秀拉说。

　　戈珍脸上忽然掠过一丝嘲讽的笑容。

　　"嗨!"她笑道，"我们争吵这些有什么意思呀!"她又不说话了，但厄秀拉仍旧郁闷地思考着。

　　"你回来了，感觉家里怎么样?"她问。

　　戈珍沉默了一会儿，有点冷漠。然后冷冷地说:

　　"我发现我完全不是这个家的人了。"

　　"那爸爸呢?"

　　戈珍甚至有点反感地看看厄秀拉，有些被逼迫的样子，说:

　　"我还没想到爸爸呢，我不让自己去想。"她的话没有温度。

　　"好吧。"厄秀拉支支吾吾地说。她俩的对话确实不能进行下去了。姐妹两人发现自己进入了一条黑黢黢的深渊，很可怕，好像她们就在边上窥探一样。

　　她们又默默地做着自己手上的活儿。一会儿，戈珍的脸由于控制着情绪而变得通红。她不想让自己脸红。

　　"我们出去看看别人的婚礼吧。"她终于说话了，口气很随便。

　　"好啊!"厄秀拉叫道，把针线丢到一边，显得很急切，还跳了起来，好像要逃离什么东西一样。这么一来，反倒显得刚才气氛紧张了，令戈珍很不高兴。

　　正往楼下走着的时候，厄秀拉仔细地盯着这座房子，这是她的家。但是她并不喜欢这儿，这块太肮脏、太让人熟悉的地方！或许她内心深处是反感这个家的，这周围的一切环境，整个氛围和这种陈腐的生活她都反感。这种感觉令她感到不可思议。

两个姑娘很快就来到了贝多弗的主干道上,急忙走着。这条路很宽,路旁有商店和居民房,布局散乱,路面也很脏,不过倒不觉得贫寒。戈珍刚刚从彻西区和苏塞克斯回来,十分厌恶中部这座小小的煤矿小镇,这地方真是又乱又脏。她向前走着,穿过长长的脏乱街道,把这肮脏透顶、乱七八糟、小气十足的场面尽收眼底。人们的目光都跟随着她,她感到很不好受。真不知道她为什么要回到这里来,为什么要尝尝这肮脏混乱、丑陋不堪的小城滋味。她为什么要屈服于这些让人难以忍受的折磨,这些对她毫无意义的人和这座毫无生气的农村小镇呢?为什么她依然要向这些东西屈服?她感到自己就像一只在尘土中蠕动的甲壳虫,这同样让人反感。

她们走下了主干道,经过一座黑乎乎的公家菜园,园子里粘满煤炭的白菜根不知羞耻地四处散落着。没人觉得它难看,也没人为这个感到不好意思。

"这真像地狱中的农村。"戈珍说,"矿工们把煤炭运上来,运这么多呀。厄秀拉,这可真太好玩了,太棒了,真是太妙了,这儿是另外一个世界。这儿的人全是些食尸鬼,这儿什么东西都沾着鬼气。而且还是真实世界的鬼影,是鬼影、食尸鬼,全是些肮脏、龌龊的家伙。厄秀拉,这真的会令人发疯。"

姐妹俩穿过一片黑黝黝、肮脏不堪的土地。右边是散落着一座座煤矿的谷地,谷地上面的山坡上是小麦田和森林,远远看去一片黝黑,就像罩着一层黑布。结结实实的烟囱里冒着黑烟白烟,像黑压压的天空上在变魔术一样。近处是一排排的住房,沿着山坡而上,一直通向山顶。这些房子是由暗红砖砌成的,房顶铺着石板,看上去不太结实。姐妹二人走的这条路也是脏兮兮的。路是矿工们的脚一步步踩出来的,路两旁还围着铁栅栏,栅栏门也让进出的矿工们的厚毛布裤磨光亮了。现在姐妹二人走在有几排房屋中间的路上,这里可就有些寒酸了。女人们围着围裙,双臂交叉紧紧抱在胸前,站在远处窃窃私语着什么,她们用一种原始人的目光目不斜视地盯着布朗温两姐妹;孩子们不知在叫骂着什么。

戈珍走着,被眼前的一切惊呆了。如果说这是他们的生活,如果说这些是生活在一个完整世界中的人,那么她自己生活的那个世界算什么呢?她忽然想到自己穿着草绿色的袜子,戴着绿色的天鹅绒帽,柔软贴身的长大衣也是绿色的,只不过颜色更深一点。她感到自己飘飘然地走着,一点都不真实,她的心骤然缩紧了,好像她随时都会突然摔倒在地,她怕了。

她紧紧依偎着厄秀拉,她还不习惯这个黑暗、粗俗、充满敌意的世界。虽然有厄秀拉,戈珍却感到像是在受着苦刑,内心一直在呐喊:"我要回去,我要回去,我不想待在这儿,不想看到这些东西。"但她不得不继续向前走。

厄秀拉可以感觉到戈珍很难受。

"你厌恶这些,是吗?"她问。

"这儿让我惊讶。"戈珍结结巴巴地说。

"我们不会在这儿待太久的。"厄秀拉说。

戈珍松了一口气,继续向前走。

她们终于离开了矿区,翻过一座山,进入山后宁静祥和的乡村,往威利·格林中学走去。田野里还有些煤炭,但已经好多了,山上的树林里也是如此,好像在闪着黑色的光芒。这是春天,春寒料峭,仍有些寒意,但尚有几缕阳光。篱笆下冒出些黄色的小花来,威利·格林的农家菜园里,覆盆子已经长出叶子来了,种在石墙墙角边的油菜,灰灰的叶中已开放出些小白花儿。

她们转身沿着高高的田埂下去了,中间的主干道是通向教堂的。在转弯的尽头,树下站着一群等着婚礼开始的人们。这里将要举行这个地区的矿业主托马斯·克里奇的女儿和一位海军军官的婚礼。

"我们回家吧,"戈珍转过身说,"都是些这种人,我很不舒服。"

她在路上犹豫着要不要真的回去。

"不要管他们,"厄秀拉说,"他们人都不错,都是我认识的人,没事儿。"

"我们必须从他们中间穿过去吗?"戈珍问。

"他们人真的很不错,真的。"厄秀拉说着继续向前走。这姐妹两人一起走近了这群躁动不安、直勾勾盯着她们看的人。这当中绝大部分是女人,有些是矿工们的妻子,更有些混日子的人,她们脸上透露着警觉的神色,一看就知道是下层人。

姐妹两人提心吊胆地朝着大门走去。女人们一齐为她们让路,但让出来的却是那么窄窄的一道缝,好像是不情愿放弃自己的地盘儿一样。姐妹俩快速地穿过石门踏上台阶,站在红色地毯上的一个警察也一直盯着她们向前行进的步伐。

"这双袜子可是挺值钱的!"戈珍听到后面有人说。一听这话,戈珍浑身就立马燃起一股怒火,一股凶猛、愤怒、可怕的火。她真恨不得马上把这些人全干掉,把他们从这个世界上清除出去。她特别讨厌在这些人的目光中穿过教堂的院子,然后沿着地毯往前走。

"我不想进教堂了。"戈珍突然决定。她的话让厄秀拉马上停住了脚步,话都没说,转过身走上了旁边一条通向中学侧门的小路,教堂隔壁就是那所中学。

穿过学校和教堂中间的灌木丛就来到了学校里,厄秀拉坐在月桂树下的石头凳子上歇息。她身后是学校高大的红楼,红楼静静地伫立着,假日里窗户全都开着,面前灌木丛那边就是教堂颜色浅浅的屋顶和塔楼。姐妹两人被树木遮挡住了。

戈珍也默默地坐在石凳上,嘴巴紧闭着,头转向一边。她真后悔回到这里。厄秀拉转头看看她,觉得她美丽极了,她感到自惭形秽,脸都红了。厄秀拉希望单独待在这里,远离戈珍给她造成的喘不过气来的紧张感。

"我们还要待在这里吗?"戈珍问。

"我就休息一小会儿,"厄秀拉说着站起身来,像是受到戈珍的斥责一般,"咱们可以站在隔壁球场的那个角落里,从那儿什么都能看见。"

太阳正灿烂地照耀着教堂,空气中弥漫着淡淡的树脂的清香,那是春天的气息,也可能是墓地黑紫罗兰散发的幽香。一些雏菊的洁白的花朵已经开放了,像小天使一样美丽动人。空中铜色的山毛榉上伸展出血红色的树叶。

十一点的时候,马车准点到达。一辆车行驶过来,门口人群围了过来,产生了一阵骚动。出席婚礼的宾客们缓缓走上台阶,沿着红地毯向教堂走去。今天阳光明媚,人们个个都兴高采烈。

戈珍对这一切很好奇,她用外来人那种好奇的眼光仔细观察着这些人。她把每个人都上下仔细地观察一遍,把他们当作书中的一个个人物,一幅画中的人物或者剧院中的活动木偶,总而言之,把他们看成是一件完成的作品。她喜欢猜测他们不同的性格,将他们还原本来面目,给他们设置自我情景,在他们从她眼前走过的时候就已经给他们定性了。她懂得他们了,她发现他们是些完整的人,已经打上了生活烙印的完整的人。等到克里奇家的人开始出现的时候,再也没有什么未知、不能解决的问题了。她的兴趣完全被激发起来了,她发现这里什么都不是那么容易得出结论的。

那边也走过来了克里奇太太和她的儿子杰拉德。虽然她为了今天这个特别日子明显地修饰打扮了一番,但依然能看出她是个不修边幅的人。她脸色发白,但又有点发黄,皮肤干净透明,身体有些前倾,线条分明,很强壮,看上去像是要鼓足力量不顾一切地去捕捉什么。她一头的白发有些散乱,还有几缕头发从绿绸帽里露了出来,飘到罩着墨绿绸大衣的褶皱纱上。一看就知道她是个偏执的女人,傲慢而狡猾。

她儿子本来肤色白净,但看出来是让太阳晒黑了。他个头比一般人偏高,身材匀称,穿着好像有些讲究得过头了。但他的神态却是那么奇怪、警觉,脸上不自觉地闪烁着光芒,好像他同周围的这些人有着本质的区别。戈珍打量着他,他身上某种北方人特有的东西把戈珍迷住了。他那北方人干净的肌肤和金色的头发像透过水晶折射的阳光一样在闪耀着光芒。他看上去是那么新奇独特的一个人,一点做作的痕迹都没有,像南极的东西一样纯洁。他可能有三十岁了,或许还要更大些。他光彩照人,有十足的男子气概,就像一只性情温和、微笑着的幼狼一般。但这副外表还无法令她沉沦,她还是冷静地看出他温柔中隐藏着危险,他那猎食的习性是改变不了的。"他的图腾是狼,"她自己心里一直重复着这句话,"那么他母亲就是一只宁死不屈的老狼。"想到这儿,她兴奋起来,好像她发现了一个全世界都没有发现的令人难以置信的秘密。一阵狂喜笼罩着她,她全身的血管一时间猛烈喷张起来。"天啊!"她自己大喊着,"这是为什么啊?"一会儿,她又自信满满地说:"我会更多地接触那个人的。"她要认识他,她被这种欲望控制着,一定要再次见到他,这心情如同一种乡愁一样。她知道,她是正确的,她没有骗自己,她确实由于见到了他才产生了这种奇特而令人兴奋的感觉。她想从本质上了解他,深刻地理解他,"难道我真的选中了他吗?难道真有一道苍白又闪着金色的北极光把我们两人连在一起了吗?"她对自己问道。她无法相信这是事实,她依然沉思着,都没有意识到周围都发生了什么事。

女傧相们来了,但新郎官姗姗来迟。厄秀拉猜想可能哪里出了点差错,这场婚礼弄不好可能就办不成了。她为此感到有些担心,好像婚礼成功与否是由她决定的一样。所有的女傧相们都到了,厄秀拉盯着她们上了台阶。她认识其中一个人,她高高的个子,动作缓慢,长着一头金色的卷发,脸长长的,脸色苍白,一看就知道是个有个性的人。她叫赫麦妮·罗迪斯,是克里奇家的朋友。她要走进教堂了,昂着头,戴着一顶浅黄色天鹅绒宽檐帽子,帽子上插着几根天然的灰色的鸵鸟羽毛。她轻轻走过,似乎对周围的一切视若无睹,苍白的长脸也向上扬起,并不注意周围的人。她家很富裕,她今天穿了一件也是浅黄色的软天鹅绒上衣,亮闪闪的,手里捧着一束玫瑰色的仙客来花;鞋和袜子的颜色很像帽子上鸵鸟羽毛的颜色,也是灰色的。她这人汗毛很浓密。走起路来都收紧臀部,这是她的一大特色,那种飘飘然的样子与众不同,她的衣着由浅黄和暗灰两种颜色搭配而成,衣服很漂亮,人也是美的,但就是有点让人生厌。她经过的时候,人们都安静了下来,看来是全被她迷住了,随即人们又兴奋起来,想戏谑几句,但终究是不敢的,又闭上嘴了。她高高抬着她那苍白的长脸,样子像极了罗塞蒂画里的人物,好像有点麻木,好像她黑暗的内心深处汇集了许许多多奇特的想法,令她永远解脱不了。

厄秀拉盯着赫麦妮,出神了。她知道一点她的情况。赫麦妮可以说是整个中原地区最出色的女人了,她父亲是德比郡的男爵,是个旧派官宦人物,而她却全然支持新派,聪明过人且极有想法。她热衷于改革,一门心思全用在了社会事业上。但她终归还是嫁人了,依然要受男性世界的左右。

她同各路有地位的男人都有交情。厄秀拉只知道其中有一位是学校的督察员,叫作卢伯特·伯金。倒是戈珍在伦敦结识的人更多一些。她和搞艺术的朋友们在各种社交圈子出入,已经结识了不少知名人士。她与赫麦妮打过两次交道,但她们两人话不投机。她们在伦敦城里各类朋友都是以平等的身份相识,现在如果以相差这样悬殊的社会地位在中原认识将会令人很不舒服。戈珍一直生活在上流社会,甚至与贵族中搞点艺术的悠闲者关系密切。

赫麦妮知道自己衣着很漂亮,知道自己在威利·格林可以平等地认识任何她想认识的人,甚至还可以摆摆架子。她知道在文化知识界的圈子里的地位是被认可的,她可以算是文化意识的传播者。论社会地位或是思想意识甚至在艺术上,她都处在最高水平上,在这些方面她显得得心应手。没人比得过她,没人能够让她出丑,因为她一直高倨一流,而那些和她作对的人都比不上她,无论在社会地位上、财力上或是在高水平的思想交流、思想发展及领悟能力上都比不上她。所以,她是不容冒犯的人物。她一生中都在努力不受人伤害或冒犯,要让人们无法看透她。

但是她的心在忍受折磨,这一点她掩饰不了。别看她在通往教堂的路上如此昂首挺胸,庸俗的舆论伤害不了她,她坚信自己的形象完美无缺,无人能比。但是她心里却忍受着折磨,她的自信和傲慢只是表面现象而已,她只是想掩饰而已,其实她感觉自己伤痕累累,受着人们的嘲讽与轻视。她总觉得自己可以轻易受到伤害,在她结实的盔甲下总有一道不为人知的伤口。她不明白这是怎么回事。其实这是由于她缺乏坚强的自我,没有天生的自负感。她有的只是一个恐惧空洞的灵魂,缺乏生命的积淀。

她需要有个人来充实她生命的底蕴,一直充实。因此她极力追求卢伯特·伯金。当伯金在她身边时,她就感觉自己是完整的,是有底气的。而在别的时间里,她就感到自己摇摇欲坠,就像盖在断裂带之上的房屋一般。虽然她爱面子,爱掩饰自己,但任何一位自信、脾气倔强的普通女佣都可以用轻微的嘲讽和轻视的举动将她抛入万丈深渊,令她难以自拔。然而,这位忧伤、忍受着折磨的女人一直在进取,一直在努力,用美学、文化、上流社会的气质和大公无私的行动来保护自己。可她怎么也无法越过这道恐怖的沟壑,总感觉自己没有底气。

要是伯金能够跟她保持密切关系,赫麦妮在多愁善感的人生路途中就会有安全感。伯金可以让她有安全感,让她成功,让她战胜恶魔。他要是一直这样就好了!可他并没有。于是,她就在恐惧与忧虑中受尽折磨。她把自己装扮得光鲜亮丽,尽量能达到令伯金欣赏的美与优越程度。可她总是感到差强人意。

他也不是个普通人。他把她击败了,总击败她。她越是要接近他,他越是要击败她。可他们几年来竟一直深爱着彼此。天啊,这太令人厌烦痛苦了,可她依然信心满满。她知道他企图离她而去，但她仍然自信有能力守住他，她深信自己高深的学问是可以办到的。伯金的知识水平也很高，但赫麦妮就是真理的试金石，她要的是伯金跟她一条心，陪伴着她。

他像一个心理变态的任性孩子一样，要否认与她的关联，否认了这个就是否认了自己的优越。他像一个调皮的孩子，要打破他们两人之间的神秘联系。

他会来出席这场婚礼的，他得来当男傧相。他会早早就来教堂等候的。赫麦妮走进教堂大门时突然想到这些，不禁紧张起来，心里打了一个寒战。他会在那里的，他肯定会看见她的衣着是多么美丽，他肯定会明白她是为了他才把自己打扮得这样美丽。他会懂的，他能够看得出她是为了他才把自己打扮得这样特别，无人能及。他会接受自己最好的命运，最后他不会拒绝她的。

这深深的渴望令她疲惫地抽动了一下。她一走进教堂的门后就急切地左右寻找他，她苗条的身体不安地抖动着。作为男傧相，他是应该在祭坛边上等待的。她慢慢地充满自信地把目光投过去，但心中难免有点怀疑。

他没在那儿，这给了她一个沉重的打击，她好像要被淹没了。毁灭性的失望感淹没了她。她呆呆地朝祭坛那边挪过去。她从来没有受过这样彻底毁灭性的打击，它比死还恐怖，那种感觉是这样空洞、荒芜。

新郎和伴郎还没有到场。外面的人群渐渐骚乱起来。厄秀拉觉得自己好像该对这件事负责。她不忍心看见新娘到场了却没有新郎陪伴。这场婚礼一定不能失败，坚决不能。

新娘的马车过来了，马车上装饰着美丽的彩带和花结。灰马雀跃着奔向教堂大门，整个过程都充满了欢声笑语，这儿是所有欢笑与欢乐的聚集地。马车门开了，今天的主角就要从车中出来了。

路上的人们有些不满地在窃窃私语。

新娘的父亲先走出了马车，他就像晨空中的一个阴影。他高大、细长、一副饱经风霜的形象，下颌上细细的一道黑髭已经有些发白了。他忘我而耐心地在车门口等着。

车门一开，车上就开始落下纷纷扬扬的漂亮叶子和花瓣，飘下来白色的丝带，车中传出一个快乐的声音：

"我应该怎么出去呀？"

等待的人群中又出现一片满意的议论声。大家靠近车门迎接她，直勾勾地盯着她垂下去的头，那一头金发上插满了花蕾。眼看着那双娇小的白色金莲儿试探着落到车梯上，一阵雪浪般的视觉冲击，随之新娘猛地一下，拥向树荫下等待的父亲，她一团雪白，从面纱中荡漾出动人的笑声来。

"这下好了！"

她用手挽住饱经风霜、面带病色的父亲，荡着一身白浪踏上了红地毯。面色有些发黄的父亲沉默不语，黑髭令他看上去更显得老气横秋。他迅速踏上台阶，好像头脑里一片空白，可他身边的新娘却一直欢快地笑着。

可是新郎还没有到场！厄秀拉真的无法忍受这个。她忧心忡忡地望着远处，希望那白色的路上能出现新郎的身影。突然那边驶来了一辆马车，逐渐进入人们的视线。没错，是新郎来了。厄秀拉立即转身面对着新娘和人群，从高处向人们发出了一声呐喊。她想告诉人们,新郎来了。可是她的喊声是在心中的,并无人听到。于是她深深地为自己的畏首畏尾感到羞愧。

马车叮叮当当驶下山来,越来越近了。人群中有人大喊起来。刚刚踏上台阶顶的新娘高兴地转过身来,她看见人头攒动,有一辆马车停了下来,她的情人从车上跳了下来,避开马匹,挤进人群中。

"提普斯!提普斯!"她站在高处,在阳光下兴奋地挥舞着捧花,滑稽地喊叫着他未来老公的名字。可他手握着帽子在人群中钻来钻去,并没有听到她的叫喊。

"提普斯!"她朝下望着他,又大喊一声。

他下意识地朝上看了一眼,看见了新娘和她的父亲站在上面,脸上掠过一丝奇怪、惊讶的表情。他犹豫了一会儿,然后用尽全身力气跳起来向她扑过去。

"啊哈!"新娘反应过来了,微微发出了一声奇怪的叫喊,随即惊跳起来,转身跑了。她跑着进了教堂,穿着白鞋的脚稳健地敲击着地面,白色礼服飘飘然擦着路面。这小伙子像一位猎人一样紧随其后,他跳跃着从她父亲身边经过,粗壮结实的腿和臀部扭动着,好像猎人要扑向猎物一般。

"嘿,追上她!"下面那些庸俗的女人忽然凑过来逗乐儿,大喊大叫着。

新娘手捧鲜花稳健地转过了教堂的墙角。然后她回头看看身后,挑衅般放声大笑着转过身来站稳。这时新郎跑了过来,弯下腰一手扶住那沉默墙角的石头,一个飞身旋转过去,他的身影和粗壮结实的腰腿都消失在人们的视线中了。

门口的人群中瞬间爆发出一阵热烈的喝彩声。然后,厄秀拉再一次注意到微微有些驼背的克里奇先生,他茫然地站在一边,不知所措,面无表情地盯着新郎新娘奔向教堂。直到看不见他们两人了,他才转回身看看身后的卢伯特·伯金,伯金忙上前和长辈搭话:

"咱们也该进去了吧。"说着,脸上掠过一丝笑容。

"好的!"父亲简短地回答。说完两人也转身上去了。

伯金像克里奇先生一样瘦弱,苍白的脸上透露着些许病容。他骨架窄小,但身材很棒。他走起路来好像有一只脚故意在拖地。虽然他这身伴郎的打扮一丝不苟,但他天生的气质却显得与之不协调,所以穿上这身衣服看上去有些滑稽可笑。他生性聪明但不善与人交往,一点都不适应这样的正式场合,但他只能违心地去迎合世俗。

他装作一个平凡人的样子,装得很像。他认真学着周围人讲话的口气,他能够迅速摆正自己与对话者的位置,根据处境来调整自己的言行举止,从而达到与其他凡夫俗子毫无区别的程度。他这样做常常可以一时取得旁人的好感,从而免遭他们的语言攻击。

现在,他一边走路一边同克里奇先生装作轻松愉快地交谈着。他就像一个走绳钢丝的人那样对局势战战兢兢,虽然走在绳索上却要装出一副应付自如的样子来。

"我们这么晚才到,真是太抱歉了,"他说,"我们一时怎么也找不到纽扣钩了,花了好长时间才系好靴子上的扣子。您是准时到达的吧?"

"我们一直是遵守时间的。"克里奇先生说。

"但我却时常迟到,"伯金说,"但是今天我确实是想准时到的,却出于巧合没能按时到这儿,太抱歉了。"

这两个人也都走远了,一时没什么可看的了。厄秀拉内心在思量着伯金,他吸引了她的注意,令她意乱神迷。

她想进一步了解他。她就跟他交谈过一两次,那是他来学校履行他学校督察员的职责的时候。她以为他好像看出了他们两人之间的暧昧关系,那是一种自然的、心照不宣的、只可意会的理解,他们很有共同语言哩。但这种理解并没有进一步发展的可能。使她跟他若即若离是什么东西呢?他身上有说不清的敌意,隐藏着某种无法逾越的拘谨、冷漠,让人无法靠近。

可她还是着迷地要了解他。

"你对卢伯特·伯金这人的看法怎么样?"她有点牵强地问戈珍。其实她并不想讨论他。

"我对他的看法?"戈珍重复道,"我觉得他很有吸引力,绝对是有吸引力的。但我不能忍受的是他待人的方式。他就算对待一个小傻瓜都那么正儿八经,好像他多么看重人家似的。这让人有一种被骗的感觉。"

"他为什么要这样?"厄秀拉问。

"因为他对人不具备真正的判断能力,任何时候都是这样,"戈珍说,"跟你这样说吧,他对我、对你跟对待什么小傻瓜都一样,这真的是一种侮辱。"

"哦,确实是这样,"厄秀拉说,"一个人必须要有判断人的能力。"

"一个人必须得有判断力,"戈珍重复说,"可在其他方面他还是个挺不错的人,他的性格也不错。但是,你还是不能相信他。"

"嗯。"厄秀拉漫不经心地说。厄秀拉总是被迫赞同戈珍的话,甚至当她并不完全和戈珍看法一致时也这样。

姐妹两人默默地坐着等着参加婚礼的人们出来。戈珍谈话谈得不耐烦了,她要想一想杰拉德·克里奇了,她想看一看她对他产生的强烈感觉是不是真的。她要让自己有个心理准备。

教堂里,正在进行着婚礼。可赫麦妮·罗迪斯一心只想着她的伯金。他就站在附近,好像他在吸引着她过去一样。她真想去触摸他,如果触摸不到他,她就无法确认他就在附近。但是,她总算一直忍耐到了婚礼结束。

他没来的时候,她感觉太痛苦了,直到现在她还感到有些晕眩。她依然因为他思想上对她心不在焉而感到痛苦,神经也受着折磨。她好像在一种幽幽的梦境中等待着他,精神上一直忍受着磨难。她忧郁地站在那里,脸上那沉醉的表情让她看上去像一个天使,事实上那都是那种痛苦导致的。这副神态显得楚楚可怜,不禁也令伯金感到心碎,对她产生了怜惜之情。他看见她低着头,那勾人魂魄的神态像疯狂的魔鬼。她察觉到他在看她,于是她抬起自己的头来,那双美丽的灰眼睛闪烁着,想向他发出一个信号。可是他躲开了她的目光,于是她更加痛苦屈辱地低下头去,心灵继续受着那种熬煎。他也由于羞愧、反感和对她深深的怜悯而感到痛苦。

他不想遇上她的目光,不想接受她的会意。

新娘和新郎的结婚仪式进行完以后,人们都去了更衣室换衣服。赫麦妮情不自禁挤上来碰了碰伯金,伯金忍受了她的这种做法。

戈珍和厄秀拉两姐妹在教堂外面倾听她们的父亲弹奏着风琴。他最喜欢演奏婚礼进行曲。看,新婚夫妇来了！钟声四处响起来,震得空气都有些发颤了。厄秀拉想:不知树木和花朵是否也能感到这震颤的钟声,它们对空中这奇怪的震动会做何感想？新娘挽着新郎的胳膊,显得很平静,新郎则望着天空,下意识地眨巴着眼睛,好像他不在这里一样。他眨着眼睛尽力要进入这个角色,但被这么多人围观感觉又不太好受,那副模样非常滑稽可笑。他看上去就是位典型的海军军官模样,有男子气概又恪忠职守。

伯金和赫麦妮并肩走着。赫麦妮满脸的得意,就像一位浪子回头做了天使,可她依然有点像魔鬼。现在,她已经挽起伯金的胳膊了,伯金脸上一点表情都没有,由她摆布,好像毋庸置疑这是他命里注定的事。

杰拉德·克里奇也过来了,他皮肤白皙,帅气、健壮,全身蕴藏着没有释放出来的巨大能量。他腰板挺直,身材很好,和蔼的态度和幸福感使他的脸微微闪着特别的光芒。看到这里,戈珍突然猛地站起身走开了。她无法忍受这些了,她想独自一个人在一处回味一下这奇特强烈的感受,它甚至改变了她的脾气。

第二章　肖特兰兹

布朗温家姐妹两人已经回贝多弗家中去了,参加婚礼的人在肖特兰兹的克里奇家里聚集了。这座宅第坐落在狭小的威利湖对岸,一排长长的房屋沿着一面山坡的顶端排开,房子又矮又破,很像一个庄园。肖特兰兹下方那片微微下斜的草坪上长着几棵孤零零的树,那儿应该是一个公园吧,草坪前是狭小的湖泊。草坪和湖泊对面与肖特兰兹遥遥相望的是一座林木葱茏的小山,那山挡住了那边的煤矿稻田,可挡不住煤矿里升起的浓浓黑烟。但无论如何,这幅景象都十分像一幅田园风味的风景画,宁静而美丽,这座住宅建在这儿再合适不过了。

现在肖特兰兹挤满了克里奇的家人和出席婚礼的宾客。父亲身体状况不好,先退回去休息了,这样杰拉德就成了家里的主人了。他站在简朴的客厅里迎接男宾们,态度友好热情,举止优雅迷人。他能在社交中收获快乐,笑容可掬,非常友善。

女仆们支使着克里奇家三位已经出嫁了的女儿忙东忙西,把场面搞得很混乱。你总能听到这个或那个克里奇家的女儿独特的命令:"海伦,你到这儿来一下。""麦泽莉,我说让你到这里来。""喂,我说惠特曼太太——"大厅里衣服摩擦的"嚓嚓"声伴着漂亮的女人们匆匆而过,一个孩子在厅里来回穿梭,像跳舞一般。还有一个男仆也急匆匆地忙着。

男宾们则三五成群地默默地聚在一起,一边抽烟一边闲聊,装着对女人世界那热闹的场面视而不见。可他们并没有在真正地聊天,他们依然偷偷地观察着那些异常兴奋的女人,听着她们那令人发冷的笑声和连珠炮似的讲话声。他们等待着,有些不安,心里很恼怒。可杰拉德看上去依然那么和蔼亲切,那么幸福,不知道他是在等人还是闲来无事,只知道他是这个社交场合的中心人物。

忽然,克里奇太太悄无声息地进到房里来,表情生硬、线条分明的脸向四周窥探着。她依然戴着帽子,穿着罩有褶皱纱的蓝色绸大衣。

"有什么事吗,妈妈?"杰拉德问。

"没什么事,没什么事!"她吞吞吐吐地答道。然后她直接朝伯金走去,伯金这时正跟克里奇家的一位女婿聊天。

"你好啊,伯金先生。"她声音有些低沉地说,好像根本没有把客人放在眼里。说着她伸出手来和他握手。

"哦,克里奇太太,"伯金随机应变和她搭讪着,"刚才我可是没有办法接近您呢。"

"这里差不多有一半人我不认识。"她声音还是有些低沉地说。她的女婿趁这时候不安地退到一边去了。

"您不喜欢生客吗?"伯金笑着说,"我从来不明白一个人为什么要把那些偶然碰到一起的人看得那么重要,我干吗要去认识他们吗?"

"对! 对!"克里奇太太更压低声音,有些急促地说,"他们来了,也不算数。我并不认识他们。孩子们跟我介绍说:'妈妈,这位是某某先生。'别的我就再也不知道了。某某先生和他的爵位是什么关系? 我跟他及他的爵位又有什么关系呢?"

她说着抬起头看看伯金,这一看可吓了伯金一跳。她能走过来跟他说话,这让他感到备感荣幸,要知道她可不是随便把什么人都放在眼里的。他低下头看着她那张轮廓分明、表情紧张的脸,但他不敢注视她那双深沉的蓝眼睛,于是他把视线移到她的头发上去了。在她漂亮的耳朵上方,头发却马马虎虎、松松散散胡乱地盘着,头发并不怎么清爽。她的脖子也不怎么清爽。虽然如此,伯金还是觉得她吸引着他,而不是被别人吸引。但是他心里想,自己可是经常洗得干干净净,至少脖子和头发得保持干干净净吧。

想到这些事,他微微笑了。但他仍然感觉很紧张,他感到他和这个陌生的老女人像叛徒和敌人一样在别人的营帐里交谈。他就像一头鹿一样,一只耳朵撩到后面,另一只耳朵则向前伸着找寻着什么。

"别人其实没什么所谓的。"他有点不太想说话,随便搭讪着说。

这位母亲突然带着深深的疑问抬起头看看他,好像怀疑他的真诚。

"你怎么解释'所谓'?"她逼迫地问。

"那么多人并不都那么重要。"他回答,被迫把话题引得更深入了。

"他们还在这说说笑笑呢,最好让他们全都离开。从本质上说,他们并不存在,他们并没在这儿。"

她在他说话时一直注视着他。

"我们才不想象他们是否存在呢!"她刻薄地说。

"不用想象的,他们根本不存在。"

"哼,"她说,"我还不会这么想。他们就在这,不管他们是否真的存在,他们存在与否并不是由我决定的。我只知道,他们休想让我把他们放在眼里。不要以为他们来了我就必须得认识他们。在我眼中,他们跟没有来一样。"

"没错儿。"他答道。

"是吗?"她又反问。

"就和没来一样。"他重复道。说到这儿他们都沉默了。

"他们就是来了也不作数,真令人讨厌,"她说,"我的女婿们都来了。"她好像在自言自语,"如今劳拉也结婚了,我又多了个女婿,可我真分不清哪个是张三哪个是李四。他们来了,都叫我妈妈。我都知道他们要说什么——'你好,妈妈。'我真想说:'我又不真是你们的妈妈。'但有什么用呢? 他们来了。我有我自己的孩子,我还是能区别出哪个是我的孩子,哪个是其他女人的孩子。"

"应该是这样。"伯金说。

她有些惊讶地看看他,可能她早忘了是在跟谁讲话。她说话的思路被打断了。

她心不在焉地扫视了一下房间。伯金猜不出她在找谁,也猜不出她此刻在想什么。很显然,她是在注意自己的儿子们。

"我的孩子们都在吗?"她心血来潮地问他。

他笑笑,吓了一跳,也许是害怕。

"除了杰拉德,别人我并不怎么认识。"他说。

"杰拉德!"她叫道,"他是孩子们当中最没出息的一个。你没有想到吧,是不是?"

"不会吧。"伯金说。

母亲远远地注视了自己的长子好长时间。

"喂!"她令人不敢相信、嘲讽地吐出一个字来。这一声让伯金感到恐惧,他好像不敢直面现实。克里奇太太走开了,立刻把他忘了,但没过一会儿又顺原路返回来了。

"我很希望他有个朋友,"她说,"他一直就没有朋友。"

伯金低下头看着她那双蓝色的深沉眼睛,他不能理解她的目光。"我是我弟弟的监护人吗?"他轻轻地自言自语道。

他想起来了,那是该隐的叫声,他微微感到吃惊。而杰拉德就是再世的该隐。当然他并不真的是该隐,但他的确杀害了他的弟弟。那纯属巧合,他也没有对杀害弟弟的后果负责。那是杰拉德小的时候,在一次突发事故中把自己的弟弟害死了。不就是这么一回事吗?为什么要给突发事故的生活贴上罪恶的标签,并诅咒生活呢?一个人依靠偶然活着,也因偶然而死,难道不是这样吗?一个人的生活是否由偶然因素决定?难道他的生活只与种族、物种和种类相互关联吗?如果不是这样的话,难道就没有单纯的偶然吗?发生的任何事情是否都普遍具有意义?是吗?伯金站在那儿思考着,忘了克里奇太太,就像她也忘记了他一样。

他不相信有偶然和巧合这回事。从最本质的意义上来说,这些都联系在一起。

就在他得出这个结论时,克里奇家的一个女儿走上前来说:

"亲爱的妈妈,来,摘掉帽子吧,嗯?咱们就要准备坐下用餐了,这是个正式的场合,不是吗,亲爱的?"说着她把手伸进妈妈的胳膊里,挽着她走了。伯金随后立即走过去同旁边的一位男士聊起来。

开餐的钟声响了,人们纷纷抬头看看,但谁也没向餐厅走去。家中的女人们似乎感到这钟声根本与她们无关。五分钟过去了,老男仆克罗瑟急切地出现在门道里,用求助的眼神看着杰拉德。杰拉德拿起架子上的一只弯曲的大海螺壳,没和任何人打招呼就吹出了震耳欲聋的一声。这特别的海螺声令人颤抖。这一招儿可真管用,人们纷纷开始行动,好像受到同一个信号指挥一样一齐挪动去了饭厅。

杰拉德等了片刻,等着妹妹来做女主人。他晓得他的母亲是不会尽心尽力去尽她的义务的。但妹妹一来就匆匆忙忙奔向自己的座位去了。所以只好由这小伙子引导客人们入席了,他做这件事时显得有点太霸道。

开始上餐前甜点了,饭厅里瞬时安静了下来。就在这个时候,一个留着披肩长发的十三四岁的姑娘沉着冷静地说:

"杰拉德,你弄出那么吓人的声音来招呼客人,但你忘了照顾爸爸。"

"是吗?"他向大伙儿说,"我爸爸躺下休息了,他身体不太舒服。"

"他到底怎么样了?"一位出嫁了的女儿问,眼睛却盯着桌子中间堆起的那块巨型婚礼蛋糕,蛋糕上那些假花儿落了一些。

"他没生病,只是感到有些累了。"留披肩发的温妮弗莱德回答道。

酒杯里倒满了酒,人们个个都高兴地聊着天儿。母亲在远处的一桌坐着,她的头发仍松松散散地盘着。伯金坐在她旁边。有时她会凶巴巴地看一眼那一排排陌生的面孔,伸着头毫不客气地注视一会儿,然后用低沉的声音问伯金。

"那个年轻人是谁?"

"我也不知道。"伯金小心谨慎地回答。

"我以前见过他吗?"她问。

"不会吧,反正我没见过。"他答道。于是她觉得满意了。她疲惫地闭上了眼睛,呈现出一副安详的姿态,看上去很像休憩中的女王。然后她又睁开眼睛,脸上露出上流社会人物特有的微笑,一瞬间她很像一位愉快的女主人了。她优雅地弯下腰去,好像人人都深受欢迎,皆大欢喜。然后突然阴影又回到她脸上,那是一种阴冷的、像鹰一样的表情,她像一头挣扎的困兽那样,眉毛下露出凶光,好像她仇视所有的人。

"妈妈,"迪安娜叫道,"我可以喝点酒吗?"迪安娜比温妮弗莱德大一些,长得很漂亮。

"行,你喝吧。"母亲讷讷地回答,她对这个问题根本不感兴趣。

于是迪安娜示意下人给她倒酒。

"杰拉德不该限制我喝酒嘛。"她打趣地对在座的人们说。

"好了,迪安娜。"哥哥温柔地说。迪安娜一边喝酒一边挑衅般地看了哥哥一眼。

这家人之间这样无拘无束,随心所欲,有点无政府主义的样子,真奇怪。这与其说是放任自由不如说是抵制权威。杰拉德在家中有点威信,并不是由于他的什么特殊位置,而是由于他有压倒别人的性格和气势。他的声音亲切且富有领导力,这种声音的特质把他的姐妹们震住了。

赫麦妮正在和新郎官讨论民族精神。

"不,"她说,"我觉得提倡爱国主义是错误的,国与国之间的战争就像商行与商行间的竞争一样。"

"哦,你可不能这样说,怎么能这样说呢?"杰拉德大声说,他很热衷于辩论,"你不能把一个种族等同于一个商业康采恩。而民族大约指的就是种族,民族的含义就是种族。"

一时间,大家都沉默了。杰拉德与赫麦妮之间总是这样令人感觉奇怪地客客气气,但又相互作对,他们两人可说的上是旗鼓相当。

"你以为种族等同于民族吗?"她若有所思地问,脸上一点表情都没有,口气有些迟疑。

伯金知道赫麦妮在等他加入讨论,于是他也顺势开口道:

"我觉得杰拉德说得很对,种族是民族的根本组成,至少在欧洲是这样的。"

赫麦妮又沉默了,好像是要让这个论点冷却一下。

然后,她做出一个特别的权威性论断:

"不错,就算是这样吧,这么说来提倡爱国主义就是在提倡种族的本能? 难道这不也是在提倡商业的本能? 这是一种占有财富的本能。难道这就是我们所说的民族?"

"可能是。"伯金说,他心里感到现在讨论这个问题有点不合时宜,场合也不对。

但杰拉德现在已找到辩论的切入点了,还要争论下去。

"一个种族可以有其商业性的一面,"他说,"实际上,它必须得这样,这跟一个家族一样,人必须得有供养才行。为提供供养,你就得跟别的家族斗争,跟其他民族斗争。不这样,反倒不合理了。"

赫麦妮又沉默了,只是露出一副专横、冷漠的姿态。然后她才说:"是的,可以不这样,我觉得强调敌对精神是不正确的,这会造成仇恨并使之与日俱增。"

"但是,你能够消除竞争精神吗?"杰拉德问,"竞争是生产与改革所必需的一种刺激。"

"确实,"赫麦妮轻松地答道,"但是我觉得没有竞争也可以。"

伯金说:"我声明我是反感竞争精神的。"赫麦妮正吃着一片面包,听伯金这么说,她忙把面包从嘴里拉出来,那动作慢而滑稽。她转向伯金表示亲昵,满意地说:

"你确实恨这种精神,没错儿。"

"嗯,厌恶它。"他重复道。

"对呀。"她自信而满意地说。

"但是,"杰拉德坚持认为,"既然你厌恶一个人夺走他邻居的活路,那你为什么不反感一个民族夺走另一个民族的活路呢?"

赫麦妮低声嘀咕了好久才用嘲讽、满不在意的口吻说:

"这归根结底是个财富问题,不是吗? 但并不是全都是财富问题吧?"

杰拉德为她话语中流露出的唯物主义生气了。

"当然是,绝大多数是这样,"他反击道,"如果我从一个人的头上夺走他的帽子,那帽子就象征自由。当他奋起反抗想夺回他的帽子时,他就是在为夺回自己的自由而抗争。"

赫麦妮感到无力反驳了。

"错是没错,"她生气地说,"但想象出一个事例来进行辩论算不上是真诚吧?没有谁会过来从我头上夺走我的帽子,不是吗?"

"那是由于法律制止了他这样做。"杰拉德说。

"不对,"伯金说,"百分之九十九的人并不想拿走我的帽子。"

"那只是个人观念问题。"杰拉德说。

"也可能是帽子的问题。"新郎官笑着说。

"如果像你说的那样他想拿走我的帽子,"伯金说,"可以确定说,我可以判断失去帽子还是失去自由哪个损失更大。我是个自由的没有牵挂的人,如果我被迫去和别人打架,那么我失去的就是自由了,帽子并不是我想要的自由。这是个哪一样对我来说价值更大的问题,是我自身的自由还是帽子的失去?"

"对,"赫麦妮好奇地望着伯金说,"对。"

"那么,有人过来夺走你头上的帽子你会允许吗?"新娘问赫麦妮。

这位高大、身材挺直的女人逐渐转过身来,好像对这位插话人的问题不感兴趣。

"不,"她答道,那语调很慢,那腔调中分明隐藏着一丝偷笑,"不,我不会让任何人从我头上夺走我的帽子。"

"但你怎样防止他这样做呢?"杰拉德问。

"我不知道,也许我会杀了他。"赫麦妮依然声调缓慢地说。

她的话音里隐藏着一声怪异的窃笑,举止上带有一种威慑力,还有自信的幽默感。

"当然,"杰拉德说,"我可以理解卢伯特的看法。对他来说,关键问题是他的帽子重要还是他内心的安宁重要。"

"是内心的安宁。"伯金说。

"好,随便你怎么说吧,"杰拉德说,"但是你怎么能用这些来解决一个民族的问题呢?"

"上帝保佑我。"伯金笑着说。

"可要让你真的去解决问题呢?"杰拉德坚持说。

"如果我们民族的王冠是一项旧帽子,那么盗贼就可以摘走它。"

"但一个民族或一个种族的王冠怎么可能是一项旧帽子呢?"杰拉德坚持说。

"肯定是,我确定。"伯金说。

"我还不太能确定。"杰拉德说。

"我不认同这种看法,卢伯特。"赫麦妮说。

"好吧。"伯金说。

"我非常同意说民族的王冠是一项旧帽子的看法。"杰拉德笑着说。

"那你戴上它就像个傻瓜一样了。"迪安娜说。迪安娜十几岁了,是他的小妹妹,说话大大咧咧。

"我们真的没有办法理解这些破帽子,"劳拉·克里奇叫道,"还是别说了吧,杰拉德,我们要开始祝酒了,我们祝酒吧。倒上,倒上,好,干杯!祝酒词!祝酒词!"

伯金亲眼看着他的杯子被人斟满了香槟酒,脑子里想的还是种族与民族灭亡的问题。泡沫满得溢出了酒杯,斟酒的人连忙往后倾了倾身体。闻到香浓的香槟酒,伯金突然感到自己很渴,将杯里的酒一饮而尽。屋里的气氛搞得他心烦意乱,他感到心里憋闷得很。

"我是偶尔这样还是出于什么想法?"他自问着。最后他得出结论,用个庸俗的词来形容,他这样做是出自"偶然的目的性"。他审视了一下走过来的男仆,发现他走起路来没有声音,态度冷酷,怀有侍从那种抱怨不满的情绪。伯金发现自己讨厌祝酒、讨厌男仆、讨厌聚会,甚至讨厌人类。等他起身祝酒时,不知为什么他竟感到些许反感。

这顿饭终于结束了。几位男士来到花园里散步。这里有一块草坪,有好多的花,小小的花园边上围着一道铁栅栏。这儿的景色优美宜人,从这里可以看见一条林荫公路,公路像一条盘踞的龙一样沿着山下的湖泊蜿蜒而上。春光灿烂,水光激滟。湖对面的林子呈现出一片棕色,充满了生机。一群漂亮的泽西种乳牛悠闲地来到铁栅栏前,光滑的嘴和鼻子里喘着粗气,可能是在等待人们给面包干吃吧。

伯金靠着栅栏,一头母牛在他面前,冲他手上喷着热气。

"漂亮,这牛真是漂亮,"克里奇家其中一位女婿马歇尔说,"这种牛的奶质是最好的。"

"对。"伯金说。

"啊,我的小美人儿啊,哦,小美人儿!"马歇尔阴阳怪气地说,这奇怪的腔调让伯金笑得有点喘不过气来。

"你们刚才赛跑,谁赢了,鲁普顿?"伯金问新郎,以此来掩盖自己的笑声。

新郎从口中拔出雪茄烟。

"赛跑?"说着脸上浮起一层笑意,他并不想提起刚才在教堂门口追新娘的事,"我们同时到达的。至少是,她先用手摸到了教堂门,我的手摸到了她的肩膀。"

"你们在说什么呢?"杰拉德问。

伯金告诉他说的是刚刚新郎和新娘赛跑的事。

"哼!"杰拉德不悦地说,"你为什么会迟到呢?"

"鲁普顿先是讨论了一阵子不朽的灵魂,"伯金说,"然后我们一时找不到纽扣钩了。"

"天啊!"马歇尔喊道,"在你结婚的日子里谈什么不朽的灵魂!你脑子里就没其他事可想了吗?"

"这有什么不对?"面容收拾得干干净净的海军,军官害羞地红了脸问。

"听起来你不像是来结婚的,倒像是被判刑。谈哪门子灵魂不朽!"这位连襟强调说。

他的话太无趣了。

"那你从中得出了什么结论?"杰拉德问,竖起耳朵来准备听一场有关玄学的讨论。

"现在你并不需要灵魂吧,小伙子?"马歇尔说,"它会妨碍你的。"

"行了!马歇尔,去和别人聊吧。"杰拉德忽然烦躁地叫道。

"我保证,我是真心为你好,"马歇尔有点生气地说,"说太多的灵魂有什么用。"

他愤愤然欲言又止,杰拉德生气地瞪他一眼。随着他肥胖的身体消失在视线里,杰拉德的目光渐渐变得缓和、亲切了。

"有一点我想对你说,鲁普顿,"杰拉德忽然转向新郎说,"劳拉可不能像罗蒂这样给我们家带来这样一个愚蠢的人。"

"这你就放心吧。"伯金笑着说。

"我没留意他们几个人。"新郎笑道。

"那,那场赛跑比赛是怎么回事?谁起的头?"杰拉德问。

"我们来迟了。马车开到的时候,劳拉正站在教堂院子的台阶上等待。是她先往前跑的。你为什么生气?这有损你家的名声吗?"

"是的,有点儿,"杰拉德说,"做什么事都得有个分寸才是,要是不能做得有分寸就别盲目地做什么事。"

"真是极妙的格言。"伯金说。

"你不赞同我这样说吗?"杰拉德问。

"很赞同,"伯金说,"只是当你用格言式的口吻说话让我感觉不舒服。"

"该死的卢伯特,你是不是想让所有的格言都被你自家垄断起来?"杰拉德说。

"不,我要让什么格言都走开,但你总让它们阻止我。"

杰拉德对这种幽默一笑了之,然后又动动眉毛表示不以为然。

"你不相信存在什么行为准则吗?"他尖刻地向伯金发出挑战。

"准则?不!我厌恶所有的准则。但是对那些乌合之众来说倒应该是有些准则。任何一个人都有他的自我意识，他可以做自行其是。"

"你说的那个自我指的是什么？"杰拉德问，"是一条格言还是一种陈词滥调？"

"我指的是自行其是。我觉得劳拉挣脱鲁普顿向教堂大门跑去正是自行其是的绝佳例子，好极了，一个人最难能可贵的是遵从自己的自然冲动去做事，这才最有绅士风度。你要能做到你就是最有绅士风度的人。"

"你别指望我会认真考虑你的话，你认为我会吗？"杰拉德问。

"是的，杰拉德，我只指望极少数的人这样认真对我，但你就是其中之一。"

"恐怕现在我不能满足你的期望，无论如何都不能。你可是认为人人都可以自行其是。"

"我一直这样认为。我希望人们喜欢他们本身纯个性化的东西，这样他们就可以自行其是了。但人们偏偏就爱集体行动。"

"但我，"杰拉德忧郁地说，"不喜欢像你说的那样处在一个人们单独行事，遵从自然冲动做事的世界里。我希望人们在五分钟以内就互相残杀一番。"

"那就是说你想杀人。"伯金说。

"你这是什么意思？"杰拉德愤怒地问。

伯金说："没想过杀人的人是不会做出杀人的事来的，别人不想让他杀他也一样杀不了。这是一条绝对的真理。杀人必须要有两个人才行：杀人凶手与被害者。被杀的人就是适合被人杀害的人，他身上潜藏着一种巨大的被杀欲望。"

"有的时候你的话完全是胡言乱语，"杰拉德对伯金说，"其实我们谁都不想被杀害，倒是有不少人可以替我们去杀人，说不定会是什么时候呢。"

"这种观点真叫反感，杰拉德，"伯金说，"怪不得你害怕自己，害怕自己的快乐生活。"

"我为什么害怕自己？"杰拉德说，"再说我并不觉得自己快乐。"

"你心里好像潜藏着一种欲望，你希望你的身体被人剖开，于是你就想象别人的袖子里可能藏着刀子。"伯金说。

"何以见得？"杰拉德问。

"从你身上看出来的。"

两个人针锋相对。他们之间的恨是那样特别，这恨已经和爱差不多了。他们俩总是这样，他们的对话总会导致一种亲近，一种特别可怕的亲近，或是恨、或是爱、或两者都有。他们总是毫不在意地分手，好像分别是一件不起眼的小事，他们的确把它当作一件小事。但他们炽热的心互相映照着，一起燃烧着，这一点他们是不可能承认的。他们要保持一种心不在焉，轻松、没有拘束的友谊，并不想把双方的关系搞得矫揉造作和复杂，甚至没有男人味，他们不想那么心心相印、亲亲密密的。他们一点儿也不相信男人之间会如此亲密，因此，他们之间的巨大友谊受到压制而没有能得到任何发展。

第三章　教室

学校的一天马上就要结束了。教室里正上这一天的最后一堂课,宁静,静谧。这堂课讲的主要内容是基础植物学。桌子上摆满了杨花,榛子和柳枝供孩子们描摹。天快黑了,下午的课就要结束了,教室里光线太暗了,孩子们没有办法再画下去了。厄秀拉站在前面向孩子们提着问题,帮助他们了解杨花的内在结构及其意义。

西面的窗户笼罩着一抹浓重的橘黄色,在孩子们的头上勾勒出一圈火红金黄的轮廓,对面的墙壁也涂上了一层瑰丽的血红。但厄秀拉并不怎么在意这幅景色,她太忙了,白天已接近尾声了,一天的工作像退潮的时候平静的潮水一般,逐渐收尾了。

这一天就像许多天一样恍恍惚惚地飞快地过去了,最后她匆匆忙忙地处理起了手头的事。她给孩子们提问着,敦促着他们,希望在下课的钟声敲响前他们弄懂这天应该懂的问题。她手中拿着杨花站在教室前的阴影里,身体微微向前倾,面对着孩子们讲着,沉醉在教学的乐趣中。

她听到门"咔嗒"响了一声,但没大注意。忽然她全身一惊:她看见一个男人的脸出现在那金黄的光芒中,他就在她身边。他的脸红焰一般闪着光芒,盯着她,等着她去注意他。这个身影真的把她吓了一跳,她感觉自己就要晕过去了。

她心中压抑着的下意识恐惧感立即痛苦地迸发出来。

"我让你惊讶了吧?"伯金和她握着手说,"我以为你听到我进来时的声音了。"

"没有。"她有些迟疑,差点说不出话来。他笑着说他很不好意思,她不明白这有什么可笑的。

"里面太黑了,"他说,"把灯打开好吗?"

说着他挪到边上把电灯打开,灯光光线很强。教室里变得清晰多了,环境和刚才他来的时候比却显得陌生了,刚才这儿充满了舒缓暗淡的梦幻色彩。伯金转过身好奇地盯着厄秀拉。她的眼睛惊讶地睁圆了,由于惊恐,嘴唇都有点发抖了,看上去她就像一个刚刚从梦中惊醒的人一样。她的脸上洋溢着一种灵动、温柔的美,就像柔和的夕阳一样在闪烁着光芒。他盯着她,又增加了一分喜悦,满心的欢快,气氛轻松愉快。

"你在讲杨花呢?"他一边问着,顺手从讲台上拿起一颗榛子。"怎么都长成这么大了吗? 好久我都没有留意过它了。"

他手中捏着杨花,看上去对它很着迷。

"还有红的呢!"他盯着雌蕊中露出的绯红色说。

然后他在课桌中来回走动着去看教课书,厄秀拉盯着他稳当地走来走去,他的稳重令她不敢呼吸了。她好像静静地站在一边,眼看着他在另一个世界里全神贯注地走动着。他那静悄悄的身影仿佛像空气中凝结着的一个空洞。

忽然他向她抬起头来说话,听到他的声音她的心跳立马加速了。

"给他们一些水彩笔吧，"他说，"让他们给雌花涂上红色，给雄性花涂上黄色。如果我画，我会画得很简单，只涂红、黄这两种颜色。在这种情况下素描并不是最好的，我想强调的就是这一点。"

"但是，我这儿没有彩笔。"厄秀拉说。

"别处应该有的，红的和黄的，你只需要这两种颜色。"

厄秀拉打发了一个男孩子去找彩笔。

"彩笔会把课本弄脏的。"厄秀拉对伯金说，脸变得通红。

"没那么严重，"他说，"你需要把这些东西标明，这是你要强调突出的事实，而不是记录主观印象。而这种事实就是标出雌花儿的小红斑点儿和悬挂着的黄色雄性杨花，黄色的花粉从这儿到了那儿。将这事实画成图，就像孩子画脸谱一样——两只眼睛，一只鼻子，嘴巴里长着牙齿，就这样。"说着他在黑板上随意画出一个人形来。

就在这个时候，另一个人的身影出现在了玻璃门外。来的人是赫麦妮·罗迪斯。伯金走过去为她把门打开。

"我看见了你的汽车在外面，"她对他说，"我过来找你，你不介意吧？我想看看你工作时的样子。"

她亲昵高兴地看了他好长时间，然后笑了一下。接着朝厄秀拉走过来，厄秀拉和她的学生们一直在看着这对情人的一举一动。

"你好，布朗温小姐，"赫麦妮高兴地同厄秀拉打招呼，那声音有些低沉，奇妙，像在唱歌，又像在打趣，"我进来，你也不介意吧？"

她那双灰色、充满讽刺意味的眼睛一直盯着厄秀拉，好像要把她看透似的。

"哦，当然不介意。"厄秀拉说。

"真的吗？"赫麦妮追问，态度淡定，一点也不掩饰自己的霸道专横。

"哦，不介意啊，我很荣幸。"厄秀拉笑道，既激动又有些惊恐，因为赫麦妮好像在一步步逼近她，那样子好像跟她很亲密，其实她怎么能和厄秀拉这么亲近呢？

赫麦妮需要的就是这样的回答。她转身满意地对伯金说：

"你在做什么呢？"那声音却是心不在焉的。

"摆弄杨花。"他答道。

"真的啊！"她说，"那你从中都学到了什么？"她一直用一种漫不经心、玩笑的口吻说话，好像这一切都是一场游戏。受到了伯金的影响她拿起一枝杨花。

她身穿一件宽大的绿色羊绒大衣，大衣上绣着凸出的图案，显得她在教室里有点另类。大衣的高领和大衣的内衬都是用黑色皮毛做的，里面穿着一件香草色的上衣，衣领上镶着皮毛，戴着很合适的皮帽子上拼着暗绿和暗黄色相间的图案。她个子很高，模样很怪，就像从什么稀奇古怪的图画上走出来的人一样。

"你知道这红色的小椭圆花儿吗？它可以长坚果呢。你有没有注意过它们？"他问赫麦妮，说着他走近她，指着她手中拿的枝子。

"没有，"她回答，"这是什么？"

"这些是结果的花儿，这长长的杨花只产生使它们授粉的花粉。"

"是吗？是吗！"赫麦妮重复着，观察得很仔细。

"坚果就从这些红红的小东西里面长出来，前提是它们要先授粉。"

"小小的花像红色火焰,红色火焰。"赫麦妮自言自语地说着。好长时间,她只是盯着那长出红花儿的小花蕾一直在观察。

"真好看啊,我觉得它们长得太美了。"她凑近伯金,纤细,苍白的手指指着红红的花心说。

"你以前没有注意过吗?"他问。

"没有,从来都没有。"她答道。

"以后可以多看看这些了。"他说。

"对,我会注意观察的。"她重复他的话说,"谢谢你告诉我这么多,它们实在是太美了,小小的红火苗儿。"

她对此那么着迷,甚至有些发狂,这可有点不太正常。厄秀拉和伯金都感觉很困惑。这些红雌蕊竟有这种奇妙的吸引力,甚至令她产生了神秘的热情。

这堂课上完了,学生们把教科书放到一边,终于放学了。但赫麦妮依然坐在桌前面,两只胳膊支在桌上,两手托腮,向上仰着苍白的长脸,不知她在看什么。伯金走到窗前,从灯光明亮的屋里向远处观望,外面灰沉沉的,细雨已悄然下了起来。

厄秀拉把她的东西都放到柜子里去。

赫麦妮终于站起身走向厄秀拉问道:

"听说你妹妹回家来了。"

"回来了。"厄秀拉说。

"她愿意回这里来吗?"

"不怎么愿意。"厄秀拉说。

"不会吧,我以为她能够忍受。我待在这里就得竭力忍受这个地区丑陋的一切。你愿意来找我吗?带着你妹妹一起来布莱德比住两天,好吗?"

"那太感谢您了。"厄秀拉说。

"那好,我会写信给你的,"赫麦妮说,"你觉得你妹妹会同意来吗?她要是能来我会很高兴的。我觉得她这个人挺好,我很喜欢她,她的某些作品真是优秀之作。我有她的一幅木刻,上了颜色的,刻的是两只水鹬鸰,你可能没见过吧?"

"没有。"厄秀拉说。

"我觉得那幅作品棒极了,一定是本能的闪光。"

"她的雕刻有些古怪。"厄秀拉说。

"但十分的美妙,充满了原始的激情。"

"真奇怪,为什么她总喜欢一些小玩意儿呢?她一定经常画些小玩意儿,小鸟儿啦,或者小动物什么的,人们可以捧在手中把玩。她总喜欢透过望远镜的反面观察事物,观察世界,你知道这是什么原因吗?"

赫麦妮向下看着厄秀拉,用那种打量的目光久久地盯着她,这目光使厄秀拉有些紧张。

"是啊,"赫麦妮终于说话了,"这真奇怪。那些小东西好像对她来说更难以描绘。"

"可其实并不是这样,对吗?一只老鼠并不比一头狮子难画,不是吗?"

赫麦妮再一次向下看着厄秀拉,依然打量地看着她,好像她依然按照自己的思路思考着什么,一点也不在意对方怎么回答。

"我不知道。"她回答。

"卢伯特，卢伯特。"她急切地叫他过来，他就默默地走近了她。

"小东西比大东西更奇妙吗？"她问道，喉咙里憋着一声奇怪的笑，好像她不是在提问而是在玩游戏。

"不知道。"他说。

"我不喜欢太微妙不可捉摸的东西。"厄秀拉说。

赫麦妮缓缓地看向她，问：

"是吗？"

"我总觉得小东西表现出的是娇小赢弱。"厄秀拉说着抬起了右手，好像什么威胁到了她的尊严。

赫麦妮并没有注意这些。忽然她的整个脸都皱了起来，紧锁着眉头，好像她想着什么，想竭力表达自己。

"卢伯特，你真的以为，"她视若无人一般地问道，"你真的以为唤醒孩子们的思维是件值得的事吗？"

伯金脸上闪过一道黑影，他生气了。他的两腮凹陷着，脸色有些苍白，看起来一点人样儿都没有了。这个女人用她那严肃、打乱人意识的问题折磨着他，戳到了他的痛处。

"这些孩子不是被唤醒的，他们自然就有自己的思维，不管他们愿意不愿意。"

"但是，你觉得加快或刺激他们的思维发展会更好吗？让他们不知道榛子到底是什么东西不是更好吗？为什么要把榛子分割成一点点的，把知识分割成一点点的？让他们认识它的整体不是更好？"

"不管明不明白，你是否也想让这些小红花儿在这儿授粉呢？"他严肃地问。他的语气冷酷、蛮横、尖刻。

赫麦妮的脸依然向上仰着，有些茫然。伯金自己在生闷气。

"对，我不懂，"她语气缓和地说，"我是不懂。"

"可知识对你来说就是一切，知识是你的全部生命。"他恼怒地脱口而出。她慢慢地看向他。

"是吗？"她反问道。

"你的全部就是知识，你的生命里只有这个——知识，"他叫道，"只有一棵树，你的嘴里只有一颗果子。"

她又沉默了一会儿。

"是吗？"她终于无动于衷地开口说道。然后她又用奇怪的声音问：

"什么果子，卢伯特？"

"就是那永恒的苹果！"他愤怒地答道，连他自己都反感这个比喻。

"是的。"她说道，看上去有些累了。一时间大家都沉默不语。然后，她努力振奋起精神，又恢复了那漫不经心唱歌般说话的语调。

"别把我考虑在内，卢伯特。你是否觉得孩子们懂了这些知识会变得更好、更富有、更快乐呢？你真的是这么想的吗？是不是想让他们不受影响，顺其自然？让他们依然是动物，简单、粗犷的动物。怎么样都可以，就是不能因为有自己的意识而没有办法顺其自然。"

大家以为她已经说完了,但她的嗓子奇怪地咕哝一下,又说了起来:"让他们怎样才行,就是不要等到长大了灵魂残缺,感情上残缺,最后自食其果,"赫麦妮像一个精神恍惚的人一样攥紧了拳头,"没有办法顺其自然地行事,总是计划什么,总是选择来选择去,最终会一事无成。"

大家又以为她把话说完了。但就在伯金要回答她的时候,她又狂热地说起来:"总是没有办法自行其是,总那么清醒,自我意识那么强,时刻注意自己,难道没有比这更好的结果了吗? 最好是动物,一点智慧都没有的动物,也比这样强,这样太不值得了。"

"难道你觉得是知识使得我们失去了生机,是知识让我们有了自我意识?"伯金气呼呼地问。

她瞪大眼睛审视着他说:

"是的!"她停顿片刻,茫茫然地看着他,然后她用手指擦了一下眉毛,显得有点疲累。他对这个动作反感极了浑身颤抖着说,"不是我们的结束吗? 难道不是它改变了我们的自然属性,毁灭了我们天生的本能吗? 难道今天的年轻人不是在长大之后连活的机会都没有就已经死了吗?"

"但那不是由于他们太有智慧,而是由于太没有智慧了。"他粗鲁地说。

"你敢确定吗?"她叫道,"我觉得恰恰与这相反。他们的自我意识太强了,一直到死都受着沉重的自我意识的压迫。"

"他们只是受着有限的,虚假的思想的压迫。"他叫着。

赫麦妮对他的话一点也不在意,依旧狂热地发问:

"当我们有了智慧时,我们就牺牲了我们的一切,就只剩下智慧了,不是吗?"她有些动情地问道,"如果我知道了这花儿是怎么回事,难道我不是失去了花朵本身,只剩下了那么点知识吗? 难道我们不是在用实体换来知识的影子,难道我们不是为了这种僵硬的知识而失去了生命吗? 但这对我来说到底意味着什么? 这一切知识对我意味着什么呢? 毫无意义。"

"你只是在卖弄辞藻,"伯金说,"但知识对你来说意味着一切不是吗? 甚至你的人及野兽的理论,同样是你头脑里的知识。你并不想变成野兽,你只是想为你的你的动物本能理论一下,从而获得一种精神上的升华。这些都是次要的,比最墨守成规的唯理智论更落后。你喜欢激情,喜欢野兽的本能,这仅仅是唯理智论最差的表达形式,难道不是吗? 激情和本能,你苦苦地思考这些,但这只是在你的头脑里,在你的意识里。这些都发生在你的头脑中,发生在那个脑壳里。只是你没有办法意识到这是怎么一回事罢了:你要的是用谎言来代替事实。"

赫麦妮用冷酷刻毒的表来反击伯金的攻击。厄秀拉站在那儿一动不动,一脸的惊诧与羞愧。他们这样反目,吓坏了厄秀拉。

"这都是夏洛特小姐那一套,"伯金用令人难以揣测的口吻说。他好像是在冲着一个空荡荡的房间说着斥责她的话,"你有了那面镜子,那是你顽固的意识,是你一成不变的领悟能力,你缜密的意识世界,除此以外再没其他了。在这面镜子里你一定得到了所有。但是你现在清醒了,你要返璞归真了,想成为野蛮的原始人,不要你的头脑了。你要的是一种纯粹的感觉与激情狂野的生活。"

他用"激情"这个词来反讽她。她气得浑身哆嗦,无言以对,那副模样很像一个被击伤的古希腊神谕宣示所里的巫女。

"可你所谓的激情全是谎言,"他激烈地又接着说,"根本不是什么激情,而是你的意识。你要得到什么东西,为的就是掌控它们。为什么? 因为你没有一具真正的躯体,一具黑暗、富有肉感的生命之躯。你没有性欲,有的只是你的意识,思想和权力欲、知识欲、控制欲。"

他又恨又轻蔑地看着她,同时看到她在痛苦他也感到痛苦。他感到羞愧,因为他知道他在折磨她。他真想跪下请求她的原谅,但他又没有办法熄灭心中的怒火。他忽略了她的存在,仅仅变成了一个富有激情的声音:

"顺其自然!"他叫道,"你还顺其自然! 你比任何人都老谋深算! 你顺应的是你自己的老谋深算,这才是你,你要用你的意识去控制一切,你要的是老谋深算与主观意识。你那可恶的小脑袋里装的都是这些,应该像砸坚果一样把它敲碎,因为不砸碎它你依然会是这样,就像包着壳的昆虫一般。如果有人敲碎了你的脑袋,他就可以让你成为一个原始的、有激情的、真正有性欲的女人。但是你呢,你需要的不过是色轻描写——从镜子中观察你自己,观察你原始的动物行为,从而你就可以将其变为自己的意识。"

空气中有一种亵渎的氛围,好像他说了太多不能让人原谅的话。但厄秀拉关心的是借用伯金的话来解决自己的问题。她脸色发白,很茫然地问:

"你真的需要性欲吗?"

伯金看着她,认真地解释道:

"是的,恰恰是需要这个,而不是其他。这是一种知足和改善——你的头脑没有办法获得的伟大的隐秘知识——隐秘的非自主意识。它是你自己自身的死亡,但却是另一个自我的重生。"

"但这是可能的吗? 怎么能不通过头脑获得知识呢?"她无法想通他的话。

"在血液中,"他回答,"当意识和已知世界掉进去时——什么都一样——就一定会有一场大雨。然后你发现自己处在一个可以感知世界的黑暗躯壳中,变成了一个魔鬼。"

"但我为什么要成为一个魔鬼呢?"她问。

"女人号叫着寻找她的魔鬼情人,"他引着诗句,"我也不知道这是什么原因。"

赫麦妮好像从死亡中清醒过来了。

"他是一个吓人的撒旦主义者,不是吗?"她故意拉长声音对厄秀拉说,那怪异的共鸣声在结尾处又添一声嘲讽的尖笑。这两个女人在嘲讽他,笑得他感觉自己一无是处。赫麦妮那尖声、胜利般的女人的笑在嘲讽他,好像他是个阉人。

"我不是,"他说,"你们才是真正的魔鬼,你们根本不允许生命存在。"

赫麦妮慢慢地打量了他好久,那眼神傲慢、恶毒。

"你什么都知道,不是吗?"她语调平和、冷酷,透着狡猾的讽刺意味。

"够了。"他说,他的脸像钢铁般生冷。赫麦妮立刻感到一阵可怕的失望,同时又感到一丝释然。她转身亲密地对厄秀拉说:"你们一定要来布莱德比。"

"是的,我很愿意去。"厄秀拉说。

赫麦妮心满意足地看看她,心不在焉地,好像在想着什么,好像丢了魂一般。

"我太高兴了,"她说着振奋起了精神,"两个星期之内的某个时候来,好吗?

我就把信写到学校来,好吗?好吧,你一定会来吗?好,我太高兴了。再见!再见!"

赫麦妮对厄秀拉伸出手来,注视着她。她知道厄秀拉是她的直接情敌,这又让她莫名其妙地的高兴起来。现在她要离开了。与他人告别,把他人留在原地总让她感到有底气,优越。再说,她在仇恨中将这个男人带走了,这更是锦上添花了。

伯金站在一边,丢了魂似的一动不动。可当他要离开时,他又开始说起来:

"在我们这个世界上,真实的肉欲与我们着意追求的罪恶的放荡性意淫之间是不可相提并论的。到了晚上,我们总得打开电灯在灯光下观察我们自己,于是这些都进入了我们头脑里了,真的。你要想知道肉欲的事实,你就先要沉沦,落入无知中,抛弃你的意志。你必须得这样。你要生,首先得学会死。

"可我们太骄傲了,就是这样。我们太自傲,却不是自尊。我们没有一丁点自尊,我们却有十足的傲气,制造假象欺骗自己。我们宁愿死也不放弃自己那一丁点的自以为是,不自量力的自我意识。"

屋里一片安静。两个女人充满了不满和敌意。而他却好像在什么大会上做演讲。赫麦妮基本上连听都不听,耸耸肩表示自己的厌恶。

厄秀拉好像在偷偷看着他,并不真的知道自己看的到底是什么。他身上有一种迷人的魅力——某种内在的独特的低沉声音发自这个消瘦,脸色有些苍白的人,像另外一个人的声音在表达着对他的认识。他眉毛和下巴的曲线变化多端,好看、展示着生命本身有生机的美。她说不清这到底是怎么回事,但她感到一种畅快与知足。

"但是,虽然我们有肉欲,但我们并没有这样做,是吗?"她转过身问他,蓝色的眼睛闪耀着金色的光芒,她在笑,像向他挑战一样。于是,他的眼睛和眉毛立即露出神奇、无拘无束、令人心动的迷人的笑,但他的嘴唇却丝毫未动。

"是的,我们没有,"他说,"我们太为自己考虑了。"

"确切地说,这或许并不是自傲的问题。"她喊了起来。

"是的,没有可能是别的。"

她真的迷惑了。

"你不觉得人们都为自己的肉欲能力感到自豪吗?"她问。

"这表明他们并不是追求肉欲者,而是感觉者,这是另外一回事。人们总考虑到自己,又那么傲慢,并不是释放自己,让自己沉浸在另一个世界中,并不是来自另一个世界,他们——"

"你要用下午茶了吧,嗯?"赫麦妮优雅地转身,和气地对厄秀拉说,"你一整天都在工作呀。"

伯金的话骤然停止了。厄秀拉感到一股怒火在心中燃烧,她感到懊恼。伯金绷着脸跟她道别,好像他不再关注她了。

他们走后,厄秀拉对着门看了好一会儿。然后她关掉了所有电灯,再一次坐在椅子上走神儿。她哭了,伤心地抽泣着,十分伤心,是喜是悲?她自己也弄不清。

第四章 跳水人

一周过去了。周六这天下起了淅淅沥沥的毛毛雨,一会儿下一会儿停。毛毛雨停下之际,戈珍和厄秀拉出来散步,向威利湖走去。天色灰蒙蒙的,鸟儿在新枝上婉转地叫着,大地上万物竞相生长。姐妹两人在清晨柔和、绵密的雨雾中颇有兴致地疾行。路边黑刺李湿漉漉的白花瓣儿绽开了,那小小的棕色果实在一团团白烟儿似的白花中若隐若现。灰蒙蒙的空气中,紫色的树枝发出隐秘的光亮,高大的篱笆像活生生的影子在晃动,晃晃悠悠的,走近了才能看清。

姐妹两人来到了威利湖畔,湖面一片虚幻,幻影般地向着灰蒙蒙湿漉漉的树木和草坪延伸开去。道路下方隐约传来微弱的电机声,鸟儿一起唱歌,湖水神秘地汩汩流淌。

两位姑娘沿着湖边飘忽而行。前面,在湖的角落里,离大路不远的地方,一棵胡桃树遮蔽着一间爬满苔藓的停船房,还有一座漂浮的码头,码头上停泊着几条船,在绿色朽木下的湖水上荡漾着,如影子一般。夏天将要来临,一切都朦朦胧胧的。

忽然,从停船房里出现一个白色的身影,快速飞过旧浮码头。随着一道白色的弧线在空中画过,水面上飞溅起了一团水花,接着在舒缓的涟漪中浮出一个泳者。他置身的是另一个湿漉漉、遥远的世界。他竟进入了这纯洁透明的天然水流中。

戈珍站在石墙边痴迷地看着。

"我好羡慕他呀。"她低沉、满怀期望地说。

"嘘!"厄秀拉哆嗦着说,"真冷!"

"是啊,但在湖里游泳是多么了不起啊!"姐妹两人站在岸上,盯着泳者游向浩渺无边的空荡水面,他动作幅度很小,一直向远处游着,渐渐地水雾和朦胧的树林都成为了一个整体。

"你不渴望这是你自己吗?"戈珍盯着厄秀拉问道。

"我渴望这样,"厄秀拉说,"但是我不敢确定,这水是不是太凉了。"

"是啊。"戈珍牵强地回应。她依然入迷地盯着那人在湖心里游来游去。他游了一程后又翻过身来仰泳,眼睛却一直盯着墙下的两个姑娘。她们可以看到湖水的涟漪中闪现出他红润的脸庞,可以感觉到他在看她们。

"是杰拉德·克里奇。"厄秀拉说道。

"我知道的。"戈珍说。

她伫立着,注视着他的脸在水上起起伏伏,盯着他从容地游着。他一边游一边看她们,他深深地为自己感到自豪,他处在优越的地位上,他拥有一个自己的世界。他特立独行,一点儿也不受他人的影响。他喜爱自己那强劲有力的拍水动作,喜爱冰冷的湖水猛烈碰撞他的四肢将他托起。他可以看到湖边上的姑娘们在看他游泳,这让他特别高兴。于是,他在水中举起手臂挥舞着向她们问好。

"他在挥动手臂和咱们打招呼呢。"厄秀拉说。

"是啊。"戈珍答道。但她们依然盯着他。他再一次挥动着胳膊,表示自己看到了她们,虽然那动作有些奇怪。

"他很像一个尼伯龙根家的人。"厄秀拉笑着说。可戈珍一句话都没说,依然静静地眺望着水面。

突然杰拉德一个翻身,用侧泳的姿势快速游走了。他现在独自一人待在湖心,这里的一切都是属于他的。在新的环境里,他无疑是十分愉快的,他很享受这种孤独。他幸福地舒展双腿和双臂,舒展全身,没有一点儿束缚,也不同任何东西产生关联,在这个水的世界中只有他自己,没有别人。

戈珍真的太羡慕他了,就是他享受那纯粹的孤独与流水的那一刻都同样让她渴望,她太渴望享受那一刻了。为此她感到好像自己站在公路上受着诅咒,但她仍渴望着。

"天啊,做一个男人真好啊!"她叫道。

"什么?"厄秀拉惊讶地叫道。

"自由,解放,灵魂!"戈珍脸色异常的红润,光彩照人地大喊,"如果你是一个男人,就可以想做什么就做什么。没有女人那么多的麻烦和障碍。"

厄秀拉搞不懂戈珍脑子里都在想些什么,怎么会这样突发奇想。她不明白。

"那你想去做什么呢?"她问道。

"什么也没有,"戈珍立即叫着反驳她,"只是个假设而已。就假设我要在这水里游泳吧,但这是不可能的,我生活中不可能有这样的事,我不可能现在像男人一样脱掉衣服跳进水中去。可这多么不讲理啊,简直妨碍着我生活嘛!"

戈珍的脸憋地通红,她太气愤了,这让厄秀拉不知该怎么办。

姐妹两人继续在路上散步。她们这时刚好经过肖特兰兹下方的林子。她们抬头望去,只看见见那一排矮矮的房屋在细雨蒙蒙的清晨朦胧而富有迷人的魅力,还有棵棵雪松遮蔽着一扇扇窗口。戈珍仿佛在认真地打量着这幅图景。

"你不觉得它很迷人吗,厄秀拉?"戈珍问。

"太迷人了,"厄秀拉说,"淡泊、朦胧而且迷人。"

"它一定是具有某种风格的,属于某个时期的风格。"

"哪个时期呢?"

"肯定是 18 世纪,朵拉茜·华滋华斯和简·奥斯汀那个时期,你说对吗?"

厄秀拉笑了。

"难道不是吗?"戈珍又问。

"可能是吧,但是我觉得克里奇家的人跟那个时期并不相符。我知道,杰拉德正在建一座私人的发电厂,给室内供电,他还着手准备最时髦的改进呢。"

戈珍快速耸耸肩说:

"那当然,这是无可厚非。"

"对呀,"厄秀拉笑着说,"他一个人就做了几代人要做的事。因为这个,人们都记恨他。他强硬地抓住别人的脖领子拖着人家走。等到他把可以改进的地方都改进了,再也没有什么地方需要改进的时候,他就会很快死去。当然,这些是他应该做的。"

"当然,他应该这样做,"戈珍说,"说真的,我还没见过像他这么大显身手的人。不幸的是,我们都不知道他这样做会走向何方,会变得怎样?"

"我知道,"厄秀拉说,"就是推广最新的机器呗!"

"太正确了!"戈珍说。

"你知道他把他的弟弟杀死了吗?"厄秀拉问。

"什么,杀死他弟弟?"戈珍皱起了眉头大叫着,好像她不赞同厄秀拉这么说。

"你还不知道吗?是这样的!我还以为你知道了呢。当时他和弟弟一起玩一支枪。他让弟弟低头看着枪筒,但枪筒里已经装了子弹,他冲着弟弟开了枪,把他弟弟的头打爆了,这太吓人了!"

"多么吓人!"戈珍叫道,"但是这应该是很久之前的事了吧?"

"对,当他们还很小的时候,"厄秀拉说,"我觉得这是至今我所知道的最恐怖的事儿了。"

"他并不知道枪里装了子弹,对吗?"

"对,那是一支老枪,在马厩里已经藏了好多年了。谁也没想到它还会响,更没人想到它里面还装着子弹。但发生这样的事,真是可怕啊!"

"真是吓死人!"戈珍叫道,"但是同样可怕的是孩童时代出了这样的事,一生都要在愧疚中度过,想想都可怕。想想这事儿,两个男孩子本来一起玩得好好的,不知什么原因,这场灾祸从天而降。厄秀拉,这太吓人了!我受不了这件事。要是谋杀或许还可以理解,因为那是故意的。可这种事发生在一个人身上,而且他当时还是个孩子,这——"

"可能真是有意的,它藏在他的潜意识里,"厄秀拉说,"这种看似无意的杀戮中隐藏着一个原始凶残的杀人欲望,你觉得呢?"

"杀人欲望!"戈珍冷酷甚至有点生硬地说,"我觉得这甚至都不算杀人。我猜没准是这么回事——一个孩子说:'你盯着枪口,我扣一下扳机,看看会发生什么。'我觉得这纯粹是意外事故。"

"不,"厄秀拉说,"如果别人低头看枪口的时候,我是不会扣扳机的。人的本能使得人不会做出这样的举动,不会的。"

戈珍不说话了,但心里却不以为然。

"那肯定的,"她冷漠地说,"如果是个女人,而且是个成年的女人,她的本能会禁止她这样做。可两个一起玩儿的男孩子就可能会这样。"

她既冷漠又气愤。

"不会的。"厄秀拉还坚持说。就在这时她们听到不远处有个女人在大喊:

"哎呀,这东西真该死!"她们走上前去,看到劳拉·克里奇和赫麦妮·罗迪斯在篱笆墙里面,劳拉·克里奇使劲晃着门要出来。厄秀拉急忙上前帮她把门打开了。

"谢谢您。"劳拉说着抬起脑袋,脸红得像个苹果,无奈地说:"铰链坏掉了。"

"是的,"厄秀拉说,"这门真是太沉了。"

"真奇怪!"劳拉大喊着。

"您好啊,"赫麦妮一开口便如唱歌一般地说,"天气真好。你们是来散步的吗?好,这绿枝红花美吗?太美了,真是太美了。早上好,早上好,你们会来看我的吧!谢谢了,下周,好,再见,再见。"

　　戈珍和厄秀拉站着,见她慢慢地点头,慢慢地挥手告别。她故意装作微笑,浓密的头发滑落到了眉际,看上去高大、怪异、令人害怕。然后姐妹两人默默离开了,好像低人几分,被人家打发走了一样。四个女人就这样告别了。

　　刚一走远,厄秀拉红着脸说:

　　"我觉得她一点礼貌都没有。"

　　"谁? 赫麦妮·罗迪斯?"戈珍问,"为什么这么说呢?"

　　"她对人的态度,很没有礼貌!"

　　"怎么了,厄秀拉,她哪里没有礼貌了?"戈珍有点冷淡地问。

　　"她的所有举止,哼,她想侮辱人,不懂礼貌。她就是欺负人,这个不懂礼貌的女人。'你们会来看我',好像我们会趴在地上去抢这份赏赐似的。"

　　"我不懂,厄秀拉,你这是生的哪门子气,"戈珍有点恼怒地说,"那些女人才没有礼貌——那些远离贵族阶层的女人。"

　　"可是这太庸俗了,太多余了。"厄秀拉叫道。

　　"不,我没看出来。要是我发现了这一点,我是不会允许她对我无礼的。"

　　"你觉得她喜欢你吗?"厄秀拉问。

　　"哦,不,我没感觉。"

　　"那她为什么要请你去布莱德比做客?"

　　戈珍微微耸了耸肩膀。

　　"反正她知道我们也不是普通人,"戈珍说,"无论她怎样,她一点都不傻。我宁愿和一个我痛恨的人待在一起,也不和那些墨守成规的庸俗女人待在一起。赫麦妮·罗迪斯在某些方面是敢于冒险的。"

　　厄秀拉品味了一会儿这句话。

　　"我怀疑,"她回答,"她没冒任何险。她竟然请我们这些老师去做客,这点倒值得我们佩服,但是她这样做并没有冒任何险。"

　　"太正确了!"戈珍说,"想想吧,好多女人都不敢像她这样做呢。她最大限度地使用了她的特权,这就挺好。我想,真的,假设我们处在她的位置上,我们应该也会这样做。"

　　"才不会呢,"厄秀拉说,"不,那我会烦死的。我才不浪费时间玩她那套把戏呢。那太有损身份了。"

　　这姐妹两人就像一把剪刀,剪断挡在前面的一切东西;或者又像一把刀和一块磨刀石在相互磨合。

　　"当然,"厄秀拉突然喊道,"我们去看她那是她的福气。你完美无瑕比她美丽漂亮一万倍,无论过去和现在,她都无法跟你比。我还觉得你的穿衣比她美一万倍。她从来没有像一朵花似的娇艳、自然,总是那么老谋深算、老气横秋、故作深沉。而且我们比大部分人都聪明。"

　　"一点儿都没错!"戈珍说。

　　"这一点最应该得到承认。"厄秀拉说。

　　"的确应该,"戈珍说,"但是,真正的美应该是绝对平凡的,就像街上的一个行人那么平凡。这样你才是人类的杰作,当然不是实际意义上的行人,是指艺术创造出来的行人。"

"真可怕!"厄秀拉喊道。

"当然啦,厄秀拉,是真可怕。你无法超越尘世,十足的朴素才是艺术创造出来的平凡的美。"

"不把自己打扮好可太没意思了。"厄秀拉笑道。

"太没意思了呗!"戈珍说,"真的,厄秀拉,这的确很没意思,就是这么回事。一个人若希望自己能滔滔不绝,便学着高乃依那样夸夸其谈。"

戈珍口若悬河地说着,脸红了,心也跟着激动起来。

"而且昂首阔步,"厄秀拉说,"人们总想像鹅群中的白天鹅那样昂首阔步。"

"是的,"戈珍叫道,"鹅群中的白天鹅。"

"他们都争相装扮成丑小鸭,"厄秀拉讥讽地笑着说,"可我从不觉得自己是一只丑陋的小鸭子。我会自然而然地以为自己是鹅群中的白天鹅,而不是丑小鸭。是人们让我有这样的感觉。我才不顾他们怎么看我呢,随便他们怎么看。"

戈珍抬头看着厄秀拉,心里有点别扭,说不出的嫉妒与反感。

"当然,唯一能做的就是不管他们,就这样而已。"她说。

姐妹两人又回家了,回去读书、谈天说地、干点活儿,一直要到周一才开始上课。厄秀拉经常搞不清除了学校一周课程的始与终及假期的始与终以外,她还有别的什么可以等待。这就是全部的生活啊! 有时,当她好像感到如果生活就这样过去了,她就觉得害怕极了。但她并没有真的认命。她的精神生活很丰富,她的生活就像一株幼芽,慢慢发育着但还没有钻出地面。

第五章　在火车上

一天,伯金奉命去伦敦。他的住所并不很固定。他在诺丁汉有一处房子,因为他的工作大部分是在那儿开展。不过他经常去伦敦或牛津。他的稳定性很小,他的生活好像一点都不稳定,没有任何固有的节奏,没有任何实质的意义。

在火车站的月台上,他看见杰拉德·克里奇正在看报纸,显然他是在等火车。伯金站在人群中,他的本性决定了他不会主动接近别人。

杰拉德偶尔抬起头四下张望,这是他读报纸的习惯。虽然他在认真读报纸,但他必须随时监视四周。好像他头脑中存在双重意识。他一边思考着从报上看见的东西,苦思冥想着;一边盯着自己周围的一切,什么也逃不过他的眼睛。伯金在远处看着他,对他这种双重意识很生气。伯金还注意到,虽然杰拉德的社交举止异常温和,但他好像总不相信别人,总防着别人。

杰拉德最后看见了他,脸上露出喜色,走过来和他握手,这让伯金大吃一惊。

"你好,卢伯特,你这是去哪儿呀?"

"伦敦。我猜你也是去伦敦吧?"

"是的。"

杰拉德好奇地打量一下伯金的脸。

"如果你乐意的话,咱们就一起旅行吧。"他说。

"你不是经常是坐头等车厢吗?"伯金问。

"那是由于我不想挤在人群中,"杰拉德说,"但是三等车厢也可以忍受。车上有一节用餐车厢,我们可以去那喝茶。"

再没什么其他的可说的了,两个人只好都把目光投向车站墙上的挂钟。

"报纸上有什么新闻啊?"伯金问。

杰拉德快速扫了伯金一眼,说:

"瞧报上登得多么诙谐吧,有两位领导人物,"他挥挥手中的《每日电讯报》说,"都是报纸上日常的套话。"他向下看着那个专栏说:"看这个标题,我不知道你想给它起个什么名字,差不多算随笔吧,和这两个领导人物一齐刊登了出来,说必须有一个人崛起,他会赋予事物新的价值,传授我们新的知识,告诉我们新的真理,让我们对生活抱有新的态度,新的希望。否则过不了几年,我们就会消亡,国家也会毁灭。"

"我觉得这也有点报纸惯有的腔调。"伯金说。

"但是听起来作者说得还挺真诚的。"杰拉德说。

"让我看看。"伯金说着,伸手要拿报纸。

火车到了,他们两人进了用餐车厢,找了一个靠近窗口的位置,对着坐下来。伯金快速浏览了一下报纸,然后抬头看了看杰拉德,杰拉德正在等他说话。

"我认为作者说的是这意思。"他说。

"你认为他的话可信吗? 你认为我们真的需要一部新的指导书吗?"杰拉德问。

伯金耸了耸肩,说:

"我觉得那些崇尚新宗教的人其实最难接受新事物。他们需要的只是新奇罢了。但是话又说回来,重新审视我们的生活,我们要么自作自受、要么自暴自弃,可要让我们绝对地抛弃自身的旧偶像这是不可能的。但是不管怎样你在新事物没有出现之前总得先要摆脱旧的,甚至是旧的自我。"

杰拉德注视着伯金。

"你觉得我们应该毁掉这种生活,立刻开始腾飞吗?"他问。

"这种生活。对,我想这样。我们必须彻底把它毁灭,否则它就会从内部枯萎,就像让一张绷得紧紧的皮萎缩一样。它已经没有力量膨胀了。"

杰拉德的眼神中透着一丝奇怪的笑意,他很高兴,人显得淡定而又古怪。

"那你打算怎么开始这种生活? 我想你的意思是要改革整个社会制度?"他说。

伯金的眉头微微皱着。他对这种谈话也感到没有耐心了。

"我什么打算也没有,"他回答,"当我们真的要走向更好的东西时,我们就要舍弃旧的。不舍弃旧的,任何提议对于自以为是的人来说都不过是令人反感的小把戏。"

杰拉德眼里的微笑渐渐消失了,他冷漠地看着伯金说:

"你真觉得事情有那么糟糕吗?"

"嗯,一团糟。"

杰拉德眼中又浮现了笑意。

"在哪些方面?"

"各个方面,"伯金说,"我们是一些意志消沉的骗子。我们的观念就是自欺欺人。我们理想中的完美世界是廉洁、正义、充实的。于是我们不顾一切把地球搞得很肮脏;我们的日常生活成了一种劳动污染,就像昆虫在污浊的浑水中穿行一样。这样,你才能变得富有,你的矿工家才能买得起钢琴,你时尚的住宅里才会有仆人和汽车或者其他奢侈品,而作为一个国家,我们才会有里兹饭店或帝国饭店这些顶级的饭店,才会有《加比·戴斯里斯》或《星期日》这样的著名报社。这多么让人丧气。"

这通激烈的指责让杰拉德好久才回过神儿来。

"你觉得我们的生活没有房屋行吗? 我们要重返自然、返璞归真吗?"他问。

"我不想要任何东西,只想让人们跟随自己的心——能做什么就做什么。如果他们能大有作为,世界也许又是另外一种样子了。"

杰拉德思考着,他并不想把伯金得罪了。

"难道你不觉得矿工家的钢琴是象征着某种特别真实的东西吗? 它不是象征着矿工家高层次的生活水平吗?"

"高层次!"伯金喊道,"是的,是高层次。令人惊讶的顶级奢侈品。有了这些,他就可以在其他的矿工眼里变得高高在上了。他是通过周围的人的看法来看待自己,就像布罗肯峰上的幽灵一样。他用钢琴支撑着自己,高人一等,所以虚荣心得到了满足。你也是这样的吧。如果你对人类变得至关重要,你自己也就觉得你变得举足轻重了。因此你在矿上很卖力地工作。如果你一天采的煤可以做六千份饭菜,你的身价就提高了,比你为自己做一份饭菜提高了六千倍。"

"我想应该是这样的。"杰拉德笑着说。

"你还不明白吗，"伯金说，"帮助我的邻居不过等于帮助我自己。'我吃、你吃、他吃、我们吃、你们吃、他们吃'，还有什么吗？人们为什么要变动吃这个动词呢？第一人称单数对我来说已经足够了。"

"你应该把物质的东西放在首位。"杰拉德说，但伯金并没有在意他的话。

"我必须为了什么活着，我们不是牛，不是只满足于吃草。"杰拉德说。

"告诉我，"伯金说，"你为了什么活着呢？"

杰拉德露出一脸不解的表情。

"我为什么而活着？"他重复道，"我想我活着是为了工作，为了生产些什么，因为我是个做事有目的的人。除此之外，我活着是因为我正活着。"

"那你的工作是什么呢？你的工作就是每天从地下挖出几百吨煤来。等我们有了充足的煤，有了华丽的家具和钢琴，吃够了炖兔肉，解决了肚子的温饱问题后再听年轻女人弹钢琴，然后又怎么样？当你在物质条件上有了真正良好的开始后，你还准备做些什么？"

杰拉德对伯金的话和具有讽刺意味的幽默报以嘲笑的态度。但是他也在思考。

"我们还没走到那一步呢，"他回答，"还有很多人依然吃不上兔肉，没有东西烧火去炖兔肉。"

"你的意思是说，你挖煤的时候，我就该去捉兔子？"伯金嘲讽着说。

"有那么点意思。"杰拉德说。

伯金眯着眼睛看着杰拉德。他看得出来，杰拉德即使脾气很好，但为人有些阴冷，他甚至从他那自以为是的道德论中看出了某种怪异、恶毒的东西在蠢蠢欲动。

"杰拉德，"他说，"我很恨你。"

"我知道，"杰拉德说，"什么原因呢？"

伯金思考了一会儿说：

"我倒想知道，你是不是也恨我。你是不是故意和我作对，莫名地恨我？有时我真的恨透你了。"

杰拉德吓了一跳，甚至有点无所适从。他简直惊呆了。

"我也许有时恨过你，"他说，"但我没注意到——从来没有敏感的意识，就这样。"

"那更不好了。"伯金说。

杰拉德奇怪地盯着他，他搞不懂。

"是更不好吗？"他重复说。

火车在继续行驶，两个人都没再说话了。伯金的脸上挂着一副恼火的紧张表情，眉头紧锁。杰拉德小心翼翼地看着他，揣摩着，不知道伯金接下来要说什么。

忽然，伯金直直地、坚定地看着杰拉德的眼睛，问：

"你认为你生活的目标和目的是什么呢？"

杰拉德再一次感到惊讶，他想不明白这位朋友的意思。他是不是在开玩笑？

"我一时可说不出来。"他有点嘲讽地说。

"那你觉得生活的全部就是活着吗？"伯金直截了当、非常严肃地问。

"你指的是我自己的生活吗?"杰拉德问。

"是的。"

杰拉德果然真的迷惑了。

"我也说不清,"杰拉德说,"现在我的生活还没完全定型。"

"那么,到现在你的生活是怎样的呢?"

"哦,发掘事物,获得经验,然后做成一些事。"

伯金皱着眉头,脸也皱得像一块棱角分明的模型。

"我发现,"他说,"一个人需要某种真正、纯粹的个人行动,爱就是这样。可我并不真的爱哪个人,至少现在还没有。"

"你就没有真正地爱过什么人吗?"杰拉德问。

"有,也可以说没有。"伯金说。

"最终没有吗?"杰拉德说。

"最终? 最终没有。"伯金说。

"我也是这样。"杰拉德说。

"那你想要这样吗?"伯金问。

杰拉德眼神闪烁,嘲讽的目光长久地和伯金的目光对视着,说:

"我不清楚。"

"可我清楚,我要去爱。"伯金说。

"真的?"

"是的,我需要真正的爱。"

"真正的爱。"杰拉德重复道。

"就只需要一个女人吗?"杰拉德补充道。晚上的灯光在田野上洒上一层橘黄色,照着伯金紧张、茫然却又坚定的脸庞。杰拉德依然看不透伯金。

"是的,就只需要一个女人。"伯金说。

但杰拉德却认为伯金这不是自信,只是执拗罢了。

"我不相信,一个女人,只一个女人就能组成我的全部生活内容。"杰拉德说。

"难道连你和一个你深爱的女人之间的爱也不行吗? 这可是组成生活的核心部分。"伯金说。

杰拉德眯着眼睛盯着伯金,有点古怪、阴险地笑着说:

"我从来没有过那种感觉。"

"没有吗? 那你生活的中心点又是什么呢?"

"我不知道,我正希望有个人告诉我呢。就我目前来看,我的生活还根本没有一个中心点,只是被社会的一切人为地扯到一起的。"

伯金思考着,觉得自己好像要挑破点什么。

"我明白,"他说,"它正好没有中心点。旧的意识像指甲一样死去了,丝毫没有留下。对我来说,好像只有和一个女人完美的结合才是永恒的,这是一种高尚的婚姻,除此之外其他什么价值都没有。"

"你是不是说,如果没有女人就没有世界上一切了呢?"杰拉德问。

"太对了,连上帝都不存在了。"

"那我们就没活路了。"杰拉德说。他扭过头去盯着车窗外,金色的田野飞奔而过。

伯金不得不承认杰拉德的脸既精致又英俊，但他强装漠然不去看。

"你觉得这对我们没有好处吗？"伯金问。

"是的，如果我们非要从一个女人那里填补生活，只是从一个女人那里，这对我们没有好处，"杰拉德说，"我不相信我会那样活着。"

伯金几乎愤怒地盯着杰拉德说：

"你天生就什么都不相信。"

"我只相信我所感知到的。"杰拉德说。说着他又用那双闪着蓝光、很有男子气概的眼睛嘲讽地看了看伯金。伯金的眼睛此时烧着怒火，但没过一会儿，这目光又变得烦恼、焦虑，然后漾起了柔和、热情的笑意。

"这太让我烦恼了，杰拉德。"伯金皱着眉头说。

"我看得出来。"杰拉德说着嘴角上闪过男子气十足的好看的微笑。

杰拉德不由自主地被伯金吸引着。他想靠近他，想受到他的影响。在伯金身上有某些地方和他很像。但是，除此之外他没注意到太多其他的。他感觉他自己杰拉德拥有别人不知道的、更经得起考验的真理，他感觉自己比年长并且见识广。但他喜欢朋友伯金身上那一触即发的热情、活力和闪光、激烈的言辞。他欣赏伯金的口才和快速表达交流感情的能力，但伯金所说的真正含义他并没有真正思考过，他知道他搞不懂，思考也没用。

伯金心里明白这一点。他知道杰拉德喜欢自己但并不重视自己。这让他对杰拉德很冷漠。火车在行驶，伯金盯着外面的田野，杰拉德被忘记了，对他来说杰拉德已经不存在了。

伯金盯着田野和夜空，思考着——如果人类灭亡了，如果我们这个种族像索德姆城一样被毁灭，但夜晚依然这么美丽，田野和森林依旧这么美好，我也会感觉知足的，预示这一切的东西都在，永远不会消失。总之，人类不过是未知世界的一种特殊表现形式罢了。如果人类灭亡了，这只能表明这种特殊的表现形式完成了，结束了。已经得到表现的和将被表现的是不会消失了，它就在这美丽的夜晚中。让人类毁灭吧，让时间来决定。创造的脚步是不会停止的，它们只会存在于时间里。人类并不能表现那未知世界的意义。人类是一种无生命的文字。会有一种新的表现方式，以一种新的方式。让人类尽快毁灭吧。

杰拉德的问话打断了他的思绪："你在伦敦住哪里？"

伯金抬起头回答：

"住在索赫区一个人家中。我租了一间房，任何时候都可以去住。"

"这主意挺好，怎么着也算你自己的地方。"杰拉德说。

"是的。但是我并不那么在意这些，我对那些不得不去打交道的人感到厌烦了。"

"哪些人？"

"艺术家、音乐家、伦敦那帮豪放不羁的文人们，那帮斤斤计较、精打细算、小里小气的艺术家们。但是也有那么几个人是体面的，在某些方面称得上体面人。这些人是绝对的厌世者，也许他们活着的目的就是和这个世界作对，反对一切，他们的态度可算够消极的。"

"他们都是做什么的？画家，音乐家？"

"画家、音乐家、作家、一批食客，还有模特儿，他们和传统公开决裂，但又没有确定的归属。他们大多数是大学生，也有自己谋生的女人。"

"都很不羁吗？"

伯金看得出杰拉德的好奇心被勾起来了。

"可以这么说，但大部分还是循规蹈矩的。别看挺罕见，其实都是一回事。"

他看看杰拉德，发现他的蓝眼睛中燃烧着一小团好奇的欲望之火。他还发现他长得太精致了。杰拉德很让人着迷，他好像血气很旺盛，令人心动。他那蓝色的目光尖锐而冷漠，他身上有一种特殊的美，那是一种顺从的美。

"我们是不是可以看看他们各自的本事？我要在伦敦停留二三天呢。"杰拉德说。

"行，"伯金说，"我可不想去剧院或者音乐厅，你最好来看看海里戴和他的那帮朋友吧。"

"谢谢，我会去的，"杰拉德笑道，"今晚你要做什么？"

"我约海里戴去庞巴多，那地方不好，但又没有其他地方可去。"

"那地方在哪儿？"杰拉德问。

"在皮卡迪利广场。"

"哦，那儿呀，我能去吗？"

"当然，你会很高兴的。"

夜幕悄悄降临，火车已驶过了贝德福德。伯金望着窗外远处的原野，心中感觉非常失落。每到要到达伦敦时，他都会产生这种绝望感觉。他对人类的反感，对芸芸众生的反感，几乎成了他的一块心病。

　　"宁静灿烂的黄昏
　　在遥远的地方微笑。"

他像一个在等待执行死刑的人一样自言自语着。这把杰拉德细微的感觉触醒了，他向前倾着身子笑问："你在说什么呢？"伯金瞥了他一眼，笑着又重复说：

　　"宁静灿烂的黄昏
　　在遥远的地方微笑，
　　田野上羊儿
　　在吃草。"

杰拉德现在也盯着田野看。伯金不知为什么现在感觉疲惫和失落，对杰拉德说：

"每当火车快要到达伦敦时，我就感觉厄运将至。我感觉那么绝望，那么失落，好像世界的末日就要到了。"

"真的！"杰拉德说，"世界的末日让你感到害怕吗？"

伯金微微耸了耸肩。

"我不知道,"他说,"当世界即将毁灭而又没有毁灭时才最让人感到恐惧。但是这里的人们给我的感觉太坏了,太坏了。"

杰拉德的眼睛中闪过一丝兴奋的笑意。

"是吗?"他打量地盯着伯金说。

几分钟后,火车穿行在罪恶的大伦敦市区里了。车厢里的人们都振奋起精神准备下车了。最终火车驶进了由一个巨大拱顶笼罩着的火车站,来到伦敦城莫大的阴影中。伯金下了车,到了。

两个人一起进了一辆出租汽车。

"你是不是感到像要进地狱了?"伯金问道。他们坐在这小小的快速行驶着的车里,盯着外面丑陋不堪的大街。

"不。"杰拉德笑着说。

"这是真真正正的死亡。"伯金说。

第六章　薄荷酒

几小时以后他们又在酒馆里遇见了。杰拉德推开门走进宽敞高雅的大厅，透过缭绕的烟雾可依稀辨别出顾客们的脸和头，这些人影反射在墙上挂的大镜子里，景象更加昏暗、杂乱，一走进去就像进入了一个朦胧、昏暗、烟雾缭绕、人影绰绰的世界。不过，在嘈杂的欢声中，红色的绒椅倒显得真实了。

杰拉德慢慢地审视着四周，走过一张张桌子和杂乱的人群，每过一处人们都纷纷抬起头来看他。他好像进入了一个神奇的地方，穿过一处闪光的地方，来到了一群放荡的人之间。他感到心情愉悦，快活。他俯视着那些露出桌面的一张张面孔，发现人们的脸上都闪着奇异的光彩。然后，他看见伯金起身向他打招呼。

伯金的桌旁坐着一位金发女子，头发剪得很短，样式很讲究，披散下来，发梢微微向上卷到耳边。她娇小可爱，肤色白皙，有一双透着童真的蓝色大眼睛。她娇嫩，甚至可以说是如花似玉，神态也很迷人。看见她，杰拉德的眼前一亮。

伯金看上去麻木，魂不守舍，向大家介绍说这女子是塔林顿小姐。塔林顿小姐牵强地向杰拉德伸出手来，眼睛却阴郁、大胆地注视着他。杰拉德容光焕发地落了座。

侍者过来了。杰拉德瞥了一眼另外两个人的杯子。伯金喝着一种绿色的饮料，塔林顿小姐的小酒杯里只有几滴酒了。

"还要一点吗？"

她把酒杯里最后一滴也喝光了，放下了杯子说："白兰地。"侍者退下了。

"不，"她对伯金说，"他还不知道我已经回来了。他要是看见我在这儿他肯定会大吃一惊。"

她说起话来有点嚼舌，像小孩子一样，对于她的性格来说，这既像是装腔作势又像是真的。她的语调平和，不那么动人。

"他现在在哪儿呢？"伯金问。

"他在纳尔格鲁夫人那儿举办个人画展呢，"姑娘说，"沃伦斯也在那儿。"

"那么，"伯金没有感情但以爱护的口气问她，"你打算怎么办？"

姑娘伤心地沉默不语。她讨厌这个问题。

"我并没打算做点什么，"她回答，"我明天将去找雇主，给他们当模特儿。"

"去谁那里呢？"伯金问。

"先到班特利那儿，但是我相信我上次出走的事情他肯定生气了。"

"你是指从马多那里出走吗？"

"是的。如果他不需要我，我可以在卡马松那儿找到一份工作。"

"卡马松？"

"弗德里克·卡马松，他是搞摄影的。"

"拍穿薄的纱衣露肩膀的照片。"

"是的。但是他可是个一本正经的人。"

"那你准备怎么对裘里斯？"他问。

"不怎么,"她说,"我不搭理他就是了。"

"你彻底跟他断了?"她不高兴地扭过脸去,不回答这个问题。

这时另外一位年轻人大步走了过来。

"哈啰,伯金,哈啰,米纳蒂,你是什么时候回来的?"他急切地问。

"今天。"

"那海里戴知道吗?"

"我不知道,再说我也不在乎他知不知道。"

"哈!还是那儿运气好,不是吗?我搬到这张桌子上来,你不介意吧?"

"我在同努卢伯特谈话,你也不介意吧?"她有些冷酷但恳请求说。像个孩子。

"勇敢自觉地忏悔,对灵魂有益,啊?"小伙子说,"那,再见了。"

小伙子尖锐的目光瞅了一下伯金和杰拉德,转身离开了,上衣的下摆也跟着旋转。

在这个过程中,杰拉德基本上全然被人遗忘了。但他能感觉这姑娘意识到了他的存在。他耐心地等待着,倾听着,随时准备凑上去说几句。

"你是要住在那所房子里吗?"姑娘问伯金。

"是,住三天,"伯金说,"你呢?"

"我不确定。但是我可以住到伯萨家,任何时候都可以。"

接着是一阵沉默。

忽然这姑娘转向杰拉德问:

"你对伦敦熟悉吗?"

她的语气很官方、客气,像自认自己社会地位低下的女人一样态度疏远但又表示出对男人的亲近。

"我也说不上熟悉,"杰拉德笑道,"我来过伦敦好多次了,但我还是第一次来这个地方。"

"你不是艺术家吗?"她一句话就将他推出了自己的圈外。

"不是。"他回答道。

"人家是一位战士、冒险家、工业界的拿破仑。"伯金说,流露出他对自由艺术家的信任。

"你是战士吗?"姑娘冷漠但好奇地问。

"不,"杰拉德说,"我已经退伍多年了。"

"他加入了上次的大战。"伯金说。

"真的吗?"姑娘惊讶地问。

"他后来考察了亚马孙河,"伯金说,"现在他经营着一座煤矿。"

姑娘目不转睛、惊讶地盯着杰拉德。听别人这样夸自己,杰拉德笑了。他感到自豪,浑身充满了男子汉的力量和气概。他蓝色的眼睛闪闪发光,洋溢着笑意,脸上容光焕发,露着满意的表情,他的脸和金黄色的头发充满了生机。他把姑娘的好奇心激起来了。

"你要在这儿住多长时间?"她问。

"一两天吧,"他回答,"但是我并不着急回去。"

她依然用一双眼睛注视着他的脸,这眼神充满好奇,令他有些激动。他个人意识极强,他深深地为自己的迷人之处高兴。他感到精力充沛,能够释放出惊人的力量。同时他也意识到姑娘那蓝色的眼睛毫不避讳地盯着自己。她的眼睛很漂亮，媚眼睁得圆溜溜的，如鲜花一般，赤裸裸地盯着他。她的眼屏上好像荡漾着一层彩虹，有某种分歧的东西，就像油一样漂浮在水上，那是她那忧郁的眼神。在又闷又热的咖啡馆里，她没戴着帽子，宽松朴素的外套穿在身上很合身，领口用一根细带扎着蝴蝶结。这细带是用昂贵的双绉做的，柔软的带子从娇嫩欲滴的脖颈处垂下来，纤细的手腕处也绑着同样的带子。她面容纯洁姣好，实在太漂亮了。她长得优雅端庄，金黄色的鬈发披散下来，她挺拔、纤细、玲珑、柔软的体态显示出了每一处优美的曲线，脖颈显得更加纤细，烟雾围绕在她瘦削的双肩上。她很稳重，基本上不显露自己的表情，一副若即若离的姿态。

她太让杰拉德倾心了。他感到自己对她有一种巨大的掌控力，一种本能上让人心发痛的爱。这是由于她是个牺牲品。他感到她是处在他的掌控之下，而他则是在向她施舍恩惠。这让他感到自己的全身如过电般地兴奋，澎湃着情欲的浪潮。一旦他释放电能，他就会彻底把她毁灭。但她却心不在焉地等待着。

他们说了一会儿闲话，伯金忽然说：

"裘里斯来了！"说着他站起来，向新来的人挪动过去。姑娘好奇地动了动，那样子有些恶意，身子没转过来，只扭头朝后看过去。这时杰拉德看着她浓密柔顺的金发在耳朵边上拂动着。他感到姑娘在紧紧地盯着来者，于是他也看向那个来的人。他看见一位皮肤健康黝黑、身材高大，长长的黑发从黑帽子里露出来的小伙子行动缓慢地走了进来，脸上挂着纯真、热情但又缺乏活力的笑容。他走近了急忙上前和前来迎接他的伯金寒暄问好。

直到他走近了，他才注意到这有个姑娘。他退后，脸色发青，尖叫着：

"米纳蒂，你为什么会在这里？"

咖啡馆里的人一听到这尖叫声都像动物一样本能地抬起了头。海里戴却无动于衷，脸上露出近乎有点愚蠢的微笑。姑娘冷酷地看着他，那表情令人捉摸不透，但也有些无可奈何。她被海里戴控制了。

"你怎么回来了？"海里戴依然歇斯底里地叫着，"我跟你说过你不要回来。"

姑娘并没有回答，只是依旧漠然、沉重地直视着他，他向后面的桌子后退着，好像要是要保护自己。

"我知道你想让她回来，来，先坐下。"伯金对他说。

"不，我不想让她回来，我告诉过她，叫她永远别回来了。你还回来干什么，米纳蒂？"

"这跟你一点关系都没有。"她气恼地大声说。

"那你为什么回来？"海里戴提高声音大喊着。

"她愿意回来就让她回来吧，"伯金说，"你要不要坐下？"

"我不，我不想跟她坐一块儿。"海里戴叫着。

"我又不会伤害你，你根本用不着害怕。"她对海里戴尖锐地说，但语调中又分明有点自卫的意味。

海里戴走过来坐在桌旁，用手捂住胸口叫道：

"啊，你把我吓了一跳！米纳蒂，我希望你别再干这种事。你为什么要回来？"

"我回来跟你没关系。"她重复道。

"你又这样说。"他大叫。

她转过身,对着杰拉德·克里奇,杰拉德的目光跳动着,很高兴。

"你是不是很害怕野蛮人?"她用索然无味、孩子般的语调问杰拉德。

"不,可以说从来没怕过。总的来说,野蛮人本身是无害的——他们还没有出生呢,你不会觉得害怕的。因为你知道你可以打倒他们。"

"你真的不怕吗? 他们不是很凶恶很残暴吗?"

"不是很凶。其实世上没那么多凶恶的东西。无论是人还是动物,都只有极少数是危险的。"

"当然除了兽群。"伯金插话。

"真的吗?"她说,"我觉得只要是野蛮的东西都特别危险,你还没来得及四下里看看,他们就已经要了你的命。"

"你遇到过?"他笑着说,"野蛮的东西是没有办法划分等级的。他们就像有些人一样,他们只有见过一面后才会彼此兴奋起来。"

"那,做一名冒险者不是太恐怖了吗?"

"不,与其说是恐怖倒不如说是艰难。"

"啊! 那你就没害怕过吗?"

"在我一生之中? 我也不清楚。不过,我对有些东西还是怕的,我怕被关起来禁闭在某个地方,或着被约束起来。我怕被人绑住手脚。"

她注视着他,纯真的目光让他心动,头脑倒是冷静了。他感到她看到了他真实的自己,好像是从他躯体里黑暗的最深处看到的,这太有意思了。她想了解他,她的眼睛好像把他的裸体看透了。他知道,他吸引着她,她命中注定要和他相识,所以她必须观察他、了解他。这让他感到扬扬得意。同时他还感到她一定会投入到他的手心里,任由他掌控。她是那么平凡,像个奴隶似的,她痴迷了。倒不是说她对他说的话有兴趣,而是她被他的真实的自我迷住了,单纯地被他这个人迷住了,她需要知道他的秘密,需要有关男性的经验。

杰拉德脸上挂着奇怪的笑,容光焕发但并不是很清醒。他两个胳膊搭在桌上,一双晒得黝黑吓人的动物般的手向她伸展着,但是他的手形很漂亮。她被这双手迷住了,她知道自己已被深深地迷住了。

其他男人也来到桌前同伯金和海里戴闲聊。杰拉德压低声音冲米纳蒂说:

"你来自哪里啊?"

"从乡下。"米纳蒂声音很低,但很饱满。她的脸紧绷着,她还时不时地瞥一眼海里戴,随后眼中烧起了怒火。神色忧郁的小伙子一眼都不看她,但是他是真心怕她。有时她故意不理杰拉德,看来杰拉德并没有把她征服。

"那么,你回来跟海里戴有什么关系?"他仍旧用低沉的声音问她。

她沉默了好一会儿才不乐意地说:

"是他让我离开的,让我和他同居,但现在他想把我甩了,但又不让我跟任何其他人在一起生活。他想让我在乡下隐居。然后他说我把他害了,他没有办法摆脱我。"

"他真是失去理智了。"杰拉德说。

"他根本就没有理智,所以他不知道自己都做了些什么,"她说,"他总等着别人告诉他做什么。他从来没有做过任何他自己想要做的事,因为他不知道他想要做什么。他现在还是个孩子。"

杰拉德盯着海里戴那温和、颓废的脸。那张脸很有吸引力;那温和、热情的性格很舒服、宜人。

"但他并不能把你控制住,对吗?"杰拉德问她。

"你要知道是他强迫我和他同居的,我一点都不愿意,"她说,"他来冲我大喊,哭着说我要是不和他回去,他就没法儿活下去,你从来都没见过的眼泪可以那么多。每次他都会这样。可是现在我怀孕了,他想给我一百镑把我打发到乡下去,之后再也见不到我,再也得不到我的音信。我就不想这样。"

杰拉德脸上露出怪异的笑。

"你要生孩子了?"他怀疑地问。看她的样子,这好像不是真的,她那么年轻,那神态也不像怀孕的。

她注视着他的脸,现在她那天真的蓝眼睛窥探着,显出一副不可驾驭的表情。杰拉德心里燃起了一股怒火。

"是的,"她说,"是不是很糟糕?"

"你想要这个孩子吗?"他问。

"我才不要呢。"她用强调的语气说。

"但是,"他说,"你知道了多久了?"

"十周。"她说。

她一直盯着他,他则默默地思考着。然后他扭过身去,对她变冷漠了,却仍关切地问:

"我们吃点什么吧,你喜欢吃什么?"

"好的,"她说,"我喜欢吃牡蛎。"

"那好,"他说,"我们就吃牡蛎。"说完他示意侍者过来。

海里戴一直对这边的事视若无睹,直到她面前放了盛有牡蛎的小盘子,他才大喊:

"米纳蒂,喝白兰地的时候不能吃牡蛎。"

"这跟你有什么关系吗?"她问。

"没关系,没关系,"他叫道,"可喝白兰地的时候就是不能吃牡蛎。"

"我没有喝白兰地。"她说着把杯子里的最后一滴酒洒在海里戴的脸上。海里戴不禁大叫一声。可她却假装一点事没有地看着他。

"米纳蒂,你为什么要这样?"他害怕地叫道。在杰拉德看来,海里戴让米纳蒂吓坏了,他喜欢自己的这副恐惧样子。他好像因为自己怕她、恨她而从中得到乐趣,在害怕中有所体会;喜欢这种害怕的滋味。杰拉德觉得他是个怪异的傻瓜,但又别有一番味道。

"可是米纳蒂,"另一个男人小声地操着一口伊顿口音说,"你做过保证,说你保证不伤害他。"

"但我没伤害他呀。"她回答。

"你要喝什么?"那年轻人问。他肤色很黑,但皮肤还算光洁干净,浑身有那么点令人难以发觉的生机。

"我不喜欢别人伺候我,马克西姆。"她回答。

"你应该来点香槟。"马克西轻声地嘟哝着,很有绅士风度。

杰拉德忽然意识到这是对他的示意。

"我们就来点香槟好吗?"他笑着问。

"好的,请,那就喝香槟。"她咬着舌头有些幼稚地说。

杰拉德看着她吃牡蛎。她吃得很仔细,很讲究。她的手指尖敏感又漂亮,她优雅、缓慢地剥着牡蛎,仔细地品味着。她这样子很让杰拉德心里高兴,但却气坏了伯金。大家都在喝香槟,只有马克西姆看上去非常平静、清醒,他是个俄国人,穿着整齐,皮肤很有光泽,面色红润,黑头发擦得油亮油亮的。伯金脸色有些苍白、茫然、很不舒服。杰拉德微笑着,眼睛里发出开心但又冷酷的目光,很有绅士风度地向米纳蒂侧着身子。米纳蒂娇嫩、美丽,像一朵在黑暗中开放的冰花。现在她虚荣地涨红了脸,又因为喝了酒,周围又有其他男人在场,她很兴奋。海里戴还是看上去傻愣愣的。只需一杯酒就足以让他醉倒并咯咯地傻笑。但他总有那么点可爱的热情纯真的模样,这一点让他很有吸引力。

"我什么都不怕,除了黑甲壳虫以外。"米纳蒂忽然抬起头瞪大眼睛注视着杰拉德,那眼睛里似乎烧着一团看不见摸不着的火。杰拉德从骨子里发出一声令人毛骨悚然的笑。她孩子气的话触碰了他的神经,她火辣辣的目光全部停留在他身上,她忘记了她以前所有的一切,那样子颇为随意。

"我不怕,"她抗议,"我真的什么都不怕。就怕那个黑甲壳虫,嚯!"她耸耸肩,好像一想这些就无法忍受。

"你是不是说,"杰拉德喝了点酒,说话也变得谨慎,"你一看到黑甲壳虫就害怕呢,还是害怕它咬你、伤害你?"

"黑甲壳虫咬人吗? 我还真不知道。"姑娘问道。

"这真的太令人反感了!"海里戴惊叹着。

"我也不知道,"杰拉德审视着四周说,"关键并不是黑甲壳虫是否咬人。问题的关键是,你是不是怕它咬,或者说,它是不是一种抽象上的罪恶的东西。"

姑娘一直用迷惑的眼光注视着杰拉德。

"哦,我觉得黑甲壳虫可恨、可怕,"她叫道,"我一看见它,我就浑身起鸡皮疙瘩。如果还有那么一只爬到我的身上来,我敢说我会一定死的,我一定会死的。"

"我希望你不要这样。"年轻的俄国人低声道。

"我敢说我真的会,马克西姆。"她又强调了一遍。

"根本不会有虫子爬到你身上。"杰拉德很理解地笑着说。他说不清什么原因,反正就是能理解她。

"这是个抽象的问题,杰拉德说得对。"伯金说话了。

桌面上出现了不安的沉默。

"那么,米纳蒂,你还害怕其他的吗?"年轻的俄国人又问。他说话语速很快,声音很低,举止很绅士。

"难说,"米纳蒂说,"我害怕的也不见得都是这类东西。我不怕血。"

"不怕血!"又一个年轻人反问。这人脸色苍白但脸上肉很多,一脸的嘲笑表情,他刚刚坐下,还喝着威士忌。

米纳蒂留给他一个阴森、厌恶的一眼。

"你当真不怕血?"那人追问着露出一脸的嘲弄。

"不怕,真的不怕。"她反击。

"为什么呢? 恐怕你除了在牙医的痰盂里见过血之外,就没见过其他的血吧?"

小伙子嘲讽道。

"我又没跟你说话。"她聪明地反击。

"是不是你不能回答我的问题?"

她忽然抓起一把刀照着他苍白肥胖的手戳了过去,作为问题的答案。他咒骂着跳了起来。

"瞧瞧你那德行。"米纳蒂不屑一顾地说。

"他妈的,你——"小伙子站在桌边凶狠地俯视着她。

"行了。"杰拉德本能地立马站出来控制局面。

那年轻人轻蔑地看着她,苍白多肉的脸上露出一丝害怕的表情。血开始从手上流出来了。

"哦,太吓人了,快走开!"海里戴青着已吓得变形的脸大喊着。

"你觉得不舒服吗?"那位嘲讽人的小伙子关心地问,"不舒服吗,裘里斯?伙计,这根本不算什么,爷们儿,别让她认为自己演了一场好戏就高兴,别让她得意,爷们儿,她期望的就是这个。"

"哦!"海里戴大叫着。

"他要吐,马克西姆。"米纳蒂提醒地说。绅士的俄国小伙子站起来搀住海里戴的胳膊把他扶了出去。苍白、沉默的伯金选择袖手旁观,他好像不大开心。那位嘴巴很损的受伤者不顾自己流血的手,也离开了。

"他绝对是个胆小鬼,"米纳蒂对杰拉德说,"他影响了裘里斯。"

"他是什么人?"杰拉德问。

"他是个犹太人,真的。我没有办法忍受他。"

"哼,他没什么了不起的。但是,海里戴是怎么回事?"

"裘里斯将是你见过的最胆小的胆小鬼,"她叫道,"只要我一拿起刀,他就会晕过去,我把他吓坏了。"

"嚯!"

"他们都怕我,"她说,"只有那个犹太人想展示一下他的胆量。但他是世界上最胆小的懦夫,真的,因为他害怕别人对他有看法,而裘里斯就不在意别人怎么看他。"

"他们还是挺勇敢的嘛。"杰拉德和气地说。

米纳蒂看着他,脸上逐渐浮现笑容。她太美丽了,憋红了脸,遇上可怕的事依然泰然自若。杰拉德的眼睛里闪起两个亮点。

"他们为什么叫你米纳蒂? 是因为你长得像猫吗?"他问她。

"我想可能是吧。"她说。

他笑得更欢。

"你呀,倒不如说你像一只小母豹。"

"天哪,杰拉德!"伯金有点反感地说。

两个人都担忧地看着伯金。

"你今晚怎么这么沉默,努(卢)伯特。"她有了另一个男人的维护,对伯金说话也放肆起来。

海里戴回来了,满脸病态,看上去很悲伤。

"米纳蒂,"他说,"我希望你以后千万别再这样了,我的天啊!"他哀怨着坐在椅子上。

"你最好马上回家。"她对他说。

"我会回家的,"他说,"但是,你们都跟我来好吗?到我的家来。"他对杰拉德说:"你要是能来我就太高兴了。来吧,那太好了,是吗?"他四下里扫视着在找侍者。"帮我叫辆出租车。"然后他又哀怨起来,"哦,我真难受,难受极了!米纳蒂,看你干的这叫什么事,把我弄成这个样子。"

"那你为什么要这么傻呢?"她沉着脸冷静地说。

"我不傻!哦,太吓人了!来吧,都来吧,都来就太好了。米纳蒂,你来吧。什么?不,你一定得来,对,你一定得来。什么?哦,我亲爱的姑娘,别再这样了,我感觉,难受极了,哦!哦!"

"你知道你不会喝酒。"她冷漠地对他说。

"我告诉你,米纳蒂,不是喝酒的原因,是因为你令人作呕的行为,绝不是因为其他的。哦,太吓人了!里比德尼科夫,我们还是走吧。"

"他一杯酒就醉,只需一杯。"俄国小伙子用很低沉的声音说。

大家都走向门口。姑娘紧跟着杰拉德,好像同他步调相同。杰拉德发现了这一点,心里产生了一种恶魔般疯狂的满足,他的动作竟然可以两个人都适用。她被他用自己的意志控制着,她在他的控制下很兴奋,显得温顺、紧张、神秘。

他们五个人挤进了一辆出租车里。海里戴第一个歪歪扭扭地钻进去,在靠窗的位子上坐下了。然后米纳蒂跟着坐了进去,杰拉德紧挨她也坐下。年轻的俄国人向司机表明了目的地和方向,然后大家就挤坐在小小的出租车里了,海里戴哀怨着把头探出窗外。大家感觉车子在快速行驶着,摩擦的声音很让人郁闷。

米纳蒂紧挨着杰拉德坐着,好像全身变得酥软,自己的点点滴滴都融入到了他的骨骼中去,好像她是一道电流流进了他体内。她的生命融入了他的血管,就像一个黑暗的磁场,聚集在他的脊髓中,形成一股可怕的力量源泉。同时,她同伯金和马克西姆说话的声音变得微弱、冷淡起来。在她和杰拉德之间,存在着一种沉默与黑暗中的默契。然后她摸到他的手,把他紧紧攥在自己那只小手中。纯粹的黑暗,这赤裸裸的接近令他全身的血管颤抖,令他晕眩,他失去了感觉。她的话音仍像铃儿在响,不乏玩笑。她摇晃着头,浓密的黑发扫动着他的脸庞,这样让他的全部神经烧起来了,好像他的神经受到了细微的摩擦。但是,他力量的中心却是牢固的,他心中感到无比骄傲。

他们来到一条寂静的街道,踏上一条园中的小路,走了一程,一个黑皮肤的仆人把门打开,杰拉德好奇地望着开门人,猜测他或许是来自牛津的东方绅士,但他不是绅士,是仆人。

"沏茶,哈桑。"海里戴说。

"有我住的房间吗?"伯金说。

男仆对两人的话都微笑着吞吞吐吐地作答。

这仆人让杰拉德顿生疑问,这人身材修长,衣着体面,看上去是个绅士模样。

"哪个才是你的仆人?"他问海里戴,"他看上去很像样子嘛。"

"噢,因为他穿了别人的衣服。他确实是个挺漂亮的人。我看见他在街上挨冻挨饿,就把他领回来了,另一个人把一套衣服送给了他。他就这样儿,唯一的优点是他不会英语,不会说,也听不懂,所以他很牢靠。"

"他太脏了。"俄国小伙子以很快的语速说。

仆人正出现在门道里。

"什么事？"海里戴问。

男仆咧着嘴笑笑，然后害羞地嘟哝说："想和主人讲话。"

杰拉德好奇地盯着他们。那门道中的仆人长得挺好，很清爽，举止也文雅，看上去很高贵，有贵族味儿。但他又有点像野蛮人一样傻傻地笑着。海里戴到走廊里去和他说话。

"什么？"大家听他说，"什么？你说什么？再说一遍。什么？要钱？多要几个钱？但你要钱做什么？"那阿拉伯人吞吞吐吐地说了些什么，然后海里戴回到屋里，傻傻地笑着说：

"他说他用钱去买内衣。谁能先借给他一先令？好，谢谢，一先令够他买全部的内衣了。"他从杰拉德手里接过钱又向走廊里走去，大家听他说道："你别想再要钱了，昨天刚刚给了你三镑六先令。你不能再要钱了。快去把茶端上来。"

杰拉德扫视了一下屋里。这是一间普通伦敦人家的房子，很显然一租过来就是配好了家具的，屋里零乱但很舒适。但有几尊雕像和几幅木刻显得很怪异、让人感觉不舒服。这些艺术品出自西太平洋国家，那上面刻的当地土著人仿佛像人类的胎儿。其中一尊雕像是一个奇形怪状的裸女坐像，她受着折磨，肚子是凸起来的。俄国小伙子解释说她坐着是在分娩，两只手抓着套在脖子上的箍带，这样有利于生孩子。这奇形怪状的普通女人呆若木鸡的脸又令杰拉德想起了胎儿，但这尊雕像也很奇妙，它表明人体极端的感受是不受人的理性意识控制的。

"这是不是太淫秽了？"他反对的问。

"我不清楚，"俄国人嘟囔着，"我从来没有感觉它淫秽，我觉得它很好。"

杰拉德转过身去看另外几幅超现实主义风格的画和屋里的那架大钢琴。这间屋子所有的装饰物就是这些东西再加上伦敦出租房间的一般家具了。

米纳蒂把帽子摘下，把大衣脱掉，坐在了在沙发上。她在这屋里明显很有点这家主人的样子，但还是显得有些局促紧张。她还不清楚自己在这里的地位。她现在的盟友是杰拉德，但她不知道其他男人是否会承认他们这种同盟关系，承认到什么深度。她正思考如何处理眼前的局势，她决定体验一把。在这重要的时刻，她决不要再退缩了。她憋红了脸，好像随时准备要打一仗，眼睛审视着，但这一仗是避免不了的了。

男仆端着茶和一瓶科麦尔酒屋里来了，他把托盘放在了他们坐着的沙发前的桌子上。

"米纳蒂，"海里戴说，"帮大家倒茶。"

她没有动。

"我说让你倒茶，听见了吗？"海里戴重复着，样子却很害怕紧张。

"我今天到这儿来，可不再跟以前一样了，"她说，"我来这儿只是因为大家想让我来，并不是因为你。"

"我亲爱的米纳蒂，你知道你是这里的主人。我只是想让你在这公寓里享受，没其他意思，这你知道的，我已经跟你讲过多次了。"

她没有说话，却默默地有节制地伸手去拿茶壶给大家倒茶。大家都围桌坐下品着茶香。杰拉德可以感觉到他和她之间的联系像电磁般那么强烈，以至于他觉得这是在另一个场合。她不说话，控制着自己，她的沉默令他疑惑。他怎样才能亲近她呢？他感到这是避免不了的。他太相信那把他们两人联系在一起的电流了，他的疑惑只是表面现象，一旦新的条件产生了，旧的就会成为过去。这时一个人一定要听从自己的命运，该做哪些就做哪些，无论任何事都要去做。

伯金站起身来要离开。已经快到一点了。

"我要去睡觉了，"他说，"杰拉德，我明早会给你打电话，或者你给我这儿打电话。"

"好吧。"杰拉德答应着，伯金就离开了。

当伯金的影子完全消失了之后，海里戴有些激动地对杰拉说："我说，你留在这里吧，啊，留下吧！"

"你并不能给每个人都提供住宿。"杰拉德说。

"能，我可以啊，没问题，除了我的床，还有其他三张床，都留下吧。都是现成的，我这里总有人住的，我总把人留在这住，我喜欢人多，这屋里热闹。"

"但是只有两个房间呀，"米纳蒂冷酷、有敌意地说，"现在卢伯特也在这儿呢。"

"我知道这里只有两间房，"海里戴声音高得有点奇怪，"那又怎么了？不是还有一间画室呢嘛。"

他很单纯地笑着，诚恳地、坚定地说。

"我和裘里斯住一间。"俄国人小心谨慎、吐字清晰地说。海里戴和他在伊顿公学上学时就认识了。

"这很简单啊。"杰拉德说着伸展一下双臂，舒展了一下身体，然后又转头看一幅图画。他的全身被电流充斥，后背像老虎一样紧张地弓着，烧着一团火。他感到非常得意。

米纳蒂站起来，狠狠地朝海里戴瞪了一眼，这一瞪反而招来海里戴一个很纯真、憨厚的笑。然后米纳蒂向所有人冷漠地道了晚安，离开了。

屋里沉默了好一会儿，接着响起了关门声，然后马克西姆用文雅的语调说：

"好了，就到这里吧。"

他又善解人意似的看看杰拉德，点点头说：

"就这样吧，你没事了。"

杰拉德看看那张光洁、红润、精致的脸，又看看他那深邃的眼睛，好像那俄国人的声音是在血液中回荡，而不是在空气中。

"我本来就没事啊。"杰拉德说。

"是！是啊！你是没事。"那个俄国小伙儿说。

海里戴还在笑着，没有说话。

米纳蒂忽然又出现在门口，她那幼稚的小脸上表情阴冷、充满报复性。

"我知道你们就是想找我的茬儿，"她冷漠但大声地说，"但我不在乎，我不在乎你们挑我的毛病。"

说完，她立马转身又走了。她穿着一件棕色的宽松上衣，下摆在腰部系着。她看上去很娇小，像孩子一样很容易被人伤害，甚至还有点可怜。但她的眼神却让杰拉德感觉沉入了黑暗无底的深渊，他有点吓坏了。

男人们又抽着烟聊起天来。

第七章　图腾

　　第二天早上,杰拉德起得很晚,他这一夜睡得很香。米纳蒂依然在熟睡,像个孩子一样让人心疼。她娇小,身子蜷缩着,毫无防备,这一点让血气方刚的他很不满足,他感到自己很贪婪,令人遗憾。他又看看她,如果叫醒她那真是太残忍了。他控制住自己,走了出去。

　　杰拉德听到卧室里传来海里戴同和比德尼科夫的谈话的声音,就走到门口朝里面看了一眼。他穿着一件漂亮的蓝色绸衣,衣服边缘镶着紫水晶。

　　令他感到惊讶的是,他看见这两个年轻小伙子一丝不挂地躺在壁炉边上。海里戴抬起眼皮向上看看,很惬意。

　　"早上好,"他说,"哦,你需要毛巾吗?"说着他光着身子走到前厅去,那神奇的白色躯体在静态的家具中间穿行着。他拿回毛巾,又走到原来的位置上,挨着火蜷缩着坐下。

　　"你喜欢让火舌暖一暖你的皮肤吗?"他问。

　　"那很舒服吧?"杰拉德说。

　　"在这不用穿衣服的季节里,生活真是美妙呀。"海里戴说。

　　"是啊,"杰拉德说,"还得没有那么多蚊虫叮你、咬你才行。"

　　"这点可对人不利。"马克西姆嘟哝道。

　　杰拉德盯着这皮肤金黄的人间裸体动物,心里有点反感,他感到羞耻。海里戴则完全不同。他身上有那么一种庄重、懒洋洋、很慵懒的美,皮肤黑黝黝的,骨架很结实,很像躺在圣母玛利亚怀抱里的基督。杰拉德还发现海里戴的眼睛很漂亮,他那眼睛是棕黄色的,闪着温暖、迷离的光,眼神中显出些沮丧。火光照在他坚实圆滚滚的肩膀上,他蜷坐着倚在壁炉前的围栏上,一副慵懒的神态。他仰着脸,脸色有些发白,神情迷离,但依然很漂亮精致。

　　"但是,"马克西姆说,"你去过人们经常赤身裸体的热带国家呀。"

　　"真的吗!"海里戴好奇地喊,"哪儿?"

　　"非洲和亚马孙河流域。"杰拉德说。

　　"啊,太棒了! 我最想做的一件事情就是终日不穿任何衣服走来走去。要是我能做到这一点,我才会感觉我还活着。"

　　"那是什么原因呢?"杰拉德问,"我不认为这有什么区别。"

　　"不,我感觉那太美了。我敢确定,这样生活就是另一模样,和我们现在的生活完全不同,百分之百的美妙。"

　　"可这是什么原因呢?"杰拉德问,"为什么呢?"

　　"啊,那样,人就是每时每刻在感知事物,而不仅仅只是旁观者。我更喜欢感知我周围流动的空气,感知我周围的一切,而不是仅仅观察。我敢说,生活之所以全变了样儿,就是由于我们太把它视觉化了——我们既不听,也不去感受,更不能理解,我们就只能用眼睛看。我敢说,这么做完全错了。"

"对,说得对,说得对。"那个俄国人说。

杰拉德瞥了一眼他柔和、金黄的裸体,他的四肢像光洁的树枝,黑头发长得很漂亮,随心所欲地舒展着,像植物的触角一样。他很健康,身材也很好,但他为什么让人感到羞耻、令人厌恶呢? 为什么杰拉德会对这裸体生厌,为什么这裸体好像损害了他的尊严呢? 难道人本身就是这样的吗? 多平凡啊! 杰拉德这样想着。

伯金穿着白色的睡衣忽然出现在门道里,他的头发湿着,一条毛巾搭在胳膊上。他冷漠、苍白,甚至有点瘦弱。

"浴室没人了,要洗就过来吧。"他对大家说,说完刚要走,杰拉德就把他叫住了:

"听我说,卢伯特!"

"说什么?"那白色的人影像幽灵一般又出现了。

"你觉得那雕塑怎么样? 我想知道你的想法。"杰拉德说。

伯金脸色苍白,幽灵般轻轻地走到那尊野女人在生育的雕像前。

她蜷缩着腹部隆起的裸体,双手抓着脖子上的带子。

"我觉得这是件艺术品。"伯金说。

"太美了,太美了。"俄国人说。

大家都围过来看。杰拉德盯着这几个男人:俄国人躯体是金黄色的,像一棵水生植物;海里戴修长、庄重、散淡、很精致;伯金非常苍白、有一种朦胧的美,他仔细地盯着那女人的雕像,那形象难以用语言形容。杰拉德感到一阵别样的激动,也过去看那木雕了,看着看着他的心都皱缩了。

他用自己的心盯着这野蛮的女人那向前伸出的铁青色的脸,脸上的肌肉紧绷着,全身都在使劲。这是一张吓人的脸,紧缩着,因为下身的痛感太剧烈,这张脸已经缩得变形了。他从这张脸上看到了米纳蒂的影子,好像他是在梦里认识了她。

"为什么说它是艺术品?"杰拉德感到诧异,厌恶地问。

"它传达了一条绝对的真理,"伯金说,"它包含了那种条件下的全部真理,不管你的感受是如何的。"

"可你怎样也不能称它是高雅艺术。"杰拉德说。

"高雅! 在这座雕塑之前,艺术已直线发展了几十个世纪了,这雕塑标志着某一特殊文化上的惊人的高度。"

"什么文化?"杰拉德问,他讨厌纯粹野性的东西。

"纯粹靠感觉的文化,肉体认知的文化,真正最高的肉体认知,毫无思想的作用,十足的肉感。太肉感了,所以是艺术的终极,最高级的艺术。"

可是杰拉德对此表示反对。他企图保留某种思想,即诸如衣服之类的个人观念。

"你喜欢反面的东西,卢伯特,"他说,"那是些和你不同的东西。"

"哦,我知道,这并不是全部。"伯金说着离开了。

当杰拉德洗完澡回他房间的时候,他也没有穿衣服,而是把衣服搭在手臂上。他在家时很有规矩,可一离开家,过现在这种放荡的生活,他就享受这种令人难以忍受的生活方式了,彻底放开。于是,他手臂上搭着衣服,挑战自己,走回屋里去了。

米纳蒂一动不动静静地躺在床上，圆圆的蓝眼睛就像一泓宁静、悲惨的清水。杰拉德只能看到她眼睛里那一潭深不见底的死水。或许她很痛苦。她那莫名其妙的痛苦激起了他心中原始的激情，一种撕心裂肺的同情和近乎于残忍的激情。

"醒了？"他问。

"几点了？"她平静地问。

她仿佛像液体一样从他这里向四周流动，再孤立无援地离开他，向下沉着。她纯真的表情看上去像一个受伤的奴隶，她只有一而再再而三地受到伤害，内心才会得到满足，这副样子让他的神经颤抖，把他强烈的欲望激起来了。归根结底，他的意识对她来说是唯一的意识，而她只是他意识的跟随者。他被这种奇妙的感觉折磨着。然后他知道他必须马上离开她，他们必须分开。

这顿早饭吃得很简单，气氛很宁静。四个男人洗完澡，看上去那么清爽。杰拉德和俄国人的外表与绅士风度都很适当。伯金则憔悴发黄、一脸病容，他想象杰拉德和马克西姆那样穿得合时宜些，可他那身打扮表明他做不到这一点。海里戴穿着粗毛呢大衣和法兰绒的衬衫，扎了一条旧领带，这条领带与他倒很相配。那阿拉伯人端上来很多烤面包，他看上去和昨天晚上没什么差别。

吃完早饭以后，米纳蒂过来了，她穿着一件绸大衣，系着一条闪闪发亮的腰带。她有点恢复过来了，但依然郁郁寡欢。这时谁和她讲话对她都是一种痛苦。她的脸像一只小巧的面具，有点吓人，脸上笼罩着难以忍受的痛苦表情。快到中午了。杰拉德站起身来出去做他的事了，走的时候心里很满意。但他并没有就此罢休，他还会再回来的，晚上他们要一起吃晚餐，他为这些人在音乐厅订了位置，但是伯金不参加。

晚上大家又很晚才回到这，喝得脸通红通红的。那阿拉伯人晚上十点到十二点的时候没在，现在默默、自觉地端着茶点进来了，低低地弯着腰，像豹子一样，进来后把茶点托盘轻轻地摆放在桌子上。他的面容还是没有变化，依然像贵族，皮肤带点灰色，他还年轻，很好看。但是伯金一看见他就感到有点反感，感到他脸上的灰色像灰粉或腐烂后的颜色，在他那贵族气的表情中透露着某种令人恶心的兽性般的愚笨。

大家又高兴地聊起来，聊得很热闹。但已经有了要解散的气氛。伯金有些恼火透顶；海里戴已经对杰拉德恨得咬牙切齿；米纳蒂变得又冷漠又残忍，像一把锋利的尖刀；海里戴对她可算是全力讨好。而她的目的就是最终征服海里戴，完全控制他。

早上大家又悠闲起来，但杰拉德可以感觉出大家对他怀有某种特殊的敌意。这让他变得倔强起来，他要和他们对抗。他又多待了几天，结果是在第四个晚上和海里戴发生了一场激烈的恶战。在咖啡馆里，海里戴很荒唐地对杰拉德表现出敌意，于是他们吵起架来。有一阵，杰拉德差点就要打海里戴的脸，但是他忽然感到一阵反感乏味，于是拂袖而去，让海里戴白白得了个胜利去吹牛。米纳蒂没有任何反应，她立场很坚定，马克西姆也离得远远的。那天伯金不在那里，他又去城外了。

杰拉德感觉有点别扭，因为他走的时候没给米纳蒂留下点钱，但是他真的不知道她是不是缺钱。但如果给她十镑她也许会开心的，并且他会很乐意给她钱的。现在他感觉自己做了错事。他边走边伸出舌尖舔着唇上剪得短短的胡茬儿。他知道米纳蒂巴不得把他甩掉呢,她又征服了她的海里戴。她思念海里戴,要彻底征服他,然后会和他结婚。她早就想和他结婚了,她已下定决心要和海里戴结婚。她不想再听到有关杰拉德的消息,但遇到困难时依然会向他求救,因为无论怎么说杰拉德是她认为是男子汉的人,另外那一堆人,比如海里戴,里比德尼科夫还有伯金这些放荡的文人和艺术家不过是半条汉子罢了。可她能对付的就只能是这些半条汉子们了。跟他们待在一起她就有自信。像杰拉德这样真正的男子汉让她敬而远之,不敢越雷池半步了。

她依然尊重杰拉德,这是事实。她想办法弄到了他的地址,这样她在失意时就可向他求助。她知道他想给她送钱,也许在哪个阴雨天她会给他写信的。

第八章　布莱德比

　　布莱德比这座建筑是乔治时期的,用的格林斯式的柱子。它坐落在德比郡的山谷中,一个更为柔和、翠绿的山谷,在克罗姆福德附近。俯视过去,它的正面是一块碧绿的草坪、一些葱绿的树木和几座在幽静捕猎园中的鱼池。马厩、菜园和厨房则分布在屋后的林木丛中,再往后看去则是一片森林。

　　这个地方相距公路有好几英里远所以很静谧,相距德汶特峡谷和风景区也有一段路程。远离喧嚣的城市,充满宁静的房屋被林木掩映着,只显露出屋顶的金色,从房子的正面俯视就能看见下方的猎园。

　　最近的一段时间里,赫麦妮一直在这座宁静的房子里住着。她远离了伦敦、牛津,隐居在寂静的乡村。她父亲经常居住在国外,要么是一些来访者陪着她一起在家中度日,要么就与她哥哥在一起,她哥哥是个单身汉,是一名议会中自由党的议员,在议会休会时,他就会回到乡下来,所以他几乎一直都住在布莱德比,当然,其实就属他最忠于职守了。

　　正是在初夏的时节厄秀拉和戈珍第一次过来拜访赫麦妮。她们的汽车缓慢驶入猎园,然后,她们在车里靠着窗遥望风平浪静的鱼塘和幽静的房屋,只见沐浴在阳光下遮掩在山顶茂密的丛林中的布莱德比显得很是娇小,就像是一幅旧式英国学校的风景画。碧绿的草坪上不时跳动着一些小小的身影,身着淡紫色和黄色的衣服的女人们不断地朝巨大优美的雪松树影靠近。

　　“太完美了!”戈珍说,“这是一幅很完整的凹版画!”但是她的话音中充斥着怨恨,好像她是被抓似的,好像她必须要违心地说这些赞美的话。

　　“这地方你喜欢吗?”厄秀拉问。

　　“我并不喜欢这里,但是我觉得它看起来是一幅很完整的凹版画。”

　　汽车这时候一鼓作气驶下一面坡然后又不停歇地上了另一个坡,最后盘旋驶向侧门。伺候前厅的女佣走首先了出来,然后赫麦妮高扬着她那苍白的脸缓慢走了出来,她向这些来访者伸出双手然后慢条斯理地说:

　　“啊,来啦,你们能过来我实在是太高兴了,”她吻了一下戈珍,“很高兴能够见到你。”,然后又吻了一下厄秀拉,接着她说:“累不累?”

　　“一点儿也不累。”厄秀拉说。

　　“你呢,累吗,戈珍?”

　　“也不累,谢谢。”

　　“不吗?”赫麦妮说得声音拉的很长。她依然站在那儿不动地看她们。两个姑娘顿时觉得很窘迫,因为赫麦妮没有进屋,非得将这番欢迎仪式在甬路上进行,然后仆人们也都在等着。

　　“请进。”赫麦妮终于看够了这姐妹二人,请她们进到屋里。对于戈珍嘛,她认为她更漂亮和迷人,而对于厄秀拉则认为她更实在,更有女人味儿。她很艳羡戈珍的穿着打扮,绿色绸上衣搭配一件有深绿和绛紫丝带点缀的宽松外套,头上的草帽是新编的,绿色的带子编进了几条黑色和黄色的带子,深绿色的长袜,加上黑色的鞋子。这身漂亮的打扮既时髦又凸显个性。厄秀拉身穿一身深蓝,显得很普通,但看上去也还不错。

赫麦妮身上则是深紫色的绸大衣,珊瑚色的念珠在衣服上点缀着,再加上珊瑚色的长筒袜。但她的衣服有些旧了,有些地方沾着些污垢,甚至显得有点脏。

"你们先来看看你们休息的房间好吗? 对。我们现在上楼去吧,好吗?"

厄秀拉宁愿一个人留在屋里。因为赫麦妮在屋里停留得太久了,给人造成很大的压力。她在离你太近的地方站着,让你感觉很尴尬,就像身负重载。她好像故意妨碍你干点什么事。

午餐是在碧绿的草坪上吃的,大家聚集在巨大的树荫下进餐,大树那长长的黑色的枝条几乎垂到草地上。一起吃午餐的还有其他几位:其中一位小巧可爱,衣着时髦的意大利年轻女子,另一位则是布莱德利女士,看上去很像运动员;还有一位年纪大概五十岁左右的驼背男士,他作为一位从男爵,总爱开点玩笑,然后沙哑着嗓子不停地大笑,很无趣的一个人;此外,卢伯特·伯金也在;后来,又来了一位年轻漂亮的女秘书玛兹小姐,身材很苗条。

午餐确实很不错,这一点毋庸置疑。就连事事挑剔的戈珍,对午餐都表示非常满意。厄秀拉非常喜欢这样的环境:白色的桌子摆在雪松下,阳光灿烂,还有绿色的猎园,远处一群小鹿在默默地进食。这个地方好像笼罩着一层神秘的光环,将烦恼排除在外。这里只有愉悦、宝贵的时光,树木、鹿群,和谐如画、静谧如初,如梦如幻。

但她精神上很不快乐。因为人们的谈话像小型炸弹一样喋喋不休,总让人觉得在像在说教,却又会不时爆出一些俏皮话来,不断地玩弄辞藻。说不完的没营养、无趣、吹毛求疵的话,像小溪一样多,不,像江河一样多。

人们都喜欢斗心眼儿,实在无趣至极。只有那位年纪比较大的社会学家,他的脑神经好像太迟钝,几乎没有感觉,所以他看上去非常快乐。此刻伯金正垂头丧气、灰头土脸,可赫麦妮却还要嘲讽他,让他的形象在每个人眼里都变得可鄙。让人不敢相信的是她看上去总在节节取胜,而他在她面前竟毫无办法,看上去一文不值。厄秀拉和戈珍显然都不适应这种场面,一直保持缄默,静静地听着赫麦妮一本正经的狂言,听着那位约瑟华先生的出口成章,听着那位年轻的女秘书絮絮叨叨或另外两个女人的对话。

午饭过后,仆人把咖啡端到草坪上来了,大家纷纷离开饭桌,分别坐在树荫或阳光下的舒适的躺椅上。秘书小姐进屋了,赫麦妮拿起刺绣绣了起来,小巧的伯爵夫人捧着一本书,布莱德利女士用巧手把纤细的草编成篮子,在初夏下午的草坪上大家就这样怡然自得,悠闲地干着各自的活计,措辞谨慎地聊着。

忽然传来刺耳的汽车刹车和停车的声音。

"赛尔西来了!"赫麦妮缓缓地说,她的话很有意思,但声音却显得很单调。说完她把刺绣放下,缓慢站起身,慢慢穿过草坪,绕过灌木丛,慢慢消失在人们的视线中。

"是谁来了?"戈珍问。

"赫麦妮的哥哥,罗迪斯先生,我猜会是他。"约瑟华先生说。

"赛尔西,对,应该是她哥哥。"小巧的伯爵夫人慢慢从书本中把头抬起用来浓重的嗓音说,好像是给人们提供有用的信息。

大家都静静地等待着。过了一会儿,身材魁梧的亚历山大·罗迪斯绕过灌木丛走来了,他像梅瑞迪斯笔下描写的那位一直把迪斯累利挂在嘴边上的主人公一样迈着很文雅的步子。他对大家都很热情,立刻摆出主人的样子潇洒礼貌地招呼大家。这一套礼貌待人的礼节是他为招待赫麦妮的朋友们专门学的。他刚从伦敦的下议院开会回来。他一来,立刻把一股下议院的气氛带到草坪上来:内政部长讲了什么,他罗迪斯都干了些什么思考了些什么,他还与首相都谈了怎样的话。

这时赫麦妮同杰拉德·克里奇一起绕过灌木丛走了过来。杰拉德是跟随亚历山大一起来的。赫麦妮向每个人介绍他,让他站在那儿不动,等大家足足看了他一分钟,然后才把他带走。他现在是赫麦妮的贵宾。

说到内阁的情况时,谈到了内阁中的分歧,教育大臣因此受到攻击而离职,于是话题就转到教育问题上来了:

"当然了,"赫麦妮猛地地抬起头说,"教育没有借口、没有理由不给人提供知识的美和享受。"她好像在争吵,好像内心深处思考了一会儿又接着说:"职业教育根本不算教育,只能是教育的终结。"

杰拉德在加入讨论之前先大口地吸了一口空气,然后才说:

"并不见得,难道教育不是和体育一样,其目标是产生经过良好训练、睿智的头脑吗?"

"像运动员要练出一副好身体,时刻准备一切对抗。"布莱德利女士对杰拉德的看法表示衷心同意,大喊起来。

戈珍沉默、反感地盯着她。

"哦,"赫麦妮压低声音说:"我不明白。对我来说,知识带来的快乐是无穷无尽的,太美好了。在我的全部生活里,没有什么比学无止境的知识对我来说更重要了,我坚信,没有的。"

"什么知识呢?举个例子吧,赫麦妮。"亚历山大问道。

赫麦妮抬起头,深沉地说:

"嗯——嗯——嗯,我不知道……但有一种,那就是宇宙,当我真正弄懂了有关宇宙的知识,我感觉升起来了,逃离了这个世界。"

伯金脸色苍白,愤怒地盯着她说:

"你感觉解脱是因为什么呢?"他嘲讽地说,"你并不想逃离。"

赫麦妮受到冒犯,不说话了。

"是的,一个人是会有那种自由自在的感觉,"杰拉德说,"就像登上高山顶上俯视太平洋一样。"

"沉默地站在戴林山顶上。"那位意大利女士从书本里抬起头嘟囔道。

"不见得非得在戴林湾。"杰拉德。厄秀拉开始笑起来。

等大家安静下来之后,赫麦妮才镇定地说:

"是的,生活里最伟大的事就是学习知识,这才是真正的快乐和自由。"

"知识当然等于自由。"麦赛森说。

"那仅仅是些简易的摘要罢了。"伯金看着从男爵平凡无奇、僵直短小的身体说。戈珍立即发现那位著名的社会学家像一只有干巴巴自由的扁瓶子,觉得它很有趣。之后,她的头脑里就永远刻下了约瑟华先生的影子。

"你这是啥意思,卢伯特?"赫麦妮冷冷地拉长声音斥责道。

伯金说:"准确地说,你只能学习过时的知识,就像把去年夏天的美好装进酒瓶里一样。"

"难道一个人只能学习过时的知识吗?"从男爵尖刻问道,"难道我们可以把万有引力定律称作过时的知识吗?"

"是的。"伯金说。

"我这本书里有一个精彩的故事,"那位意大利女士忽然喊道,"说一个人走到门边把自己的眼睛丢到了街道上。"

在座的大家都笑了。布莱德利小姐走过去越过伯爵夫人的肩膀看过去。

"看!"伯爵夫人说。

"巴扎罗夫走到门边,急忙把他的眼睛丢到街道上,"她读道。

大家又开始大笑起来,笑得最大声的是从男爵,笑声像一堆乱石从山上滚落下来一样。

"什么书?"亚历山大有些唐突地问。

"屠格涅夫的《父与子》。"小巧的外国人回答,她说起英语来每个音节都说得很清楚。说完她又去翻那本书来证明自己的话。

"一个美国出版的旧版本。"伯金说。

"哈,当然了,这是从法文译过来的,"亚历山大用很优美的法文宣布说,"巴扎罗夫走到门口,把眼睛丢到街道上。"

用法文说完这句话以后,他神采奕奕地四周里审视一下。

"我弄不清'急忙'在这儿是什么意思。"厄秀拉说。

大家都开始揣测。

让人惊讶的是,女佣急忙端上了一个大的茶盘,送来了甜点和下午茶。这个下午过得可真快。

用过甜点后,大家聚在一块儿散步。

"你喜欢去散散步吗?"赫麦妮挨个儿问大家。大家都想散步,感觉像犯人要放风一样,只有伯金不去散步。

"去吗,卢伯特?"

"不,赫麦妮。"

"真的不去?"

"真的不去。"但是,他犹豫了一下。

"为什么呢?"赫麦妮拉长声音问。只要在一点小事上受到点挫折,她都会气得发狂。本来她是想让大伙儿都跟她去园子里一起散散步的。

"因为我不喜欢跟一大帮人一块儿走路。"他说。

她嗓子里咕哝了一阵,然后用少有的冷静的口吻说:

"有个小男孩儿又生气了,我们只好把他留下。"

她数落伯金的时候看上去非常开心。但这只能让伯金更倔强。

赫麦妮轻轻朝大家走过去,转过身向伯金挥着手帕,嘻嘻地笑道:

"再见,再见,小孩儿。"

"再见,无礼的母老虎。"他自语道。

大家穿行在园子里。赫麦妮想让大家看看这条斜坡上的野水仙花,于是不时地引导着大家:"来这边走,来这边走。"大家顺着她指引的方向朝这边走过来。水仙花虽然很美,但谁还有心去观赏?这时的厄秀拉面无表情,满心的厌恶,对这里的气氛厌恶极了。戈珍不经意地调侃着,把一切都看在眼里,记在了心上。

大家观看怕生的鹿的时候,赫麦妮在跟牡鹿说话,好像那头鹿是个她能蒙骗、爱抚的小男孩儿一样。这头鹿是个雄性动物,所以她要对向他施加点压力。在大家沿着鱼塘往回返回时,赫麦妮给大家讲起两只雄天鹅为争夺一只雌天鹅而斗争的爱情故事。她讲到那失败的天鹅要把头埋进翅膀里,坐在沙砾路上的失败样子的时候,不禁哈哈笑起来。

当大家回来后,赫麦妮站在草地上喊卢伯特,尖锐的声音传得很远:

"卢伯特!卢伯特!"第一声喊得又慢又高,而第二声则把调子降了下来,"卢——伯——特。"

但没有人回答。女佣在门口出现了。

"伯金先生在哪儿?艾丽斯?"赫麦妮缓慢温和地问。但这温柔的声音下却是执拗、甚至是有些丧心病狂的意志!

"我觉得他可能在他自己的房间里,小姐。"

"真的吗?"

赫麦妮慢慢走上楼梯,沿着走廊边走边用她那尖锐的声音儿喊着:

"卢伯特!卢伯特!"

她走到门前,敲着门大喊:"卢伯特。"

"在。"他终于回答了。

"你干吗呢?"

她问得既温柔又好奇。

伯金没有回答就把门打开了。

"我们回来了,"赫麦妮说,"水仙花儿可真漂亮啊。"

"是啊,我见过了。"

她拉长了脸,冷漠地、慢慢地扫视他。

"是吗?"她仍盯着他说。当他像个生气的小男孩儿那样无依无靠地来到布莱德比时,和他闹点矛盾,这比什么都让赫麦妮感到兴奋。但她明白,她和还是他就要分道扬镳,她潜意识里对他怀有深深的敌意。

"你刚才在干什么?"她重复道,那声音很温和,显得不经意的样子。他并不作答,于是她差不多是下意识地走进了他的房间。他从她的闺房里拿出来了一幅画有鹅的中国画,他正在临摹,他的技术很高明,画得栩栩如生。

"你在临摹这幅画?"她靠近桌子低头盯着这幅作品,"啊,你画得真漂亮呀!你很喜欢这幅画儿,不是吗?"

"这幅画儿太奇妙了。"他说。

"是吗?你喜欢它,这太让我高兴了,因为我一直珍惜它。这幅画是中国大使送我的礼物。"

"是这样的。"他说。

"但你为什么要临摹它呢?"她不在意地问,"为什么你不自己创作自己的作品?"

"我想了解它,"他回答,"通过临摹这幅画,比读其他的书都更能让我了解中国。"

"那你从中学到了什么呢?"

她的好奇心又上来了,她紧紧地把他抓住,要得到他内心深处的秘密。她就要知道不可。她要知道他了解的一切,这种欲望控制着她,让她变得很专横。伯金沉默了片刻,不想回答她。但迫于她的压力,他才开口回答:

"我明白中国人是从什么地方汲取生存的源泉了——他们的所想和所感——那就是,冰冷的泥水里一只滚烫的鹅,鹅那奇妙滚烫的血像烈焰一样注入他们自己的血液里,那是死寂的泥潭之火,蕴藏着神秘的玉荷。"

赫麦妮狭长的脸上没一点血色,低垂着眼皮,神色怪异、凝重地盯着伯金,单薄的前胸慢慢颤动着。伯金很镇定,恶魔还是一样地回视她。她又感到又一阵抽动,好像有点难受,感觉自己正在消失,于是她转过身去。她的头脑没有办法悟出他的语言的真理;他控制住了她的心,让她没有办法逃脱,以某种阴险神秘的力量在摧毁她。

"是啊,"她若有若无地说,"是啊,"她忍住不说下去了,试着整理自己的思绪。但是她不能,她现在没有一点理智,已经感觉自己被分解了。即使她逼迫自己,但她依然没有办法恢复理智。她忍受着被分解的巨痛,在恐惧里变得粉身碎骨。伯金一动不动地站着,注视着她。她飘飘然地走了出去,像一个被追捕的苍白的魔鬼,像受到坟鬼追随袭击一样惶恐。她走了,像一具没有思想、和别人无关的尸体。他依然心地残忍,一心想要报复她。

赫麦妮下楼来吃饭的时候,脸上黑云密布,眼皮低垂,死一般的黯淡。她换上了一件绿色的绸缎长衫,很贴身,显得更高大、更吓人了。在客厅那欢快的气氛里她显得神秘莫测,很是忧郁。一下坐到餐厅昏暗的灯影里,桌上的蜡烛柔和的光笼罩着她,她就变成了一股神秘的力量,变成了一个精灵。她全神贯注地听大家谈着天。

在座的大家神采奕奕,除了伯金和约瑟华·麦赛森以外,其余人都穿着晚礼服,显得雍容华丽。小巧的意大利伯爵夫人身穿薄纱罗,衣服上点缀着柔软的橘黄、金黄和黑色的宽三色绸带;戈珍则穿着一身艳绿,配着奇妙的针织品;厄秀拉穿一身黄,佩着银灰色的纱巾;布莱德利女士的衣服是灰、猩红和黑三种颜色;而玛兹小姐则是一身浅灰装扮。看见烛光下这一片五彩缤纷的颜色,赫麦妮感到一阵突如其来的愉悦涌上心头。她注意到大家在没完没了地说笑着:约瑟华声情并茂;女人们一个劲轻浮地大笑、回答;她还注意到五彩缤纷的衣着、白色的桌面及晃来晃去的灯影。她好像高兴得一塌糊涂,但心里隐隐有些反感,她真像一个魔鬼。她极少插话,但大家的谈话她却一字不漏地听着。

接着,大家一起涌入客厅,像一家人一样随便,不拘小节。玛兹小姐给大家端上咖啡,每人都把烟点着了,有的还用长长的陶土制的烟斗吸烟。

"吸烟吗? 烟卷还是烟斗?"玛兹小姐询问着。大家围了一圈,约瑟华先生一副

18世纪的打扮,杰拉德则是憨厚漂亮的英国小伙子样儿,亚历山大是魁梧健美的政治家,既讲民主又谈吐文雅,赫麦妮则像个细高的卡桑德拉。女人们脸色洁白,在灯光柔和、舒适的客厅里围着大理石壁炉坐成了半月牙形,仔细地吸着白色烟斗,炉膛里的圆木噼里啪啦燃响着。

大家的谈话经常涉及到政治、社会,很幽默风趣,充满新奇的无政府主义味道。厅里汇聚着一股力量,一股具有毁灭性的力量。一切好像都被投进了熔炉里,在厄秀拉看来,这些人全都是女巫,帮着搅拌这座熔炉里的东西。即使这当中有快乐和满足,但对一个新来的人来说,这种聊天是太累人了,来自约瑟华、赫麦妮及伯金那儿的残忍的精神摧残,强大、耗人、极具毁灭性、压制着所有其他的人。

但是赫麦妮逐渐感到厌恶了,腻了。谈话暂时停下来了,这全是她那强大但又无意识的意识造成的。

"赛尔西,你给大家表演点什么吧,"赫麦妮完全打断大家的谈话,"谁来给大家跳个舞?戈珍,你来跳一个,好吗?我希望你来一个。帕拉斯特拉,你也来跳个舞,好,太好了。厄秀拉,也来吧。"

赫麦妮缓慢站起身,手拉着壁炉台上的黄色丝带,靠在上面停了一会儿,然后忽然松开了带子。像一位女牧师一样。她看上去麻木、沉迷。

一个仆人进来了一下,然后又出去了,很快这仆人又出现在屋里,怀里抱着一大堆丝带、披肩和围巾,大多是些来自东方的货。赫麦妮喜欢收集华丽的衣服,这些装饰品也是配着衣服渐渐收集起来的。

"你们三个女士一起跳吧。"她说。

"跳什么舞呢?"亚历山大忽然站起身问。

"《岩石上的少女》。"伯爵夫人应声说道。

"那太无趣了。"厄秀拉说。

"那就跳《麦克白斯》里三个女巫的那段舞蹈吧。"玛兹小姐提出一个很中肯的提议。最后决定厄秀拉饰演诺米,戈珍饰演卢斯,伯爵夫人饰演奥帕。她们准备跳一场小芭蕾舞,按照俄国舞蹈家巴芙洛娃和尼金斯基的风格来跳。

伯爵夫人第一个准备好了。亚历山大向钢琴走去,为她挪出了一块儿地方。奥帕身穿漂亮的东方服装,慢慢地跳起了哀悼亡夫的舞蹈。然后卢斯也进来了,跟奥帕一块儿流泪。然后是诺米进来宽慰大家。整个剧情都是用哑剧的形式表演的,三个女人通过手势和动作来表达情感。这一小段舞剧足足演了十五分钟。

厄秀拉扮演的诺米很美丽。诺米的男人都死去了,只剩下她一人还坚强地活着,一无所求。卢斯喜欢女人,她喜欢上了诺米。奥帕是一位活泼、有活力、心细谨慎的寡妇,她要返回到原来的生活里去,重复以前的日子。女人间的互相影响演得很逼真,很生动。令人奇怪的是,戈珍对厄秀拉满怀激情地眷恋着,但冲她笑起来的时候那笑容却是奇怪、恶作剧式的,而厄秀拉则默默地忍受着,对己对人都没有办法做更多的事,但她临危不惧,和自己的悲伤斗争着。

赫麦妮喜欢看别人表演。伯爵夫人那鼬鼠般的敏感劲儿很快就来了,戈珍把对姐姐扮演的女人那种可怕的眷恋感演绝了。

厄秀拉危险里孤独无援,好像她承受着没有办法摆脱的压力。

"太妙了。"大家不约而同地说。赫麦妮因为对一些东西弄不太懂心里很烦恼。

她喊着让大家再多跳几个舞,为此,伯爵夫人和伯金一块唱着一首古老的法国歌曲《马博罗》边唱边欢快地跳了起来。

杰拉德看见戈珍对诺米的那种眷恋之情的时候很是激动。那女人隐藏着的鲁莽劲和随意的样子让他热血沸腾。他无法忘记戈珍表演出来的那种自发的恋情和无所顾忌的精神,同时也无法忘记她的讽刺力量。伯金像隐藏着的螃蟹,在水流深处看见了厄秀拉受挫和孤立无援的境态。她身上隐藏着一股危险的力量。她就像一朵有着强烈女人味的花蕾,奇特但毫无自己的意识。不知不觉里他对她着迷了,觉得她是他的未来。

亚历山大用钢琴弹奏了几首匈牙利曲子,大家都受到了钢琴声的感染,随着琴声跳起来。杰拉德愉快地跳着,向戈珍那边移过去。虽然他只会跳几步华尔兹和两步舞,但他感觉自己的四肢和全身中都荡漾着一股神奇的力量,让他摆脱了羁绊。他不明白别人那种抽筋式的拉格泰姆舞的跳法,但他知道怎样起步。伯金一旦摆脱了他反感的那帮人的压迫,便能欢快地疾步而舞。但赫麦妮对他这种无所顾忌的快乐恨之入骨。

"现在我看出来了,"伯爵夫人激动地大喊道。她看着伯金自我沉醉的兴奋舞姿说,"伯金先生是个多变的人。"

赫麦妮慢慢地看了看她,不禁浑身一抖。她知道只有外国人才能把这一点看出来并说出这样的话来。

"你这是什么意思,帕拉斯特拉?"她问。

"看,"伯爵夫人用意大利语说,"他不是一个人,而是一条变色龙。"

"他不是个人,他很危险,不是和我们一类的,"赫麦妮心里重复说着。她很不安,她不得向他屈服,因为他有着不同于她的逃脱力量和生存能力,因为他并不一成不变,他不是个真正的男人。她在绝望里恨极了他,这绝望感让她破碎、顺从,她忍受着被肢解的痛楚,她和一具死尸没什么两样,除了能感觉到自己的灵魂与肉体正被解体以外,什么都感觉不到了。

屋子都被占满了,杰拉德占了较小的那一间,其实是和伯金的卧室相通的一个更衣室。大家各自拿一支蜡烛向楼梯上走去的时候,赫麦妮把厄秀拉住了,把她带到自己的房间里去聊天。来到赫麦妮那神奇的大卧室里,厄秀拉感觉很拘谨。赫麦妮好像压迫着她,可怕又奇怪地说些什么话。她们欣赏着一些印度绸衣,华丽而性感的衣服,样式几近腐败的奢华。赫麦妮接近她,前胸起伏着,一时间厄秀拉感觉不知所措、慌张起来。赫麦妮那双恶毒的眼睛从厄秀拉的脸上看出她的恐惧了,于是她又感觉一阵崩溃。厄秀拉拿起一件为十四岁的公主订制的大红大绿的绸衣,喊道:

"太漂亮了,是谁敢把这两种颜色用在一起?"

这时赫麦妮的女仆轻轻地走进来,厄秀拉趁机跑掉了,她早就害怕了。

伯金进屋后就立马床了,他很开心,也很困,从开始跳舞他就感到开心。但杰拉德非要和他聊天不行。杰拉德身穿晚礼服坐在伯金的床上,伯金早就躺下,杰拉德一定要和他聊聊不可。

"布朗温家那两个姐妹是怎么回事?"杰拉德问。

"她们是住在贝多弗的。"

"贝多弗！她们是做什么的?"

"在小学里教书。"

"是她们!"杰拉德沉默了片刻大喊道,"我就觉得我在哪儿见过她们。"

"你感觉失望了?"

"失望? 不! 但是赫麦妮怎么会把她们请到这里来呢?"

"她是在伦敦和戈珍认识的,戈珍就是年轻的那一个,头发稍微发黑的那个,她是个艺术家,搞雕塑和造型艺术。"

"那就是说她不是小学老师了,另一个才是。"

"两个都是,戈珍是美术老师,厄秀拉是任课老师。"

"那她们的父亲是做什么的?"

"手工指导,也在那个学校。"

"真的!"

"阶级障碍被打破了!"

伯金一嘲笑他,杰拉德就感到不安。

"她们的父亲是那所学校里的手工指导! 这和我有什么关系?"

伯金笑了。杰拉德盯着伯金的脸,他枕在枕头上,尖锐、洒脱地笑着,让杰拉德没有办法离去。

"我觉得你不会常常见到戈珍的。她是一只不安分的小鸟儿,一两个星期之内她就要走了。"伯金说。

"去哪儿呢?"

"伦敦、巴黎、罗马,只有天晓得。我总希望她能躲到大马士革或旧金山去。她本来是一只天堂的鸟。天晓得她和贝多弗有什么关系,偏偏是这样,像个梦一样。"

杰拉德思考了一会儿,说:"你怎么这么了解她?"

"我在伦敦认识了她,"伯金说,"跟阿尔加农·斯特林治那群人在一起时相识的。她会认识米纳蒂和里比德尼科夫那些人的,就算没有交情,彼此也认识。她和那帮人不是一类的,她更保守些。我认识她好像有两年时间了。"

"除了教书之外她还挣钱吗?"杰拉德问。

"挣点儿,但是收入不稳定。她可以把她的造型艺术品出售,她也是小有名气的人呢。"

"她的作品能卖多少钱?"

"一基尼到十基尼不等。"

"作品质量好吗? 都是什么主题的?"

"有时她的作品很好。那就是她的,就是赫麦妮书房里的两只鹡鸰,你见过的,先刻在木头上,再涂上颜色。"

"我觉得那又是野蛮的人的雕刻。"

"她的可不是。那都是些动物和鸟类,她有时刻些奇怪的小人物,身穿日常的衣服,让她那么一雕刻,真显得奇妙。她的作品里有一种随心的乐趣,很奇妙。"

"将来某天她也许会成为一位知名艺术家?"杰拉德问。

"可能吧。但是,我觉得她不会。一旦她被什么东西吸引住了,她就会放下艺术,这决定了她不会严肃认真地对待艺术——她对艺术并不很认真,她总感觉自己要放下艺术了。但她又无法放下,因此抱着艺术不放。这一点我就无法忍受她。哦,对了,我离开以后米纳蒂怎么样了？我再没听到她的音信。"

"哦,太让人恶心了。海里戴变得极让人生厌,我跟他大吵了一架,差一点没把他杀了。"

伯金不说话了。

"很自然,"他说,"裘里斯神经有点错乱。一方面他是宗教狂,另一方面他又是肉欲狂。他既是个天真的仆人,给基督洗脚,还为基督画下流图画——行动与被动,在这中间徘徊,除此之外再也没有其他的了。他真是疯了。他需要一朵纯洁的百合花一样的女子,像波提切利画中的女子那样美,这是一方面,另一方面他又抓住米纳蒂不放,只是为了和她厮混。"

"我不明白的就是这个,"杰拉德说,"他是爱米纳蒂还是不爱？"

"他既不是爱又不是不爱。对他来说,她是个荡妇,是个和他通奸的荡妇。而他又渴望和她干肮脏的勾当。但是达到目的后他又搞一个百合花一样纯洁的小姑娘,这样,他就全占了。这是个很古老的故事,反复使用的把戏,没有犹豫这一说。"

"我不明白,"杰拉德停了一会儿说,"他这样污辱米纳蒂。米纳蒂这样,真让我惊讶。"

"我还以为你喜欢她呢,"伯金喊道,"我就一直挺喜欢她,但我从没有跟她有过什么暧昧关系,这是事实。"

"有几天我也喜欢她,"杰拉德说,"但跟她在一块儿只待上一周就够了。这种女人身上有股味道,最终让你感觉说不出来的反感,虽然你当初是因为喜欢这股味儿而接近她。"

"我知道,"伯金说,然后又不耐烦地说,"但是,去睡觉吧,杰拉德,天知道都什么时候了。"

杰拉德看看时间,终于站起身走到自己的房间里去睡觉了。但几分钟以后他又身穿衬衫回来了。

"有件事我想告诉你,"他坐到床上说,"我们匆匆告了别,我忘了送她点什么。"

"是指钱吗？"伯金说,"她会从海里戴或者其他熟人那里得到的。"

"但是,"杰拉德说,"我要给她应得的那一份钱,算清这笔账。"

"她不会在乎的。"

"或许不会吧。但这笔账让我觉得欠她什么,还是算清好。"

"是吗？"伯金说,他盯着杰拉德,他身穿衬衫坐在床上,露出了两条白皙的腿。他的腿那么白。很结实,全是肌肉,很健美。伯金却感觉一种同情与温柔之情涌上心头,好像那是两条孩子的腿一样。

"我觉得还是把这笔帐算清了好。"杰拉德强调着自己的话。

"怎么样都没关系的。"伯金说。

"你总说没事。"杰拉德疑惑地说,他带有感情地看着伯金的脸。

"是没事啊。"伯金说。

"但她人还不错,真的。"

"都是过去的事了,"伯金说着转过头去,他觉得杰拉德好像是在无话找话,

"去吧,我都累了,太晚了。"他说:

"我希望你能告诉我一些'有关系'的事。"杰拉德说着,目不转睛地盯着伯金的眼睛,等待着什么。但伯金把头扭到一边去了。

"好吧,睡吧。"杰拉德友好地拍拍伯金的肩膀回自己房里去了。

早上杰拉德醒来后听到伯金房里有声响就喊道:"我还是想给米纳蒂一些钱。"

"天啊!"伯金说,"别钻牛角尖了。要想还了这笔账就在你心里还了算了。但你心里又还不了。"

"你怎么知道我还不了?"

"我了解你。"

杰拉德思索了一会儿说:

"我好像觉得最好是给米纳蒂一笔钱,这对她们这种人最好。"

"情妇嘛,最好是要养着。妻子嘛,则要共同分享。生活正直的人不会受到罪恶的污染。"

"但没必要闹得这样不开心呀。"杰拉德说。

"我对此厌烦了,对你的过失我不感兴趣。"

"我不在乎你感不感兴趣,我有兴趣。"

这又是一个天气晴朗的早晨。女仆进来了,端来了水,把窗帘拉开了。伯金坐在床上,懒洋洋、高兴地朝窗外的园子望去,园子里一片嫩绿、寂静、浪漫、一种落后情调。他想,过去的岁月是那么可爱、整齐、稳定、不可改变——这房子那么静谧、华丽,这园子,已沉睡了好多个世纪。但是,这静谧的美是个谎言、是个幻境,布莱德比是一座多么恐怖、死亡一样的地狱啊!这静谧是多么让人难以忍受、多么约束人啊!但这毕竟比杂乱不堪、龌龊、充满矛盾的现实世界要好得多。如果人可以自由地创造未来,创造一点天真,寻找生活的简单真理,那么人的心灵就会不停地呐喊。

"我真的不知道你对什么感兴趣,"杰拉德在下面的房间里说,"既不是米纳蒂这样的人,也不是煤矿,你对什么都不感兴趣。"

"你对你的事情感兴趣就行了,杰拉德,但我对这个没有兴趣。"

伯金说。

"那我该怎么办呢?"杰拉德说。

"随你。我怎么办?"

沉默中伯金可以感觉出杰拉德在思忖这件事。

"我要知道就太好了。"杰拉德温和地说。

"你看,"伯金说,"你一方面想着米纳蒂,只想着她,另一方面你又想着煤矿和商务,除了做生意就是做生意,这就是你,注意力全在这上面。"

"但我还想着其他事。"杰拉德的声音变得真实、平和起来。

"什么?"伯金有点惊讶地问。

"那就是我想让你告诉我的有关系的事。"杰拉德说。

他们都不说话了。

"我不能告诉你,我都无法找到自己的路,更别说你了。但你应该结婚了。"伯金说。

"和谁？米纳蒂吗？"杰拉德问。

"或许是吧。"伯金说着站起身走向窗口。

"那是你的万能钥匙，"杰拉德说，"但是你还没有在自己身上尝试呢，你病得也不轻啊。"

"是的，"伯金说，"但我会好起来的。"

"通过结婚吗？"

"对。"伯金执拗地说。

"不，不，"杰拉德说，"我的朋友。"

他们又不说话了，彼此变得剑拔弩张起来。他们之间总隔着一道鸿沟，保持着一段距离，他们总想摆脱对方。但是双方内心都很紧张。

"那你真是妇女的救星。"杰拉德嘲讽说。

"为什么不这样呢？"伯金问。

"完全没有理由，"杰拉德说，"只要这真行得通就行。但你要和谁结婚呢？"

"和一个女人。"伯金说。

"好呀。"杰拉德说。

伯金和杰拉德是最后才下楼来吃早饭的。赫麦妮则喜欢每个人都不要迟到。一旦她感觉一天要结束了，那就感觉差不多失去了生活，她就会因此感到痛苦不堪。觉得好像卡着时间的命门，硬要从中把生活挤出来。早上她面色苍白得如同魔鬼一般，好像她被落在了别人后面。但是她是个坚强的人，她的意识具有广泛的影响力。这两个男人才刚走进来，人们就感觉空气变得紧张起来。

她抬起头，声音冷冷地说：

"早上好！睡得好吗？见到你们我真是太高兴了。"

说完她就把脸转向一边不搭理他们了。伯金太了解她了，他知道她这是有意不把它当回事。

"从橱子里拿点吃的，想吃什么就吃什么，"亚历山大有点不高兴地说，"希望食品还没放凉。哦，不！卢伯特，把火锅下的火撒掉好吗？谢谢。"

在赫麦妮冷漠时，连亚历山大的口气也变得蛮横了。他那副腔调也是向赫麦妮学来的。伯金坐下，打量了一下桌面。他太熟悉这间房子，这间客厅及这里的氛围了，他和这里有着多年密切的交往，但现在他认为自己一点也不喜欢这儿，这和他没有一点关系。赫麦妮直挺挺的、沉默，甚至有点发呆地坐着，但她太强了！伯金对她太了解了。他对赫麦妮了如指掌，她甚至让他发疯。当一个人走入全是死人的埃及国王坟墓时，很难相信他不会发狂，那些尸体太古老、数量太多了。他也太了解约瑟华·麦赛森了，他温和、文质彬彬地说着话，没完没了，总是在思考，他的话虽然很幽默、机智、让人好奇，但全是些老生常谈。亚历山大消息最灵通，最潇洒，但也最冷酷。玛兹小姐很迷人，那样子装得正合适。矮小的意大利伯爵夫人自顾自耍着自己的游戏，她什么都要看看，像一只黄鼠狼一般，隔岸观火，从中作乐，自己却从不加入。还有布莱德利女士，她忧郁、顺从，赫麦妮对她冷眼相待，甚至拿她作乐，因此人人都小看她。这所有的一切都太熟悉了，就像下国际象棋一般，摆弄棋子，女王、骑士、卒子。今天和几百年前一样，下法并没有什么不同，在偌大的棋盘上没完没了地摆弄这些棋子。但这种棋路尽人皆知，这种棋的玩法让人发狂，太令人劳累。

杰拉德脸上带着一副扬扬得意的表情看着这场游戏。戈珍则目不转睛，圆睁着有敌意的双眼看着人们表演，她既为之痴迷，又为之反感。厄秀拉脸上露出微微惊奇的表情，好像她受到了伤害一般，那痛苦并非她的意志所能控制的。

伯金忽然站起身走出屋。

"够了。"他心里忍不住地说。

赫麦妮下意识地感觉到了他的举动。她抬起眼，看见他忽然随着一波未知的风浪消失了，于是她感觉那浪头打中了自己。是她那强大的意志力让她面不改色地仍然坐着不离餐桌。但是黑暗将她淹没，她像一只船沉到了浪头的下面。她在黑暗沉船了。但她那顽强的意志仍有效果，她依然挺着。

"我们今天上午游泳，好不好？"她忽然看着大家说。

"太好了，"约瑟华说，"这个早上太美了。"

"哦，是很美。"玛兹小姐说。

"是啊，我们去游泳吧。"那意大利女人说。

"但我们没有泳衣啊。"杰拉德说。

"可以用我的，"亚历山大说，"反正我也必须到教堂去做礼拜，大家都等着我呢。"

"你是基督徒吗？"那意大利伯爵夫人忽然颇感兴趣地问。

"不是，"亚历山大说，"我不是，但我觉得我应该维护旧的体制。

"旧的体制挺好呀。"玛兹小姐声音悦耳地说。

"啊，是啊。"布莱德利女士说。

大家都漫步到草坪上去小憩。这是初夏一个天气晴朗、风和日丽的早上，生活显得颇为奇妙，就像一种美丽的梦境。远处，教堂的钟声回荡着，天上万里无云，山下湖中的天鹅像百合花一样浮在水上，孔雀昂首挺胸地大步穿过树林走入草地，沐浴着阳光。这美好的昔日美景多么令人沉醉啊。

"再见了。"亚历山大愉悦地挥着手套跟大家告别，随后他的身影在灌木丛后消失了，朝着教堂走去。

"好了，"赫麦妮说，"我们去游泳吧？"

"我不去了。"厄秀拉说。

"你不想去吗？"赫麦妮慢慢地审视着她说。

"是的，我不想。"厄秀拉说道。

"我也不想去。"戈珍说。

"我的泳衣准备好了吗？"杰拉德问。

"我不知道，"赫麦妮声调怪异地说笑着，"一块毛巾够吗？一大块毛巾。"

"可以。"杰拉德说。

"那就跟我过来吧。"赫麦妮说。

第一个到草坪的是那小巧的意大利女人，她像一只小猫，白皙的腿在阳光下闪着光芒，边跑边低下黄金绸帕包着的头。她穿过大门走到草坪上，把浴巾脱下来，露出象牙般白皙的身体，金黄色的手帕包着头发，往水里一站，把水里的天鹅吓跑了。然后走过来的是布莱德利女士，她身穿墨绿色的衣服，像一只硕大柔软的洋李子。杰拉德腰上围着一块猩红色的毛巾,胳膊上还搭着一块浴巾,好像在阳光里有点飘飘然,他微笑着慢慢走来,姿态潇洒,赤裸的肌体洁白,但人显得很自在。约瑟华先生则穿着一件长衫。最后出来的是赫麦妮,她身披一件紫色的斗篷,头用紫和金黄两色的手帕包着,显得高贵、优雅。她修长挺拔的身材很美,洁白的腿迈着一字步,那种宁静的高雅在她的披风微微摆动时最令人着迷。她穿过草坪,像一段奇妙的记忆,高贵地慢慢走向水边。

通向山谷的阶梯平台上,一共有三个大池塘,阳光下,水波潋滟,很是妖娆动人。池中流水流过一道小石墙,在石缝里汩汩地流出,飞溅着落到下面的另一个池塘里。天鹅飞到了对岸,芦苇散发着清新的香味,微风轻拂着大家的脸庞。

杰拉德紧跟着约瑟华跳入水里,一下游上对岸,爬上岸去坐到石墙上。接着又有人跳入水里,是伯爵夫人,她像猫一样游着去找杰拉德。他们两个都坐在阳光下,胳膊抱在胸前笑着。约瑟华先生也游过来,靠近他们站在水里,水正没到他的腋窝。接着赫麦妮和布莱德利女士也游了过来,几个人在岸上坐成了一排。

"他们是不是太吓人了?是不是?"戈珍说,"他们是不是很像四脚蛇?真像几只庞大的四脚蛇,你见过像约瑟华这样的人吗?他真像刚刚出生时四处爬行的四脚蛇。"

戈珍惊讶地看着约瑟华先生,他站在没到胸部的水里,长长的灰白头发趴在额头前面,脖子镶嵌在宽厚的肩膀之中。他正和坐在上方的布莱德利女士聊着天。布莱德利身体丰满,浑身湿漉漉的,像一个李子,好像她会像动物园里的海豹那样滚下来。

厄秀拉沉默地看着他们。杰拉德坐在赫麦妮和伯爵夫人中间开心地大笑着。他让她想起酒神狄奥尼索斯,因为他的头发确实是金黄色的,他魁梧的身躯各部分都在狂欢。赫麦妮细长挺拔的身体以一种可怕的优雅姿态向杰拉德倾着,那样子还挺吓人的,好像她不用对自己行为的后果负责。杰拉德察觉到了她身上的某种危险性,那是一种抽动般的疯狂。但他不顾这些,自顾自地笑着,把头转向伯爵夫人,夫人则抬起脸也看着他。

他们又全都跳进水里,像一群海豹一样自由地游起来。赫麦妮在水里陶醉般地游着,细长的身躯游得很慢。帕里斯特拉像一只水老鼠一声不响游得飞快。杰拉德则像一条白色的影子在水里起起伏伏。他们争相游来,钻出水面,各自回房间去了。

杰拉德在外面停留了一下,他要和戈珍说话。

"你不喜欢水吗?"他问。

戈珍慢慢地把目光向他投去,漫不经心地看着他。他不拘小节地站在她面前,皮肤上还带着水珠。

"我喜欢水。"她答道。

他沉默了一会儿,等待着她的说明。

"那你会游泳吗?"

"会。"

但他依然不问她为什么刚才不下水。他可以感觉到她话音里的讽刺意味。他离开了,可被她激起了好奇心。

"你刚才为什么不下水呢?"等他穿戴整齐以后他又追问她。

她犹豫了片刻,很厌恶他的穷追不舍。

"因为我不喜欢和这群人一起游泳。"她回答。

他笑了。她的话好像还在他的耳边回响。她的话确实辛辣,不管他是否承认,她向他展示了她内心真实的世界。他也想达到她那个高的境界,成为她所期待的那种人。他明白只有她的标准对他才是至关重要的,别人都是些无关紧要的人,无论他们的社会地位如何。杰拉德没有办法控制自己,他想努力符合她的要求,成为她眼里的男子汉,成为她眼里人的形象。

午餐过后,别人都退下去了,就剩下赫麦妮、杰拉德和伯金,他们要在这结束原来的话题。他们的讨论总的来说还是充满了智慧但又矫揉造作。他们在讨论一个新的国度,一个全新的人的世界。一旦旧的社会和国家被打破、毁灭掉了,那么,混乱中会出现什么情况呢?

约瑟华先生曾经说过,最伟大的社会理想就是实现人的社会平等。但杰拉德说并非如此,应该是每个人都适当承担他自己的那一点义务,让他完成那项义务并因此感到满足。正在进行中的工作是把人们统一起来的原则。只有工作,只有生产才能把人们聚集在一起。这是机械论,但社会就是一个工厂。要是不工作,人们就被孤立了,可以自己想做什么就去做什么。

"天啊!"戈珍喊道,"那样的话,我们就不需要自己的名字了。就会像德国人一样,只用称呼高级师傅先生和低级师傅先生就可以了。我们可以想象,'我是矿山的经理克里奇太太;我是议会的议员罗迪斯太太;我是美术老师布朗温小姐。'这样称呼倒挺不错的。"

"事情会比这好得多,美术老师布朗温小姐。"杰拉德说。

"什么事情呢,矿山经理克里奇先生? 是指你和我之间的关系吗?"

"是呀,"那意大利人喊道,"指的就是男人和女人之间的关系!"

"那又不是社会问题。"伯金嘲弄地说。

"对,"杰拉德说,"只是我和女人的关系,这里没有讨论社会问题,这是我自己的问题。"

"这句话值十英镑。"伯金说。

"你不觉得一个女人就是个社会的人吗?"厄秀拉问杰拉德。

"她有双面性,"杰拉德说,"对社会来讲,她是社会的人。但对她的个人生活来说,她是个自由的人,她想做什么,那纯属她自己的事。"

"你不觉得很难分开这两者吗?"厄秀拉说。

"不,这并不难,"杰拉德说,"它们分得很恰当,看,到处都是这样的。"

"在你没找到答案之前请先不要笑。"伯金说。

"我笑了吗?"他问。

"如果,"赫麦妮终于开口说,"如果我们认识到我们在精神上是相同的,平等的,是兄弟姐妹,那剩下的就都不是问题了,就不会有这些吹毛求疵和妒忌,就不会有权力的斗争,因为其争斗的结果只能是灭亡。"

大家对这段话报以沉默的态度,然后大家一起站起来离开桌子。等到大伙都走了之后,伯金又转过身尖锐地指出:

"完全相反,赫麦妮,我们在精神上都是不同的,并不平等——由于偶然的物质条件不同造成了不同的社会地位。假如抽象的、从数字上来看,我们确实是平等的。每个人都有感受,都长着两只眼睛、一个鼻子和两条腿。从数量上来说我们都是相同的。但在精神上却有着本质的区别,这不是简单的平等或不平等能说清的。国家就建立在这个平等的基础上。你的民主之说完全是谎言,你的所谓的兄弟和博爱也纯属谎言,这一点只要你进一步推进、超出抽象的数字计算就可以证明这一点。我们每个人都要喝牛奶,吃夹心面包,我们都要坐汽车——这就是所谓兄弟和博爱的全部内容。但是,这不等于平等。

"但是,作为我个人来讲,我和其他男女的平等有什么关系?在精神上,我和他们像星星与星星之间那样彼此互相不干涉,在质量和数量上也都不相同。一个国家还是建立在这个基础上吧。谁也不比谁好多少,并不是由于他们全是平等的,而是由于他们本质上是不相同的,不同质的东西是没有办法比较的。如果你开始比较,就会觉得某人比某人要强得多,这样就产生了不平等。我希望人都分享一份世界上的财富,因此他就不会再强求什么,我也能对他说:'你已经得到了你想要的了,你分到了公平的那一份,你这愚蠢的人,别阻碍我了,管好你自己的事情去吧。'"

赫麦妮注视着他。他可以感觉到她对他的话充满了反感与厌恶,那强烈的仇恨来自她的潜意识里。她在没有意识的内心深处听到了他的话,但表面上她好像在装没听到,对他的话置之不理。

"这太夸大其词了吧,卢伯特?"杰拉德亲和地说。

赫麦妮不满意地哼了一声,伯金不禁退了一步。

"是的,就这样吧。"伯金的语气那么执拗,会让任何人都妥协。说完他就离开了。

但是后来他又后悔自己说的话,他对可怜的赫麦妮太凶、太残忍了。他想改过。他报复了她,伤害了她,现在想和她和好了。

他来到了她舒服的闺房里。她正在桌上给谁写信。他走进来的时候,她冷漠地抬起头,看着他自己走到沙发边坐下,然后又低下头写着信。

他拿起一大本书读了起来,他一直都在阅读这本书,很留意这书的作者。他背朝着赫麦妮,弄得她没有办法再写信了。她的头脑里一片黑暗,一片混乱,她像一个泳者在水里挣扎一般,挣扎着用自己的意识掌控自己。虽然她尽全力要控制自己,但她倒下了,黑暗好像把她淹没,她感觉心都要跳出来了。可怕的紧张感越来越强烈,那是一种吓人的痛苦,像窒息了一般。

然后她认识到他的身影就像一堵墙一样,他的存在正在毁灭她。如果她逃不出去的话,她就会被困在这恐怖的墙中在害怕中死去。他就是这一堵墙,她必须把这堵墙推倒,推倒这个恐怖的阻碍。非得这样不行,否则她就会被摧毁。

一个吓人的震颤从她身上经过,如同一股强烈的电流一般。好像有无数伏特的电流瞬间将她打倒了。她能感觉到他安静地坐在身后,真的是一个难以想象的可怕障碍物。他那沉默地弯着的背,他的后脑壳,让她的头脑一片空白,让她呼吸急促。

一股情欲的电流冲向她的胳膊——她想体验情欲的快感。她的胳膊颤抖着,感觉异常的有力,这股力量是没有办法抗拒的。那是怎样的快乐?这是力量的快乐,让人疯狂的快感!她就要得到情欲的幸福与美妙的快感了。它来了!在极度的恐惧与狂喜中,她明白它就要到来,它伴着兴奋到来了。她的手抓住桌子上漂亮的蓝色青金石,这是当作镇纸器用的,她把玩着,默默地站起来。她的心里烧着一团火,兴奋让她失去了理智。她接近他,在他背后站了一会儿。在她神奇的魔力下,他一动也不敢动,变得迷惑起来。

一股烈火烧遍全身,她感觉一阵无以言表的快感达到了极限,她的满足也达到了极限,于是她以迅雷不及掩耳之势用尽全身力气握着宝石朝他的头部砸下来。但她的手指缓冲了一些宝石的冲击力。碰巧他正在低头看着书,宝石滑向了一边,擦着他的耳朵滑了下去。她的手指落到桌上被砸疼了,这疼痛让她兴奋极了。但她仍不满意,又高高地举起胳膊,再一次照准在桌上趴着的人头砸下去。她非将这颗头颅砸烂不可,不砸烂它她就不痛快。就算是一千个生,一千个死对她来说都算不了什么,她只想体验一下这种快感。

这次她手上的动作没那么迅速了,很慢很慢。一股巨大的精神力量让他清醒了,他抬起头,脸扭曲着盯着她。但看见她又高举着青金石,他害怕地再次想到她是个左撇子,她左手握着青金石,他连忙用一厚本修西德底斯的书挡住了头部。青金石重重地落在了书上,那力量差点要将他的脖子折断,将他的心震碎。

他精神上完全崩溃了,但他不害怕,他转过头来正视她,把桌子推翻,离她而去。他像一只被打碎的水瓶,已经碎成了渣。但他走起路来依然很镇定,他的头脑一点都没有乱,并不诧异。

"别这样,赫麦妮,"他低声地说,"我不允许你这样。"

他看见她细长的身影挺立着,满脸铁青,手里紧紧握着青金石。

"靠边站,让我过去。"他接近她说。

她好像被一只手推开了,不自觉地站到了一边,眼睛一直盯着他,像一个天使一样。

"这样不对,"当他从她身边走过的时候说,"我是不会死的,你听见了吗?"

他朝着她退了出去,否则他怕一转过脸去她就会再一次砸他。他提高警惕的时候,她一动不动,她一点力气都没有了。他就这样离开了,剩下她一个人依然站在那里。

她直直地站了许久,然后一下扎到长沙发里,昏睡起来。当她醒来的时候,她想起来自己都做了些什么,但她仿佛觉得她仅仅是像所有受到他折磨的女人一样砸了他一下。她砸得对,她明白从精神上来说她是对的。她是不会做错事的,她做了她认为应该做的事。她是正确的,是清白的。她脸上永远都挂着一副虔诚的宗教表情。

伯金晃晃悠悠走出赫麦妮家,经过园子,来到了空旷的田野里,向山上直奔而去。晴天转阴,天上忽然落起雨点来。他缓慢走到峡谷边上,这儿生长着茂盛的榛树丛,鲜花开放,石楠丛、冷杉幼苗已生长出幼芽来。到处都那么潮湿,一道小溪在谷底里流淌,那溪水好像很犹豫地流着。他明白他没有办法恢复理智,他是在黑暗里摸索着。

但是,他好像需要点什么。来到这繁花点缀着的茂盛的灌木丛里,来到这潮湿的山坡上,他感觉很快乐。他要触摸它们,用自己的全身与它们接触。于是他把衣服脱光,赤身坐在樱草花里,脚、腿和膝盖在樱草花里轻轻地动着,然后扬起胳膊躺下,让花草抚摸着他的肚子和胸膛。这触觉多么美妙,让他感觉一阵透心的清凉,他好像和花草融为一体了。

可是,这种抚摸太柔和了。于是他经过深草丛来到一人高的一片冷杉丛里。软软的尖树枝把他刺痛了,在他的肚子上洒着清凉的水珠,尖尖的刺刺痛了他的腰部。蓟刺尖尖的,但刺得也不太疼,因为他走路很轻很慢。后来在清凉的风信子里翻滚,肚皮朝下趴着、背上覆盖湿漉漉的青草,那草儿像一股轻柔的气息,比任何女人的抚摸都更细腻、温存、美妙;然后再用大腿去触碰粗硬的冷杉树枝;肩膀感受着榛树枝的抽打和撕咬,然后把银色的白桦树搂到自己怀里去感受白桦枝的光滑、粗壮和那富有生命力的瘤骨——这一切真是太美、太美了,太让人满足了。什么也比不上青草沁入骨血的凉气更令人满足,什么也比不上。他是多么幸运,这轻柔、细腻、有生命力的青草在等他如同他也在等它们一样!他是多么满足、多么快乐啊!

他一边用手帕擦拭着身子,一边想到了赫麦妮以及她的袭击。他可以感到自己半边的头在隐隐作痛。但说到底,这有什么关系?赫麦妮怎样?别人又怎样?有了这美妙、可爱的清凉气息,他就知足了,就不顾那些了。真的,他原以为自己是需要别人、需要女人的,这真是大大的错误。他并不需要女人,一点都不需要。树叶、樱草花和树干,这些才真心的可爱、凉爽、让他渴望,它们融入了他的血液里,充实了他,他感觉自己得到了无限的充实,他为此开心极了。

怪不得赫麦想杀死他呢。他和她有什么关系呢?他为什么要装作和人类有什么联系的样子?这里才是属于他的世界,除了这轻柔、细腻、有生命力的青草他谁都不需要,什么都不需要,他只需要他自己,还活着的自己。

确实,他还是有必要回到现实的世界里去。如果他知道自己属于哪里,那倒无所谓。但他不知道。这儿才是属于他的地盘,他和这里相关相连。尘世对他来说也许并不重要。

他走出峡谷,真怀疑自己是不是疯了。如果真的是这样,他宁愿疯也不愿意做一个正常的人。他欣赏自己的疯狂的状态,此时他是自由的。世间的理智让他非常反感。相反,他发现了自己的疯狂世界,这个世界是那么清新、美妙、让人心旷神怡。

同时他又感觉到一丝忧愁,那是旧道德观的残留,它让你依旧眷恋着人类。但他对旧道德、人和人类感觉厌恶了。他爱的是这柔和、细腻的植物世界,它是那么清新、美妙。他将对旧的忧愁不屑一顾,抛弃旧的道德,在新的环境里重获自由。

他感觉头疼越来越剧烈,每一分钟疼痛都在增加。他现在沿着大道朝最近的车站走去。下雨了,但他没有戴帽子。现在就有不少这样的怪人,下雨天出门竟然还不戴帽子。

他搞不懂,他自己心情压抑、沉重,这当中有多少成分是因为恐惧造成的,他怕别人看见他赤身裸体躺在草丛里。他是多么害怕别人、害怕人类啊!这害怕几乎变成了一种恐怖、一场噩梦——他怕别人看见自己。如果像亚历山大·塞尔科克一样自己一人在孤岛上与动物和树林为伴,他就会既快活又自由,绝不会有这种压抑与恐惧感。他爱青草的世界,在那里他感到幸福。

他觉得他应该给赫麦妮写封信,免得她担忧自己,他不想让她有什么心理负担。于是他在车站上给她写了一封信:

"我要回城里了,我暂时不想回到布莱德比。但是,我不希望你因为砸了我而愧疚,没什么。你就跟别人说我心情不好,先离开了。你打我是正确的,我知道你会这样做的。就这样吧。"

等到上了火车,他感觉有些不舒服,动一动都感到难言的痛苦。他勉强拖着步子从车站走到一辆出租车里,像一个盲人在摸索着缓慢地一步步前行,靠的完全是一股意志。

他一病就是两三个星期,但他没告诉赫麦妮。他感觉不开心,他和她彻底变得疏远了。她自命不凡,陶醉在自己的信念里。她全靠着自尊、自信的精神支柱在生活着。

第九章 煤灰

下午放学之后,布朗温家两姐妹从威利·格林那风景优美的山村走下来,来到铁路的分岔路口。栅栏关上了,矿车轰轰作响地驶来了。机车喘着粗气在路基上缓慢前行。路边信号室里那位只有一条腿的工人像一只螃蟹从壳里伸出头来向外窥探着。

她们等在分岔路口时,杰拉德·克里奇骑着一匹阿拉伯种的母马跑来了。他骑术挺好,轻松地驾驭着马,马在他的双腿间微微晃动着,让他感到很满意。在戈珍眼里,杰拉德那副神态实在是有点诗情画意:他驾轻就熟地骑着马,那匹瘦削的红马,尾巴在空中拂动着。他和两个姑娘打了招呼,就驱马来到栅栏口,低头看着铁路。戈珍刚才有趣地看着他那副英姿,现在转而看向他本人了。他身材挺好,行动潇洒,他的脸被晒成了棕褐色,但唇上的粗胡髭却呈现点灰色,他注视着远方的时候,那双蓝眼睛就闪着锐利的光。

火车喷着汽"咻咻"地驶了过来,马讨厌它,开始向后退缩,好像被那奇怪的声音伤害了似的。杰拉德又把它拉回来,让它头朝着栅门站着。机车"咻咻"的声音越来越重、让它难受,那没完没了的重复声既奇怪又可怕,母马吓得浑身抖动起来,像松了的弹簧一样向后退缩着。杰拉德脸上闪过一丝微笑,眼睛闪闪发光。他照例又把马拉了回来。

火车的喷汽声变弱了,小机车叮叮当当地出现在路基上,撞击声特别刺耳。母马像碰到热烙铁一样逃开。厄秀拉和戈珍害怕地躲进路边的篱笆后面。但杰拉德依然稳当地骑在马上,又把马拉了回来。好像他被母马吸引住了,像磁铁一般,他仿佛要把马背坐塌。

"傻瓜!"厄秀拉喊道,"他为什么不知道躲火车呢?"

戈珍睁大了黑眼睛入迷地看着杰拉德。他目光闪闪地骑在马上,倔强地驱赶着马团团转,那马疯狂地打着转,但就是没有办法摆脱他的控制,也没有办法躲避那吓人的机车轰鸣声。矿车一辆接一辆地从铁道口处驶了过去,缓慢、可怕、沉重。

机车好像在等待什么,一个猛刹车,各节车厢都撞着缓冲器,像铙钹一样发出刺耳恐怖的声音,母马张着大嘴,慢慢地把前蹄腾起来,好像是被一阵吓人的风吹起来的。忽然,它全身抖动着要逃避可怕的火车,前腿伸直向后退着。两个姑娘紧紧拥抱在一起,感到这母马非把杰拉德压在身下才行。但是,他向前靠着身子,满意地笑着,最后还是让母马停下,安静下来,再一次把它赶到栅门前的警戒线上。但是,他那巨大的压力引起了母马巨大的厌恶和恐惧,只见它后退着想离开铁道,两条后腿在原地旋转着,好像它是一股旋风。这幅景象让戈珍差点昏厥过去,她的心都要被刺伤了。

"不要这样,不要这样,放开它! 放它走,你这个恶魔!"厄秀拉扯着嗓子,激动地大喊着。戈珍对厄秀拉这样忘我很不赞同。厄秀拉的声音那么强劲有力,那么赤裸裸的,真让人无法忍受。

　　杰拉德神色严肃起来。他用力夹着马的肚子，这就像一把尖刀刺中了马的要害之处，马又屈服地转了回来。母马喘着粗气嘶吼着，鼻孔张得很大，不时喷出热气来，嘴也大张着，双目充满恐惧的神情。这幅情景真让人别扭。但杰拉德就是不放开它，一点都不心软，就像一把剑刺进了它的胸膛。人和马都耗费了巨大的体力，汗流浃背。但他看上去很冷静，就像一束冷淡的阳光一样。

　　但矿车依然一辆接一辆、陆陆续续地"隆隆"驶来，缓慢的，就像一条无穷无尽的细流一样，让人烦躁。火车车厢的连接处吱吱地响着，声音一会儿高一会儿低，母马惊恐万分，蹄子无意识地踢腾着，它受着人的控制，蹄子毫无目的地踢腾。马背上的人把它的身子转过来，把它悬空的蹄子又压回了地面，好像它是他身体的一部分。

　　"它流血了！它流血了！"厄秀拉冲杰拉德愤怒地喊着。她知道自己是那么恨他。

　　戈珍看见母马的肚子淌着一股血水，吓得她脸都发白了。她看见，就在伤口的位置，亮闪闪的马刺残忍地扎了进去。一时间戈珍感觉眼天昏地暗，然后就晕过去了。

　　她醒来的时候，心变得冷漠又麻木。矿车依然"隆隆"前进，人与马还在争斗着。但她的心变硬了，人也超然了，麻木了。

　　这时她的心既冷又木。

　　她们看见带篷子的末尾值班车过来了，矿车的撞击声降低了，大家就要从那无法忍受的噪音中逃离了。母马重重地喘着粗气，马背上的人很满意地松了一口气，他的意志丝毫没有动摇。值班车慢慢驶过去了，信号员朝外看着热闹，看着分岔路口上这件怪事。从那信号员的眼中，戈珍可以感觉出这幅奇观是多么孤独、短暂，就像永恒世界中的一个幻境一样。

　　矿车开过去以后，四下里变得安静起来，这是多么可爱、让人感恩的宁静啊。多么甜美！厄秀拉敌视地望着远走的矿车。分岔路口上的守门人走到他休息的小屋门前，前来把栅门打开。但没等把门打开，戈珍就忽然一步上前把插销拨开，打开了这两扇门，一扇朝看门人推去，她推开另一扇门冲了出去。杰拉德忽然松开缰绳，策马奔腾，直奔戈珍而来，但戈珍并没有感到恐惧。当他把马头推向旁边的时候，戈珍像个女巫一样扯着嗓子在路边冲他怪异地大喊一声："你也太自傲了。"

　　她的话很清楚，杰拉德听得真真的。他在跳跃着的马背上转过身来，有点惊讶、若有所思地看着她。母马的蹄子在枕木上踢打了好几遍，然后，骑马人和马一起就颠簸着离开了。

　　两个姑娘盯着他骑着马消失了。守门人拖着一条木头做的假肢在分岔路口的枕木上有力地蹒跚着。他把门锁紧，然后转过身对姑娘们说："一个骑马能手就要有自己的驯马方法，谁都会这样，不要放在心上。"

　　"是的，"厄秀拉愤怒蛮横地说，"但他为什么不把马拉开等火车过去了再上来呢？他是个专横的傻瓜。难道他以为这样折磨一头动物就算有男子汉气概了？马也是有灵气的，他凭什么要这样折磨、欺负一匹马？"

　　守门人沉默了一小会儿，摇摇头说：

　　"一看便知那是一匹好马，一头漂亮的好马，很漂亮。但你不会发现他父亲会这样对待牲口。杰拉德·克里奇跟他爸爸一点都不同,真的是两种不同的人,也是两种人。"

大家都沉默了。

"但他为什么一定要这样呢?"厄秀拉喊道,"他为什么要这么做才行呢? 当他欺负一头比他敏感十倍的动物时他难道会觉得自己很厉害吗?"

大家又不说话了,守门人摆摆头,好像他不想说什么而是要多考虑。

"我希望他把马训练得能承受住任何打击,"他说,"一匹纯种的阿拉伯马,和我们这里的马不是同一类,一点都不同。听说他是从君士坦丁堡弄来的这匹马。"

"他真干得出!"厄秀拉说,"他最好还是把马留给土耳其人,他们会待它更好一些。"

守门人进屋喝茶去了,两位姑娘走上了洒满厚厚的黑煤灰的胡同。戈珍被杰拉德专横残暴地骑在马上的情景惊呆了,头脑变麻木了。那位碧眼金发的男人粗壮、强有力的大腿紧紧地夹住狂躁的马的肚子,直至完全掌控了它为止,他的力量来自全身,像有魔力一样,紧紧夹住马的肚子,控制着它,让它顺从,那是骨子里的温顺。

两位姑娘沉默地走着路,左边是矿井巨大的土台和车头,下面的铁道上停放着矿车,看上去就像一座巨大的码头。

在围着许多栅栏的第二个分岔路口附近,是一片属于矿工们的稻田,田野的矿石堆里,放着一只破旧的大锅,锅已经生了锈,又大又圆,默默地杵在路边。一群母鸡在围着铁锅吃食,小鸡趴在池边喝水,鹡鸰飞离水池,在矿车上方飞来飞去。

在岔路口另一面,堆着一堆用来修路的破石头,旁边还停着一辆车,一位长着连鬓胡的中年男子手倚着铁锹,侧着身子和一位穿着长筒靴子的年轻人聊着天,年轻人身边有一匹马,马头靠近他,他们两人都面对分岔路口聊着。

在午后猛烈的阳光下,他们看见从远处走来两位姑娘,那是两个闪着光芒的身影。两个姑娘都身穿清爽艳丽的夏装。厄秀拉身穿橘黄色的针织上衣,而戈珍的上衣则是浅黄色的。厄秀拉穿的是鲜黄色的长裤,戈珍的则是玫瑰红色的。两个女子的身影在穿过铁路转弯的地方时好像在闪动着耀眼的光芒,白色、橘黄色、浅黄色和玫瑰红色在这个布满煤灰的黑色世界里闪闪发亮。

这两个男人在阳光下伫立着盯着这边。年长的是一位中年人,个子很矮,神情严肃,全身都充满活力,而年轻的工人大概二十三岁,更加充满活力。他们两人静静地立在那,看着两个姑娘向这边走来。她们走近了,过去了,又在布满煤灰的路上消失得无影无踪了,那条路一侧是房屋,一侧是农田。

长着连鬓胡的长者放荡地对那个年轻人说:"那个值钱吗? 她可以的,是不是?"

"哪个?"年轻人笑着期望地问。

"那个穿红色裤子的。你说呢? 我宁愿花一周的工资跟她一起待五分钟,天啊,就只要五分钟。"

年轻人又笑了起来。

"那你妻子可要跟你好好理论理论了。"

戈珍转过身看地看这两个男人,他们站在灰堆旁目光追随着她,真像两个可怕的怪物。她厌恶那个长连鬓胡的中年人。

"你真美的,真的。"那人冲着远处她的背影说。

"你觉得她值你一周的工资吗?"年轻人打趣说。

"我觉得? 我敢打两次赌。"

年轻人目不转睛地盯着戈珍和厄秀拉,好像在算计着什么才值他两周的工资。终于他忧愁地摇摇头说:

"不值,她可不值我为她花那么多钱。"

"不吗?"他说,"她要不值这么多我就不是人!"

说完,他又继续用铁锹默默地挖起石头来。

姑娘们走到矿区街上,街两边的房屋盖着石板瓦顶,墙则是用黑砖砌的。浓重的金色夕阳依然照耀着矿区,丑恶的矿区上笼罩着一层美丽的夕阳,很让人沉醉。布满黑煤灰的路上,阳光显得越发温和、厚重,给这乱七八糟脏乱不堪的矿区附上了一层神秘的色彩。

"这里有一种丑恶的美,"戈珍很明显对这幅景色痴迷了,但又这为肮脏感到痛苦不堪。"你是不是觉得这景色很迷人? 它浑厚,火热。我可以感觉出来这些。这真让我惊讶。"

经过矿工的住宅区的时候,她们不时会看见一些矿工在后院的露天地里擦洗身子。这个晚上天气很热,矿工们洗澡的时候都光着膀子,肥大的厚毛头工装裤马上就要掉下去了。已经洗好的矿工们背对着墙蹲着聊天,他们身体都很强壮,累了一天,正好歇一歇。他们说话声音很大,浓重的地方口音着实让人感到有种说不出的别扭。戈珍好像受到了劳动者的爱抚,空气中回荡着男人们洪亮的声音,同时也飘来浓郁的男人的气息。但这些在这一带是很常见的,所以根本没人去注意它。

但对戈珍来说这气味太浓烈了,甚至让她有点恶心。她怎么也说不清为什么贝多弗同伦敦和南方这样截然不同,为什么人一到了这儿就会有完全不同的感觉,好像生活在另一个星球上。现在她明白了,这个世界的男人们很强壮,他们大部分时间里都生活在地底下黑暗的世界里。她可以听出他们的声音中传递着黑暗的淫秽、危险、强壮,毫无顾忌的非人的声音。那声音又极像加了油的机器在反常地鸣响。那淫秽的音调也像机器声,残酷又冰冷。

每天晚上她回家的时候都遇到同样的景象,让她觉得自己好像在汹涌澎湃的浪头中前进,这浪头来自上千名强壮,生活在黑暗的地下、身不由己的矿工们,这浪头打入了她的内心,激起某种极具毁灭性的欲望和冷酷行为。

她很留恋此地。但她恨它,她明白这里是与世隔绝的地方,它丑陋、愚蠢得让人反感。有时她扑打着翅膀,俨然一个新的达芙妮,但是不是飞向月桂树而是扑向一台挖矿的机器。但她还是被对这里的留恋之情所控制。于是她奋力要和这里的步调保持一样,期望从中获得满足。

每到了晚上,她就感觉城里的大街吸引着自己,那大街愚昧又丑陋,但空气中充满了这强壮、紧张又黑暗的冷漠。街上总有一些矿工在晃来晃去。他们有着怪异、变态的自尊,举止很美观,文静得有点装模作样,苍白憔悴的脸上表情漠然、懈怠。他们属于另一个世界,他们有着特殊的迷人的地方,声音浑厚有磁性,像机器轰鸣,像音乐,但比远古时莎琳的声音更让人着迷。

她发现自己和那些市井妇人们没什么区别，一到周五晚上就被街上的小夜市吸引去了。周五是矿工们发工资的日子，晚上就成了逛夜市的时候了。女人们到处逛着，男人们带着老婆出来买东西或是和朋友们聊聊。几英里长的人流向城里涌去，路上黑压压一片全是人，山顶上的小夜市和贝多弗的主干道上熙熙攘攘，人山人海，挤满了各色男女。

天黑了，但市场上的煤油灯却烧得热乎乎的，昏黄的灯光照亮了买东西的主妇们一本正经的脸，映红了男人们漠然的脸。四下里满是人们喊叫、聊天的吵闹声、人流依然向着市场上拥挤的人群源源不断地堆涌而来。商店里很明亮，到处挤满了女人，而街上则基本上全是男人，都是些老的少的矿工。这时，大家出手阔绰，钱也花得比平时潇洒。

往里行驶的马车被堵住了。车夫们大喊大叫着直到密不透风的人群让出一条道来。随时随地，你都可以看见远方来的年轻小伙子站在街道上或角落里和姑娘们聊天。小酒店里灯火辉煌，大门敞开，男人们川流不息地进进出出。他们大呼小叫地互相打招呼，奔走相识，三五一群地站一圈没完没了地东拉西扯。大家吵吵闹闹，遮遮掩掩地闲聊矿上的事或政治上的矛盾与纠纷，搅得四下里一片吵闹，就像不和谐的机器声在聒噪。但就是这些人的声音让戈珍痴迷。这声音让她留恋，让她急切的心发痛、发狂、让她感到难以自拔，这感觉真是奇妙。

像其他女孩子一样，戈珍在夜市附近那灯火辉煌的二百米长的坡路上上下下地来回逛着。她明白这样做很粗鲁，她父母没有办法容忍她的这种行为，但她留恋这里，她一定要和人们待在一块。有时她会在电影院里和那些愚蠢的人们坐在一块儿，那些人很放荡，一点都不美，但她非要坐在他们中间不可。

也像其他平凡女子一样，她也找到了和她聊天的"小伙子"。他是一个电学家，听说是来实施杰拉德的新方案的电学家。他这人很真诚，很敏锐，虽然是科学家，但对社会学很热衷。他在威利·格林租了一间农舍独自住在那里。作为一位绅士，他经济上是比较富足的，他的女房东到处和别人议论他，说他居然在卧室里准备了一只木桶，每天下班回来，他非要她一桶一桶地把水提上去给他洗澡用，他每天都要换干净的衬衣和内衣，还换干净的袜子呢。在这些方面他好像过分苛求、挑剔，但在其他方面他则再将就不过了，一点都不挑剔。

戈珍都了解这些事，这些闲言碎语自然而然而且无可避免地会传到布朗温家里来。帕尔莫跟厄秀拉更熟一些，但是他那苍白、神态高冷、严肃的脸上也出现和戈珍一样的那种留恋神态。一到周五晚上他也要在那条路上来回逛着。就这样他和戈珍走到了一块儿，他俩之间便建立起了友谊。但他和戈珍并不是爱情，他真正爱的是厄秀拉，但不知什么原因，他跟厄秀拉就是没情分。他喜欢戈珍待在他身边，但仅仅作为一个聪明的知己，仅此而已。同时，戈珍对他也没动感情。他是一个科学家，是需要有个女人做他坚实的后盾。但他是真的一点感情色彩都没有，就像一架优雅美丽的机器。他太冷漠，太具有毁灭性，太自私自利，没有办法真正地去爱一个女人。但他却很受男人的吸引。作为个体，他反感、轻视他们，但在人群里，他们却像机器一样吸引着他的注意力。对他来说，他们是新型机器，只不过他们是没有办法计算的。

戈珍就这样和帕尔莫一块儿在街上散步，或者一块儿去看一场电影。他嘴里不断地对其他人冷嘲热讽,苍白、狭长、颇有几分高雅的脸上总是闪着光。他们两个,两个情趣高雅的人有着相同的感受。总而言之,他们是两个个体,但都跟随着人群,和这些丑陋的矿工们融为一体。好像每个人心中都有相同的秘密:戈珍,帕尔莫,放荡的纨绔子弟,憔悴的中年矿工。大家都有一种神秘的,没有办法用语言形容的破坏力和三心二意,好像意识里腐朽了一样。

　　有时戈珍真想变成一个纯粹的旁观者,她就可以观察这一切,看看自己是怎样沉沦的。她随之又生气又轻视自己。她感觉自己和别人一样已经沉沦到尘世凡间中挤得水泄不通,盘根错节地缠绕在一起难以分开。这太吓人了。她感到快喘不过气来了。她准备好要开始斗争,疯狂地埋头只做自己的工作。但她很快就坚持不住了。她动身到农村去体验生活——黑色、富有迷人魅力的农村。她又开始被这种魅力诱惑了。

第十章 素描簿

　　这天早晨,姐妹两人来到威利湖畔的偏远地带写生。戈珍来到一处堆满砾石的浅滩,像一位佛教徒那样坐着,注视着低矮的岸边泥土里新鲜的水生植物。她看见的都是软软的稀泥,还有泥浆里长出青翠娇嫩的水生植物来,叶片肥厚而有肉质,茎秆饱满挺拔,两边平平地长出叶子,色彩艳丽,有墨绿色,有深红色,一片深紫色,一片棕黄色。但是她却能用发现美的眼光去看它们肥美多肉的肌体,她明白它们是怎样从泥水中长出来的,她知道那叶子是怎样伸展出来的,她知道它们鲜嫩多汁的身躯是怎样在空中挺拔地立着。

　　水面上有一群飞舞的蝴蝶。厄秀拉看见蓝色的蝴蝶突然间不知从哪里扑啦啦飞出,飞进凤仙花丛里,一只黑红两色的蝴蝶落到花朵上,振动着双翅,随意地沐浴着纯净的阳光。两只白蝶在空中缠打在一起,它们周围笼罩着一层光环。厄秀拉看了片刻,就站起身悄悄离开了,下意思的模样像蝴蝶一样。

　　戈珍蹲在浅滩上陶醉地盯着娇嫩的水生植物,边看边画着它们。但看不上多久,她就会不自觉地盯着它们,对挺拔、裸露着的肥厚枝干看得入迷。她光脚在水里蹲着,帽子放在眼前的岸边。

　　船桨声把她从沉醉中拉了出来。她四下里扫视一下,看见那边过来了一条船,船上撑着一把美丽的日本女伞,一位身穿白衣的男士在划船。那女的是赫麦妮,男的是杰拉德,她马上就认出来他们了。一时间她被渴望的紧张感所控制,那是从血管里震荡而过的一股剧烈的电波,比在贝多弗见到杰拉德时还要剧烈,那时仅仅是一种微弱的电流罢了。

　　杰拉德是她的避风港,让她可以逃脱那苍白、无意识的地下世界的矿工们。他们是一洼泥坑、而杰拉德则是泥里的出水芙蓉,他是他们的主导。她看见了他的背影,看见他白白的腰肢随着他划船的动作在晃动着。他好像在弯腰做什么。他有点发白的头发在闪闪发光,就像天上的闪电一样。

　　"戈珍在那儿呢。"水面上传过来赫麦妮的声音,很清楚。

　　"我们过去和她打个招呼吧,你不会介意吧?"

　　杰拉德看见戈珍姑娘正站在湖岸边看他,于是他像受到什么引力似的把船划向她,脑子里却并没有想她。在他意识的世界里,她依然是个无足轻重的人。他知道赫麦妮要打破一切不平等的社会地位,对此她报以一种奇怪的快感,至少在表面上她是这样的人,于是他遵从了她。

　　"戈珍,你好,"赫麦妮慢慢地唤着戈珍的教名,摆出一副很时髦的样子,"你在做什么呢?"

　　"你好,赫麦妮。我在写生呢。"

　　"是吗?"船摇近了,龙头碰到岸上时,赫麦妮说,"可以让我瞧一瞧吗?我很喜欢看。"

　　戈珍知道反对赫麦妮的想法是没用的,于是她回答:

"好吧——"她很不乐意让别人看自己没画完的作品,所以语气很牵强,"一点意思都没有。"

"不会吧?还是让我瞧瞧吧。"

戈珍把画本递了过去,杰拉德从船上伸手拿了过来。这时,他想起了戈珍对他说的最后一句话,那时她向着坐在马背上震颤的他说了那句话。他的神经立刻感觉一阵自豪,他好像感到她被他征服了。他们两人交流了情感,那是一种不被意识控制的强烈的交流。

好像着了魔一般,戈珍发现他的身体靠过来,像一股烈火蹿过来,他的手像一根树干朝她直直地伸过来。她感到一种肉体上强烈的害怕和紧张,差点昏厥过去,头脑一片灰暗,意识一片空白。但他却在水上晃着,像一点飘荡的磷火。他检查一下小船,发现它有些离岸了,于是拿起桨把船划回来。在柔和深沉的水面上慢悠悠驾着小船,那种美妙的感觉真是让人沉醉。

"你画的就是这个?"赫麦妮说着,眼睛寻找着岸边的水生植物,将它们与戈珍的画作着对比。戈珍顺着赫麦妮纤长的手指所指的方向看着,"是那个吗,嗯?"赫麦妮重复地问着想得到证实。

"是的。"戈珍漫不经心地回答,一点都没在意赫麦妮的话。

"让我看看。"杰拉德说着伸出手来要画本。赫麦妮不搭理他,她没看完之前其他人别想看。但他有着跟她一样坚持不懈的意志,他依然伸出手去拿素描本。赫麦妮吓了一跳,对他厌恶极了,还没等他拿稳。她就故意松手了,画本在船帮上撞了一下就掉到水里了。

"天啊!"赫麦妮喊着,但那语调却隐藏不住某种罪恶的胜利感,"对不起,太对不起了。杰拉德,你能把它捞上来吗?"

她的语气中既透着担忧又显出对杰拉德的嘲讽,真的让杰拉德恨死她了。杰拉德把大半个身子伸出船外,手伸到水里去。他感觉自己这个姿势很好笑,他腰部的肉都露出来了。

"没什么。"戈珍豪爽地说。她好像要去触碰他。但他却更远远地把身子探出去,把船弄得剧烈晃动起来。但赫麦妮却视而不见。他的手在水下迅速抓住了画本拎了上来,本子湿淋淋的。

"我太不好意思了,太对不起了,"赫麦妮重复说,"恐怕这全是我的错。"

"这没什么,真的,别放在心上,一点都没关系。"戈珍大声说道,脸都涨红了。说着她烦躁地伸手去拿那水淋淋的画本,以此来结束这桩闹剧。杰拉德把画本还给她,样子颇有些紧张。

"我太对不起了,"赫麦妮重复着,都把杰拉德和戈珍说烦了,"没其他的补救办法了吗?"

"怎么办?"戈珍冷漠地调侃道。

"我们还能拯救这些画儿吗?"

戈珍不说话了,很明显她对赫麦妮的穷追不舍表示不耐烦。

"你放心吧,"戈珍干脆地说,"这些画儿仍旧很好,还能用。我仅仅是用来当个参照罢了。"

"我可以给你一个新本子吗?我希望你不要拒绝我。我太不好意思了,我觉得这全是我的错。"

"实际上,"戈珍说,"根本就不是你的错。如果非要说错,那也是杰拉德的错。但这桩事儿太不值一提了,要是太往心里去岂不可笑?"

戈珍斥责赫麦妮时,杰拉德一直注视着她。戈珍身上有一种冷漠的力量。他用某种敏锐的洞察力观察着她。他发现她是一个危险、充满敌意的精灵,没有谁可以战胜她。另外,她的一举一动也算得上绝对的完美。

"这太让我开心了,"杰拉德说,"没损失什么就好。"

戈珍回头看着他,美丽的蓝眼睛注视着他,那目光直击他的灵魂。她的话音银铃般地响着,对他表示亲近:

"当然,一点关系都没有。"

一个眼神,一句话语,两人之间就这样产生了默契。她说话的语气清楚地表明,他和她是同一种人。她还知道她可以凌驾于他之上。不管他们到了什么地方,他们都能秘密地结成盟友,而他在这种盟友中处在被动的位置上。她的心里开心极了。

"再见!你原谅我了,我太高兴了。再见!"

赫麦妮悠长地拉长告别的话,边说边挥舞着手臂。杰拉德无奈地拿起浆来把船划开了,但他闪烁着笑意的眼睛却欣赏地看着戈珍,戈珍站在浅滩上挥动着湿漉漉的本子向他们告别。然后她转过身,不再去理睬渐渐远去的小船。但杰拉德却边划船边回头注意她,早把自己手中的桨忘了。

"船是不是太偏左了?"赫麦妮缓慢地问道,她坐在花伞下面,感觉被忽视了。

杰拉德没说话,四下观察了一下,改变了航向。

"我觉得现在很好了。"他亲和地说,然后又起劲地划起船来。对他这种和和气气视若无睹的样子,赫麦妮非常不喜欢,她感觉自己被忽视了,她没有办法再恢复自己往日的支配地位了。

第十一章　湖中岛

　　这个时候厄秀拉已经离开了威利湖，沿着一条清澈明丽的小溪前行。四下里回荡着云雀的婉转的叫声。温暖的阳光洒在山坡上，荆豆丛在阳光下若隐若现。小溪两旁开着几丛勿忘我。到处闪现着生机。

　　她陶醉于一条条溪流。后来她想去小溪上面的贮水池。那儿有一座大磨坊，磨坊早已被弃置不用了，只有一对雇工夫妇还住在厨房里。她穿过空荡荡的场院和荒凉的园子，顺着水闸上了岸边。她爬上来，来到了那一泓如丝绸般光滑的水波旁，岸上有个男人正在专心地修理一只平底船。他是伯金，只见他一个人修着船，又是拉锯又是钉钉子。

　　厄秀拉站在水闸旁安静地看着他。他一点都没有意识有人来了。他看上去非常忙碌，像一头活跃而专心致志的野兽一般。她感觉自己应该离开这个地方，他现在不需要她了，他看上去太忙碌了。但她并不想真的离开，于是她就在岸上踱着步，希望他能抬头看见她。

　　不一会儿，他真的抬起了头。一看见她他就放下手中的工具走上前来询问道：

　　"你好啊？我想把船上的接缝紧一紧。告诉我，你觉得这样做是正确的吗？"

　　她同他一起并肩前进。

　　"你父亲很擅长这个，你是他的女儿，所以你能告诉我应不应该这样。"

　　厄秀拉弯下腰去看伯金修补过的船。

　　"没错儿，我是我父亲的女儿，"她说，但她不敢评价他做的活儿，"但我对木工一点都不懂啊。看上去修得还可以，难道不是这样吗？"

　　"是的。我这船不沉我就心满意足了，就算沉了也没关系，我也能够上来的，能不能帮我把船推下水？"

　　说着两人合力一起把船推下了水。

　　"现在我来划划看，你看有什么毛病没有。要是没有毛病，我就把你载你到岛上去。"

　　这水塘特别大、水平如镜，水有点深。塘中间凸起两座小岛，小岛被灌木与树木覆盖着。伯金在水中划船，笨手笨脚地保持着方向。幸运的是，小船自己漂了过去，他顺势抓住了一条柳枝，借着柳树的劲儿跳上了小岛。

　　"这儿的草木很茂盛，"他看看岛上说，"挺好的，我这就去接你来。这船好像有点漏水。"

　　没过会儿他又回到她身边。她上了漏水的船舱。

　　"这船载咱们俩一点问题都没有。"他说完划着船向小岛前进。

　　船在一棵柳树下停泊了。她小心翼翼地躲闪着，不让自己碰到那些茂盛、散发着怪味的玄参和毒芹。但伯金却披荆斩棘、大胆地朝前探着路。

　　"我要把这些毒芹都砍掉，"他说，"那样可就像《保罗与维吉妮》一样浪漫了。"

　　"我们可以在这儿举行一次华多式的野炊了。"厄秀拉热切地叫道。

伯金的脸沉了下来。

"我可不喜欢在这儿进行野炊。"他说。

"你心里只想着你的维吉妮。"她笑道。

"有维吉妮就够了,"他傻傻地笑笑,"但是我也不太需要她。"

厄秀拉注视着他。自从离开布莱德比以后这还是第一次见到他呢。他很消瘦,两腮下凹,一脸吓人的表情。

"你生病了吗?"她漫不经心地问。

"是的。"他也冷冷地回答。

他们坐在岛上的一个僻静的地方,在树荫下盯着水面。

"你害怕吗?"她问。

"怕什么?"他盯着她问。他有一种惊人的倔强,这让她不安,令她失去了常态。

"生一场大病不害怕吗?"她说。

"当然心里是不愉快的,"他说,"至于人是否真的怕死,我还真说不清。从一种意义上说没什么关系,从另一种意义上说又让人害怕。"

"但你不觉得难堪吗? 一生病总是很难堪的,病魔太侮辱人了,你不这样认为吗?"

他思考了一会儿说:

"也许吧,但是比起人们清楚人的生活从一开始就不那么正确,生病就不算什么了。人生病是由于活得不合适。人生活得不好就要生病,生病就会难堪。"

"你生活得不好吗?"她带点嘲讽地问。

"是的,我一天天地过,并没什么作为。人好像总在碰南墙。"

厄秀拉笑了。她心里感到害怕,每当她害怕时,她就笑并假装得意扬扬的样子。

"那你的鼻子可就遭殃了!"她望着他的脸说。

"怪不得我这么丑。"他回答说。

她沉默了一会儿,她有一种自欺欺人的本能,此刻她内心在与自己的自欺欺人作着斗争。

"可我很幸福,我觉得我的生活太愉快了。"她说。

"那挺好哇。"他有些冷漠地回答。

她伸手从口袋里摸出一小张包巧克力的纸,手里开始叠小船。他心不在焉地盯着她。她的一举一动中透着一种楚楚动人的温柔,手指没有意识地动着。

"我真的生活得挺好,你呢?"她问。

"那当然! 可我就是活得不顺心,真令人恼火。我觉得一切都盘根错节乱七八糟,让你一点头绪都没有。我不知该做些什么。人总得在什么地方做点什么吧。"

"可你为什么一定要做些什么呢?"她反问,"这太普通了。我觉得最好做一个高雅的人,不需要做什么,只需要不断完善自我,就像一朵随心开放的花朵。"

"我很赞成你的看法,"他说,"要是人真能开花该多好啊。可我就是没有办法让我的花蕾开放。可它也不枯萎或凋零,它也不缺少营养。该死的,它根本就不是什么花蕾,而是一个倒霉的疙瘩罢了。"

她又笑了,这令他非常恼怒。可她既焦虑又疑惑。一个人怎样才能有出路呢?

总得有个出路吧,天无绝人之路。

沉默,这沉默真的让她想大哭一场。她又从兜里摸出一张包巧克力的纸,又叠起纸船来。

"可是为什么,"她终于开口,"为什么现在人的生命开不了花,为什么人的生命没了尊严呢?"

"因为人的整个观念已经死了。人类本身已经枯萎腐坏,真的。有那么多的人的人依赖在灌木丛上,他们看上去很像样儿,很光鲜,是一群好健康的男女。可他们却是索德姆城的苹果,是死海边的苦果。他们的生活没有一丁点意义——他们的内心满是死灰。"

"可应该还是有好人的吧。"厄秀拉断言。

"对现在的生活来说是不错的。可是人类是一棵长满苦果的死树。"

厄秀拉忍不住想反驳这种说法,它太机械化,也太绝对了。可她又无法阻止他说下去。

"如果是这样的话,能说上是什么原因吗?"她带着些敌意地问。他们俩要开始爆发了。

"为什么,为什么人们都是些死灰团? 那是由于他们成熟了还不想离开这棵树。他们依然赖在旧的位置上,直至长了蛆虫、干枯、腐烂。"

他们沉默了好一会儿。他的声音像带着火药,语言甚是刻薄。厄秀拉心烦意乱又十分震惊。他们都沉思着,忘记了一切。

"那就算别人都错了吧,你对在哪儿了呢?"她叫道,"你比别人强在哪儿了?"

"我? 我也有错啊,"他也叫了起来,"我正确的地方是我知道我不正确。我讨厌我的外在。我讨厌自己是个人。人类就是一个集合在一起的大谎言,一个大谎言还不如一个小小的真理来得实在。人类比个人还要渺小,而且渺小得多,因为个人有时还可能正确,而人类则是一棵谎言之树。人类说爱是最伟大的事,他们坚持这样认为,真是可恶的大骗子,可你看到他们的所作所为了吧! 看看吧,数不胜数的人在重复说爱是最伟大的,博爱是最无私的,可事实上他们做的都是些什么事吧。看他们做的事我们就知道他们是一帮肮脏龌龊的骗子和小人,他们的话是经不住实践来检验的。"

"可是,"厄秀拉有些沮丧地说,"可这并不能否认爱是最伟大的这一真理,你说呢? 他们的所作所为并不能改变他们所说的话含有真理。你觉得呢?"

"是的,如果他们说的是真理,他们就会自觉地实践它。可他们一直在说谎,所以他们最后会胡作非为。说什么爱是最伟大的,这全是骗人。倒不如说说恨是最伟大的呢,因为凡事都相反相成。人们需要的是仇恨,仇恨,只有仇恨。他们打着正义与爱的旗号得到的却是仇恨。他们从爱中提炼出来的是炸药。谎言甚至可以杀人。如果我们真的需要仇恨,那就得到它吧——死亡,杀害,酷刑和惨烈的毁灭,我们都可以得到这些,但是请不要打着爱的名义。我害怕人类,我希望它完全消失。人类终将逝去,即使每个人明天就消失,也不会有什么实质性的损失,现实并不因此受影响,不,只可能会更好。真正的生活之树一定会摆脱掉最吓人呢、最沉重的死海之果,摆脱掉这些虚幻的人们,摆脱掉沉重的谎言包袱。"

"所以,你希望世界上的人都消失?"厄秀拉说。

"确实是这样。"

"那世界上就没人类了呀？"

"太对了。你自己不觉得这是一个美好单纯的思想吗？一个没有人类的世界，只有不受任何打扰的青草，青草丛中蹲着兔子和牛羊。"

他真诚的话语令厄秀拉思考起来。这实在太令人向往了：一个纯净、美好、没有人迹的世界。这太迷人了。她的心停住了，异常激动。可她依然不满于他的说法。

"可是，"她反驳道，"可是连你都消失了，你还能看到那个迷人的世界吗？"

"如果我知道人类注定要被消灭，我情愿马上就死。这是最纯洁、最开明的思想。那样这世上就不会再有任何一个肮脏的人类了。"

"是的，"厄秀拉说，"那就没有什么东西了。"

"什么？什么都没有了吗？由于人类消失了就什么都没有了吗？你这是自己吓自己。一切都会有的。"

"怎么会呢？不是连人类都没有了吗？"

"你以为万物是由人创造的吗？根本不是。世界上还有树木、青草和鸟儿等等。我宁可认为，云雀是在一个没有人类的世界里产生的。人生来就是一个错误，他必须消失。青草、树木、野兔、蛇还有隐藏着的一切万物，它们才是真正纯洁的天使，当肮脏的人类不去打扰它们时，它们这些真正的天使就可以自由自在、无忧无虑地生活，那多美妙啊。"

厄秀拉对他的幻想感到很满意。当然，这仅仅是个幻想而已，但它令人愉悦。对于她自己，她是清楚人类的现状的，人类是很吓人的。她知道人类是不会如此轻易地消失的。他还有一段漫长而恐怖的路要走。她那细腻、着了魔般的女人的心思太了解这一点。

"如果人类从地球上被清除干净，万物创造依然能顺利进行，它将会有一个新的开始。人是造物主犯下的一个巨大的错误，就像鱼龙一般。如果人类灭亡了，想想吧，将会有多么美好的事物产生出来——直接从火里产生。"

"可人类永远不会灭亡，"她知道她再坚持下去会说出什么样狠毒的话来，"世界将会同人类一起灭亡。"

"啊，不，"他说，"不可能是这样的。我坚信那些骄傲自满的天使和魔鬼是我们的领导。他们会把我们毁灭，由于我们还不够骄傲。就说鱼龙吧，它们就是由于不够骄傲才被毁灭的，鱼龙曾像我们一样爬行、蹒跚。再看看草丛里的花朵和风铃草吧，甚至是蝴蝶，它们表明纯粹的创造是可能的。人类从来没有超越毛毛虫阶段，人类发展到蝶蛹阶段就全部溃烂了，永远也不可能长出翅膀来。人就像猴子和狒狒一般是背叛造物主的动物。"

厄秀拉盯着他，他好像有些不耐烦，愤愤的样子，但同时他又对任何东西都感兴趣且很有耐心。她选择不相信他的耐心，反倒选择相信他的愤怒。她发现他一直在一厢情愿地试图拯救这个世界。认识到这一点，她既感到有点欣慰，同时又轻视他、恨他。她想自己需要他来接近，可又讨厌他那副自以为是救世主的样子。她不能忍受他啰里啰唆的概念。可他对任何人都这样，若是谁向他求助，他就没完没了地讲他这一套。这是一种卑鄙的、可恶的卖淫。

"但是,"她说,"你依然坚信个体间的爱,即使你不爱人类,是吗?"

"我根本就不相信什么人之间的爱,倒不如说我相信仇恨、相信悲伤。爱跟其他东西一样,是一种感情,你可以感受到它,这样挺好,但是我不明白它为何能够变得如此绝对。它仅仅是人类所有关系中的一小部分罢了,而且是每个个体与他人关系的一小部分。我真的不明白,为什么总要要求人们去感受爱,比对悲伤与欢乐的感受要多得多。爱并不是人们急切需要的东西——它是根据不同场合所表现到的一种情感。"

"既然这样,你为什么还关心其他人的事?"她问,"既然你不相信爱,你为什么要替人类担心?"

"为什么? 因为我无法摆脱他们。"

"因为你爱他们。"她坚持说。

这话令他恼怒。

"如果说我爱,"他说,"那就是我病了。"

"可这是不想治愈的病。"她冷冷地嘲讽道。

他沉默了,感到她是要侮辱他。

"既然你不相信爱,那你相信什么?"她开玩笑地问,"只是简单地期待世界的末日,期待只有青草的世界吗?"

他开始认为自己是个傻瓜。

"我相信隐藏着的所有万物。"他说。

"就不信其他的了? 除了青草与鸟雀你就不期待任何其他看得见的东西吗? 那你那个世界太孤单了。"

"或许是吧。"他说着变得既冷酷又孤傲。他感觉受到了冒犯,摆出一副傲慢的姿态,对她敬而远之。

厄秀拉不再喜欢他了,但同时她感到一种失望。她盯着蹲在岸上的伯金,发现他像在学校里一样木讷、自命不凡,这样子让人讨厌。但他的身影既灵敏又迷人,让人感非常舒畅,即使一脸病态,但他的眉毛,下巴以及整个身体仿佛又是那样充满生机。

他给她留下的这种双重印象让她心中生出一种对他的微妙的恨。他有一种特别的生命活力,这种特质让他成为一个别人渴望得到他的人;另一方面,他是那么荒唐,竟然想做救世主,像学校的教师一样研究气十足、古板生硬。

他抬起头来看着她,发现她的脸上闪耀着一层奇异的光芒,好像这光芒发自她体内热烈的美好火焰。于是他的灵魂被这奇妙的感觉吸引。她是被自己的生命之火点燃的。他感到惊讶,完全被她迷住了,不自觉地向她靠近。她像一个神奇的女王那样端庄地坐着,全身散发着神奇的光芒,几乎是个超现实的存在。

"对于爱,"他边说边迅速整理着自己的思路,"我是说,我们厌恶尘世是由于我们把它变得庸俗了。它应该有规矩,有禁忌,直到我们有了新的,更好的理念。"

他的话增加了他们两人之间的理解。

"但它指的就是一回事。"她说。

"哦,天啊,不,不是一回事了,"他叫道,"让旧的观念成为过去吧。"

"可它还是爱的意思。"她坚持说。她的眼神里放射出一道奇特、尖锐的黄光,直射向他。

他在这目光下犹豫着、疑惑着退缩了。

"不,"他说,"不是,别再这样说了,你不应该老说这个字。"

"那我把它留给你说,让你在恰当的时候把这个字从约柜中拿出来。"她嘲讽地说。

他们又对视了一眼,厄秀拉忽然转过身去,然后默默走开了。他缓慢地站起身来到水边,蹲下,自我沉醉起来。他摘下一朵雏菊丢到水面上,那花儿像一朵荷花一般漂在水面上,花瓣儿绽开了,仰天开放。花儿慢慢地旋着,缓缓地舞着漂远了。

伯金看着这朵花漂远,又摘了一朵丢进水里,然后又丢进去一朵,丢完了,他就蹲在岸边饶有兴致地盯着它们。厄秀拉转过身来看到这个情景,一股特别的感情油然而生,好像有什么事就要发生,但这一切都是不可捉摸的。好像她被什么控制住了,但她又说不上来是什么东西。她只能盯着花儿在水上打着旋,慢慢飘然而去。这一队白色的伙伴纷纷漂远了。

"我们到岸边上去追它们吧。"她说,她怕再在这儿待下去。于是,他们上了船。

上了岸,她又开心了,又自由了。她沿着岸边来到水库前。雏菊已碎成好几瓣,这儿那儿各处散落在水面上,闪耀着白色的光芒。为什么这些小花瓣让她这样动情,是以某种神秘特殊的力量打动了她吗?

"看,"他说,"你叠的紫色纸船正保护它们呢,分明是一支护船队呢。"

几瓣雏菊缓缓地向她漂来,就像在清澈的深水中害羞地跳着交谊舞。它们那欢快的白色身影离得越近越让她动情,仿佛要落下泪来。

"它们为何这样可爱?"她叫道,"我为何会觉得它们这么可爱啊?"

"真是些美丽的花儿。"他说,厄秀拉那动情的语调让他有些不安。

"你知道,一朵雏菊是由许多管状花冠构成的,它们可以变成一个个单独的个体。植物学家不是把雏菊列为器官最发达的植物吗?我相信他们是这样的。"

"菊科植物吗?是的。我想是这样。"厄秀拉说,不管对什么她总是那么不太有自信。一时间她很了解的事物可能会在另一个场合里瞬时变得可疑起来。

"这么说吧,"伯金说,"雏菊是最民主的植物了,所以说它是最高级的花,它因此而迷人。"

"不,"她喊道,"绝不是。它才不是民主呢。"

"是啊,"他承认道,"它是一群金色的无产主义者,被一群闲来无事的富人像一圈白边儿一样围着。"

"可恶,你这样划分社会等级太可恶了!"她喊道。

"是很可恶!这是一朵雏菊,那就只谈这个吧。"

"行。就算是爆了个冷门吧,"她说,"如果万物对你都是冷门那就好了。"她又嘲讽地添上一句。

他们没有意识地拉开了距离。好像他们都感到惊讶,只站在那儿人显得无知起来。他们的小小冲突让两人很不舒服,变成了两股非人的力量在交战。

他开始意识到自己错了,他想说点什么平常的闲话来扭转这种局势。

"你知道,"他说,"我在磨坊这儿有住的地方吗?你不认为我们可以在这儿好好打发一下时光吗?"

"哦,是吗?"她说,对他那自作多情的亲密她才不懒得理睬呢。

他认清了这一点,口气变得正规多了。

"如果我发现我一个人可以过得很富足,"他接着说,"我就会放弃我的工作。这工作对我来说早就没有意义了。我不信任人类,即使我曾自命是其中的一员。我根本不在乎我所仰仗的社会信仰。我讨厌这行人类社会有机群体,所以干教育这一行真的是中看不中用。我能逃离就逃离,或许明天吧,就靠自己过生活。"

"你有充足的生活条件吗?"厄秀拉问。

"有的,我一年有收入四百镑,靠这个生活很简单。"

"那赫麦妮怎么办?"厄秀拉问。

"彻底结束了,已经结束了,永远不会重修旧好了。"

"但你们依然相互理解?"

"我们很难装作是陌生人,对吗?"

他们沉默了,但都很执拗。

"这不是折中的办法?"厄秀拉终于说。

"我觉得这不是折中,"他说,"你说怎么个折中法儿?"

他们又沉默了。他在思考。

"必须把一切都甩掉才行,一切,把一切都丢弃,才能得到最后想要的东西。"他说。

"什么东西呢?"她挑战似的说。

"我不知道,或许是自由吧。"他说。

但她希望他说出的是"爱"。

水库下传来刺耳的狗叫声,仿佛这声音搅乱了他的思绪。

但她却不去理睬,她只是感觉到他心神不宁。

"我知道了,"他压低声音说,"是赫麦妮和克里奇来了。她要在房子配上家具之前来看看。"

"我知道,"她说,"她要监督着你装饰房间。"

"或许是吧。这有什么?"

"哦,没什么,没什么,"厄秀拉说,"但是我个人受不了她。我觉得她在骗人,你们这些人总是说谎。"她思索了一下忽然冒出一句:"我就是在意,她帮你装修房子我就是不愿意。你总让她跟着你,我就是不愿意。"

他皱着眉头沉默不语。

"或许,"他说,"我并不想让她装修这儿的房间,我并不乐意她缠着我。但我总不能对她太粗鲁呀,何必呢?无论怎么着,我得下去见见他们了。你来吗?"

"我不太想去。"她冷淡但犹豫地说。

"来吧,对,来吧,也来见见我的房子。"

第十二章　地毯

他走下河堤，她不大乐意地跟着他，又不愿意离开。

"我们互相早就了解了，太了解了。"他说，她并不搭话。

昏暗的大厨房里，那个雇工的老婆正用尖尖的声音地同赫麦妮和杰拉德站着聊天。杰拉德身穿白衣服，赫麦妮则穿着浅绿的薄花软绸衣服，他们的穿着在午后昏暗的屋中格外耀眼。墙上笼子里十几只金丝雀在引吭高歌。这些鸟笼子挂在后窗，阳光穿过外面的绿叶从这孔小方窗户洒进屋来，很美的景致。塞尔蒙太太提高了声音说话，想压过鸟儿越来越响亮的叫声，这女人不得不一次次地提高声音，鸟儿们好像在跟她作对，叫得更加起劲儿了。

"卢伯特来了！"杰拉德的喊声盖过了屋里嘈杂的人声和鸟叫声。他被这喧闹声吵得很烦躁。

"这群鸟儿，真是不让人说话！"雇工的老婆喊道，她厌烦地说，"我得盖上鸟笼子。"

说完她就这一下那一下，用抹布、毛巾、围裙和桌布蒙上了鸟笼子。

"好了，你们都别吵了，还让不让人说话了。"但她自己的声音依然那么大。

大伙儿看着她很快都盖上了笼子，盖上布的鸟笼子很像葬礼中的样子。但鸟儿们挑战般的叫声依然从盖布下钻出来。

"好了，它们不会再叫了，"塞尔蒙太太让大家不用担心，"它们就要睡觉了。"

"是啊。"赫麦妮有礼貌地说。

"会的，"杰拉德说，"它们会自动睡觉的，一盖上布，笼子里就是夜晚了。"

"它们会那么轻易上当吗？"厄秀拉说。

"会的，"杰拉德回答道，"你没听过法布尔的故事吗？他小时候把一只母鸡的头藏在了鸡的翅膀下，那母鸡竟睡着了，这很有依据。"

"之后他就成为一位博学家了吗？"伯金问。

"可能吧。"杰拉德说。

这时厄秀拉正从盖布下窥探鸟笼子里面的鸟儿。一群金丝雀窝在角落里，互相依偎着准备要睡了。

"真好笑！"她喊道，"它们真以为到晚上了！真荒唐！真的，对这种这么容易就上当的东西人们怎么会尊敬它们呢？"

"对呀，"赫麦妮悠闲地说着也走过来观察。她一只手搭在厄秀拉肩膀上嬉笑道，"是呀，这鸟儿多可笑，像个傻老公一般。"

她的手拉着厄秀拉的手离开了鸟笼子，慢慢地问：

"你怎么来这里了？我们还遇到戈珍了。"

"我来水塘这边看看，"厄秀拉说，"后来发现伯金先生在这儿。"

"是吗？这儿真像是布朗温家的地盘儿了，不是吗？"

"我恨不得是呢，"厄秀拉说，"我看见你们在湖上划船，就躲到这儿找清闲。"

"是吗？这么说你是被我们从湖边赶到这儿来的。"

赫麦妮的眼皮惊人地朝上翻着，那样子很有意思但一点不自然。她脸上总有那么一不可思议的表情，既不自然，也不可靠。

"我刚要离开，"厄秀拉说，"伯金先生却要我见见这儿的房子。在这儿住该多好呀，真没法说。"

"是啊，"赫麦妮漫不经心地说，说完就转身不再理睬厄秀拉了。

"你感觉怎么样，卢伯特？"她充满情感地问伯金。

"很好。"他回答道。

"你感觉很舒服吗？"赫麦妮脸上露出好奇、阴险的神色，她仿佛很有点陶醉的样子，胸部都抖动了一下。

"对，很舒服。"他回答。

他们沉默了好久，赫麦妮低着眼皮，看了他好久。

"你是说你在这儿会很快乐吗？"她终于开口问。

"我相信会快乐的。"

"我一定会全力为他做事的，"雇工的老婆说，"我保证我家先生也会这样的。他在这儿会住得很舒适的。"

赫麦妮转过身慢慢地审视她。

"太感谢了。"她说完又不再理睬她了。她转身抬起头，只冲他一人问道："你测量过这间房吗？"

"没有，"他说，"我刚才忙着修船。"

"我们现在测量一下好吗？"她不动声色，轻声细语地说。

"您有测量用的卷尺吗，塞尔蒙太太？"

"有，我会找到的，"那女人立即去篮子里找，"我只有这么一卷，可以吗？"

即使卷尺是递给伯金的，但赫麦妮却拿了过来。

"很谢谢你，"她说，"这尺子一定很好用，谢谢你。"说完她转向伯金，愉快地比划着对他说："我们现在就测量，好吗，卢伯特？"

"那其他人干什么？大家会感觉闷的。"他很牵强地说。

"你们介意吗？"赫麦妮转身漫不经心地问厄秀拉和杰拉德。

"一点都不介意。"他们回答。

"那先测量哪一间呢？"赫麦妮再次转向伯金愉快地问，她要和他一起做点事情了。

"一间一间测量吧。"他说。

"你们量着，我去准备甜点好吗？"雇工的老婆说，她也很开心，因为她也有事情做了。

"是吗？"赫麦妮举止出奇的亲和，好像能把这女人淹没。她把那女人拉到自己身边，把其他人都撇开，说："我太开心了。我们在哪儿用甜点呢？"

"您想在哪儿？在这儿还是在外面的草地上？"

"在哪用甜点？"赫麦妮问大家。

"在水塘边吧。塞尔蒙太太，如果您准备好了甜点，我们这就带上去算了。"伯金说。

"那好。"这女人愉快地答应着。

这几个人走下小路来到第一间屋。房间里空荡荡的,东西很少,但很干净,屋里洒满了阳光。一扇窗户向繁花盛开的花园儿敞开着。

"这是餐厅,"赫麦妮说,"我们这么测量,卢伯特,你到那边去——"

"我可以替你做,赫麦妮。"杰拉德说着上前握住卷尺的一边。

"不用了,谢谢。"赫麦妮喊了起来。她就这样身穿美丽的绿色印花薄软绸衣服蹲下来。跟伯金在一块儿做事对她来说是幸福的事,他对她唯命是从。厄秀拉和杰拉德在一旁盯着他们。赫麦妮的一大特征就是一时间和一个人亲密相处就全然不顾别人,把别人晾在一边。所以,她总立于不败之地。

他们测量完了房子就在餐厅里商议起来。赫麦妮决定了用什么来铺地面。要是她的建议遭到反对她就会气得全身发抖。伯金在这种时候总是让她独断专行。

然后,他们穿过大厅,来到另一间更小的前屋。

"这间是书房,"赫麦妮说,"卢伯特,我有一块地毯,给你吧。你要吗?要吧。我想把它送给你。"

"什么样的?"他很无礼地问。

"你没见过。底色是玫瑰红,夹杂着点蓝色、金属色、浅蓝色和柔和的深蓝色。我觉得你一定会喜欢它的。你会喜欢它吗?"

"听起来还不错,"他说,"哪儿的?是东方的吗?是绒的吗?"

"是的,是波斯地毯呢!是用骆驼毛做的,很细密。我觉得它的名字叫波戈摩斯地毯,长十英尺,宽七英尺,你看能用吗?"

"可以的,"他说,"可是您为何要送我这么贵重的地毯呢?我自己那块旧的牛津土耳其地毯也挺不错的,有它就足够了。"

"但是,我送给你不好吗?请允许我送给你。"

"它值多少钱呢?"

她看看他说:

"我忘记了,不贵。"

他看看她,阴下脸说:

"我不想要,赫麦妮。"他说。

"让我把地毯送给你铺在这间房子里吧,"她说着走上前来求助般地把手轻轻地放在他胳膊上,"你若不要,我会很失望的。"

"你知道我不想要你送我的东西。"他无奈地重复道。

"我不想送你什么东西,"她调侃地说,"但这块地毯你到底要不要?"

"好吧。"他说,他输了,她赢了。

他们来到楼上。楼上和楼下一样也有两间卧室,其中一间已稍微装饰了一下,很显然,伯金就睡在这间屋里。赫麦妮仔细地在屋里审视一番,不放过任何一个小细节,好像要从这些没有生命的东西里找到出伯金的身影。她摸摸床,检查一下床上的被褥。

"你真感觉舒服吗?"她摸摸枕头问。

"很舒服。"他冷冷地回答。

"暖和吗?下面褥子都没铺,你需要一条褥子,你不应该拿衣服来当被子。"

"我有一条,"他说,"拿下来了。"

他们测量着房子,不时停下来思考。厄秀拉站在窗前,看见雇工的老婆端着甜点走上水坝到水塘边去了。她对赫麦妮的那番豪言表示反感,她想喝点茶,或者做什么都行,就是看不了这一惊一乍的场面。

最后,大家都来到绿草茵茵的河岸上进餐。赫麦妮在给大家倒茶,她现在理都不理会厄秀拉。厄秀拉刚才心情不怎么好,现在缓和过来了,她对杰拉德说:

"那天我真是恨透你了,克里奇先生。"

"为什么?"杰拉德躲闪地问。

"因为你对你的马太不好了。哦,我真恨你!"

"他干什么错事了?"赫麦妮拉着长声问。

"那天在铁道口处,一连串吓人的列车驶过时,他却让他那可爱的阿拉伯马跟他一块站在铁道边上。那可爱的马很敏感,真的吓坏了。你可以想象出那是一种多么吓人的场景。"

"你为何要这样,杰拉德?"赫麦妮冷静地问。

"这马必须学会忍受才行,对我来说,一有机车轰响的声音就躲的马有什么用处?"

"但你干吗要那样折磨它,没必要非得这样,"厄秀拉说,"为何让它在铁道口站那么长时间? 你本来可以骑回到大道上去,逃开那场虚惊。你用马戳把它的肚子都戳出血来了。太吓人了!"

杰拉德态度更强硬地说:

"我必须训练它,要让它变得让人放心,它就得学会适应喧闹。"

"为什么?"厄秀拉十分激动地喊道,"它是一个有生命的生物,你为何要选择让它去承受那么多? 你对你的生命负责,它和你一样也是自己生命的主人,也要对它自己的生命负责。"

"我反对这种说法,"杰拉德说,"这马是我的,并不是由于我把它买下了,而是由于它天生这样。对一个人来说,随心所欲地使用他的马比跪在马前求它表现它的天性更符合常理。"

厄秀拉刚要说话,赫麦妮就抬起头来思索着说:

"我的确认为,我真的觉得我们必须有勇气使用低级生物来给我们服务。我的确觉得,如果我们把任何一种有生命的动物当作自己对待的话那就真的错了。我感觉把我们自己的情感投射到任何生灵上是虚假的,这表明我们缺少辨别力,缺乏批判能力。"

"很对,"伯金尖锐地说,"把人的感情投给动物、赋予动物人的意识,没比这更让人讨厌的了。"

"对,"赫麦妮有气无力地说,"我们必须得表明立场,要么我们征服动物,要么动物征服我们。"

"是这样的,"杰拉德说,"一匹马和人一样,严格地说,即使它没有头脑,却有意识。如果你的意识不去驯服它,它就要驯服你。对此我一点办法都没有,我没有办法不驯服它。"

"如果我们知道怎样使用我们的意识,"赫麦妮说,"我们就可以做所有事情。

意识可以挽救一切,让一切都走上正途,只要适当,明智地使用我们的意识,我相信这些都能做到。"

"你说适当地使用意识是什么意思?"伯金问。

"一位了不起的大夫告诉过我,"她对厄秀拉和杰拉德说,"他对我说,要改正一个人的坏习惯,你就得在不想做什么事的时候强迫自己去做这些。不久你的坏毛病就没了。"

"此话怎讲?"杰拉德问。

"比如说你爱吃手指头。当你不想吃手指头的时候,你应该逼迫自己去吃,然后你就会发现你改掉了吃手指头的习惯。"

"是这样子吗?"杰拉德问。

"是的。我在许多事情上都实践过了,效果挺好。我原本是个好奇心太强又很神经大条的女孩子,就是因为我学会应用我的意识,仅仅用我的意识,我让自己都正常了。"

厄秀拉一直盯着赫麦妮,听她用一种平缓、毫无激情却又十分紧张的声调说话,她不由得感觉一阵难言的兴奋。赫麦妮身上有一股特别、黑暗、抽搐着的力量,既迷人,又让人反感。

"这样使用意识是致命的,"伯金严厉地喊道,"让人反感,这种意识很低级。"

赫麦妮瞪了他好长时间,她目光阴郁、恶毒,面庞苍白、瘦削、下巴尖尖的,脸上泛着一层锐利的光芒。

"我敢说它并不低级。"她终于开口说。好像在她的感受与经验、言行与思想之中总有一种特殊的距离和分歧。她仿佛在远离混乱的情绪与感受的旋涡处找到了自己的线索,她的意识从未错过,对此伯金极为厌恶。她的声音总是没有激情,但很紧张,显得她很有自信。但是她又不时地感到晕眩,打冷战,这种晕船般的感觉总想战胜她的理智。即使这样,她头脑依然保持着清醒,意识丝毫不懈怠。这差点让伯金发疯。但他从不敢击败她的意识,不敢让她潜意识的旋涡松懈,不敢看见她发狂。但他又总要攻击她。

"当然,"伯金对杰拉德说,"马并没有完整的意识,它跟人不同。一匹马并不是只有一个意识,严格说它有双重意识。一种意识让它屈服于人的力量,另一种意识让它追求自由,变得野蛮。这两种意识有时紧密关联——当你骑马奔跑的时候感受到它脱缰逃跑,你就明白这一点了。"

"当我骑马的时候我感觉到它要把缰绳挣脱,"杰拉德说,"但我并没有因此而知道它有两个意识。我只知道它只有害怕这一种意识。"

赫麦妮不理睬他的话了。当这些话题出现的时候,她根本不去理会。

"为何一匹马愿意屈服于人的力量呢?"厄秀拉问,"对我来说这真是难以置信。我不相信它会屈服。"

"但这是事实。这是更高级的爱的冲动——向更高级的生命屈服。"伯金说。

"你这种爱的看法是多么新奇啊。"厄秀拉调侃说。

"女人就像马一样,两种意识在她身上起作用:一种意识驱使她完全地去服从,另一种意识让她挣脱羁绊,将骑马人送进地狱。"

"我就是一匹脱缰的野马。"厄秀拉大笑着说。

"要将马驯服是件危险的事,更何况将女人驯服呢?"伯金说,"征服的本能只会遇到更强的对手。"

"这或许是件好事。"厄秀拉说。

"很好,"杰拉德脸上露出苍白无力的笑容说,"那也就更有趣了。"

赫麦妮对此没有办法忍受了,站起身慢悠悠地说:

"这夜景太美了! 我觉得美好的东西充斥了我的感觉,让我不能自持。"

在赫麦妮的请求下,厄秀拉起身同她一起走进沉沉的夜色里。伯金在她眼里变成了一个可恶的自以为是的魔王。她和赫麦妮沿着岸边一起走着,一边摘着优雅的郁金香一边聊着,谈论美好、高兴的事儿。

"你喜欢带黄点点的布衣服吗?"厄秀拉问赫麦妮。

"喜欢,"赫麦妮说着停下来欣赏花儿,借此来整理自己的思绪,并从中找到安慰,"那不是很美吗? 我肯定会喜欢的。"

说话间她冲着厄秀拉笑笑,显得很真切。

但杰拉德依然同伯金在一块儿,他想要追根究底,问清楚他所说的马的双重意识到底是什么样的。杰拉德显得很兴奋。

赫麦妮依然同厄秀拉在一块儿,两个人被一种突然迸发的深情连在一起,变得亲昵起来。

"我真不想被迫加入这种对于生活的批判和分析中去。我其实是真想全面周到地看待事物,看见它们的美,它们的整体和它们天然的神秘。你是否感觉你无法承受知识的折磨?"赫麦妮说着停在厄秀拉面前,紧握着双拳。

"是的,"厄秀拉说,"我实在对说东道西反感极了。"

"我真高兴你会这样。有时,"赫麦妮再次停止脚步对厄秀拉说,"有时我想,如果我还不怯懦,还能反抗,我为何要投降呢? 我感觉我才不会投降呢。那仿佛会把一切毁灭,一切的美好,还有,还有真正的神秘都被毁灭了,但是,没有美好,没有神秘,我就无法活下去。"

"没有它们的生活真的就称不上是生活,"厄秀拉喊道,"不,让人的头脑去把一切实现真的是一种亵渎。真的,有些事要专门要留给上帝去做的,现在是这样,将来也会是这样。"

"是的,"赫麦妮像一位打消了疑虑的孩子似的说,"应该是这样,不是吗? 那么,卢伯特,"她思索着望着天空道,"他就知道捣毁一切。他就像个孩子,要把什么都毁掉以便看那些东西里面的构造。我没有办法认为这种做法是正确的,像你说的那样,这就是一种亵渎。"

"就像扯开花瓣非要看个究竟一样。"厄秀拉说。

"是的,这样一来就把一切都毁了,不是吗? 就没有再开花的可能了。"

"当然不会有,"厄秀拉说,"这完全是毁灭。"

"就是,就是这样!"

赫麦妮盯了厄秀拉看了好久,好像要从她这儿得到确定的答案。然后两个女人不说话了。每当她们意见一致时,她们就开始互相怀疑起来。厄秀拉感觉自己不自觉地躲避着赫麦妮,只有这样她才会控制自己的厌恶情绪。

她们俩又来到两个男人身边,好像刚刚像同盟一样达成了什么协定。伯金抬头看了她们一眼,厄秀拉真讨厌他这种冷冷的眼睛。但他没说话。

"我们走吧。"赫麦妮说,"卢伯特,你去肖特兰兹吃晚餐吗? 来吧,和我们一块儿来吧,好吗?"

"但我没穿礼服,"伯金说,"你知道,杰拉德是讲礼仪的人。"

"我并不是死守规矩,"杰拉德说,"但是,你要是不喜欢随随便便的喧闹,在大家心平气和地用餐的时候最好不要这样。"

"好吧。"伯金说。

"可是我们等你穿好礼服再走不行吗?"赫麦妮坚持说。

"你们愿意的话。"

他回屋里去了。厄秀拉说她要离开了。

"但是,"她转身对杰拉德说,"我必须说,即使人是兽类的主人,但他也没有权力破坏低级动物们的感情。我依然认为如果那次你骑马把隆隆驶过的火车躲开就好了,那表明你更睿智,想得更周全。"

"我知道了,"杰拉德笑道,但他有点感到不开心,"我下次会注意。"

"他们都觉得我是个多管闲事的女人。"厄秀拉边走边想着。但是,她有和他们争斗的武器。

她满脸心事地回到家里。今天赫麦妮感动了她,她和她有了真正的交流,然而这两个女人之间建立起了某种同盟关系。但她又无法忍受赫麦妮。"她人还是挺不错的嘛,"她自言自语道,以此打消了那种念头,"她真心想获得正确的东西。"厄秀拉想和赫麦妮一条心,把伯金抛弃。她现在很仇视他。这感觉既让她痛苦,又让她解脱。

有时,她会剧烈地抽搐起来,这抽搐来自她的潜意识。她知道这是由于她向伯金发出了挑战,而伯金不经意地应战了。这是一场激烈的斗争,也许斗争的结果是获得重生。但谁也说不清他们之间的斗争是什么。

第十三章　米诺

日子就这么过去了,厄秀拉没有得到伯金的任何表示,他是不是不理她了? 是不是对她的秘密漠然置之? 她感到万分焦虑和痛苦。然而,厄秀拉知道她这是自欺欺人,她十分清楚他会来的。所以,她对别人只字未提。

果然意料之中的,他寄来了一封信,信中问她愿意不愿意与戈珍一起去他在城里的住所里喝茶。

“为什么他也要邀请戈珍呢?”她马上觉得很疑惑。“他是为了保护自己呢? 还是觉得我不能单独前去?”

一想到他想要保护自己,她的心里就感到很难过。最后她自言自语道:

“不,我想让他对我多说点什么,我不希望让戈珍也一同去。我绝不告诉戈珍这事儿,我会单独去的,到那时我就明白这一切是怎么回事了。”

她乘坐电车出了城,朝向他山上的住所的方向去。她感觉自己好像进入了一个梦幻般的世界,离现实越来越远。她望着车窗外,那车下肮脏不堪的街道,仿佛觉得自己是一个与这个物欲横流的世界无关的人。这些与她毫无关系。她感到自己好像失去了自己的形状,丢失了自己,在梦幻般生活的流动中苟延残喘。她已经无暇顾及别人怎样议论她,和她在别人眼中是怎样了。对她而言,她对别人是熟视无睹的,她跟他们毫无关系。物质生活不再牵绊着她,她就像一颗苹果一样,从它熟悉的世界中摆脱出来,进入一个自己一无所知的世界中,因为对周围的陌生而变得忧郁。

女房东把她带进屋,伯金正站在屋子中间。他走了出来。他显得有些焦躁、惊诧,仿佛他柔弱的躯体沉默地发出一种巨大的力量,这力量触动了她,令她有些魂不守舍。

“只有你一个人吗?”他问。

“是的! 戈珍来不了。”

他没有作声,好像要猜清楚原因。

然后,他们俩就在这种沉默的气氛中坐下了,她感到有些慌张。她感到这屋子很舒适,阳光洒进屋内,使屋内阳光充足,环境很安静。屋里有一盆倒挂金钟吸引了她的注意,有猩红和紫红色的花儿垂落下来。

“多么美的倒挂金钟啊!”她情不自禁地打破了沉默。

“是吗? 你是不是以为我忘记了我的承诺?”

厄秀拉只感到一阵头晕目眩。

“如果你不愿意记着,我不强迫你记着。”厄秀拉有些神志不清地强打起精神说。

屋里一片沉默。

“不,”他坚决地说,“关键不是那个问题。而是,如果我们想要相互了解,就得拿定主意才行。如果我们要建立关系,即便是建立友谊,就必须有一种东西做保证，一种永久的，不可改变的东西。"

他的语气中明显流露出一种信号，他对她并不信任，甚至有些恼怒。她没有说话，她的心被缩紧了，令她张不开口。

见她不作声，他仍然继续尖刻地说着自己的话，已经完全忘我了。

"我无法给予爱，我也不需要爱。我所说的是某种超越人性的、更加艰巨、更加稀罕的东西。"

她默不作声，然后说：

"你是说，你并不爱我？"

说完这句话，她自己都几乎被气疯了。

"是的，假如你这么说，那么就是这样，虽然也不全是这样。我也不知道。无论如何，我没有感受到爱情这种情绪，我对你并没有产生爱的感觉，没有，我也并不需要爱情。因为它最终的结果是被消耗殆尽。"

"爱情的结局是被消耗殆尽？"她问道，感到自己的嘴唇麻木。

"是的，是这样的，当一个人超越爱的影响时，最终都只是孑然一身。到那时，会有一个已经超越自我的我，它是超越爱情、超越所有感情关系的。与你在一起也一样。可是我们却欺骗自己，错误地认为爱就是基础。其实，不是这样的。爱只是基础所产生的枝节。基础是超越爱，纯粹孤独的我，它与任何东西都不会相交、不混淆，永远不会。"

她的一双忧郁的大眼睛看着他，他的表情很诚恳，闪烁着光芒。

"你的意思是，你无法与人相爱，是吗？"她颤抖着声音问。

"也许就像你说的那样吧。我曾经爱过。可是有一种超越爱情的东西。"

她无法接，。她感到一阵头晕目眩，她真的无法接受。

"但是，假如你从没有经历过爱情的话，你怎么知道你无法爱这一点呢？"她问。

"我说的是真的。不管是你还是我，心中都有一种超越爱情，比爱情更伟大更深远的东西，它超越了人们的视线，就像有些星星是超越人们视线，人们根本无法看到一样。"

"那就是说，世界上没有爱情了。"厄秀拉高呼道。

"归根结底说，没有，但是有什么别的东西。但归根结底世界上是没有爱情的。"

一时间，厄秀拉对伯金的话有些目瞪口呆。然后，她轻轻站起来，终于有些厌烦地说："那么，让我回家吧，我在这儿什么也不算。"

"门在那儿，"他说，"没有人管束你，请便吧。"

他表现得很出色，在这种过激的行为中。她犹豫不决，一会儿又坐回椅子上去。

"假如没有爱情，那有什么呢？"她几乎讥讽地问道。

"重要的东西。"他看着她，不遗余力地与自己的内心作着斗争。

"什么？"

他沉静了许久。她在反抗他，此时他们之间无法交流。

"有，"他漫不经心地说，"有一个最终的自我，超越自己，无须负责任的我。同样也有一个最终的你。我不想在情感与爱的地方见到你，而是在更遥远的地方见到你。在那里，既没有语言，也没有君子协定；在那里，我们是两个完全裸露的、无知的人，两个完全陌生的动物，我想亲近你，你也想亲近我；在那里，没有行为标准，所以没有什么责任和义务，也无须理解。你不觉得这是非常超越人性的东西吗？不需要注册，因为这一切与你毫无关系。在那里，一切既成事实、已知的东西都派不上用场。你只能被你的冲动牵着走，获取眼前现有的东西，对任何事情都无须负责，也无所求或给予别人什么，只按照自己的原始欲望去获取就行了。"

厄秀拉听完他这番演讲，感到大脑已经麻木，失去了知觉。他说的话竟然如此在她的意料之外，令她无所适从。

"这纯粹就是自私。"她说。

"假如这是纯粹的，那好。可并不是自私，因为我不清楚我为什么需要你。我通过接触你，把我自己完全交给那未知的世界，竭尽全力，毫无准备，完完全全赤裸裸地交给未知世界。只是，我们要彼此郑重承诺，我们要抛弃一切，甚至连自己都要抛弃，中止生存，只有这样，我们完整全部的自我才能在我们的身躯中实现。"

她按照自己的想法沉思着。

"你是因为爱我，才需要我吗？"她继续问。

"不，那是因为我信任你，或许我真的信任你呢。"

"你真的是这样吗？"她瞬间受到了伤害，冷笑着问道。

他注视着她，基本上没注意到她说什么。

"是的，我绝对是信任你的，我若不信任你，就不会在这儿说这番话了，"他说，"唯一能证明我信任你的就是这番话。此时此刻，我并不太信任。"

他突然变得如此枯燥乏味、言而无信，她讨厌他这一点。

"不过，你是不是觉得我很漂亮？"她有些戏弄地追问。

他看着她，想弄清自己是否觉得她很漂亮。

"我不觉得你十分漂亮。"他说。

"那就更不用说迷人喽？"她刻薄地说。

他皱紧了眉头，有些不快。

"你不明白？这并不是审美视觉的问题，"他叫道，"我根本就不想看你。我见的女人太多了，对于看她们，我感到十分厌倦了。我需要一个不需要我看的女人。"

"很抱歉，我可不能在你面前隐身啊！"她笑道。

"是的，"他说，"如果你不强求我在视觉上注意你，你对我来说就是隐身人。其实，我根本不想见到你，也不想听你说话。"

"那么，你为什么要请我来喝茶呢？"她嘲讽地问道。

尽管她说她的，但他并不在意她，他只是在自言自语。

"我在一个你不知道自己在哪里的地方寻找你，我要寻找那个世界的你，一个全然不同的你。我并不需要你的漂亮外貌，也不需要你那番女人的长情，我更不需要你的想法、主意，不需要你的见解，这些对我来说都无足轻重。"

"你太高傲了，先生，"她讥笑道，"你如何就知道我那番女人的情长，我的想法或我的见解？你甚至根本不知道我对你的意见。"

"我对此毫不在意。"

"我觉得你真傻。我以为，你本来是想告诉我，你爱我，可你却偏要拐弯抹角地来表达这个意思。”

“行了吧，”他忽然气愤地抬起头看着她，“你走吧，我想一个人待在这儿。我不想听你这番貌同实异的讽刺话。”

“这真是讽刺吗？”她嘲讽地笑道。她向他解释说，他坦白了自己对她的爱，可他表达爱的话却非常荒唐。

他们缄默了很久，这寂静竟然令她像孩子一样得意、亢奋。他有些惊慌失措了，并开始正视她了。

“我需要的是与你美妙奇异地结合，”他轻声说，“既不是相交，也不是混淆——正像你说的那样——而是一种均衡，两个人完全的均衡，就像星与星之间保持平衡那样。”

她注视着他。他非常诚恳。当然诚恳常常让他看上去显得笨拙、愚蠢、平庸。他这样子使她觉得不自由，不舒适。但是，她又爱他太深了。可他为什么要扯什么星星呢？

“这么讲话太出人意料了吧？”她捉弄道。

他笑了，说：“想签订条约，最好先看看这些条款再说。”

这时，睡在沙发上的一只小灰猫突然跳下来，耸起瘦削的背，伸直长腿。然后它挺直身板，仿佛很有气度地沉思了一会儿，就从敞开的窗口一下跳到屋外的园子中。

伯金站起身来问道：“它追什么去了？”

小猫大摇大摆地摇着尾巴跑下了甬路。这是一只十分普通的花猫，白色的爪子，可以称为是位漂亮的绅士呢。这时，有一只毛茸茸的棕灰色母猫轻轻地爬上篱笆墙朝这里走来。公猫米诺高傲地走向她，摆出一副好像很有男子气概的冷酷的样子。母猫乖乖地蹲在公猫面前，谦恭地卧在地上，这个毛茸茸的可怜的弃儿望着他，兽性的眼睛里闪烁出仿佛珠宝那样美妙的绿色光芒。他心不在焉地俯看着她。于是，她又向前爬了几步爬到后门去，她柔软地卧着身子，像一个影子左右摇晃。

公猫用那纤细的腿迈着稳健的步伐紧随在母猫身后，突然他觉得她挡住他的路了，就一巴掌向她脸上打去，于是她立刻朝边上跑了几步，像地上被风吹动的树叶那样躲藏到一边去，然后又温顺地卧下身体。公猫米诺佯装出对她嗤之以鼻的样子，只顾自己眨着漂亮的眼睛环顾园子里的景色。过了片刻，她重振精神，像一个棕灰色的影子一样悄悄朝前走了几步，正在她急速狂奔，瞬间就要像虚幻的梦一样消失时，那年轻的老爷一个箭步跳到她面前，伸手就朝她的脸上打了一个响亮的耳光，她立刻恭敬地缩回去了。

“她是只从林子里跑来的野猫。”伯金说。

那只迷路的猫四周环顾着，用一双仿佛燃烧着绿色的火焰的眼睛盯着伯金。然后她轻轻转身，跑到园子里去了，到了那儿又停下来四周环顾起来。公猫米诺转过头来，骄傲地看着他的主人，然后像一个雕塑似的直立着闭上眼睛。那只野猫一双充满好奇的绿眼睛圆睁着，一直注视着，像是两团不可捉摸的火苗。而后她又像一阵风一样溜进厨房去。

这时米诺吓了一跳，一溜烟儿地跳到她身上，伸出一只细细的白爪子，精准地打了她两个耳光，使她不得不被打了回去。然后他紧随她身后，用一只充满力量的白爪子愚弄地打了她两下。

"他为什么要这样儿?"厄秀拉生气地问。

"他们相处非常融洽。"伯金说。

"正是因为这样,他才打她吗?"

"对,"伯金笑道,"我认为他是希望她能明白他的意思。"

"他这样做的确是太可怕了!"她叫喊着走到园子里,冲米诺喊:

"不许打了,不许横行霸道。别打她了。"

那只迷路的猫,就在说话间就像一个影子似的消失了。公猫米诺瞥了一眼厄秀拉,然后又傲慢地把目光转向他的主人。

"米诺,你是个霸王吗?"伯金问。

身材修长的小猫看看他,漫不经心地眯起了眼睛。然后它又把目光移开,眺望远方,不再搭理他们俩了。

"米诺,"厄秀拉说,"我讨厌你。你像其他所有的男人一样蛮横。"

"不,"伯金说,"他自有道理。他并不霸道,他无非是想让那可怜的迷路的猫儿认可他,这是她的命运。你完全可以看出来,那迷路的野猫长得毛茸茸的,像风一样漂泊不定。"

"我赞成米诺,完全赞成他,他是喜欢宁静。"

"是啊,我知道!"厄秀拉叫喊道,"他有他自己的路要走……我知道你这番甜言蜜语的意思,你想称孤道寡。"

小猫又看看伯金,表示对这位喧嚷的女人的蔑视。

"我很赞成你,米诺,"伯金对猫说,"继续维持你男人的尊严和你超常的理解能力吧。"

米诺又骄傲地眯起了眼睛,好像是在看太阳。看了一会儿,他突然不顾这两个人,兴致勃勃地竖起尾巴跑远了,白白的爪子欣喜若狂地舞动着。

"他一定会再次找到那个漂亮的野猫,用他那不寻常的智慧来款待她。"伯金笑道。

他的头发被风吹舞着,眼睛里闪着讽刺的光芒,厄秀拉看着园子里的他,大叫道:

"天哪,气死我了,男性有什么优越! 这是什么骗人的屁话! 没人会相信这套谬论的。"

"那野猫,"伯金说,"就不相信,也不会理睬,可她能感觉得到这是对的。"

"是吗?"厄秀拉叫道,"骗不懂的人们去吧!"

"我会如此做的。"

"这就像杰拉德·克里奇对待他的马那样,是一种称霸征服的欲望,一种真正的权力意志,太卑劣,太下流了。"

"我承认,权力意志是卑劣下流的。可它在米诺身上,就变成了一种与母猫保持完全平等的欲望,使她可以与一个异性保持亘古永恒的和睦关系。你能看得出来,如果没有米诺,她只不过是只迷路的野猫,一个偶然的毛茸茸的小角色。你也可以称其为一种权力意志。"

"这是狡辩,跟亚当一样的用些陈词滥调。"

"对,亚当在坚不可摧的天堂侍奉着夏娃。他独自一人和她相处,就像星星停留在自己的轨道里那样。"

"是啊,是啊,"厄秀拉伸出手指,指点着他说,"你就是一颗有轨道的星星!而我是一颗卫星,火星的卫星!瞧瞧,你露马脚了!你想要得到卫星。火星和卫星!你说过,你说过,你自己把自己的想法全都无遗地暴露出来了!"

他站在那里不自主地冲她笑了。他受到了挫折,心里有些不快,可又感到很有意思,情不自禁地对厄秀拉羡慕甚至爱慕起来,她是那么睿智,像一团闪烁着光芒的火苗,有很强的报复心,有一颗异常敏感的心灵。

"我还有话要说,"他说,"你应该再给我机会让我说完。"

"不,就不!"她得意地叫道,"我就不让你说。你刚才已经说过了,你要摆脱一颗卫星,不就是想说这个吗?"

"你根本不会相信,这样的话我可从来没有说过,"他回答,"我从来没有表示过这个意思,也从来没有暗示过,也没有提起过卫星,更不会刻意地讲什么卫星,从来没有过。"

"你在说谎!"她真生气了,大叫大嚷起来。

"茶已经备好了,先生。"女房东在门道里说。

他们俩一起向女房东看去,那眼神酷似猫刚才看他们的眼神一样。

"德金太太,谢谢你。"

女房东的打扰,让他们沉默了。

"喝点茶吧。"他说。

"好吧。"她打起精神道。

他们面对面坐在茶桌旁。

"我没说到过卫星,也没示意这个意思。我是说,单独的星星之间应该有既互相联系又互相保持平衡、平等的关系。"

"你露马脚了,你的招数全暴露了。"她说完,开始喝茶。见她不再重视自己的劝告,他只好倒茶了。

"真好喝!"她夸赞道。

"请自己加糖吧。"他说。

他递给她杯子。他的杯子和其他器皿都很精致。玲珑精致的紫红与绿色的杯子和盘子,浅灰与紫色的织布上摆着样式非常漂亮的碗和玻璃盘子以及旧式羹匙,显得典雅高贵。可透过这些东西,厄秀拉看出了其中有赫麦妮的影响。

"你的东西真精致!"她有点气恼地说。

"我喜欢这些东西。用这些漂亮的东西,会让人非常舒适。德金太太人很好,由于我的原因,她觉得什么都很好。"

"是啊,"厄秀拉酸酸地说,"这年头儿,女房东比老婆更好啊。当然,她们比老婆想得更周到。在这儿,有德金太太的照顾,你比有了老婆更自由,更舒适。"

"可你怎么不想想,我内心是多么的空虚呢?"他笑道。

"不,"她说,"男人们有如此完美的女房东和如此漂亮的住所,都让我感到嫉妒了。男人们有了这些就没什么可遗憾的了。"

"如果仅仅是为了养家糊口,我但愿不至于如此。人们仅仅为了成家而结婚,这挺让人厌恶的。"

"同样，"厄秀拉说，"现在的男人并不十分需要女人，是吗？"

"其实就不是十分需要，除了同床共枕和生儿育女以外。从根本上说，其实男人对女人的需要与女人对男人的需要是一样的，只不过谁也不愿意做根本的事情。"

"如何根本呢？"

"我真的认为，"他说，"人与人之间神秘的联系完美地、和谐地联结成了这世界。男人与女人之间的纽带是最直接的纽带。"

"这是老生常谈的了，"厄秀拉说，"为什么说爱是一条纽带呢？"

"不，我不需要它。"

"如果你向一个方向走，"他说，"你就会失去其他三个方向。如果你赞成和谐，就消灭了一切纷乱的可能性。"

"但是，爱是自由的！"她说。

"别说这么虚伪的话，"他说，"爱是只能选择一个方向，而排除所有其他方向。你可以认为它是一种自由。"

"不，"她说，"爱蕴含了一切。"

"多么不真实的多愁善感之言。"他说，"你需要一种纷乱状态，就是这样的。所谓自由的爱、爱是自由、自由是爱之说纯属荒唐的虚幻主义。其实，假如你进入了和谐状态，这种和谐直到无法改变时，才能变得完美。一旦它无法改变，它就变成了一条轨道，如同星星的轨道一样。"

"哈！"她尖刻地叫道，"这是迂腐的道德价值观。"

"不，"他说，"这是造物的规律，每个人都有义务按这规律行事，一个人必须与另一个人永久结合，但这并不是说，他就要失去自我，相反，它意味着在充满奥秘的平衡与完整中继续保留着自我，就如同星星之间互相平衡一样。"

"你一提到什么星星，我就不得不怀疑你，"她说，"假如你说得对，你干吗还要扯那么远？"

"那你就尽情地怀疑我好了，"他生气地说，"但是我相信我自己，这就足够了。"

"你又错了，"她说，"其实你并不相信你自己，你怀疑你自己所说的话。你也并不真的需要这种结合，要不然你就不会对这种结合大谈特谈，而是应该去得到它。"

他一时间哑口无言，愣住了。

"如何才能得到？"他问。

"只有通过爱。"她挑战般地回答。

他有些气恼，安静了一会儿说：

"我实话告诉你吧，我并不相信那样的爱情。你希望通过爱情来帮助你达到对自己有利的目的，在你心中，爱只是次要的，只起辅助作用，不只对你，对谁都是这样的。我讨厌这样。"

"不，"她的目光闪烁着，像一条眼镜蛇一样仰起头，激动地叫着，"爱是一种自豪，我需要的是自豪感。"

"傲慢与谦逊,傲慢与谦逊,我了解你,"他冷漠地反驳道,"前倨后恭,再由谦逊到傲慢,我了解你和你的爱情。傲慢与谦逊在一起跳舞。"

"你真的确定你懂得我的爱情是什么吗?"她有点不快地讥讽道。

"是的,我确信我懂得。"他自信地说。

"你过于自信了!"她不屑地说,"你既然这么自信,怎么能向来都正确呢?这提示你并不对。"

他默不作声,深深地感到懊恼。

他们谈论着,争斗着,终于他们双方都对此疲倦了。

"我想听听你自己的情况和你家人的情况。"他说。

于是,她对他讲起布朗温家的人,她母亲,和她的初恋情人——斯克里宾斯基,还讲起了她与斯克里宾斯基感情破裂后的种种经历。他静静地坐着,入迷地听她娓娓道来,好像怀着敬意在认真倾听。每当讲到伤心处时,她脸上便流露出难言的痛苦,那表情令她的面庞更加楚楚动人。他感到自己被她那秀美的天性所温暖,他的心感到一阵欣慰。

"难道她真的可以值得信誓旦旦一番?"他满怀着一腔激情这样思量着,但内心里并不抱任何希望,所以心里竟漫不经心地自顾笑了起来。

"看来咱们都很苦。"他讥讽般地说。

她脸上禁不住闪过按捺不住的狂喜,她抬眼看看他,眼中亮起一道闪耀的光芒。

"就是啊!"她毫不避讳地高声叫着,"这有些荒唐,不是吗?"

"太荒唐了,"他说,"我厌烦透了痛苦。"

"我也如此。"

他看着她脸上那不屑一顾的讥讽表情,他感到有些害怕了。这个女人上得厅堂,下得厨房,他以前错怪她了。这样一位放肆的女人,有一股无法阻挡的破坏力,这太危险了,让他有些恐惧。但他又情不自禁地笑了。

她走过来,手扶住他的肩,盯着他,那一双闪耀着奇异金光的眼睛,眼神很温柔,但仍然掩饰不住柔情后面的野性的光芒。

"说一句你爱我,对我说'我的爱',就说一句吧。"她恳求道。

他也目不转睛地盯着她,看着她。他的脸上流露出讥讽的表情。

"我的确很爱你,"他阴沉沉地说,"可是,我想要的是另一种爱。"

"为什么?为什么?"她低下头,神采飞扬的脸对着他追问,"难道这还不够吗?"

"我们独自一个人更好。"他说着,伸手搂住她的腰。

"不,我不要独自来往,"她满怀柔情的声音顺从地说,"我们只能相爱。对我说'我的爱',说嘛!说嘛!"

她说着搂住他的脖子。他温柔地拥抱着她,轻轻地吻着她,似爱、似调侃、似顺从地喃喃道:

"好,我的爱、我的爱。有爱就足够了。我爱你。"

"我爱你。我对别的东西都厌烦透了。"

"是嘛?"她喃喃着,温柔地依偎在他怀中。

第十四章　水上聚会

克里奇先生又在湖上举办了一年一度的水上聚会。有几艘游艇和几只舢板停泊在威利湖上。客人们有的在院子里的帐篷中品茶，有的在进行野餐，在湖边停船房旁一个巨大的胡桃树荫下。今年，学校的教职员和矿上的官员们也被请来一起聚会。其实，杰拉德和克里奇家的晚辈们对这种聚会并不十分感兴趣，但是，没办法，每年聚一次已成了惯例。父亲喜欢聚会，这是他仅有的与附近的朋友们一起欢乐的机会。他喜欢给下人或比他穷的人带来欢乐，但他的晚辈们却喜欢和门当户对的人一起聚会，他们讨厌比自己身份低的人，那些人显得谦恭，不自然，还要流露出十分感激的样子来，那副嘴脸令他们很厌烦。

不过，晚辈们还是十分愿意参加聚会的，因为他们从小就每年都这样聚会，更重要的是，现在父亲的身体越来越不好了，他们不忍心让他不愉快，否则他们会感到非常愧疚。因而，劳拉兴高采烈地准备代替母亲做聚会的女主人，杰拉德则负责安排人们在水上娱乐。

伯金给厄秀拉写了封信，信上说渴望在聚会上见到她。尽管戈珍非常鄙视克里奇家人高高在上的样子，但是，假如天气好的话，她还是会与父母一起参加盛会。

聚会这一天，万里无云，阳光明媚，微微有点轻风。布朗温家的姐妹俩都身穿双绉绸衣，头上戴着柔软的草帽。不同的是，戈珍腰间束了一条黑、粉红和黄色宽宽的三色彩带，粉红的袜子，帽檐上也装饰着黑色、粉色、黄色三种颜色的边儿，帽子稍稍往下压着一点儿。她胳膊上还搭着一件黄色绸衣，那样子看上去非常出众，就像画中的人似的。她父亲见了她这副模样心中不快，气恼地对她说：

"你要不要再点上一挂鞭炮，放一放呀？"

不管怎样，戈珍看上去就是美丽，光彩照人，她穿这身衣服纯属表示出挑衅。人们盯着她，在她身后偷笑时，她就趁机高声对厄秀拉说："看看这些人！怎么这样大惊小怪的？"她用法语高声叫着，转头去看着那些偷笑她们的人们。

"真是的，太不像话了！"厄秀拉用很清晰的声音说道。就这样，姐妹俩战胜了自己的对手。但是她们的父亲却为此更加生气。

厄秀拉身穿一身雪白衣服，戴一个粉红色的帽子，帽檐儿没有镶边儿，穿一双深红色的鞋子，手提一件橘黄色的外衣，就这样，她们随着父母身后，向肖特兰兹走来。

妈妈今天穿了一件黑紫相间的条纹夏装，头戴一顶紫色草帽，不自然地在丈夫身边走着，那样子比她的女儿们还腼腆，诚惶诚恐。这令她们感到可笑。丈夫像平时一样，即便穿最好的衣服也是皱皱巴巴的，似乎他的孩子们还小，妻子自顾自地打扮，却要他抱孩子。

"看看前面这对年轻的夫妻吧。"戈珍镇定地说。厄秀拉看看她妈妈和爸爸，忽然不由自主地笑起来。她们又一次看到这对腼腆、不谙世故的老夫妻在前面走着，两个姑娘站在路上笑得流出了眼泪。

"我们笑你呢,妈妈。"厄秀拉叫着,不由得追随父母前行。

布朗温太太转过身来,迷惑的表情,不快地问:"我很想知道,我有什么好笑的?"

她不知道自己的外表有什么不妥的地方。她对所有批评都显示出非常的平静与漠视,仿佛与自己无关似的。她身上的衣服总有那么点不妥,不太干净整齐,可她对于穿这些衣服总显得无所谓的态度,心里觉得很满足。别管穿什么吧,只要将就着还算整洁,她就觉得没什么可不满足的了,她天生就有贵族气质。

"你看上去非常端庄、就像一位男爵夫人。"厄秀拉望着母亲那天真、迷惑不解的样子,温柔地笑道。

"简直就是一位男爵夫人嘛!"戈珍说。此时,母亲变得骄傲起来,姐妹俩又叫喊起来。

"回家去,你们这两个傻瓜,只知道嘿嘿笑的傻瓜!"父亲恼怒地叫喊道。

"嗨! 嗨!"厄秀拉不悦地拉长了脸。

父亲那双黄色的眼睛开始冒火,真有些恼怒了。

"别理睬这些傻瓜。"布朗温太太说完转身继续走自己的路。

"为什么咱们身后跟着这么一对嘿嘿笑的傻孩子!"他报复地叫道。

看到他如此生气,姐妹俩不由得笑得更欢了,不得不靠在路边的篱笆墙上。

"你怎么跟她们一般见识? 看她们干什么?"见丈夫真生气了,布朗温太太也不高兴了。

"看那边有人过来了,爸爸。"厄秀拉开玩笑般地提醒他。他环顾四周,就继续跟着妻子一起气呼呼地向前走。姐妹俩紧随他们身后,笑得快没了气儿。

人们路过他们身边时,布朗温傻呵呵地大叫道:

"如果再这样,我就回家去。在大庭广众之下戏弄我,真该死,我可不干!"

他是真生气了,听他这样撕心裂肺地叫喊,姐妹俩的笑声顿时停止,心里紧张了一下,很瞧不起他。她们不喜欢听他那句"大庭广众之下"。他干吗要在乎什么"大庭广众"呢? 戈珍故意说道:

"我们笑并不是要伤害你们,"她大声地用笨拙的和缓语气说道,虽然是在安慰父亲,可让她的父母很不舒适,"我们笑,是因为我们爱你们。"

"既然他们如此爱生气,那么我们走在他们前面好了。"厄秀拉生气地说,就这样,他们四人来到了威利湖畔。美丽的威利湖水边,阳光照射在斜坡草坪上,崎岖的山崖上长满了茂密的树林。小小的坐满了人的游船从岸边慢慢驶向湖里,一阵阵嘈杂声传来。向停船房远远望去,可看到许多穿着光鲜艳丽的人聚在那儿。大路上,一些老百姓站着篱笆墙边艳羡地看着远处的聚会,仿佛是一些灵魂不被天堂接受的人。

"瞧啊!"戈珍悄悄说道,"有那么多人呢! 设想一下,如果咱们挤进去会怎么样吧。"

戈珍对人群有些恐怖,这种情绪令厄秀拉也很紧张。"看上去很可怕。"她带着焦虑说。

"想想那都是些什么人吧,想想!"戈珍仍旧压低了声音不悦地说,但她仍毫不迟疑地向前走着。

"我想,我们是不是可以躲开他们?"厄秀拉惴惴不安地说。

"如果无法躲开,我们可就进也不是,退也不是了。"戈珍说。她对人群表现出来的极度厌烦与害怕使厄秀拉很难受。

"我们不需要待在这儿。"她说。

"我肯定是不会与那些人待上五分钟的。"戈珍说。她们又向前走了一段,这时看见警察守在门口。

"还有警察呢,你被围在里面!"戈珍说,"我觉得这事儿可真有意思。"

"我们最好照顾着爸爸和妈妈。"厄秀拉惴惴不安地说。

"可是妈妈肯定完全能坚持到聚会的最后。"戈珍有点焦急地说。

但厄秀拉清楚,父亲感到不愉快,他生气了,并不开心,所以她有些不安,有些愧疚。她们站在门口等着父母的到来。高大,瘦弱的父亲衣服一点也不平整,像个孩子一样带着烦恼,气哼哼的,他马上就要参加这次的社交活动了。他根本没有觉得自己是个绅士,除了感到不愉快,没什么其他的感觉。

厄秀拉站在他旁边,把门票交给警察,四个人就并肩一齐进门来到草地上。父亲高高的个子,容光焕发,由于不高兴,紧锁着那细细的眉毛。母亲皮肤很好,气质很潇洒,头发向一侧梳着。戈珍则睁着一双又黑又圆的大眼睛,柔和的面容上没有一丝表情,几乎阴郁着脸,所以,虽然表面上她是在往前走,但实际上却是在往后退着。厄秀拉则显露出迷茫的神情,她只有在处于尴尬的处境时,才露出这样的表情。

伯金像个天使一样。他摆着上等人的优雅姿态,笑着迎上来,但这种姿态总有那么点不自然。他摘下帽子,对布朗温全家人送去了真心的笑容,为此布朗温开怀笑道:

"你好啊? 你病好些了吗?"

"谢谢,好多了。你好,布朗温太太。我与戈珍和厄秀拉很熟。"

他笑着,眼睛里闪烁着热情的光芒。他对于女人,尤其是上岁数的女人表现出一种温柔,讨好的态度。

"对,"布朗温太太虽然冷漠,却颇为满意地说,"我常听她们提起你。"

伯金笑了。戈珍觉得他们冷落了自己,于是转过头去。人们三个一群五个一伙地聚在一起,有的女人手中握着茶杯坐在胡桃树荫下,一位身穿晚礼服的侍从忙得团团转,一些刚划完船上岸来的小伙子盘着腿坐在草坪上,他们没穿外衣,只穿衬衫,袖子很有男子气地挽起来。手放在法兰绒裤子上,讲究的领带随着他们跟年轻女子调侃而飘荡着。几位手拿洋伞的女孩子在傻乎乎地笑着。

"怎么回事?"戈珍想,"他们为什么不穿上外衣,礼貌点呢? 为什么一定要表面上做出这种不庄重的姿态呢?"

她一看到头发向后散着、举止轻浮的年轻男人就感到讨厌。

这时,赫麦妮·罗迪斯来了,她身穿一件镶白边的漂亮长袍,头上顶着一只素色的帽子,长长的围巾上绣着花朵。看上去真令人大吃一惊,几乎使人被震慑了。那米色的绣花围巾长长地在她身后垂着,直拖到地上,显得她更高挑了。浓密的头发盖住额头,直垂到眼睛上方,面容有些苍白,表情奇异,周身闪烁着耀眼的光芒。

"她这样子真是令人不可思议!"戈珍听到身后几个姑娘在悄悄议论,她要是能迷住她们就好了。

"你好啊!"赫麦妮一边走,一边亲切地打招呼,并向戈珍的父母瞥了一眼。这对于戈珍而言,是个难受的时刻,她被气坏了。赫麦妮有很强的阶级优越感,她根本是出于好奇心而认识人,好像人家都是展览会上供人参观的动物。其实,这种事戈珍也会效仿,可当被别人这样对待时,她就受不了了。

赫麦妮对布朗温家的人很是照顾,把他们带到劳拉·克里奇接待客人的地方。

赫麦妮介绍说:"这是布朗温太太。"劳拉,身穿阔绰的绣花亚麻衣,与布朗温太太握手表示欢迎。这时杰拉德来了,他今天身穿白裤子,上身穿一件黑棕两色的运动夹克,看上去很潇洒。他也被介绍给了布朗温夫妇,并与他们聊起天来,不过他虽然把布朗温太太当作贵妇人对待,但并没把布朗温先生当作绅士对待,这从他的举止可以明显地看出。他只能用左手同别人握手,因为他的右手受伤了,缠着绷带插在夹克衫的兜儿里。戈珍见并没有人提及他的手怎么回事,心里暗自庆幸。

游艇缓缓驶来,船上传来震耳的音乐声,在甲板上的人们兴致勃勃地向岸上的人挥着手。杰拉德去照看人们上岸,伯金在为布朗温太太端茶,布朗温此时已经与学校的人们聚在一起了,赫麦妮在布朗温太太旁边坐着,两个姑娘去码头上观看靠岸的游船。

游船欢快地鸣叫着汽笛向他们驶来,等轮桨完全停止转动时,船员把绳子抛向岸边,船终于靠了岸。游客们纷纷拥挤着开始上岸。

"等一下,等一下嘛!"杰拉德歇斯底里地命令着。

他们不得不等绳子拴紧,跳板搭好才能上岸。一切准备就绪后,人们就潮水般蜂拥而出,吵吵闹闹的,好像刚去了一趟美国似的。

"太好了!"姑娘们叫喊着,"太美妙了。"

船上的服务员手提着篮子跑进停船房里,船长则懒洋洋地倚在驾驶台上。看到一切都安全,杰拉德这才向戈珍和厄秀拉走来。

"你们难道不想乘坐下一趟船去玩玩儿,在船上品品茶吗?"他问。

"不,谢谢。"戈珍冷淡地说。

"你难道不喜欢湖水吗?"

"我很喜欢湖水。"

他目不转睛地看着她,仿佛想探究什么一般。

"你难道不喜欢坐游船吗?"

她一时没有回答,然后才慢悠悠地说:

"不,我不是十分喜欢。"她好像正为什么事生气,所以脸红了。

"人太多了。"厄秀拉解释道。

"是吗?"他笑道,"是有些多。"

戈珍转身兴高采烈地问他:

"你坐过汽船吗?我是说在泰晤士河上,从威斯特敏斯特大桥一直坐到里士蒙。"

"没有,"他说,"我没有坐过。"

"噢,那可真是一种无聊的令人厌烦的经历,从来没有那么差劲的事儿,"她红着脸激动地说,说得很快,"人太多了,根本就没有坐的地方。头顶上有一个男人,是个盲人,一路上都在唱什么'在海的摇篮里摇呀摇'。他带着一只手提风琴,在那里卖唱。你可以想象,那是怎样的情景了。那儿总有一股午饭味儿和机油味儿从下面往上冒。这船一坐就是好几个小时。岸上有一些淘气的男孩子一直追着我们的船跑,他们在泰晤士河岸上的泥沼中奔跑,泥水没到他们的腰部,他们竟然把裤子扔在身后,在泥水里跑着,他们的脸一直扭向我们,就像一群龌龊的行尸走肉,他们叫喊着'呜,先生们,呜,先生们,呜,先生们',真像一群又烂又臭的死尸,十分下贱卑劣。甲板上的男人们看到男孩子们在泥沼中奔跑,就大笑着,偶尔给他们扔半个基尼。当你看到钱扔出去时,孩子们那样双眼死死盯着钱跳进泥沼中,你会觉得他们那么令人生厌,甚至连秃鹫和豺狼都不会接近他们。从那以后,我再也不想坐游船了,再也不想了。"

杰拉德一直目不转睛地盯着她,目光里闪烁着光芒。他不是为她所说的话而激动,而是她本人令他心动不已。

"是啊,"他说,"所有文明的躯体内都有害虫。"

"为什么?"厄秀拉反驳道,"我体内就没有害虫。"

"不是这个问题,我说的是整个事情的性质——男人们笑着把这些孩子当玩物,向他们扔钱,女人则摊开肥胖的膝盖吃啊吃,没完没了地吃。"戈珍说。

"是啊,"厄秀拉说,"我不是说这些男孩子们是害虫;而是说那些游客自己,正如你说的那样,这是个整体的问题。"

杰拉德笑了。

"没什么,"他说,"你们不坐船,我也不勉强你们。"

听到杰拉德的指责,戈珍的脸立即绯红了。

一时间,一阵缄默。杰拉德像一位士兵一样看着人们走上船。他长得很英俊,举止也很有分寸,而他的头发却像个粗莽的武夫的头发那样威武,令人看了心烦意乱。

"那边草坪上有一座帐篷,你喜欢在这儿喝茶,还是去房子那边?"他说。

"咱们划一只舢板出游吧。"厄秀拉说,她说话总是这样毫不迟疑。

"出游?"杰拉德笑着问。

"你看,"戈珍听了厄秀拉的直言,红着脸说,"这儿的人我们几乎全都不认识。"

"哦,这没关系,我可以现在就介绍几个朋友给你们。"他轻松地说。

戈珍目不转睛地看着他,想探究他是什么意思,是否心怀恶意。然后,她对他笑道:

"你懂我们的意思。我们很想去那儿,看一看湖边的景致。"她说着,指向湖边草坪那边山上的林子,的确,那片林子确实很美。"我们甚至可以在那儿做日光浴,那儿的光线太美了!真的,你可以想象那是尼罗河,那儿就像尼罗河流域中的一段。"

戈珍那种对远方景物表现出的如此做作的不自然的热情,杰拉德报之一笑。

"你觉得那儿离我们近吗?"他开玩笑般地说完又补上一句,"是的,假如我们有一条船,你就可以去那儿了,那儿像一个世外桃源,远离尘世的喧嚣。"

说着他四周环顾了一下湖面,数着湖上停泊的船只。

"那可太美了!"厄秀拉向往地说。

"你们要喝茶吗?"他问。

"好吧,"厄秀拉说,"我们只喝一杯就动身。"

他看看戈珍,又看看厄秀拉,笑了。他有点不快,但仍然调侃道:

"你会划船吗?"

"当然,"戈珍冷淡地说,"划得很好。"

"对,是的,"厄秀拉说,"我们俩都划得很好。"

"真的可以吗? 我有一条独木船,我怕别人驾驶它会不安全,就没推出来。你真的觉得你也可以划独木船吗? 安全吗? 有把握吗?"

"哦,没有一点问题!"戈珍说。

"真了不起!"厄秀拉叫道。

"可别鲁莽行事儿啊,为我着想一下,可别出事儿,因为我是负责水上游览的。"

"当然会保证安全。"戈珍保证说。

"再说,我们都会游泳。"厄秀拉说。

"那好吧,我让他们准备一下,带上一篮茶点,你们可以野餐,这主意不错吧?"

"太好了! 如果能野餐太让人高兴了!"戈珍激动地红着脸叫道。戈珍对他有一些很微妙的依恋,这依恋中有一些感激的成分,杰拉德心里深深地感到激动。

"伯金在哪儿?"他双眼闪烁着光芒问,"他在这里可以帮我一把。"

"你的手是怎么了? 受伤了吗?"戈珍低声问,好像是在刻意避免自己亲昵的表现。她还是头一回问起他的手受伤的事。她如此莫名其妙地绕开这个话题,令杰拉德再次感到些安慰。他抽出衣袋里的手看看,手被绷带缠着,然后又放回衣袋中去。当戈珍看到裹着的手时,不由得感到一阵战栗。

"哦,我的左手也可以拉船,那只独木船像羽毛一样轻。"他说,"还有卢伯特呢,卢伯特!"

伯金离开自己的位子,向他们走来。

"你这只手是怎么受的伤?"厄秀拉终于忍不住关切地提出这个问题。

"我的手吗,"杰拉德说,"被卷入机器里去了。"

"天啊!"厄秀拉说,"伤的一定很严重吧?"

"严重,"他说,"当时很严重,现在慢慢痊愈了。当时手指头都完全粉碎了。"

"噢!"厄秀拉好像很痛苦地说,"我真不想看到别人弄伤自己。我看到都觉得疼。"说着,她的手都颤抖起来。

"你下一步打算怎么办?"伯金问。

一艘棕色的独木舟被这两个男人抬来,放入水中。

"你们真有把握能平安无事吗?"杰拉德问。

"当然了,"戈珍说,"如果有一点怀疑,我都会放弃乘坐这条船了,我曾经在阿兰代尔划过独木船,请放心,我会很安全的。"

一边说着话,她像临行的士兵一样做了保证,然后就和厄秀拉一起,乘坐上单薄的小船,静静向前划去。两个男人站在岸边出神地看着这两位姑娘们。戈珍划着船,她知道男人们正在盯着她,搞得她有些拘谨,动作笨拙了许多,划船速度也慢了,脸涨得像红旗一般。

"太感谢了,"她在小船上冲他说,"这感觉太美妙了,就像坐在一片树叶上一样。"

他报之一笑,觉得她这是个怪念头。她的声音仿佛一直从远处传来,很奇特,有些颤抖着。他看着她把船越划越远。她身上有一股孩子的天真气质,很容易相信别人的话,对别人也很尊敬,像个孩子一样。他一直出神地看着她划船。对戈珍而言,做一个依赖杰拉德的带有孩子气的女人是一件非常快乐的事。他穿着白衣站在码头上,那么帅气,显得那么精明能干,而且,眼下,他是她认识的最重要的男人。而对于站在杰拉德身边的伯金,尽管他闪烁着柔和的目光,但她却视而不见,在她眼里,他不过是个隐约摇晃的隐形人罢了。她的注意力全被杰拉德一个人吸引去了。

小船沿着湖边徐徐行进着,一路上曾路过那草坪上沿柳荫架设的帐篷,再沿着岸边划下去,只见斜草坪在夕阳的照耀下泛着金光,异常美丽。其他船只在对面的岸边树荫下航行,从远处时不时传来船上人们那欢呼声、笑声。但戈珍却向着被金色阳光照耀下的树丛划去。

姐妹二人发现了一个美妙的地方,那里有一股潺潺流水缓缓流淌入湖中,有许多芦苇和红柳丛在小溪口上长着,岸边铺着砾石。她们把船停在这儿,然后下了船,脱掉鞋袜,悄悄推着船向草丛挪动,把船靠了岸,然后兴致勃勃地四周环顾。她们在这人迹罕至的小溪口感到十分寂寞。身后有一座长满了树丛的小山丘。

"咱们正好可以游个泳,"厄秀拉说,"然后吃点茶点。"

她们向周围打探了一番,确信她们不会被任何人看见,任何人也无法靠近这里。很快,厄秀拉就脱了衣服赤身裸体地下了水,向湖里游去。然后戈珍也游过来了。她们就围着小溪口游了好一会儿,虽然是静悄悄但仍然是兴高采烈的,然后她们就爬上岸,再次钻入林子中,那样子真像居住在山林水泽的仙女。

"自由了,这景色真美啊。"厄秀拉在森林中脱了衣服光着身子飞快地东奔西跑,头发随风飘扬。长在森林里的是山毛榉,树干高大健壮,灰色的枝丫盘根错节,绿色的树枝四处伸展着,向北边望去,可看到远方虚无缥缈的景物,树杈仿佛搭成了一扇窗口。

两个姑娘蹦蹦跳跳了一阵,把身上的水都抖干了,然后立刻把衣服穿上,坐下来品着茗香。她们坐在小树林的北边,享受着金色的阳光,对面是长满碧绿色草丛的小山,这个地方真的是很僻静,更有纯正的野味。茶又热又香,还配有黄瓜,鱼子酱的小三明治和酒味的甜点。

"你开心吗?"厄秀拉兴奋地望着妹妹问。

"厄秀拉,我非常非常开心。"戈珍望着斜阳余晖里的大山声音低沉地说。

"我亦如此。"

当姐妹二人在一起做彼此感兴趣的事时,她们的世界就是一个美好的,属于自己的世界。假如时光可以停留在这一时刻该多好,自由,欢乐,这景象就像孩提时代的冒险一样美妙,快活。

喝完茶,吃完甜点,两位姑娘一句话也不说,坐着出神。厄秀拉有一副甜美的嗓子,这时她开始温柔地唱起《安金·冯·萨罗》。戈珍在树下坐着倾听,这歌声使她开始向往未来。厄秀拉就那样自我陶醉着,那么满足又安详,就那样很自然地哼着歌儿,自我感觉良好,她这样子使戈珍感到莫名的冷落。戈珍总感到自己和生活不在一个轨道上,是个局外人,而厄秀拉却是生活的参与者,为此戈珍感到非常痛苦。她感到自己不被认可,只能要求别人注意自己,与自己建立联系,这样的境遇让她感到极为痛苦。

"我来跳达克罗瑟,你唱歌,好吗?"戈珍唯唯诺诺地说。

"你说什么?"厄秀拉抬起头诧异地问。

"你来唱歌儿,我来跳达克罗瑟,好吗?"戈珍难受地重复道。

厄秀拉费尽心思想着。

"你跳?"她似懂非懂地问。

"跳达克罗瑟舞。"戈珍说,姐姐这样问她就更难受了。

"哦,达克罗瑟!我一瞬间忘记这个名字了。跳吧,我看着你跳很开心。"厄秀拉像孩子一样惊喜地大叫,"那我唱什么呢?"

"你喜欢唱什么曲子就唱什么曲子,我按照曲子的节奏跳。"

可厄秀拉无论如何也想不起该唱什么。然后,她突然逗笑似的唱开了:

"我的爱人是一位高贵的妇人。"

戈珍开始随着歌声的节奏以和谐的舞步开始跳,她跳得很慢,就好像有看不见的绳子拴住了她的手脚。她展开两个胳膊做飞翔状,慢慢移动着脚步,手和胳膊有规律地做出动作。然后展开双臂,高举过头,缓缓地分开下来,将头微微扬起。她的脚在不断地打着拍子,和着歌曲游动,仿佛是一种奇妙咒语一般。她穿着白色衣服的身躯到处荡来荡去,做着奇特、狂烈的动作,仿佛随一阵咒语似的风上升起来,又迈着小碎步儿蹦蹦跳跳地跑开。厄秀拉在草地上坐着唱着歌儿,笑着,就好像这是一个大玩笑。戈珍在金色阳光地照耀下做着复杂的颤动的、飘逸与荡漾的动作,只见她伴着跳动的节奏没有意识地缩成一团,在某种催眠效果下展现出一种坚强的力量,这一切令厄秀拉联想到了宗教仪典。

"我的爱人是一位高贵的妇人,她是一位黑皮肤的美人。"厄秀拉讥讽地笑唱着,戈珍则越跳越快、越狂,她使劲跺着脚,仿佛要挣脱什么束缚。只见她甩着胳膊、跺着脚,然后昂起头,露出美丽的脖颈、微闭着眼睛开始奔跑。美丽的夕阳正在西沉,天上渐渐升起一圈淡淡的月影。

厄秀拉一直陶醉在自己的歌声中,戈珍忽然停下了舞步,轻快地、调侃地叫道:

"厄秀拉!"

"哦?"这声呼唤使厄秀拉突然惊醒。

戈珍伫立着,脸上挂着玩弄的笑容,手指向旁边。

"噢!"厄秀拉突然惊讶地叫着站起身来。

"它们还不错吧。"戈珍讥讽道。

就在他们的旁边,有一群高地牛,它们的身躯映在晚霞当中,色彩斑斓,皮毛闪闪发光。它们的角伸向空中,口鼻嗅着想知道周围发生的一切。它们的眼里蕴含着光芒,赤裸的鼻孔下全是阴影。

"它们什么也不干吗?"厄秀拉吃惊地叫道。

戈珍平时很怕牛,现在却摇摇头,半信半疑、露出嘲讽的样子,嘴角上带着一丝戏谑笑说:

"厄秀拉,这些牛看上去难道不是很漂亮吗?"那声调非常高,非常刺耳,仿佛一只海鸥在叫。

"漂亮,"厄秀拉颤抖声音说,"可是它们不会把咱们怎么样吧?"

戈珍再一次莫名其妙地看看姐姐,摇摇头。

"我发誓它们不会的,"她说,那话音,又仿佛是在说服自己,又好像表明她坚信自己有某种神秘力量,她试图检验一下这股力量。"咱们坐下接着唱吧,"她声音嘹亮地说。

"我害怕,"厄秀拉惊恐地望着牛群叫着。只见这群肥硕的牛默立着,黑色的眼睛露出恶毒的光芒。最终厄秀拉还是以原来的姿态坐了下来。

"它们不会怎么样的,"戈珍大喊道,"唱点什么吧,你唱唱就没事了。"

很明显,戈珍激情高涨,要在这些粗壮、剽悍的牛面前跳舞。

厄秀拉开始用假音战栗地唱起来:

"通往田纳西的路上"

厄秀拉的声音很颤抖。戈珍不管这些,舒展双臂,昂起头,猛烈转着圈向牛群舞过去。她鬼使神差地冲着牛群耸起身体,好像有点疯狂地跺着脚,她的双臂、手和手腕伸开又放下,放下又伸开。她向牛群紧张地颤抖着挺起胸,喉颈也好像在某种肉欲中变得兴奋起来。她毫无意识地飘过来,那不可思议的白色躯体在欣喜若狂中向着牛群冲撞过来,把正低着头做自己事情的牛吓得躲到一边去。牛迷迷糊糊地看着她,光光的牛角高耸着,任这女人白色的躯体缓缓地颤抖着冲撞。戈珍可以碰到面前的牛了,她感到牛的胸膛里放射出一股巨大的力量冲向她的手掌。她抚摸着它们,真正地抚摸,一阵恐惧与喜悦的热流在身体里激荡着。厄秀拉则入迷似的高声唱着与这无关的歌,那尖细的声音像咒语一样刺破了渐渐昏暗下去的夜色。

戈珍能听到牛深沉地呼吸,它们无法控制自己,既对这歌声沉醉,又感到恐惧。哈,这些苏格兰公牛,皮毛光滑,狂野的苏格兰小公牛!突然一头牛打了个响鼻儿,低下头缓缓向后退着。

"呜!呜!"林子边上突然传来一声刺耳的尖叫。牛群随即自动地散开向后退去,然后向山上跑去,它们身上的毛与它们跑的步伐像火一样地闪烁着。戈珍呆立在草地上,厄秀拉突然站起身来。

原来是杰拉德和伯金来找她们了,是杰拉德的吼声驱走牛群的。

"你们这是干什么呢?"他有点生气地高声叫道。

"你们来这儿干什么?"戈珍恼火地叫了起来。

"你知道你们在做什么吗?"他重复道。

"我们做韵律体操呢。"厄秀拉有点紧张地笑道。

戈珍漠视着他们,黑色的大眼睛里充斥着不满与生气,盯了他们好久。然后她和牛群一道向山上走去,牛群这时已经在山上聚作一团。

"你去哪儿啊?"杰拉德冲着她的背影喊道,后来也跟着她上山了。太阳已落到山后去了,阴影开始一点一点地朝地面压下来,天上晃动着地尽是晚霞。

"那支歌儿伴舞真是没什么水平。"伯金脸上透着嘲讽对厄秀拉说。说完他又自顾自地自唱自跳起来,那舞姿很奇怪,四肢和全身都放松地抖动,双脚迅速地敲击着地面。他的脸像平时一样苍白,身体像影子一样松弛、颤动着。

"我觉得我们都着魔了。"她有点害怕地笑道。

"很可惜,我们不能够更疯狂。"他边舞边说。突然,他向她倾斜过身子,温柔地吻了一下她的手指,脸对着脸凝视着她,无声地笑了。她感到受了冒犯,向后退去。

"生气了?"他调侃道,一下子变得缄默、拘谨起来。

"我觉得你喜欢有点奇怪的东西。"

"可并不是那样啊,"她疑惑不解地说,几乎像受到了冒犯一样。可她的内心处,有个地方被他潇洒、轻快的躯体所吸引。他全然放纵自己,起伏、晃动着,他脸上挂着轻轻嘲笑的表情。尽管被他吸引着,她还是不由自主地躲避着他。一个平时那样不苟言笑的人今天这种举动似乎有点下流。

"为什么不像那样呢?"他打趣道。说完他又跳起那种看起来很奇怪的舞,他身体荡着、晃着,舞得很快,眼睛坏坏地看着她。他就这样时跳时停,离她一点点靠近,脸上露着嘲弄的笑和看不透心思的表情向她凑过来,如果她不向后躲的话,他还会再次吻她。

"不,不要这样!"她真正害怕了,尖叫喝住他。

"不管怎样,你依旧是一个科迪丽娅。"他挖苦道。她被这句话刺痛了,仿佛这是对她的污辱。她知道他是故意的,这样做,令她真的难堪。

"那你呢?"她回敬道,"你为什么总要把你心里的话全都说出来?"

"这样我就可以畅所欲言呀。"他对自己的反唇相讥很得意。

此时杰拉德·克里奇正聚精会神地跟在戈珍身后,大步流星地追上山去。斜坡上那群牛正注视着他们:身穿白衣服的男人在围着身着白衣的女人,那女人正缓缓地朝它们这儿走上来。她停下来,先回头看看杰拉德,又看了看牛群。

她突然高高举起双臂,直向那群头上长着长角的公牛扑过去。她脚步微颤着跑了一程,然后停下来仔细观察它们,继而又张开双臂直冲过去。公牛们吓得喷着响鼻儿让开一条路来,抬起头,飞快消失在暮霭中,远远望去,身影一点点变小,但没有停下飞奔的脚步。

戈珍仍然注视着远去的牛群,脸上露出挑战的神情。

"你为什么要刺激它们?"杰拉德追上来问。

她把头扭到一边去不理他。

"这样很危险,你知道吗?"他坚持说,"如果它们转过身来,可就难办了。"

"转身,转到哪儿去? 转身逃走吗?"她讽刺道。

"不,"他说,"转过身来对付你。"

"对付我?"她嘲讽道。

他不明白她这话的意思。

"不管怎么说吧,几天前它们把一位农夫的母牛给顶死了。"

"那关我什么事?"她说。

"可我得管，"他说，"因为那些牛是我的。"

"它们怎么成了你的？你能把它们吞到你肚子里去吗？"

"给我一头好了。"她伸出手说。

"你知道，它们在那儿呢，"他用手指着牛说，"如果想要，以后可以送给你一头。"

她诧异地看着他问：

"你难道以为我怕你和你的牛？"

他邪恶地眯起眼睛，脸上堆起盛气凌人的笑容。

"我怎么会那么想呢？"他说。

她黑色的单纯的眼睛睁得大大地盯着他，身体微微前倾。挥动着手臂用手背轻轻地刮了他脸一下。

"就为那个。"她打趣说。

她心里莫名涌上一股强烈的欲望，要跟他斗争到底。她摒弃了恐怖与惊慌，要按自己的意愿做事，她一点也不恐惧。

他脸上的光泽渐渐消失，脸色苍白，眼里冒出一股透着危险的烈火。一时间，他一句话也说不出来，只感到怒火中烧，心都要爆炸了，他根本没有办法控制自己汹涌的感情洪流。似乎黑阴郁情感的水库将他的内心全都湮灭、腐蚀。

"这可是你先出击的。"他压低嗓门儿，温柔地说，那声音仿佛是她心中的一个梦，而不是从他嘴里发出的声音。

"我还会打最后一下。"她自信地说。他一句话也不说，没有反驳她。

她站立着，不由自主地把目光从他身上移到远处。在她意识的边缘，她在问自己：

"你为什么表现得这样荒唐？这样好笑？"但她闷闷不乐地把这个问题从脑袋里排除了。可她又无法彻底摆脱掉这个问题的纠缠。

杰拉德脸上没有一点血色，专注地凝视着她，他的眼睛里发散着温柔的光芒。她突然转身冲他叫道：

"是你逼我这样的，你心知肚明。"她的话里有话。

"我？怎么了？"他问。

她转过身朝湖边走去。山下，灯光打在湖水上，美丽的让人无法呼吸，薄暮中淡淡的灯光在水上流曳。漆黑的夜色在大地上涂抹着，天空倒显得苍白，樱草花儿和湖水看上去也是无声的憔悴。浮码头那边，柔和的暮色中点点灯火连成了串儿在水上流泻，游船上一片灯光辉煌。四下里阴影渐渐聚集过来。

杰拉德穿着白色夏装，像一个白色的灵魂一样随着戈珍走下草坡。戈珍等待着他跟来。等他上来以后，戈珍伸出手摸了摸他，柔声地说：

"不要跟我生气。"

他只觉得心头一热，稀里糊涂打着磕巴说：

"我怎么会生你气呀，我爱你。"

他失去了理智，他要用一些外界可以看得见摸得着的东西拯救自己。她响亮地发出一声嘲笑，不过这笑声很能让人心里得到安慰。

"这也是一种解释。"她说。

可怕的眩晕像沉重的负担压着他的头脑,他失去了一切理智,他无法忍受了,于是霸道地抓住她,他的手像铁爪一样。

"这样很好玩吗?"他说着抱住她。

她不动声色地注视着面前镶着一双凝眸的脸,血液变冷了。

"是的,很好玩。"她的声音很轻柔,就像吃了麻醉药一般,像个巫婆在低吟。

他不自觉地在她身边走着。越往前走,他的意识愈有所恢复。他太痛苦了。他小时候曾杀害了自己的弟弟,像该隐那样被留了下来。

他们看到伯金和厄秀拉坐在船边谈笑着。伯金在逗厄秀拉。

"你能够闻到这片沼泽地是什么味道吗?"他吸一吸鼻子问。他有很灵敏的味觉。

"有一种很好闻的味儿。"她说。

"不,"他回答,"要注意防范。"

"为什么要提防?"

"它在呼吸,不停地呼吸.是一个无底的深渊涌动着暗流,"他说,"这儿生长着百合花,经常有毒蛇出没,总有滚动着鬼火。我们几乎没有注意过,鬼火一直向前滚动着。"

"怎么会有鬼火?"

"有一条河,一条黑暗的河。我们总是留意着银色的生命之河在奔流,将世界推动着走向光明,走向天堂,奔向一个美好光明的永恒世界,一个有着天使的天堂。可只有另一条河才是我们所生活的现实"

"另一条河是什么样的? 我从来不知道还有什么另一条河。"厄秀拉说。

"那条河是你的现实,"他说,"那是死亡的黑色河流,你可以看到它就流淌在我们体内,如同其他河流一样地流着——黑色的邪恶河流。而我们的花朵是从大海的女神阿芙洛狄特里出生的,她代表着我们生活的现实,是闪着光芒的十全十美的白色花朵。"

"你的意思是说,阿芙洛狄特意味着真正的死亡?"厄秀拉问。

"我的意思是,她是代表死亡过程的神秘花朵,是这样的,"他说,"当整个造物主的河流消逝以后,我们发现自己生活在倒退的过程中,我们造就了毁灭性创造的一部分。阿芙洛狄特是在整个世界灭亡的第一次震颤中出生的,然后是蛇、天鹅和荷花这些沼泽花朵,戈珍和杰拉德也是在毁灭性创造中诞生的。"

"你和我呢?"她问。

"应该也是,"他说,"在某种程度上说就是这样的。至于是不是真的这样,我说不准。"

"你的意思是说我们是死亡的花朵——恶之花了? 我并不认为我是这种花朵。"她抗议说。

他沉默了片刻。

"我并不觉得我们会是,"他说,"有些人纯粹是黑暗的腐烂花朵——百合。但也会有一些人是火一般炽热的玫瑰。你知道赫拉克利特说过'干枯的灵魂最美妙'.我很理解他的意图。你呢?"

"我不敢确定,"厄秀拉说,"可是,假如人们都是死亡之花——无论他们是不是花,那又怎么样呢? 死亡之花与花有什么不同呢?"

"可能没什么区别,但又完全不同。死一直在延续,如同生一直在延续一样,"他说,"这是一个前行的过程,它终结于整个宇宙的消亡——世界的末日。为什么世界的末日不像世界的开端那样美好呢?"

"我认为本来就不一样。"厄秀拉生气地说。

"是的,最终是不一样的,"他说,"它意味着又开始新的一轮创造——当然不是指我们。世界的末日,我们的末日,是恶之花。假如是恶之花的话,我们就不会是幸福的玫瑰。"

"但是我认为我是,"厄秀拉说,"我认为我是幸福的玫瑰。"

"天生的吗?"他嘲弄地问。

"不,就是真的是,绝对是,我的感觉,我的预感。"她回答,感到受到了伤害。

"假如我们是末日,我们就不会是开端了。"他说。

"不,我们是开端,"她说,"开端是从末日开始的。"

"是在末日之后,而不是从它本身产生。是在我们之后,而不是从我们本身产生。"

"你是个恶魔。你知道的,真的,"她说,"你要摧毁我们的希望。你想要我们都死。"

"不,"他说,"我只想让我们了解我们是怎么一回事罢了。"

"你说得很对。"夜幕中传来杰拉德轻柔的声音。

伯金站起身,杰拉德和戈珍走上前来。大家都开始在沉静中吸烟,伯金为大家一个一个地点上烟,薄暮中亮起了火柴的光芒,他们几人安静地在水边吸着烟。湖面变得暗淡下来,湖周围的陆地笼罩上了夜的帷幕,湖上的亮光渐渐隐去了。周围的空气神秘莫测,不知从哪里传来琴声之类的音乐声。

天上金色的光芒褪去了,一轮明月缓缓升起,似乎笑着、语着、跳动着。对岸黛色的林子向黑夜中隐去了。黑夜中,时而流曳着几道流光。湖面上,远远地闪烁着梦幻般的几缕光芒,像苍白的珠光,淡绿色、淡红色、淡黄色三色兼而有之。随着游船驶进巨大的阴影中,随着灯火的不停地闪烁,光芒四射的船上奏出的乐曲声,从远处飘过来。

灯光照亮了河边的一切。这边、那边,无论是在朦胧的水面上还是荡漾在湖的尽头,都闪着灯光。湖水在阳光的最后一缕光线照耀下呈现出奶白色,没有一丝阴影,只有从漆黑的船上流泻出的孤独、微弱的灯光。没有桨声,小船轻轻地从惨淡的光线下驶入丛林笼罩下的黑夜中去,船上的灯笼似乎要燃起大火来,红扑扑、圆圆的,像一只可爱的娃娃悬挂在船头。湖水中映出星星点点跳跃着的灯光。水面上,到处都映着这些悄无声息的流火。

伯金从大船上取来几只灯笼,四个人凑上去将它们点亮。厄秀拉打起第一盏灯笼,伯金划亮火柴,从红色的灯笼口探进去,将底部的蜡烛点燃了。灯笼亮了,大家都向后退一步,观看从厄秀拉的手边垂下的绿色的灯笼,像一盏绿色的月亮在闪光,灯光照映着她的面庞。灯笼里的灯光摇曳生姿,伯金弯腰凑到灯笼口去察看,灯光将他脸映射的像幻影一样,没有意识,像魔鬼的脸。厄秀拉昏暗的身影靠近了伯金。

"挺好的。"她温柔地说。

说着她举起灯笼,灯光惊扰了一群鹳,群起飞离黑魆魆的大地,飞掠过湛蓝色的天空。

"这灯笼真美。"她说。

"真的好美啊。"戈珍附和道。她也想优雅地打起一盏灯笼。

"给我点一盏。"她说。杰拉德无力地站在一旁。伯金点亮了她举着的灯笼。她紧张地等待看灯笼的风姿。这是一盏草花樱色的灯笼,上面矗立着美丽的花朵,花朵衬着淡绿色的叶子,蝴蝶在美妙的灯光中围着花儿盘旋。

戈珍激动地大叫道:

"太美了,啊,真是太美了!"

她的心确实沉浸在美之中了,她高兴得不能自已。杰拉德倾斜过身子,探进灯光中来,仿佛是要看灯笼。他靠近她,挨着她,同她一起欣赏着灯笼。她的脸转向他,灯光映射着他们肩并肩站在一起,为他们的身影罩上了一层朦胧的光影,其他的一切都不存在了。

伯金朝旁边看,走过去为厄秀拉点燃第二盏灯笼里的蜡烛。这盏灯笼有浅红的底部,绘着螃蟹和海草的图案,在灯光的照耀下,螃蟹和海草在透明的海水中缓缓蠕动,仿佛要上到熊熊的红色光焰中来。

"你不仅有了天,还有有了海水。"伯金对她说。

"全都有了,就是没有大地。"她望着他照管灯火的手说。

"我真想看看我的第二个灯笼是什么样的。"戈珍声音刺耳地叫道,那腔调仿佛要把大家都吓跑。

伯金走过去点燃这只灯笼。它涂着调皮的深蓝色,底座是红色的,一条白色的大墨鱼正卷起细小的白色浪花儿来。墨鱼正从烛光中深情款款地漠视外面。

"真是太可怕了!"戈珍惊恐地大叫起来。她身边的杰拉德没忍住轻声笑了。

"就是太可怕了嘛!"她惊叫道。

杰拉德又笑道:

"跟厄秀拉换换,换那只螃蟹的。"

戈珍想了一会儿说:

"厄秀拉,你愿意要这个吓人的东西吗?"

"我很喜欢这种颜色。"厄秀拉说。

"我也很喜欢这种颜色,"戈珍说,"可是,你受得了它在你的船上摇来荡去?你不想立即摧毁它吗?"

"哦,不,"厄秀拉说,"我不想将它摧毁。"

"那你拿那只螃蟹的灯笼跟这一盏换行吗?你真的愿意吗?"

戈珍说着上前来交换。

"我愿意。"厄秀拉说着就将自己的灯笼让出,换回了那只绘有墨鱼的。

可是,她对于戈珍和杰拉德透露出来的优越感很反感。

"来,"伯金说,"让我把灯笼挂在船上。"

说着他和厄秀拉就向大船走过去。

"卢伯特,你要把我送回去。"杰拉德在夜色中说。

"你不同戈珍一起划独木舟吗?"伯金说,"那样非常有趣。"

一瞬间,大家都沉默了。伯金和厄秀拉提着晃晃悠悠的灯笼站在水边的阴影中。整个世界像一个幻影一般。

"这样行吗?"戈珍问杰拉德。

"我觉得很合适,"杰拉德说,"可是你行吗? 会划吗?

"我搞不懂你为什么带我?"

"为什么不行呢?"戈珍说,"我带你跟带厄秀拉没什么不同。"

从她的语气中他听得出来,她想坐独木舟,在独木舟里她就可以独自占有他了,她可以指挥人和船。他莫名其妙地顺了戈珍的意。

她把灯笼递给他,然后将灯笼上的竹竿固定在船尾。他随她上船,背对着摇曳的灯笼站着,在四周投下很深沉的影子。

"可以吻我一下再走吗?"他温柔的可以让人融化的声音来自阴影中。

她对这话确实吃了一惊。

"为什么?"她问。

"你说为什么?"他反问。

她注视了他好一会儿。然后她倾过身体,深沉地、纵情地吻了他,她的嘴唇那样美好,在他的唇上逗留了好一阵子。在他仍然神魂颠倒、浑身各个骨节,每个毛孔都燃着火的时候,她从他手中拿过了灯笼。

他们将独木舟抬起放到水中,戈珍在自己坐好在自己的位置上,杰拉德撑船离了岸。

"你划船的时候手疼吗?"她关心地问,"其实我也划得很好。"

"我不会让手疼的。"他压低嗓音温柔地说,那声音让她感觉到一种难以形容的美,心底涌动着一种冲动的热流。

他离她很近地坐着,非常近,甚至可以听到她忐忑的心跳,就坐在船尾,他将腿伸过来,脚碰到了她的脚。她轻轻摇着桨,摇得很慢,很悠然自得,她期望着他对她说几句意味深长的话,哪怕只是一个温柔的眼光。可他一直默默无语。

"你喜欢这样吗?"她用柔和的声音关切地问他。

他微微一笑。

"你我之间有距离。"他低沉、默默地说,仿佛不是他在说话,而是他身上什么东西,也或者是什么器官在说。她仿佛凭借第六感能感觉得出,他和她是若即若离地坐在独木舟上。她理解他,懂他,多么难得的事啊! 为此很高兴,六神无主。

"可我们离得很近啊。"她愉悦地说。

"仍然有距离,有距离啊。"他说。

她心中高兴,兴奋得难以言语,沉默了一阵子才回答,声音都和平时不一样了。

"但是,我们是在水上,怎么有什么变动呀。"她的话让他感到神奇、微妙的慰藉,显得很怜惜他似的。

湖面上有十来只在划的船行,船上有玫瑰色和月亮一样白亮的灯笼贴近水面闪烁着,灯光在水里闪烁着美丽的光芒,有一种温柔甜蜜的气氛,就好像水中燃着一团团火苗儿。远处,那艘汽船轰隆隆驶过,汽轮荡起好大水花,船过之处,只见水上亮起一层层彩色灯光。时而船上鞭炮、罗马焰火喷射,夜空中美丽的星星闪烁与灯光相互映射,照得湖面一片火红、明亮,像白天一样,借着亮光,可看到数只小船在水面上平静地漂荡着。然后又是一片漆黑,只有灯笼微弱的光线柔和地眨动着眼睛,只留下一片低缓的嘈杂声与悠悠的音乐声在湖面上回荡。

戈珍后知后觉地摇着桨。杰拉德能够看到前面不远处厄秀拉的绿色灯笼和玫瑰红灯笼相依相偎,摇曳着伯金在摇船,那彩虹色的微光一转眼就消失了。他同样可以察觉到,他自己船上柔弱的灯光也在他身后洒下一片温柔的黑影。

戈珍放下桨,朝四周仔细环顾。独木舟随着潮水涌来微微起伏。杰拉德的膝盖和她靠得很近,仿佛要彼此相互嵌进彼此的身体里。

"这景象真美!"她轻柔、崇敬地说。

她望着他,他身子慢慢向后面忽明忽暗的灯笼靠去。尽管他的脸只露出一个模糊的轮廓,但她能看得清这张脸,这张温柔的,充满诱惑的脸,它笼罩在夜光中。她心中充斥着对他的激情,他那么像男子汉般地沉稳、神秘,这给他平添了几分英气。他身上流露着一股子阳刚之气,那刚柔兼备的身躯侧影透露着某种诱人的气韵,那完美的身姿令她兴奋、激动、陶醉。她喜欢这样看他,沉醉在自己的幻想中。现在她并不想抚摸他,还不想接近他那活生生的令人满足的躯体,还不想从他的肉体中获得进一步的满足。他实在是难以捉摸,可他又近在咫尺。戈珍的手漠然地搭在桨上,她一心一意想要看他,他像一个透明的影子,她要触到实实在在的他。

"是的,"他应付道,"是很美。"

他正在倾听附近微弱的声音:从桨上滴落的水花儿,身后的灯笼相互碰撞着发出声响,还有时不时戈珍的长裙发出的窸窸窣窣声,就仿佛是另一个世界里的声音。他的意识在沉醉,渐渐不受控制,有生以来第一次失魂落魄,神魂颠倒,对外界的事物有了莫名的兴趣,难以全神贯注起来。以前他总能够将注意力集中,全神贯注,聚精会神,不让自己失态。然而,现在他却放松了自己的意志,也或者说,他根本无法控制自己的意志。鬼使神差地与外界融为一体了。这就像一场纯粹的睡眠,是他生命中最美妙的睡眠。在他的生命中,坚守太多东西,太固执又太警觉了。然而现在,却有了这般伟大的休眠、安宁与完美的放松。

"把船摇到码头去好吗?"戈珍用充满渴望的眼神看着他问。

"哪儿都行,"他说,"让它随波逐流吧。"

"那你说,假如碰触到什么东西怎么办?"她沉静、温柔而又亲昵地说。

"有灯光照着,不用担心。"他说。

于是他们就静静地任船儿漂流。他需要纯粹的安宁,可她却感到非常不安,想说点什么,想要得到某种承诺。

"没人牵挂你吗?"她急切地要同他交流思想。

"牵挂我?"他重复道,"不会的!为什么?"

"我觉得也许有人会找你。"

"他们为什么要找我呢?"说完他又想起应该礼貌地对待她,于是又说:"也许,你想回去了吧?"

"不,现在还不想,"她说,"你放心好了。"

"你真的不介意吗?"

"很好,这样极好。"

他们又陷入沉默了。游船鸣着汽笛,有人在船上唱歌儿。突然一声尖叫打破了夜空的沉寂,随后水面上一片混乱,各种声音,包括轮机倒转、剧烈搅动湖水的可怕声音——从水面上传来。

杰拉德坐起来,戈珍恐惧地看着他。

"有人掉进水里了。"他恼怒、绝望地说。然后他谨慎地扫视着夜幕笼罩下的水面问:"你能划过去吗?"

"去哪儿? 到游船吗?"戈珍紧张地问。

"是的。"

"可是假如我不能直线划过去你就提醒我。"她仍旧紧张、害怕地说。

"保持船身平稳。"他说。独木舟径直朝前驶去。

可怕的叫喊声和响声不断地穿过夜幕从水面上传过来。

"发生这事儿会不会是上天注定的?"戈珍带着怨恨嘲弄道。可他根本没听见她的话。戈珍回过头看路。半明半暗的水面上流泻着好看的灯光,游船好像离这里不远了,船上的灯光在水面上摇曳。戈珍尽力摇着桨。可现在看起来事关重大了,对这件事,她心里没底儿,手也就跟着笨了,速度也很难上去。她偷偷瞄了他的脸一眼,发现他警觉地凝视着夜色,显得那么敏锐、警觉、独立。她的心一沉,几乎要窒息了。"其实呀,"她自语道,"不会有人淹死的,根本没人会淹死的。那也太耸人听闻了。"可一看到他那张面无表情的脸她的心就发凉,那样子看上去似乎他生来就是死亡与灾难,他又成为以前的那个他了。

这时一个女孩子的尖叫声传来:

"迪,迪,迪,迪,哦,迪,哦,迪!"

戈珍只觉得自己身上的血液瞬间凉了。

"是迪安娜,就是她,"杰拉德嘟哝着,"这个小猴子,她真会闹着玩。"

说着他又瞟了一眼船桨,船前进得很慢。戈珍在这样紧张的情况下划船,感到无所适从了。她一直在尽最大努力,全力以赴。远处仍旧传来叫喊声和回答声。

"在哪儿呢,哪儿呢? 在那儿,对,是那儿。哪个? 不,不,不。该死的东西,这儿,这儿"很多小船从四面八方急急忙忙向出事地点划去,但见各色彩灯笼贴近水面摇曳着,留下一串串孤独的倒影在涟漪中起伏。汽船不知为什么又鸣起了汽笛。戈珍的独木舟也加快了速度,船灯在杰拉德身后摇曳着。

那女孩子又高声尖叫起来,这次的叫声中带着哭腔,有点烦躁不安了。

"迪,哦,迪,哦,迪,迪!"

这可怕的叫声透过夜空传了过来。

"温妮,你最好上床去睡吧。"杰拉德自言自语道。

说着他弯下腰去解鞋带,脱掉鞋,并且把头上的软帽摘下甩到船底。

"你的手上有伤,怎么能够下水?"戈珍紧张地说,忍不住大喘着气。

"什么? 没事儿。"

他脱掉夹克衫,把它扔到脚下。现在,他光着头,全身都穿着白衣服。他用手摸摸腰带。他们现在跟码头离得很近,码头影影绰绰耸立着,码头上色彩斑斓的灯在阴影笼罩下的黑色水面上投下一片片红、绿、黄的色块,既可爱、又丑陋。

"把她救出来! 噢,迪,亲爱的! 噢,把她救出来,噢,爸爸! 爸爸!"孩子发疯般地呜咽着。有人浮着救生圈跳进水中。两条小船划近了,船上的微弱的灯光对漆黑的夜晚一点都不管用。其余的船也围上来了。

"嘿,在那里,罗克利! 嘿,在那儿!"

"克里奇先生!"船长恐怖地叫道,"迪安娜小姐掉进水里了。"

"有人下去救她吗?"杰拉德厉声问。

"年轻的布林德尔医生下去了,先生。"

"在哪儿呢?"

"看不清,先生。好多人都在找,可眼下一片漆黑,什么也看不见。"

这时候大家都沉默了,仿佛有什么不祥的征兆。

"她从哪儿掉下去的?"

"我觉得是在那儿,"那人模棱两可地说,"就是亮着灯的那条船。"

"往那儿划。"杰拉德平静地对戈珍说。

"把她救出来,杰拉德,哦,救出她来。"那孩子带着哭腔地叫着。但他并不在意。

"再往后靠靠,"杰拉德站在摇曳的船上说,"船不会翻的。"

说话间他一下子跳入水中。戈珍在船里猛烈地晃动着,翻滚着的水波中荡漾着灯光,她知道那是月光,她觉得他死了,他很可能再也回不来了。一阵绝望感袭上心头,她几乎没有了感觉和意识。她知道如果他从这个世界上消失了,世界没有任何变化,可没有他了。黑色的夜空似乎很空旷。灯笼晃来晃去,在游船上和小船上的人们窃窃私语着。她听见温妮弗莱德在低吟:"哦,一定要找到她,杰拉德,找到她呀。"似乎还有人在安慰她。戈珍划着船在湖上晃晃悠悠,失魂落魄的,毫无目标,这可怕、冷漠、漫无边际的湖水让她感到说不出来的恐怖。他再也回不来了吗?她受到某种力量的驱使,她也应该跳进水中去,亲身领略一下水中的恐怖。

听到有人说"他在那儿",她才从自己的沉思中惊醒。她看到他像一只水老鼠一样在水中游着,就无意识地向他那边划过去。尽管他这时离一艘大船更近,但她仍然向他划过去,她一定要靠近他,只有离得很近很近才可以感觉到他真实地存在。她看到他了,他仿佛一头海豹。他像海豹一样抓住了船舷。湿漉漉的头发从头上散落下来,在耳边,在脸上,他的脸看上去很柔和。她可以听到他在大口地喘息。

他从水里爬进船舱。噢,他往船上爬时,腰部的肌肉在用力,雪白的皮肤地闪着光,真美呀,她看到这美好的,诱人的腰真想去死、去死。闪光、美好的腰臀,她真的好想拥抱,她迷恋这肉体,她充满欲望,他的肩背浑圆又柔韧,啊,这场景对她来说可太刺激了,太美妙了。她知道,这一刻,已经宣判了她的命运。可怕的,没有办法摆脱的命运,多美呀,这么美!

在她眼里,他不是一个具体人,他是一种生命的化身。她看到他擦去脸上的水,看着自己手上浸着血的绷带。她意识到其实一点也不好,她没有办法超越他,对她来说他是生命的终极。

"熄灯吧,这样反倒看得更清楚些。"他的声音突兀、生硬、有一种男人的浑厚,充斥着雄性荷尔蒙。她简直不敢相信有一个什么男性世界。她斜过身子,把灯熄灭了,这些灯笼是不容易熄灭的。除了游船两侧的彩色灯影以外,别处的灯火全消失了。漆黑的夜渐渐弥漫开来，月上中天，到处都有船影在晃动。

他随着一阵击水声又潜入水底中。戈珍烦躁不安地坐着，面对宽广、凝重、死静的水域，她心里真的很害怕，她跟脚下这平缓、没有任何生机的水在一起，感到很孤独。这并不是简单的孤单的问题，这是一种可怕的分离、可怕、冷酷的悬念，仿佛，一离别，就再也见不到了，这是最后一眼。她就站在可恶的现实之上，直到她也沉入底层为止。

然后，她又听到大家在喊，因此，她知道他爬出了水面上了船。她按捺着，坐着与他取得联系。隔着水面上巨大的空间，她依旧觉得她与他有联系。可她的心却沉浸在难以忍受的孤独中，是任何东西也无法穿透这包围着心的孤独。

"让游船靠岸吧，让它停在那儿也起不到任何作用，准备好缆绳拉船。"传来了果断的命令声。

"杰拉德！杰拉德！"温妮弗莱德发疯般地叫着。杰拉德没有回答。游船缓缓笨拙地绕了一个圈子然后悄然靠岸，陷入无边无际的黑暗之中。轮机的旋转声渐行渐远了。戈珍的小船一阵摇晃，她神魂颠倒地把桨插入水中以保持船身平衡。

"是戈珍吗？"厄秀拉问。

"厄秀拉！"

姐妹二人的船靠近了。

"杰拉德在哪儿？"戈珍问。

"他又跳进水里去了，"厄秀拉埋怨说，"我觉得他的手都伤得很严重，就不该下水。"

"这次我必须把他送回家了。"伯金说。

汽船驶过，滚滚的波浪使得小船又晃起来。戈珍和厄秀拉一直在寻找杰拉德。

"他在那儿呢！"厄秀拉的眼力好，看到了他。杰拉德没有在水下待多久。伯金把船向他划过去，戈珍也划船跟上。杰拉德慢慢游过来用受伤的手扒住船舷，手一滑，人又掉到水去。

"你为什么不帮他一把？"厄秀拉厉声问。

杰拉德又游了过来，伯金弯下身拉他上了船。戈珍又看到他往船上爬了，但是，这一次他的动作显得吃力、沉重，像一头盲目攀爬水陆两栖动物。白色的月光朦胧地洒在他白皙湿淋淋的身体上，照耀着他弯曲的背和健壮的腰臀，映射出好看的模样。但是，这具肉体现在看上去却是一副惨败相：他艰难地爬上来，缓缓地、笨重地倒在船上。他好似一头痛苦的动物那样喘着粗气。他瘫坐在船里，一动不动，他的头像海豹那样僵硬地挺着，他整个儿简直狼狈得不成人样，令人难以理解。戈珍不由自主地划船跟在他们那只船后面，时不时地打寒战。伯金一言不发地把船划向码头。

"你往哪儿划？"杰拉德仿佛从梦中惊醒般地突然问。

"回家。"伯金说。

"噢，不！"杰拉德急切地说，"他们还在水中，我们哪能回家呢？往回划，我必须找到他们。"两个姑娘被他的声音吓坏了，那声音的语调太专横、可怕，几乎是疯狂的声音，没有反驳的余地。

"不，"伯金说，"你不能去了。"他话中有话，流露出命令的意思。杰拉德沉默了,心里在斗争着。就好像他要杀了伯金才算拉倒。可伯金依旧平静地划着船,并没有回答他的话的意思,心里自有自己的想法。

"你凭什么管我的事?"杰拉德生气地问。

伯金没回答,直朝岸边划去。杰拉德静默地坐在船上,仿佛一头聋哑动物喘着粗气,牙齿打战,胳膊一动不动,头仿佛海豹的头一样僵直。

他们来到了码头。杰拉德浑身湿漉漉的,整个人像裸体人一样沿台阶往上走。他父亲就站在那儿。

"爸爸!"他叫道。

"哦,我的孩子。回家去,换换衣服吧。"

"我们没有办法救他们了。"他说。

"还有希望,我的孩子。"

"我觉得不行,压根儿不知道他们在哪儿。无论如何都找不到他们。湖里还有一股深入骨髓的暗流。"

"我们把水排干,"父亲说,"回家去休整一下。卢伯特,帮助照看照看他。"他又不动声色地补了一句话。

"爸爸,真对不起,对不起,这是我的错。但是真的没有办法了,我已尽了最大努力。我还可以再潜下水,但是,并没有什么作用。"

他在木制地板上光着脚走了几步,踩到了什么锋利的东西。

"你没穿鞋呀?"伯金说。

"他的鞋在这儿呢!"戈珍在码头下面说,在说的同时加快速度划过来。

杰拉德等着他的鞋。戈珍把鞋递给他,他接过穿上了。

"如果你死了,从这个世界消失了,"他说,"死了就算了。为什么又要活过来?水下有藏身的地方,可以藏几千人呢。"

"有两个人的地儿就够了。"她小声道。

他把另一只鞋穿上。他浑身颤抖着,说话时牙齿一直在打战。

"是的,"他说,"也许是吧,但是真的很奇怪,那儿的藏身之地非常大,那是一个广袤无边的世界。那儿像地狱一样阴冷,你在那儿孤立无援,仿佛你的头被人砍掉了一样。"他不停地颤抖着,几乎说不出话来。"你知道吗?我们家有个特点,"他继续说,"但凡有事出了差错就再也无法矫正过来了。我留意这一点好多年了,一旦什么事出了差错,就再也无法纠正它了。"

他们边说边穿过公路向家中走去。

"你可知道,在水里,那儿是多么阴冷,跟水面上冰火两重天,深不见底。你试着想想,咱们怎么没死,活着上岸来了。这就走吗?我送送你,好吗?那,再见,谢谢你,太谢谢你了。"

两个姑娘又等了一会儿,看是不是还有希望。一轮皎洁的明月荡漾在空中,亮得令人感到惊恐,水面上聚集着小船,乱七八糟的声音汇在一起,有人在压低嗓门儿喊话,可这一切都没有意义。伯金一回来,戈珍就回家了。

伯金奉命将水闸打开,把湖里的水放干净。威利湖在大路附近设了一个水闸,这样它就成了一个水库,在急需的情况下为远处的矿区供水。"跟我来,"他对厄秀拉说,"等我做完这件事咱俩一起步行,我送你回家。"

他来到管水员的屋里,借来水闸的钥匙。然后他们穿过路旁的一座小门到达水站的水头,下面是一个蓄水的石坑,还有一条直通向水底的台阶路。石阶头上的门就是水闸。

夜色渐渐变成了银灰色,倘若没有一阵阵焦虑的喊声,这夜晚该是特别宁静的。银灰色的月光在湖面上荡漾着,半明半暗的船只在一片嘈杂声中漂动。可厄秀拉的头脑却僵住了,她觉得一切都不再重要,都不真实。

伯金抓住水门的铁把手,使劲扭起来。齿轮开始慢慢松动了。他扭啊扭,就像奴隶在劳作,白色的身影渐渐明晰起来。厄秀拉扭头向旁边看去。她不忍心看着他那样艰难地扭动,弯腰了,又直腰地,简直像苦力一样扭动铁把手。

真正令她吃惊的是,路那边堵满了树木的洞口涌出哗哗的水流,这哗哗的流水声不一会儿就变成怒吼,然后只听得隆隆地降落下来的水柱的声音,沉重地砸下来。这巨大的水流充溢了整个黑夜,隆隆轰鸣着,黑夜中所有的事物沉没在这水流当中。厄秀拉似乎在为自己的生命挣扎着。她用手捂住耳朵,眼睛却不由自主地看着天空中白色的弯月亮。

“咱们可以走了吗?”她对站在台阶上的伯金喊着,伯金正在那儿观察水位下降的情况。他似乎很迷恋这种现象。他看看厄秀拉呆呆地点了点头。

一艘艘小船渐渐驶近了,人们挤到大路上的篱笆前好奇地观望着。伯金和厄秀拉把钥匙送回屋去,不再观望湖水了。厄秀拉走得很快,她甚至不敢听那水流落下的时候发出的可怕轰鸣声。

“你觉得他们会死吗?”她大声问。

“是的。”他说。

“这不是太可怕了吗!”

他并没有把她的话放到心里。他们走上山去,远离这嘈杂的声音。

“你害怕吗?”她问他。

“我并不怕死人,”他说,“既然死了就死了。最糟糕的是,他们缠着活人不放!”

她思忖着。

“是啊,”她说,“死也没什么好害怕的,不是吗?”

“是的,”他说,“迪安娜·克里奇是死是活有什么关系?”

“真的吗?”她震惊地说。

“没关系,为什么要把生死看得那么重要呢? 她最好是死,这样会更真实些。在死亡面前,她是个实在的人,而在生活中她是个招人烦的小家伙。”

“你是一个很可怕的人。”厄秀拉喃言道。

“不! 我巴不得迪安娜·克里奇死。她生来就是是一个错误。至于那年轻小伙子,可怜的家伙,他最好也尽快死去的。死挺好,没有比死更好的了。”

“但是,你并不想死。”她质问他。

他沉默了一下,然后他用一种令人恐惧的声调说:

“我愿意结束这一切,死了一了百了。”

“是吗?”她紧张地问。

他们在树下沉默着走了一段路程,然后他似乎有些胆怯地说:

"有一种属于死的生,也有一种不属于死的生。大多数人对前一种生都厌烦了,我们就是这样活着的。只有上天知道这种生是不是早已结束了。我需要一种爱,它像睡眠,像再生,像一个呱呱坠地的婴儿。"

厄秀拉听着他说话,似听非听。她似乎刚刚抓住一点他话中的线索就躲开了。她想听他说话,可又不想把自己陷进去。他想让她屈就他,但她非常不愿意,拒绝接受这种身份。

"为什么爱要像睡眠一样呢?"她沮丧地问。

"我不知道。如果那样它就跟死亡一样了——我是想用死亡而告别这种生活的——这比生活更丰富,从而一个人就像一个赤裸的婴儿一样被接生出母腹,故有的保护和原来的躯体都不存在了,他被一层新的空气所包围,他以前从来没有呼吸过这种空气。"

她聆听着,想要搞懂他的意思。她知道,他也知道,言语本身并不能表达什么意思,言语仅仅是是我们打出的手势,就像哑剧一样。她似乎是通过自己的血液来理解他的手势,尽管她有扑向前面的欲望但她还是退却了。

"但是,"她严肃地说,"你是不是说你需要某种不是爱的东西,某种超越爱的东西。"

他渐渐迷惑了。说话时总有迷惑的时候,但是不说心里难受。不管你走哪条路,只要你是往前走,你就得冲破点什么障碍,冲出自己的路来。而理解、讲话就是要冲破固有的思维模式,仿佛分娩时的婴儿奋力冲破子宫壁一样。如今,不冲破旧的躯壳,不刻意通过追求知识,寻找出路就不是什么新的运动。

"我根本不需要爱,"他说,"我从来不想了解你。我想脱离自身,而你也要失去你的自我,这就是我们最大的区别。当你疲惫不堪、可怜巴巴时,就不要说话。一个人要学哈姆雷特,尽管那像是在说谎。只有当我表现出一点健康的骄傲和淡泊时你再相信我,我讨厌我严肃的样子。"

"你为什么讨厌严肃呢?"她问。

他思考了一会儿才阴郁地说:

"我不知道。"然后他默默前行。这话令他们感到尴尬。他感到迷惘。

"你不觉得奇怪吗,"她横空出世地怀着挚爱的感情把手放到他的胳膊上,"我们为什么总是这样交谈呢? 我觉得我们的确相爱着。"

"是的,"他说,"很爱。"

她几乎是高兴得笑了。

"你是想用自己的方式去爱,是吗?"她打趣说,"你是不会随随便便接受别人的爱的。"

他转而温柔地笑了,走着走着转身抱住了她。

"对的。"他声音柔和地说。

那时候他带着一种细腻的幸福感,缓缓地、轻柔地吻她的脸和眉毛,这让她错愕不已,瞬间手足无措了。这是些温柔但盲目的吻,吻得很真实,真切落在心里最柔软的地方,美妙极了。然而她却躲着他的吻。这吻就仿佛一些奇异的飞蛾,非常柔和、安宁地落在她的脸上,她在冥冥中承受着它们。她感到一种莫名的紧张躲开了。

"是不是有人过来了?"她说。

他们向伸手不见五指的路上扫视过去,随之又回头向贝多弗走去。为了向他证明她不是浅薄、假装正经的女人,她停住脚步从后面抱住他,紧紧地抱住他,激情四射地在他脸上落下一个个狠命的重吻。他顾不得冥冥中另一个自我,只觉得全身的血液沸腾起来。

"不要这样,不要这样。"他自言自语着。她拉他过去时,激情随即充溢了他的四肢,他脸上红彤彤的,随之他进入了一种极其享受的温柔与睡眠的状态。他变成了一团火,对她满是激情和欲望。可在这烈火的中心,却有一个不屈、愤怒的东西。现在,哪怕这东西也失落了,他只是需要她,这极端的欲望就像死亡一样避无可避,逃无可逃。

他满足了,同时粉碎了,充实了,同时也被毁灭了,离开她,向家中走去,行走在黑夜中,又投入了激情之火中。远方,在远方,他似乎感觉到黑暗中一丝小小的悲伤之情。可这又算什么呢? 除了这至高无上,不断升腾的肉体激情以外——它像生活的新咒语一样在燃烧——还有什么比它更重要的呢? "我现在就是一个会说话的行尸走肉,仅此而已。"他极为悲伤他的另一个自我,可他的另一个自我却在远处徘徊着。

他回来时,人们依旧在排放湖中的水。他站在岸上,听到杰拉德说话的声音。水声仍旧隆隆作响,银白色的月亮悬挂在夜空中,远方的山峦神秘莫测。湖水开始渐渐下降,晚上的空气中弥漫着湖岸上阴冷的气息。

在肖特兰兹,窗子发射出柔和的灯光,似乎没有人入睡。那位老医生在码头上站着,他儿子失踪了,他就这样静静站着等儿子回来。伯金也站在这里观察着,这时杰拉德划着一条船过来了。

"你怎么还在这儿,卢伯特?"他说,"我们根本没有办法找到他们,湖底的坡陡峭无比,两个斜坡之间积满了水,还有许多小水沟,天知道会把你冲到哪儿去,这可跟平底湖不一样啊。随着湖水往外排,你都不知道自己究竟在哪儿。"

"那你还在这儿做什么?"伯金说,"回去睡觉吧?"

"去睡? 天啊,天啊,你觉得我能睡得着吗? 找不到他们我哪儿也不去。"

"可是没有你别人也会找到他们的,你为什么一定要在这儿呢?"

杰拉德看看他,然后满怀感慨地拍拍伯金的肩膀说:"别管我,卢伯特。如果说需要关心谁的健康,那就是你的,而不是我的。你感觉怎么样?"

"很好,但是,你这样是在摧毁你自己的生命,是在浪费你自己的生命。"

杰拉德沉默了一会儿说:"浪费? 我还有别的选择吗?"

"别做傻事儿了,好吗? 你逼迫自己做这些可怕的事,给自己留下残忍的记忆,走吧。"

"残忍的记忆!"杰拉德重复道,然后他再一次很有感动地拍拍伯金的肩膀说,"你也说话太生动了,卢伯特,可是谁知道呢?"

伯金很不开心,他讨厌别人说他说话生动。

"离开这儿,到我那儿去,好吗?"他像催促一个醉汉一样催他。

"不,"杰拉德搂着伯金的肩哄他的,"谢谢你,卢伯特。明天我会去的,行吗? 你懂得,不是吗? 我必须做完这件事。但是,我明天一定会去的。哦,我最喜欢跟你聊天了,这是我感觉最开心、最有趣的事。会的,我会去的。你是我非常重要的人,卢伯特,也许你并没有意识到。"

"我怎么对你来说很重要?"伯金有点生气地问。他及其敏感地意识到杰拉德的手放在他的肩上,但是他不想争辩,只想让他逃离目前这种痛苦状态。

"以后你都会知道的。"杰拉德哄他道。

"跟我走吧,我要你来。"伯金说。

一阵沉寂,真实而又紧张的沉寂。伯金搞不懂自己的心为什么跳得这样沉重。杰拉德的手指紧紧抓住伯金的肩,仿佛在说明什么。

"不,我必须把这件事做完,卢伯特。谢谢你,你的意思我懂。你没什么不舒服,咱们都没什么不舒服。"

"我或许没什么,可我你这样一直胡言乱语肯定是病了。"说完伯金走了。

直到黎明时分,才找到死者的尸体。迪安娜用双臂紧紧抱着那年轻人的脖子,是他窒息而死。

"她害死了他。"杰拉德说。

月亮斜落下去,最终落到看不见的地方。湖水只剩下四分之一了,裸露出阴凉的泥岸来,散发着腐败的味道。山的东边开始微微露出黎明的晨曦。湖水仍旧轰隆隆地从水闸中泻落。

晨曦中,鸟儿发出第一声鸣叫,荒芜湖畔上的山峦笼罩在雾霭中时,那些筋疲力尽的人群开始向肖特兰兹走去。人们用担架抬着死者的尸体,杰拉德走在一旁,两位有着花白胡子的死者的父亲默默地跟在后面。家里的人都在屋里坐着等待着。母亲坐在自己屋里,本来也会有人将情况报告给她。那位医生仍旧眼巴巴盼望着儿子回来呢,儿子没等回来,自己早就疲惫不堪了。

星期天的清晨,整个矿区变得死一样沉寂。就仿佛这灾难是直接发生在自己头上的,真的,哪怕是他们自己的人遭受了这样的灾难他们也不会这么惊恐。肖特兰兹发生了这样惨绝人寰的事情,还是本地的高贵人家!他家里的那位小姐极其任性,非要在游船的屋顶上跳舞,和那个年轻医生一起掉到水里淹死了!星期天的早上,矿工们都议论着这桩惨事,相互通报着消息。星期天,人们饭桌上似乎有一个挥之不去的奇特的幽灵,就好像死神离人们很近了,天空中飘荡这一种超自然的感觉。就算是男人露出惊恐的脸色,女人们看上去很阴沉抑郁,好多人都哭了。一开始,孩子们觉得这种惊恐场面是很好玩的,空气中充斥着挥之不去紧张感,似乎有点魔力。人们都觉得这好玩儿吗?大家认为这种刺激好玩儿吗?

戈珍鼓足勇气设想去安抚杰拉德,她编造着最好听的话想去安慰他。她很是害怕,但她把这些置之脑后,一直苦思冥想该怎么在杰拉德面前表现得恰如其分:扮演自己的角色。这才是最令人害怕的事——她怎样扮演自己的角色。

厄秀拉现在爱伯金爱得那么深,那么重,是她的全部,可她什么也做不了,真是无能为力。对于湖上的事件,她对别人的议论纷纷无动于衷,这种冷漠的态度才真让人害怕。她只会一个人干坐着,期待见到伯金。她想要他来家里,因为除此之外她似乎什么也做不了,他必须马上就来。她在等他,每天失魂落魄在屋里徘徊,等他来敲门。每隔一分钟,甚至是一秒钟,她都会机械地朝窗户望去。她想,也许他就出现在那儿的。

第十五章　星期天晚上

光阴如梭,厄秀拉渐渐不怎么生气了,她心胸空虚,有一种可怕的失望席卷心头。她的激情之血流干了。她陷入了虚无缥缈,连自己都迷失了的虚无中,对此,她真的比死还难受一千倍。

"如果没什么事的话,"她极其痛苦地自言自语道,"我还是去死,我想我的生命就这样消失吧。"

她置于一片黑暗之中,她早已颓废不安,完全引不起别人的注意,这黑暗濒临着死亡。她意识到自己一生都在向着这个死亡的边界靠近,这里没有彼岸,从这里,你只能像萨福一样跃入未知世界。对感觉到即将到来的死亡的气息,就像一帖麻醉药一样。冥冥中,完全不费思量,她就知道她离死亡很近很近。她一生中一直在沿着自我完善的路旅行,如今这旅程该结束了。她知道了她该懂得的一切,经过了该经过的一切,在痛苦中涅槃了,完善了,现在剩下的事就是从高处悄无声息地落下,像树叶一样,落叶归根,坠入死亡。一个人至死不能练达,非要冒险到底不可。而下一步就是超越生的界线,进入死的领域。真的就是这样! 她真的懂了,一点也不害怕,无比平静。

归根结底,一个人一旦得到了完善,最幸福的事就是仿佛一颗苦果那样熟透了落下来,幸福地落入死亡的领域,就像生命轮回,丝毫感觉不到痛苦。死是非常美妙的事,是对完美的体验。它是生命的延展。其实我们生来就懂得了这一点。那我们还需要贪恋什么呢? 一个人根本不可能超越这种完美。死是一种伟大的,最终的体验,这就够了。我们为什么还要问这种体验之后会是什么呢,我们对这种体验就像呱呱坠地的婴儿对这个世界一样无知。让我们死吧,既然这种伟大的体验就要到来,那么,我们面临的就是一场大危机。如果我们等待,如果我们不想面对这个问题,那也仅仅是自乱阵脚地在死神的门前闲荡。可是在我们面前,如同在萨福面前一样,是无边无际的空间。那就是我们的旅程的终点。难道我们没有勇气继续走下去吗,难道我们要大呼一声"我不敢"吗? 我们会继续走下去,走向死亡,哪怕死亡真的很可怕。如果一个人知道下一步是什么,那么他怎么还会恐惧这倒数第二步呢? 再下一步是什么是注定的,它就是死亡。

"我要死,越快越好。"厄秀拉有点疯狂地自语道,那副镇定明白的样子是一般人做不到的。可是在暮色的笼罩下,她的心在滴血、感到绝望和痛苦。不管它吧,一个人必须追随自己百折不挠的精神,不能害怕就回避这个问题。倘若现在人最大的梦想就是走向未知的死亡境地,那么他怎么会因为浅薄的想法而放弃最深刻的真理?

"结束吧。"她自言自语道,下定了决心。这不是一个轻生的问题,她一定不会自杀,那太令人恶心,也太残暴了。这就是一个简单的,想知道下一步是什么的问题。而下一步就是走向死亡的条件吗? "是吗? 或许,那儿?"

她百感交集,神情恍惚起来,似乎昏昏欲睡地坐在火炉边上。那种想法一坐下就充斥在头脑中。死亡的空间！她愿意把自己奉献给它吗？啊，是呀，它是一种沉睡。她活了这么久，也够了，没什么遗憾了，她一直坚持，抵抗得太久了。现在是放弃的时候了，她再也不想抵抗了，要完全放空自己。

她在恍惚之中屈服了，让步了，仅仅可以看到一片黑暗。在黑暗中，她可以感到自己的身体在竭力地维护着自己。那是无法言喻的死亡的愤怒、极端的愤怒和厌恶。

"难道说肉体能如此之快地回应精神吗？"她不停地拷问自己。凭借她最大限度的知识，她懂得肉体仅仅是一种精神的表现，完整的精神变化就是肉体的变化，除非我意志坚定，除非我远离生活的旋律，人可以像树木花草一样静立不动、与生活隔绝、与意志融为一体。不过，她宁可死也不这样机械地日复一日，年复一年地生活。去死就是与看不见的东西齐驱并进。去死也是一种快乐，快乐地服从那比已知更伟大的事物，也就是说纯粹的未知世界。那是一种快乐，是一种享受，是一种伟大的意识的放松。可是麻木地活着，完全感觉不到生活的美妙，只生活在自己的意志中，只作为一个与未知世界隔绝的实体生活才是可耻、可鄙的呢。没有生气的刻板的生活才是最令人无法忍受的。生活的确可以变得卑鄙无耻。但死亡绝不会是可耻的。死亡本身同无限的空间一样是圣洁不被玷污的。

明天就是星期一了，是新的生命历程的开始！又一个无聊的教学周，例行公事、呆板的活动又要开始了。难道鼓足勇气走向死亡不更伟大吗？难道死不是比这种生更值得尊敬、更高尚吗？这种生只是空洞的没有思维的连生活都算不上，没有任何内在的意义，一点意义也没有。生活是多么肮脏，现在活着对灵魂来说这是多么悲哀啊！死是多么圣洁，多么庄重啊！这种肮脏的日常公事和呆板的虚无给人带来的耻辱是痛苦的，无法忍受的。或许死可以使人变得完美。她反正是活够了。哪儿才能发现生命呢？呆板的机器上是不会开出花朵来的，对于日常生活来说是没有什么天地的，这种旋转的运动是根本无法感觉到有无限空间的存在的。所有的生活都是一种循环的机械运动，完全脱离了现实生活。不能奢求从生活中获得点什么，对所有的国家和所有的人来说都是如此。死才是唯一的出路。人尽可以怀着深情仰望死亡的无垠黑夜，就好像一个孩子望着教室外面的美好景观，可以嗅到自由的味道。既然现在不是孩子了，就会懂得灵魂是肮脏的生活大厦中的囚徒，只有死亡，才能摆脱这种现状。

可这是何等的欢乐啊！想想，不管人类怎么做，都不可能超越死亡的国度，不可能使这个王国灭亡，懂得这个道理该是一件多么令人兴奋的事啊！人类在大海上开辟了屠杀人的峡谷和肮脏的商业之路，为此他们像争夺每一寸肮脏城市的土地一样争吵不休。连空气他们都声称要占有，你争我抢，分割地盘，包装起来为某些人所有，所以他们发动战争争夺领空、相互厮杀。一切都失去了，被高墙围住，墙头上还布满了尖铁，那些人不得不可耻地在这些插了尖铁的围墙之间卑躬屈膝，在这迷宫似的生活中过活。

人类却偏偏看不起那无边无际的黑暗的死亡王国。他们在尘世中有许多事要做，他们是一些各式各样的小神仙。可死亡的王国到最后也没有引起人们的重视，在死亡面前，人们都变得庸俗愚蠢。

死是那么圣洁、崇高而完美啊，渴望死是多么美好啊！在那儿一个人可以改变曾经撒过的谎言,可以洗去曾经的耻辱和污垢,死是一场完美的沐浴和可喜的回复,可以让人超脱、毫无争议、毫不谦卑。总而言之,人只有获得了完美的死的诺言后才变得富有。这就是最高程度的快乐,令人神往,这纯粹超人的死,是另一个自我。

无论什么样的生活,都离不开死亡,它是超越一切的死亡。哦,我们不要问比如说它是或者不是什么东西之类的愚蠢问题了。求知欲是人的天性,可在死亡中我们一无所知,我们不是人了,只是一个沉睡的生命,同岩石、土壤没人什么区别。死的快乐补偿了知识的痛苦和人类的污秽。在死亡中我们将不再是人,什么也不需要去了解。死亡的许诺是我们的传统,我们像继承人一样渴望着死的许诺。

厄秀拉一个人在客厅里的火炉旁坐着,平静、孤独、失魂落魄。孩子们在厨房里玩耍,其他人都去教堂了,而她却逃离了呆板的生活,进入了自己灵魂的最黑暗处。

门铃响了,吓了她一跳,隔着很远,孩子们飞奔着过来叫道:

"厄秀拉,有人找。"

"我知道了,别犯傻。"她说,她感到惊讶,几乎是恐惧。她几乎不敢去门口。

伯金站在门口,将雨衣的领子翻到耳际。他在她远离现实的时候来了。她发现他的身后是雨夜。

"啊,是你吗?"她说。

"很高兴你还在家里。"他声音低沉地说着走进屋里。

"他们都上教堂去了。"

他脱下雨衣将其挂了起来。孩子们偷偷在角落里看他。"去,把衣服脱了去睡觉,比利,朵拉,"厄秀拉说,"妈妈就要回来了,如果你们没在床上她会不开心的。"

孩子们随即一言不发地退了下去。伯金和厄秀拉进到客厅里。火势减弱了。他看着她,他深深迷恋她的娇美和光彩,她的眼睛炯炯有神。他看着她,心里波涛汹涌,她似乎在灯光下漂亮了许多。

"你今天都做什么了?"他问她。

"就这么坐着什么也没干。"她说。

他看看她,发现她不再是从前那个她了。她同他生分了,她自己在这里也风采照人。他们两人坐在柔和的灯光里。他觉得他应该马上离开,他不该来这儿。可他还是没有勇气就这样走了。他知道他在这儿并不受欢迎,她恍恍惚惚,若即若离。

这时屋里两个孩子羞涩地叫起来,那声音很柔、很细微。

"厄秀拉!厄秀拉!"

她站起来将门打开,看到两个穿这个睡衣的孩子站在门口,大睁着眼睛,一副天使般的表情。这时他们表现很好,看起来是两个听话懂事的孩子。

"你陪我们睡觉好吗?"比利大声嘟哝道。

"为什么呢?你今天可是个天使啊,"她温柔地说,"来,向伯金先生道晚安好吗?"

两个孩子光着脚胴胭地挪进屋里来。比利在脸上堆满笑容,但是他的眼睛显得他很正经,是个听话的好孩子。朵拉在刘海后面的眼睛偷看他,仿佛是没有灵魂的森林女神那样向后躲闪着。

"跟我说晚安再见好吗?"伯金的声音出奇的温柔美好。朵拉听到他的话随即就像风吹下的一片树叶一样飘走了。可比利却悄无声息地走过来,紧闭着的小嘴凑了上来想要一个美妙的吻。厄秀拉看着这个男人的嘴唇异常温柔地吻了小男孩儿的嘴巴。然后,伯金抬起手抚爱地摸着孩子圆圆的、露着信任表情的小脸儿。大家一句话也没说。比利仿佛是一个天真无邪的天使,又好像个小侍僧。伯金就像个高大庄重的天使那样俯视着孩子。

"你要被人吻吗?"厄秀拉对女孩儿说。可朵拉就如同那小小的森林女神一样躲开了,她不让人碰。

"向伯金先生说声晚安再见好吗? 去吧,他在等你呢。"厄秀拉说,可那女孩儿就一直躲他。

"傻瓜朵拉! 傻瓜朵拉!"厄秀拉说。

伯金看得出这孩子还是挺害怕他的,跟他不对眼。他搞不懂这是怎么回事。

"来吧,"厄秀拉说,"在妈妈还没回来之前咱们睡觉去吧。"

"可是谁可以听我们的祈祷呢?"比利忐忑地问。

"你想让谁听?"

"你愿意吗?"

"好,我愿意。"

"厄秀拉?"

"什么,比利?"

"'谁'这个字怎么念成了 Whom?"

"是的。"

"那,'Whom'是什么?"

"它是'谁'这个词的宾格。"

孩子静静地想了一会儿,思索之后表示信任地说:"是吗?"

伯金坐在火炉边开心地笑了起来。当厄秀拉下楼来时,他正稳稳地坐着,胳膊放在膝盖上。她觉得他就像一个安安静静的天使,像个俯首的神像,是某种消亡了的宗教象征。他打量着她,没有丝毫血色的脸上似乎闪烁着磷光。

"你不舒服吗?"她问,心中有种难以言喻的不开心。

"我没想过。"

"你真的不想知道吗?"

他看看她,目光很深邃、很迅速,他察觉了她的不开心。他没回答她的问题。

"倘若你没有想的话,难道就不知道自己是不是身体健康吗?"她坚持问。

"并不总是这样。"他冷漠地说。

"可你不觉得这样太恶毒了点儿吗?"

"恶毒?"

"是的。我认为你都不知道自己生病了,对自己的身体这样漠不关心与犯罪有什么区别。"

他的脸色变得很阴沉抑郁。

"你说得对。"他说。

"你病了怎么不在床上休息？你脸色很难看。"

"你感到很厌恶吗？"他嘲弄地说。

"是的，很让人讨厌，很讨人嫌。"

"啊，这可真太不幸了。"

"下雨了，这个可怕的夜晚。真的，你这样糟蹋自己的身体是错的——一个会这样对待自己身体的人是注定要吃苦头的。"

"如此对待自己的身体。"他木讷地重复着。

她沉默不语。

别人做完礼拜都从教堂回来了，先是姑娘们，而后是母亲和戈珍，最后是父亲和一个男孩儿。

"晚上好啊，"布朗温先生略显错愕地说，"是来看我吗？"

"不，"伯金说，"我没什么重要的事情。今天天气不好，我来您不会不开心吧？"

"今天这天气是挺让人压抑的。"布朗温太太同情地说。这时只听得楼上的孩子们在叫："妈妈！妈妈！"她抬起头对着他们温柔地说："我马上上去。"然后她对伯金说："肖特兰兹那儿再也没有事了吧？""唉，"她叹口气道，"没有，真可怜，我不该想。"

"你今天去那儿了？"父亲问。

"杰拉德到我那儿去吃茶，吃完茶我俩一起走着回肖特兰兹的。他们家的人悲伤过度，情绪不健康。"

"我觉得他们家的人都没什么克制自己的意识。"戈珍说。

"太没节制了。"伯金说。

"对，就是这样的，"戈珍有点报复性地说，"总有一些人是这样。"

"他们都觉得在这种情况下就应该表现得非同寻常，"伯金说，"说到悲伤，他们就该像古代人那样捂起脸来掩面退隐。"

"就是这样！"戈珍红着脸叫道，"还有什么比这种当众表示悲哀更坏、更可怕、更虚假的呢？悲伤是自己的事，要躲起来一个人独自悲伤才是，他们这算什么？"

"就是，"伯金说，"我都为在那儿做出一副假惺惺悲哀的样子感到可耻，他们非要那么不自然，非得跟别人不一样。"

"可是，"布朗温太太对这种批评感到极其意外说，"忍受那样的折磨挺难受的。"

说完她上楼去看孩子了。

伯金又坐了几分钟就离开了。他一走，厄秀拉觉得自己非常恨他，她浑身上下每个毛孔都恨他，都因为恨他而变得锋芒毕露，紧张起来。她根本无法理解究竟是怎么一回事。只是这种深刻的仇恨完全充斥着她，纯粹的仇恨，超越任何思想的仇恨。她也不知道究竟是怎么回事，就是根本控制不住自己，莫名地恨他。她感到自己的意志不在自己的控制范围内。一连几天，她都被这股仇恨力量控制着，它超过了她能感知的任何东西，这种仇恨几乎要把她抛出尘世，抛入某个可怕的地方，在那里，她再也找不到以前的自己。她感到极其恐惧而又迷惘，生活中的她确实死了。

　　这简直不能理解,也太没有理性了。她搞不懂怎么会那么恨他,她的恨一点道理也没有。她惊恐地意识到她被这纯粹的仇恨所控制。他是敌人,如同钻石那样宝贵,如同珠宝那样坚硬,是有害物的精华。

　　她想着他的脸,纯洁而白净,他的黑眼睛里洋溢坚强的意志。想到这儿,她摸摸自己的额头,想知道自己是不是已经疯了,她胸中怒火在燃烧着,人都变样了。

　　她并不是只有这个时候恨他,也不是因为什么这事那事才恨他的,她不想对他采取什么行动,更不想跟他有任何关系。她跟他彻底结束了,非语言所能说得清,那仇恨单纯得像宝玉一样。就好像他是一道敌对之光,这道光芒不仅毁灭她,还整个儿地否定了她,将她的世界几乎毁灭。她把他看作是一个极端矛盾着的人,一如同个宝玉一样的怪人,他的存在宣判了她的死亡。当她知道他又生病了时,她的仇恨马上就平添了几分。这仇恨令她惊恐,也毁了她,可是她根本无法摆脱,无法让变形的仇恨放开自己。

第十六章　男人之间

他卧病在床,不出门,也不见人,看什么都不顺眼。他知道这包容着他生命的空壳快破碎了。他深深了解它的坚固,甚至能支持多久。对此他并不在乎。他宁可死上千百次,也不过这种不愿过的生活。不过最好还是坚持、坚持、坚持也许有一天对生活就满意了。

他知道厄秀拉又回心转意了,他知道将要把自己的生命寄托在他身上。但是,他宁愿死也不接受她施舍的爱。旧的相爱方式如同是一种难以言喻的束缚,是一种招兵买马。他甚至不知道自己在想什么,但是只要一想到按旧的方式过一种日复一日,年复一年的家庭生活,在夫妻关系中获得满足他就感到恶心,什么爱、婚姻、孩子、令人厌恶。他想过一种极为开放、清爽、冷静的生活,但是,夫妻间热烈的生活和亲昵是可怕的。他们那些结了婚之后关起门来过日子的人,独享婚姻,哪怕他们之间真的有爱情,这也令他感到厌恶。整个群体中没有一点信任的人结成夫妻,又关在私人住宅中相互孤立起来,总是成双成对的,没有比这更丰富的生活,没有直接而又无私的关系得到承认:无论哪种一对对的情侣,尽管结了婚,可是生活中貌合神离,夫妻名义毫无意义。当然,他对杂居的仇恨比对婚姻的仇恨更加剧烈,私通不过是另一种配偶罢了,不是法律婚姻所允许的。这种行为实质上更令人讨厌。

总而言之,他厌恶性,性的局限太大了。是性把男人变成了一对配偶中的一方,把女人变成另一方。但是他希望自己是独立的个体,不受束缚,女人也是独立的个体。他希望性可以回归到另一种欲望的水平上去,就把它当作是本能的作用,而不是一种满足。他希望两性的相互结合,可他更希望还有一种可以超越两性结合的进一步的精神结合,在这种结合中,男人是一个独立的个体,女人也有自己的存在,双方是两个纯粹的存在,每个人都给对方绝对的自由,如同一种力的两极那样保持着平衡,像两个天使或是两个魔鬼。

他太渴望自由了,不想受任何自然规律的强迫,不想被无法满足的欲望所折磨。这些欲望和愿意都是应该可以实现的,在不受折磨的情况下,如同在一个水源充足的世界上焦渴现象是不大可能的,总是能在不自觉的情况下得到满足。他希望跟厄秀拉相爱,在一起就同自己独处时一样自由,清楚、淡泊,同时又相互制约、相互平衡。对他来说纠缠不清、乱七八糟的爱是太可怕了。

在他的意识里,女人总是很可怕的,她们就是喜欢控制别人,那种控制欲、自大感很强。她要控制,要占有,要起决定性作用,什么都得归还给女人,圣母是万物之源,一切源于她,最终一切都得归于她。

女人们喜欢用圣母来自居,只因为她们赋予了所有人以生命,所以,一切都应该归她们所管,这种傲慢态度几乎令他发疯。男人是女人的,就因为她生育了他。她是哀怨的圣母玛利亚,伟大的母亲,她生育了他,现在她又要占有他,不仅是肉体、性,还有意念,她都要占有。他非常害怕伟大的母性,他极其讨厌她。

她非常骄横,以伟大的母亲自居。这一点他在赫麦妮那儿就深深体会过了。赫麦妮表面上恭顺、谦卑,可她实际上也是一个悲伤的圣母玛利亚,她以阴险、可恶的傲慢和女性的霸道要夺回她在痛苦中生下的男人。她利用这种痛楚与谦卑把自己的儿子束缚住,让他永远在她的掌控之中。

厄秀拉,厄秀拉也是一样。她在生活中也是令人恐惧的骄傲女王,如同她是蜂王,别的蜂都得依赖她。在他眼中看到闪烁的黄色火焰,他就知道她有着超乎想象的极高的优越感,对此她自己并没意识到,她太容易在男人面前低头了,当然只是在她非常自信她像一个女人崇拜自己的孩子、崇拜并彻底占有这个男人时她才这样。

受女人的钳制简直太可怕了。一个男人总是把自己从当作女人身上掉下的肉,性别就是这伤口上隐隐作痛的疤。男人得先承认女人的高尚地位才能获得真正的地位,获得自己的完整。

可是我们为什么要把我们自己——男人和女人看成是一个整体的碎片呢?根本不是这样的。与其说我们是一个整体的碎片,不如说我们是要脱离混合体的独立个体,变成纯粹的人。不如说,性别是仍然保留在混合体中,还没有和它混合的天性。而激情才会更进一步把人们从混合体中分离出来,男性的激情属于男人,女性的激情属于女人,只有他们都像天使一样清纯、完整,直到有更高意义上超越混合的性,使两个单独的男女如同群星一般形成星座。

开始,并没有性别的说法,我们是混合的,每个人都是一个混合体。个体化就是性的极化的结果。女人成为一极,男人成为另一极。可是就算是这样,这种分离还是不彻底的。世界就这样运转着。如今,新时代到来了,每个人都在独立个体中求得了完善。男人是纯粹的男人,女人是纯粹的女人,他们完全分化了。那可怕的混合与掺和着自我克制的爱就在世界上消失了。每个人在这纯粹的双极化中都不受另一个人的污染。对每个人来说,个性是最重要的,性是次要的,但两者始终相生相克着。每个人都以独立的人格而存在,寻着自身的规律行事。男人有自己彻底的自由,女人也一样。每个人都知道这种分化出来的性循环路线,承认对方和自己的天性不同。

伯金在生病的时候这样思索着。有时他真想一病不起,所谓物极必反,那样他更容易康复,事情对他来说变得更简单纯粹了。

伯金卧病不起时,杰拉德前来看望他,这两个男人都有深深的不安的感觉。杰拉德的目光是敏锐的,但显得烦躁不安,他显得紧张而焦躁,似乎紧张地筹谋做什么事一样。他按照习俗穿着黑衣服,看上去很一本正经、合乎时宜又漂亮潇洒。他头发的颜色浅浅的,几乎浅到发白的程度,像电光一样闪烁着。脸色很红润,表情很机智,他浑身似乎充斥着北方人的活力。

尽管杰拉德几乎不信任伯金,可他确实真的喜欢他。伯金这人太虚无缥缈了——智慧,异想天开,精彩但不够现实。杰拉德认为自己比伯金理解得更准确、保险。伯金是个令人愉快、一个很神奇的人,可还不够重要,还不是人上人。

"为什么又卧床不起了?"杰拉德握住伯金的手关切地问。他们之间总是杰拉德显出保护人的样子,以自己的力量给伯金建造温暖的庇护所。

"我认为是因为我犯罪了,在受罚。"伯金嘲弄地淡然一笑道。

"犯罪受罚？对，也许就是这样。倘若你少犯点罪，这样就健康多了。"

"你最好开导开导我。"他调侃道。

"你过得好吗？"伯金问。

"我吗？"杰拉德望着伯金，发现他以很认真的态度问，于是自己的目光也温柔起来。

"我不知道有什么不同，说不上为什么要有所不同，感觉没什么需要改变的。"

"我想，你的企业是越办越有成效了，可你却忽略了精神上的要求。"

"是这样的，"杰拉德说，"至少对于我的企业来说是这样。

我敢说，关于精神我什么道理也说不出来。

"没错儿。"

"你也并不希望我能说出什么有道理的东西来吧？"杰拉德笑道。

"当然不。除了你的企业，其他的事都还好吗？"

"别的？别的什么？我说不上，我不知道你指的是什么。"

"不，你知道，"伯金说，"过得好不好？戈珍·布朗温怎么样？"

"她怎么样？"杰拉德脸上表现出一种非常疑惑的神情，"哦，"他接着说，"我不知道。我所能告诉你的是，上次见到她时她给了我一记耳光。"

"一记耳光！为什么？"

"我不知道。"

"真的！什么时候？"

"就是迪安娜淹死的水上聚会那天晚上。戈珍往山上赶牛，我追她，想得起来吗？"

"对，想起来了。可她为什么给你一记耳光呢？我想你不想她打吧？"

"我？不，我说不清。我只是说了一句追赶那些高原公牛是不安全的事，确实是这样的嘛。她突然脸色变了，说：'你觉得你以为我怕你和你的牛，是吗？'我就问了一句'为什么'

她就狠狠给了我一记耳光。"

伯金笑了，似乎感到满足。杰拉德迷惑地看看他，然后也笑了，说：

"那时候我没笑，真的。我这辈子都没有这么吃惊过。"

"那你生气了吗？"

"生气？我是发火了，我真想杀了她。"

"哼！"伯金说，"可怜的戈珍，她这样失态会特别后悔的！"他十分高兴。

"特别后悔？"杰拉德饶有兴趣地问。

两个人都神秘地笑了。

"当然，只要她发现自己那么自负，她就会陷入痛苦的无底深渊。"

"她自负吗？但是她为什么要这样呢？我确定没有这个必要，更没有道理。"

"我以为那是一时冲动。"

"是啊，可你怎么解释这种一时的冲动呢？我并没伤害她呀。"

伯金摇摇头。

"我觉得，她突然变成了一个悍妇。"

"哦，"杰拉德说，"我宁可说是奥利诺科发作。"

两个人都感到好笑，因为这个乏味的玩笑。杰拉德正在想戈珍说的那句话，她说她也可以最后打他一拳。但是他没有把这件事告诉伯金。

"你很反感她这样做吗？"伯金问。

"不反感，管我什么事呢，"他沉默了一会儿又笑道，"不，我特别想知道究竟怎么回事，就这些。从那以后她似乎感到点儿懊悔。"

"是吗？可你们从那晚以后还见过面吗？"

杰拉德的脸阴郁了下来。

"是的，"他说，"我们曾经见过面，你可以想象出事之后我们的境况。"

"是啊，慢慢平静下来了吧？"

"我不知道，当然这还是一个打击。可我不相信母亲对此忧心忡忡，我真的不相信她会注意这事儿。可笑的是，她曾是把所有心思都放在孩子身上的母亲，那时什么都不算数，她心中除了孩子什么也没有。现在可好，她对孩子们一点也不上心，就好像他们只是仆人。"

"是吗？你为此感到很悲伤吧？"

"这是个打击。可我并没什么感觉，真的。我并不觉得这跟之前有什么不一样。我们总归是要死的，死跟不死之间也没有很大的区别。我几乎一点也不悲哀，这你知道的。这只能让我感到心寒，这件事我也说不太清。"

"你认为你死不死都没有关系吗？"伯金问。

杰拉德用一双蓝色的眼睛注视伯金，那蓝蓝的眼睛就如同闪着蓝光的武器。他感到很尴尬，但感觉其实也没什么。事实上，他很怕，非常怕。

"嗨，"他说，"我可不想死，我为什么要死呢？尽管我从没放在心上。这个问题对我来说一点也不重要，根本吸引不了我，这你知道的。"

"我对此一点都不怕，"伯金说，"不，死或者不死跟我一点关系也没有，真奇怪，它并非与我无关，就只是一个普通的明天一样。"

杰拉德凝视着伯金，两个人的目光相遇了，彼此心照不宣。

杰拉德眯起眼睛肆无忌惮、漠然地看着伯金，然后将目光停留在空中的某一点上，目光很锋利，但他什么也没看。

"倘若死亡并不是人生的终点，"他声音显得很深奥、冷漠，"那是什么呢？"听他的语调，好像将自己的想法暴露了。

"是什么？"伯金重复道，接下来是颇具讽刺意味的沉默。

"内在的东西死了以后，还有一段很长的路要走，然后我们才会消失。"伯金说。

"是有很长一段的路，"杰拉德说，"但是谁知道那是什么样的路啊？"他似乎要强迫另一个人说出什么来，他自以为比别人懂得多。

"就是堕落的下坡路——神秘而普遍的堕落之路。这样的堕落之路是无穷尽的，路上有数不清的阶段。我们死后还可以活很久，一直往复循环。"

杰拉德笑着听伯金说话，那表情意味着他比伯金懂得多，似乎他的知识更直接、更有经验，而伯金的知识只是经过观察得出的推论，就算离要害更近，但并没有一语中的。但他不想暴露自己的内心世界。如果伯金能够猜到他的秘密就随他去，杰拉德不会向他提供帮助。杰拉德要最终爆个冷门。

"当然了，"他突然变了一种腔调说，"我爸爸对这件事有很深刻的感触，这会要了他的命。他的世界已崩溃了。他现在唯一关心的是温妮,他无论如何也要拯救她。他一定要送她进学校,可她不听话,这样他就无法做到了,当然,她太古怪了。我们大家对生都有一种很坏的感觉。我们无能为力,可我们也没有办法生活得和谐起来。很奇怪,这是难以理解的家庭的失败。"

"不应该送她去学校嘛。"伯金说,这时突然有了新主意。

"为什么不应该?"

"她非常古怪,她有她的特别之处,比你更特别些。我觉得,特别的孩子就不应该送到学校里去。送去学校里的孩子都是稍逊色的、普通的,我就是这么觉得的。"

"我不同意你的看法。我认为如果她离开家跟其他孩子在一起慢慢地就会变得正常了。"

"可她不会跟那些人混在一起的,你看着吧。你自己也没有真正与人为伍,对吗? 而她就算装个样子都不会,更不会与人打交道。她高傲、孤独,生来就与众不同。既然她喜欢孤独,你为什么要让她合群儿呢?"

"我并不想让她怎么样,我只是觉得上学对她有好处。"

"上学对你有过好处吗?"

杰拉德听到这话,眼睛眯成很难看的样子。对他来说学校曾是一大折磨。可他从未提出过疑问:一个人是否应该从始至终忍受这种折磨。他几乎信服用驯服和折磨的手段可以达到教育的目的。

"我曾经痛恨过学校,可现在我知道上学校还是很重要的,"他说,"学校教育让我同别人处得和谐了点,的确,如果你没有办法跟别人好好相处你就无法生存。"

"那,"伯金说,"我可以说,如果你不跟别人彻底脱离关系你就无法生存。倘若你想摆脱这种关系,你就不要走进那一个圈子里。温妮有一种特殊的天性,你应该给这些有特殊天性的人一个特殊的世界。"

"是啊,可你那个特殊世界在哪儿呢?"

"可以创造一个。不是削足适履而是让世界适应你。其实,两个特殊人物本身就是一个世界。你和我,我们可以创造一个与众不同的世界。你不想去你妹夫们那样的世界,这就是你的特殊价值。你想变得循规蹈矩,变得碌碌无为吗? 这是撒谎。其实你要自由,要顶天立地,在一个自由的,不凡的世界里出人头地。"

杰拉德似懂非懂地看着伯金。但他永远不会公开承认他的感受。在某一方面他比伯金懂得多,就是为了多的这一点,他才给予伯金温柔的爱,似乎伯金年少,幼稚,就像一个孩子,智慧惊人但又天真得无可救药。

"但是倘若你认为我是个怪人你可就太庸俗了。"伯金一针见血地说。

"怪人!"杰拉德错愕地叫道。随之他的脸色阴郁慢慢舒展了,变得清纯,像一朵花蕾绽开一般。"我可从来没把你当成怪人。"他看着伯金,那目光令伯金难以理解。"我觉得,"杰拉德接着说,"你总让人捉摸不透,可能归根结底是你不相信你自己。反正我从来都搞不懂你的想法。你一转身就可以变了想法,似乎你没有思维似的。"

他用尖锐的目光注视着伯金。伯金很是惊讶。他觉得没有人是没有思维的。他目瞪口呆了。杰拉德看出伯金的眼睛透着纯洁的光芒,这年轻、自然的目光让他很迷恋,他不禁为自己以前不信任伯金深感后悔。他知道伯金可以没有他这个朋友,他不会记得他,很正常地忘记他,杰拉德意识到这一点,痛苦并且难以置信:这年轻人怎么会像动物一样超然,这般自然?近乎虚伪,是谎言,是的,经常是这样的,伯金谈起什么来都那么煞有介事,那么深奥。

而此时伯金想的却是另一回事儿。他突然意识到自己还被另外一个问题困扰着——爱和两个男人之间永恒的联系问题。这真的是一个很重要的问题,他生命中都有这个问题,纯粹、完全地爱一个男人。尽管他一直是爱杰拉德的,可他是不会承认的。

他躺在床上思索着,杰拉德坐在旁边思忖着。两个人都想得出了神。

"你知道吗,古时候德国的骑士习惯宣誓结成血谊兄弟的。"他对杰拉德说,幸福的光芒在他的眼睛里闪闪发光,这眼神是从来没有过的。

"在胳膊上割一个小口子,伤口与伤口相互摩擦,相互交流血液?"杰拉德问。

"是的,还要宣誓表示忠诚,一生中都是一个血统。我们俩也应该这么做。但是不用割伤口,那种做法已经过时了。我们应该宣誓相爱,你和我,清清楚楚地,彻底地,永远地,永不违约。"

他注视着杰拉德,目光干净清澈,透着幸福之光。杰拉德俯视着他,被他深深吸引住了,他甚至怀疑又害怕伯金的吸引力。

"咱们哪天也宣誓吧,好吗?"伯金请求道,"咱们站在同一立场上宣誓,相互忠诚——彻底地,完全相互奉献,永远不求回报。

伯金竭力想表达自己的思想,可杰拉德基本上没听进去。他喜形于色。他很得意,依旧掩饰着,他抑制着自己。

"咱们哪天宣誓好吗?"伯金向杰拉德伸出手说。

杰拉德触摸到了伸过来的那只活生生的手的温度,似乎被那温度烫到了,害怕地缩了回去。

"等我真理解了再宣誓不好吗?"他寻着借口说。

伯金看着他,心中失望到了极点,或许此时他基本看不起杰拉德了。

"可以,"他说,"以后你有什么想法一定要告诉我。你知道我的意思吗?这不是一时冲动许下的诺言。这是超越人性的结合,可以自由选择。"

他们都沉默了。伯金一直看着杰拉德。现在似乎看不到那个肉体的、有生命的杰拉德,那个杰拉德是百年难得一见的,他非常喜欢那个杰拉德,而是活生生杰拉德,整个儿的人,似乎杰拉德的命运已经被宣判了,他接受命运的宣判。杰拉德身上的这种宿命感总会在激情的接触之后压倒伯金,让伯金感到厌烦从而蔑视他、似乎杰拉德的生存只有一种形式,一种知识,一种行动,他是个命中注定只有一知半解的人,可他自认为自己很完美。伯金厌倦杰拉德的这种局限性,杰拉德抱残守缺,根本不可能获得真正的自我,真正的快乐。他有点疯狂的偏执,本身有一种障碍。

那时候,他们沉默了好久。伯金语调随即轻松起来,语气轻松地说:

"其实你可以为温妮弗莱德找一个好的家庭教师啊! 找一个有超凡智商的人做她的老师。"

"赫麦妮·罗迪斯的意见是请戈珍来教她绘画和雕刻泥塑。温妮在泥塑方面有着惊人的天赋,这你知道的。赫麦妮说她会是一个杰出的艺术家。"杰拉德语调跟往常一样快活，似乎刚才什么事也没有发生。可伯金的态度却时不时的让人想起刚才的事。

"是吗！我还不知道呢。哦，那好，假如戈珍愿意教她，那真是再好不过的事了，再没比这更好的了，温妮可以成为艺术家就好。戈珍就是个艺术家。每个真正的艺术家都可以拯救他人。"

"一般来说，她们是相处不好的。"

"或许是吧。可是，只有艺术家才能为其他的艺术家创造一个只有他们可以生存的世界。倘若你可以为温妮弗莱德安排一个这样的世界，就最好不过了。

"你认为戈珍会来教她吗？"

"我不知道。戈珍很有自己的独特想法。任何时候她都不会降低自己。如果她干，很快也会辞职的。所以我不知道她是不是愿意屈尊来这儿执教，尤其是来贝多弗当私人教师。可是还非得这样不可。温妮弗莱德禀性不同于别人。如果你能让她变得自信，那就是最好的事了。她不可能习惯普通的生活。让你过你也会觉得困难的，而她比你更困难不知多少倍。很难想象如果她没有适合自己的表达方式，寻找不到自我完善的途径她的生活会变成什么样的。你可以明白，命运把单纯的生活指引到那里去。你可以明白婚姻有多少可以相信的东西——看看你自己的母亲就知道了。"

"你认为我母亲不正常吗？"

"不！我觉得她只是需要更多的东西，或是需要与普通生活不同的东西。得不到这些，她就变得不正常了，也许是这样吧。"

"可她养了一群不正常的儿女。"杰拉德阴郁地说。

"跟我们大家都一样，都是不正常的儿女，"伯金说，"最正常的人有着别人看不见的自我，个个如此。"

"有时我觉得活着就是一种诅咒。"杰拉德突然用一种苍白无力的愤怒的口吻说。

"对，"伯金说，"何尝不是这样！活着就是一种诅咒，无论什么时候都是这样，只能是一种诅咒，常常有滋有味儿得诅咒，真是这样。"

"真的不是你想象的那么有滋味儿。"杰拉德看看伯金，那表情让他内心显得很困苦。

他们沉默着，自己想自己的心事。

"我不明白她为什么认为在小学教书与来家里教温妮有什么不同。"杰拉德说。

"它们只有公与私的不同。今日唯一上等的事是公事，人们都愿意为公共事业而奋斗终生，倘若要做一个私人教师嘛——"

"我是不愿意做的。"

"对呀！戈珍很可能也这么想。"

杰拉德思考了一会儿说：

"不管怎么说，我父亲是不会让她有自己是私人教师的感觉的。父亲会无微不至的，并会对她感激不尽。"

"他应该这样。你们都应该这样。你认为只要有钱就可以雇用戈珍·布朗温这样的女子吗？你们本质上是平等的，或许比你们还优越。"

"是吗?"

"是的,如果你不敢承认这一点,我希望你别管她的事。"

"不管怎样,"杰拉德说,"如果我们平等,我希望她别当教师,一般来说,我是不会和教师平等的。"

"我想也是这样的。可是,难道因为我教书我就是教师,我布道,就是牧师吗?"

杰拉德笑了。他总感到在这方面不自在。他没有对社会地位优越的要求,他也不以内在的个性优越自居,因为他不会把自己的价值尺度建立在纯粹的存在上。所以,他总是怀疑心照不宣的社会地位。现在伯金要他承认人与人之间的不同内在,可他却不想承认。这样做是与他的原则和名誉是相背离的。他站起身来要走。

"我几乎忘了我的生意。"他笑道。

"我应该早点提醒你的。"伯金笑着调侃道。

"我知道你会这样说的。"杰拉德不好意思地笑道。

"是吗?"

"是的,卢伯特。我们不会都跟你一样啊,否则我们就都陷入困境了。当我将这个世界超越时,我会把所有的生意丢在脑后。"

"当然,我们现在还没有陷在困境中。"伯金嘲弄地说。

"不是你想象的那样。起码我们有足够的吃喝。"

"并对此很满意。"伯金补充说。

杰拉德走近床边俯视着伯金。伯金仰躺着,脖颈都被暴露了,凌乱的头发在眉毛上乱窜,眉毛下的脸上挂着嘲弄的表情,还有一双强劲有力的眼睛。尽管杰拉德四肢健壮,浑身满是活力,没有想走的意思。被眼前这个男人吸引住了,他无力迈开步伐。

"就这样吧,"伯金说,"再见。"说着他把手从被子里伸出来,微笑着。

"再见,"杰拉德紧紧握着朋友温暖的手说,"我还会来的,我会想念你的。"

"过几天我就去那儿。"伯金说。

两个人的目光再次相遇了。杰拉德有鹰一般锐利的目光,可现在却变得异常温柔,充满了爱——他是不会承认这一点。伯金用茫然的目光回复他,可是那目光中的温暖几乎令杰拉德昏昏睡去。

"再见吧。我可以帮你做点什么吗?"

"不用了,谢谢。"

伯金目送着黑服的杰拉德走出门去,那个人的身影在视线中消失了以后,他就翻身睡去了。

第十七章　工业大亨

居住在贝多弗的厄秀拉和戈珍均有了一段空闲时间。对于厄秀拉来说，一旦伯金不存在了，他丧失了自己的意义，对她来讲变得无关紧要了。厄秀拉就会再次兴高采烈地按原来的生活方式继续生活。

前些日子戈珍几乎天天都思念着杰拉德·克里奇，甚至感觉自己跟他肉体上都有了关联，但是如今她拿杰拉德与原来相比简直是天壤之别。她的内心正酝酿着出走，尝试过一种崭新的生活。她内心深处一直有某种在警告她防止与杰拉德建立最终的关系。她觉得最明智的方式是与他保持一种一般熟人的关系。

她想到圣彼得堡的一位朋友那儿去，那人同样是个雕塑家，跟她一样，跟一位特别喜欢宝石的俄国富人居住在一起。戈珍被那位俄国佬放荡的情感生活深深地吸引了。巴黎并不是她想去的地方，巴黎太枯燥，太让人生厌了。她倒十分向往到罗马、慕尼黑、维也纳、圣彼得堡或莫斯科去，在圣彼得堡和慕尼黑那儿她均有朋友，她给这两个朋友都写信问及住房的事。

她自己有一笔钱。她回到家中的一个目的就是挣更多的钱。现在她已经售出了几件优秀的作品，她的作品在各种展览中都受到了好的评价。她想如果去伦敦的话，她的作品一定很受欢迎。然而她太了解伦敦这座城市了，她想去别的地方。她只有七十镑，对此外人一无所知。一旦收到朋友的消息，她就可以马上动身走了。别看她表面上平心静气，其实她的性格是狂躁型的。

有一天姐妹两个人一起到威利·格林的一个农家去买蜂蜜。女老板科克太太身材肥胖，脸色难看，鼻子高挺，人很狡猾，满嘴的甜言蜜语，可这隐藏不住她狐狸一样狡猾的内心。她把女孩子们请进了她那间非常美丽整洁的厨房里。屋里真的是每个角落都那么干净。

"布朗温小姐，"她有点诌媚地说，"回到老家了，过得如何？"

从她一说话戈珍就开始讨厌她了。

"我没什么感觉。"她坚硬地回答。

"是啊？嗨，我以为你会感受到这儿跟伦敦的不一样。你喜欢在大的地方生活。我们嘛，只能将就着住在威利·格林和贝多弗混天过日子。我们这的小学校你还满意吧，人们都爱谈论它。"

"我怎么看？"戈珍瞅了她一眼说道，"你的意思是认为我觉得它还可以？"

"对的，你有什么想法？"

"我的确觉得这是一所挺好的小学校。"

戈珍感觉很讨厌，态度很不好。她了解这儿的多数人们都讨厌这所学校。

"你真这样认为啊！我可听到过人们太多的议论了，说什么话的都有，能了解到内部人的想法太好了。但是，意见也会不大一样吧？克里奇先生可是完全赞同的哦，可悲的人们啊，我真担心他会不久于人世了。

"他身体一直很糟糕。"

"他的病情又加重了吗?"厄秀拉问道。

"是啊,自从他失去了迪安娜小姐,他的病就更加重了,瘦得不成人样。可怜的人啊,他心中的苦恼太多了。"

"是这样吗?"戈珍有点嘲笑地说。

"是啊,他实在是不得安生。你们是没有见过像他那样和蔼的人呢。然而他的子女们一点也不像他那样。"

"我觉得这些孩子们都像他们的母亲那样。"厄秀拉说道。

"各个方面都像,"科克夫人压低嗓门儿小声说道,"她可是个高傲的女人啊,我肯定,一点也不会错! 她这样的人可是不容易见到的,能够跟她说上一句话可是难上加难。"说着科克夫人还做个鬼脸。

"她刚成家时你就认识她了吗?"

"当然。我还给她家当过保姆呢,而且把三个孩子从小带大呢。那可真是几个让人头疼的东西,小魔鬼,杰拉德是个混世魔王,从六个月开始的时候就那个状态。"那女人的语气中透着一种愤怒。

"是吗?"戈珍问。

"杰拉德是个任性、强势的孩子,刚刚六个月就让保姆忙得团团转。又打又叫,像个魔鬼似的苦闹。他仅是个吃奶的小孩时,不知道他的屁股被我掐了多少回了。如果再多掐几次的话,或许他就变好了。然而他母亲坚持不肯改掉他的坏习惯,无论你说什么她都听不进去。我仍然记得她跟克里奇先生吵架的场景。他真的被气坏了,实在没有法继续忍受了,就把门关起来用鞭子抽他们。但太太却像一只老虎一样一直在门外徘徊,满脸杀气。门一开她就愤怒地冲进去向先生大叫'你这个懦夫,你为什么打我的孩子?'那样子就像疯了一样。我断言先生怕太太,他气急了也不会动太太一手指头。试想仆人们每天的经历吧。只要他们当中有人被惩罚我们会很高兴。"

"真是的!"戈珍说道。

"任何事都有。如果你不允许他们打碎桌子上的茶壶,如果你不允许他们把猫用细绳拴着脖子拉着玩,或者他们要什么你没给,他们就大闹一次,随后他们的妈妈就会进来责问:'他怎么了? 你把他怎么了? 宝贝儿,还好吧?'问完她会狠毒地看着你,恨不得把你踩在脚下。然而她并没有把我踩在她脚下。因为只有我能对付她那些小恶魔。她是不会管教孩子的,她不会找这样的麻烦。可这些孩子太调皮,他们不让说,小霸王杰拉德更是不得了。大概他一岁半时我辞职了,我真忍受不了了。他的小屁股被我拧过,管不了他我就只能拧他,我一点也不自责。"

讲到这儿戈珍愤愤地离开了。"我拧了他的屁股"这句话使她生气。她不接受这样的话。她恨不得赶紧把这女人抓起来。然而这句话在她的脑子里生根发芽,赶不走。她认为哪一天让他知道,看他怎么受得了。可只要想到这,她就恨她自己。

当住在肖特兰兹后,那一场长久的争吵就要结束了。父亲重病,要死了。间断性的疼痛夺去了他所关注的全部生活,人开始不清醒了。沉寂逐步占据了他的头脑,他越来越无法注意周围的事了,病痛好像夺走了他的精力,他了解这种疼痛何在,清楚它会重回自己身上。这疼痛像在自己体内奔跑着的某些东西。可他没有毅力和信心去把它找出来,更不知道这是什么样的物质。它一直躲在黑暗中,这剧痛时时撕裂他,然后进入平淡中。每次它来折磨他,他就蜷缩着忍着,只要它离去,他不想知道它是什么。由于它在黑暗中,那就不了解它好了。所以他不说他忍受疼痛,只有他自己时,当他所有的神经都恐怖时他才承认。在别的时候,他认为刚才只疼了一下而已,过去了就没什么。偶尔这疼痛会使他激动。

病痛逐渐吞噬了他。慢慢地,他的能量用尽了,他被带进黑暗中,他的生命要结束了。在他生命弥留之际,他也没看清什么。他的事业都彻底地远离了他。他对社会的追求也消失了,好像从来没有过一样。包括他的家庭对他而言也陌生了,他只浅浅地记得某某是他的孩子。这些对他只是过去的事,没有意义了。要想理清他们之间的关系得费一些工夫。就连他的夫人对他而言也跟不存在一样。她的确像他体内的黑暗和病魔一样。由于某种特殊的联想,他认为他的病痛躲藏之处与他妻子的所在之处是一样的。他所有的思维和理解都模糊了,如今他的夫人和那熬人的病痛成为了同一种残忍的力量来对抗他,并且他之前从来没有在意过这股力量。他不能把这种恐惧赶走。他只了解有一个幽暗的地方,那里有什么东西,经常出来折磨他。可他却没有勇气穿破黑暗把这怪物赶走,他忽视了这些的存在。只是,他模糊地觉得恐怖来源于他的爱人,她想毁灭他,那病痛就是一股残酷的毁害力量。

他很少见他妻子,她自己有屋子。她就偶尔来他的房间里,伸长脖子低声地询问他病情如何。而他就用三十年的老习惯回复说:"我觉得情况很好,亲爱的。"可他却很怕他妻子,虽然表面上很平和,事实他怕她怕得要命。

但他一直坚持自己的为人哲学,他在精神从来没有垮下来。他即便现在死,他的思想也是不会垮的,他一直明白自己对她的爱。一生之中,他经常说:"可悲的克里斯蒂娜,她的脾气实在是太倔强了。"他对她自始至终是这样的态度,他用怜爱代替了仇视,怜爱成了他的保护伞,变成了他的常胜法宝。他理智上依然为她感到可怜,她的个性太暴烈了。

可悲的是,现在,他的怜爱,他的生命都逐渐耗尽了,他开始感到害怕。他即使死了,他的怜爱的心也不会消失,不会像一只壳虫那样被踩碎。这是他最后的源泉。他人仍会活下去的,继续体会活着的死亡的苦楚,体验那种绝望。可他坚决不这样,他决不会输给死亡。

他一直坚持自己的为人哲学,广施善举,敬爱邻居,甚至爱护邻居高于爱自己。他总把人民的利益挂在心上,他忍受了一切不公。他是个大矿主,有许多佣工。他心里一直不忘基督的教导,与自己的工人们同甘共苦。不但这样,他甚至认为他比不上工人,似乎他们用贫困和劳动的付出更接近上帝。他坚持认为,是他的佣工——这些矿工的手里掌握着挽救大众的办法。想接近上帝,他必须走进他的矿工们,他的生活必须依靠矿工。在他的内在意识中,这些人就如他的偶像、上帝一样。在他们身上,他寄予了对人类那至高无上、伟大而慈悲的、被忘却的上帝的崇敬。

他的夫人一直像地狱里的鬼怪一样与他作对。然而,她像一只扑食的老鹰,美丽却心不在焉,与他的无私友爱行为对抗,然后又像笼子里的鹰一样安静下来。因为身边的所有东西组成了这无法冲出的牢笼,他的能量就很突出,所以她成了犯人。由于她是他的犯人,他才爱她爱得疯狂。他一直爱她,爱得深沉。然而在牢笼里,她却开心快乐。

可她要疯了。她脾气狂躁,目中无人,她不接受丈夫对任何人都表现出那么温和、诚恳的谦卑样子。他并不会上穷人的当。他知道他们是来占他便宜的,向他哭诉的,这些人最可恨。他们当中的很多人自恃清高,不会向他乞讨东西,太自尊,从不敲他的门,这倒成了他的一件好事。然而,在贝多弗,跟别的地方一样,有些寄生虫似的人来诉苦,请求施舍,像虫子似的寄生在大众的身体上。上次看到一对苍白的妇女正面走来,她们穿着丑陋的黑衣服,假装悲哀地上门来讨要,克里斯蒂娜·克里奇心里就生气。她准备放狗咬她们,"嘿,瑞普!嘿,琳!骑兵!孩子们,上,赶走她们!"然而男管家克罗瑟和剩下的仆人都同意克里奇先生的做法。但是,一旦先生不在,她就会像条母狼一样残忍的对待乞讨的人们。"你们这些人要什么?我不会给你们什么。你们来这儿是没用的。辛普顿,赶走他们,永远不让他们进门。"

仆人们必须服从她。于是她瞪着鹰一样的眼睛目视着男仆笨拙地赶走那些乞讨的人,那些人则像一些肮脏的家畜一样在她面前匆匆逃走。

可慢慢地他们从门房那儿知道了克里奇先生出门的时间,于是他们选先生在家的时候来访。第一年中,克罗瑟经常缓缓地敲着门道:"先生,有人求见您。"

"叫什么?"

"格罗科克,先生。"

"他们有什么事?"问话的声音中透着烦躁的情绪,但也有一丝自鸣得意。克里奇先生就是喜欢听人求他帮助。

"为了一个孩子。"

"把他们带到书房去,告诉他们不要再上午 11 点之后来。"

"你还没吃饭呢?打发他们走。"他妻子无礼地说。

"我绝不会那样做,听听他们讲什么,这并不麻烦。"

"可是今天有多少人来?你为什么不给他们盖客房啊?他们会把我们赶走的。"

"你知道,亲爱的,听听他们说话对我没什么损失。如果他们真遇上麻烦了,我有义务帮助他们解决。"

"你的义务就是宴请全世界的老鼠都来啃你的骨头。"

"算了,克里斯蒂娜,事情并不像你说的那样。别这么没有爱心。"

可她却忽然冲出屋子来到书房。可怜巴巴的乞怜者坐在书房,就像等待医生一样。

"克里奇先生现在不能会见你们,这时候不能,以后也不能。你们以为他是你们的财产吗?你们想来就来想走就走?你们必须马上走,在这儿你们什么也得不到。"

那些穷苦人满脸愁容地站起身来。就在这时克里奇先生脸色僵硬地走进来,在她身后说:

"是的,我讨厌你们这么晚来。上午我会安排一些时间听你们说话的,在其他的时候我就不能接待你们了。基腾斯,怎么了?你老婆还好吧?"

"噢,她快不行了,克里奇先生,快死了,她——"

有时,克里奇太太似乎觉得丈夫像葬礼上的鸟儿,专食人间的苦楚。她似乎认为如果没有什么可悲的事儿说给他听、把他当成什么苦酒怀着伤痛与怜爱心喝下去,他就不舒服。如果世上没有乞讨者的悲哀,他就没了活着的理由,正如没了葬礼,殡仪员就像失业一样。

克里奇太太让步了,想远离这个爬行中的所谓民主世界。她的脖子被紧紧地套上了一根绳子,她特别孤独,就像笼中的鹰一样充满愤怒。随着时间渐渐流逝,她越来越不把世界放在心上,她似乎迷茫般地失去了意识。她有时会在屋里和周围的乡村中穿行,聚精会神地盯着什么,但又熟视无睹。她不愿讲话,她认为她与这个世界没有关系,她甚至不去思索什么。由于她暴跳如雷,与尘世对抗,她的力量消耗殆尽了。

她有好几个孩子。随着时光飞逝,她言行上都不再与丈夫对抗了。她对他熟视无睹,全由他去,想怎样就怎样。她就像一只鹰,忧郁地对什么都言听计从。她与丈夫之间的关系是一种无言、不可预测的关系,可内心深处隐藏着可怕的毁灭。尽管他在尘世中取得了胜利,但他的精力耗尽了,他内在的生命在淌着血。她像困在笼中的鹰一样,尽管精神上被打垮了,可心仍旧狂放,绝不低头。

所以,通常是最终他迁就她,在自己的力量尚未消耗殆尽之前紧紧地把她拥抱在怀中。她眼中散发着的刺眼光芒,尽管是具有毁灭性的,却搅得他心神不宁。在他濒临死亡之时,他最怕的是她。可他坚持说他一直很幸福,自从他见到她他就一直疯狂地爱着她。他认为她是坚贞、高尚的,在他心里,只有他才懂得的那炽热的火焰是性之火,在他看来像一朵雪白的花一样。他使她臣服了,而她对他的臣服在他看来是十足的贞洁,是他永远无法打破的贞操,她就凭这个神奇地控制了他。

她随从外部世界的一切,但她内心从未失败过。她只是像一只忧郁的鹰一样,衣衫褴褛,毫不在意地端坐在屋里。年轻时她爱孩子爱得疯狂,现在她却不拿他们当一回事。她失去了他们,她只独自守着自己。只有睿智的杰拉德对她来说还有点意义。可后来,当杰拉德当了企业的领导后,她也把他忘了。父亲在生命弥留之际反倒转向杰拉德求得同情。这父子俩一直不对付。杰拉德从小到大既畏惧父亲又蔑视父亲,一直尽量躲着他。而父亲对这位长子也一直不喜欢,从来不向他妥协,拒绝相信儿子,尽量遗忘他,孤立他。

可自从杰拉德在企业中担负起了一定的责任,证明自己的确是一个优秀领导以后,对外界事物深感头疼的父亲就全然信任杰拉德,直接地把什么事都交给他办,对这位晚辈敌手表现出深深的信赖。这立即激起了杰拉德深深的悲悯之情和孝心,这种心情是通过蔑视感觉不出的敌对表达出来的。杰拉德是反对助人为乐的,可他又无法摆脱它,在他的内心占据了统治地位。就这样,他一方面顺从于父亲,另一方面与他的慈善作对而且身陷囹圄。即便他仇恨父亲,但心里不禁为他感到怜惜、伤痛,一股温情情不自禁。

自此父亲在杰拉德这儿获得了同情,从温妮弗莱德那儿获得了足够的爱。温妮是他最小的女儿,只有温妮才能给他深情的爱。他把一个行将就木的人高尚、无私的爱都给了她,他要完全彻底地庇护她,用温情和爱拥抱她。如果他能保护她,她就不会经历一丝的痛苦、伤痛和伤心。他一生中都很高尚,友善。对温妮弗莱德他表现出最后的热情和爱恋。可还有一些让他烦恼的事。随着他的力量减弱,世界离他越来越远。没有穷人需要他的帮助,没有什么被欺侮和被破坏的人需要他的保护了。他失去了所有这一切。儿子和女儿们都不再让他操心,让他尽一种深重的不自然的义务。这些也不是问题了,这些从他手中离开了,他自由了。

可他对他的妻子仍有一丝怕意,她漠然地坐在屋里,像一个陌生人,即使她慢慢地走过来,头向这边伸过来时,仍让他感到害怕。即便是他一生的正直也无法让他放下内心的恐惧。他仍然与恐惧作着殊死的斗争,表面上决不露出来,至死也不显出自己怕她。

然而,还有温妮弗莱德呢!如果他能对她放心该多好。从迪安娜死到他病情加重这段时间,他就急切地需要温妮让他放心,为这事他焦急坏了。好像他临死还要为她操心,他的心上承载着爱的责任和慈善之情。

她这孩子脾气古怪,敏感,暴躁。她继承了父亲稳重的举止,长着和父亲一样的黑发,但显得比父亲要洒脱许多。她真像暗中被仙女偷换后留下的婴儿,似乎没什么感情。她时常像个最欢乐最天真的孩子一样嬉戏,她只对她的父亲,以及她的小动物最有热情。可一旦她听说她最珍惜的小猫里奥被汽车辗死了,她会歪头,紧锁眉头有点生气地说:"是吗?"然后就再也不在乎了。她最讨厌那些给她带来坏消息试图让她感到伤心的用人。她希望自己不知道这些事,慢慢这成了她做事的动机。她躲闪母亲和家中的大多数成员。她爱她爸爸,因为爸爸希望她永远快乐幸福,因为他好像又变年轻了,在她面前显得很潇洒。她喜欢杰拉德,因为他自制力强。她热爱那些把她的生活变得快乐的人。她天生富有批判能力,既是一个纯粹的无政府主义者,又是一个纯粹的高傲的贵族。无论是谁,只要她认为他们与她平等,她就易于接受别人,而对于低一等的人她则逃避,并不是兄弟姐妹、富贵的来宾、普通人或仆人都一样对待。她很有个性,她就是她,不受任何其他的人和事的影响。可能她做事从来没什么目的,与别人没什么联系,孤独地存在着。

父亲在一波幻觉中体会他全部的命运都是为了温妮弗莱德获得幸福。她永远也不会吃苦,因为她没有与外界形成赤裸裸的关系;她前一天失去了最珍贵的东西,过了一天又会像没事人似的。似乎她刻意遗忘了以前的事;她有着异常自由的意志,是个无政府主义者和虚无主义者;她就像个没有灵魂的小鸟随意地飞翔,一时愉快,就忘了任何责任;她草率地由着性子行事,把与他人之间严肃的社会关系不当一回事地甩掉,当真是个虚无主义者。正因为她没有过烦恼,父亲临终前牵挂着的人才是她。

当克里奇先生听说戈珍·布朗温可能会来家里教授温妮弗莱德绘画和造型艺术课程时,他认为孩子有救了。他坚信温妮弗莱德天资聪慧,他也见过戈珍,觉得这个人很优秀。他可以放心把温妮托付给她,她是最合适的人了。她就是孩子人生的引路人,是孩子积极生活的力量源泉,他不能让孩子没有生活方向、没人保护。如果他能把温妮弗莱德嫁接到某一棵会说话的树上以后再死,他就算了却了自己的心愿。如果现在就可以这样做。他将毫不犹豫地去恳求戈珍。

就在父亲逐渐地离开生活的时候,杰拉德感到自己越来越缺少庇护了。不管怎样,对他来说,父亲代表着活生生的世界。只要父亲活着,杰拉德是不用对这个世界负任何责任的。可这时候父亲渐渐要离去了,杰拉德发觉自己在生活的残酷面前手足无措,就像叛乱后失去船长的大副一样,只看到一片胆颤战的混乱状态。他不会继承现成的秩序和生活理念。人类全部的生活理念似乎都随父亲的死一起离去了,那似乎能把一切都集中起来的力量也随着父亲的离开塌陷了,可怕地粉碎了。杰拉德像被丢弃在一只即将下沉的船上，他驾驶着一艘支离破碎的船。

他清楚他一生中都在生活的边缘，要挣扎着打破它。这些天，他怀着如孩子一样的恐惧心理发现自己居然要毁灭自己了。过去的那个月，在死亡的笼罩下，在伯金的话和戈珍穿透性的存在的影响下，他失去了所有的信心。有时他会非常仇视伯金和戈珍。他真想奔回到枯燥的、无味的保守主义上去，回到最愚蠢的传统的人们中间去。他想皈依做一个最拘谨的托利派。然而这种欲望并没有让他有勇气投入行动。

在小时候，他向往那些原始粗犷的东西。荷马时代对他而言是很理想的。在那个年代，一个人可以当上英雄，组成的军队，成为首领，或像奥德修斯那样四处流浪。他异常怨恨他的生活环境，以至于他从未认真看过贝多弗和矿谷。他根本不屑看肖特兰兹右边这黑乎乎的矿区，而是凝望威利湖彼岸的乡村和森林。不错，在肖特兰兹总能听到矿区的嘈杂声，可杰拉德从一出生就没注意听过，他不愿理睬在工业的大海中汹涌起伏的黑色煤浪。他所生活的这个世界简直是一片荒原，人们就在这荒原上打猎、游泳、骑马。他与一切权威作着斗争。他认为生活就是要求得野性的自由。

过了一段日子，他被送进学堂学习，在那儿的日子真可怕死了。他拒绝牛津大学邀请，毅然选择了去德国读书。他分别在波恩、伯林和法兰克福待过一段日子。在德国，他的好奇心被唤醒，他想认识、想了解世界，要客观地认识和了解世界，这对他而言是一种消遣。后来他被迫去参战，被迫到那些荒蛮的地方去，那儿对他吸引力太大了。

到那儿之后，他发现所有地方的人都一样，在这如此冷漠的内心里，野蛮人是愚蠢的人，不如欧洲人有趣。因为这些他的头脑中形成了多彩的社会学观念和改革观念，可这些观念从未变得深刻过，其实不过是他想着玩罢了。这些观点主要是与既成的秩序作对，那是毁灭性的反抗。

到了最后，他发现可以在煤矿上真正地冒一次险，那时候，正赶上他父亲请他协理矿务。上学的时候杰拉德学过矿山科学，可对此从未有过兴趣。可现在，他却在一阵激动中控制了一个崭新世界。

这项巨大的工业早已经在他心目中构成了一幅巨大的图景，它突然变得真实，他也成了这图景的一部分。矿区的谷地里一条条铁路把一座座煤矿连接了起来，铁路上跑着各式各样的矿车，有满载的短矿车，有空载的长列，并且每辆车上都涂着白色的缩写字头：

"C·B·&Co"（克里奇公司）

小时候，他就看到过车上的这些白色缩写字母，可又好像跟没看到过一样，因为太熟悉了就不注意了。最后他看到自己的名字也写了上去，这时候他看到了权力。

多辆涂有他名字缩写字母的火车快速地驶过田野。后来，当他乘火车进入伦敦时，驶入贝多佛时，他都看到了他的名字。他的权力范围竟是这样广泛。他注视贝多弗、塞尔比、沃特莫和莱斯利河岸的这些大型的矿区全都依赖于他的煤矿。但这是些可恶、肮脏的地方。小时候他因此深感痛苦，如今他则为此感到骄傲。过去的时间里，在他的势力范围内又屹立起四座新城市，围抱着一些丑陋的工人村。傍晚的时候,成群结队的矿工从煤矿出来顺着大路走动,这些人除了嘴唇浑身都是黑的,甚至有点变形了,这些人必须按他的意志行事。周五夜晚他自在地驾着汽车穿行在贝多弗杂乱的人群中,这些人是得到薪酬后来买东西的。他们都得听他的指挥。他们丑陋、粗暴,但他们是工具,而他是机器的上帝。这些人缓缓地为他的汽车主动让路。

他才不管人家是否乐意为他让路、是否抱怨他、怎么看他呢。他的眼光忽然明亮起来,突然觉察人类就是纯粹的工具。至于人道主义、痛苦和感情,谈得过多是很可笑的。个人的痛苦和感情根本不算什么,那就像天气一样。值得称赞的是人的纯粹工具性,这时就如一把刀子一样,重要的是必须快,别的都不重要。

这世上每样东西都有它自己的作用,评价它是好是坏完全取决于它是否完美地起到了应起的作用。那么什么样的矿工算好矿工呢?是好矿工他就是完美的人。那么什么样的经理是好经理?是好经理就够了。对杰拉德本人来说,他管理整个企业,那么他是个好矿主吗?如果是,那他的生活就非常完美,别的什么都是无所谓的。

矿井都陈旧了,资源都枯竭了,再采下去就不值钱了。眼下正准备关闭两口井,就在这时杰拉德却来了。

他四下里观察着,矿井就都躺在脚下,它们老了,报废了,像老狮子一样不中用了。他又巡视了一眼。呸!这些矿井都不过是些缺头脑的笨拙产物罢了。它们都躺在那儿,是一知半解头脑半途而废的产物。别去想它们了吧,他把它们全都从头脑中清空,他现在想的是地下的煤,究竟还有多少煤?

按理还有大量的煤呢,旧的采矿办法是不可能挖到的,就这么回事,那我们就打破旧的方式好了。虽然煤层不厚,但确实有煤。自从有了时间的记载,这煤就一直一动不动地躺在那儿,成为人类意志的象征。人的意志是决定的因素。人是土地残酷的主宰,人的头脑会服从于人的意志。人的意志是唯一的绝对物。

他的意志就是要物质世界完全为他的目的服务,他就是要征服一切,这场斗争就是一切,胜利的果实仅仅是个结果罢了。他杰拉德接管煤矿不是为了财富,他压根儿对钱没兴趣。他既不浪费钱财、奢华讲究,也对社会地位没兴趣。他渴望的是在与自然环境的斗争中单纯地实现自己的全部意志。现阶段,他的意志就是把煤从地下挖出来获利。获得的利益只是胜利的表现形式,当然胜利自身就包含在所获得的全部战果中。面对挑战他总是十分激动。每天他都下井去实际考察测试,他还经常请教专家,渐渐地他完全像一个将军掌握了战争的计划那样对矿区的全部局势胸有成竹了。

然后,他想有所突破了。矿区是一直按照旧的体制生产的,观念也太陈旧了。最初的观念是矿主舒心地通过开矿变富,同时给工人提供充足的工钱和良好的工作条件,同时为国家增加财富。杰拉德的父亲是第二代矿主,当他有了足够的家业以后,他就只为人民着想了。对他来说,煤矿就是为矿上的工人提供良好条件的场所。他和他的同事们工作就是为人们谋福利的,让这些人都能过上幸福生活,没有几个穷人了。因为煤矿的确是个好地方,工作也轻松。那个时候的矿工们发现自己变得非常富有,为此深感高兴和自信。他们认为自己很有钱,为自己的家财喜庆,他们忆起他们的父辈是如何饥寒交迫,从而感到好日子终于来了。他会对那些开拓者和新矿主充满感恩,是他们打开了矿藏找到如水般的财富。

可人心是永远不会满足的,矿工们原先很感恩戴德,现在又开始抱怨矿主了。他们感到不那么满足了,他们需要更多的金钱。为什么矿主比他们富裕那么多?

在杰拉德小时候矿上发生过一次大危机。因为矿工们拒绝裁员,工头协会就关闭了所有矿井。封闭矿井逼迫托玛斯·克里奇接受了新的条件。他也是工头协会的成员,他被迫同意封闭矿井从而保全自己的信誉。他一直以父亲和家长身份自居,现在他被迫斩断了他的"儿子"们的生活来源。他总认为自己太富有,天堂不会接受他。现在,他迫不得已把矛头对准那些比他更接近基督的穷人,这是些卑微的、被侮辱的人,但他们是伟大的,在劳作中他们是高尚的人,但是他必须对他们说:"你们不劳动就没有食物。"

这场斗争确实让他感到心痛。他想用爱来办企业,希望爱能成为办矿的主导力量。但是,在爱的外衣下,机器的需求露出狰狞面目。

这让他伤心透了。他急需一种幻想,但这种幻想破灭了。工人们是与工头作对而不是他。这场战争,他被迫卷了进去,但他站在错误的一方。数千的矿工们每天都来找他,他们似乎受到了一种新宗教的冲击。他们被一种观念激励着:"世上人人平等",他们要把这个观念变成现实。说到底,这也是基督的教旨。如果不行动,光有观念能怎样?"大家一律在精神上平等,大家都是上帝的孩子。这种地位的不平等在哪?"这是在一种宗教信仰推动下得出的结论。对此,托玛斯·克里奇没有话说。他诚实地承认:社会地位的不平等是错误的,可他又不想丢弃他的物资——那正是不平等的内容啊。人们一定为自己的权益斗争。世界上仅有的宗教激情的冲动,鼓舞着他们为追求平等而奋斗。

喧闹的人群在运动,人们脸上显露似乎参加圣战的表情,同时脸上露出一种贪欲。一旦人们决定为财产的平等而争斗,怎么分得清什么是为平等而战的激情、什么是贪欲的激情?可人们眼中的上帝只是机器。大家都要求在那生产能力硕大的机器面前拥有平等的权力。每个人都是上帝头脑的平等部分。可托玛斯·克里奇觉得这个道理多少有那么点虚假。当机器是上帝时,当生产或劳动成为人们的崇敬物时,最机械的头脑也是最纯真和最友善的,它代表着上帝的旨意,其余的在不同程度上只是他的附属品。

骚动还是出现了,沃特莫矿井口着火了。这是最远的矿井,离林子很近。骚动招来了军队。在那灾难性的一天中,从肖特兰兹的窗口就可以看到不远处天空中的火势,平时用来运送矿工到沃特莫的火车满载着一车穿着红色军装的军人在峡谷中疾驰。之后传来枪声,听说人群被军人驱散,有一个人被打死,火也被扑灭了。

那时候,杰拉德还是个小孩子,闹事的那天他很激动,他想跟那些当兵的一起去枪杀矿工们。可家里人不让他出门,门口有持枪的哨兵守着。杰拉德激动地靠近这些当兵的。一群群的矿工被堵在胡同口,骂着,嘲笑着:

"警察都开枪了,让我们看看你们开枪吧。"说着他们还在墙上和篱笆上写脏话。

托玛斯·克里奇一直在伤心,还拿出好多钱周济工人。随处都摆着食品供人们白吃,食物都过剩了。只要有人张口要,就能得到面包,每条面包价值三个半便士。每天免费供应茶点,矿区的孩子们从来没有享受过这样的款待。周五下午,又给学校送去整筐的果子面包和大罐的牛奶,孩子们得到了很多他们想要的东西,因为面包和牛奶吃多了,他们都吃腻了。

骚乱结束后,矿工们正常上班了,但情况和以前不同了。形势有了新的变化,人们的头脑里存在新的观念。即便在机器内部也讲平等,任何一个部件都不应是其他部分的附属品:全部部件都应该平等。但是这种平等观念中注入了人们渴望混乱的本能。神秘的平等只是个抽象的概念,并不具有占有或行动的企图——这些属于过程。在行动过程中,一个人或一个部分必须是另一部分的附属品,这是存在的条件之一。但是人们心中产生了骚乱的欲望,机械的平等观念变成分裂的武器,这种武器使人们的骚乱意识得以实现。

闹罢工的时候杰拉德还很小呢,可是他渴望是个大人,好与矿工作斗争。父亲却进退两难、束手无策。他只想做一名纯粹的基督教徒,同所有的人都平等,他甚至准备把自己所有资产全分给穷人们。可是他要创办大工业,因此他必须通过保住自己的财产从而保持自己的权威,对此他心如明镜。他知晓保住财富和倾其所有给穷人同样是伟大的,诚然后者更神圣,因为他要这样做,他就这么一个理想。可现在他必须放弃这个理想,这让他感到悔恨,悔恨死了。他本想做一个善良、仁爱、乐于助人的企业创办人,然而矿工们却因为他一年挣一千英镑而怒气满腹,冲他吵吵闹闹,他们不会被骗的。

自从杰拉德长大以后,他转变了态度。他丝毫不在意什么平等。他认为基督教关于爱和自我牺牲的观念早已成了一项旧观念。他认为社会地位和权威是世上最天经地义的事,对此表现出满不在乎的态度也没用。这是天经地义的事,道理简单:它们有用,是必需的。地位和权威并不代表一切,它们只是机器的一部分。只是他本人偶然成了控制别人的中心部分,而大多数人则在不同程度地被控制。这些只是偶然现象。当然他也会兴奋,因为轴心可以带动上百只轮子转动,就像整个宇宙围绕着太阳旋转一样。假设说月亮、地球、土星、木星和金星都有权力成为宇宙的中心,那是愚蠢的。这种结论完全出自于对无秩序的渴望。

简单思考,杰拉德就得出了结论。他把民主——平等的问题批判为愚蠢的问题,对他来说最重要的是社会生产这架机器。让机器工作得更顺畅,生产充分的产品,给每个人分得合理的一份——多少根据作用与重要性的大小而定,每个人只关心自己的幸福与兴趣,与他人无关。

这就是杰拉德赋予大工业的秩序。凭借他的经历和阅历,他得出结论:生活的根本秘密在于和谐。他自己也弄不清这和谐是什么,但他喜爱这个词,他认为他得出了自己的结论。之后他开始将自己的哲学理论付诸于实践,给现在的世界强行加上秩序,一次将神秘的"和谐"变为实际的"组织"。

他马上看透了自己的企业,知道他应该做什么。他要与物质世界抗争,与土地和煤矿抗争。他只有让地下无生命的物质服从于他的意志这一个想法。为了更好地与物质世界斗争,就必须把完美的工具加以组织,这是一种灵活而和谐的组织,它彰显人独特的意志,它无情地重复着规定的运动,无法阻挡、无情地去实现目的。杰拉德建立这种组织的原则激起他心中似乎崇敬般的狂热。他要在他自己的意志和他要降服的物质世界二者之间建立起某种无可挑剔的、永恒的、神一般的媒介。他的意志和与之相抗衡的物质是两个极端。他要在这两个极端之间建立起联系来表达他的意志,那是权力的幻化,某种宏伟而完美的机器,一种优越的制度,某种秩序的运动,纯粹的机械重复,无休止的重复,所以既是永久的,也是无穷的。他在单一的机器原则和一种单一复杂而又无限的反复运动中寻找到了他的永恒与无穷,它就像一只旋转着的车轮,但这是一种生产性的旋转,因为旋转着的宇宙可以被称作生产性的旋转,一种为了生产的重复,通过永恒走向无穷。这就是上帝的运动,是生产性的重复与无穷。而且杰拉德是机器的上帝,人整个的生产意志就是上帝的头脑。

现在他拥有了自己毕业的事业,就是在世界上推行一种和谐的制度从而顺利让人的意志得到实现,永远不会失败。他需要从煤矿工作着手实施他的计划。计划包括这三项内容:与人的意志对抗的地下矿物;接着是征服煤的工具,人和金属等;最终是人纯粹的意志也就是他的头脑。杂乱无章的工具需要灵巧的协调,人、动物、金属及动力工具,把各种小小的整体调动起来拼接成一个巨大的整体。在这种条件下得到了完美的结局,最高的意志得到了体现,人类的意志得到了充分的实现。人类是神秘地通过对比才与无生命的物质有所区别的。人类的历史不正是征服他者的历史吗?

矿工们与杰拉德是不可同日而语的。当他们仍迷茫地寻求着人的神圣平等时,杰拉德早就看透了这个问题,他大体上同意了他们的要求,随后进一步从人类整体的观念去实现人的意志。他强调建立起完整的、没有人性的机器是完美实现人类意志的唯一途径,在这一点上他坚信自己是更高层次地表达了矿工们的意愿。他从根本上代表了矿工,而他们自己却落后了,他们只是为物质上的平等争吵不休。然而,杰拉德却已然把这种欲望变成了另一种新的、更优秀的欲望——追求完美的人与物质之间的中介——机器,将上帝的头脑变成纯粹重复的机器。

杰拉德一就职,毁灭的感觉就开始在旧的制度中震动。他一辈子都受着愤怒、毁灭性的魔鬼的折磨,这魔鬼偶尔把他折磨得发疯。他这种情绪像病毒一样在企业中盛行,并且时常残酷地发泄出来。他对任何细节都检查,其做法狠毒而没有人情味儿。他不给人一点隐私,不念旧情。满头白发的老经理们,老职员们,步履蹒跚的退休工人们,他把这些人当成废物而全打发了。在他眼中,整个企业就像一个住满没有工作能力的佣工的医院。对这些人他没有感情。他安排了他认为合理的抚养金,并寻找一些能干的人来接替老职工,让这些老职工退休。

“我收到了一封由自莱瑟林顿寄出的求告信,”他父亲半嗔怪半央求地说,“你应该让这位可怜的老伙计多工作些时候。我总觉得他干得还行。”

“我找了合适人替换他,爸爸。他不工作了会更幸福的,请相信我。我给他的抚养金够多的了。”

“其实他们要的不是钱,可悲的人。他认为自己是被丢弃的。”

“他们可在矿上干了二十多年了呀。”

“我不需要他们这样工作,他并不懂我。”

父亲长叹一口气,他不愿再听下去了。他坚信,如果还要继续开采,就必须彻底检修一下矿井。可是如果封闭矿井,从长计议对谁都没好处,情况只会更恶劣。因此他对他忠厚的老部下的呼唤没有答案,他只会遗憾说:“杰拉德说。”

逐渐地,父亲就这样从人们视线中消失了。他生活的整个架子已经坍塌了。根据他的处事哲学他这样做无可厚非,他的处事哲学是某种高尚的教义。可这些教义确实过时了,要被世上的某些来取代了。他无法接受改变。所以他心怀自己的哲学退出、沉默起来。那无法继续点亮世界的精致蜡烛仍会在他的灵魂中发光,在他幽静的蛰居生活中幸福。

杰拉德紧急地在企业中推行改革,从办公室开始着手。为了打通变革的道路,首先压缩开支。

"赠送给遗孀的煤是怎么处理的?"他问。

"每季度矿上的遗孀得到一车煤。"

"那她们必须付成本费,这煤矿可不像人们想象的那样是救济院的。"

遗孀,这种迂腐的人道主义色彩用语让他一听到就厌恶,几乎令人恶心。她们干吗不像印度的妇女一样给死去的丈夫陪葬?不管怎样,她们必须付煤钱。

他在每面都压缩开支,有些甚至是鲜为人知的小节:矿工们要付运煤的车费、工具的磨损费、矿灯的保养费等。这些繁多的费用加在一起每周可达一先令。这点小钱矿工们虽然舍得出,但他们很生气。

就企业来说,这样每周可以省上百英镑。

杰拉德渐渐掌控了一切,随后开始了他的重大改革。每个部门都分配了有经验的工程师。一座巨大的发电厂拔地而起,一面供地下的照明和运输,一面可提供电力。每座矿井都通了电。从美国进口的新机器矿工们都是第一次见,他们管那庞大的挖掘机叫"大铁人",很不寻常的机器。井下的工作状态也彻底改变了,工头制被废除了。一切都依照最准确、精细的科学方法运行,受过良好教育,有技术的人掌握了一切,矿工们被沦为纯粹的机器和工具。他们不得不苦干,比以前更费劲了,矿井里的活儿而且很可怕,那种机器般的劳作真是不忍直视。

但是,他们都接受了。他们的生活没有欢乐,随着人越来越被机器化,希望随之破灭了。但是他们对新的情况接受了,甚至更深一步感到满足。起初他们怨恨杰拉德·克里奇,他们发誓要采取行动,要刺杀他。可随着时间的流逝,他们对一切都服从了,也满足了。杰拉德是他们的崇高牧师,杰拉德代表了他们真正的信仰。杰拉德的父亲已经被人忘记了。目前有了全新的世界,全新的秩序——它严格,恐怖,不近人情,但它的破坏性是让人满意的。矿工们高兴归属于这伟大神奇的机器,虽然这机器正在毁灭他们。他们需要的正是这些。这是人所生产的最高级、最美好、最伟大的东西,它跨越感觉和理智,真有些像上帝,能够归功于这宏大的超人体系,工人们异常兴奋。他们的心死了,可他们的灵魂却得到了充分满足。他们希望的就是这个,否则杰拉德就永远不会成功。他比矿工们先行了一步,给予了矿工所需要的东西——经历了让生命屈从于数学原理的活动。这是他们追求的一种自由。这是无秩序的第一阶段——破坏的开始,是用机器原理取代原先的方式的第一步,它要毁灭有机的秩序,有机的统一体,让一切有机因素都服从于伟大的机械目标。这是纯粹的有机体的解体,是纯粹的机械结合,这是无秩序的第一步也是其最高的状况。

杰拉德对此非常满意。他明知矿工们都会恨他,可他却早就不恨矿工了。晚上他们如潮水般地从他身边经过,他们厚重的靴子疲惫地踢踢敲打着便道,他们的肩膀有点歪斜,他们不搭理他,不跟他打招呼,只是像毫无感情色彩的黑灰色团体从他身边涌过。对他而言,他们只是工具,一点不重要。对他矿工来说,他仅仅是个高超的控制机，除此之外再没什么重要的。他们作为一名矿工存在着，而他则作为矿主生存着。他尊重他们的尊严。可作为人，作为一个有人格的人，他们不过是偶然、不足挂齿的小小现象。他们默认了这一点，杰拉德也就承认了这一点。

他成功了，他使企业改变了面貌，变得特别纯正。煤产量创了新的纪录，他的精巧、细致的制度实行得很漂亮。他手下有一批聪明绝顶的工程师，矿业和电业方面的都有，雇这些人的花销并不很大。一位受过高等教育的人不过比一位矿工多挣微乎其微的工资。他的那批经理都是珍贵人才，但他们的工资没有比当年父亲手下那批由矿工被提拔上来的老蠢货高。他那些主要经理年薪一千二百英镑，可他最少为企业节约了五千英镑。这个体制现在太完美了，几乎用不着杰拉德了。

这体制太完美了，不免偶尔令杰拉德产生一种不安的担心，他不知道该如何做才好。他一连几年都沉溺于忙东忙西，他的作为似乎是完美的，他几乎像一位神仙了。

他现在是成功了——终于胜利了。每当夜深人静，只有他一个人独处时，他很孤独，会突然感到害怕，不知自己怎么了。于是他就走到镜子前，久久地凝视自己的面部，想从中找到答案。他害怕了，感到了致命的忧虑，可他不知道怕的是什么。他看着自己的面孔，它依然那样周正，肤色是健康的，依然如故，可总有一丝不真实，这只是一幅面具。他不敢再碰它，生怕真的碰到合成的面具。他的眼睛还是那么蓝，目光仍旧是那么锐利、坚毅。但他不敢相信这是真实的，担心它们是虚伪的蓝色泡沫，说飞就飞，只留下一片空虚。他可以注意到眼中的灰暗，好像那眼眶中只剩下黑色的泡沫。他担心，怕有那么一天他会垮掉，只能在黑暗中毫无章法地絮语。

但是他的意志还起作用，他还可以离开镜子去读书，去思考问题。他喜欢读一些有关原始人类的书和人类学的书籍，也喜欢思辨哲学的书。他的头脑很灵活，可是它很像黑暗中游荡着的泡影，任何时候都会可能破碎，把他独自一人留在混乱之中。他决不会死，他知道，他会好好活下去，可是生活将不会有什么重要意义，神圣的理智会离他远去。他害怕、失落、低沉了。他甚至连反抗恐惧的勇气都没有。他似乎认为他的感情支柱枯竭了。他仍旧很安静，苦心经营，身体也很健康，很洒脱地经营着企业，即便当他稍微恐惧地感到他的神秘和理性正在危机中崩溃，他仍然不为所动。

可这是一场十分严峻的考验。他知道根本没有调和的余地。他必须快速寻找某个方向寻求解脱。只有伯金可以逐渐消除他的恐惧，伯金以他奇特多变的性情顺利打消了他的自负，伯金是忠诚的楷模。可是杰拉德总要躲着伯金，就像躲避教堂的礼拜仪式那样，从那里迅速逃到外面真实世界的生活和工作中，在那儿，一切正常，依然如故，说什么都是没有用的。他无法正确阻止自己估量世上的工作和物质生活，这项工作变得越来越困难了，对他而言是沉重的负担，他感到自己空空如也的身体还要承载外面的可怕压力。

他在女人身上寻到了最令他满意的解脱。自从那次在某位绝望中的女士身上大显身手成功后，他在这方面一直做得非常从容，时间久了也就忘到九霄云外去了。让人厌恶的是，如今很难让他对女人保持比较长久的兴趣。他对她们根本没兴趣了。一个米纳蒂就够了，不过她可是个特例。但即便是她也无关紧要。不，在某种意义上来说，女人对他没什么作用了。他认为要想激起他的肉欲，他的精神一定要接受强烈刺激才行。

第十八章　兔子

戈珍内心深知，来到肖特兰兹是一件至关紧要的事。她明白这等同于他接受了杰拉德·克里奇的爱意。尽管她讨厌这样，可她并不知道她是否应该继续下去。她痛苦地回忆起了那一个耳光和吻，闪烁其词地自言自语，"归根结底，这算什么？一个吻是什么？一记耳光又是什么意思？那只是个偶然的现象，转瞬就消失了。我应该到肖特兰兹去一阵，在离开这儿之前想看看它是什么样子。"她蕴含着一种无法满足好奇心，什么事都想知道。

她也想知道温妮弗莱德到底是什么样子。那天听到这孩子在汽船上的喊叫声，她就感到与她产生了某种神秘的联系。

戈珍和温妮弗莱德的父亲在书房里谈话，父亲就派下人去叫女儿来。

不一会儿女儿就在法国女教师的陪伴下下来了。

"温妮，这位是布朗温小姐，她将帮助你更好的学绘画、塑造小动物。"父亲说。

孩子饶有兴趣地看了戈珍一会儿，然后走上前来，扭着头把手伸了过来，显得十分拘谨，十分正经、冷淡。

"你好？"孩子低着头地说。

"你好。"戈珍说。

说完，温妮站在一边，戈珍与法国教师交谈。

"今天天气很好。"法国女教师高兴地说。

"很好。"戈珍回答。

温妮弗莱德在远处打量着这边。她似乎感到很有趣儿，但有点拿不准这位新来的人会是什么样的人。她见过好多陌生人，但几乎没有是她真正了解的。这位法国女教师也算不了什么，这孩子还可以跟她和谐相处，承认她的小权威，但对她也有轻蔑，尽管服从她，心里仍然很傲慢，并不拿她当回事。

"温妮弗莱德，"父亲说，"布朗温小姐来咱家你不高兴吗？她用木头和泥雕塑的小动物和小鸟都被伦敦的人称赞，报纸上还有文章赞扬她呢。"

温妮弗莱德微微地笑了。

"谁告诉你的，爸爸？"她问。

"谁告诉我的？赫麦亲自告诉我的，卢伯特·伯金也说起过。"

"你认识他们？"温妮弗莱德有点挑衅似的问戈珍。

"认识。"戈珍说。

温妮弗莱德有点放松了口气。她本来把戈珍当作用人看待，她们之间并没什么友谊可讲。她很高兴，她有了这么多地位不如她的人，她尽可能以良好的态度容忍她们。

戈珍非常平静，她也没把这些事看得很重要。一个新的场合对她来说是非常新奇的，可温妮弗莱德这孩子却不怎么讨人喜欢，言语那么损，她永远也不会合群。戈珍喜欢她，甚至迷上了她。第一次会面就这么失落，这么尴尬地结束了谈话，无论是温妮弗莱德还是她的女教师都不是那么通情达理。

过了一段时间,她们就在一个虚假的世界中相聚了。温妮弗莱德从不怎么注意别人,除非他们像她一样顽皮并有点儿坏。她只爱好娱乐,她眼中严肃的"人"是她珍爱的小动物。对那些小动物她慷慨地施舍着自己的怜悯之心,真有点可笑。对人间其他的事她都不耐烦,无所谓。

她有一头小狮子狗,给狗起名叫鲁鲁,她非常喜欢鲁鲁了。

"咱们画鲁鲁吧,"戈珍说,"看看我们是否可以画出它的乖样儿,好吗?"

"亲爱的!"温妮弗莱德奔跑过去,有点低落地坐下,深吻着鲁鲁凸出的额头说"小亲亲,你允许我们画你吗? 让妈妈画张画儿吧,啊?"说完她高兴地扑哧一笑,转身微笑着对戈珍说,"哦,画吧!"

她们快速去取来铅笔和纸准备画了。

"太优美了,"温妮弗莱德搂着小狗说,"妈妈为你画画儿时你要一直安安静静地坐着。"小狗儿硕大的眼睛中露出忧伤、一筹莫展的神情。她激动地吻着小狗说:"不知道我的画儿作出来会怎么样,肯定不好看。"

她边画边哧哧地笑,偶尔大叫:"啊,亲爱的,你太美了!"

她笑着跑过去羞愧地抱住小狗,似乎她伤害了小狗。小狗黑丝绒般的脸上挂着时光留下的无可奈何与苦恼的表情。温妮耐心地画着,聚精会神地看着狗,头偏向一边,全神贯注地画着,她好像是在画着什么咒符。她画完画,看看狗,又看了自己的画儿,然后长舒气兴奋淘气地大叫:

"我的美人儿,怎么会这么美?"

她拿着画纸走近小狗,把画儿放在小狗鼻子底下。小狗似乎生气委屈地把头扭向另一边,温妮竟冲动地吻起那黑丝绒般挺立的前额。

"好鲁鲁,小鲁鲁! 看一眼这幅画儿,亲爱的,看看吧,这是妈妈为你画的呀。"她看看画,又哧哧地笑了起来。她又吻吻小狗,然后站起身非常庄重地走到戈珍面前把画儿交给她。

这是一张有一只奇怪的小动物的荒诞画作,小狗很淘气又很有喜剧味儿,戈珍看着画儿脸上不由自主地浮上一丝笑意。温妮弗莱德在她身边哧哧笑道:

"不像它,对吗? 它比画儿上的要可爱很多。它太漂亮了,嗯,鲁鲁,我珍爱的达令。"说着她又奔过去拥抱那只委屈的小狗,小狗抬起一双失望、忧郁的眼睛看看她,随她去抱。然后她又奔跑回到图画边上,满意地笑道:

"不像它,是吗?"她问戈珍。

"像,很像。"戈珍说。

这孩子非常珍惜这幅画儿,带着它,有点害羞地向别人展示。

"看!"她说着把图画递到爸爸眼前。

"这不就是鲁鲁吗?"他叫着。他吃惊地看着图,听到身边女儿在笑。

戈珍第一次来肖特兰兹时,杰拉德并不在家。他回来的那天早晨就马上寻找她。那天早晨阳光明媚,他留恋在花园小径上,陶醉在着他离家不远处盛开的鲜花。他仍像原先一样干净、健康,脸也刮得很干净,淡黄色的头发细致地梳向一边,在阳光下直发亮。他美丽的上髭修剪得十分整齐,眼睛里闪烁着温柔但狡猾的光芒。他身着黑衣,他健壮的身体使衣服显得很合体。他在花坛前走动,阳光下他略显孤单,似乎因为缺少什么而感到恐惧。

戈珍快步走过来,悄无声息地出现在园子中。她身着蓝衣搭配黄色的袜子,有点像年轻的警察。看到她,他大吃一惊。她的长袜总让他感到别扭:浅黄色的袜子搭配配黑鞋子,真是大胆。这时候温妮弗莱德正在园子中同法国女教师一起牵着狗玩,温妮弗莱德见到戈珍就飞跑过去。这孩子身着黑白相间的条状衣服,齐耳短发被剪成了圆形。

"咱们画俾斯麦吧,好吗?"她边说边去挽戈珍的胳膊。

"好,我们就画俾斯麦,你喜欢?"

"是的,我喜欢!我特别想画一次俾斯麦。今天早晨我忽然发现它非常神气、残忍。它几乎像一头狮子那么巨大。"说着她为自己的夸张又笑了起来,"它是个真正的国王,真的。"

"你好。"矮小的法国女教师稍微鞠个躬向戈珍问好,戈珍非常讨厌她鞠躬的样子。

"温妮弗莱德特别想画俾斯麦!哦,整个早上她都在喊:'今天上午我们画俾斯麦吧!'俾斯麦,俾斯麦,就是这个俾斯麦!它像一只小兔子,对吗,小姐?"

"对,它是一只黑白两色的花兔子。你之前见过它吗?"戈珍说一口好听的法语。

"没有,小姐。温妮弗莱德从没允许让我见它。有好几次我问她'温妮弗莱德,俾斯麦是什么东西?'可她从来不告诉我。

就这样,俾斯麦一直是一个秘密。"

"它的确是很神秘!布朗温小姐说俾斯麦就是个秘密。"温妮弗莱德叫道。

"俾斯麦是个秘密,俾斯麦是个秘密,俾斯麦是个奇迹,"戈珍用英语、法语和德语重复地说。

"对,这就是一个伟大的奇迹,"温妮弗莱德的话音十分严肃,可无法遮掩淘气的窃笑。

"真是奇迹吗?"女教师有点傲慢地讽刺说。

"是的!"温妮弗莱德自信地说。

"可他不像温妮弗莱德说的那样是位国王。俾斯麦不是国王,温妮弗莱德。他只是个宰相罢了。"

"什么是宰相?"温妮弗莱德鄙视女教师,爱搭不理地说。

"宰相就是宰相,我相信宰相是一个法官,"杰拉德说着又走上来和戈珍握手。"不用多久你就可以编一首关于俾斯麦的歌曲。"他说。

法国女教师一直等待着,谨慎地同他问好。

"她们不允许你看俾斯麦,是吗?"他问女教师。

"是的,先生。"

"哦,她们可真无耻。布朗温小姐,你们准备怎么处理?
我要把它送到厨房去做菜吃。"

"不。"温妮弗莱德尖叫道。

"我们还要画它。"戈珍说。

"拉他,撕碎他,再把他做成菜。"杰拉德装听不见。

"哦,不嘛。"温妮弗莱德笑着喊。

戈珍反感他的嘲弄口吻,她抬起头冲他微笑。他感到自己的神经受到了安慰,两人会意的目光相遇了。

"你爱肖特兰兹吗?"他问。

"哦,太喜欢了。"戈珍冷漠地说。

"这太让我高兴了。你注意这些花儿了吗?"

他带她走上小径,她小心翼翼地跟在他身后走着,随后温妮弗莱德也快速跟了上来,法国女教师在最后面慢慢地跟着。他们在疯长的喇叭草前停住了脚步。

"这太漂亮了!"戈珍发疯地看着花儿大叫。她对花草那种激动的崇敬奇怪地安抚着他的神经。说着她弯下腰用美丽的手指优雅地摆弄着喇叭花儿。看到她这样喜爱花儿,他感到很舒心。当她直起腰时,她那像花一样美丽的大眼睛直勾勾地看着他。

"这是什么花儿?"她问。

"牵牛花一类的吧,我想是。"他说,"我不太懂。"

"我对这种花太陌生了。"她说。

他们假装亲昵地站在一起,心里都非常紧张。他显然是爱她的。

她看到法国女教师就站在他们附近,像一只法国甲虫一样观察着、盘算着什么。后来她带温妮弗莱德走开了,解释说去找俾斯麦。

杰拉德目送她们离去,仍目不转睛地看着戈珍那温柔、娴静的体态,丰满的上身披着绸开士米外套。她的身体一定是丰腴的、光滑的、软绵绵的。他十分欣赏她,她那么令人渴望,那么美丽。他仅仅想接近她,只想这样,接近她,和她在一起。

与此同时他敏锐地注意到了法国女教师那衣着干净、赢弱的身姿。她像一种高傲、长着细长腿的甲虫高高地站立在那儿,她那闪光的黑衣十分合时宜,黑发做得特别高、十分令人羡慕。她那种完美的样子十分让人生厌!他讨厌她。

但他确实崇拜她。她穿着十分合时宜。令他生气的是,那时候克里奇家人还在丧期,戈珍却身穿鲜艳的衣服来了,简直像一只鸦鹊!他死盯着她抬腿离开地面,她的腕踝处竟然露出浅黄色的袜子,她的衣服是深蓝色的。可他又情不自禁地欣喜,很欣喜。他感到她的打扮是一种挑战——对整个世界的挑战。于是,他看着喇叭花笑了。

戈珍和温妮弗莱德穿过屋子来到后院,那儿有马厩、仓库,四下里一片冷清,荒凉。克里奇先生已经驾车出去了,马夫正在替杰拉德遛马。两个姑娘走到靠近墙角的一间小棚子那儿去看那只可爱的黑白花兔。

"太可爱了! 看它在听什么呢! 它太傻了呀!"她笑道,"我们就简单画它听声音的样子吧,你看它听得多认真,是吧,亲爱的俾斯麦?"

"我们可以把它放出来吗?"戈珍问。

"它太强壮了。它可是十分有劲儿的。"她偏着头,迟疑地打量着戈珍说。

"但我们可以试试,可以吗?"

"可以,你愿意就试试吧。但是它踢人可特别疼。"

她们取来钥匙打开门。兔子开始在棚子里乱蹦乱跳着打起转来。

"它偶尔抓人抓得可厉害了,"温妮弗莱德激动地叫道,"快看看它,多么神奇啊!"兔子在里面慌张地蹿来蹿去。

"俾斯麦!"这孩子冲动地大叫:"你这么可怕啊!你像个野兽。"温妮弗莱德有点害怕地抬头看着戈珍。戈珍的嘴角上露着嘲讽的笑。温妮发出了十分激动的怪叫声。"它安静了!"看到兔子在远处的一个角落里安静地蹲着她叫了起来。"咱们现在就把它弄出来吧!"她奇怪地看着戈珍小声道,慢慢靠近过来。

"咱们就在这把它弄出来吧?"她说着调皮地笑了。

她们顺利打开了小棚子的门。那只强壮的大兔子安静地卧着,戈珍伸进胳膊去立马抓住了它的长耳朵。兔子张开有力的爪子抓住地面,身体用力向后缩着。但它被戈珍往外拉,爪子狠狠地抓着地发出了刺耳的声响。它被举到空中,身体疯狂地抽动着,就像秋千一样荡着。最后戈珍终于把它抓了出来。戈珍用双臂紧紧抱住它,急忙扭过脸去躲避它的抓挠。可这兔子异常的强壮,她竭尽全力才可以抓住它。在这场激烈的搏斗中她几乎失去了意识。

"俾斯麦,俾斯麦,你太可怕了,"温妮弗莱德有点惊慌地说,"快把它放下,它像一头野兽。"

戈珍被这东西暴风雨般的挣扎惊呆了。怒火绯红了她的脸。她颤抖着,就像暴风雨中的小屋,彻底被征服了。这场残酷、愚蠢的搏斗令她感到厌恶,她的手腕也被这只野兽的爪子抓破了,她的心变残酷了。

正当她试图抱住准备从她怀中蹿开的兔子时,杰拉德来了。

他敏锐地看出她心中憋着火儿。

"这件事应该叫个仆人替你做。"他说着立刻赶上前来。

"哦,它太可怕了!"温妮弗莱德有点疯狂地叫道。

他强劲的手颤抖着揪住兔子耳朵把它从戈珍手中拿了出来。

"它太强壮了,"戈珍高声叫着,像一只海鸥那样,声音怪异,一心只想着报复。

兔子全身缩成一团一下飞了出去,身体在空中呈现弯弓形。它还真有点魔气。戈珍看到杰拉德浑身紧张,眼中也一片空白。

"我很早就懂得这类叫花子。"他说。

那魔鬼般的野兽再一次跃到空中,看上去就像一条龙在飞舞,无法想象地强壮、极具爆发力。随后它又停下了。杰拉德憋足了全身力气,身体不停地颤抖着。突然全身被一股怒火烧遍,迅捷地用一只手像魔爪一样地抓住兔子的脖子。兔子发出一声如死亡般瘆人的尖叫。兔子剧烈地扭动着全身,抽搐着并不断撕扯杰拉德的手腕和袖子,四只爪子旋风般舞动着,露出雪白的肚皮。杰拉德提着它旋了一圈,随后把它紧紧夹在腋下。

这回他老实了。杰拉德脸上露出了微笑。

"一只兔子没有多大的力气。"他看着戈珍说。他看到,戈珍脸色苍白但眼睛如夜一样黑,她看上去具有几分仙气。一阵搏斗后兔子发出的求饶声似乎打破了她的意识,他看着戈珍,脸上炽烈的光芒瞬间凝聚了起来。

"我不是真喜欢它,"温妮弗莱德嘟哝着。"我可不像关心鲁鲁一样关心它。它真讨厌。"

戈珍恢复过来以后尴尬地笑了。她明白自己露馅儿了。

"难道兔子尖叫时都那么恐怖吗?"她叫着,尖尖的声音很像海鸥的叫声。

"很可怕。"他说。

"反正它总是要被人拖出来的,那么傻乎乎地不出来也没意义?"温妮弗莱德试探性地摸着兔子说。兔子乖乖地让他夹在腋下,像死了一样地一动不动。

"它没死吧,杰拉德?"她问。

"没有,它应该活着。"

"对,它应该!"温妮突然很高兴地叫。然后她更自信地摸着兔子说,"它的心跳很快,它太好玩了,真的。"

"你们想带它去哪儿?"杰拉德问。

"到那个绿色的小院儿里去。"她说。

戈珍好奇地打量着杰拉德,她的目光变得黯淡了,她用阴郁的眼睛来感知着杰拉德,几乎像只动物在哀求他,然而这动物最终会战胜他。他不知该对她说什么。他感到他们相互像魔鬼一样认识了。他认为他应该说一些事来掩盖这一事实。他有力量去兴奋自己的神经,而她就像一只温柔的接收器,随时接收他炽烈的火焰。他并不那么自信,也是吓得一阵阵眩晕。

"它伤着你了吗?"他问。

"没有。"她说。

"它是一只没有理性的野兽。"他扭过头去说。

他们来到小院跟前。黄色的草花儿开在小院红砖围墙的裂缝中。院子里长着柔软的青草,地面十分平整,上空是一片湛蓝的天。杰拉德随手把兔子一抖放到草里。兔子静静地蜷缩着,根本就不动窝儿。戈珍有点害怕地看着它。

"它为什么不动啊?"她叫着。

"它老实了呗。"他说。

她冲他微笑,那种包含善意的笑容致使她苍白的脸缩紧了。

"它可真是个笨蛋!"她叫道,"一个让人恶心的傻瓜!"她话语中嘲笑的口气使杰拉德发抖。她扬头看到他的眼睛,全部显露了她嘲弄、残酷的内心世界。他们之间似乎结成了一种联盟,这种心领神会的同盟令他们害怕。两人就这样陷入了同样的神秘之中。

"被抓了几下?"说着他伸出自己被抓破的白皙但厚实的前臂。

"真可恶啊!"她目光恐惧,红着脸说:"我的手没有大碍。"

她抬起手,光滑白嫩的手上印着一道很深的伤痕。

"这是个魔鬼!"他吼道。他好像从她光滑洁白的手臂上那细长的伤痕中又认识了她。他不愿意抚摸她,但他有意识地强迫自己去抚摸她。那细长的伤痕似乎从他的头脑中闪过,撕碎了他意识的面纱,让永恒的不由自主——难以控制的彼岸的绯红气息——猥亵侵入。

"伤得不厉害吧?"他关切地问。

"没什么。"她说。

突然那只像安静的小花儿一样蜷缩着的兔子恢复了。它像出膛的子弹一样跳出去,在院子中来回地跑着,像一颗流星一样一直转着圈子,令人们目不暇接。他们都一动不动地看着兔子,不由自主地笑着。那兔子似乎被什么咒语驱使着,像一阵暴风雨疯狂地在旧红墙下飞奔着。

忽然,它停下在草丛中踱了几下,接着蹲下来思索,鼻翼歙动着就像风中飘动着的一丝毛发。它思忖了片刻,张开黑眼睛随意地瞟了他们一眼,然后它开始小心地向前蹒跚而去,迅速地啃吃青草。

"它疯了,"戈珍说,"它真的是疯了。"

杰拉德笑了。

"问题是,"他说,"什么叫疯?我绝不信兔子会疯。"

"你认为它是没疯吗?"她问。

"嗯。兔子就是这样。"

他脸上献出一幅猥亵的笑容。她注视他,知道他是善于进攻的人,如同她一样。这一点使她不愉快,忽然她心里十分不痛快。

"我们不是兔子,这得感谢上帝啊。"她尖着嗓门说。

他脸上的笑容忽然凝聚了起来。

"我们不是兔子吗?"他凝视着她。

她的表情稍稍缓和下来,有点猥亵地笑着。

"啊,杰拉德,"她像男人一样粗着嗓子慢慢地说,"都是兔子,更有甚之。"她冷漠地看着他。

他似乎感到她又给了他一记耳光,甚至感受到她用力地撕碎了他的胸膛。他转头不看她。

"吃,吃,我的宝贝儿!"温妮弗莱德央求着兔子并爬过去抚摸它。兔子蹒跚着离她远去。"让妈妈摸一下你的毛吧,宝贝儿,你太诡秘了——"

第十九章　月光

病好了之后,伯金到法国南部居住了一段时间。他没给任何人写信,谁也不知道他的具体情况。厄秀拉独自一人,感到心灰意冷,仿佛世界上不再有什么希望了,一个人就如同茫茫大海中的一块小石头,随波起伏。她自己虽是真实的,只是她自己,就像洪水中的一块石头,其余的都无意义。她很冷淡,很孤僻。

对此她没有办法,只有轻视、冷漠地进行着抗争。她与什么都没有联系了,仿佛与她相关的一切都没入了灰暗之中。对这一切景象她都表示轻蔑。她打灵魂深处蔑视、讨厌人,讨厌成年人。她单喜爱小孩和动物。她充满热情地喜爱儿童。她真想怀抱、保护他们,给予他们生命。可这种爱是建立在悲悯和失望上的,对她来说只能是舒服和痛苦。她最喜爱的还是小动物,他们一样都独往独来,没有社会性。她喜欢田地中的马和牛,它们个个自由不羁,异常有魔力。动物并不需要遵守那些可恨的社会原则,它不会带有什么热情,也不会闹出某种悲剧来,免得让人痛心疾首。

她对别人会显得愉快,惹人欢喜的样子,几乎很顺从。但没人会上她的当。大家都可以凭直觉感到她对人类嘲讽的那种态度。她记恨人类。"人"这个词所表达的意义令她感到厌恶。

她的心灵就禁闭在这种轻视与嘲讽的潜意识之中。她本以为自己有一颗充满爱的心。她就是这样直白地看待自己的。可她那副容光焕发的样子,她神态中闪现着的直觉动力却否定了她对自己的全部看法。

可有时候她会变得柔弱,她需要也只需要纯粹的爱。她经常否定自己,在精神上扭曲了,感到十分痛苦。

那天夜里,她感到她的痛苦到了极点,人都麻木了,于是离开家。命中注定要被毁灭的人现在必须死去。这种感觉已达到了顶峰,明白这一点她也就释然了。如果命运要夺去所有注定要死的人的生命,她为就不用烦恼,不用进一步否定自己。她感到畅快,她可以到其他地方去寻找一个新的联盟。

她大步走向威利·格林的磨坊。她漫步走到了威利湖畔,湖里又灌满了水,不再像之前放水后那么干涸。然后她转身快步走进林子。夜幕已经降下,一片漆黑。可是她竟忘了什么叫恐惧,尽管她是个异常胆小的人。这里的丛林远离城市,这里好像有一种安静的魔力。一个人越是能够找寻到不为人迹沾染的纯粹孤独,她的感受就越好。在现实中她恐惧人,怕得要死。

她察觉到她右边的树枝中有某些东西像巨大的幽灵在盯着她,躲躲藏藏的。她浑身一惊。事实上,那不过是丛林中刚刚升起的明月。可这月亮好像很神秘,露着洁白、死亡一样的笑脸。她无法躲避这些。无论白天还是夜晚,你都不可能躲避像这轮月亮一样凶狠的脸,它自在地闪着光,高傲地笑着。她被这张惨白的脸吓得哆哆嗦嗦的,赶快朝前走。她想看一次磨坊旁边的水池再回家。

她害怕院子里的狗,所以不想从院子中穿过去,就转身走上山坡从高处转下来。广阔的天际高悬着一轮明月,她暴露在月光下,心里不舒服。这里兔子在月光下一闪一晃的出没。夜,宝石般清纯,非常宁静。她连远处一只羊的叹息都能听到。

她漫步来到被林木掩映的岸边,这里的桤木树盘根错节连成了一片,非常好看。她很欣喜能够避开月亮,步入阴影中。她伫立在斜向岸上,一边俯视着脚下的湖水一边扶着粗糙的树干。一轮明月就在水中游动。可不知什么原因,她讨厌这幅画面,这画面没有赋予她什么。她在细细忖度这水闸里咆哮的流水。她希冀这夜晚还可以提供给她别的东西,她渴望另一种夜晚,不是现在这样清冷的夜。她能听到她的心在呼喊,绝望地呼叫。

她发现水边有个人影,坚信那就是伯金,他肯定回来了。她不说话,心不在焉地坐在桤木树根边上,身体被笼罩在树影中,安心地听着着水闸放水的水声在夜空中回荡。黑暗中小鸟忽隐忽现,芦苇荡中一片漆黑,仅有一小部分苇子在月光下闪着光亮。一条鱼悄悄跃出水面来,划出一道光线。湖水的闪亮刺破了寒夜的黑暗,这使她讨厌。她仰望着这漆黑的夜空,没有任何声音,也没有任何动静。月光下伯金的身影又小又黑,他头发上夹杂着一星儿月光,伯金慢慢走近她。伯金已经走得很近了,但她仍然满不在乎。伯金不清楚她是否在这儿。如果他想做什么事,他并不希望别人看到,他觉得自己已经做得很严密了。可这又有什么用呢?他这微小的隐私又不那么重要。他的行为并不重要。我们都是人,是不会有什么秘密的。当一切都清清楚楚、大家都知道时,还会有什么?

他漫不经心地边走边抚摸着花朵,语无伦次地自言自语着。

"你别走,"他说,"没有路。你只能靠自己走出去。"

说着他顺手把一朵干枯了的花朵投进水中。

"这是一场应答对唱——他们说了谎,你唱歌回答他们就行。不用有什么道理,只要不含有谎言,就不用有什么道理。

如果这样,你一个人就不用费心维护什么东西了。"

他直立着,看着水面,又向水里扔下几朵花儿。

"自然女神,管她呢!这可恨的女神!就没有人妒忌她吗?还会有别的什么作用?"

厄秀拉渴望高声、拼命地大笑,她认为他那凄凉的话语就是笑话。

他站着注视着水面。然后他就弯腰去捡起一块石头,然后把石头扔向水中。厄秀拉看到明亮的月亮在水中跳动着、游荡着,在眼前面目全非了,它就像乌贼鱼一样马上要伸出手臂放火一样,像珊瑚虫在她眼前抖动一样。

他站在水塘边看着水面,弯下身去在地上寻找着。接着,听到一阵声响,发现水面上一道水光亮起,水面的月亮散发开去,激起雪白、恐怖的火一样的光亮。这光芒就像飞掠过水面的鸟,吵闹着,和黑色的浪头迎面撞击。不远处浪顶的光芒消失了,好像喧闹着要冲击堤岸来寻找出路,而后压过来了厚厚的黑浪,直接冲击水面中心。就在这中心处,那生机勃勃、明亮的月亮在震动,却没有毁坏。这闪耀着发白光的躯体在蜷缩、在抗争,并且没破碎。它似乎胡乱地尽力缩紧全身。它的光亮越来越强烈,再一次彰显了自己的力量,证实它是不容侵犯的。月亮重新聚起耀眼的光线,英雄一样地在水面上舞动着。

伯金直立着注视水面,直到水面安静下来,月亮也清静下来。他得到满足了,就开始寻找石头。厄秀拉可以感知他蕴含的固执劲。片刻,水面上裂开了一道光线,令她头晕目眩。接着他立刻投去新的石头。月亮带着白光飞到半空之中。光芒飞射,水面中心忽然一片黑暗。月亮消失了,水面上剩下光线与阴影战斗,兵戎相见。灰暗而厚重的阴影频繁地袭击着月亮的驻地,吞噬了月亮。间断的破碎月光七上八下弹跳着,找不到路口,撒落在水面上,就像被风吹落了的玫瑰花。

然而这些光线继续闪烁着要回到中间去,胡乱地寻找着路。全部都重新平静下来,伯金和厄秀拉依然注视着水面。巨浪拍打着岸边,发出"哗啦啦"的声音。他发现月光暗暗地聚集起来,看到那娇艳的玫瑰花的中心强有力、胡乱地交织着,好像在召回那破碎的光点,使它们舞动着重新聚合。

可他并不满足,疯狂地拿起石块,频繁地将石头投向水中,直到投向那轮闪耀着光的月亮,一直到月影失踪,只能听到空荡荡的响声,可见水浪飞起,淹没了月亮,暗夜中只有零星几片破裂的光在闪耀,漫无目的,毫无意义,杂乱无章,就像一幅黑白万花筒景色被随意震动。空寂的夜晚在摇荡,在撞击,迸发出声响,掺杂着水闸一侧有乐感的刺耳的水声。远处的某个地方,杂乱的光亮与阴影交错,岛上垂柳阴影中也夹杂着点点的光。伯金耐心地倾听着这水声,非常满足。

厄秀拉感到十分意外,一时间迷茫了。她感觉自己要倒在地上,就像泼出去的水那样。她没力气了,低沉地呆坐着。即使这样,她仍然认为黑暗中光影在胡乱舞动着,舞动着慢慢聚集在一起。它们重合成一个中心,重新获得生命。慢慢地,胡乱的光影又聚合到一起,翻腾着,舞动着,同时慌张地向后退好了几步,而后又坚强地向着目标前进,每次前进之前先假装后退。它们闪耀着慢慢聚了起来,光束忽然地扩大了,更耀眼了,一波又一波聚起来,直到聚成一朵美丽的玫瑰花。参差不齐的月亮又在水面上颤抖起来,它试图停下防止震颤,战胜自己的变形与骚动,使自身重新完整,获得安宁。

伯金目光呆滞地在水边走动。厄秀拉真心怕他又往水中扔石块。她在自己坐的地方往下滑,对他说:

"别在向水中扔石头了,好吗?"

"你什么时候来的?"

"一直在这儿。请别再扔石头了,好吗?"

"我想看看我能不能把月亮从水面赶走。"

"这太恐怖了,真的。你为什么痛恨月亮? 它也没有伤害你。"

"是痛恨吗?"

他们沉默了好久。

"你什么时候回来的?"

"今天。"

"为什么不写封信?"

"没什么话可说的。"

"为什么没什么可说的?"

"我不知道。为什么现在没有雏菊了?"

"是没有。"

又是一阵沉默。厄秀拉注视水中的月亮,它又组合起来,微微颤抖着。

"独自一人对你有好处吗?"她问。

"可能吧。我也不很清楚。不过我好多了。你最近怎么样?"

"没有。看着英格兰,我就知道我跟它没什么关系了。"

"为什么是英格兰呢?"他惊诧地问。

"我不清楚,就有这种感觉。"

"这是民族的问题。法兰西更差劲。"

"是啊,我懂得。我觉得我跟这所有的东西都没关系了。"

边说他们边走下陡坡坐在阴影中的树根上。沉默中,他又记起她那双动人的眼睛,有时那双眼像泉水一样清澈,充满了希冀。于是他慢慢地、有点吃力地对她说:"你身上闪烁着像金子一样的光,我求你把它送给我。"从他的话中,他应该对这个问题想了很久了。

她一吓,好像要从他身边跳开。但她仍然感到痛快。

"什么光?"她问。

他很害羞,没再说什么,就这样不说话。慢慢地,她开始感到焦虑。

"我的生活并不美好。"她说。

"嗯,"他回答着,他并不愿意听这种话。

"我觉得没人会真正爱我。"她说。

他并不回答。

"你也这样想吗?"她缓缓地说,"你也认为我只需要肉体的爱? 不,不是,我渴望你在精神上陪伴我。"

"我知道你的想法,我知道你并不只需要肉体上这些。可我希望你把你的精神——那金色的光芒送给我,那才是你,你却一点也不懂,把它送给我吧。"

沉默了一会儿,她气愤道:

"我为什么这样呢? 你根本不爱我呀! 你只为了你的目的。你根本不想为我做事,却只要求我为你做事。这对我不公平!"

他付出最大的努力来维持这次谈话并迫使她在思想上投降。

"两回事,"他说,"这是不同的事。我会用其他的方式为你做事,不是占有你,而是用其他方式。但是,我想要我们不费心地在一起——因为我们需要在一起所以我们一定会在一起,就是这样的现象,这不需要我们通过艰苦的努力来维持。"

"不,"她思考着说,"你一直以自我为中心。你一直以来就没过热情,你一直没有对我释放出激情来。你仅仅要你自己,真的,你只想关于你自己的事。你需要我,仅仅在这一种程度上,要求我为你服务。"

而她的语言会促使他彻底关上自己的心门。

"怎么样的说法并不重要。我们之间是不是还有那种东西呢?"

"你从来就不爱我。"她叫道。

"我爱,"他愤怒地说,"可我要——"他的心再次发现了她眼中溢满的金色的如泉水的光,这光芒就像是从某个窗口发散出来的。在目前人情冷淡的世界,他要两个人在一起。可是,和她说这些有什么用? 跟她交谈有什么用? 这想法是无法表达的。强求她发誓只会伤害她。这想法就像一只在天堂的鸟,什么时候也不用进窝,它非要坚持自己飞向爱情。

"我一直坚信我会收获爱情,可你太让我失望了。你根本不爱我,这你自己清楚。你从来不想对我尽什么义务。你需要的只是你自己。"

听到她又重复刚才的话,他就感觉血管里涌起满腔怒火。他心中从此不会有什么天堂鸟了。

"不,"他愤怒地说,"我的确不想为你尽义务,因为没有可尽的义务。你也不需要向我尽义务,什么都不用,包括你自己都不需要我尽义务,这就是你的女性之中的特点。我不会因为你的女性所谓自我贡献什么东西的,它只是有破布做成木偶。"

"哈!"她蔑视地笑道,"你就这么对我?你厚着脸皮说你爱我!"

她愤怒地站起来准备回家。

"你只想那些虚无缥缈的事情。"她转身冲着他模糊的背影说,"我明白你意思了,谢谢。你想让我变成你的所属品,不顶撞你,不在你面前为我自己争取。你需要我只是成为你需要的东西!不,谢谢!假如你只需要那个,倒有很多女人可以给予你。有很多女人会主动躺下请你从她们的身上跨过去,去找她们吧,随时需要,随时就去找她们。"

"不,"他愤怒地随口而出,"我要你丢弃你自负、武断的观念,丢弃你那可怕的执着脾气,我要的仅仅是这个而已。我希望你相信自己,从而才可以解脱自己。"

"解脱?"她嘲笑道,"我可以轻松地解脱我自己。而是你自己过于坚持自我,不能使自己解脱,你认为那是你的一切。你只是一个学校的教师,一个牧师。"

她说的真话让他僵在那儿。

"我没想让你用狄奥尼索斯狂热的方式解脱自己,"他说,"我清楚你可以那么做。可我讨厌狂热,不管是狄奥尼索斯式的还是别的形式。那像是在重复那些没意义的东西。我希望你不在乎自我,放弃在乎你的自我,不要再固执了,开开心心的、变得自信、畅快。"

"谁固执了?"她讥讽道,"是谁一直在固执己见?不是我!"

她的话语中透着仇恨与斥责,让他无话可说。

"我知道,"他说,"我们两个都很固执,是我们都错了。我们又没有获得一致看法。"

他们静坐在岸边的树影下,沉默着。淡淡的夜色笼罩着他们,他们都享受着月夜。

逐渐地,两个人都平静下来了。她试探着把自己的手搭在他的左肩上。他们的手紧紧地握在一起。

"你确实爱我吗?"她问。

他笑了。

"那就是你的口号。"他逗趣说。

"是吗?"她十分高兴地说。

"你的执着——你的口号——'一个布朗温,一个布朗温'——那是斗争的口号。你的口号就是'你爱我吗?浑蛋,要么服输,要么就死去。'"

"不嘛,"她央求道,"才不是那样的呢。不是那样。但我能感受到你是爱我的,这是我应该的"

"嗯,了解就好,不然就算了。"

"那么你爱我吗?"

"是的,我爱。我爱你,而且我坚信这是不可更改的。这是不会改变的了,这没什么可说的。"

她迟疑地沉默了一会儿。

"真的吗?"她说着靠近他。

"真的,现在就开始做吧,接受这爱行吗? 结束它。"

两个人更近了。

"结束什么?"她自言道。

"结束所有烦恼。"他说。

她靠近他。他抱着她,轻轻地吻她。多么舒心啊,只是拥抱她、轻轻地吻她。仅仅同她默默地在一起,放下一切思想、一切欲望和一切意志,仅仅同她静谧相处,处在一片安宁的气氛中,这不是睡眠的寂静,而是幸福的满足。满足于幸福,不要任何欲望,不要固执,这就是我们的天堂:同处于幸福的静谧中。

她依靠在他的怀中,他轻轻地吻她,吻她的头发、脸、耳朵,温柔,轻巧地,就像早晨刚落下来的露珠儿。可这耳边充满荷尔蒙味道的呼气却使她焦虑,重燃了旧的毁灭性火焰。她依靠着他,而他能够体会到自己的血液像水银一样在游动着。

"我们会平复下来的,是吗?"他说。

"是的。"她好像顺从地说。

说完她又靠在他的怀中。

可一会儿她就抽出了身子,开始注视他。

"我要回家了。"她说。

"必须走吗? 太遗憾了。"他说。

她转向他,抬头等他吻自己。

"你真感到遗憾吗?"她笑着自言道。

"是的,"他说,"我希望我们能一直像刚才那样。"

"永远! 是吗?"在他吻她时她小声道。然后她尽全力呻吟着:"吻我! 吻我吧!"边说边贴紧了他。他给了她数不清个吻。但他依然没有忘记自己的想法和自己的观念。他现在只需要温柔的回应,不要其他的,没有激情。因此她很迅速地抽出自己的身体,戴上帽子往家的方向走。

第二天,他只感觉到频繁的渴求欲。他认为大概是昨天他做错了。可能他带着对她的需要去接近她是错误的。难道那只是一种想法或者说只能用一种意味深远的期盼来解释吗? 假设是后者,那他怎样解释常说的肉欲满足? 这两者还是不一致的。

突然他意识到自己面对着十分简单的现状,一方面,他深知他现在不需要更深的肉体满足——某种普通生活能够提供的更深刻、更黑暗未知的东西。他想起了他经常在海里戴家见到的西非的雕塑。那雕塑高两英尺,用纯黑木雕成的,闪着轻柔的光亮,细高而优雅。这像一个女性,把头发做得很高,像是一座圆丘。这雕像给他留下了深刻的印象,雕像成了他心灵上的好友。她的身材长而优雅、脸很小,一圈圈的圆边镶嵌在上衣领口,像是用铁圈叠成的圆柱堆砌在脖子下面。他永远记得她:她的优雅展示出她有异于常人的教养,她的脸小得像甲壳虫,细长的腰肢下是高高隆起的臀部,显得非常厚重,腿又短又丑陋。她比他懂得的东西多。她拥有几千年历史的纯粹肉欲、纯粹非精神的宝贵经验。她的那个种族肯定神秘地逝去几千年了:也就表明,从感官和心灵之间的关系破裂开始,留下的就只有一种神秘的肉体经验了。若干年前,一定在这些非洲人之间发生了对他来说急迫的事情。善、神圣、创世和创造幸福的欲望一定一起泯灭了,保存下的只是对知识的追求欲——通过感官追求的无规律的、演变的知识,这知识只停留在感官阶段,于崩溃与死亡中存在,这是甲壳虫这样的生物才有的知识,它们生活在腐败与残酷的死亡中。这就是她的脸像甲壳虫的原因;这就是为什么埃及人如此崇拜金甲虫的缘由——因为这符合死亡与腐朽的规律。

在死亡之后,当灵魂在极其痛苦中像树叶飘散那样打破有机的控制后,仍然还有漫长的路可走。我们与生活、与希望之间并没有关系,非洲人那漫长的纯粹的肉欲感知禁锢着我们,那是仅存在于死亡中的知识。

目前他注意到这是一个悠久的过程——从创造精神丢弃以后至今已有几千年的历史了。他注意到,有许多秘密将会被揭开,肉欲、无意识和恐怖的神秘与生殖器的偶像相比更难以被揭示。在退步的文化中,这些西非人为什么能够超越对生殖器的感知?超越得特别远,特别远。伯金忽然又想起了那个女性雕塑:细长的躯体,奇异、出人意料厚重的臀部,修长、被衣服花边簇拥着的脖子和像甲壳虫一样迷人的小脸儿。这远远超出了所有有关生殖器的知识,而这些知识远不能了解微妙的肉欲。

这种残忍的非洲式的认识方式至今未得到实现。白人通过其他的方法去认识。白色人种的身后是北极,是广阔的冰雪世界,他们将实现冰冷的摧毁和虚无缥缈的神话。而西部非洲人饱受撒哈拉燃烧着的死亡规则制约,在太阳的消失和阳光腐烂的神话中得到了满足。

这就是所有留存的东西吗?难道只是与幸福的、创造性的生命断绝一切关系吗?难道创造的生命真的结束了吗?难道只有非洲人那奇特、可怕的死亡知识需要我们研究?然而我们是北方碧眼金发的高贵白人。

伯金再次想到了杰拉德。他就是那来自北方的奇幻的白色精灵,寒冷的神话使他获得了完善。他是否是命中注定要在异常寒冷的感知中离开人世呢?他会不会是死亡世界的信使?

一想这些,伯金慌张了。一想到这里他又感到厌烦。突然他绷紧的注意力放松了,他不会再沉湎于这些神话故事了。另一条道路即自由的路呈现在他面前。一扇进入纯粹个体存在的理想之门向他打开,在那里个体的灵魂比爱、比结合的欲望地位更高,比其他情感都激烈,这是一种自由而高傲的独立状态,它有义务与别人永久相连,仍受到爱情的约束,但即使在这样的时刻,自己骄傲的个性也决不放弃。

还有另一条他必须走的路。他想到了厄秀拉,她是那么机敏、那么忠实,她的皮肤很好,应该是一种旷古烁今的皮肤。可她实在是太文雅、太机敏了。他不会忘记。他必须立刻就去找她,请求与她结婚。而且他们必须迅速结婚,从而宣告进入一种明确的感情交流。他必须立刻去找她，一刻也不能耽误。

他飞速地朝贝多弗跑去，精神恍恍惚惚。他发现山坡上的城市居然没有向四周延展，而像是被矿工住宅区边上的街道包围了起来，形成一个巨大的方形，这使他想起了耶路撒冷。此时感觉整个世界都是那么奇幻。

罗瑟兰打开门，她像小姑娘一样惊讶了一下，说：

"哦，我去告诉父亲。"

说完她回屋去了。伯金独自站在厅中看着不久前戈珍画的毕加索的画。他被画中透出的土地魔力深深吸引。此时，威尔·布朗温出来了，他一边放下绾起的衣袖一边往楼下走。

"哦，"布朗温说，"我去换件外衣。"说完他的身影也不见了。不一会儿他就回来了，推开客厅的门说：

"抱歉，我刚才在棚子里干活儿呢，请进吧。"

伯金进屋后坐下了。他看布朗温神采飞扬、满面红光，看着他纤细的眉毛和雪亮的眼睛，又看看拉碴的胡子下宽阔肉感的红嘴唇。真意外，这居然是个人！布朗温对自己的观点与他的现实形成了鲜明对比。伯金只能发现，这位五十岁左右、身材瘦弱、神采奕奕的人是激情、欲望、压抑、传统和机械观念独特、无法解释、基本不成形的集合体，这一切十分融洽地汇集于一身。他仍像他二十时那么没有主见、那么不稳重。他居然会是厄秀拉的父亲？他自己都还没有成熟啊。他不应该是一位父亲。只是有一点肉体遗传了儿女，但他的精神却没有随之传给他的后代。他们的精神并不是出自一个先辈，这精神来源于未知世界。一个孩子会是神话的后代，不然他就不会出世。

"今天天气还不错，"布朗温等候了一会儿说。这两个男人之间居然一点交流也没有。

"啊！你相信月亮会改变天气吗？"

"哦，不，我不信。我不太懂这个。"

"你知道大伙儿怎么认为吗？他们说月亮随天气一起变化，但月亮的变化并不会改变天气。"

"是吗？"伯金说，"我原来没听说过。"

沉默了片刻，伯金说：

"我给您带来麻烦了。我其实就是想看厄秀拉。她在家里吗？"

"她不会在吧。她应该是去图书馆了。我去看看她在不在。"

伯金听到他在饭厅里询问。

"没在家，"他回来说，"不过她不一会儿就会回来的。你要跟她说话吗？"

伯金非常沉静地看着布朗温说：

"其实，我是来向她求婚的。"

老人金黄色的眼睛一亮：

"啊？"他看看伯金，低下眼皮道，"她知道吗？"

"不知道。"伯金说。

"不知道？这事的发生我竟然一点都不知道——"布朗温很尴尬地笑道。

伯金又看看布朗温，自己小声说："怎么叫'发生'呢！"

然后,他又大声说:

"或许这太突然了。"想到厄秀拉,他又补充说,"不过我不知道——"

"很突然,对吗?唉!"布朗温十分疑惑、忧虑地说。

"一方面想是这样,"伯金说,"可从另一方面想说就不是了。"

停了一会儿,布朗温说:

"那好吧,她愿意怎样就怎样——"

"对!"伯金沉静地说。

布朗温声音高亢、震颤着回答道。

"尽管我不希望她这么急定终身,可也不能左顾右寻拖太长时间。"

"哦,一定不会拖太久的。"伯金说,"这事不会拖太久的。"

"你这是什么意思?"

"假如一个人后悔结婚的话,说明这桩婚姻失败了。"伯金说。

"你是这么认为的?"

"是的。"

"你大概就是这么看的吧。"

伯金心想:"大概就是这样吧。至于你威廉·布朗温如何看问题就需要另外解释了。"

"我想,"布朗温说,"你知道我们家是什么样的家庭吧?你知道她受的什么样的教养吧?"

"她,"伯金忽然想起自己小时候受到的管教,心里说,"她是最坏的女人。"

"是问我了解不了解她的教养吗?"他说出声音来了。他故意让布朗温不愉快。

"哦,"他说,"她具有一个女子应该具有的一切——尽可能,我们能赋予她的她都有。"

"我坚信她有的,"伯金说,他的话被打住了。父亲感到十分愤怒。伯金身上的什么东西使他生气,仅仅他的出现就自然地令他生气。

"可我不想看到她违背了这一切。"他变了一副腔调说。

"为什么?"伯金问。

布朗温的头脑像是受到了一发炮弹的袭击。

"为什么!我不相信你们那种别出心裁的做法,不相信你们那别出心裁的思想,整个儿就像药罐子中的青蛙一样。我一定不会喜欢上这些东西。"

伯金的目光不带任何情绪地看着他。两人敌对地怒视着。

"对,可是我的做法和想法是别出心裁吗?"伯金问。

"那些东西吗?"布朗温赶忙说,"我并不是单独指你。我的意思是我的子女是按照我的信念和思想长大的,我不希望看到他们背离这个信念。"

过了一会儿,伯金问:"你是说超过你的信仰?"

父亲犹豫了,他感到很难受。

"嗯?你这话是什么意思?我要说的是我的女儿——"他感到很难表达自己,干脆沉默了。他知道他的话有点远离主题了。

"当然了,"伯金说,"我并不想伤害任何人,也不想影响任何人。厄秀拉自己愿意怎样就怎样。"

意见不合,双方相互无法理解,他们都不说话了。伯金只感到疲倦。厄秀拉的父亲是一个思想没有条理的人,他的话全是陈旧的观念。年轻人的目光注视着老人的脸。布朗温抬起头,发现伯金正在盯着他,马上他感到一阵无法言表的怒火、侮辱和体力上的自卑。

"信与不信是一回事,"他说,"但是,我宁愿让我的女儿明天就死也不希望看到她们对第一个接触她们的男人言听计从。"

伯金的目光显示出一丝苦涩。

"关于这个,"他说,"我只知道很可能我对女人言听计从,而不是女人对我言听计从。"

布朗温很吃惊。

"我知道的,"他说,"她愿意怎样就怎样,她一直这样。我对她们算是尽心尽力了,这倒无所谓。她们应该顺其自然,她们不用讨人欢喜,自己高兴就好。但她也应该为她母亲和我考虑一下。"

布朗温在思考着自己的心事。

"跟你说实话吧,我宁愿埋葬她们,也不允许她们过放荡的生活,如今这种事太多了。宁愿埋葬她们,也——"

"是的,可是你看,"伯金慢慢地说,他对这个新的话题讨厌透了,"她们不会允许你或我去埋葬她们的,她们是不可能被埋葬的。"

布朗温看看他,只觉得心头燃起有气无力的怒火。

"伯金先生,"他说,"我不知道您来这儿到底做什么,也不知您有哪些要求。但是女儿是我的,看护她们是我的义务和责任。"

伯金突然眉头紧锁,两眼射出嘲讽的目光。但他依然很冷静。

"我并没有反对您同厄秀拉结婚,"布朗温终于说,"这与我没有关系,不管我如何,她愿意就行。"

伯金扭头看着窗外,思绪纷扰。说来道去,这有什么用? 他不能再这样坐下去了,等厄秀拉一进家,他就把话跟她说,然后就离开。他才不愿意跟她父亲在一起找麻烦呢。不需要这样,他也没必要惹什么麻烦。

这两个男人都沉默地坐着,伯金几乎忘记了自己在哪里。他是来求婚的,对了,他需要等她,跟她讲。至于她说什么,能不能接受他的求婚他就管不了。他一定要把自己要说的话讲出来,他心里就想着这一点。虽然这个家对他来说没多大意义,他也认了。一切大概都是命中注定的。他只能认清楚将来的这一件事,别的什么都不清楚,现在他暂时与其他全都失去了联系,即便有什么问题也要依靠命运和机遇去解决。

终于他们听到了门响。他们都看到她腋下夹着一摞书慢慢地上了台阶。她仍像往常一样精神良好,一副超然的外表,似乎总是心不在焉,对现实并不注意。她这一点很令她父亲生气。她极能够展示自己的光采了,像阳光一样灿烂,但对现实充耳不闻。

他们听到她走进了餐厅,把一摞书轻放在桌子上。

"你带回来《姑娘自己的书》了吗?"罗瑟琳叫道。

"带来了。不过,我不记得你要的是哪一册了。"

"你应该记住的。"罗瑟琳生气地叫道,"怎么会忘了呢?"

然后他们又听她小声说了几句。

"在哪儿?"只听厄秀拉尖叫道。

她妹妹的声音又主动压低了。

布朗温打开门,声音洪亮地喊道:

"厄秀拉。"

她马上就走过来了,头上还戴着帽子。

"哦,您好!"一见到伯金她感到惊讶得头都晕了,大声喊起来。发现她注意到了自己,他向她望去。她呼吸急促,似乎在现实世界面前感到迷茫。这使她那个一直光辉的自我世界变得模糊起来。

"我打断你们的谈话了吧?"她问。

"没有,你打破的是沉寂。"伯金说。

"哦,"厄秀拉含糊地、漫不经心地说。他们对她而言并不重要,她并不在乎。这种微妙的冒犯总是让她父亲感到恼火。

"伯金先生来是找你谈话的,而不是找我的。"父亲说。

"啊,是吗?!"她惊讶道,但有些漫不经心。随后她振作自己,神采奕奕但有点做作地对他说,"有什么特别的话要对我说吗?"

"我倒很希望是这样。"他调侃道。

"他是来请你嫁给他的。"她父亲说。

"哦!"厄秀拉叹道。

"噢"父亲模仿她道,"你没什么想说的吗?"

她像是受到了伤害似地,退缩了。

"你真是来向我求婚的?"她问伯金,似乎觉得这只是一个玩笑而已。

"是的,"他说,"我是来请你嫁给我的。"说完这句话时他似乎感到羞愧。

"是吗?"她似信非信地问道。他现在说什么她都会兴奋的。

"是的,"他回答,"我想,我希望你同意嫁给我。"

她看着他,发现他眼中闪烁着杂乱的光芒,渴求她,但又不那么明确。她退缩了,似乎她完全显露在他的目光中,令她煎熬。她的脸沉下来,心头闪过一片乌云,目光挪开了。她被他从灿烂的自我世界中驱赶出来了。但她担心跟他接触,这显得很不自然。

"是这样。"她含糊地回答。

伯金的心疼痛地缩紧了。原来这一切对她来说都不重要。他又错了。她有自己的世界,话说得很安逸。他和他的希望对她来说不算什么,是对她的冒犯。这一点也让她父亲非常愤怒。他一生中一直在对此隐忍。

"你倒是说话呀!"他叫道。

她退缩了,似乎有点担心。然后看看父亲说:

"我没说什么,对吗?"她似乎生怕自己答应了什么。

"是没说,"父亲说着动气了,"可你看上去并不傻,你不会失去智慧了吧?"

她怀着敌意向后退着。

"我有才智,你这是什么意思?"她忧郁、反感地说。

"你听到问你的话了吗?"父亲生气地叫道。

"我当然听到了。"

"那好,你能回答吗?"父亲愤怒道。

"我为什么要回答?"

听到这无礼的反抗,他气坏了,但他什么也没说。

"不用,"伯金站出来解释说,"没必要现在回答。什么时候愿意回答再回答。"

她的眼中拂过一线强烈的光芒。

"我为什么要说些什么呢?"她叹息道。"你这样做是你自己的事,跟我没关系。为什么你们两个人都在这欺负我?"

"欺负你! 欺负你!"她父亲仇恨、愤怒地叫道。"欺负你! 可怜,谁也无法迫使你理智些、礼貌些。欺负你! 你是要对这话负责的,你这个任性的姑娘!"

她茫然地站在屋子里,她的脸上仍然闪着坚毅的光。她对自己的挑衅很满意。伯金望着她,他太生气了。

"可是没人欺负你呀。"他压着火尽量轻声说。

"是呀,但是你们两个人都在强迫我。"

"那是你多想。"他嘲弄道。

"多想!"父亲叫道,"她是个自以为是的笨蛋。"

伯金站起身,边走边说:"算了,以后再说吧。"

然后他没再说别的,就走出了房间。

"你这傻瓜! 你这傻瓜!"她父亲极为悲伤地冲她喊着。她走出房间,哼着歌儿就上楼去了。可是,对此她深感不安,像是刚经历了一场恶战。她从窗口看到伯金在路上了。他昂首阔步地生气走了,她琢磨着。这人很滑稽,但她很怕他,好像有一种逃出虎口的感觉。

她父亲无力地歪坐在楼下,深感屈辱和懊悔。似乎与厄秀拉发生过了无数次的冲突,他被恶魔缠住了。他恨她,恨之入骨。他的心变成了一座炼狱。但他希望自我解脱。他知道他一定会失望、屈服,在失望前止步,从此结束。

厄秀拉低沉着脸,她跟他们谁都过不去。她像宝石一样坚硬、自我完善、美丽而无懈可击。她很自由、开心,稳重而潇洒。她父亲得学会对她这种快活的冷漠样子视而不见才可以,否则非得气死不可。她总是很愉快,但心里对任何事都怀有敌意。

一连好多天她都会这样,好像这纯属一种自然冲动,除了她自己,对所有事都不在意,但对她感兴趣的事做起来还是很高兴的、很顺利的。哦,男人要像接近她可是一件很苦的差使。连她父亲都质问自己怎么成了她的父亲,他必须学会对她视而不见,充耳不闻。

在她进行抗争的时候她显得很稳重,非常有风采、特别迷人,那副单纯的样子令人难以置信,大家都不接受她这副样子。倒是她那奇特清晰、令人厌恶的声音露出了马脚。只有戈珍跟她能想到一块儿去。在这种时刻,她们姐妹二人才最亲近,好像她们的聪明才智合二为一了。她们感觉到有一条超越所有事的强有力、光明的纽带——理解——把她们紧紧地联系在一起。每到这时,需要面对两个联合起来的女儿,父亲就像呼吸到了死亡的气息一样,好像他自身被毁灭了一样。他气疯了,他决不会善罢甘休,不能看着他的女儿们自己毁灭自己。可他说不过她们,拿她们无可奈何。他在心里诅咒着她们,唯一的希冀就是让他们永远离开自己。

她们仍然神采奕奕,显出女性的超然,看上去很漂亮。她们是相互信任、互亲互爱、分享着各自的秘密的好姐妹。她们之间坦诚相见,无话不说,即使是坏话。她们用知识武装自己,在智慧之树上吸取着最美妙的养分。让人惊奇的是,她们竟然相互补充,相得益彰。

厄秀拉想把追求她的男人看作是她的儿子,怜爱他们的渴求,敬仰他们的勇气,像母亲对孩子一样为他们的新花样感到欣喜。可对戈珍而言,男人是敌对阵营的人。她怕他们,又轻视他们,但是对他们的行为又极其尊重。

"当然了,"她简单地说,"伯金用有一种生命的特质,是很了不起的。他身上有一股不停喷薄的生命之泉,当他献身于任何事情时,这生命之泉一定会惊人得充足。可生活中有太多的事他压根儿就不知道。他要么对它们的存在丝毫不关心,要么对它们根本不计较,可这些事对别人来说却非常重要。在某种程度上,他并没多么聪明,他在小事儿上过于认真了。"

"对,"厄秀拉叫道,"他太像个牧师了。地道的牧师。"

"一点不错!他不听别人的话,他就是固执。因为他自己的声音太大了,所以别人的话他根本不听。"

"是这样的。他自己大声喊叫但从不让别人说话。"

"不让别人说话,"戈珍反复说,"而且给你施加压力,虽然这没用。没人会因为他的压力就相信他。他让人无法跟他说话,更不用说和他在一起生活了。"

"你认为别人没办法跟他一起生活吗?"厄秀拉问。

"我觉得那太累了。他会冲你大喊大叫,要你言听计从。他要完全控制你。他不能容忍任何一点别人思想的存在。他最蠢的一点是不会自我批评。跟他一起生活是不可能的,难以忍受的。"

"是啊,"厄秀拉支吾着同意说,但她并不完全同意戈珍的说法,"可笑的是,"她说,"跟任何男人一起待上两个星期,都会让人觉得无法忍受。"

"这可太危险了,"戈珍说。"不过伯金这人太武断自大了。如果你拥有自己独立的灵魂,他就无法接受你。这话一点不假。"

"对,"厄秀拉说,"你必须跟他想法一样才行。"

"太对了!没什么比这更可怕了。"对此厄秀拉颇有感触,打心眼儿里反感。

她心里很不是滋味,只感到无助和焦虑。

后来,戈珍的情绪又有新的变化。她把生活丢弃得太彻底,把所有的事情看得太丑陋、太无可救药。尽管戈珍对伯金的评论是对的,对好多事的看法也是对的,但她却要像结账时那样把他全部算清。他就这样被"结了账",给打发。可这太荒谬了。戈珍这种一句话结账的方式,把人或事情打发掉的做法无法被接受。厄秀拉开始对妹妹感到一丝反感。

这天她们在长长的胡同中漫步时,发现一只知更鸟站在枝头鸣叫,引得姐儿俩停住脚步仔细去观看。戈珍脸上露出讥讽的笑容道:"它是不是觉得自己挺厉害?"

"肯定是!"厄秀拉嘲弄地扮个鬼脸说。"瞧它多像骄傲的劳埃德·乔治!"

"可不是嘛!就是一个小劳埃德·乔治!它们都是这德行,"戈珍高兴地叫道。

从那天开始,厄秀拉就觉得这些自由、爱炫耀的鸟儿像一些又矮又胖的政客们,在台上扯着嗓门大喊,这些小矮人会不惜任何代价也得让人们都听到他们的声音。

这些也使人反感。好多金翼啄木鸟会突然在她面前的路上跳出来。它们的样子让人很不解、丝毫没有人情味儿,像金灿灿的黄色刺芒带着某种神秘的使命冲向空中。她自言自语地说:"无论如何,管它们叫劳埃德·乔治是太草率了。我们的确不了解他们,它们可能是些未知的力量。把它们看作是跟人类一样的东西是很轻率的。它们不属于这个世界。拟人主义是多么腐朽呀!戈珍真是轻率、傲慢,她竟把她自己变成衡量一切事物的标准,要让任何事都符合人类的标准。卢伯特说得是对的,人类是在利用自己的想象描绘这个世界。可是,感谢上帝,这个世界并没有被人格化。"她似乎认为鸟儿比作劳埃德·乔治是对它们的一种侮辱,是对真正的生命的毁坏、侮辱。这对知更鸟是莫大的耻辱。可她自己却真的这样做了。不过,她是受到了戈珍的影响才会这样做的。

于是她逃避着戈珍,远离任何戈珍所维护的东西,反而在精神上支持伯金了。自从上次他求婚失败,至今还没见过面。她不愿意见他,是因为她不想面对接受还是不接受求婚的问题。她知道伯金对她求婚意味着要发生什么,不用说,她朦胧地就知道。她清楚他需要怎样的爱、怎样的屈从。她还不确定这是否就是她需要的那种爱。她并不知道这种若即若离的结合是否就是她需要的。她渴望无法形容的亲昵。她要占有他的全部,彻底地占有他,让他成为她的,要那种无法形容的亲昵。把他一饮而尽,就像喝下生命的佳酿那样。她学着梅瑞迪斯的诗句向自己表白,愿意用自己的胸膛温暖他的脚。她可以那样做,她的爱人要绝对爱她是唯一的条件,忘我地爱她才行。但她敏锐地意识到他永远也不会忘我地爱她,他一开始就不相信那种全然的自我忘却。他曾公开表示过,以此来进行挑战,她为此做好了一切准备要与之进行抗争,因为她坚信有一种对爱情绝对的付出。她相信爱一定是超越个人的。而他却说,个人比爱和任何关系相比更重要。他认为,灵魂只把爱看作是它的环境之一,是它平衡自身的条件。但她却坚持爱是一切。男人必须向她作出贡献,他有义务让她尽情享乐。她希望他彻底成为她的人,作为回报,她也会做他卑谦的用人——不管她是否愿意。

第二十章　格斗

自从求婚失败后,伯金气急败坏地从贝多弗落荒而逃。他认为自己是个十足的笨蛋,整个经过就是一场闹剧。当然他也没觉得有什么不安。令他十分愤怒的是厄秀拉一直没完没了地大喊:"你为什么要欺负我?"那口气实在是无礼,说话时还一幅得意、满不在乎的样子。

他径直朝肖特兰兹走去。杰拉德正背对着壁炉站在书房里看书,他纹丝不动,像一个内心十分空虚的人那样非常焦虑。他做了所有该做的事,现在一件事都没有了。他可以随时坐车出门,可以到城里去。然而他既不想坐车出门,也不想进城,更不想去拜访席尔比家。他现有很迷茫,很迟钝,就像一台失去动力的机器那样。

杰拉德因此深感悲伤,他以前总是没完没了地应付事务,从不知烦恼是什么。现在,一切好像都要停止了。他不愿意再做任何事,他心中某种死去的东西一直拒绝回应任何建议。他费尽心力想着如何把自己从这种空虚的痛苦中解放出来,如何摆脱这种空洞对他的压抑。只有吸印度大麻制成的麻醉品、得到伯金的抚慰,再就是女人,这三件事可以令他复活。现在没人陪伴他一起吸食毒品,也没有女人,伯金也出门了。无事可做,只能一人独自承受空虚的重担。

一看到伯金,他的脸马上就绽出快活的微笑。

"天啊,卢伯特,"他说,"我正在想世界上最厉害的就是有人压制别人的锋芒,只有你能做到。"

他看伯金时眼中带的笑意是十分惊人的,它代表一种纯粹的释然。他脸色暗淡,甚至十分憔悴。

"你是说女人吗?"伯金嘲讽地说。

"当然要有所选择,实在不行,一个有趣儿的男人也可以。"

说着他就笑了。伯金紧靠着壁炉坐了下来。

"你在做什么?"

"我,没干什么。我一直都很不好过。任何事都令人焦虑,搞得我工作和娱乐全乱套了。可以说我不确定这是否是衰老的迹象。"

"你是说你体会到厌倦了?"

"厌倦,我不清楚。但是,我无法安下心来。我还感觉到我心中的魔鬼不知是死是活。"

伯金横扫了他一眼,然后盯着他的眼睛说:

"你应该试图专心致志。"

杰拉德大笑道:

"可能,只要我这样做是值得的。"

"对呀!"伯金轻柔地说。双方都沉默了,相互感受着对方。

"要等待可以。"伯金说。

"天啊！等待！我们有什么可等呢？"

"有的老人说睡觉，喝酒和旅游是消除烦恼的三个办法。"伯金说。

"没有有用的方法，"杰拉德说，"睡觉时做梦，喝多了酒就骂人，旅游时你可以冲脚夫大喊大叫。这样不行。工作和爱才是正确的出路。你不工作的时候，你就应该恋爱。"

"那好吧。"伯金说。

"给我设立一个目标，"杰拉德说，"爱的可能性足以将使爱消耗殆尽。"

"是吗？然后发生什么呢？"

"之后你就死了。"杰拉德说。

"你才是这样。"伯金说。

"我倒没看出，"杰拉德说着手从裤兜中伸出来准备去拿香烟。他十分焦虑。他利用油灯点着烟卷儿，前前后后慢慢地踱着步。尽管就一个人，他还是像往常一样准备吃饭。

"除了你那两种办法，还有另外一种办法，"伯金说，"工作，爱和打斗。你把这一点忘了。"

"我没有忘记，"杰拉德说，"你打拳吗？"

"不，我不打。"伯金说。

"唉——"杰拉德抬起头，向空中喷吐着烟圈。

"怎么了？"伯金问。

"没什么，我想跟你打一场拳赛。说实话，我需要向什么东西出击。拳赛是个好主意。"

"所以你是想揍我一顿，这样方便，是吗？"伯金问。

"你？嚯！可能！肯定是友好地打一场。"

"行啊！"伯金尖酸地说。

杰拉德继续向后斜靠着壁炉台。他低头注视着伯金，眼睛像种马的眼睛一样激动地充着血、闪着可怕的光芒。

"我认为我管不住自己，我会干傻事的。"杰拉德说。

"可以不做傻事吗？"伯金冷冷地问。

杰拉德厌烦地听着。他俯看着伯金，好像能在他身上看出什么来。

"我之前学过日本式摔跤，"伯金说，"在海德堡时我和一位日本人同住一所房子，他当时教过我几招。可我一直不擅长这个。"

"你学过！"杰拉德喊道，"我第一次见人用这种方法摔跤。你说的是柔道吗？"

"对，不过我对那不感兴趣。"

"是吗？我很感兴趣。怎么开始？"

"如果你喜欢我就给你表演。"伯金说。

"你会吗？"杰拉德脸上堆起笑容说，"好，我喜欢这样。"

"那就尝试柔道吧。不过，你穿这样的衣服可做不了几个动作。"

"那就脱了衣服好好学。等一会儿——"他按了下铃唤来男仆，吩咐道：

"做几块三明治，来瓶苏打水，然后今晚就不用来了，告诉别人也别来打扰。"

男仆离开后。杰拉德炯炯地看着伯金问：

"你真跟日本人摔过跤？你们也不穿衣服？"

"偶尔。"

"是吗？他是运动员吗？"

"可能吧。不过我不是裁判。他很迅捷、灵敏，具有电火一般的力量。他那种运力法很厉害，简直不像人，倒像珊瑚虫。"

杰拉德点点头。

"能想象得出来，"他说，"不过，那样子让我厌恶。"

"厌恶，也会被吸引。他们冷漠忧郁的一面令人反感。但他们热情的时候却是吸引人的，就像黄鳝一样油滑。"

"嗯，可能。"

这时男仆端来盘子放下。

"别再进来了。"杰拉德说。

门被关上了。

"好吧，咱们开始脱衣服吧。你先喝点什么吗？"

"不，我不喝。"

"我也不想。"

杰拉德起身关紧门，把屋里的家具大概挪动了一下。房间能提供足够的空间，铺着厚实的地毯。杰拉德快速脱掉衣服，等待伯金。白净的伯金走了过来。他就像个精灵；看不见也摸不着。杰拉德完全能感觉到他的存在，但没有真正看见他。杰拉德倒是个有形的人，可以看得清实体。

"现在，"伯金说，"让我展示一下我学的成果，记住多少表演多少。来，你让我这样抓住你——"说着他的手就伸去抓住了杰拉德的裸体。言语间他轻轻地扳倒杰拉德，用自己的膝盖托住杰拉德，他的头垂直朝下。放开他以后，杰拉德目光炯然地站立起来。

"很好，"他说，"重来一次。"

两个人就这般扭打起来。他们两人不大一样。伯金又瘦又高，骨架窄，纤细。杰拉德则有块头，有雕塑感。他的骨架粗大，肌肉十分发达，他的轮廓看上去协调、健壮。他似乎很重地压在地面上，而伯金好像腰部蕴藏着吸引力。杰拉德有一种强大的摩擦力，很像机器，而力量来得突然，难以看出。而伯金则若隐若现，令人无法捉摸。他隐附在另一个人身上，就像一件衣服一样基本没怎么触到杰拉德，但又似乎忽然地击中了杰拉德的致命处。

他们停下来切磋技艺，练习抓举和抛开，渐渐地能够相互适应对方的节奏、彼此获得了体力上的协调。然后他们开始正式较量一番。他们好像都在尝试嵌进对方白色的肉体中，就像要变成一体一样。伯金拥有一种极巧妙的力量，就像咒语在他身上发生了功效。松开手之后，杰拉德长出一口气，感到头晕目眩。

他们二人就一直这样扭打在一起，越贴越近。两个人皮肤都很白，杰拉德身上所触之处已经开始泛红，可伯金依然很紧张，尽管身上还没有变红。他好像要嵌入杰拉德那厚实宽阔的躯体中，与他的躯体融为一体。伯金凭着某种特殊的预知快速地掌握了另一条躯体的任何一个动作，从而来扭转它，与它抗争，巧妙地控制它，像强风一样摆布着杰拉德的四肢。似乎伯金那高智商的肉体刺进了杰拉德的躯体,他纤弱、高尚的身体进入了杰拉德那强悍的皮肉中,好像一种力量能透过肌肉在杰拉德肉体的深处投下一张精织的网,建起一座监狱。

他们就这样快速、疯狂地扭打着,最终他们都聚精会神、一心一意起来,两个白白的躯体扭打着紧紧地抱成一团,微弱的灯影下他们的四肢像章鱼一样纠缠、闪动着。只见一团白色的肉体静静地扭作一团在装满褐色旧书的书柜中间。偶尔传来沉重的喘息或叹气声。有时厚厚的地毯上会响起急促的脚步声,有时又响起一个肉体挣脱另一个肉体怪异的摩擦声。在这团默默旋转着的激烈扭动的肉体中很难看到他们的头,只能看到迅速转动着的四肢和厚实的白色脊梁,两具肉体扭成一体了。随着扭打姿势的改变,杰拉德的头发开始零乱、闪光的头显露出来,然后伯金那长着褐色头发的头颅下双眼大睁着,露出恐惧的表情。

最终杰拉德终于挺直地躺倒在地毯上,胸脯跟随着喘息起伏着,伯金跪在他身边,基本失去了知觉。伯金比杰拉德的消耗更大,他喘气非常急促,都快要喘不上气来了。地板似乎在倾斜、晃动,大脑中一片黑暗。他不清楚发生了什么事。他不由自主地向杰拉德倾倒过去,而杰拉德却没在意。然后他有点清醒了,他只感到世界在怪异地倾斜、滑动着。整个世界都在移动,一切都滑向黑暗。他也在滑动着,无休止地滑动着。

当他又一次清醒过来,听到外面有沉重的敲动。这是什么?是锤子在敲打?这声音震动了整个房间。他不清楚这是什么声音。后来他弄明白了,这是他的心脏跳动的声音。可这不大可能,这声音是从外面来的。不,这声音来自体内的,就是他的心。这心跳得很痛苦,因为他过于紧张,负担又太重。他在想杰拉德能否听到这心跳。他不清楚他是站着、躺着还是摔倒了。

当他发现自己是精疲力竭地倒在杰拉德身上时,他很惊讶。他坐起来,双手扶地稳住身体,等着心跳平息下来,痛苦可以稍微减缓一点。心疼得厉害,最终他失去了意识。

杰拉德比伯金更昏昏然,他在某种似死非死混沌中持续了好久。

“按说,”杰拉德喘着气说,“我不应该太粗暴,我应该温柔些。”

伯金早已灵魂出壳,但他听到了杰拉德说的话。他已经精疲力竭,杰拉德的声音听起来也很微弱,他的身体没有一点反应,他唯一明白的是,他的心缓和了许多。他的精神与肉体早已分离,精神早已经超脱于体外。他知道他对体内奔腾着的血液没有丝毫感觉。

“我本可以把你甩开,”杰拉德喘息道。“但是你把我打得很惨。”

“是啊,”伯金粗着嗓音焦急地说,“你比我壮多了,你轻而易举地打败我。”

说完他又沉默了,心仍在突突跳,血依然冲撞血管。

“让我震惊的是,”杰拉德喘着说,“你那股劲儿是超出自然的。”

“也就一会儿。”伯金说。

他仍可以听得到说话声,似乎那是他分离在外的精神在他身后的远方倾听。不过他的精神越来越近了。胸膛里猛烈翻滚着的血液慢慢舒缓了,允许他的理性回归。他意识到他全部身体的重量都压在另一个人身上。他大吃一惊,原以为自己很早就离开杰拉德了。他抖擞精神坐了起来。可仍旧恍惚,心神不定。他伸出手帮助身体稳定下来,他的手和杰拉德伸在地板上的手碰到了,杰拉德热乎乎的手突然抓紧了伯金的手,他们手拉着手喘着气,劳累极了。伯金的手马上有了反应,用力、热情地握紧了对方的手。

他们逐渐恢复了知觉。伯金可以自由的呼吸了。杰拉德的手渐渐地缩了回去。伯金恍惚地站起身走向桌子,斟了一杯威士忌苏打水。杰拉德也走过来喝饮料。

"这是一场真正的决斗,是吧?"伯金黑黑的眼睛看着他说。

"是啊,"杰拉德看着伯金瘦弱的身体又说,"对你而言还不算厉害吧,嗯?"

"不。人应该角力,争斗,赤手相拼。这让人更健全。"

"是吗?"

"我是这么认为的,你呢?"

"我也是这么认为的,"杰拉德说。

他们良久没有说话。一场角斗对他们来说意义深刻,耐人寻味。

"我们在精神上很亲密,因此,我们多多少少在肉体上也需要亲密些,这样才能完整。"

"当然了,"杰拉德说。然后他愉快地笑着补充道,"我认为这很美好。"说着他很自然地伸展开双臂。

"就是,"伯金说,"我觉得人没必要为自己辩解什么。"

"对。"

他们开始穿衣服。

"我感觉你挺帅的,"伯金对杰拉德说,"这给人一种享受,人应该会欣赏。"

"你觉得我帅,指什么,指我的体格吗?"杰拉德目光闪耀着说。

"是的。你有一种北方人的美,就像白雪折射的光亮,另外,你的体型有一种雕塑感。让人看着感觉是一种享受。我们应该欣赏所有事。"

杰拉德笑道:"当然这是一种观点。我可以这样说,我感觉很好,这对我帮助很大。这就是你需要的那种'兄弟情谊'吗?"

"或许是。事实已经说明一切了,对吗?"

"我不知道。"杰拉德笑道。

"不管怎么说,我们都感到更自由、更加开诚布公了,我们需要的就是这个。"

"对。"杰拉德说。

言语间他们带着长颈水瓶,水杯和吃食靠近了壁炉。

"睡前我总要吃点什么,"杰拉德说,"那样睡起来才舒服。"

"我可睡不了那么舒服。"伯金说。

"不! 你瞧,这一点上我们就不一样。我这就去换睡衣。"

他走了,伯金一个人站在壁炉前。他开始思念厄秀拉了,她似乎重回了他的意识中。杰拉德身穿绸子做的黑绿条子的宽条睡袍走下楼来了,颜色耀眼得很。

"你可真精神。"伯金看着睡衣上长长的带子说。

"这是布哈拉式睡袍,"杰拉德说,"我特别喜欢穿它。"

"我也喜欢它。"

伯金不说话了,杰拉德的服饰很精致,很昂贵。他想,他穿着短丝袜,纽扣很精巧,内衣和背带也是丝的。真巧! 这是他们之间的又一处不同。伯金的穿着十分随便,没什么花样。

"当然,"杰拉德思考了一下说,"你有点怪,你为什么会那么强壮,真出乎我意料,让人大吃一惊。"

伯金笑了。他欣赏着杰拉德健美的身躯,他身着富贵的睡袍,白皮肤,碧眼金发,人显得很帅。他看着杰拉德,想着他们之间的不同之处,差别太大了。当然不像男人和女人那样区别明显,但很不同。此时此刻,厄秀拉这个女人以优势战胜了他。而杰拉德则变得模糊了,埋没了。

"知道吗,"他突然说,"我今天晚上去向厄秀拉·布朗温求婚了,请求她嫁给我。"

他看到杰拉德脸上露着惊讶、迷茫的表情。

"是吗?"

"是的。有点正式——之前对她父亲讲了,按礼节应该这样,不过这也有点凑巧,或说是个恶作剧吧。"

杰拉德惊奇地注视他,似乎还不明白。

"你是否在说你很认真的地求她爸爸让他把女儿嫁给你?"

"是的,是这样。"伯金说。

"那么,这事你以前对她说过吗?"

"没有,只字未提。我突然心血来潮就去了,碰巧她父亲在家,所以我就先请教了他。

"问他你是否可以娶他女儿?"

"是——就是直接说的。"

"你没跟她说吗?"

"说了。她后来回家了。我就对她也说了。"

"真的? 她怎么说? 你们订婚了?"

"没有,她只是说她不想被迫答应。"

"她说什么?"

"说她不愿意被迫答应。"

"'说她不愿意被迫答应!'怎么回事? 她这是什么意思?"

伯金耸耸肩说:"不知道,我想她是不想找麻烦吧。"

"真是这样吗? 那你怎么办?"

"我走出来就直接到你这儿来了。"

"直接来的?"

"是的。"

杰拉德好奇,微笑地看着他。他不敢相信。

"真像你说的那样吗?"

"千真万确。"

"是这样。"

他靠在椅子上,心中实在感到很有趣儿。

"这很好嘛,"他说,"所以你就来和你的守护神角斗?"

"是吗?"伯金说。

"对,看上去就是这么回事,难道这不是你的所作所为吗?"

现在,伯金不能理解杰拉德的意思了。

"结果会怎样?"杰拉德说,"你必须公开求婚才行。"

"我想我会的,我发誓要娶到她,我很快就要再次向她求婚。"

杰拉德目不转睛地盯着他。

"那说明你爱她喽?"他问。

"我想,我是爱她的。"伯金说着脸色变严肃起来。

杰拉德瞬间感到很痛快,好像这件事儿是专门为讨好他而做的。然后他的神情严肃起来,慢慢地点头道:

"你知道,我一直相信爱情——真正的爱情。可如今哪里才有真正的爱?"

"我不知道。"伯金说。

"极少见,"杰拉德说。停了片刻他又说,"我对此从来没有感受,不知道什么叫爱情。我追求女人,对某些人特别感兴趣。可我从未感受到过爱。我不相信我像爱你那样爱过女人——不是爱。你理解我的意思吗?"

"是的,我坚信你从未爱过女人。"

"你有所感觉吗? 你认为我以后会吗? 你理解我的意思吗?"说着他把手握成拳放在胸口上,似乎要把心全都掏出来。"我是说,我说不明白这是什么,不过我懂。"

"那是什么呢?"伯金问。

"你看,我真的无法用语言来表达。我是说,无论怎么样,这是某种必须遵守的东西,某种无法改变的东西。"

他的目光明亮,但神情很迷惑。

"你认为我对女人会产生那种感情吗?"他焦虑地问。

伯金看着他摇摇头。

"我不知道,说不清。"

杰拉德一直保持着警惕,等待着自己的命运。现在他又坐回自己的椅子中去。

"不,"他说,"你我都不会。"

"我们真的不一样,你和我,"伯金说,"我无法给你算命。"

"是啊,"杰拉德说,"我也不能。可是,跟你直说,我真的开始怀疑了。"

"怀疑你是否会爱上女人?"

"嗯,是的,就是你说的那种真正的爱。"

"你不怀疑吗?"

"开始怀疑了。"

一阵很长的沉寂。

"生活中什么事都会有,"伯金说,"并不是只有一条路。"

"对,我也坚信这一点,相信。但我不在乎我的爱怎么样——不管它,我反正没感觉到爱——"他不说话了,脸上显露出迷茫的神态。"只要我还活着,它怎样都行,可是我真的想感受到——"

"实现它。"伯金说。

"真的,或许是实现它吧了。我的想法和你不一样。"

"但是,都是一回事。"

第二十一章 开端

在伦敦,戈珍同一位朋友举办了一个小小的画展,打算办完以后便寻找机会回贝多佛,不论遇到什么事,她都会迅速变得泰然自若。一天,她收到一封配有图画的信,据说是温妮弗莱德·克里奇寄来的,信中说父亲去伦敦检查病情了,他很疲惫,大家都劝他要好好休息一下,所以他现在几乎整日摊在床上。他给我带来一个德累斯顿的瓷器,上面有一只上了彩釉的热带麻雀,另外还有一个耕夫和两只爬杆儿的小老鼠构成的哥本哈根瓷器,也都是上了彩釉的,在我看来这是最好的瓷器。它们的尾巴又细又长,只是小老鼠身上的彩釉并不是特别亮,否则就更完美了。是因为釉子的原因,这几种东西都像玻璃一样亮,不过我并不喜欢。杰拉德最喜欢那个耕田的农夫,画中农夫的裤子破了,赶着牛在耕地,我想这应该是一位德国农夫,他身着白衬衫和灰裤子,但是亮度还是不错的。还有一副山楂花下的姑娘的彩釉,姑娘身边有一只羊,裙子上印有水仙花,伯金先生特别喜欢,所以把这件东西摆在客厅里,可我总觉得那姑娘傻里傻气的,并且那羊也不真实。

亲爱的布朗温女士,你什么时候回来?我们特别想念你。随信寄上我画的一幅画儿,画的是父亲坐在床上的样子,他还说相信你是不会抛弃我们的,哦,亲爱的布朗温小姐,我也相信你不会如此。快点回来吧,然后来这儿画世界上最可爱、最高贵的宝贝——雪貂,我们把他们刻在冬青树上,绿色的树叶做它们的背景,哦,天哪,想象一下,它们真是太可爱了。

"父亲说我们应该有一间自己的画室。杰拉德说很简单,只需在马厩的斜屋顶上开一扇窗户就可以了,这样的话你就可以整天在这边做你的事,我们也可以像两个真正的艺术家那样住在这儿,再把所有的墙都画上图画,感觉我们就像厅里挂的那幅画上的人一样自由,过着一种艺术家所过的生活。杰拉德也对父亲说过:艺术家是自由的,因为他们生活在自己创造的世界里。"通过这封信,戈珍弄清楚了克里奇家人的意图,杰拉德不过是拿温妮弗莱德来打掩护,其目的是想让她依附到他们家,做父亲的只想到了自己的女儿,认为戈珍可以救温妮,戈珍很佩服他的智慧,当然温妮也很不一般,戈珍对她也非常满意。现在有了画室,戈珍当然很愿意去,因为她早就厌恶那所学校了,她想要自由。如果给她提供一间工作室,那么她就可以自由自在地做她的工作,静静地等待事情的转变,再说她对温妮弗莱德的确也感兴趣,所以她很高兴去了解温妮。

在戈珍回到肖特兰兹的那天,温妮别提多高兴了。

"布朗温小姐来的时候你应该献给她一束鲜花",杰拉德笑着对妹妹说。

"啊,不,"温妮弗莱德说道,"这太傻了。"

"才不呢,这样很好,也很常见。"杰拉德继续说道。

"不,这样很傻。"温妮弗莱德羞涩地为自己辩解说,其实她很赞同这个主意,极想这样做。她跑到暖室里寻找鲜花,她越看越想扎一束鲜花,在花前想象着献花的礼仪,她越想越入迷,也变得越来越羞涩,简直不知该怎么办才好,她不能放弃这种想法,好像有什么在向她提出挑战而她又没有勇气迎战一样。于是她再一次溜进暖室,看着花盆里娇艳的玫瑰、娇洁的仙客来和神奇的蔓草上长出的一束束白花儿,这些花儿简直太美了,太令人兴奋了,她心想着如果她能够扎一束漂亮的鲜花送给戈珍该多好啊,她又激动又有些犹豫快让她为难死了。

最终,她溜进父亲房中,走到父亲身旁叫道:

"爸爸。"

"什么事,我的宝贝儿?"父亲回答道。

可她却向后退着,似乎要哭出来了,她真很为难。父亲看着她的样子,心中淌过一股暖流,那是一种深深的爱。

"你想对我说什么,亲爱的?"父亲又问道。

"爸爸,"她的眼中闪过一丝笑意说,"如果我送一束花儿给布朗温小姐是不是太傻了?"卧病在床的父亲看着女儿那明亮、聪颖的眼睛,心中充满了无比的爱,回答道:"不,亲爱的,一点都不傻,只有对女王我们才这样做呢。"温妮弗莱德仍然没有被说服,她甚至有点怀疑,难道女王们也很傻? 可她又很想营造一个浪漫的场合,他很纠结。

"那我就送花儿了。"温妮坚定地说道。

"送给布朗温小姐鲜花吗? 送吧,我的小鸟儿,告诉威尔逊,你说你要花儿。"

温妮笑了,每次她期望什么的时候就会无意识的露出这种笑容来。

"可我明天才要呢。"她说。

"好好好,明天,我的小鸟儿,亲亲我。"父亲笑着说。

温妮弗莱德羞涩地吻了病中的父亲,走出屋去,然后她又一次在暖室里转悠,不断地叮嘱园丁,告诉他们她选定的都是哪些花。

"你要这些花干什么?"威尔逊问。

"我需要。"她回答道,她不喜欢仆人提问题。

"啊! 这样呀,可你要它们做什么呢? 装饰、送人,还是另有用?"

"我要送人。"

"送人? 谁要驾到? 波特兰的公爵夫人?"

"不是。"

"不是她? 好吧,我想说如果你把这些花儿都弄在一起,那就乱套了。"

"对,我就喜欢这种罕见的乱套。"真的? 那就没什么好说的了。"

第二天,温妮弗莱德站在教室里,目不转睛地盯着车道,她身着银色的天鹅绒,手捧着一束艳丽的鲜花,耐心地等待戈珍的到来。这天早上空气很湿润,她手中暖房的鲜花芬芳扑鼻,对她来说,这束花儿就像一团火,在她心里燃着奇特的火焰,这淡淡的浪漫气息令她沉醉。

终于,她看到戈珍了,赶紧跑下楼去通知父亲和哥哥,他们一边往前厅走一边笑她急切的样子。男仆赶忙到门口接过戈珍的伞和雨衣,迎接她的人立即让出一条路来请她进厅。

戈珍身着浅蓝色的衣服,袜子是紫红的,她有些害羞了,红扑扑的脸上还沾着雨水珠,头上的小发卷在随风飘动,像极了雨中开放的花朵,花蕊微露,似乎散发着阳光的气息一样,看到她如此美丽而又陌生,杰拉德不禁有些胆小了。

温妮弗莱德格外庄重,很正式地走上前来说:"我们非常高兴你能回来,这些鲜花送给你。"说着同时她捧上花束。

"给我?"戈珍疑问道,一时间有些不知所措,绯红着脸,高兴得忘乎所以,然后她抬起头温柔、热切的目光看向温妮弗莱德的父亲和杰拉德,这时杰拉德的精神又垮了,因为他无法承受戈珍那热烈的目光。在他看来,戈珍太外露了,令他快要窒息,于是他把脸扭向一边,想到他将无法避开她,他便十分痛苦。

戈珍回过眼眸把脸埋进花儿中。

"真是太香了!"她细声说。然后她俯下身子满怀激情地吻了温妮弗莱德。

克里奇先生走上前来向她伸出手高兴地说:"我还以为你会从我们这儿跑掉呢。"

戈珍抬头看看他,脸上露出迷人、俏皮的神情道:"说实话!我才不想待在伦敦呢。"她的声音是那么的热情而温柔。言外之意是她很高兴回肖特兰兹。

"太好了,"父亲激动地说,"你瞧,我们都非常欢迎你回来。"

戈珍深蓝色的眼睛里闪着柔情而羞涩的光芒,凝视着他的脸,此时她自己大概已经茫然了。

"你看上去就像凯旋一样。"克里奇先生握着她的手继续说。

"不,"她立刻回答说,"我到了这儿才算真正胜利了。"

"来来,不要听那些故事了,咱们不是已经在报纸上看到这些消息了吗?"杰拉德说。

"你大获全胜,"杰拉德握着她的手说,"都卖了吗?"

"不,"她说,"卖得不太多。"

"还行。"他说。

尽管她不明白他指的是什么,但是受到这样的欢迎仪式,她十分高兴。

"温妮弗莱德,"父亲叫道,"给布朗温小姐拿双鞋,你现在赶快去换鞋。"随后,戈珍手捧鲜花走了出去。

戈珍走后,父亲对杰拉德说:"多优秀的姑娘啊。"

"是啊。"杰拉德敷衍着,似乎他不太喜欢父亲的评语。

克里奇先生想让戈珍小姐陪他坐半小时,因为在平日里他总是脸色苍白,浑身不舒服,生活把他折磨的非常痛苦,可一旦他振作起精神来,他就会告诉自己,同原先一样,很健康,不再是置身于生活之外,而是身处生活的中心,身处强壮的生命中心,戈珍增强了他的自信心。与戈珍在一起,他就会感觉自己获得半小时的宝贵力量和兴奋,重获自由,就会得到在生活中从未有过的愉快。

戈珍进来时看见他正支撑着身体半躺半坐在书桌前,脸色蜡黄,目光暗淡而昏沉,他的黑胡子中也有少许灰白,好像生长在一具蜡黄的尸体上,可他仍夹杂着活力和快乐的气息。戈珍也认为他这样挺好的,她心想,他也不过是个普通人罢了,但是他那可怕的形象却深深地印在她的心中了,这一点是她自己都没有意识到的。她明白,尽管他看上去很快活,可他的目光中的空虚已经无法改变了,那是一双死人的眼睛。

"啊,布朗温小姐,"一听到男仆提到她的到来,他忙起身回应,"托玛斯,为布朗温小姐搬一把椅子来。"

"好。"

他高兴地注视着她柔和、红润的面孔，这张脸让他感觉到一种力量。"喝一杯雪利酒，再吃点饼干好吗？"

"不，谢谢，"戈珍连忙说，说完她的恐惧心地沉了下去。见她内心这样矛盾，生病的老人有些难过，看老人的神情，她觉得应该顺从他而不是抗拒他，很快她又调皮地冲他笑了。

"我不太喜欢雪利，"戈珍说，"不过，别的饮料我都可以接受。"

病中的老人像抓住了一根救命稻草一样。

"不要雪利，不要，要别的，什么呢？ 都有什么，托玛斯？"

"葡萄酒，柑香酒。"

"我想来点柑香酒。"戈珍看着病人拘谨地说。

"那好，托玛斯，就上点柑香酒，再来点小饼干。"

"来点饼干。"戈珍紧随老人说。事实上她并不想要任何吃食，又怕不要会失礼。

"好。"

他等着，等她手捧酒杯和饼干坐好之后，他才说话。

"你是否听说……"他兴奋地说，"听说我们在马厩上为温妮弗莱德准备了一间画室？"

"没有！"戈珍假装惊讶地说。

"哦！ 我以为温妮在信中告诉你了呢。"

"哦对，她提及过此事，我还以为那是她自己的想法呢。"戈珍放声笑了起来，病人也同她一起笑了。

"不是她一个人的主意，这是一个真正的计划，马厩上有一间很好的房子，房顶上铺着椽子，我们正打算把它改装成画室。"

听到房顶上的椽子令她格外激动，"那可太好了！"戈珍非常兴奋地说。

"你觉得好吗？ 好就行。"

"对温妮弗莱德来说这可太棒了！ 前提是她打算认真画画儿的话，那么就需要一间这样的工作室，我认为一个人必须得有自己的工作室，否则他就永远是业余的。"

"是吗？ 话说回来，如果你和温妮弗莱德共用一间画室的话，我也会很乐意的。"

"太谢谢了。"事实上戈珍对此早就心中有数，但她必须表现出一副羞涩、感激的样子，仿佛受宠若惊一样。

"当然，我更想说的是，你是辞去小学校的工作，只在画室工作，这都随你。"他黑色的眼睛茫然地盯着戈珍。她没有想到，这些话是出自这位即将去世的老人之口，而且意思还表达得那么完整，那么自然，戈珍满满的感激之情涌上心头。

"至于你的收入，你从我这里拿到的和从教育委员会那里拿到的一样多，有什么意见吗？ 我不希望你吃亏。"

"哦，"戈珍说，"如果我能在画室里工作，我就可以挣足够的钱。"

"好啊，"他激动地说，"你可以去看看，在这儿工作能适应吗？"

"只要有工作室，"戈珍说，"没有比这更完美的了。"

"是吗？"他简直激动坏了。

不过身体已经感到疲倦了，戈珍看得出痛苦与失意又已经袭上了他的心头，他空虚的目光中夹杂着痛苦。于是她站起身轻声道："你或许需要睡了吧，我去找一下温妮弗莱德。"她走出去告诉护士说，她走了。

日复一日，病人的机体渐渐衰弱了，只剩下了一个支撑他生命的硬结，这个硬结太坚实，是他丝毫不放弃的意志，也决不屈服，他可以死掉十分之九，可最后那一丝生命仍然不能改变，虽然他用自己的意志支撑着自己，但他的活力已经大大退化了，像是快要耗尽了。

为了扼守生命，他必须抓紧人与人之间的关系的这一根救命稻草。温妮弗莱德、男仆、护士和戈珍，这些人对他这个行将就木的人来说，意义非常重大，他们就是一切。杰拉德和除了温妮弗莱德以外的其他孩子开始在他父亲面前变得很呆板、反感，当他们照顾父亲时，他们从他身上看到的只有死亡，因此他们潜意识中对父亲非常不满，他们无法辨识父亲那张熟悉的脸，听到的也并非那熟悉的声音，而他们现在所知晓的只有死亡。在父亲面前，杰拉德感到快要窒息，他想要逃出去，同样，父亲似乎也不能容忍儿子在身旁，一看到他，就使这位濒临死亡的人气不打一处来。

画室刚刚准备好，温妮弗莱德和戈珍就搬了进去，她们在那儿可以任意发号施令，因为她们就在画室中吃住，所以也不用去家中。家中现在的状况让人毛骨悚然，两个身着白衣的护士在屋里来回地穿梭，像是死亡的预言家。父亲仅限于躺在床上，他的儿女们进进出出也都必须压着嗓门说话。

温妮弗莱德经常去看父亲，每天早饭后，待父亲也洗漱完毕坐在床上，她就进去同他一起待上半小时。

"你好些了吗，爸爸？"她经常这样问。而他也总是这样回答："我想我好点了，宝贝儿。"

她用自己的双手轻轻地捧着父亲的手，让他感到如此宝贵。

午饭时她也会跑进来告诉父亲发生了什么事，晚上窗帘垂下后，屋里气氛很宜人，她会再来同父亲多待上一会儿。戈珍如果晚上回家了，温妮弗莱德最愿跟父亲待在一起。他们父女二人天花乱坠地畅聊着，这时他总会表现一副自己身体很好，如同当年工作时一样的样子。温妮弗莱德很敏锐，她有意回避谈及痛苦的事，装出一副若无其事的样子，她本能地控制自己的注意力，这样便会感受到幸福，事实上她的心灵深处也和大人一样：或许是好点了吧。

父亲在她面前装得很淡然，当她一走，他就又没入了死亡的痛苦中。好在他还有这样的兴奋时刻，当他的体力大大减弱，注意力无法集中起来时，这时候护士不得不让温妮弗莱德走开，避免使他太疲劳。

即使他知道自己要死了，他的末日要到了的事实，但他就是不肯承认。对这一事实他恨透了，他的意志仍旧很坚定，他不甘心让死亡战胜自己，他认为压根儿就没有死亡这回事，但他时时想冲杰拉德大叫一通，让自己大喊大叫地抱怨一番，吓他个魂不附体。杰拉德似乎感觉到了这一点，所以他有意地躲避着父亲，这种肮脏的死亡实在令他厌恶，他认为一个人要死就该像罗马人那样迅速死去，由此来掌控自己的命运,就像在生活中一样,杰拉德在父亲死亡的钳制中挣扎着,如同被毒蛇缠住的拉奥孔父子一样,那巨蟒缠住了父亲,又试图把两个儿子也拽进去与他同死,杰拉德一直抵抗着,令他不解的是,有时在父亲眼里他竟是危急时的中流砥柱。

他最后一次要求见戈珍是在他临死之前,在他弥留之际清醒的时候,一定要见到某个人与活生生的世界保持联系,否则他就得接受死亡的现实。值得庆幸的是,大多数时间他都处于昏睡的状态,在冥冥中思考着自己的过去,便能再次回到过去的生活中。在他最后的时光中,他仍能意识到死神就要降临的情况,于是他会呼叫别人帮助,不论是谁都行。能够意识到死亡,这是一种超越死亡的死亡,再也不可能再生。他仍不承认这一点。

戈珍被他的形象吓坏了,目光呆滞,但仍然表现的若无其事。

"那个……"他声音虚弱地说,"你和温妮弗莱德怎么样?"

"很好,真的。"戈珍回答。

他们的对话就像隔着死亡的鸿沟,而他们的想法不过是在死亡之海上飘忽不定的稻草罢了。

"画室还好用吧?"他问。

"太好了,没有比这再好,再完美的了。"戈珍说。

说完她就静静地等待着他说话。

"你认为温妮弗莱德是否具有雕塑家的气质?"

真奇怪,这话说得竟然如此空洞无味!

"我相信她有,总有一天她会塑出好作品来的。"

"那她的生活就不会颓废了,你说呢?"

戈珍很惊奇地轻声感叹道:"当然不会!"

戈珍又等着他发话。

"你是否觉得生活很愉快,活着很好?"他问着,脸上那苍白的笑简直令她胆寒。

"对,"她笑了,"我相信日子会过得不错。"

"很对,快乐才是真正的财富。"

戈珍又笑了,但她的心却因为厌恶而不知所措。难道一个人当生命被夺走时,应该在另一个人微笑着跟他谈话中死去吗? 能不能从另外的方式中死去? 难道一个人必须要经历战胜死亡恐惧的胜利——完整的意志的胜利——到彻底消亡的历程吗? 人必须这样,才是唯一的出路吗? 她特别敬慕这位弥留之际还拥有自控能力的人,但她厌恶死亡本身。令她欣慰的是,她用不着担心别的,日常生活中也还算令人满意。

"你在这儿没发现有什么不好的吗? 我们需要为你做点什么吗?"

"没有,你对我太好了。"戈珍说。

"既然如此,你不说只能怪你自己不好。"他说,他为她说了这么一番话而感到很兴奋,这样可以证明他仍然很强壮、还活着! 但是,不久死的烦恼又重新向他袭来。

戈珍来到温妮弗莱德这里,法国女教师走了,由于戈珍在肖特兰兹待的时间很长,温妮的教育由另一位教师担任,但那个教师并不住在肖特兰兹,他是小学校的人。

一天,戈珍正准备和温妮弗莱德、杰拉德及伯金乘车到城里去,天色阴沉沉的,还下着毛毛雨。温妮弗莱德和戈珍准备好等在门口。温妮弗莱德默默无语,但戈珍并没注意她这一点。

突然,这孩子淡然地问:"布朗温小姐,你认为我父亲要死了吗?"

戈珍很吃惊,说:"我不知道。"

"真不知道?"

"谁也说不准,当然,他总会死的。"

孩子低下头思考了片刻又问:"你认为他会死?"

这问题就像一道地理或科学题一样,她那固执的神情,非强迫大人回答。这孩子有点像恶魔一样盯着戈珍,一副得胜的神态。

又问:"他会死吗?"

戈珍重复道:"是的,我想他会死的。"

这时温妮弗莱德瞪大了眼睛一动不动地盯着她。

"他病得很厉害。"戈珍说。

温妮弗莱德脸上闪过一丝微弱的怀疑的笑。

"我不相信他会死。"这孩子冷冷地说着然后走向车道。戈珍看着她孤独的身影,心在滴血。可是当温妮弗莱德在小溪旁玩耍时,那副认真的样子,看上去倒像是什么事也没发生过。

"快来,我筑了一道水坝。"她的声音从远处传来。

这时杰拉德从后面的厅里走出来。

"她不相信,是有她自身的道理的。"他说着。

戈珍看看他,两人的目光相视而望,眼神中交换了某种不无嘲讽的解释。

"是啊。"戈珍说。

他又看看她,眼中闪烁着火光。

"比方说,当罗马起火时,我们最好跳舞,反正它也是要被烧毁的,你说呢?"他问道。

她很惊讶,但还是抖抖精神回答:

"当然,跳舞总比哀号要好。"

"我也是这么认为的。"

说到这里,他们双方都有一种强烈的放松欲望,要把一切都甩开的感觉,将其沉入一种野性的放纵中。戈珍只觉得浑身荡着一股激烈的情愫,她感觉自己很强大,她的双手也是如此强壮,似乎可以把整个世界撕碎一样。她回忆起了罗马人的放纵,于是心里激情澎湃,她知道她自己也需要这种或与之类似的别的东西。一旦她身上那未知和被压抑的东西放松之后,那将是多么令人欣喜若狂的事啊!那站在她身后的男人紧紧地依偎着她,令她体内那强烈的放纵欲瞬间升腾起来,她觉得浑身发抖,她要同他一起放纵、疯狂,刹那间这个想法已经完全占据了她的身心。但她马上又阻止了它。她说:"咱们跟温妮弗莱德一起到门房去等车吧。""行。"他答应着并随她而去。

他们进去后发现温妮弗莱德正抚摸着一窝纯种的小白狗。姑娘抬起头,冷漠地扫了杰拉德和戈珍一眼,然而她并不想看到他们。

"看!"她大叫道,"三只刚出生的小狗! 马歇尔说这只狗很纯,看它多可爱啊! 不过它不如它的妈妈好看。"她边说边抚摸着身边那头不安分的狗。

"我最亲爱的克里奇女士,"她说,"你像地球上的天使一样美丽,戈珍,你觉得她这么好,这么美,不可以进天堂吗? 他们都会进天堂的,特别是我亲爱的克里奇女士,马歇尔太太,对吧?"

"你是说温妮弗莱德小姐?"那女人说着便出现在门口。

"噢,叫它温妮弗莱德女士吧,好吗? 去告诉马歇尔,都管它叫温妮弗莱德女士。"

"我会告诉他的,只不过这只狗是一位绅士,温妮弗莱德小姐。"

"哦,不!"与此同时响起了汽车声,"卢伯特来了!"孩子叫着跑向大门口。

伯金把车停在了门口。

"我们都准备好了!"温妮弗莱德说道,"卢伯特,我想跟你一起坐在前面,可以吗?"

"我怕你不安分从车上摔出去。"他笑着说。

"不,我不会的,我就是想跟你一起坐在车前,那样我的脚就可以挨着发动机取暖了。"

伯金抱她上了车,杰拉德和戈珍也在后排落了座。

"有什么重大新闻吗,卢伯特?"杰拉德问。

"新闻?"伯金疑惑地问。

"是的,"杰拉德看看身旁的戈珍,眯着眼睛笑道:"我不知道是否该祝贺他? 因为我无法从他这儿得到准信儿。"

戈珍红着脸道:"祝贺他什么?"

"我们说起过订婚的事,曾经他对我说起过。"

戈珍的脸红透了。

"你是说跟厄秀拉?"她有点追问地说。

"对,没错,难道不是吗?"

"我并不认为是什么订婚。"戈珍冷冷地说。

"是吗? 难道没有进展吗,卢伯特?"他问。

"什么? 订婚? 没有的事。"

"这是怎么一回事?"戈珍问。

伯金向四周环视了一下,目光中透着一丝愤懑。

"怎么了?"他说,"对于这件事,你怎么看,戈珍?"

"奥哦,"她答道,既然大家都往水里扔石头,那她也下决心要扔。"我并不认为她想订婚,论本性,她更想做一只在丛林中飞翔的鸟儿。"戈珍的声音清晰、洪亮,像极了她父亲。

"可是我……"伯金说,"我需要一份起约束作用的条约,我对爱,尤其是自由的爱不感兴趣。"他神情淡然但声音却很坚定。

他们两两人都觉得好笑,为什么要当众宣言? 杰拉德一时有些不知所措了。

"爱对你来说还不够吗?"他问。

"不够!"伯金答道。

"哈,那就,有点过分了。"杰拉德说话时汽车从泥泞中驶过,声音也随之颤抖了一下。

"到底怎么了?"杰拉德问戈珍。

他这种假装亲昵之态激怒了戈珍,她似乎觉得自己受到了杰拉德的侮辱,侵犯了她的隐私一样。

"谁知道怎么回事?"她尖着嗓子嫌弃地说,"少问我!我根本不知道什么是最终的婚姻,这么跟你说吧,我连什么叫首次婚姻都不知道。"

"你只知道毫无头绪的婚姻!"杰拉德说,"这么说来,我也并不是婚姻方面的专家,也不清楚最终是达到一种什么程度,这句话倒像是一只蜜蜂一样在伯金的帽子里嗡嗡作响。"

"太对了!这正是烦恼他的问题所在,他并非需要女人,他只是想实现自己的想法罢了,一旦付诸实践,就没想象的那么好了。"

"就好像一头牛冲向门口一样,去寻找女人身上的特点。"然后他会闪烁其词地说,"你认为爱是这张门票,对吗?"

"当然,就是那么回事,只是你无法坚持所获得永恒的爱。"戈珍的声音很刺耳。

"结婚或不结婚,永恒或不永恒,你寻到什么样的爱那就是什么样的。"

"喜欢也好,不喜欢也罢,"她接着说,"婚姻是一种社会性的安排,我能接受它,但这跟爱并没有什么关系。"

他的目光在她身上停滞了几分钟,她感觉自己被他明目张胆、恶毒地吻着,她两颊如火烧般地灼热,而心却十分坚定。

"你是否认为卢伯特的头脑有点发昏?"杰拉德问。

"对一个正常女人来说,大概是这样,"她说,"我觉得他是脑袋发热了,或许有两个人一辈子都相爱这种事,即便这样,照样可以没有婚姻,如果他们相爱,那自然很好。如果不爱,干吗还要去刨根问底?"

"是啊,"杰拉德说,"我就是对这件事感到好奇,可卢伯特怎么想的?我说不清,他说不清,谁也说不清,他甚至认为,如果你结婚,你就可以通过婚姻进入天堂之类的,反正很复杂。"

"很朦胧?谁需要那个天堂?事实上卢伯特渴望的是安稳。"

"是啊,我也觉得他在这一点上想得不对,"戈珍说。"我认为情妇比妻子更忠诚,因为她做的是自己的主人,可卢伯特认为,夫妻能够比任何其他的两人关系走得更远,至于走向何方,他倒是没解释。无论到了天堂上还是在地狱中,尤其是在地狱中,因为他们相互太了解,因此他们可以超越天堂和地狱然后去到某个不知道的地方,在那儿把一切都粉碎了。"

"到天堂嘛,他说的?"杰拉德笑道。

戈珍耸耸肩叫道:"我才不在乎你的天堂呢!"

"他不是伊斯兰教徒。"杰拉德说。

伯金继续开着车,对他们的话似乎毫不在意,戈珍就坐在伯金身后,她看到伯金的洋相有一种说不出来的快活感。

"他说,"戈珍扮个调皮的鬼脸继续补充说,"你可以在婚姻中得到永久的平衡,与此同时仍然保持自己的独立性,两者并不会混为一谈。"

"这对我来说并没有什么启发。"杰拉德说。

"就是这样的。"戈珍说。

"我相信爱,相信真实的放纵。"杰拉德说。

"我也一样。"她说。

"其实伯金也是一样,别看他整天乱叫。"

"不,"戈珍说,"他不会对另一个人放纵自己,你无法琢磨透他,我觉得这件事很麻烦。"

"可他需要婚姻! 难道还有别的?"

"天堂!"戈珍笑着调侃道。

伯金继续驾驶着汽车,虽然会感到脊背发凉,似乎有人威胁他一样,但他抖抖肩不予理会。天空开始落雨了,他停下车,下去给发动机盖上了罩子。

第二十二章　女人之间

　　他们进城后杰拉德就去火车站了，而戈珍和温妮弗莱德随同伯金一起去喝茶了。伯金在迫切地等厄秀拉来，可等到的第一个人却是赫麦妮，伯金一出去，她就进了客厅去看伯金的书和报纸，然后又去弹钢琴。随后厄秀拉才到，看到赫麦妮在这儿，她很不开心，可又有些惊讶，因为她好久没听到赫麦妮的音信了。

　　"真想不到会在这见到您。"她说。

　　"是啊，"赫麦妮说，"之前我到爱克斯去了。"

　　"去疗养?"

　　"是的。"两个女人对视着。

　　厄秀拉很讨厌赫麦妮那张细长而又阴沉的脸，就好像那是一张愚蠢、不开化但又颇有自尊的马脸一样。"她长着一张马脸，"她心里说，"还戴着一副马眼罩。"赫麦妮的确长得像月亮，你只能看到她的一面而看不到其另一面。她总是盯着一个突出狭小的世界，然而她自己还以为那是全部的世界，在黑暗处她就是不存在的，就像月亮一样，她的另一半丢给了生活，她的自我都在掩盖她的内心，她不懂什么叫自然冲动，比如鱼在水中游或鼬鼠在草丛中钻动等，她必须通过知识才能认识。

　　厄秀拉深知赫麦妮的这种片面之苦，但她毫无办法。赫麦妮经常冥思苦想才能慢慢地获得干枯的知识结论，但在别的女人面前，她习惯端起高傲的架子，像戴着什么珠宝一样，用知识把自己与她认为仅仅是女人的那些人区分开来，从而显得她高人一等。她一般对厄秀拉这样的女人就会降尊纡贵，因为她认为她们是纯情感性的女人。可怜的赫麦妮，她认为自信是她的一大财富，所以她觉得这样做是有道理可循的，因为她总是感到自己处处受排斥、感到虚弱，所以她在此必须要显得自信一些。在思维与精神世界里，她是上帝的选民，即使她很想与别人融洽，但她内心深处的愤世嫉俗已经根深蒂固了，她不相信自己会与人为善，对她来说只是装样子罢了，她认为内在的生活只是一个骗局，并非现实。认为相信精神世界只是一种假象，唯一让她相信的是贪欲、肉欲和魔王，她认为至少这些不是虚假的。她是一个既没有信仰，也没有信念的牧师，她在一种过时的、已经沦为重复的神话教义中吸取营养，这些教义对她来说根本就不神圣，可是她别无他选。她是一棵将死的树上的叶子，没有办法，她只能为旧的、枯萎了的真理而斗争，为旧的、过时了的信仰而死，为被亵渎的神话作一个神圣的牧师。古老但伟大的真理一直是准确的，她就是那古老的、伟大的知识之树上的叶子，可这棵树现在已经凋零了。尽管她的内心深处不缺愤世嫉俗的血液，但对于这古老的真理她必须忠诚。

　　"见到您我也很高兴，"她声音低沉地像念咒语一样对厄秀拉说，"听说您跟卢伯特已经成为很好的朋友了?"

　　"哦，是的，"厄秀拉说，"但他总是躲避我。"

　　赫麦妮没说话，她完全看得出是厄秀拉在自吹自擂，对她来说实在庸俗。

　　"是吗?"她缓慢而又十分镇定地问，"你觉得你们会结婚吗?"

这问题同样问的那样平静,简单而毫无任何感情色彩,厄秀拉对这种恶意的挑衅有点吃惊,又有点高兴,赫麦妮的话语中明显有点嘲弄的意思。

"哦,"厄秀拉说,"他很想结婚,可我还没想好。"

赫麦妮轻轻地审视着厄秀拉,她似乎发现厄秀拉又在吹牛皮,她也是真嫉妒厄秀拉身上这种毫不在意的自信,和她的庸俗态度!

"你为什么不想好?"她语调仍然平静地问,她十分自在,这种谈话会令她高兴。"你真不爱他?"

听到这种直接明了的话,厄秀拉的脸上微微有些发红,她又不会生她的气,因为赫麦妮看上去是那么平和、理智而坦率。能像她这么理智可真不简单。

"他说他需要的不是爱。"她回答。

"那是什么?"赫麦妮语调平和地问。

"他要我在婚姻中真正接受他。"

赫麦妮沉默了片刻,抑郁的目光缓缓扫视着她。

"是吗?"她终于面无表情地说,然后她问,"那你不需要的是什么? 你不需要婚姻吗?"

"不,我并不是很想,我不想像他坚持的那样一直被驯服,他要求我放弃自我,可我觉得我不会那样做。"

赫麦妮又沉默了片刻才说:

"假如你不想你就不会做。"说完她又沉默了。一股奇特的欲望令赫麦妮胆战心惊,她心想:如果伯金是要求她顺从他,成为他的奴隶,那该多好! 她的心颤抖着。

"你看,我不能……"

"可,说实在的,什么……"

她们双方同时张口说话而又同时打住,然后赫麦妮有些疲惫地率先开口道:

"他要你屈服什么?"

"他说他希望我不带感情色彩地接受他,我真不明白这是什么意思,他说他希望他魔鬼的一面是找到肉体上的伴侣,而不是人的一面,你说,他今天说东明天说西,总是自相矛盾。"

"总为自己着想,想着自己的不满之处。"赫麦妮轻声地说。

"对,"厄秀拉答道,"似乎只有他一个人很重要似的,真要不得。"

但她马上又说:"他坚持要我接受他身上我也不知道是什么的东西,他要我把他当上帝看,可我总感觉他是不想给予什么罢了。他并不需要真正意义上的亲昵,而且很讨厌这个,他不让我思考,也不让我感知,他说他讨厌感情。"

赫麦妮一时间沉默了,心里的苦无人知晓,心想如果他这样逼着她思考,逼着她钻进知识中去,然后又反过来憎恨她的思想和知识该多好。

"他要我自沉,"厄秀拉又说,"还要我失去自我。"

"既然这样,他干吗不要一个宫女?"赫麦妮缓缓地说。

她的长脸上带着嘲讽欣然的表情。

"就是嘛!"厄秀拉语重心长地说。更讨厌的是,他并不需要宫女,也不需要奴隶。赫麦妮本来可以成为他的奴隶,屈从于他,崇拜他,把他当成至高无上的人。

他不需要宫女,只要一个女人从他那得到点什么就好,让这女人完全放弃自我从而得到他最后的真实,甚至最后的真实肉体。

如果她这样做,他会认可她吗?他会通过一切来承认她,还是仅仅把她当成他的工具,利用她来满足自己的私欲呢?大部分的男人都是这样做的,他们只要显示自己,而拒绝接受她,并把她的本来面目搞得一文不值,这就如同赫麦妮背叛了女人的本质一样,只相信男人的东西,从而背叛了女性的自我,至于伯金,他是会承认她,还是否定她?

"是啊,"赫麦妮像刚从白日梦中醒来一样说道,"我觉得那必定会是个错误。"

"你是说跟他结婚?"厄秀拉问。

"对,"赫麦妮慢慢地说,"我认为你需要一个意志坚强的男人。"说着,赫麦妮伸出手疯狂地握成拳头。"你应该拥有一个像古代英雄那样的男人,在他去打仗时站在他的身后给他力量,倾听他的呐喊声,你需要的是一个既在肉体上强壮,并且意志也非常坚定的,而不是一个多愁善感的男人。"她停止说话了,仿佛有女巫已发出了预言一样,然后她又嘟囔着:"你也知道卢伯特并不是这样的人,他身体不强壮,而且他需要别人的关心,并且是极大的关心,他自己脾性多变,是因为缺乏自信,想要帮助他需要巨大的耐心与理解力,可是我认为你没耐心,所以你应该准备好,否则将来会受罪的,我无法用言语告诉你要受多大的罪才能让他幸福,他的精神生活实在太紧张了,当然也有很美妙的时候,但物极必反这个道理你应该懂,我无法用言语表达我在他那儿都经历了些什么,但是我跟他在一起的时间太久了,我真的非常了解他,知道他是个什么样的人,可我必须对你说的是:我感觉跟他结婚那将是一场灾难,对你来说灾难更大。"说着赫麦妮陷入了痛苦的深思中。"他太没准儿,也太不稳定,他会厌倦,然后会变卦,我不能告诉你他是怎样变卦的,也表达不出那是多么令人气愤的事,他可能一时赞同喜爱的东西,不久便会对其性情大变,恨不得一毁了之,他总没个记性,总会不时地变卦,总是这样由坏到好,再由好到坏地来回变化,没有比这更可怕的事情了。"

"对,"厄秀拉赞同地说,"你肯定吃了不少苦头。"

这时赫麦妮脸上闪过一丝不同寻常的光芒,仿佛受了什么启发似的握紧拳头。

"如果你要帮助他,你必须自愿受苦,如果他真诚对待一切,你就要时时刻刻自愿的为他受苦。"

"可我不想时时刻刻受苦,"厄秀拉说,"我不想,我觉得活得不幸福是一种耻辱。"

赫麦妮没有说话,只是看着她。

"是吗?"她接着说,这似乎表明她同厄秀拉之间有着巨大的反差。对赫麦妮来说,受苦是伟大的,不管发生什么都是如此,当然她也有对幸福的定义。

"是的,"她说,"一个人应该幸福,这取决于个人意志。"

"对,"赫麦妮无精打采地说。"我个人感觉,急急忙忙结婚是会酿成灾难的,难道你们不结婚就不能在一起吗?难道不结婚不能到别处去生活吗?我认为结婚对你们来说都是不幸的,尤其对你来说更是如此,另外,我也为他的健康担忧。"

"当然了,"厄秀拉说,"结不结婚,对我来说并没有那么重要,是他想要结婚的。"

"这只是他一时的想法。"赫麦妮不耐烦地说,那种肯定的语气意在表达:你们年轻人哪懂这个。

一阵沉默后,厄秀拉结结巴巴地问道:"你是否以为我只是个肉体上的女人?"

"不,不是的。"赫麦妮解释说,"不,真的不是! 你充满了活力,年轻,这是岁月或者说是经验的问题,或是种族的问题。卢伯特从一个古老的种族来,种族变老了,所以他也跟着变老了,相比来说你看上去是那么年轻,你代表的是一个年轻、尚无经验的种族。"

"是吗?!"厄秀拉疑惑地说,"可我觉得从某种角度来说他还是太年轻了。"

"是的,可能在许多方面他还很孩子气,但无论如何……"

这时,她们都沉默了,厄秀拉有些厌烦、绝望。"这不是真的,"她对自己说,同时也是在向自己的敌人默默挑衅,"这不是真的,你说的是你,你想要一个身体健壮、气势凌人的男人,想要一个无忧无虑的男人,并不是他,你其实并不了解卢伯特,并没有真正的了解他,别看你跟他一起共事那么久,你没有把女人的爱给予他,你给他的只是一种理想的爱,这就是他离开你的原因,你什么都不知道,只知道一些僵死的东西,任何女子对他都会有所了解,可你却不是这样。你以为你的知识是什么? 不过是一些说明不了任何事物的僵死的理论罢了,你太虚伪,太不真实了,你能知道什么? 你谈及爱不爱的有什么用? 你是个虚伪的女精灵! 一切事物你都不相信,你能懂得什么? 你不相信你自己,不相信你作为女人应该有的自我,那么,你拥有傲慢、浅薄的聪明又有什么用?"

两个女人在沉默中敌视对方。赫麦妮感觉受了伤害,原来她的好意和她的嘱咐最后只换来了这个女人庸俗的敌意。对于厄秀拉来说她永远也无法理解这些,她就像个失去理智的女人一样,她有的就是妒忌、毫无理性,她有着女人强烈的情感,女人的诱惑力和理解力,但就是缺乏理性。赫麦妮早就看透了,对一个没理性的人呼唤理性是没有用的,对无知的人最好是不予理睬。卢伯特现在要反过来追求这个健康却自私的女人,这是他一时的举动,谁也没有办法阻止他。这是一种愚蠢的想法与举动,最终他将会无法承受,会被粉碎或死去。谁都救不了他。这种兽欲与精神之间毫无目标的剧烈摇摆将会把他撕裂,最终他将会毫无意义地从生活中消失。这对他一点好处都没有,他是个完全没有统一性的人,在最高层次的生活上,他也是个完全没有理智的人。他谈不上有男子气魄,决定不了一个女人的命运。

直到伯金回来,她们还一直坐在那儿。伯金立刻感到了这里的敌对气氛,这是一种强烈的敌对感。他咬咬嘴唇假装若无其事地说:"哈啰! 赫麦妮。你回来了? 感觉如何?"

"感觉好多了。你好吗? 看你脸色不太好。"

"哦! 我相信戈珍和温妮·克里奇会过来喝茶的,她们说过要过来的,我们将要开个茶会。厄秀拉,你坐哪班车过来的?"

他这种试图讨好两个女人的样子让人特别厌恶。两个女人同时看着他,赫麦妮既恨他又可怜他,厄秀拉却很不耐烦。他非常紧张,很明显他今天的精神不错,嘴里聊着些家常话。厄秀拉对他这种聊闲话的样子既厌恶又生气。他谈起基督教来特别在行。她对这种话题表现得比较麻木,不愿回答。这些对她来说居然是如此虚伪和渺小,这时戈珍仍然没有出现。

"我打算去佛罗伦萨过冬天。"赫麦妮终于说。

"是吗?"他说,"那儿太冷了吧。"

"是的,不过我会和帕拉斯特拉在一起。我会过得很好的。"

"你为什么想去佛罗伦萨?"

"我也不知道,"赫麦妮缓缓地说,然后她目光凝重地盯着他道,"巴奈斯将开堂美学课,奥兰狄斯将发表一系列有关意大利民族政策的演讲。"

"全是废话。"他说。

"不,我不这样认为。"赫麦妮说。

"那你喜欢哪个?"

"我都很喜欢,巴奈斯是一个开拓者,而我又对意大利非常感兴趣,对其即将兴起的民族意识感兴趣。"

"我希望民族意识以外的东西也能兴起,"伯金说,"这只不过是一种商业上的工业意识罢了,我讨厌意大利,更讨厌意大利式的夸夸其谈,我认为巴奈斯还不太成熟。"

赫麦妮怀着轻蔑的心理沉默了一会儿,可不管怎样,她又一次让伯金回到了她的身边!她的影响尽管很微妙,可她顷刻间就能将他的注意力引向自己这边,他是她的猎物。

"不,你错了,"她说,然后她立刻像受到神谕启示的女巫一样抬起头疯狂地说:"桑德罗写信跟我说,他得到了所有年轻人的热情款待,其中男孩女孩都有。"她用意大利语说。

他讨厌地听着她的狂言,说:"不论怎么说,我就是不喜欢它,在他们看来民族主义就是工业主义,对于这种工业主义以及他们那浅薄的嫉妒心我真的是厌倦透了。"

"我觉得你错了,你真的错了,"赫麦妮说,"我甚至觉得那纯粹是自然冲动,很美,对意大利来说,那是一种现代意大利的激情。"

"你很了解意大利吗?"厄秀拉问赫麦妮,尽管赫麦妮特别讨厌别人这样插话,但她还是和气地回答道:"对,很了解,在我很小的时候同母亲一起在那儿住过好几年。

我母亲就去世在佛罗伦萨。"

"哦,原来是这样。"

谁都不说话了,这种沉默令厄秀拉和伯金十分尴尬,而赫麦妮倒显得很平静、心不在焉。伯金脸色苍白,眼睛红红的像是在发高烧的样子,看上去他太疲惫了,这种紧张的气氛也使厄秀拉难受,她感觉自己的头像是让铁条箍紧了一般。

伯金连忙揿铃叫人送茶,他们不能再等戈珍了,当门一打开,进来一只猫,"米西奥!米西奥!"赫麦妮故作压低嗓门儿叫着,小猫看了看她,然后缓缓地迈着优雅的步子向它身边走去。

"过来,到这边来,"赫麦妮疼爱地说,好像她是一位长者,是母亲一样,口气总是夹杂着优越感。"来向姨妈问早安,你还记得我,我的小东西,真的还记得我吗?"她说着轻轻地抚摸着它的头。

"它懂意大利话吗?"厄秀拉问,因为她不懂意大利话。

"懂,"赫麦妮说,"它的母亲是意大利猫,我们在佛罗伦萨的时候,正好是卢伯特生日那天,它出生于我的纸篓里,就把它当作了他的生日礼物。"

茶上来了,伯金为每个人斟了一杯,令人不解的是,他和赫麦妮之间的亲密关系是如此不可侵犯,这令厄秀拉觉得自己像个局外人。那茶杯和上面古老的镀银是赫麦妮和伯金之间的纽带,它属于一个他们共同生活中的一部分,而这个对厄秀拉来说是陌生的。在他们古老文化的环境中,厄秀拉就像一个暴发户一样,她的习俗和标准跟他们都不同,可是他们的习俗与标准已得到岁月的认可,因此特别体面。他和她,即伯金和赫麦妮共同属于一个古老的传统,同一种枯萎的文化,而厄秀拉总感觉自己是闯入他们之间的入侵者。

赫麦妮往浅盘里倒了一点奶油,她在伯金屋里毫不犹豫地表现出自己的权力,这令厄秀拉又发疯又生气。赫麦妮的动作表现得特别自然,好像她必须这样不可似的。赫麦妮轻轻地托起小猫的头,把奶油送到它嘴边,只见幼猫两只小爪子扒住桌沿,乖乖地低下头去吮奶油。

"我相信它懂意大利语,"赫麦妮说,"你不会忘了你的母语吧?"赫麦妮苍白细长的手托起猫头使它停止吮吸,猫完全在她的掌控之中。她总是以这种方式显示自己的力量,尤其是显示自己控制男性的力量。这只雄性小猫只得无奈地眨眨眼睛,露出雄性的厌烦神情,舌头舔了舔胡须,这副样子不禁让赫麦妮"扑哧"笑出声来。

"这是个好孩子,看它多傲慢!"

她平静、怪异地冲猫做出一个逗乐儿的姿态,她有一种静态美,从某种意义上说她是个社交艺术家。但猫拒绝看她,毫不在意地避开她的手指,又去吃奶油了,只见它鼻子紧靠着奶油,却又丝毫不沾一点,嘴巴嗒吧嗒吧地吃着。

"教它在桌子上吃东西,这很不雅观。"伯金说。

"也是。"赫麦妮赞同地说。

然后她看着猫,又恢复了她那种嘲弄味的幽默音调:"他们尽教你干坏事。"

她用手指尖轻轻托起小猫雪白的脖子,小猫极有耐心地四下张望着,同时又躲闪着不看任何东西,于是缩回脖子,用爪子洗脸。赫麦妮从嗓子眼儿里挤出一声满意的笑。

"俊小伙子!"

小猫又一次走上前来,美丽的前爪搭在盘沿上,赫麦妮连忙轻轻地挪开盘子,这种故作细腻的动作让厄秀拉觉得有点像戈珍。

"不可以,你不能把你的小爪子放到小盘子里,爸爸会不开心,公猫先生,实在野极了!"

她的手指头依然摸着小猫软软的爪子,她的声音也发出一些魔力与霸道腔。

厄秀拉觉得有些失意,她想一走了之,可这样做又不太好,赫麦妮是永远站得住脚跟的,而她厄秀拉只是短暂的,甚至站都还没站住。

"我要走了。"她突然说。

伯金好像有点害怕地看着她,他很怕她会生气。"不用这样急吧?"他忙说。

"是的,"她说,"我这就走。"说完她转过身冲着赫麦妮伸出手,还没等对方说什么,就道了一声"再见"。

"再见,"赫麦妮握上她的手,"一定要现在走吗?"

"是的,我想我是时候走了。"厄秀拉拉下脸,不想再看赫麦妮的眼睛。

"我想你要……"

厄秀拉立刻抽出自己的手,转身冲伯金嘲讽般地道一声"再见",然后迅速打开门。

出了门她便气势汹汹地沿着马路跑了起来,真搞笑,赫麦妮居然激起了她心中的无名火。尽管厄秀拉知道她是向另一个女人让步了,也知道自己这样显得缺乏教养、粗俗、过分,可她不在乎这些。她只能在路上奔跑来宣泄,不然她就会回去当着伯金和赫麦妮的面讽刺他们,因为是他们惹恼了她。

第二十三章　出游

　　第二天,伯金又来找厄秀拉,那个时候已经将近中午了,伯金亲自来小学校问厄秀拉是否愿意同他一起驾车出游。厄秀拉虽然同意了,但她脸色暗沉着,面无表情,见她这样,他的心冷了下去。

　　下午的天气很晴朗,光线也很柔和。伯金开着汽车,厄秀拉就坐在他身边,脸色依旧,每次当她这样像一堵墙似的冲着他时,他的心里就十分难过。

　　他的生命现在显得太微不足道了,他甚至什么都不在乎了,有时他甚至都不在乎厄秀拉、赫麦妮或别人是否存在。何苦这样麻烦呢? 为什么非要追求一种和谐、满足的生活呢? 为什么不能像小说里的流浪汉那样在一连串偶然事件中游荡? 为什么不可以呢? 为什么要去在乎人与人之间的关系? 为什么要那么认真地对待别人? 为什么要和别人结成如此亲密的关系? 为什么不随便些、随随便便承认一切都有其价值呢?

　　说到底,他是命中注定要走老路、要认真生活的。

　　“看,”他大声说,“看我买了些什么?”汽车仍在雪白宽阔的路上行驶着,沿路两旁都是树木。

　　他给她一卷纸,她连忙打开来看。

　　“太美了。”她看着礼物说。

　　“简直太美了!”她再一次叫起来,“可你为什么要把它们给我?”

　　她疑惑地问。

　　他脸上露出一丝厌烦和愤愤然的表情,然后耸了耸肩。

　　“我想这样。”他冷冷地回答。

　　“可为什么? 你这是为什么呢?”

　　“一定要我解释吗?”他问。

　　她沉默下来看着包在纸里的戒指。

　　“我觉得它们太美了,”她说,“特别是这一只,简直太漂亮了!”

　　这只戒指上镶着火蛋白石,周围还有一圈细小的红宝石。

　　“你最喜欢那一只吗?”他连忙问。

　　“是的。”

　　“可我更喜欢蓝宝石的。”他说。

　　“这一只吗?”

　　另外的是一只漂亮的玫瑰型蓝宝石戒指,上面还点缀着一些小钻石。

　　“是啊,”她说,“很好看。”她把戒指举到头顶看了看说,“也许,这就是最好的。”

　　“蓝的。”他说。

　　“对,很奇妙。”

　　他突然一扭方向盘,汽车避开了与一辆农家马车相撞,可是汽车却倾斜在岸边,他开车很不用心,老爱开飞车。把厄秀拉吓坏了,他的那种莽撞劲儿经常让她害怕,她甚至感觉到他会开车出事,她会死于车祸,想到此她有些不寒而栗。

"你这么开车是不是太危险了?"她问。

"不,不危险,"他说,然后他又问她,"你不喜欢黄色的戒指吗?"

这一只是用镶在钢架之类的金属中的方黄玉做成戒指,做工很精细。

"喜欢,"她说,"可是你为什么买这么多戒指?"

"我有用,都是些旧货。"

"那你买来是自己用吗?"

"不是。我的手戴戒指不像样。"

"那你买它们干什么?"

"买来送给你呀。"

"给我? 你肯定是买来送给赫麦妮的吧,你属于她。"

他没说话。她手里依旧攥着这些首饰,她想戴上这几只戒指试试,可心中仿佛有什么东西在阻挡她这样做,她还怕自己的手太大戴不下,为了避免戴不下戒指丢丑,所以只在小手指上试了试。他们就这样一直在空空荡荡的街上驾车转悠。

坐汽车令她很激动,以至于她忘记了自己的情形。

"我们到哪儿了?"她突然问。

"离作坊不远。"

"我们要去哪儿呢?"

"哪儿都行。"

她就喜欢这样干脆地回答。

她张开手,看着手中的戒指,三个圆圆的镶有宝石的戒指摆在她的手掌心,她特别想戴上试试,但又不想让伯金看见,她怕伯金会发现她的手指头太粗,但最终他还是发现了。凡是她不想让他看到的他偏偏都能看到,他的眼如此的尖,真让人恨。

试了试只有那只镶火蛋白石的戒指环圈比较薄,她的手指头能够伸进去,可她这人一直很迷信,自认为有一种不祥之兆,不可以,她如果要了他这象征性的戒指,就等于把自己许给他了。

"看,"同时她向他伸出半握着的手,"其他几个都不合适。"

他看到那柔和的宝石在她敏感的皮肤上闪着红光。

"是不合适。"他说。

"火蛋白石不吉利,是吗?"她若有所思地问。

"不过我就喜欢不吉利的东西,吉利显得太庸俗,不管谁需要吉利所带来的一切? 反正我不需要。"

"为什么呢?"她笑道。

她内心特别想看看其他两只戒指戴在自己手上是什么样,于是她便把它们穿在了小手指上。

"这些戒指其实可以再做大一点的。"他说。

"对。"她半信半疑地说。然后叹了一口气。她明白,接受了戒指就等同于接受了一种约束,可是命运也是不可抗拒的。她又看了看戒指,在她眼里这些戒指极漂亮,已经不是装饰品或财富,而是爱物了。

"你买的这些戒指真叫我开心。"说着,她抬起并不太情愿地手轻轻搭在他的胳膊上。

他微微一笑,他知道他想要亲近她,但他内心深处却是冷漠的,可他知道她对他怀有一股激情,这倒是真的,可这又不是彻底的激情,更深层的激情是当一个人超越自身,超越情感时所爆发出来的,而厄秀拉却仍停留在情感与自我的阶段,总是无法超越自身。他接受了她,但并没有被她占有。他接受了黑暗、羞涩的她,就像一个魔鬼俯视着神秘腐朽的生命的源泉一般,他笑着、同时抖动着双肩,最终接受了她。倒是她,什么时候才能超越自己,在死亡的基础上接受他?

这会儿她觉得很幸福,汽车在向前行驶,午后的天气依旧那么柔和、晴朗。她饶有兴趣地聊着天儿,分析着戈珍和杰拉德的动机,他模模糊糊地回答着,事实上他对于各种人的性格什么的并不感兴趣,人们都各不相同,却都受着同样的限制,可能只有两种伟大的观念,在两条巨大的运动流中派生出多种形式的回流,这种反逆流在不同的人身上表现得也不一样,人们遵循的只不过是几条大的规律,从本质上说并没什么区别。他们运动或反运动,毫不受这几条大规律的意志支配,如果说这些规律和大的原则为人所知,人就不再神秘了,也就没什么意思了。人们从本质上说都是一样的,他们的区别不过是一个主旋律的变奏,而他们谁也无法超越天命。

厄秀拉并不同意这种说法,她认为了解人仍旧是一种历练,不过这也许比不上自己试图说服自己更有力量。也许现在她的兴趣有点像机器一样,也许她是破坏性的,她的分析特别像在把东西肢解一样。在她心中,她并不在意别人以及别人的特殊之处,甚至别人面临毁灭她都不在乎,一时间她好像触到了心中的这一想法,她静了下来,只把兴趣一并转到伯金身上。

"在暮色中回去会很美吧?"她说,"我们稍晚一点去喝茶好吗? 去喝浓茶,好吗?"

"可是我已经答应人家到肖特兰兹吃晚饭的。"他说。

"没关系,你可以明天再去嘛。"

"可是……赫麦妮在那儿呢,"他很紧张地说,"她两天以后就要离开这儿了,我想我应该跟她道个别,以后再也见不到她了。"

厄秀拉立刻同他拉开了距离,沉默不语了。伯金眉毛紧蹙,眼里闪动着怒火。

"你不会在意吧?"他有点懊恼地说。

"不,我不在意。我为什么要在意呢?"她的话有些挖苦人。

"我是在问我自己,"他说,"你怎么会在意? 但你看上去有些不满意。"他气得眉毛已经紧蹙成一团。

"请相信我,我不在乎,并且一点儿都不在乎,去你该去的地方吧,我特别希望你这样做。"

"你这个傻瓜!"他叫道,"我和赫麦妮的关系已经结束了,她对你来说难道比对我还重要,你跟她作对,只能说明你同她是一类人。"

"作对?"厄秀拉嚷了起来,"我知道你的计谋,我才不会让你的花言巧语骗了我呢,你一心想着赫麦妮,被她迷住了,如果你想去,那就去吧,我不会谴责你,只是那样的话,你我也就没什么关系了。"

伯金气愤极了,怒气中停下了车。他们坐在村路中央的车中,似乎要把这件事说个明白,这像是他们之间的一场战争危机,而他们并未看出这种境况的荒唐之处。

"如果你不是个傻瓜,如果你还不傻,"他失望伤心地叫着,"你就该知道,当你有错的时候,你也应该体面些,这些年我同赫麦妮一直保持联系是错误的,这是个走向死亡的过程,但不管怎么说,人还是要有面子的不是吗,可你呢,一提赫麦妮就满怀妒嫉,你是不是想把我的心都撕碎。"

"妒嫉?我妒嫉?你这样想就大错特错了,我其实一点都不妒嫉赫麦妮,对我来说她根本一钱不值,就更谈不上什么妒嫉了!"说着她打了一个响指,"你撒谎,每次你找赫麦妮,就像狗要寻找到自己吐出过的东西一样。我恨得不是别的,而是赫麦妮所主张的,我之所以会恨,是因为她说的都是假话,可你对于这些假话不一样,你拿它没办法,拿自己也没办法,你本身就属于那个旧的、死气沉沉的生活方式,那就请回到那种生活方式中去吧,但是别来找我,我跟它可没任何关系。"

她一气之下,跳下了汽车走到树篱前,手不禁摘着粉红色的桨果,这些果子有些已经绽开,露出了橘红色的籽。

"你可真是个傻瓜。"他有点轻蔑地叫着。

"对,我是傻,我要感谢上帝让我这么傻,如果不是我的傻,我都无法品味你的聪明,感谢上帝吧,你去找你的女人去吧,她跟你是一类人,总会有一批这样的人追求你,去找你精神上的新娘去吧,别再来找我,因为我没她们那种精神,在这里谢谢你了。你还不满足是吗?你的精神新娘给不了你所需要的东西,对你来说她们并不够平易近人、不够肉感是吗?所以你才甩下她们来找我。你说你想跟我结婚过家常生活,可又要暗中与她们进行精神上的往来,我读懂了你这套肮脏的把戏。"一股怒火已经燃遍全身,她双脚发疯似的踩着地,这让他有些害怕了,生怕她打他。"可是我,我这还不够精神化,在这方面我远远不如赫麦妮!"说着,他的双眉更加蹙紧了,发怒的目光老虎般地闪烁着。"那就去找她吧,我要说的就这句话,你去找她吧,呵呵,她精神,她是个肮脏的物质主义者,她有精神化吗?她关注的是什么呢?她的精神又是什么呢?"她的怒气已经化作烈火喷出来炙烤着他的脸,他有些退缩了。"我告诉你吧,这就是太肮脏,太肮脏,你需要的就是肮脏,你渴求的就是肮脏。什么精神化!难道她的霸道、骄横、肮脏的物质主义就是精神化吗?她是一个泼妇,泼妇明白吗,就是这样的物质主义者,我觉得太肮脏了,她那股子社交激情到底是怎样?她有什么样的社交激情?拿出来让我看看!在哪儿呢?她需要唾手可得的小权力,她需要一种伪女人的幻觉,就是这么简单。在她的灵魂中,她是一个凶恶的教徒,很肮脏,从本质上说她就是这么一个人,其余的全是靠装的,可你偏偏喜欢这个,你也喜欢这种虚假的精神,这是你的食粮,别问为什么?那是潜藏着的肮脏所导致的,你以为我不知道你的性生活有多肮脏吗?还有她的,我也都知晓,而你也需要的偏偏是这种肮脏,那就去过这种肮脏生活去吧,你这个骗子。"

她转过身去,颤抖着从篱笆上摘下桨果,双手把桨果放在胸部。

他静静地看着,看到她战栗着的敏感的手指,他心中就燃起一股莫名的温柔之情,但同时他心里也感到气愤、心凉。

"这种表现很不好。"他冷冷地说。

"是的,的确不好,"她说,"对我来说更是这样。"

"看来你是答应降低自己的身份了。"他说。他看到她脸上燃起火焰,目光中凝聚着微黄色的光点。

"你!"她叫道,"你真是一个热爱真理的人,一个好纯洁的人,你的真理和纯洁真是让人听着恶心,你这只垃圾堆里刨食的狗,食死尸的狗,你明白这一点,那就是你很肮脏。你纯洁、公正、善良,是的,谢谢你有那么点东西,可你的真实面目是你自己也很清楚,猥亵,肮脏,你就是一个猥亵、肮脏、变态的这么一个人,你还谈爱,你也可以说你不需要爱,你只需要你自己,只需要肮脏和死亡,你需要的就只有这个,你太变态,太僵死,还有……"

"过来了一辆自行车。"他说。他想让她那大声的谴责变得不安。

她朝路上看去。

"我才懒得管什么自行车呢。"她叫道。

她终于沉默了,那骑车人听到这边的争吵声,用诧异的眼光看着这一男一女,又看看停在路上的汽车。

"你好!"他平和地说。

那人走远了,他们沉默了。

伯金脸色变好了,他知道总体来讲厄秀拉是对的,他也知道自己心理变态,一方面是过于精神化,另一方面,是自己太卑劣了,可是她又比自己强多少吗? 又比别人能强多少?

"或许这是对的。"他说。"但是赫麦妮的意淫并不比你的那种情感上的妒忌坏的多,我认为人更应该在自己的敌人面前保持自己的体面,这么说吧,赫麦妮至死都会是我的敌人! 我会用箭把她赶走。"

"你的敌人? 你的箭? 你把你自己描绘得挺生动啊,可在这幅画中好像只有你一个人,没别人,我因为嫉妒,才说那些话?"她大叫着,"是因为那是事实,明白吗? 你是一个肮脏虚伪的骗子,一个伪君子,我说的就是这个,你听到的没错。"

"很感谢你!"他调皮地扮个鬼脸道。

"是的,"她叫道,"如果你还有点颜面,就该感谢我。"

"可是,我没一点颜面了。"他反讥道。

"没有,"她喊道,"你没一丁点儿,所以你可以走你的路,我走我的路,没什么坏处,一点也没有。你不可以把我留在这儿了,我不想跟你再多走一步,留下我……"

"我觉得你都不知道你在哪里。"他说。

"不必费心了,请放心吧,我不会出问题的,我钱包里还有十个先令,你把我带到哪儿,这点钱也够我回去的。"她思索着。她手上依然戴着戒指呢,两只戴在小手指上了,一只戴在无名指上了,但她就是犹豫着不动。

"很好,"他说,"最没救的就是傻瓜。"

"你说得很对。"她说。

她又犹豫了片刻,最终脸上露出丑陋、恶毒的神情,她从手指上撸下戒指冲他扔了过去。一只打在了他脸上,另外两只掉到衣服上又散落在了泥土中。

"拿回你的戒指吧,"她说,"买个女人去吧,哪儿都可以买到,也许有很多人愿意与你共享那些乱哄哄的精神或享有你的肉欲,把精神留给赫麦妮吧。"

说完她就漫不经心地自己上路了,伯金伫立着望着她孤独走远的背影,一边走还一边揪扯着篱笆上的树枝子,她的身影逐渐变小,直到在他的视线中消失。他只觉得头脑中一片黑暗,只有微弱的意识在抖动着。

他感到有些疲惫虚弱,但同时也感到一种释然,他变换了一下姿势,走过去坐在岸边。毫无疑问厄秀拉是对的,她说的的确也是事实,他知道他的精神化是伴随着一种坠落的,一种自我毁灭的快感,自我毁灭中的确存在一种快感,对他来说,当自我毁灭在精神上转化成另一种形式出现时更是如此。他知道他这样做了,还有,难道厄秀拉的情感之淫不是同赫麦妮那种深奥的意淫一样危险吗?熔化,熔化,这两种生命最终熔合,不管是精神实体还是情感实体,如果每个男女都坚持这样做,不是很令人恶心、可怕吗?赫麦妮自认为自己是一个完整的观念,所有的男人都得追随她,而厄秀拉则是完整的母腹,是新生儿的浴池,所有的男人都会奔向她!她们都很可怕。她们为什么不是理性化的人,为什么不受自身的约束?她们为什么完整得如此可怕,如此可憎得霸道?她们为什么不让别人自由?为什么要融化人家?一个人完全可以沉湎于重大的事情,而非别的生命。

他不忍心看着戒指就这样陷在路上的泥土中,他拾起戒指,不自觉地用手擦拭着上面的泥土,这戒指是代表着美的意义,是热情的创造幸福的象征,他的手上粘满了沙砾,脏了。

他头脑中一片昏暗,凝聚着的意识破碎了,远逝了,他的生命在黑暗中渐渐溶化了,他心中焦虑不堪,他想要她回来,他像婴儿那样轻轻地、有规律地喘息着,是那样的天真无邪,毫无责任心。

她还在继续往回走,伯金看到她正沿着高高的篱笆不动声色地朝他走来,他却没动,也没有再看她,他仿佛静静地睡了一样,蛰伏着,彻底懈怠了。

她走过来低着头站在他面前。

"看我给你采来了什么花儿?"说着她把一束紫红色的石楠花举到他面前。他眼前呈现了那一簇喇叭样的各色花儿和如树枝般的细小的花梗,再看看捧着花的那手,她手上的皮肤那么细腻、那么娇嫩。

"美极了!"他抬头冲她笑了笑并接过了花儿,一切又变得很自然了,所有的复杂性全消逝不见了,他很想大叫,但却没叫出声,他太累了,感情负担也太重了。

紧接着他心中升起一股温柔激情,他站起来,温柔地凝视着她的脸,呈现在面前的是一张全新的脸,是那么娇纤,脸上露出惊讶与恐惧的表情,他紧紧地搂住她,把她的脸伏在自己的肩上。

此时的街道是如此安静,他就站在路上温柔地拥抱着她,轻轻地闭着眼睛,原先那可恶的紧张世界一瞬即逝了。

她抬起头看着他,眼中闪烁着的那奇妙的黄色光芒变得柔和、温顺起来,他们二人的心都平静了下来,他轻轻地吻上了她,温柔地,一遍又一遍,她的目光中也露出了笑意。

"我骂你了吗?"她问。

他也笑了,缓缓地握住了她柔软的手。

"千万不要在意，"她说，"我这也是为了咱们好。"他闭上眼温柔地吻了她很多次。

"难道不是这样吗?"她说。

"当然，"他说，"等着吧，我会去报复她的。"

她突然大笑起来，猛地将他拥抱住。

"你是我的，是我的爱，对吗?"她叫着更加搂紧了他。

"是的。"他细声说。

他的话听上去那么肯定，语气又那么温柔，令她无法动弹，仿佛将屈从于一种命运。没错，她默许了，而他却没有得到她的认可就做了一切，他轻柔地一遍又一遍地吻她，温柔、甜蜜地吻她，他的吻令她的心似乎停止了跳动。

"亲爱的!"她叫着，抬起脸羞涩地看着他，这所有的一切都是真的吗? 他的眼睛是那么深邃、那么温柔，丝毫不会因紧张和激动而有所改变，他深邃的眼眸冲着她微笑，并同她一起笑着，她害羞的把头埋在他的肩上，生怕他看到她已通红的脸，虽然她知道伯金爱她，但同时她有点害怕，她处在一个另类的环境中，并被新的天空包围着，她特别渴望伯金爆发出激情来，因为只有在激情中她才能随心所欲，但这渴望仅仅是想想罢了，因为周围的环境实在是太可怕了。

她又一次猛然抬头，冲动地问:"你爱我吗?"

"爱。"他那么肯定的回答，他仅仅看到伫立着的她，却没注意她的动作。

她也知道他说的都是真话。

"你应该这样，"她说着并扭脸向路上看去，"你找到戒指了吗?"

"找到了。"

"在哪儿呢?"

"在我衣袋里。"

她的手伸进他的衣袋中轻轻地掏出戒指。

她感到有些不安。

"咱们走吧?"她说。

"好。"他答道。他们再一次上了车，悄悄地离开了这块值得纪念的土地。

他们在傍晚的旷野中游荡，汽车欢快地向前行驶着，一切显得既优雅又超然，他的心里淡然而又甜蜜，生命仿佛从新的源泉中流出并从他身上流过，又好像刚从子宫的阵痛里出生一样。

"你幸福吗?"她疑惑又兴奋地问。

"幸福。"他说。

"我也一样。"她突然兴奋地大叫着并搂住他，用力紧紧地拥抱着他，顾不得他在驾驶着车。

"不要再开了，"她说，"我不希望你总在做事。"

"咱们结束了这次短短的旅行，一切就都自由了。"

"我们会的，亲爱的，我们一定会的。"她欢快地叫着，并趁他向她转过身来那一刻吻了他，而他意识上的紧张感被这个浪漫打破了，又清醒地驾驶着汽车，他仿佛全然清醒了，全身心都清醒了，感觉自己像是刚醒过来，刚刚出生一样，又像一只小鸟刚冲破蛋壳进入另一个新世界一样。

他们在暮色中下到山下，突然厄秀拉发现了在右侧的空谷中南威尔寺的影子。

"咱们都开到了这儿了！"她兴奋地叫着。

那僵硬、阴森、丑恶的教堂矗立在茫茫的夜色中，刚进到小城中，便发现一丝金黄色的光芒在商店的橱窗中闪烁着。

"我爸爸和妈妈刚刚相识的时候就是来的这儿，"她说，"我父亲很喜欢这座寺庙，你呢？喜欢吗？"

"喜欢，它像一颗透明的石英耸入黑暗的夜空，那咱们就在撒拉逊酒店里喝晚茶吧。"

下山时可以清晰地听到寺院里的钟正敲响六时的曲子：

"今夜，光荣属于你，我的上帝让月光保佑你……"

当厄秀拉认真听的时候，这乐曲便慢慢地从黑暗的夜空中一点点落下，落在小城的暮色中。这乐曲就像多少世纪前那种隐约的声音一样，离她太遥远了，她站在那古老气息的酒店院子里，深深地呼吸着稻草、马厩和汽油味儿。然后她抬起头，可以隐约看到天上刚刚崭露出的新星，这一切都是这样的啊？不像是真实的世界，倒像是童年的梦境，一段满满而宝贵的回忆。世界突然变得不真实，她自己也成了一个陌生、幻想中的人。

他们一起静坐在小客厅里的壁炉旁。

"这是真的吗？"她笑道。

"什么？"

"这一切……一切都是真的吗？"

"最好是真的。"他冲她做了个鬼脸道。

"是吗？"她笑着，仍一副没有把握的样子。

她看着他，他却显得那么远，她的心灵中又睁开了另一双新的眼睛，她觉得伯金是来自另一个世界的奇怪动物，像被迷住了一样，一切都变形了。她突然又想起《创世纪》这本魔书中讲的事：上帝的儿子看到人的女儿总是很美。而伯金就像这些奇特的人一样，他从远处俯视着厄秀拉，发现她真的很美。

他站在炉前的地毯上，看到她仰起的脸就像是一朵鲜艳夺目的花儿一样，沾着清晨第一颗露珠，绽放出金黄金黄的光芒。他微笑着，仿佛世间没有任何语言，只有对方心中那一朵幸福开放的花，他们对着对方微笑着，只要对方存在他们就高兴，那是一种纯粹的存在，不用你去多想，甚至不用你感知，而他的眼睛却又透着一副嘲弄的神情。

她像着了魔一样迷恋上了他，她缓缓地跪在炉前的地毯上，搂住他的腰，将脸埋在他的两腿中，看上去画面是那么和谐、美妙，她感到幸福极了！

"我们相爱着。"她兴奋地说。

"不仅是爱。"他说着低下头俯视她，脸上闪烁着无限光芒。

她娇嫩的指尖无意识中抚摸着他的大腿，顺着一股神秘的生命流抚摸着，她仿佛发现了什么东西，发现了某种超越生命本身的东西一样，那种奇怪的生命运动在腹下的腿上，那是他生命奇特的真实写照，是生命本身，沿着腿部直泻下来。在这儿,她似乎感觉他是始初上帝的儿子,不是人或是别的什么。

这样就够了,她曾经有过情人,她也知道激情是怎么一回事,可现在这东西在她看来既不是爱也不是激情,这仅仅是人的女儿回到上帝的儿子的怀抱罢了,这陌生的而非上帝始初的儿子。

她的脸露出金色的光芒,她抬头灿烂地看着他,他坐在她面前,她的双手紧紧搂住他的双腿,他俯视着她,那紧皱的眉头就像王冠一样,而她就像绽放在他膝下的一朵美丽的花朵,一朵超越女性的、放射着异彩的天堂之花。可他心中仿佛有什么东西禁锢着他一样,让他无法去喜爱这朵依偎在他膝下闪着异彩的花朵。

对她来说,她的目的已经达到了,她已经发现了这个上帝始初的儿子,而他也发现了人类最初的漂亮女儿。

她的手继续摩挲着他的腰臀和大腿,然后抚摸着他的背,内心感到一股活生生的烈火莫名的从他身上流出然后再从她身上通过,这就像她从他身上吸出的一股黑暗的激情电流一样,在她和他之间筑起了一条新电路,那一束新的激情电能来自最黑暗的肉体的电极,形成完美的电路曲线,像是一股黑色的流,从他身上流向她,把他们两人淹没在宁静而美满的海洋中。

“亲爱的!”她叫着,向他抬起头,欣喜中睁大了眼睛,又张开了嘴巴。

“亲爱的!”他回答着,并俯下身一个劲儿地吻她。

她紧紧抱住他的腰臀,抱了个满怀,他弯下腰时她仿佛触到了他身上那黑暗的神秘物,几乎快要在他身下昏过去,他俯下身,也感觉要昏过去,对他们来说这就像完美的死亡,同时又是对生命难以控制的接近,是最直接、美妙的满足,它惊人的在人体内最黑暗、最深处和最奇妙的生命力流溢出一股自最深的生命源泉的力量,那发自腰臀的基底。

沉默过后,一条陌生的黑暗河流从她身上淌过,她的意识也随之而去,从后背一直降到双膝又流过她的脚,这奇怪的洪流横扫了一切,让她成为一个新的自由人,她已然变成她自己了,于是她慢慢地站起身,愉快地冲他笑着。他站在她面前,脸上露出微微光芒,显得那么真实,它的心就要停止跳动了,他那矫健的身躯伫立着,躯体内流淌着奇妙的泉,就像始初上帝的儿子的躯体,那股泉比任何她想象的或知晓的泉都更神秘、更强大、更令人满足,或者说令人肉体上感到神秘的满足,她曾以为没有比生殖器源泉更深的了,可现在来看,在这岩石般的男人的躯体中,在他奇妙的腹部和腿部或更深远的神秘处奔涌出一股难以名状的黑暗和财富之流。

他们是如此的高兴,全然沉醉了,一起笑着去用餐。这里的晚饭有鹿肉和馅饼,大片火腿,也有水芹,红甜菜根、欧楂和苹果馅饼,还有各种茶。

“这么多好吃的东西呀!”她欢快地叫道,“看上去是多么气派! 我来倒茶吧。”

平日里,她做起这类台面儿上的事来时总是很紧张、犹犹豫豫的,可今天她好像什么都忘了,变得那么从容不迫,全然不知什么叫害怕。茶水从细细的壶嘴儿中流出来时很好看,她给他递茶杯时眼睛里还透着笑,她终于学会了淡然、熟练地做这一切。

“这所有都是我们的。”她对他说。

“所有。”他说。

她得意地笑了。

"我太高兴了!"她叫道,表现出难以言表的样子。

"我也是,"他说,"不过我想咱们还是要尽快摆脱咱们的任务,越快越好。"

"什么任务?"她疑惑地问。

"咱们必须尽快抛下咱们的工作。"

她点点头,表示理解。

"当然。"她说。

"我们必须走,"他说,"没别的,赶紧走。"

她从桌子另一边诧异地看着他。

"可是去哪儿呢?"她问。

"不知道,"他说,"咱们去溜达一会儿吧。"

她又好奇地看着他。

"去磨坊吧,我可喜欢那儿了。"她说。

"那里离古老的东西太近了,"他说,"咱们还是随便转转吧。"

他的声音如此温柔、轻快,像兴奋剂一般从她的血管中穿过,让她有些不知所措。她梦想着有一个峡谷、一片荒蛮的园子,那里一片寂静,渴望着灿烂浪漫的场景,这简直是贵族式的奢望,可是无目的地漫游会让她觉得太安定,令她感到不满。

"你打算转悠到哪儿去呢?"她问。

"不知道,我总感觉仿佛我们刚见面就要到远方去一样。"

"可能会到哪儿去呢?"她好奇地问,"归根结底,只要在这个世界,哪里都不算远。"

"但是,"他说,"我愿意和你一起走,去一个谁都不知道的地方,就去那里吧,我认为一个人需要离开已知的世界,到我们不知道的地方去。"

她仍在沉思。

"你看,亲爱的,"她说,"我们是人,我们就得对现存世界认可,因为并不存在另一个世界。"

"不,有的,"他说,"有那样的一个地方,在那里我们可以重获自由,那里的人不必穿太多的衣服,甚至一件都不需要,在那儿你会遇见不少经历丰富的人,他们把一切都视作理所当然,而你就是你自己,没那么多麻烦事,真的有那么个地方,有那么一两个人……"

"可是,那是哪儿呢?"她感叹道。

"某个地方,随便一个什么地方,咱们抛开那些漫游去吧,现在我们要做的就是这件事。"

"好吧。"她说,一想到旅行她就激动,不过也只是旅行罢了。

"去重获自由,"他说,"在一个自由的地方,和其他的几个人在一起,寻找自由!"

"那好。"她沉思着说。可是"几个人"一词却让她感觉不安。

"这并不只是一个地点的问题,"他说,"这是一种你、我和他人之间的复杂的关系,只有这样我们才能和谐相处。"

"是的,亲爱的,"她说,"你和我,仅仅是你和我,对吗?"说着她向他伸开双臂欲拥抱他,他忙走过去俯身吻了一下她的脸,她再一次搂住他,双手从他的肩膀慢慢向下滑动,重复着一个和谐的节奏,继续滑下去,抚摸着他的腰臀和腹部,一时美满的感觉令她神魂颠倒,那美妙的占有、安然的神情像死亡一样,就那样彻底地、过分地占有了他,以至于她自己都陷落了,其实她只不过坐在椅子中,忘我地拥抱着他罢了。

他温柔地吻着她的脸颊。

"我们永不再分开。"他喃喃自语道,而她却一言不发,只顾用双手用力压着他躯体上黑暗的源泉。

当他们从疯狂的状态中醒来后,他们决定写辞职书,他轻轻地按了一下铃,要来两张没印着地址的信纸,侍从随之擦干净桌子。

"现在,"他说,"你开始写你的,写上你的家庭住址和日期,然后写'教育长官,市政厅,先生'你好!我不知道该如何忍受下去,我想一个月内可以将问题解决,不管怎样吧,最后写上'先生,我请求辞去威利·格林小学教员的职务,如一月内获恩准,我将不胜感激。'行了,写好了吗?让我看看。'厄秀拉·布朗温'好,现在我来写我自己的,我觉得我应该给他们三个月的期限,当然我必须说是健康原因辞职,我得好好安排一下。"

说完,他坐下开始写他的正式辞职书。

"好,"他封上信封,写好地址后说,"咱们是不是从这儿把信发出去?一起发,到时候杰克肯定会说:'这么巧啊!'他会发现这两封信一模一样,你不介意他这么说吧?"

"我无所谓。"她说。

"不吗?"他疑问的语气问。

"这些无所谓,不对吗?"她说。

"对,"他回答,"我只是不想让他们瞎想,我先寄走你这封,然后再寄我的,我可受不了他们胡思乱想。"

他用异常真诚眼神看着她。

"你是对的。"她说。

她向他抬起头,好像要把他吸过去,他立刻变得神魂颠倒了。

"咱们走吧?"他说。

"听你的。"她说。

他们很快从小城出来了,开着车在起伏不平的乡间路上行进着,厄秀拉依偎在他温暖的怀抱,注视着微弱的灯光照亮的前方,这里时而是宽阔的旧路,路两边的草场,在车灯的照耀下现出飞动着的魔影和精灵,时而又会出现树丛,露出布满荆棘的灌木丛、围场和跟跄的尖顶。

"你还去肖特兰兹吃晚饭吗?"厄秀拉突然回过神问,把他吓了一跳。

"天啊!"他叫道,"肖特兰兹!再也不会去了,再说,也太晚了呀。"

"那我们现在去哪儿呢?去磨坊吗?"

"如果你喜欢,那就去,在这样美好的夜晚,我觉得去哪儿都可惜,实在不愿走出这夜幕,可惜呀,我们无法永远停留在这黑夜中,我觉得这夜色比其他什么都美好。"

她坐在车中开始遐想,汽车继续颠簸着。她知道她已经离不开他,黑暗已经把他们两人缚在了一起并包围起来,这黑夜又是无法超越的。还有,她已经对他那温暖的腰臀有了神秘、黑暗的感知,感到了命运中无法抗拒的美,人正是需要这种命运并且完全接受这种命运。

他静静地坐着继续开着车,那样子像是个埃及法老,感觉自己像真正的埃及雕塑那样有一种古老的力量,这力量真实而又难以言表,他嘴角上挂着一丝谜一样的笑容,他知道是因为他的脊背和腰臀部有一股奇特神秘的力量直流向了双腿,这种力量让他动弹不得,所以才使得他不禁地微笑起来,他也知道如何让自己另一种肉体意识清醒有力,依靠这个源泉他得到一种了纯粹、神秘的控制力,一股魔幻、神秘的黑暗力量,就像电流一样。

很难用语言表达,坐在这纯粹而生动的寂静中是多么美好,在沉静中溶满微妙、难以想象的感知与力量,这种沉寂被古老的力量支撑着,就像那埃及人永远纹丝不动、力量超群地端坐在活生生、微妙的沉寂中一样。

"咱们要不别回家了吧,"他说,"这辆车里的座位可以放下来,再支上车篷就可以当床用了。"

听他这么说,她是既喜又惊,渐渐地靠近他。

"那家里人怎么办?"她问。

"发个电报去就可以啦。"

没有更多啰唆的语言,他们静静地驱车继续前行,一转念又朝某个方向开去,他的理智居然还能够指挥他开车的方向,他的手臂、胸膛和他的头脑就像古希腊人一样灵活,双臂也决不像古埃及人的手臂那样僵直、毫无知觉,头脑也不是封闭、僵住的,闪耀着火花的智慧照耀着他注视着黑暗,照耀着那种埃及人式的注意力。

他们来到路边的一座村庄,汽车缓缓地前行着直到他看到村中的邮局才停下来。

"我给你父亲发个电报,"他说,"我就说'在城里过夜',好吗?"

"好的。"她说。她没有细想什么。

她看着他进了邮局,她惊奇地发现这邮局还是一家商店,真是奇怪,即使他走进明亮的公共场合,他仍旧散发出黑暗、富有魔力的东西,仿佛他的躯体是沉寂、微妙、强壮的集合体,让人难以琢磨。他在那里!一阵激动过后她发现了他,他的存在永远不会显露出来,永远强壮得可怕,但现在变得既神秘又真实,这个黑暗、微妙永远都不会改变的实体让她得到满足、感觉获得了自身完美的存在一样,渐渐的她在沉寂中也变得黑暗、满足。

他回来了,往车里扔进一堆东西。

"这里面是一些面包、奶酪、葡萄干、苹果和纯巧克力。"他的声音仿佛也在笑,也许是因为他太沉稳、蕴藏着纯粹的力量吧。她必须抚摸他,光说和看一点用都没有,光凭观察就想理解他只能歪曲他。黑暗和沉寂要必须先笼罩她,她才能在抚摸中神秘地感知到他的存在,她必须轻盈地、忘我地与他结合,从而获得死亡的知识,在未知中获得保证。

很快他们就又驱车行驶在黑夜中了,她这次没有问驶向何方,她已经全然不在乎了。她安然淡定地坐着,纹丝不动、毫无违和感,静静坐在他身边养神,就像一颗星星一样与他保持平衡,她仍然渴望着,想要抚摸他,她的指尖意欲触到他在黑暗中他那温暖、纯粹、不可改变的腰部的真实,忘我地在黑暗中抚摸他完美温暖的腰部和腿部同样显得那么真实,这是她热切希望的。

他也在固执地等待着她来索取,就像他已经从她那里得到了什么一样,他通过黑暗的感知了解她,而现在变成她要了解他了,他感觉自己将要得到解脱,他将会像一位埃及人一样在黑暗中获得自由,在完美的平衡和肉体所存在的纯粹的神秘焦点上固定。

他们会相互保持星与星之间的距离,这就是自由。

她突然发现车正在树丛中穿行,四周全是古树和凋零的羊齿草,前方是一片苍白、盘根错节鬼影一样的树干,就像一些老牧师的身影在晃动一般,羊齿草显得神秘而富有魔力。夜漆黑,云低垂,汽车还在继续缓缓行驶着。

"我们这是到哪儿了?"她轻声问。

"舍伍德森林。"

显然,他知道方位。他目不转睛地盯着前方缓缓地开车,渐渐开到了一条绿色的林中路上,车转了个弯,在橡树丛中行进又来到另一条绿色道路上,路渐渐变宽,眼前是一片草场,还有一条小溪在一面斜坡下汩汩流淌,伯金便在这儿停下了车。

"就在这儿吧,"他说,"把车灯熄了吧。"

他熄了灯,四下里一片漆黑,树影婆娑,像是黑夜里的其他生物一样,他在羊齿草上铺了一块毯子,然后他们慢慢地坐在上面,林子中发出微弱的响声,但却不那么噪乱,也不可能有噪乱,因为这世界的噪乱已经被禁止了,弥漫着一股新的气息。他们甩掉衣服,他把她搂过来,突然发现了她那未曾裸露出的肉体上纯洁的光芒,他克制着自己的欲望,手指触在她未曾展露过的裸体间,沉默之中,神秘之夜的躯体压在神秘之夜的躯体上,男人和女人的夜无法用眼睛明视,无法用理智去了解,只能通过活生生的触摸去感知。

她渴望他的热烈,抚摸着他,在黑暗、微妙、绝对寂静的环境中抚摸着他,与他进行最大尺度的难以言表的交流,得到了最美妙的礼物,也向他作出了奉献,就像一个神话,其真实性永远也无法得知,这活生生的肉欲永远也不能转换成意识,只能停驻在意识之外,这是黑暗、沉寂和微妙中活生生的肉体,是神秘而实在的肉体,他们的欲望得到了满足,他们在各自的眼中就是远古的神秘、真实的异体。

就这样,他们在车篷下度过了一个寒夜,一觉睡到了天亮,当他醒来时天已大亮了,他们互相对视了一下,笑了笑,然后又转过头向远处看去,而后他们相互吻着,回忆着那个美好的夜晚,简直太美妙了,那像是黑暗世界的馈赠,他们似乎害怕失去回忆,于是都避而不谈昨夜的感受。

第二十四章 死亡与爱情

托玛斯·克里奇正缓慢地向死亡走去,慢得有些可怕。在人们看来,生命之线扯得如此纤细却仍然不断,这真是奇迹。病人已经卧床不起,极度虚弱,只能靠吗啡和酒来维持生命,他缓慢地呷着酒,半清醒着,只有一丝意识把死亡的黑暗与生活的光明联系着,尽管如此,他的意志并没有被打垮,他是完整的人,只是他需要绝对的安静罢了。

除了护士之外,任何人来都会让他难以忍受,杰拉德每天早晨都会到房里来看看,看看他的父亲是否已经与世长辞,可他每次看到的都是那张仍旧微微闪光的脸,蜡黄的额头上仍然覆盖着令人敬畏的黑发,黑黑的眼睛似乎只有一点点不成形的视力。

每次当那黑色无形的眼睛转向他时,杰拉德就会感到自己的五脏六腑中燃起厌恶的火焰,仿佛要燃遍全身,并毁了他的头脑,令他发疯。

每天一早,儿子都会笔直地站在那里,浑身充满了生机,他的金发碧眼熠熠闪光,可是他这副样子总是令父亲气愤,他简直无法忍受杰拉德那神秘莫测的蓝色目光,哪怕只有一小会儿,他们稍稍对视一下就立刻把目光转开了去。

杰拉德在好长时间里都保持着镇静,泰然自若,到最后,他怕了,他害怕自己会垮掉,他必须等待结果,一种变态心理使得他只能眼睁睁地看着父亲被拖到生死线上,可现在,那可怕的恐惧感每日都会敲击着他的五脏六腑,并燃烧着他。他整日心神不宁,就像达摩克里斯的剑正悬在他的脖子上一样。

他无处可逃,因为他和父亲紧紧相连,所以他必须看着他死去。父亲的意志永远不会松懈,也不会向死亡屈服,只有当生命之线被折断以后这意志才会折断,如果在肉体死亡后它就不再坚持下去的话,那么儿子的意志也就永远不会屈服,他顽强地伫立着,即使他与这死亡无关。

这对他来说真是一种酷刑折磨,他怎么能够眼巴巴地看着父亲毫不屈服、在万能的死亡面前毫不让步地慢慢消逝?就像印第安人经受的刑罚折磨一样,杰拉德宁愿毫不退缩地体会这种缓慢的死亡,他感受到胜利了,甚至有点希望这样死,加速这种死亡,即使他可能恐惧地退缩,但他感觉像是自己在应对这种死亡一样,他仍旧要对付这种死亡,通过死来取得胜利。

当经受着这种折磨时,杰拉德也失去了对外界日常生活的控制,那曾经对他很重要的东西现在变得一文不值了,把工作和快乐扔到了脑后,甚至于干起工作来都很呆板,而这些都是外在的,他真正的事情是心灵里与死亡的殊死搏斗,不管发生了什么事,他的意志都应该获胜,也不会低下头承认谁是他的主人,他认为死亡中没有主人。

这场斗争仍在继续着,以前的他毁灭了,他周围的生活像是一个空壳,生活像大海一样咆哮着,他也加入了进来,可这空壳内部却是那死亡中黑暗可怕的空间,他知道他必须得到增援,否则他就会在这巨大的黑暗空间中垮掉,这空间就永远在他心中。他的意志支撑着他外在的生活、思想和生命,这些都没有破碎、没有改变,可这样压力太大了,他要找到什么东西来维持平衡,必须有一种东西同他一起进入他灵魂中空荡荡的死亡空间,填充它,来抵消外界的压力。一天一天的,他感到自己越来越像充满黑暗的气泡一样,气泡周围是他意识的彩虹,而外部世界和生活就在这意识的彩虹上咆哮。

在这种极端状态下,他本能地想起戈珍来,他现在想甩掉一切,只想同戈珍赶紧建立起关系来,他经常随她到画室来,接近她和她交谈,他在画室里东站一会儿西站一会儿,来回晃动,毫无违和感地捡起工具、雕塑用的泥巴和她刻的小人儿这一堆稀奇古怪的东西,看着这些东西,他也无法理解。戈珍感觉得出他故意追随着她,像一种生命在缠着她,她试图和他保持着距离,可他又一点点地接近她。

"请听我说,"一天晚上他不假思索又吞吞吐吐地对她说,"今天晚上留下一起吃晚饭好吗? 我很希望你能留下。"

她有点惊讶,他那说话的口气就像是一个男人同另一个男人说话一般。

"家里人会等我的。"她说。

"哦,他们不会介意的,"他说,"如果你能留下,我会特别高兴的。"

她沉默了好久,最终同意了。

"需要我告诉托玛斯吗?"他问。

"吃完饭我就马上走。"她说。

那是一个寒冷的夜晚,客厅里并没有生火,他们就静静地坐在书房里,他几乎沉默不语,显得有些拘束,温妮弗莱德也很少说话。当杰拉德站起身冲她微笑时,他又显得愉快,与常人一样。一会儿他又变得茫然若失,这副样子连他自己都没意识到。

她对他有些着迷,他看上去竟是专心致志,那种奇特茫然的沉默即使让她无法理解,可她还是动心了,静静的揣摩着他,对他充满敬意。

他很细心,在饭桌上他总把最好吃的放到她面前,知道她喜欢与勃艮第不同的一种名酒,他就专门取来了这种微甜葡萄酒,这让她感到自己此时最受人尊重,人家也需要她。

正在书房中喝咖啡时,外面传来一声轻微的敲门声,他愣了一下,叫道:"请进。"他的声音很大,把戈珍吓了一跳,身穿白衣的护士像个影子一样进来了,在门道里徘徊,虽然她很漂亮,但奇怪的是,她很腼腆、毫无自信心。

"克里奇先生,医生要跟你说话。"她声音低沉、小心翼翼地说。

"医生?"他惊奇道,"他在哪儿?"

"在客厅里。"

"去告诉他,说我就来。"

说完他就喝完自己的咖啡随着像影子一样消失的护士走了。

"那位护士叫什么?"戈珍问。

"英格丽斯小姐,我最喜欢她了。"温妮弗莱德回答说。

不一会儿,杰拉德就回来了,他看上去有些心事重重,那紧张、茫然的表情看上去像一个喝醉的人,他并没有说医生叫他去干什么,只是奋拉着手站在壁炉前,一副神魂颠倒的样子,他并不是真的在想什么,他只是心里挂念什么放不下,头脑里有斩不断的一团乱麻罢了。

"我必须去找妈妈，"温妮弗莱德说，"还得在爸爸睡觉前去看看爸爸。"

说完她起身向戈珍和杰拉德道了声再见。

戈珍也将要站起身来告别。

"你不必走，非要现在走吗？"杰拉德立即看了一眼钟表说，"还早呢，你走时我去送你，顺便散散步，坐，现在别急着走。"

戈珍又坐了下来，像他一样心不在焉，杰拉德的意志控制了她，她感觉自己被他迷住了，既像个陌生人，又像个未知物。他那么神情恍惚地站在那儿，一言不发，他在想什么？又有何感觉？她感觉自己有些动弹不得，他让她迈不开脚步，她很谦卑地看着他。

"医生告诉你什么新情况了吗？"她温柔、无微不至地关切道，这问话让他敏感的心扉颤动了一下，他扬了扬眉毛，显示出无关紧要的样子。

"没，并没有什么新情况，"他漫不经心地回答，"医生说，父亲脉搏很弱，周期性间歇，不过没多大关系。"

他低头看看她，她的眼睛黑黑的，目光温柔，令他有些心猿意马。

"不，"她终于开口道，"对于这些事我一点都不懂。"

"不懂正好，"他说。"听我说，抽支烟吗？来吧！"他说话的同时摸出一包烟，并为她打着火儿，然后站在她面前。

"我们的家人都没像父亲这样生过病，"他说。他似乎冥想了些什么，然后又低下头看着她，那双奇特的会说话的蓝眼睛让她感到有些害怕，然后他又说："你知道，这东西是你难以预料到的，只有等发生了以后你才意识到它是一直存在着的，往往如此，你懂我的意思吗？我指的是这种不可救药的疾病，这种痛苦的死亡。"

他的脚有些不安地在大理石炉前的地面上蹭着，嘴里叼着烟，眼睛朝上无神地看着天花板。

"我知道。"戈珍喃言道："这听上去很可怕。"

他漫不经心地吐着烟，然后把烟拿开嘴边，舌尖伸到两排牙齿之间，吐掉一点烟碴，然后轻轻转过身，像一个孤独的人在思考着什么一样。

"我不知道结果是什么，"他说着同时又低头看着她。她黑色的眼睛里充满理解地凝视着他的眼，他看到她沉默了，就立刻把脸转向一旁，"我可不这么想，这一切什么都不会留下，你明白我的意思吗？就好像你抓住了空虚，而同时你又很空虚，所以你也不知道该做什么。"

"不知道。，"她喃喃道。她只觉得自己神经有些紧张，很沉重，不知是舒服还是痛苦。"那有什么办法吗？"她又问。

他转过身，然后把烟灰弹到大块的没有围栏的炉前大理石上。

"我不知道，我怎么会不知道，"他说，"但我的确认为你应该寻找一种对付这种情形的办法，并不是说你想这样，而是因为你必须得这样，否则你就完了，包括你的一切都将面临塌陷，你是在用双手支撑着这些，这种情形不会一直继续下去的，你总不能永远用双手托举着屋顶吧？这样你早晚会松手的，你明白我的意思吗？所以要采取某种措施，否则将会有一次全面性的塌陷，至少我觉得对你来说是这样的。"

他在炉前轻轻地地踱着步,脚跟将火星碾灭了,他低下头看看火星,戈珍惊奇地发现,壁炉前古老的大理石地面特别美,有一些微微凸起雕花,她感觉自己仿佛被命运捉住了,陷入了可怕、毁灭性的陷阱中。

"可是有什么办法呢?"她谦卑地喃喃道。"如果我有什么能帮你做的话请吩咐,可是我怎么帮你呢? 我也不知道怎么帮你。"

他审视地低下头看着她。

"我并不需要你的帮助,"他有点懊恼地说,"因为这是没有办法的事,我需要的只是同情,你知道吗,我只是想找人说说心里话,这样就可以减轻我的痛苦,可是没有人愿意推心置腹地跟我谈谈,真是的,没有人,倒是可以跟伯金谈谈,可他没有同情心,他总想支配人。跟他谈什么都白搭。"

她陷入了一个奇怪的深思中,她只好低着头看着自己的手。

门轻轻地推开了,杰拉德有些吃惊,而后变得十分懊恼,他这副样子让戈珍害怕,他快步向前走去,显得很着急的样子。

"妈妈!"他说,"你下来了呀,真好,身体怎么样了?"

老夫人穿着松松垮垮的紫色睡袍,像往常一样笨重地缓缓走过来,他走在母亲身边,为她搬过一把椅子,说:"您认识布朗温小姐吧?"

母亲冷漠地看看戈珍。

"认识。"她说。然后慢慢往椅子里坐下去,蓝色的眼睛向上看着儿子。

"我下来问问你爸爸的情况,"她用飞快得有些模糊不清的声音说。"我并不知道你这儿有客人。"

"是吗? 温妮弗莱德难道没告诉过你? 布朗温小姐答应留下来吃晚饭,让我们有活力了。"

克里奇太太慢慢转过身看着戈珍,表情依然冷漠。

"恐怕有些招待不周。"说完她又转身对儿子说,"温妮弗莱德对我说医生跟你说了你父亲的情况,都说什么了?"

"只是说他的脉搏很弱,耽误了太长时间了,他有可能熬不过今晚了。"杰拉德回答。

克里奇太太傻了似的呆呆地坐着,对他的话置若罔闻,虽然她的身体在椅子中看上去有些隆起,头发披到耳际,但她的皮肤很光滑,她的手也是很美的,很有力,沉寂中她体内那巨大的能量似乎将要溃败了。

她抬头看看站在身边的儿子,他显得是那么敏捷而又英气,她的眼睛总是蓝得出奇,比起"勿忘我"还要蓝,作为母亲,她对杰拉德很信任,似乎又有点怀疑。

"你怎么样?"她的声音出奇的轻,仿佛不想让别人听到一样,只让他听,"你不会紧张吧? 这事儿不会让你发疯吧?"

这种奇怪的询问方式让戈珍吃惊。

"不会的,妈妈,"他的口气既淡然又轻松,"反正得有人奉陪到底,不是吗?"

"是吗? 是吗?"母亲连连说道,"你为什么要给自己压上这副担子? 你觉得能做些什么? 它自己会完结的,根本不需要你。"

"是的,我并不认为我有什么用,"他说,"但是我们都会受影响。"

"难道你愿意受影响? 这并不是什么好事,它会使你变得头重脚轻,你可以不用待在家中,为什么不走?"

她说这些话很显然是思考很久了,杰拉德也感到有些吃惊。

"我认为这时走并没什么好处,妈妈,这已经是最后的时刻了。"他冷冷地说。

"那你可要珍重,"母亲说,"照顾好自己,目前你要做的就是这些事,你给自己的负担太重了,一定要注意,否则你就会陷入困境的。别总是歇斯底里的。"

"我挺好的,妈妈,"他说,"不用为我担心,你就放心吧。"

"就让死人去埋葬死亡吧,希望你不要把自己也赔进去,我要告诉你的就是这一点,因为我太了解你了。"

他并没回答,因为他不知道该说什么好,母亲弯着腰静静地坐在椅子里,她手腕上并没戴什么装饰品,可依然很美的白皙的手扶着椅子扶手儿。

"你恐怕干不了这事,"她痛苦地说,"你没有那胆量,你像小猫儿一样软弱,真的,一直都是这样依赖,这位女士今天住这儿吗?"

"不,"他说,"她今晚回家。"

"那她可以坐单匹马车,离这远吗?"

"只到贝多弗。"

"啊!"这老女人一直没看戈珍,但她看上去仿佛能感觉到她的存在。

"看来你很愿意给自己增加负担,杰拉德。"说完母亲艰难地站起身。

"你要走吗,妈妈?"他礼貌地问。

"我得上去了,"她又转身向戈珍道了声再见,然后缓缓向门口走去,似乎她很不习惯走路一样,走到门口时她向杰拉德缓缓地抬起脸,他上前去吻了她。

"别跟我走了,"她用模糊不清的声音说,"我不需要你再多走一步。"

他向她道了声晚安,看着她走到楼梯口,又缓缓地上了楼之后,他才关上门又回到戈珍身边。戈珍也站起身向他走去。

"我妈妈是个奇怪的人。"他说。

"是的。"她说。

"她很有自己的想法。"

"是的。"戈珍说。

然后,又是沉默。

"你现在要走吗?"他说,"等一会儿,我去备马。"

"不,"戈珍说,"我想走回去。"

他那会许诺过要陪她一起沿着长长的、孤独的道路走回去,她也希望他能这样做。

"坐车回去不也一样嘛。"他说。

"我想还是走回去的好。"她加重语气说。

"是吗?那我跟你一起走回去,你知道你的东西在哪儿吗?我去穿上我的靴子。"

他戴上帽子,在晚礼服上加上一件大衣,然后他们两人径直就走入黑夜中。

"我点支烟,"他在雨廊上的角落里停下来点烟,"你要不要也来一支。"

就这样他们吸着烟上路了,路两旁是修剪过的整整齐齐的树篱笆和草坪。

他试图用胳膊搂住她的腰,如果他能搂住她的腰,边走边把她搂向自己,那么他就可以使自己内心平衡了。现在的他感觉自己像一座天平,天平的一边正向无底的深渊沉下去,所以他必须保持某种平衡才行,而平衡的希望就在于此。

他看也不看她,一心只想着自己,伸手温柔地搂住她的腰并把她拉拢的靠近自己,她似乎要昏过去,感觉被他占有了,他的手臂太强壮了,她便在他强大的拥力下退缩了回来,她感觉自己像死了一回,而他在黑暗中边走边又重新把她拢过去。他揽着对方,两个人平行的走着,感到极其完美,他突然感觉自己自由了,完美了,既强壮而又有英雄气概。

他抬起手把香烟从嘴中拔出甩掉,只见黑暗的树篱中亮起一束火光,他现在可以完全自由地揽住她来保持平衡了。

"这就对了。"他得意地说。

他话语中透出的得意之情对她来说就像一剂甜甜的毒药一样,她感觉此时自己对他竟是如此重要,于是她吸吮着这毒药。

"你感觉幸福多了吗?"她热切地问。

"幸福多了,"他仍旧很得意地说,"我感觉有点头晕。"

她依偎着他,他能感到她浑身柔软,温暖,她现在就像是他丰腴、可爱的存在实体,连走路散发的热量和动作都传导给了他。

"如果我能帮助到你的话,我会感到十分高兴。"她说。

"是的,"他说,"假如你不能,那任何人就都无法做到这一点。"

"那倒是。"她心里说,感到异常的高兴。

他们走着,他似乎把她揽得越来越靠近自己,直到她贴在他身上随着他走为止。他是那么的强壮,能承受如此巨大的压力,你无法摆脱他,她被他裹挟着在野风呼啸的山坡上走着,那肉体与肉体的交融简直是美妙至极,远处,贝多弗照射出微黄的灯光,万家灯火在那面山坡上铺出一条灯的光带,可他和她却在与世隔绝的黑暗中行走着。

"你对我关心得有点过分了!"她似乎有点恼火地说,"你瞧,我都不明白这是怎么回事!"

"过分!"他得意而又激动地叫了起来,"我也不知道,可我一切都是为了你。"他被自己的话吓了一跳,这是真的,他竭尽全力爱护她,为她做到了一切,他觉得她就是他的全部。

"可我不相信。"她低沉着嗓音好奇、颤抖着说,她浑身因着疑虑又激动而颤抖着,她要听的就是这话,仅仅是这样的话而已,现在她听到了,听到了他洪亮的声音道出了这句实话,可她却又不相信它了,她不相信,也无法相信,可她终究还是相信了,感到胜利了,还有一些激动。

"为什么?"他问,"你为什么不相信呢? 这的确是真的,此时此刻,绝对是真的。"他和她一起站在风中。"不管是天上的,还是地上的,我都不在乎,除了你,一切我都不关心,我关心的并非我的存在,而都是因为你,我就算失去我的灵魂一百次也不能没有你,我难以忍受孤独。我的头会炸开,这是真的。"他利索地把她拢近了。

"不。"她喃喃着,同时还有点害怕,其实她希望他这样,但现在她为什么又丧失勇气了呢?

他们又继续上路了,他们是那么陌生,可又挨得那么近,真有些琢磨不透,他们就像是疯了。他们走下山来,到了矿区铁路的拱桥下,戈珍很熟悉这拱桥,方石砌成的桥壁的一面长满了鲜苔,墙壁上还往下淌着水,而另一面则是干枯的,她站在桥下,听着火车隆隆从头顶驶过,她听说,在这座黑暗、孤零零的桥下,一旦下雨天,年轻的矿工和他们的心上人就聚在一起,所以她也一直渴望能同自己的心上人一起站在桥下,在黑暗中让人亲吻,将走近拱桥时,她的步子渐渐变慢了。

不一会,他们伫立在桥下,这时,他突然把她抱起,让她伏在自己的胸前,他的身体有些紧张地颤抖着,搂紧她,她一时粉碎了,粉碎在他的胸脯上,难以呼吸,很惊恐。简直太美妙了,就在这桥下,矿工们都是这样拥紧他们的情人的,把她们拥在自己胸前,而此时,他们的矿主人却把她搂紧了,而他的拥抱比他们的拥抱强烈、可怕得多,他的爱似乎更专注、更高尚,她感觉会在他那颤动着的、超人的手臂和躯体下昏死过去,随后他的颤动变慢了,缓缓地起伏着。他慢慢松开她,背靠墙壁站着,又使劲把她揽过去。

她几乎完全丧失了意识,原来的矿工们也一定是这样背靠墙壁站着,然后搂着他们的情人吻着,就像现在这样。他们的吻会比这位矿主这种吻更美、更有力吗?他修剪得短短的硬胡茬,我想那些矿工们不会有这些。

那些矿工的情人们会不会像她一样头向后仰着,从桥下仰望远处黑暗的山上那一条黄色的光带,看看模糊的树影,或看看另一个方向矿山贮木场上的房屋。

他的手臂紧紧地揽着她,仿佛要把她搂入自己的身体中去,她的温暖,她的温柔,她娇嫩的身体,他都在贪婪地渴望着,沉醉在肉体与肉体的触碰中,他举起她,仿佛要像倒一杯酒一样把她泼向自己。

"这比什么都值。"他说,此时他的声音富有奇特的穿透力。

她立刻松弛了,仿佛要溶化,要流向他,她变成一股无尽的热流,像一副麻醉剂一样注入了他的血管。她的双臂紧紧搂住他的脖子,他将她托起,她全身放松、向他流泻着,而他就像一只结实的杯子,吸取着她的生命之酒。她就这样依偎着他,束手无策,身体悬在空中,在他的一个吻下融化,再融化,融进他的四肢和骨骼,仿佛他是满载着她火热生命的铁流。

她仿佛昏了过去,她的意识渐渐失去了,她全身都被融化了,静静地流淌着,她被他拥着睡在他怀中就像闪电睡在纯洁、柔软的石头中一样,就这样她在他怀中睡了过去,而他也得到了完善。

当她睁开眼睛看到的是远方的灯光时,她感到十分诧异,怎么这世界依然存在,她正站在桥下依偎在他的怀中,杰拉德,他是谁?对她来说,他就是个美妙的冒险物,一个令她渴望的未知世界。

她抬起头向他看去,黑暗中他那张男性的脸轮廓分明,身上散发出微弱的白色光芒,仿佛他来自一个看不见的世界,她向上伸出手臂,就像夏娃把手伸向智慧树上的苹果一样,吻了他,尽管她怕他,但仍旧用自己纤细的手指抚摸着他的脸,她的手在他脸上摸索着。他是那么完美,又那么陌生,实在太可怕了,意识到这一点,她的心有些不寒而栗,这张男人的脸,就像一个闪光的禁果一般。她吻了他,手指从他脸上、眼睛上、鼻孔上和眉毛上而后摸到他的脖颈上,她想要了解他,通过抚摸来得到他,他是那样强壮、轮廓那样分明,抚摸起来令人十分惬意,简直不可思议,他像是个让你说不清的敌人,可他浑身又燃烧着不可思议的白色光焰。她要不停地抚摸他,直到她的双手拥有了他为止。直到她彻底把他掌握在手里,如果她能够了解他,这将会是多么宝贵,她会感到满足,而且什么也无法夺去,他太让人捉摸不透了,在常人的世界中他是个危险的家伙。

"你太漂亮了。"她喃喃着。

他揣度着,很茫然,她能感觉到他在颤抖,于是她不禁地偎近了他,这下他也无法控制自己了,她便把他置于她的手指控制之下。这些手指激起的无尽的欲望令他别无选择,这欲望实在太强烈了。

但是她了解他了,这样就够了,在这一刻,她被他体内看不见的那流动着的闪电击中,她的灵魂似乎都被这闪电毁灭了。她了解他了,这种感觉像是一种死亡,她得从中获得再生才可以。他身上还有多少的东西需要她去了解呢?实在太多太多了,她那双敏感、纤细的手触摸着他活生生、放着电光的躯体,取得了巨大的收获。她的手竟是如此饥渴、贪婪地想要了解他,不过,就她的灵魂所能够承受的重负而言,她已经感到很满足了。太多了,她那纤巧的方寸太快地得到了满足,仿佛就要破碎了。够了,一时间她满足了,今后还将会有更多的日子,她的双手就像鸟儿觅食一样在他富有雕塑感的躯体上徜徉,直至她满足为止。

他似乎很乐意让她检查、责难和抑制,渴望别人总比控制别人要好,就像人们害怕结局却又渴望结局一样。

他们两人继续向镇上走去,向星星点点闪耀着的灯光走去,一直到谷地中黑漆漆的公路上时,他们终于来到了大门口。

"别再送了。"她说。

"你不希望我送了?"他问,心里松了一口气,事实上他不想同她一起在街上亮相。

"是的,晚安。"说完她伸出手,他握住她的手,然后吻了一下她那可怕而有力的指尖。

"晚安,"他说,"明天见。"

他们分开了,他回到家,浑身充满了力量和对生命的渴望。

第二天,她没有来,只送来一张纸条说她患了感冒无法出门。这真折磨人,但他仍很有耐心地回了一封短信,说他见不到她心里十分难耐。

这一天,他待在家中没出去,到办公室去似乎也只是徒劳的,他的父亲将活不过这个星期,所以他就茫然地待在家中。

杰拉德坐在父亲屋里靠窗的椅子上,屋外是一幅沉闷的冬景,他父亲躺在床上,一脸的死灰色,护士轻轻地出来进去,她的白衣服看上去整洁而高雅,或者说很漂亮,整个屋里弥漫着科隆香水的芬芳,护士走出屋去后,把杰拉德和死亡留在一起,他的眼睛盯着沉郁的冬景。

"丹利那儿水还很多吗?"父亲微弱地问他,口气中露出几分抱怨,其实他问的是威利湖向矿井漏水的地方。

"还很多,我们会把湖水抽干的。"杰拉德说。

"是吗?"说完那微弱的声音便消逝了,屋里又是一片沉寂,脸色灰白的病人闭上了双目,那样子比死更可怕,杰拉德转移目光,他感觉自己的心干枯了,如果这种情况再继续下去,他的心会变朽烂的。

突然他听到了一个奇怪的声音,猛地转过身看去,发现父亲大睁着双眼,浑身抽搐着、疯狂地滚动、挣扎着,杰拉德站起身,被吓得地呆若木鸡。

"啊……啊……啊!"从父亲的嗓子中发出可怕的咕哝声,恐怖的目光发疯似的投向杰拉德,向他寻求帮助,随后他吐出一滩黑血和食物,吐了一脸,紧张的身体变得放松了,头耷拉到一边的枕头上。

杰拉德呆立着,心中一片茫然,他想动一动,可又动不了,四肢已经无法动弹,头也一直隆隆作响。

护士连忙地走进来,她先看看杰拉德,然后向床上看去。

"啊!"她尖叫了一声,疾步向床边奔去。"啊!啊!"她弯下腰去,惊恐地叫了起来,随后她清醒过来,立刻转过身去找毛巾和海绵,她认真地擦着死者的脸,呜咽着:"可怜的克里奇先生,可怜的克里奇先生,唉,可怜啊!"

"他死了?"杰拉德问道。

"是的,他去世了。"护士抬头看着他并轻声呜咽道,这个年轻漂亮的护士浑身打战,杰拉德咧了咧嘴,走出了房间。

他要去通知母亲,但在楼梯拐角处,他遇上了弟弟巴塞尔。

"他去世了,巴塞尔。"他说,这时的他无法压低嗓门,无法掩饰潜意识中的恐惧。

"什么?"巴塞尔叫道,脸瞬间变白了。

杰拉德点点头,随后向母亲屋里走去。

母亲正身穿紫色睡袍坐着,慢慢地做着针线活儿,一针又一针地缝着,她抬起眼睛,用无畏的目光盯着杰拉德。

"父亲去了。"他说。

"他死了?你听谁说的?"

"哦,妈妈,你去看看他就知道了。"

她立刻把针线放下,缓缓地站起身。

"你现在要去看他吗?"他问。

"对。"她说。

其他的孩子们已经围在床边失声痛哭了。

"啊,妈妈!"女儿们发疯般地哭叫着。

母亲没有理她们,径直朝床边走去,死者安息了,永久地沉睡了,睡得是那么安祥,像个年轻人一样,可他身子还是温的。

她沉闷地看了他一会儿。

"唉,"她终于开口说话了,仿佛是在向着空中看不见的人痛苦地诉说着,"你死了。"她沉默地伫立着,低下头看着他。"很美,"她说,"很美,生活从未接触过你,从来没有,上帝让我用另一种眼光看你,我多么希望,当我死去的时候,会显得年少一些,很美,很美。"她低吟着,"我可以看到你年轻时候的样子,刚刚长小胡子的样子,多么漂亮的人,"随后她的声音里露出了一点哭腔,她哭了,"当你们死的时候,谁都不会是这样的,以后再也别这样。"这是发自内心对未知世界的命令。听到她说这句话,孩子们不禁地向一起靠拢了。她绯红着脸,看上去是既可怕又陌生。

"如果你们愿意的话,那就责怪我吧,他只是像个孩子躺在那儿,像刚长胡子时的孩子,现在他死了,你们就责怪我吧,可你们谁也不懂其中的奥秘。"她沉默了,内心也十分紧张,然后她又低声、紧张地说:"如果我知道我生的孩子都会像他那样死去,我肯定会在他们小时候掐死他们,真的。"

"不,妈妈,"杰拉德在她身后放大声音说,"我们并不一样,我们不怪你。"

她转过身,凝视着他的眼睛。然后她绝望地举起手,做出一个怪手势。

"为他祈祷吧!"她厉声道,"向上帝为你们自己祈祷,因为你的父母没有办法帮助你们。"

"噢,妈妈!"女儿们发疯似的叫着。

但她已经转身走开了,孩子们也随之散开来。

戈珍听说克里奇先生去世的事情,她感到深深的自责,她之所以离开了杰拉德,是为了防止杰拉德以为她来得太容易,现在,杰拉德正处在困境中,可她仍然还保持冷漠。

第二天,她同往常一样去找温妮弗莱德,温妮也很高兴再见到她,乘机躲到画室中去,这姑娘害怕得哭了起来,然后躲了起来,生怕再发生什么不测,她和戈珍像往常一样在孤独的画室中继续工作,这看上去像是件令人开心的事,从空虚痛苦的家离开,这儿显然是个纯粹自由的世界,戈珍在这儿一直待到晚上,晚饭也送到画室中来,她和温妮自由自在地用着餐,同家中任何人都没有关系。

晚饭后,杰拉德来到画室。高高的画室中人影很少,还散发着一股咖啡的清香,戈珍和温妮弗莱德工作的小桌子靠在远处的火炉旁,桌上的灯光很弱。她们有一个自己的小小世界,两个姑娘被可爱的阴影包围着,她们头上是房梁和椽子,下面是凳子和各式各样的工具。

"你们这儿很舒服啊。"杰拉德走上来说。

屋里有个很低的砖砌壁炉,里面炉火熊熊,地上铺的是一块土耳其地毯,小橡木桌上各摆着一个油灯,上面铺着蓝白花的桌布,桌上还摆着甜点,戈珍正在用一把样式古怪的铜壶煮咖啡,而温妮弗莱德则正用一只平底锅热着牛奶。

"喝过咖啡了吗?"戈珍问。

"喝过了,不过我还愿意同你们一起再喝些。"他说。

"那你只能用玻璃杯喝了,因为我们这儿只有两只瓷杯子。"温妮弗莱德说。

"对我来说都一样。"他说着搬了把椅子来到姑娘们中间。看上去,她们是多么的幸福啊,在这么高雅的环境中,多么的舒服啊,他一天来一直忙于葬礼,一来到这儿,就把那个世界全忘记了,有那么一瞬间他感到这儿有一种魔力。

她们的器皿都很精致,两只镀金的猩红色杯子,样子既奇特又可爱,还有一只绘着猩红圆圈图案的黑罐,各种古怪样式的咖啡具似乎燃烧着看不见的火一样,杰拉德像是陷入了不祥的气氛中一样。

大家都落了座,戈珍很细心地为大家倒上咖啡。

"要牛奶吗?"她温柔地问,但是握着黑罐的手却显得很紧张,她总是这样,即使十分紧张,也要控制自己。

"不,不要。"他说。

她非常热情地为他摆好咖啡杯子,而她自己却用那只难看的平底酒杯,她似乎很想伺候他似的。

"干吗不让我用酒杯,你用它看上去太难看了。"他说。他其实是想用这个酒杯,享受着她为他伺候茶点,戈珍默默不语,她似乎很愿意像下人一样伺候他。

"你倒是随便。"他说。

"是的,一旦有客人我们就不随便了。"温妮弗莱德说。

"是吗?这么说,我就是个人侵者喽?"

他突然察觉自己庄重的服装好像有些不合时宜,他这身打扮总会让人把他当外人来看。

戈珍一声不吭,她觉得自己并没有受到了他的吸引,所以不想跟他说话,此时此刻,沉默是最好的方式,要么就轻描淡写说两句。他们从不谈严肃的事,兴高采烈、轻轻松松地聊着天,直到下面传来下人往外牵马的喊声时,只听有人叫着"往后!往后!"把马套上马车后,正准备送戈珍回家,这时,戈珍站起身穿上衣服,同杰拉德握了握手,也没再看他的眼睛,转身走了。

葬礼搞得人心情很不爽,葬礼完后,在大家喝茶时姑娘们嘴里一个劲儿地说:"他是我们的好父亲,是世界上最好的父亲。"有的就说:"很难找到像父亲这样的好人了。"

杰拉德静静地听她们说这说那,人们一般都是惯于这样,只要这世界还存在,他们就相信习俗存在,觉得这一切很自然,而温妮弗莱德却仇恨这一切,悄悄躲到画室里去大喊大叫去了,也很希望戈珍一同来。

万幸的是,大家都走了,克里奇家的人一般不会在家待太久,每次到吃晚饭时,家里就只有杰拉德孤零零一人了,就连温妮弗莱德都让姐姐劳拉带到伦敦小住去了。

每当杰拉德真的孤身一人时,他又会变得无法忍受,一天一天的,他总感到自己是被缚在深渊口上的人,不管怎么挣扎,都无法上到坚实的土地上来,更无法落脚。他悬在空中挣扎着,时时刻刻想到的都是深渊,不管是朋友、陌生人,是工作中还是娱乐时,这一切对他来说都像是一个无底的深渊,他的心一直陷在其中,他无法逃脱,也没有可以抓住的地方,因此他不得不在深渊口挣扎,而肉体仿佛悬在一连串的链环中一样。

一开始他保持着一种沉默的态度,希望能让绝境成为过去,希望回到活生生的生命世界中,希望不再如此苦行,可这绝境对他来说并未过去,危机似乎渐渐向他袭来。

第三个夜晚到来了,他的心中充满了恐惧,他一个晚上都受不了了,如果再等到另一个晚上到来,他就会更加悬在虚无深渊上的链环中,他简直无法忍受,他害怕极了,变得不再相信自己的力量了,一旦他掉进这无底洞中,就无法再站起来了,如果他摔倒,他也就会永远爬不起来了,他必须后退来寻求帮助,也不再相信自己只有单人的力量了。

晚饭后,他内心感到十分空虚,无聊至极,于是便穿上靴子和大衣到漆黑的夜色中去散步。

夜茫茫,雾蒙蒙,他跌跌撞撞地在林子中摸索着前行,朝磨坊的方向走去,但伯金却并不在那儿,这倒好,不在才好呢,不一会儿他爬上山来,在荒山坡上茫然地走着,在黑暗中迷失了路,真令人烦恼,他要去哪儿呢? 这似乎并没有什么关系,他胡乱地闯来闯去,直到摸到了一条路。随后他又在另一片林子中胡乱地穿行着,他的头脑中漆黑一片,木呆呆地走着,失去了感觉,他蹒跚着走入林间空地,然而却找不到出路,沿着篱笆摸索着前行直到找到了一个出口。

他终于来到了大路上,刚才他还一直在黑暗的迷宫中盲目摸索着,现在他必须要找到一个方向,而他却不知道自己身在何方,他决定非辨清方向不可,只是就这么走啊走的,什么问题也解决不了,他必须找到方向才行。

他呆呆地伫立在路上,黑暗像魔鬼似的包围着他,他也不知道自己身在何方。

他的心在黑暗中迅速跳动,怦怦作响,他这样一站就是好半天。

随后他听到了哒哒的脚步声,然后又看到有一个光点在摇晃,他迎了上去,原来是个矿工。

"您能告诉我这条路通往什么地方吗?"他问。

"这条路吗? 哦,通往瓦特莫。"

"瓦特莫? 谢谢,这就对了,我以为我走错路了,晚安。"

"晚安。"矿工的嗓音听上去很浑厚。

杰拉德估摸着他的位置,一旦到了瓦特莫他就知道了,他特别高兴来到了大路上,昏昏然地向前走着。

是的,那就是瓦特莫村,那是"国王头"酒店,那边是大厅的门,他几乎是从徒坡上跑下去的,绕过凹地,穿过小学校,来到了威利·格林教堂,到了教堂的墓地,他停住了脚步。

随后他从墙上翻过,在坟墓中穿行,即使在这样漆黑的夜晚,他仍能够看清脚下一簇簇的白色花儿,这一定是墓地,他弯下腰,发现花朵还是湿冷湿冷的,空气中弥漫着菊花和晚香玉花的冷香,他轻轻地触摸了一下泥土,又赶忙缩回了手,因为这泥土太冷、太黏了,他抽搐着赶忙站到了一边。

在黑夜笼罩下的阴冷的墓地中,他就是一个核心,可在这里什么都不是他的,他也没什么理由待在这儿,他感觉他的心仿佛被这又冷又湿的泥巴玷污了,够了,他在这儿待够了。

接下来去哪儿呢? 回家? 不,回家一点用都没有,不可以,那到别处去,可是去哪儿呢?

又一个决定形成了,那就是戈珍,她肯定安安静静地待在家中,他可以去找她,对,去找她。如果找不到她他今夜就不回了,即使付出生命,他要孤注一掷了。

想到这个,他赶忙穿过田野径直向贝多弗走去,由于天太黑了,谁都看不见他,他的脚上沾满了泥水,又湿又沉,可他坚决向前走着,就像是奔向自己的命运一样,他的脑子里尽是大片的空白,他只意识到自己是在温索比村,可却不知道自己是怎么来的,然后,他又梦一般地来到了贝多弗的街上,街上的路灯灿烂地闪亮着。

只听一扇门"哐当"一声关上了,黑夜中隐隐约约传来男人们的谈话声。"尼尔森老爷"酒店刚刚打烊,那些酒客们正在渐渐散去,他特别想向他们当中的人打听一下戈珍住哪儿,因为他目前还弄不清东南西北。

"请问您能告诉我索莫塞特街在哪儿吗?"他向一个蹒跚行走的人问。

"你在问什么地儿?"那醉醺醺的矿工问。

"索莫塞特街。"

"索莫塞特街,我听说过这个地方,可我现在怎么也说不上是在哪儿,请问你要找谁呀?"

"布朗温先生——威廉·布朗温。"

"威廉·布朗温?"

"他在威利·格林小学教书呢,他的女儿们也都在那儿教书。"

"哦,哦,哦,布朗温!我想起来了,布朗温!对,对,他的两个闺女也跟他一样都是老师,对,就是他,就是他!那我当然知道他住哪了,要是不知道就不活了!咦,叫什么地方?"

"索莫塞特街。"杰拉德耐心地重复道,他简直太了解自己的矿工了。

"索莫塞特街,对!"那矿工胳膊抡了个大圈儿好像要抓住什么东西似的。"索莫塞特街,对!我总是记不清那个方向。对,我知道那儿,真的。"

他摇摇晃晃地转过身,朝着黑不溜秋的路指了指。

"你往那儿走,见第……第一个路口在往左拐,在那边,然后过一个店铺。"

"知道了。"杰拉德说。

"喂!你再往前走走,过了管水员住的地方,那就是索莫塞特街,往右拐,会看见有三座房了,最多三座,我敢保证,第三座,最后一座,你瞧……"

"太谢谢了,"杰拉德说,"再见。"

说完他就走了,那醉鬼还站在那儿一动不动。

杰拉德从漆黑的商店和房屋走过,转身又拐向一条黑乎乎的街道,这条街的尽头是黑魆魆的田野,快接近目的地时,他故意放慢了脚步,反有些不知道该怎么走了,要是人家熄灯了可怎么办?

好像灯还没熄,他看到微弱的灯光从大窗子中流泻出来,仿佛听到里面的说话声,还听到"咣咣"的关门声,他敏锐的耳朵好像听到了伯金的声音,锐利的目光立刻辨别出站在花园路上的伯金和身穿浅衣服的厄秀拉,随后他又看到厄秀拉正挽着伯金的胳膊下台阶,向路上走来。

杰拉德连忙躲到暗中,看着他们兴致勃勃地谈着天走过去了,尽管伯金的声音很低,但厄秀拉的声音却很高,等他们过去了,杰拉德赶紧快步朝房屋走去。

饭厅窗上的百叶已经放下了,他朝着路那边看去,惊奇地发现门还开着,厅里的灯还泻出一束柔和的光,他快速的地向前跑去,朝厅里看了看,他看到墙上挂着图画和几只鹿角,楼梯在边上,就在楼梯口附近的饭厅的门仍然半开着。

杰拉德揪心地悄悄走进厅中,踏着花砖地地板疾步走过去,去观察另一间舒适的正房,戈珍的父亲坐在炉边的椅子上睡觉呢,他的头靠在橡木做的壁炉架上,气色红润的脸庞看上去似乎短了点,鼻翼也是微开着,嘴角有点下垂,哪怕一点声响都会惊醒他。

杰拉德茫然地站了一会儿,他看了看他身后的通道,那儿显得一片黑暗,他没注意到他,随后他快步朝楼上走去,他的感觉是那么敏锐,有点超然,他想要用自己的意志笼罩这半睡半醒的房屋。

他上到第一个拐弯处时,停下,几乎不敢喘息,这里与下面的门相对的地方也有一扇门,这也许是戈珍母亲的房间,他仿佛可以听到她在烛光中走动的声音,没准是在等她丈夫上来吧。

他细心的观察着狭长黑暗的拐弯处。

然后他极其小心地顺着走道继续往前走,手指尖扶着墙壁,又碰到一扇门,他停下来屏住呼吸倾听着,他能够听到两个人的呼吸,也不是这间,他又接着稳步朝前走去,又发现一扇虚掩着的门,屋里黑着灯,空荡荡的,接下来是浴室,可以闻到一股肥皂味和有种热乎乎的气息。走到最顶头才看见另一间卧房,屋里有个人在轻轻地呼吸,这个就是她。

他万分谨慎地扭动了一下门把手,开出一条小缝,门发出一丝声响,随后他又把门开大,再开大了一点。他的心停止跳动了,还试图让自己静下来。

他进了屋,睡者仍然发出轻轻的呼吸声,屋里特别黑,他一点一点地向前摸去,同时手脚并用,他的手似乎触到了床,已清晰地听到睡者的呼吸声,他凑了上去,弯下腰,仿佛他的眼睛可以看清一切一样,可等他凑近时,他发现的却是一个男孩子的头,圆圆的,头发也很黑。

他突然明白过来,悄悄转过身,便看到一丝光从门外泻了进来,他迅速退了出来,带上门,把门关紧后,赶忙疾步跑到通道上来。

在通道的尽头,他有些犹豫了,心想等一等再逃走还来得及。

可这有些太不可思议了,他仍然固执地想要找到她,他像个影子一样穿过人家父母的房间,走上了第二级楼梯,由于他的重力原因把楼梯压得吱吱作响,这可真让人懊恼,如果下面的母亲的房门突然打开,她看到他该怎么办,这可是个大灾难,门要开就让它开吧,他觉得仍能控制自己。

他还没等他完全爬上楼,就听到下面传来快速的脚步声,外面的门已经关上了,他起初听到了厄秀拉的声音,然后是父亲半睡半醒的叫声,吓得他赶忙向上方的楼梯平台爬去。

他又发现一扇门虚掩着,屋子是却空的,杰拉德用手摸索着疾行,生怕厄秀拉上来看见了他,紧接着他找到了另一扇门,他听到里面好像有人在床上动着,这肯定是她了。

他像是只有一种触觉的人一样轻轻地扭动门上的碰锁,碰锁随之发出了声响,他立刻停住了,发现床上的被子动了,他的心都要停止跳动了,一会儿,他又轻柔地拉开门,这次门响的声音非常刺耳。

"是厄秀拉吗?"戈珍有点害怕地问。他听到她从床上发出坐起来的声音,再不回答她恐怕就会叫喊起来了。

"不是,是我,"他边说边摸索着前行,"是我,杰拉德。"

她惊讶地坐在床上,一动也不动,由于太惊讶了,以致忘记了害怕。

"杰拉德!"她叫着,声音透着诧异。他摸索着来到了床前,伸出手去,黑暗中不禁触到了她温暖的乳房,她忙缩了回去。

"让我点着灯。"她说着跳下床去。

他伫立着,静静听她摸到火柴盒时的响动,然后她划亮火柴,点亮了蜡烛,烛光很调皮,先是蹿起来,然后又缩成小小的光点,随后又再次升起来。

她看着站在床另一头的他,他的帽子压低到眉毛上,黑大衣的扣子一直系到下颌,脸上闪耀着奇特的光芒,看上去绝对是个超人,一看到他,她便明白这一点,她也知道在这种场合中孕育着什么致命的东西,可她必须接受它,接受它的挑战。

"你怎么上来的?"她问。

"我爬上楼梯以后,看到门开着。"他看着她说。

"这扇门我也没关。"他说。听到这句话,她赶紧走到门口,轻轻地把门关上,并上了锁,然后又走回来。

她惊讶的眼神,绯红着的面颊,浓密的短发和拖地的白色长睡袍,这些使她看上去特别美。

她看到他的靴子上糊满了泥,甚至裤子上也有,她想着是否他一路上都留下了泥脚印,他在她的闺房中,挨着零乱不整的床站着,看上去特别像个怪人。

"你为什么要来?"她有些抱怨地问。

"我想来。"他说。

她从他脸上可以看出那种真诚。或许这是命运。

"你成了泥人。"她责怪地说。

他低下头看了看自己的脚。

"我摸着黑走来的。"他说。但他感到很兴奋,他和她隔着零乱不整的床对视着,就连帽子都忘了摘。

"你需要我做什么呢?"她惊奇地说。

他看看旁边,并没回答,如果不是因为他的脸这么漂亮、那么迷人,可能她会把他赶走的,可他的脸太美了,让她着了迷。这张脸以其纯粹的美迷住了她,像魔咒、恋爱、渴求。

"你需要我做什么呢?"她惊奇的声音又重复了一遍这句话。

他摘下帽子,向她走过来,但他无法接触她,因为她穿着睡衣光着脚,而他身上又是水又是泥,她吃惊的大眼睛盯着他,向他提出了最后的问题。

"我来,是因为我必须来,"他说,"你为什么要这么问呢?"

她半信半疑地看着他。

"我必须问。"她说。

他轻轻地摇摇头。

"没有答案。"他茫然地说。

他那副简洁,天真的直爽简直太奇怪了,就不像是人说的话。他令她产生了幻觉,感觉他就是赫耳姆斯神。

"可你为什么来我这儿呢?"她不依不饶问。

"因为,这是必需的,如果世界上没有你,也就不会有我。"

她瞪大了一双疑着的眼睛看着他,同时他也凝视着她的眼睛,他的目光似乎在超自然的状态下凝固住了似的,她叹息着有些茫然了,而她又别无选择。

"把靴子脱了好吗?"她说,"一定湿了。"

接着他把帽子扔进一把椅子中,解开大衣的扣子,扬起下巴去解最上面的,他那浓密的短发看上去乱蓬蓬的。金色头发特别迷人,像金色的小麦,而后他又脱了大衣。

他迅速脱去外套,把领带放松了些,然后又松开珠子胸饰扣,她专心地倾听着,并看着他,内心希望没人听到他扯动浆过的衣服发出的声响。那声音有点像手枪在响。

　　他是来证明自己的,她任凭他拥抱她,紧紧地拥着,他在她身上得到了极大的安慰,将他体内被压抑的全部黑暗和腐蚀性的死寂全都发泄在她身上,从而自己也再次获得了重生。这简直太美妙,太神奇了,这就是他生命中时时发生的奇迹,明白这一点之后他简直欣喜若狂,而她,就像一件收容器收着他痛苦的死亡,在这时,她已无力反抗,死亡那可怕的摩擦力已经溢满了她的躯体,她屈从了,疯狂地收容了它,拥有了一阵强烈的感觉。

　　他将她抱的越来越紧,深深地埋进她的柔美与热度中,那美妙的热量直刺入他的血管,赋予他新的生命。他感觉自己在她生命的沐浴下已经融化了,沉没了,而她胸怀中的一颗心是第二个不可战胜的太阳,他正扑入这阳光与创造性中,越走越深。他本来已被杀死或割破的血管随着生命正在渐渐愈和,生命也正无形中注入他的躯体,似乎那是太阳放射出的光芒一样,他那本来已经归入死海的血液,也缓缓回潮,坚定,美妙,而有力。

　　他感觉自己的四肢因注满了活力而膨胀,灵活起来,躯体也获得了一种未知的力量,他又重新变成了一个男子汉,一个膀大腰圆的壮汉子,同时,他也是一个受到抚慰之后,感恩戴德的孩子。

　　对他来说,她就是生命的甘霖,他崇拜着她,她是全部生命的母亲和实体,而他却像个孩子,因为被她收容,从而变得完善,在他看来,他纯粹的自身可能早死了。她胸怀中溢出的神奇而柔软的水流像一个欣慰的生命注满了他的全身,弥漫了他那撕裂了,又被毁掉的大脑,他感觉又重沐浴在母腹中了一样。

　　他的头脑受到了伤害,枯竭了,似乎要毁灭了一样,他不知道自己的头脑受到了怎样的伤害,也不知道他的脑组织是怎么被腐蚀性的死亡的潮流所破坏的,现在,当她疗伤的浆液从他身中流过时,他才明白到底自己受到了怎样的毁灭,就像一棵植物被一场霜降破坏了其内部组织一样。

　　他把自己坚硬的头颅埋在她的乳房中,双手握着她的乳房然后冲撞着自己,她颤抖的手搂着怀中的头颅,他失去了知觉,而她却十分清醒,她产生出的暖流从他身上淌过,让他感到仿佛是在母腹那丰饶的土地上熟睡一样,她把这活生生的水流赠与他,他便会复活,然后变得重新完善起来,他真怕自己被她抛弃,就像伏在她怀中的孩子一样,他猛烈地冲撞着她,让她再也无法拒绝自己,他那烧焦了的、毁掉的记忆渐渐放松了,变得柔和了,与新生命融为一体,这烧焦的、僵硬的记忆突然变软,变灵活了,他对她充满感激之情,就像对上帝一样,就像婴儿一样偎在母腹中,因为他感到自己又变得完善了,所以他兴奋,对她感恩戴德,重新陷入了谵狂状,随后一种难以名状的睡意袭来,他疲倦了,想要歇歇了。

　　可戈珍则很清醒,而且十分清醒,她一动不动地平躺着,睁大双眼盯着夜空,他却搂着她睡去了。

　　她仿佛听到波涛正拍击着看不见的海岸,悠长、缓慢而阴郁的浪头带着命运的节奏单调地冲刷着岸边,这也许是永恒的拍岸波涛,这无尽缓慢的、忧郁的浪头攫住了她,然后她睁大双眼盯着黑暗,她仿佛可以看到永恒,可又感觉什么都看不见,她十分清醒,可到底意识到了什么呢?

　　当她躺着凝视永恒,茫然无措,思绪万千时,这种极端的情绪令她有些不安,由于她这样一动不动地躺得太久了,所以她动了动,有所感觉,她想看看他。

可她又不敢点灯,生怕弄醒他,她不想打扰他那香甜的睡眠,她知道他只能从她这里获得这样安稳的睡眠。

她轻轻地挣脱开他,并支起身来看着他,她似乎觉得屋里有一丝微光,借此可以看清熟睡中他的轮廓,在这黑暗中,她仿佛把他看了个清清楚楚,可他却属于远方的另一个世界,啊,他离她那么遥远,在另一个世界中又是那样完美的一个人,这让她很痛苦并大叫出声来,她像看着黑水下一块水晶石一样看着他,而他却在遥远的微光下沉沉地酣睡着,她又是这样痛苦地清醒着,他是漂亮的、遥远而完美的,他们俩永远也走不到一块儿,唉,这可怕、没有人性的距离总想把她和另一个人分隔开来!

别无选择,她只能静静地躺着忍受着,她感觉自己对他异常的柔情,可以看到他在另一个世界中不受任何干扰地睡着而她却在黑暗中醒着经受折磨,她心底里又不禁生出妒忌和仇恨。

她紧张地躺着,显得很疲惫,活跃的意识早已化作超常意识,教堂的钟在打点,仿佛时间过得很快,她仍然活跃着的意识听得清清楚楚,可他却熟睡着,似乎时间没有任何变化和变动。

她尽管很疲劳,可她不得不继续进行这种激烈活跃的超思维,一时间什么都涌入脑海,她的童年,少女时代,和一切已经忘却的事情,一切没有实现的想法,一切与她自己、家庭、朋友、情人们、熟人们、所有的人有关的让她无法理解的事,仿佛她抓住了黑暗大海中一条闪亮的绳子一样,从无底的过去中把它一把把拉上来,可依然没有个头,没有尾,所以她不得不一个劲地拉,从意识深处把这根闪光的绳子拉上来等她疲惫、痛苦、直至崩溃,可还是搞不定。

把他唤醒吧!她很紧张的地动了动身子,什么时候才能叫醒他送他走呢?什么时候才可以打扰他?想着想着,她又开始没完没了地胡思乱想起来。

可时间太紧了,她必须叫醒他了,夜空中的钟敲响了四时,这让她松了口气,谢天谢地,黑夜终于即将过去了,一到五点他就必须走,那时她就解脱了,就可以在自己的地方自由自在了,她现在就像一把刀,在磨刀石上磨着一样根本无法入睡,而他却像魔鬼一样跟她并排躺着。

最后的一个钟点虽然最长,最终它还是过去了,她的心顿觉如释重负,是的,教堂的钟终于缓慢而有力地在无尽的黑夜之后击响了,她等待着,倾听每一声颤动的钟声"三——四——五!"敲完了,她如获重释。

她支起身,温柔地斜靠着他,吻了他一下,叫醒他真让她无奈,而后她又吻了他,可他还是不动,天哪,他睡得那么沉!叫醒他该有多么可惜呀!而后她又让他多躺了一会儿,可他必须得走,非走不可。

戈珍格外温柔地用双手捧起他的脸,吻着他的眼睛,他睁开了双眼,一动不动地看着她,而她的心仿佛不动了,她怕看到他黑暗中睁开的双眼,于是她低下头吻着他并喃喃道:"你得走了,亲爱的。"

可她吓坏了。

他双手一把搂住她,她的心一沉。

"可你必须得走,亲爱的,天亮了。"

"几点了?"他问。

这男人的声音真奇怪,她有些颤抖,感到一股难以忍受的压力。

"五点多了。"她说。

这时他把她搂得更紧了,她的心痛苦地哀鸣着,她奋力地抽出身来。

"你真的走吧。"她说。

"待一会儿,"他说。

她静躺着,依偎着他,但不依不饶的。

"待一会儿,"他又重复说,又将她搂紧。

"好吧,"她毫不让步地说,"我真怕你会待得太久。"

她声音中带着的冷漠让他松了手,她挣脱了他,站起身,点燃了蜡烛,一切都结束了。

他起床了,感觉浑身发热,溢满了生命,充满了欲望,可在烛光照耀下当着她的面穿衣服又让他感到有点害羞,他觉得在她对他还有些不满的时候,他却向她展示了自己、暴露了自己,这让他感到有些耻辱,这一切都令人难以理解,他迅速穿好衣服,连领带都没顾得打,他感到满足,感到完美。而她也感觉看一个男人穿衣服是一种耻辱,可笑的衬衫,可笑的裤子,甚至连背带都是可笑的,一个可笑的念头闪现在她脑子里。

"有点像工人起床去上班,"戈珍想,"而我就像工人的老婆。"想到这儿她感到一丝厌恶,开始讨厌他。

他把假领子和领带塞进大衣口袋里,然后坐下来俯身去穿靴子,靴子上沾满了泥水,袜子和裤角也是,可他自己却觉得很温暖。

"也许等下楼以后再穿靴子更好吧。"她说。

他一言不发便脱下了靴子,拎着它们站起来,戈珍蹬上拖鞋,披上一件睡袍,她准备好了看看他,他也正等她,大衣扣子又系到下巴下,帽子拉低了,手里拎着靴子,一时间她心头又涌上激情,又迷上了他,这激情一直没衰退,他的脸看上去特别温暖,眼睛很大、很新奇,也很完美,她感到自己仿佛老了,她踏着沉重的脚步走过去,等他来吻她,他迅速吻了她一下,而她又希望他那温暖、毫无表情的美不要让她太迷惑,令她屈服。这是对她来说是一种重负,她反抗着,但无法躲避,当她看着他那男子气十足的剑眉,小而漂亮的鼻子,蓝色迷惘的眼睛时,她便知道她对他的激情并没有得到满足,或许也永远满足不了,仅仅是现在,她感到疲惫、厌倦,她希望他走。

他们快步走下楼梯,仿佛他们弄出了好大的声音,他跟随着身披绿色长袍的她,靠烛光引路走下来,她害怕极了,生怕吵醒别人,可他对此并不在乎,他才不管谁知不知道呢,她就讨厌他这样,她认为一个人应该小心谨慎,保护自己才是硬道理。

她把他引进了厨房,女佣把这儿收拾得很整洁,他看看钟,已经五点二十分了,他坐在一把椅子上穿靴子,她看着他,目光盯着他的每一个动作,她希望他快点做完这件事,因为她心里特别紧张。

他刚站起身,她就立刻拉开门向外看去,外面仍旧是阴冷的夜,黎明尚未到来,天空中还悬着一弯朦胧的月影,她也不用出去了,这很好。

"再见了。"他喃喃道。

"我送你到大门口。"她说。

她快速前行,告诫他注意脚下的台阶,到了大门口,她站在台阶上,他站在下面。

"再会。"她轻声说。

他忠诚地吻了她,转身走开。

看着他迈着坚定的脚步上了路,她心里十分难受,天哪,这无情无意的坚实脚步!

她关上大门,悄无声息地赶紧上楼钻进被窝里,当她进了自己的屋,关上门,这才感到安全了,才深深地叹了一口气,她蜷缩在床上,依偎在他刚才留下的被沟里,那里依旧留着他的暖气,她既激动又很疲惫,内心也很满足,很快就沉睡了。

杰拉德在黎明时分的阴冷黑夜中快速前行,谁也没碰上,他的头脑现在是一片沉寂和空白,像一潭静水那样,很美,他的躯体很温暖,膨胀着,他快步走着,得意地朝肖特兰兹走去。

第二十五章　是否结婚

布朗温家要从贝多佛搬走了,父亲此时需要住到城里去。

伯金也领了结婚证,可厄秀拉却一拖再拖不想结婚,她不要立刻定下日子,因为她还在犹豫,她原申请一个月内离开学校,可现在已是第三周了,圣诞节都快到了。

杰拉德在等厄秀拉和伯金结婚的日子,对他来说这十分重要。

"咱们两对儿是否一起办喜事?"他问伯金。

"谁是第二对儿?"伯金问。

"戈珍和我呀。"杰拉德眼中闪着疑问的光说。

伯金审视着他,有点惊讶。

"真话,还是开玩笑?"他问。

"哦,当然是真话,行吗? 戈珍和我也加入你们的行列?"

"行,当然行,"伯金说,"我还不知道你们已经好到这种程度了。"

"什么程度?"杰拉德看着伯金笑问。

"经历过了一切。"他又说。

"我觉得还应该纳入更广阔的社会背景中,从而达到更高的精神境界。"伯金说。

"有那么点意思,无论是广度、深度还是在高度。"杰拉德笑道。

"是啊,可以说这一步是很令人羡慕的。"

杰拉德凝视着他。

"你为什么没激情?"他问,"我以为你在婚姻问题上会是个怪人。"

伯金耸耸肩道:"就像人的鼻子一样,难免有怪的,什么样的鼻子都有,扁鼻子或别的样的。"

杰拉德笑了。

"什么样的婚姻都有,扁的或别样的吗?"

"对。"

"那么,你以为我的婚姻会是什么样的? 会是冷漠的吗?"杰拉德的头扭向一边问道。

伯金短促地笑了一声。

"我怎么知道?!"他说,"别用我自己的例子来追问我。"

杰拉德思忖了片刻说:"可我特别想知道你的看法,真的。"

"对于你的婚姻,还是对婚姻自身? 你为什么要问我的看法? 我并没什么看法,对于这样那样的法律婚姻我也不感兴趣,这只是一个合适不合适的问题罢了。"

杰拉德仍旧盯着他。

"更有甚者,"他严肃地说,"也许你会被婚姻道德弄烦了,可是呢,结婚最终对一个人来说是至关紧要的,是终身大事。"

"你认为和一个女人去登记就意味着某种意义上终结吗?"

"如果登完记然后同她一起回来的话,就是这样,"杰拉德说,"从某种意义上说这是很难以改变的。"

"对,我同意。"伯金说。

"不管你怎么看待法律婚姻,只要你进入了婚姻状态,对你个人来说这就是结束……"

"我相信在某种意义上这是对的。"伯金说。

"可最终问题还没解决,到底应该不应该结婚呢?"杰拉德说。

伯金感到很有趣,眯起眼睛看着他。

"杰拉德,你特别像培根大人,"他说,"你像个律师在争论问题,也像哈姆雷特一样在谈'生还是死',如果我是你,我就选择不结婚,你应该问戈珍,而不是我,你又不是跟我结婚,对吧?"

对后半句话杰拉德压根儿没认真去听。

"是啊,"他说,"是该冷静地考虑这个问题,这是件至关紧要的大事儿,现在到了想办法选择方向的时候了,结婚是一个方向……"

"可出路在哪儿?"伯金紧跟着问。

杰拉德的眼睛热辣辣地看看伯金,心中十分好奇,他怎么就理解不了呢?

"我说不清,"他回答,"我知道……"他很不自在地抖动着双脚,话也没说完。

"你的意思是你知道出路?"伯金问,"如果你不知道,那么,婚姻就是最坏的事。"

杰拉德仍旧紧张地看着他。

"的确有这种感觉。"他承认道。

"那就别结婚,"伯金说,"听我说,"他继续说,"我曾说过,婚姻很让人反感,两性间的私情并不等同于是婚姻,它只是恋人们心照不宣的追求罢了,这个世界全都是成双成对的,每对男女都把自己关在小屋子中,只关心自己的小小利益,忙自己的私事儿,我觉得这是世上最讨厌的事。"

"我很同意你的说法。"杰拉德说,"这里面总会有点低级趣味,可是,我又要说了,应该用什么来代替它呢?"

"人应该放弃这种家庭本能,而这倒不是本能,那是一种懦夫的习惯,人永远不要有家。"

"我确实同意你的说话,"杰拉德说,"可你别无他选。"

"我们应该找到一条出路,我真的相信女人和男人之间有一种永恒的联盟,改变方向实在是太让人疲倦了,当然,男女之间永恒的联盟并不是终极的。"

"很对。"杰拉德说。

"事实上,"伯金说,"因为男女之间的关系已经让人变得至高无上了,已经排除了一切,所以这种关系才显得紧迫、小气、不足。"

"对,你说得对。"杰拉德说。

"应该把恋爱和结婚的理想从受尊敬的位置上拉下来,我们需要的是更宽泛的东西,我觉得男人与男人间完美的关系可以成为婚姻的补充。"

"我并没有看出两者之间的共同之处。"杰拉德说。

"虽然不是一样的,但同样重要,同样是创造性的,同样神圣。"

"懂了,"杰拉德说,"你特别相信这类说教,我可感觉不出来。"

他深表赞同地把手搭在伯金肩上,有点窃喜地笑了。

他准备接受命运的宣判,结婚对他来说就是裁决,他宁愿谴责自己,像囚犯一样被打入地狱,永不见天日,仅仅过一种可怕的地下生活。他甘愿接受这样的命运,结婚只是他判决书上的图章,他甘愿就此被封在地下,像一个精灵一般,尽管受着谴责却还要活下去,当然他也不会同任何别的灵魂发生关系,因为他不能,结婚并不意味着他同戈珍建立了某种责任关系,结婚只是让他接受了现存的世界,接受已建立的秩序,尽管他并不那么相信它,而后他又会退入阴间去生活,他真的会这样的。

另一条路就是接受卢伯特的建议,与另一个男人建立起同盟,纯粹的信任,相爱,而后再与女人这样。如果他能和一个男人宣誓为盟那么女人同样可以这样,不是在神圣的法律婚姻中,而是在绝对神秘的结合中。

可是他有点不能接受这个建议,他浑身已经麻木,有一种未出生的,缺乏意志或萎缩的麻木,或许是缺乏意志的缘故吧,他对卢伯特的建议感到十分激动,可他必须要反对它,因为他不愿对此奉献自己。

第二十六章　一把椅子

城里的旧货义卖摊每周一下午会在老市场里营业,一天下午,厄秀拉和伯金到那儿去了,他在鹅卵石上成堆的旧货中寻找着,看看是否能够买到点家具什么的。

老市场所在的广场并不太大,仅仅是一片铺着花岗岩石的空旷地带,平时在墙根下只有几个水果摊,这儿是城里的贫困区,路边还有一排简陋的房屋,那儿有一家针织厂,一面墙上开着很多椭圆的窗户,街的另一边开着一溜小商店,便道上铺着扁石,显赫的大房子那是公共澡堂,是用新红砖砌成的,顶上还有一座钟塔,在这儿转悠的人们看上去都那么的短粗肮脏,空气也很污浊,让人觉得这是一条下流不堪的街道,一辆棕黄色的有轨电车不时会在针织厂的拐角处艰难地打转。

厄秀拉感到特别兴奋,她竟置身于这些普通人中间,在这些乱七八糟的东西中徜徉,稀奇古怪的床上用品,一堆堆旧铁器和难看的陶器,还有些蒙着盖着的乱七八糟的衣物,她和伯金不大情愿地在这些破烂儿中穿行,他在看旧货,她却在看人。

当她看到一位孕妇时,很是激动,那孕妇正摆弄着一张席子,还要跟在她身后垂头丧气的那位小伙子也来摸摸,那位年轻女人看上去那么神秘,充满活力,还有些焦躁,而那小伙子则显得勉勉强强,鬼鬼祟祟的,他之所以要娶她,是因为她怀孕了。

他们摸了摸席子后,女人问坐在杂货堆中的老人席子卖多少钱,老人告诉她多少钱后,她又转过头去问小伙子,那小伙子很是害羞,有些不好意思,他扭过脸,然后嘟哝了一句什么,那女人急切地摸摸席子盘算了盘算,然后同那脏兮兮的老人讨起价来。在这段时间里,那个小伙子一直站在一边,一副腼腆相,恭敬地在一边听着。

"看,"伯金说,"那儿有一把不错的椅子。"

"漂亮!"厄秀拉叫着,"好漂亮!"

这是一把扶手椅,纯木的,可能是白桦木,做工极其精巧、典雅,看到它立在肮脏的石子路上,让人心疼得落泪,椅座是方形的,线条纯朴而纤细,靠背上的四根短木柱也让厄秀拉想起竖琴的琴弦。

"这椅子,"伯金说,"它曾经镀过金,椅背是藤做的,后来又有人钉上了这个木椅背,快看,这就是镀金下面的一点红颜色,除了黑漆掉了的地方,其余的部分全都是黑的,这些木柱样式很和谐,很迷人,再看,它们的走向,衔接得多好,当然,木椅背这样安上去不太好,它破坏了原先藤椅背的轻巧和整体的浑然,不过,我还是很喜欢它。"

"对,"厄秀拉说,"我也喜欢。"

"多少钱?"伯金问卖主。

"十先令。"

"包送……"

他们买下了这把椅子。

"太漂亮,太纯朴了!"伯金说,"太让我高兴了。"他们边说边在破烂儿中穿过。"我们国家真是太可爱了,连这把椅子都能表达点什么。"

"现在它不就表达什么吗?"厄秀拉问。每当伯金用这种口气说话,她就很生气。

"不,什么也不表达,当我看到那把明亮、漂亮的椅子时,我就会想起英格兰,或者说是简·奥斯汀时期的英格兰,这椅子仿佛表达了活生生的思想,欢快地表述着,可如今,我们只能在成堆的破烂儿中寻觅它,因为我们没有一点创造性,我们身上只有肮脏、可怜的机械性。"

"不对!"厄秀拉叫道,"你为什么总是贬低现在抬高过去?说实话,我并不怎么怀念简·奥斯汀时期的英格兰,因为太物质化了。"

"它之所以物质化,"伯金说,"因为它有足够的力量改变社会,我们不物质化,那是因为我们无力改变社会,不管我们怎样尝试,终将一事无成,只有达到物质主义为止,它的核心就是机械主义。"

厄秀拉容忍着,一言不发,她没在听他都说些什么,因为她在反抗。

"我讨厌你的过去,它让人恶心,"她叫道,"我现在甚至仇恨那把旧椅子,别看它挺漂亮,它并不是我喜欢的那种美,我多么希望,它那个时代一过就立刻砸烂它,别让它总对我们宣扬那可爱的过去,让我很讨厌。"

"我对可恶的现在更讨厌。"他说。

"一样,我也讨厌现在,可我更不希望让过去代替现在,我不想要那把旧椅子。"

他一时间气坏了,抬头看看阳光下澡堂上的钟楼,似乎又忘掉了一切,他笑了。

"好吧,"他说,"不要就不要吧,我也有点讨厌它了,不管怎么说,人不能靠欣赏过去的美过日子生活一辈子。"

"是不能,"她叫道,"我也不要旧东西。"

"说实在的吧,"他说,"我们其实什么也不需要,一想到我自己的房子和家具,我就感到厌烦。"

这话让她吃了一惊,然后她说:"我也这样,可是一个人总得有个地方住吧。"

"不是某个特定的地方,而是任何地方。"他说,"一个人应该在任何地方都可以住,而不是固定在一个地方,我并不需要某个固定的地方,一旦你拥有了一间屋,你就完了,你会巴不得赶紧离开那儿,我在磨坊那儿的房子就挺完美,可我现在希望它们沉到海底中去,那固定的环境着实让人可怕,着实霸道,每一件家具都在向你发布着命令。"

她依靠着他离开了市场。

"可我们怎么办呢?"她说,"我们总得生活呀,我的确想要我的环境美一些,我也更需要某种自然奇观。"

"你在房屋、家具甚至衣物中永远不可能得到这些,房屋、家具和衣物,这些都是旧社会的产物,令人生厌,如果你有一座都铎王朝式的房子和漂亮的旧家具,你这只不过是让过去永远地控制了你,如果你有一座波依莱特设计的现代房屋,这又是另一种永恒压迫着你,这一切都很可怕,这些都是占有,然后威慑你,让你变得一般化,你应该像罗丹和米开朗基罗那样,一块石头雕还没完就完工,你应该让你的环境粗糙或者不完美,那样你就不会被它所包围,永不受限制,身处局外,不受它的统治。"

她站在街上思索着。

"那就是说咱们永远也不会有一个自己的完美住处了,永远没个家?"她问。

"上帝知道,在这个世界上是不会有的。"他说。

"可现在只有这一个世界呀。"她反驳说。

他满不在乎地摊开手。

"同时,我们还要避免有自己的东西。"他说。

"可我们刚买了一把椅子。"她说。

"那我可以对那人说我不想要了。"他说。

她思忖着,脸一抽动。

"对,我们不要了,我讨厌那些旧东西。"

"也讨厌新的。"他说。

说完,他们便往回走。

又来到那家具跟前,那对年轻人依然站在那儿,男人长着大条腿,女人又矮又胖,但挺好看,男人中等个儿,身材很好,他的黑发从帽子下露了出来,盖住了眉毛。他看上去孤零零的,像受了审判的人一样。

"咱们把椅子给他们吧。"厄秀拉喃喃地说,"瞧,他们正打算建个家呢。"

"我不会支援他们,也不会唆使他们买。"他使性子说,因为他很同情那个畏畏缩缩的男人,同时很讨厌那个泼辣、生殖力旺盛的女人。

"给他们吧,"厄秀拉叫道,"这椅子对他们来说很合适,这儿没别的了。"

"那好吧,"伯金说,"你去说,我看着。"

厄秀拉朝那对年轻人走过去,他们正商量着买一个铁盆架子,那男人像个囚犯一样偷偷摸摸地出神地看着,那女人还在讨价还价。

"我们买了一把椅子,"厄秀拉说,"可我们不想要了,你们要吗? 如果你们要的话,我将会很开心。"

那对年轻人回头看着她,没明白她是在跟他们说话。

"你们看看好吗?"厄秀拉说,"确实很好,可是,可是……"她笑了。

那两个人只是看着她,又对视一下,不知该怎么办好,那男人害羞地躲到一边去了,似乎他能够像老鼠一样藏起来。

"我们想把它送给你们。"厄秀拉解释说,她现在有些迷惑不解,也有点怕他们,因为那小伙子引起了她的注意,他像一只安详而盲目的家伙,简直不像是一个男人,他就是这种城市的特产,显得单纯、漂亮,又有点鬼鬼祟祟,跟机灵鬼儿似的,他的眼睫毛又黑又长,倒是还漂亮,但目光很茫然,忽闪忽闪地亮着,让人有些害怕,他的黑眉毛和其他线条勾勒得脸庞很好看,对于一个女人来说,他将会是一个可怕而又十分奇妙的恋人,那合适的裤子肯定包着两条精巧有力的腿,他像一只黑眼睛的老鼠那样健康、沉静、光滑。

厄秀拉怕他但同时又迷上了他,浑身不禁颤抖起来,那粗壮的女人敌对地看着她,于是厄秀拉便不再注意他了。

"您要这把椅子吗?"她问。

那男人斜视着她,显得很无礼地观赏她,那女人开始紧张起来,样子特别像个小贩儿,因为她不知道厄秀拉要干什么,所以对她有所戒备,伯金走过来,看到厄秀拉这副窘相和害怕的样子他窃喜地笑了。

"怎么了?"他笑问。他的眼皮垂着,那样子像在明示什么,又像在嘲弄人,那男人甩甩头指着厄秀拉用一种奇特和蔼的声调说:

"她要干什么啊?"说着他嘴角上露出一丝怪笑。

伯金无精打采地看着他,眼神中不无讽刺。

"送你一把椅子,上面还贴着标签呢。"他指指椅子说。

那男的看了看椅子,两个男人之间充满了敌意,很难理解。

"她为什么要把椅子给我们?"这随随便便的口气让厄秀拉感到有些屈辱。

"我以为你会很喜欢它,这是一把很漂亮的椅子,我们买下了它,可是又不想要了,你也没有必要非要它不可,不用紧张。"伯金疲惫地笑道。

那人瞟了他一眼,虽然很不友好,但还是认可了。

"你们既然买了它,为什么又不要了?"女人冷冷地问,"你们用正好,你最好好好看一看,别以为这里面会有什么玩意儿。"

她很敬重地看着厄秀拉,但目光中有些反感。

"我倒没那么想,"伯金说,"不过,这木头有点太薄了。"

"跟你说吧,"厄秀拉满脸喜庆地说,"我们马上要结婚了,本该添置点东西,可我们现在又决定不要家具了,因为我们要出国。"

那粗壮、头发蓬乱的女人羡慕地看着厄秀拉,她们相互欣赏着彼此,那小伙子依旧站在一旁,脸上毫无表情,宽大的嘴巴紧闭着,那一撇小胡子很是性感,他冷淡、茫然,像一个冥冥中的流浪者的幽灵一样。

"这东西还不错,"那女子看看她男人说,男人并没说话,只是笑了笑,把头偏向一边表示同意,他的目光依然毫无改变,黑黑的。

"改变你的主意可真不容易。"他声音极低地说。

"只卖十个先令。"伯金说。

那男人看看他,做了个鬼脸,畏畏缩缩地,没有把握地说:"半英镑,是挺便宜,你们不是在闹离婚吧?"

"我们还没结婚。"伯金说。

"我们也没有呢,"那年轻女子大声说,"星期六才结呢。"

说话间她又看了看那男的,露出一丝保护的神情,既傲慢,又温柔,那男人憨憨地笑了,扭过脸去。她拥有了这个男人,而他又那么满不在乎。他暗自为他们感到骄傲,感到了不起。

"祝你们好运。"伯金说。

"也祝你们好运,"那女人说。然后她又试探着问:"你们什么时候结婚?"

伯金看看厄秀拉说:"这要由女士来定,只要她准备好了,我们随时都可以去登记。"

听到这话厄秀拉迷惑不解地笑了。

"不着急。"那小伙子意味深长地笑道。

"到那儿去就跟要你的命一样,"那女人说,"就跟要死似的,可你都结婚这么久了。"

男人转过身去,仿佛这话伤了他。

"越久越好啊。"伯金说。

"是这么回事,"男人羡慕地说,"好好享受,千万别用鞭子抽一头死驴。"

"可这驴子是在装死的话,就得抽它。"女人温柔又霸道地看着她的男人。

"哦,这并不是一回事。"他调侃道。

"这椅子怎么样?"伯金问。

"嗯,挺好的。"女人说。

说完他们走到卖主跟前,这小伙子挺帅,就是有点可怜,一直躲在一边。

"就这样,"伯金说,"你们是现在带走呢还是把标签上的地址改改让他们送去?"

"哦,弗莱德可以搬,为了我们可爱的家,我相信他会这样做的。"

"好好利用我。"弗莱德笑着从卖主手中接过椅子,他的动作很雅观,可就是有点畏缩。

"这给妈妈坐肯定很舒服,"他说,"就是缺少一个椅垫儿。"

"你不觉得它很漂亮吗?"厄秀拉问。

"当然漂亮。"女人说。

"如果你在里面坐一坐,你就会很希望留下它。"小伙子说。

厄秀拉立刻坐在椅子中。

"实在舒服,"她说,"可是有点太硬了,你来试试。"她让小伙子坐进去,可小伙子却露出一副尴尬相,转过身,明亮的目光奇怪地打量着她,像一只听话的老鼠。

"别把他惯坏了,"女人说,"他坐不惯扶手椅。"

"只想把腿翘起来。"

四个人要分开了,女人向他们表示衷心的感谢。

"谢谢你们,这椅子我们会一直用下去的。"

"当摆设存着。"小伙子说。

"再见,再见了。"厄秀拉和伯金说。

"祝你们好运。"小伙子避开伯金的目光把脸转过去说。

两对儿人就这样分开了,厄秀拉挽着伯金走了一段路后又回过头去看那一对儿,只见那小伙子正伴着那圆滚滚、很洒脱的女人走着,他的裤角嘟噜着,可能是扛着椅子的原因,他走起路来显得有些不自然,椅子的四只细腿几乎快要挨上了花岗石便道上,可他就像一只机敏活泼的小老鼠,毫不气馁,他身上有一种潜在的美,当然这样子也有点让人生厌。

"他们好奇怪啊!"厄秀拉说。

"因为他们是人的后代,"他说,"他们令我想起了基督的话:'温顺者将继承世界。'"

"可他们也并不是这样的人。"厄秀拉说。

等电车到了他们就上去了,厄秀拉坐在上层,望着窗外的城市,黄昏的暮色开始弥漫,笼罩着参差不齐的房屋。

"他们会继承这个世界吗?"她问。

"是的,就是他们。"

“那我们该怎么办？”她问，“我们跟他们不同，我们不是软弱的人，对吗？”

“不是，我们必须在他们的夹缝中生存。”

“太可怕了！”厄秀拉叫道，“我可不想在夹缝中生存。”

“别急，”他说，“他们是人的后代，所以他们最喜欢市场和街角，这样就可以给我们留下足够的空间了。”

“是整个世界。”她说。

“噢，不，仅仅是一些空间而已。”

电车爬上了山，这里的房屋灰蒙蒙的，看上去就像地狱中的景象，冷冰冰的、有棱有角，他们坐在车中看着眼前这一切。远方的夕阳像一团红红的怒火，一切都是那么渺小，拥挤，倒像是世界末日的图景。

“我才不在乎景致如何呢，”厄秀拉说，她看着这令人不快的景象道，“这跟我并没有关系。”

“是无所谓，”他拉着她的手说，“你尽可能不去看就是了。走你的路好了，我自己的世界里正是阳光明媚，无比宽广。”

“对，亲爱的，就是！”她叫着同时搂紧了他，引得其他乘客都盯着他们看。

“我们将在地球上肆意游荡，”他说，“我们将会看到比这远得多的世界。”

他们沉默了好久，她沉思着的时候，脸像金子一样在闪光。

“我不想继承这个世界，”她说，“我不想继承任何东西。”

他握紧了她的手。

“我也不想，我倒很想被剥夺继承权。”

她攥紧了他的手指头。

“咱们什么都不在乎。”她说。

他稳稳地坐着，笑了。

“咱们结婚，跟这里的一切都断绝关系。”她补充说。

他又笑了。

“这是摆脱一切的很好的一种办法，”她说，“那就是结婚。”

“这也是接受整个世界的唯一一种办法。”他补充说。

“另一个世界。”她快活地说。

“或许那儿有杰拉德和戈珍。”他说。

“有就有呗，”她说，“咱们担心是没用的，我们无法改变他们，能吗？”

“不能，”他说，“我们没有这种权力，即便有最好的动机也不应该这样。”

“那你想强迫他们吗？”她问。

“也许会，”他说，“如果自由不是他的事，那我为什么要让他自由？”

她不言语了。

“可我们无法让他变得幸福，”她说，“他得自己幸福起来才可以。”

“我知道，”他说，“可我们更希望别人同我们在一起，不是吗？”

“为什么？”她问。

“我不知道，”他紧张地说，“一个人总要寻求一种更进一步的友情。”

“可是为什么呢？”她追问，“你干吗要追求别人？你为什么那么需要他们？”

这话击中了他的要害，他不禁皱起了眉头。

"难道我们两个人就是有目的吗?"他紧张地问。

"是的,你还需要别的什么? 如果说有什么人愿意与我们同行,让他们来好了,可你为什么要主动追求他们?"

他脸色很紧张,露出不满的表情来。

"你瞧,"他说,"我总在想我们只有同其他少数几个人在一起才会真正幸福的,与他人在一起可以共享一点自由。"

她思忖着。

"是的,一个人的确需要这个,可你得顺其自然发生才行,你不能把自己的意志强加于它之上,你好像总想有一天可以强迫花儿开放,有人爱我们那是他们爱我们的事,而你不能强使人家爱我们。"

"我知道的,"他说,"可我们就不能采取点小计谋了? 难道一个人就要像世上唯一的动物一样孤独地在世上行走?"

"你既然有了我,"她说,"你为什么还需要别人? 你为什么还要强迫别人同意你的观点? 你为什么不能像你说的那样独善其身? 你曾经试图欺压杰拉德和赫麦妮,你必须学会孤独才行,你这样下去太可怕了,你现在有了我,可你还要迫使别人也去爱你,可即便是这样,你得到的仍不是他们的爱。"

他显出一脸的困惑相。

"我是这样的人吗?"他说,"这个问题我无法解决,我只知道我需要与你建立一种完美、完善的关系,我们几乎已经成功地建立了这样的关系,可是除此之外,我是否也需要与杰拉德有真正完美的关系? 是否这是一种最终的、几乎超人的关系,对他对我都是这样?"

她的眼睛闪着奇特的光,看了他好久,但她最终什么也没说。

第二十七章　出走

那天晚上,厄秀拉神采奕奕,眼里闪着奇特的光芒回到家中,这副样子简直把家人气坏了,父亲上完夜课,晚饭时分回来的,路程特别远,他累坏了,戈珍正在看书,母亲静静地坐着,突然厄秀拉站起身响亮地冲大伙儿说:"卢伯特和我明天结婚。"

父亲不自然地转过身问:"你说什么?"

"明天?"戈珍重复道。

"真的?!"母亲说。

厄秀拉只顾开心地笑,并不回答。

"明天结婚!"父亲严厉地叫着,"你这是在说什么鬼话?"

"是的,"厄秀拉说,"为什么不可以呢?"这口气似乎令父亲发疯,"等万事俱备了,我们就去登记处登记。"

厄秀拉高兴地说完以后,人们又都沉默了。

"这是真的吗,厄秀拉?!"戈珍说。

"我们能否问问,为什么这秘密可以封得这么严?"母亲很有分寸地问。

"没有秘密呀,"厄秀拉说,"这你们是知道的呀!"

"谁知道?"父亲大叫着,"谁知道? 你说的'你们知道'是什么意思?"

他正在发牛脾气,厄秀拉立即反击。

"你当然知道,"她冷冷地说,"你知道我们将要结婚了。"

一阵可怕的沉默。

"我们知道你们要结婚,是吗? 谁知道你的事,你这个变化无常的东西!"

"爸爸!"戈珍红着脸抗议道,随后她又冷静、语调柔缓地提醒厄秀拉听父亲的话,"不过,你这么着急做决定,能行吗,厄秀拉?"

"不,并不急,"厄秀拉高兴地说,"他等我的回话已经好长时间了,而且他已经开了证明信了,只是我还没准备好而已,现在,我准备好了,还有什么不可以的吗?"

"当然没有,"戈珍说,但仍嗔怪道:"你想怎样就怎样呗。"

"你准备好了,你自己也就这么回事!'我还没准备好。'"

她父亲学着她的口气。"你觉得自己很重要,是吗?"

她打起精神,目光很严厉。

"我就是我,"她说,她感觉自己受到了伤害,"我知道我跟任何别人都没关系,你们只是想压制我,而从来不管我是不是幸福。"

他倾着身子看着她,神色很是紧张。

"厄秀拉,你瞧你都说了些什么话! 给我住嘴!"妈妈叫着。

厄秀拉转过身,眼里冒着火。

"不,我就不,"她叫着,"我才不要吃哑巴亏呢,我哪天结婚又有什么关系! 这是我自己的事,关别人什么事?"

她父亲很愤怒,就像一只缩紧身子要弹跳起来的猫。

"怎么跟我们没关系?"他问着逼近她。她向后退着。

"有什么关系?"她退缩着但嘴仍很硬。

"难道你的所作所为,跟我们没有关系吗?"他愤怒地叫道。

母亲和戈珍退到一边一动也不敢动,像被催眠了一样。

"没有,"厄秀拉嗫嚅着,她父亲逼近她。"你只是想……"

她知道说出来并没什么好处,就住口了。他浑身憋足了劲。

"想什么?"他挑衅道。

"控制我。"她嘟哝着,就在她的嘴唇还在动着的时候父亲一巴掌打在她脸上,把她打得靠在门上,捂着脸。

"爸爸!"戈珍高声叫着,"这样不可以!"

他一动也不动地那站着,厄秀拉清醒过来了,她的手还抓着门把,缓缓站起来,而他现在倒不知道该怎么好了。

"不错,"她眼中含着晶莹的泪水,昂着头说,"你的爱意味着什么,到底意味着什么?只有欺压和否定。"

他握紧拳头,扭曲着身子走过来,脸上露出一丝杀气,而厄秀拉却闪电般地夺门而出,往楼上跑去。

他伫立着盯着门,然后像一头斗败了的动物一样转身走回炉边的座位中去。

戈珍脸色煞白,紧张的寂静中响起母亲冷漠而气愤的声音:"唉,你也别把她这事看得太重了。"

人们又不说话了,各自想各自的心事。

突然门又开了,厄秀拉戴着帽子,身穿皮衣,手上提着一个小旅行袋。

"再见了!"她气呼呼、颇带讽刺口味地说,"我要走了。"

门马上就要关上了,大家听到外屋的门也关上了,随着一阵脚步声传来,她走的是花园的小径,大门"咣当"一下关上了,她的脚步声也消失了。屋里变得死一样沉寂。

厄秀拉径直朝车站走去,头也不回,旋风般地狂奔着,站上已经没火车,所以她必须走到中枢站去等车,当她穿过黑夜时,竟禁不住哭出声来,她哭了一路,到了车上还在哭,像孩子一样心酸,时间在不知不觉中过去了,她也不知道她现在身在何处,不知道都发生了些什么,她只是在深深的绝望中,像个孩子一样哭着。

当她去到伯金那儿时,她站在门口对伯金的女房东说话的口气却变得那么轻松。

"晚上好!伯金在吗?我可以见他吗?"

"在,他在书房里。"

厄秀拉从女人身边擦身而过,他的门已经开了,因为他刚才听到她说话了。

"哈啰!"他惊奇地叫着,看到她手中提着的旅行袋,脸上还有泪痕,像个孩子一样,脸都没擦干净。

"我这样是不是显得很难看?"她退缩着说。

"不,怎么会呢?进来。"他接过她的旅行袋,两人一起走进他的书房。

一进去,就像想起伤心事的孩子一样嘴唇哆嗦起来,泪水不禁涌上眼眶。

"怎么了?"他搂住她问,她伏在他肩上啜泣得更厉害了。

"怎么了?"待她平静了一点后他又问,可她不说话,只是一个劲儿把脸深深地埋进他的怀中,像个孩子一样痛苦难言。

"到底怎么了?"他又问。

她猛地挣开,擦擦泪水恢复了原状,坐到椅子中去。

"爸爸打我了,"她像一只惊弓之鸟一样坐直身子说,眼睛发着亮。

"为什么?"他问。

她看看边上,并不说话,她那敏感的鼻尖儿和颤抖的双唇红得有些可怜。

"为什么?"他的声音柔和得出奇,但很有穿透力。

她挑衅般地打量着他说:"因为我说我明天要结婚了,于是他就朝我耍横。"

"为什么会这样?"

她撇撇嘴,记起那一幕,泪水又涌上来。

"因为我说他不关心我,而且他那霸道样伤害了我。"她边哭边说,哭得嘴都歪了,她这种孩子相,把他逗乐了,可这根本不是孩子气,看得出她深深地受到了伤害。

"并不全是那么回事吧,"他说,"即便如此你也不该说。"

"是真的,是真的,"她哭道,"他总是装作爱我,欺负我,其实他不爱,也不关心我,他怎么会呢? 不,他不会的。"

他静静地坐着,想了许多许多。

"如果他不爱你,不关心你,你就更不该跟他闹。"伯金平静地说。

"可我爱他,"她哭道,"我一直很爱他,可他却对我这样,他——"

"因为这是敌对者之间的爱,"他说,"别在乎,会好起来的,没有什么大不了的。"

"对,"她哭道,"我想是这样的。"

"为什么?"

"我再也不想见他了——"

"别这么急,别哭,你是得离开他,是得这样,别哭。"

他走过去,吻她娇柔、细细的头发,轻轻地抚摸她哭湿了的脸。

"别哭,"他重复说,"别再哭了。"

他紧紧地抱着她的头,默默地一言不发。

她立刻抬起头睁大恐惧的眼睛问:"你也不需要我吗?"

"需要你?"他神色黯淡的眼睛令她迷惑不解。

"你不希望我来,是吗?"她焦急地问,生怕自己问得不对。

"不,"他说。"我是不希望这种粗暴的事情在发生,简直太糟糕了。不过,或许这是在所难免的。"

她默默地看着他,他有些木然了。

"可我待在哪儿呀?"她问,她感到很丢脸。

他思忖着。

"在这儿,和我在一起,"他说,"咱们明天结婚跟今天结婚是一样的。"

"可是——"

"我去告诉瓦莉太太，"他说，"别在意。"

他坐着，眼睛看着她，她可以清晰地感觉到他黑色的目光在凝视她，这让她有点害怕，她紧张地摸着自己额头上的刘海。

"我丑吗？"

说着，她又抽抽鼻子。

他微笑道："不丑，还算幸运。"

他走过去紧紧抱住她，她太温柔太美了，以至于他不敢看她，只能这样拥着她，现在，她的脸已经被泪水洗净了，看上去像一朵初绽的花朵，娇媚、新鲜、柔美，花蕊放射着异彩，令他有些不敢看她，只能拥抱着她，用她的身体挡住自己的双眼，她的洁白、透明、纯洁，像始初绽开的鲜花，在阳光下闪烁光芒，她是那么新鲜，那么洁净，没有一丝阴影，而他却是那么老成、一直沉浸在沉重的记忆中，她的灵魂是清新的，与未知世界一起闪烁着光芒，而他的灵魂则是晦暗的，只有那么一丝希望，像一粒黄色的种子，但仅仅这一粒活生生的种子便点燃了她的青春。

"我爱你。"他吻着她喃言道。他因希望而颤抖，就像一个复活的人重获了超越死亡的希望一样。

她不知道这对于他有多么重大的意义，也不知道他这几句话到底有多大的分量，她像孩子一样需要证实，需要说明，甚至更夸大的说明，因为一切似乎仍然让她不确定、不稳定。

在他濒临死亡，即将和他的民族一起沉入死谷的时候，他接受她时所流露出的那股感激之情；当他知道自己还活着并且能够与她结合时那种难以言表的幸福感的时候，这一切的一切都是她无法理解的，他崇拜着她，就像老人崇拜青年一样，他为她而感到自豪，是因为他深信他们一样年轻，他也是她合适的配偶，与她的结合将意味着他的复活，这婚姻就是他的生命。

这些她并不知道，她只是想让自己变得重要起来，让他崇拜自己，他们中间隔着无边的距离，他不能告诉她，在她内在那种美不是形体、重量和色彩，而是一种奇妙的金光，他自己都不知道她对他来说是一个怎样的美人。他说："你的鼻子很美，你的下巴也让人崇拜。"可他的话像是谎言一样，让她失望、伤心、甚至当他喃言絮语"我爱你，我爱你"时，她也觉得这话并不真实，它是一种超越爱的东西，超越了个人，超越了故有的存在的东西，当他是某个新的未知人，不是自己时，他怎么能说"我"？这个"我"是一个旧的形式，因此会变成一个死掉的字母。

在这种超越感知的温馨和欢愉中，没有你，也没有我，有的只是第三个未被意识到的世界，这并非是自我的存在，而是我的生命与她的生命合成的一个极乐结合体，当我们俩的生命都终止的时候，我还怎么能说"我爱你"呢？我们都被彼此吸住，成为浑然的一体，那里的一切也都静默了，没什么是需要我们回答的，一切都是那么完美，天衣无缝，他们在沉默中交流着，这完美的就像是一个欢乐的沉寂体。

第二天，他们结成了合法夫妻，她听从他的要求给父亲和母亲写了信，母亲给她回了信，而父亲却没有。

她没有回学校，天天和伯金一起，或待在他的房中，或去磨坊，两人形影不离，她谁也不去看，就偶尔去看看戈珍和杰拉德。她开始变得陌生，让人有些猜不透，不过她情绪倒是开朗了，就像破晓的天空一样。

一天下午,磨坊中杰拉德和她正在温暖的书房中聊着天,卢伯特这时还没有回家。

"你过得幸福吗?"杰拉德笑问道。

"很幸福!"她很有精神地回答着。

"是啊,可以看得出。"

"是吗?"厄秀拉吃惊地问。

他笑着看着她。

"是的,很简单。"

她高兴极了,思忖了片刻后她问他:

"你看卢伯特是不是也很幸福呢?"

他垂下眼皮向一边看去。

"是的。"他说。

"真的!"

"是的。"

他十分淡定,似乎这种事不该由他来谈论一样,因此他看上去有点不高兴。

她对他的提示感到很敏感,于是她便又提出了一个他想要她问的问题。

"那你为什么不能感到幸福呢? 你也应该一样才对呀。"

他沉默了一会儿。

"同戈珍一起?"他问。

"对!"她目光炯炯有神地回答着,可是他们都莫名感到紧张,似乎他们是在违背事实说话一样。

"你认为戈珍会拥有我,我们一定会幸福?"他问。

"对,我敢肯定!"她说。

她的眼睛激动地睁得圆圆的,但她心里也有些紧张,因为她知道她这是在强求。

"哦,那我太高兴了。"她补充道。

他笑了。

"是什么让你这么高兴?"他问。

"为了她,"她说,"我相信,你会的,你肯定会你对她最合适。"

"是吗?"他说,"你觉得她会同意你的看法吗?"

"当然了!"她立刻说,但一想,她又变得不安起来。"当然,戈珍也并不那么轻易答应,对吗? 因为她并不那么容易让人懂,对吗? 在这一点上她跟我可一点都不一样。"她戏弄着他,笑得人眼花缭乱。

"你觉得你跟她并不太像吗?"杰拉德问。

她皱紧了眉头。

"在好多方面她是像我,可我并不知道如果有了新情况她会怎样。"

"是吗?"杰拉德问,然后好半天没有说话。随后他动了动身子说:"不管怎样,我打算要求她在圣诞节时跟我走。"他声音很小,话说得很谨慎。

"跟你走,你是说在短期之内?"

"她想多久就多久。"他说。

然后,他们都沉默了。

"当然,"厄秀拉说,"她现在有些急于成婚,你应该看得出来吧。"

"对,"杰拉德说,"我能看得出,可就是怕她不同意,你觉得她会答应跟我出国几天或两周吗?"

"会的,"她说,"我会帮你问问她的。"

"那你觉得咱们都去怎么样?"

"咱们大伙儿?"厄秀拉脸色突然又开朗了,"这一定会非常有意思,对吗?"

"简直太好了。"他说。

"到那时你就会发现……"厄秀拉说。

"发现什么?"

"发现事情的进展情况如何,我想你们最好在婚礼前度蜜月,你说呢?"

她对自己的妙语运用感到满意极了,他笑了。

"在某些情况下可以是这样,"他说,"我也希望我可以这样做。"

"是吗?!"厄秀拉叫道,"是啊,也许你是对的,人就应该自得其乐。"

等伯金回来后,厄秀拉赶紧把谈话内容告诉了他。

"戈珍!"伯金叫道,"她天生就是个情妇,就像杰拉德是个情夫一样,一个绝妙的情人,有人说,女人不是妻子就是情妇,而戈珍就是情妇。"

"那男人们不是情夫就是丈夫,"厄秀拉叫道,"为什么不能身兼二职呢?"

"它们是互不相容的。"他笑道。

"那我更需要情夫。"厄秀拉叫道。

"不,你根本不需要。"他说。

"我觉得我需要!"她大叫。

他吻了她,笑了。

过了两天,厄秀拉回到贝多弗家中去取自己的东西,家人搬走了,戈珍也在威利·格林有了自己的房子。

婚后厄秀拉在没见过自己的父母,她为这种决裂哭了,唉,这有什么用! 不管怎样,她是不可能去找他们了,她的东西被留在了贝多弗,所以她和戈珍不得不步行去取东西。

这是一个冬日的下午,来到家中时夕阳已经落山了,窗户黑洞洞的,这地方看上去有点吓人,刚迈进黑乎乎空荡荡的前厅,两个姑娘就感到有些不寒而栗。

"我觉得我肯定不敢一个人来这儿。"厄秀拉说,"我害怕。"

"厄秀拉!"戈珍叫道,"这不是很奇怪吗? 你能够想象你住在这儿的情景吗? 我觉得我在这儿住上一天都会吓死的!"

她们看了看大饭厅,这屋子是够大的,总感觉小点才可爱。凸窗现在光秃秃的,地板也已脱了漆,浅浅的地板上被涂了一圈黑漆线,褪色的墙纸上隐约有一块块的暗迹,那儿是原先摆放家具和挂画框的地方,干燥、薄脆的墙和薄脆易裂的地板,直到看到地板上淡淡的黑色的装饰线才让人的恐惧感有所减轻,一切都无法激起人的感官,因为这屋里没有任何实在的物体,那墙也像纸做的一样,她们这是站在什么地方? 是站在地球上还是悬在纸箱中呢? 壁炉中仍然燃烧着一些纸片,有的还没有烧完。

"真是难以想象我们居然在这儿过了那么多的日子!"厄秀拉说。

"就是嘛,"戈珍叫道,"这简直太可怕了,如果我们继续住在现在这个环境中我们会成为什么样子?"

"讨厌!"厄秀拉说,"这可太让人讨厌了。"

这时她把目光转移到壁炉架上燃烧着的纸上,时髦的包装纸,上面有两个身着长袍的女人像正在燃烧着。

她们走进客厅,这里又给人一种与世隔绝的气氛,没有重量,也没有实体,只有一种被纸张包围的虚无缥缈的东西,厨房看上去还算实在,因为里面铺着红砖,还有炉子,可这一切都冷冰冰的,也挺可怕的。

两个姑娘小心翼翼地爬上光秃秃的楼梯,每一个声音都在她们心头回响,随后她们又走到空荡荡的走廊中,厄秀拉的卧室里靠墙的地方堆着她自己的东西:一个皮箱,一个针线筐,还有一些书本,衣物,一个帽箱,在暮色中,这些东西在空屋子里显得孤孤零零的。

"一幅多么令人心酸的景象啊,不是吗?"厄秀拉看着她这堆被遗弃的东西说。

"很好玩儿。戈珍说。

两个姑娘开始把她们所有东西都搬到前门来,她们就这样一遍又一遍地在空屋子中来来回回晃悠,整座房屋似乎都回荡着空旷虚无的声音,有时,那空旷的房屋在身后又会发出可憎的颤音,最后,她们几乎是提着东西跑出来的。

外面很冷,她们在等伯金,等他开车过来,等了一会儿她们便又重新进了屋,上楼来到父母的卧室中,从窗口可以看到下面的大路,放眼望去能够看见一抹晦暗的夕阳,一片暗红,却没有一丝光芒。

她们坐在凹进去的窗台上静静地等着伯金,环视着屋里,空旷的屋子,显得有些恐怖。

"真的,"厄秀拉说,"这屋子永远无法变得神圣,你说呢?"

戈珍缓缓地看着屋子说:"不可能。"

"我时常想起爸爸和妈妈的生活,他们的爱铸造了他们的婚姻,我们这群孩子和我们的成长的记忆,那你愿意过这样的生活吗?"

"不愿意,厄秀拉。"

"这一切似乎对他们的生命并没有什么意义,真的,如果他们没有相遇,没有结婚,也没有一起生活,一切就都变得无所谓,对吗?"

"当然,这没法儿说。"戈珍说。

"是的,可是如果当我感觉我的生活也要成为这个样子的时候,"她真诚抓住戈珍的胳膊说,"我就会逃跑。"

戈珍沉默了一会儿才说话。

"其实,一个人是无法思索普通的生活的,真的是没有办法。"戈珍说,"厄秀拉,对你来说不一样,你一定会同伯金一起脱离这一切的,他是个特殊的人,但那对于一个普通的人来说,他的生活是固定的,婚姻是不可取的。或许有,事实也有千百个女人需要这样的生活,她们不会去想别的,可我一想到这个就会发疯,我觉得一个人最重要的是自由,人可以放弃他的一切,可他必须要自由,他不应该变成品切克街7号,或索莫塞特街7号,或肖特兰兹7号那样,到那时谁也好不了,谁都不会！如果要结婚，就必须找一个自由行动的人，一个战友，或一个幸福的骑士，想找一个在社会上有地位的人，这是不可能的，永远不可能！"

"幸福骑士，一个多好的词儿呀！"厄秀拉说，"比说'有福的战士'听上去要好得多。"

"是的，难道不是吗？"戈珍说，"我很愿意和一个幸福的骑士一起推翻世界，可事实上，家和固定的职业，厄秀拉，这都意味着什么？你好好想想吧！"

"我知道，"厄秀拉说，"只要我们有一个家，这对我来说这就够了。"

"足够了？"戈珍说。

"西边灰色的小屋。"厄秀拉嘲弄地引了一句诗。

"这诗听着就有点灰。"戈珍忧郁地回答说。

她们的谈话在汽车声中打断了，是伯金到了，厄秀拉感到诧异的是她如此激动，一下子从"西边灰色小屋"的问题中解脱了出来。

她们隐约听到他在楼下甬路上走路的脚步声。

"哈啰！"他打着招呼，声音在屋里回荡着，厄秀拉扑哧笑了：原来他也害怕这个地方。

"哈啰！我们在这儿。"她冲下面叫道，随后她们便听到他快步跑上来的声音。

"这儿鬼气十足。"他说。

"这些屋子中没有鬼，只有有名人的地方才会有鬼，可这没有名人。"戈珍说。

"我想是这样的，你们现在正在为过去感伤吗？"

"是的。"戈珍阴郁地说。

厄秀拉笑了。

"并不是哀悼它的逝去，而是哀悼它的存在。"她说。

"哦。"他松了一口气道。

他坐下了，好像身上有什么东西在闪烁，活生生的，厄秀拉想着，有他的存在令这虚无的房屋有了存在感。

"戈珍说她不想结婚也不想被关在家中。"厄秀拉意味深长地说，大家也都明白她指的是杰拉德。

他沉默了一会儿说："如果你在婚前就知道你无法忍受的话，那自然很好。"

"对！"戈珍说。

"为什么每个女人都认为她活着的目的就是为了有个丈夫和一处西边灰色的小屋？为什么把这当成生活的目标呢？为什么应该这样？"厄秀拉问。

"我觉得你应该尊重自己做出的傻事。"伯金说。

"可你不必在做傻事之前，就先尊重它吧。"厄秀拉笑道。

"可如果那是爸爸做的傻事呢？"

"或是妈妈做的傻事。"戈珍调侃地补充上一句。

"或者邻居做的。"厄秀拉说。

大家都笑着站起来，夜幕降临了，他们便把东西搬到车上，戈珍在后面锁上空房的门，伯金打开了汽车上的灯，大家都看上去很快活，似乎要出游一样。

"在库尔森斯停一下车好吗？我必须把钥匙留在那儿。"戈珍说。

"好的。"伯金说完便开动了车子。

他们把车停在大街上,商店也刚刚掌灯,最后一批矿工正沿着人行道回家,他们穿着肮脏的工作服,让人有些看不大清,可他们的脚步声却在耳边听得很清。

戈珍走出商店回到车中,在夜色中跟厄秀拉和伯金一起乘车下山了,多么惬意呀!在这一刻,生活多像是一场冒险呀!突然,她感觉自己开始那么强烈地忌妒厄秀拉!生活对厄秀拉来说竟是那么活泛,像是一扇敞开的门,又不仅仅是这个世界,就是过去的世界和未来的世界对她来说都不算什么。

啊,她心想如果她也能像她那样,该多好。

除了激动的时候以外,她时常感到自己内心有一种欲望,但她还拿不准,她感觉在杰拉德强烈的爱中,让她获得了完整的生命,当她同厄秀拉相比时就觉得不满足了,她心里已经开始嫉妒厄秀拉了,她有些不满,甚至永远也不会满足。

她现在缺少什么呢?大概是缺少美妙、安宁的婚姻,她的确很需要它,感觉以前她的话都是在骗人,婚姻和家庭这个旧的婚姻观念甚至到今天都是对的,可每当说起来她又嘴硬,她开始想念杰拉德和肖特兰兹,啊,快让这成为现实吧!现在他对她来说真的太重要了,可是也许她并不适合结婚,因为她是生活的弃儿,是没有根的生命,不,不应该是这样,她突然想象着有那么一间玫瑰色的房子,她身着美丽的袍子,还有一个穿晚礼服的漂亮男人在火光中拥抱着她,吻她,她给这幅画起名为《家》,这幅画都可以送给皇家学院了。

"来和我们一起喝杯茶吧。"快到威利·格林村舍时厄秀拉说。

"太谢谢了,可我必须回去了。"戈珍说,其实她非常想同厄秀拉和伯金一起去,那样才像正常生活的样子,但她的怪想法又不允许她这样。

"来吧,你来那该多好呀。"厄秀拉请求道。

"太抱歉了,我很想去,可是我不能,真的。"说着她急急忙忙下了车。

"你真不能来吗?!"厄秀拉遗憾地说。

"不能去,真的。"戈珍不情愿地说。

"你自己,行吗?"伯金问。

"行!"戈珍说,"再见。"

"再见。"他们说。

"你什么时候想来就来,我们会很高兴并且很欢迎你。"伯金说。

"非常感谢,"戈珍说。她那奇怪的鼻音感觉她很孤独、懊悔,令伯金有些不解,戈珍转身向村舍大门走去,他们也开车走了,当听到他们的车一开动,她就慢慢停住脚步看他们,一直看着车子消失在夜色朦胧的远方,她走上通往陌生的家的路,心里有一种难言的痛苦。

她的起居室里挂着一座长型钟,数字盘上镶着一张红润、欢快的人脸画像,眼睛是斜的,秒针一动那人就会跟着抛出媚眼儿,这张光滑、红润的怪脸好像在一直向她炫耀着这双媚眼,她站在那看了它一会儿,回过神又感到十分厌恶,不禁自嘲起来,可这双眼还在不停地晃动,一会儿这边,一会那边,唉,这东西可真高兴啊!正是欣喜的时候!她朝桌上看去,上面放着一瓶醋栗果酱,还有家做蛋糕,但是里面苏打放太多了!不过,醋栗果酱还算不错,人们很少吃到。

整个晚上她都特别想到磨坊去,可她还是仍然冷酷地阻止自己这样做,直到第二天下午她才去,她看到只有厄秀拉一个人在感到十分高兴,她们之间很亲热,没完没了的大聊特聊。"你在这儿简直也太幸福了吧?"戈珍看着镜子里那明亮的眼睛说,她总是对厄秀拉和伯金周围那种热烈而完美的奇特气氛感到嫉妒,甚至气愤。

"这屋子布置得太漂亮了,"她大声说,"这张硬席子的颜色很漂亮,很淡雅!"

她觉得这很完美。

"厄秀拉,"她似问非问地说,"你知道杰拉德·克里奇告诉我们在圣诞节时出走的事吗?"

"知道,他对卢伯特说了。"

戈珍的脸红透了,她沉默了片刻,似乎有些说不出话来。

"可你是不是觉得,"戈珍终于说,"这想法太令人吃惊了!"

厄秀拉笑了。

"我很喜欢他这样。"她说。

戈珍不说话了,很显然,她听说杰拉德擅自对伯金透露计划后,感觉自己受到了侮辱,事实上这建议本身却在强烈地吸引着她。

"杰拉德天真得有点可爱,我觉得,"厄秀拉带着点试探的味道说,"我觉得他太可爱了。"

戈珍半天没说话,她内心仍旧对杰拉德随意冒犯她的自由而感到屈辱。

"那卢伯特说了什么,你知道吗?"她问。

"他说那可真是太好了。"厄秀拉回答。

戈珍垂下眼皮沉默了。

"你觉得是这样吗?"厄秀拉试探着问,她一直都弄不清戈珍到底再用什么方式在保护自身。

戈珍艰难地抬起头,向一边扭去。

"我觉得可能会像你说的那样十分有意思,"她说,"可是,你不觉得他这样太无礼了吗,这种事你应该同卢伯特说,不能原谅他,当然,你应该知道我的意思,厄秀拉,也很可能这只是他们两个人安排好的一次出游,再捎带上几个伙伴,我觉得这事不能原谅,真的!"

她目光闪烁着,柔和的脸红了,面带怒色,厄秀拉有些害怕,害怕戈珍太平庸了,可她又不敢这样想。

"哦,不,"她结结巴巴地说,"不,不是那样的,我认为卢伯特和杰拉德之间的友情很好,很单纯,他们之间无话不说,就像亲兄弟一样。"

戈珍的脸更红了,她简直不能容忍杰拉德出卖了她,即使是对伯金出卖她。

"可是,你觉得兄弟间也可以交换那一类的秘密吗?"她更生气地问。

"哦,对了,"厄秀拉说,"他们之间几乎没有不能说的话,杰拉德最让我吃惊的是,他太单纯,太直率了,你知道的,只有伟人才可以这样的,大部分人都不会直话直说,因为他们是胆小鬼。"

可戈珍还是默默地怄气,她需要别人对她的行踪保密。

"那你去吗?"厄秀拉问,"去吧,咱们一定都会很高兴的,杰拉德有些地方还是招人爱的,比我想象得要可爱的多,他很坦荡,戈珍,他真是的是这样。"

戈珍仍闭口不言,很生气,最后她终于开口了。

"那你知道他打算去哪儿吗?"她问。

"知道,去悌罗尔,据说他在德国时经常去那儿,那很美,学生们都爱去,地方不是太大,但很险峻,美极了,是冬季开展体育活动的好去处。"

"知道,"她说,"那离因斯布鲁克大约四十英里,对吗?"

"我不太了解,可那儿应该很好玩,你想想,高山上的雪中……"

"太好玩儿了!"戈珍调侃道。

"当然,"厄秀拉有些不安地说,"我觉得杰拉德应该对卢伯特说了这事,所以,他们应该不是要带个什么伙伴出游。"

"我知道的,"戈珍说,"他经常这样做。"

"是吗?"厄秀拉说,"你是怎么知道的?"

"因为我认识赛尔西的一个模特儿。"戈珍冷冷地说。

厄秀拉沉默了。

"哦,"她试探地说,"我真希望他和她过得不错。"听她这样说,戈珍显得更不高兴了。

第二十八章 戈珍在庞巴多酒馆

圣诞节快到了,他们四个人都已经准备好出发了,伯金和厄秀拉正忙着打点行李物品,准备着运走,不论是哪个国家,哪个地方,只要选好了地方都可以运送东西,戈珍也十分激动,因为她特别喜欢旅行。

她和杰拉德最先准备完的,所以提前启程上路了,一路经过伦敦和巴黎然后去到因斯布鲁克,到那儿在和厄秀拉及伯金会合,他们在伦敦过了一夜,随后去听了音乐,最后去的庞巴多酒馆。

戈珍很讨厌酒馆,却还得来这儿,因为她熟识的艺术家们都会来这儿,虽然她很讨厌这里的气氛,这里充满了小阴谋、妒嫉和小气的艺术,可这是她来伦敦必须来的地方,仿佛有什么东西吸引她必须到这狭小的、堕落与死亡的旋风中心来,事实上也只是来看看而已。

她和杰拉德喝着甜酒,阴郁的眼神凝视着桌旁一群一群的人,她跟谁都没打招呼,可那些小伙子们却不停地冲她点头调戏着,一副很熟悉的样子,她理都不想理他们这帮人,绯红着脸坐在那儿,目光仍然阴郁,从容地打量着他们,就像远远地观望着动物园中的猿猴一样,这让她感到无比开心,天啊,这是多么卑鄙的一帮人!她一看到他们就气不打一处来,甚至对他们恨之入骨,她仍然坐在那儿看着他们,他们当中时不时有一两个人过来跟她打招呼,她感觉酒馆的各处都有眼睛在偷看她,眼神里似乎带着嘲弄的意味,男的扭过头看着她,女的则从帽子下来看她。

那群故旧们都在这儿,卡里昂和他的女友及学生们仍坐在他常坐的那个角落里,还有海里戴,里比德尼科夫及米纳蒂也都在,戈珍看了一眼杰拉德,发现他的目光一直停留在海里戴那帮人那边,这些人一边注视着他,边冲他点点头,他也冲他们点点头,随后那几个人又嬉笑着窃窃私语起来,杰拉德目光迥异地看着他们,他们好像在怂恿米纳蒂做什么事。

米纳蒂终于站起身来,她身着黑绸衣,上面印着长长的浅条子,给人一种奇妙的线条感,她好像比以前瘦了,眼睛也更显大了,目光也更不诚实了,除此之外别的没什么变化,杰拉德目不转睛地盯着她朝他这边走来,然后她伸出干瘦、白皙的手说:"你好吗?"

他同她握了手,但仍旧坐着,让她挨着桌子站着,她冲戈珍冷冷地点点头,因为她不知道该怎么跟她打招呼,只知道她很有名气,一看就能知道她是什么人。

"我很好,你呢?"杰拉德说。

"哦,我也还好,那卢伯特怎么样?"

"卢伯特?他也很好。"

"我知道,我指的并不是这个,我是想问他结婚了吗?"

"哦,结了,他结婚了。"

米纳蒂的目光开始变得热辣辣的。

"哦,原来他真的这样做了?什么时候结的?"

"一两周以前。"

"真的！他怎么没写信告诉我们呀。"

"没有？"

"没有，你不感觉这样太不好了吗？"

最后一句话显然是一种试探，从米纳蒂的语调里可以听出来，她注意到戈珍也在听。

"我想他并不觉得。"杰拉德说。

"为什么？"米纳蒂追问。

没有人回答，这位短发漂亮的小个子女人仍然站在杰拉德身边，看上去很固执，语气带着一丝嘲弄的意味。

"你们会在城里住好久吗？"她问。

"只有今天晚上。"

"啊，今晚，那你要过来跟裘里斯谈谈吗？"

"今天晚上恐怕不行。"

"那好，我去告诉他。"随后又调戏地说："你看上去很健康。"

"是的，我也有这感觉。"杰拉德显得很洒脱，眼睛里闪着嘲弄、自豪的目光。

"你应该过得不错吧？"

这句话对戈珍来说是个直接的打击，语调是那么平缓、冷漠而随便。

"是的。"他毫无感情色彩地说。

"很遗憾，你不能过来，你对你的朋友可真不够意思呀。"

"是不太够意思。"他说。

她冲他们两个点点头告别，慢慢地向她的座位走去，戈珍看着她，感觉她走路的姿势很怪，身体很僵直，腰部却在扭。

他们隐约听到她在那边有气无力地说：

"他不来，人家有人约了。"紧接着那边桌上发出更大声的说笑和窃窃私语。

"她是你的朋友吗？"戈珍沉静地看着杰拉德。

"我和伯金曾经一起在海里戴家住过。"他迎着戈珍审视的目光说，她知道米纳蒂是他的情妇之一，他也清楚她知道这事。

她向四下张望了一下，唤来了侍从，她突然很想喝冰镇鸡尾酒，这让杰拉德心中暗笑，不知怎么了。

海里戴这帮人好像喝醉了，说出话来非常恶毒，他们大声地议论着伯金，讽刺他做的每件事，尤其是他的婚姻。

"哦，不要别跟我提伯金，"海里戴尖声说，"他让我感到恶心，他跟基督一样坏。'天啊，我怎么才能得救啊？'"

说着，他自己开始醉醺醺地窃笑起来。

"那你还记得他常写的信吗？"那俄国人说话速度很快。

"欲望是神圣的。"

"啊，对！"海里戴叫道，"真是太妙了，我衣袋里现在肯定还有一封呢。"

他说着，并从衣袋里掏出一堆纸来。

"我敢肯定我有！呃，天啊，的确有一封！"

杰拉德和戈珍全神贯注地看着他们。

"啊，太妙了，真好，别逗我笑了，米纳蒂，它让我打嗝儿！"大家都笑了。

"他信中都说什么了？"米纳蒂凑过去看，松散的头发飘落下来遮住了脸，她那又小又长的头看上去不那么体面,特别在露出耳朵时更是如此。

"等会儿,等等! 我不给你看,让我来念,我念最好玩的那一段给你们听,'嗝儿',天啊,我喝点水是不是就不会打嗝儿了? 又一声'嗝儿'啊,我没救了!"

"他是不是在谈黑暗与光明的结合,还有就是……腐蚀流?"马克西姆说话快但吐音很准确。

"我想应该是这些。"米纳蒂说。

"哦,是吗? 我都忘了……是哪封,"海里戴说着展开了信,嗝儿声不断,是的,简直太好笑了! 这是最好笑的一封信,'每个民族都有这么一句话……'"他像念《圣经》的牧师那样缓慢、清晰地念着,"'毁灭欲会战胜一切别的欲望,如果在个人身上,这种欲望就是毁灭自我的欲望'——嗝儿——"他停下来注视着大家。

"我希望他先毁灭自己给我们做个样子再说。"那俄国人很快地说,海里戴窃笑着,有气无力地向后仰着头。

"他没什么可毁灭的,"米纳蒂说,"他已经够瘦的了,现在恐怕只有一把骨头渣儿了。"

"哦,很好,我特别喜欢读这种信,我相信它能治好我的病,从此不打嗝儿了!"海里戴尖叫着,"听我接着念下去嘛。'这是一种衰退的过程,它能退回原来的状态,随着腐蚀流回归,然后回到生命原本的基本状态中去!'啊,我真的觉得这太精妙了,它甚至已经超过《圣经》了。"

"对,腐蚀流这句话,"俄国人说,"我已经记住这句话了。"

"他总是在谈什么腐蚀,"米纳蒂说,"我想他一定很堕落,否则脑子是不会想这么多的。"

"很对!"俄国人说。

"让我继续念下去! 哦,这一段更是妙不可言! 听着。'正是在这大的退化中,这种生命体的退化中,我们获得了知识,超越了知识,获得了另外一种至深的感觉,这称得上是一种狂喜。'哦,我真心觉得这些话荒谬得出奇,难道你们不这样看吗? 这些话像是耶稣说的。'裘里斯,如果你想和米纳蒂获得这种退化的狂喜,你就应该争取,直到获得了它为止,当然,你身上肯定也有一种活生生的积极创造欲,那会是在活跃的腐蚀之花开败后。'我真心不知道这些腐蚀之花是什么,米纳蒂,你也许是这样的花。"

"谢谢,那你是什么呢?"

"啊,我应该是另一朵,按照这封信所说我肯定是另一朵! 我们都是……'嗝儿'……恶之花! 这太可笑了,伯金就像是一座折磨人的地狱,折磨人的庞巴多……嗝儿!"

"接着念,念下去,"马克西姆说,"下面的话是什么? 听上去太有意思了。"

"可我觉得这样写太可怕了。"米纳蒂说。

"是啊,我也这么认为,"俄国人说,"他是个狂妄自大的人,当然这也显示出他的宗教疯狂症,他觉得他就是人类的救星,接着读。"

"当然了,"海里戴拖长声音道,"当然了,我的一生中一直都有善和宽容追随,"海里戴停下来窃笑着,然后又像个牧师一样拖长声音念着。"我们这种欲望肯定会消失的,因为这种毁灭式的激情会将它破碎,然后把我们一点点地粉碎,亲昵只是为了毁灭,性也成了退化的媒介,把男人和女人这两种高度复杂的旧观念的基本因素统一体削弱,回归到野性的感觉中去,不断地在黑暗的感知中失去自我,盲目地、无限地被毁灭的火焰燃烧,甚至希望被火烧尽。"

"我想走了。"戈珍对杰拉德边说边打手势叫来了侍从,她眼睛发着亮,脸颊有些绯红,海里戴像牧师一样逐字逐句地朗读着伯金的信,声音既清晰又响亮,这让她觉得一股猛烈的血直往头上涌,令她发疯。

当杰拉德去付款时,她站起身向海里戴桌边走去,他们也都抬起头看她。

"请见谅,"她说,"你念的是一封真正的信吗?"

"哦,是的,"海里戴说,"的确是真的。"

"那我可以看看吗?"

海里戴像着了迷似的傻笑着把信递给她。

"谢谢。"她说。

说完她拿着信便走出了酒馆,款款地从桌子中间穿过,走出了这灯火辉煌的屋子,好半天人们才回过神意识到都发生了些什么事儿。

海里戴桌旁发出一声轻蔑的"呸",然后在这个角落的其他人们也都冲戈珍的背影讥笑,她穿的那墨绿色与银灰相间的衣服很时髦,帽子是嫩绿色的,就像昆虫的壳,帽沿儿也是深绿的,描了一圈银边,闪闪发光,领子高高竖起,衣服上还镶着银色与黑色的绸边儿,袜子和鞋子也是银灰色的,她端着架子缓缓地、漠然地向门口走去。侍从谄媚地为她开门并守在门边伺候着,在她的示意下,侍从奔向便道旁打个口哨唤来了出租车,车上的两盏灯就像两只眼睛一样立即向她转过来。

杰拉德在一片讥笑声中追出去,他也并不知道戈珍有什么做得不对的地方,他听到米纳蒂说:

"去,把信从她那儿要回来,还从来没有见过这种事,赶紧去向她要回来,去告诉杰拉德·克里奇,让他向她要。"

戈珍站在车门边,侍从为她打开门。

"去旅馆吗?"她问匆匆赶来的杰拉德。

"你想去哪儿就去哪儿。"他说。

"好!"她说,然后对司机说,"去巴顿大街瓦格斯塔夫。"

司机点点头,放下旗子。

戈珍故作冷漠,像所有衣着华贵、目中无人的女人一样进了汽车,杰拉德也随她进了汽车。

"你忘了那仆人了。"她冷漠地点一下头,杰拉德忙给了侍从一个先令,那人敬个礼后,车开动了。

"他们在闹什么呢?"杰拉德好奇地问。

"因为我拿了伯金的信就走开了。"她看着手中已经揉烂了的信说。

他露出满意的眼神。

"啊!"他说,"太好了! 这一群笨蛋!"

"我真想杀了他们!"她愤怒地说,"一群狗! 他们真是一群狗! 卢伯特还真傻,怎么能给他们写这样的信? 他干吗要向这群下等人袒露自己的思想? 这真的太让人难以容忍了。"

杰拉德揣度着她这奇怪的激情。

她在伦敦一刻也待不下去了,他们打算坐早车离开这儿,当火车经过大桥时,她望着铁桥下的河水叫道:"我再也不想看到这肮脏的城市了,一回这里我就难以忍受。"

第二十九章　大陆

出行的前几周,厄秀拉始终存在着一个念头:她并非她自己,她什么也不是,或许她就要成为未来的那个她了,这所有的一切马上就要发生。

她和自己的父母进行了一次尴尬的、使人悲伤的见面,这次会面不像是团聚,倒好似是别离。在将他们分开的命运面前,他们都显得吞吞吐吐、迟疑不决、一筹莫展。

直到登上了从多佛到奥斯坦德的船,她才真正醒悟过来。她稀里糊涂地跟随伯金去到了那个在她脑海中一片模糊的伦敦,之后又坐火车去到了多佛,这一切就如梦一般。

现在,她在漆黑一片、风声呼啸的夜色中伫立在船尾,海水在脚下翻腾,注视着英国岸上忽明忽暗的凄凉的路灯,看着这些遍布的小小光点慢慢消逝在黑夜中,她才逐渐从恍惚中清醒过来。

伯金问道:"我们去船头好吗?"他想去船头。于是他们从船尾离开,不再注视那远方的英国大地上忽闪的星火,而是把头转向前方无尽深邃的夜空。

船头轻柔地从海面划过,他们俩走到前甲板上。在夜色中,伯金找到了一处可以遮风的角落,在那儿有一大卷绳子,那个地方离船头的顶部很近。他们相拥而坐,用一条毯子将自己包裹起来,他们互相依靠着,直至他们仿佛与对方融为一体。在这个漆黑的夜晚,天实在是太寒冷了。

水手沿着船舷迎面走来,他的身影与黑夜融为了一体,无法辨认。过了很久,他们才将他那苍白的面容看清。他也感觉到了附近有人,于是停下了脚步,犹豫不决地弯腰向前察看。当他的脸凑近角落的这对人时,他也看清了他们的面容。于是他如幽灵般地往后退去。他们注视着他,一言不发。

他们好似与黑夜融为了一体。没有天空,没有大地,只有坚不可摧的黑暗。他们就如一颗生命的种子穿越无底的黑暗空间昏然睡去时坠落下来一般。

他们不记得此刻在哪,不记得了所有的一切,只意识到这条滑向黑暗的路径。船头仍然划破着海面,发出轻微的声音,向黑暗冲去,它无意识、不关注,只是冲向前方。

厄秀拉感觉前方未知的世界战胜了所有。在这无边无际的黑暗中心,她心中闪耀着那未知天堂的万丈光芒。她的心被这美妙的光芒填满,如黑暗中金色的蜜一般,温暖甘甜。这光芒并非照亮这个世界,它只照耀着未知的天堂。她要去往那里,那是个美好的地方,那里有她唾手可得的未知的快乐生活。在狂喜中她猛然向他扬起脸,他吻了她的脸。她的脸那样的冰冷、清新、光洁,吻她的脸就如吻那浪头上的花朵一般。

但是,他没有办法如她那样用一种超前意识感觉到快乐的欣喜若狂。在他看来,穿行的惊奇已经淹没了他。他正在无尽的黑暗中坠落,就如一块陨石从世界的空隙中掉落下去一般。世界被劈成了两半,他像一颗暗淡无光的星星一样从无以名状的空隙中坠落下来。遥远的东西并不属于他。这条轨道完全将他战胜了。

他在恍惚中紧紧地抱住了躺在他身边的厄秀拉。他的脸紧贴着她轻柔、顺滑的头发,他闻到了她头发的清香以及夹杂着海水与夜空的馨香。他的心平静了下来,随着没入未知,他安静了。这还是第一次,他的心灵超脱了生命,处于一种完全、绝对的平静之中。

他们被甲板上的骚动惊醒了,于是赶忙站了起来。他们两个人在漆黑的夜晚挤到了一起。但是,她心中仍然闪着天堂的光芒,但是他的内心则是无以名状的黑暗沉寂。

他们站起身向前看去。黑暗中有微小的灯光在闪烁着。他们又回到了现实的世界中。这既非她心中的快乐,也非他心中的平静。这是真实的世界,但又并非旧的世界。由于他们心中的快乐和平静是永恒的。

在这样一个黑夜,小船如从冥河中进入到荒芜的地狱一般停靠到了岸边。这黑暗的地方灯火阑珊,地面上铺着木板,四处皆是一幅凄凉景象。厄秀拉在黑夜中看到了苍白神秘的几个大字"奥斯坦德"。每个人都如昆虫般盲从地冲了出来乱闯乱撞。搬运夫们用极不熟练的英语叫喊着,拖着沉重的行李向港外搬运着,苍白的罩衣看上去如鬼影一般。厄秀拉和几百名如鬼般的人站在栏杆边,夜幕下处处皆是行李包和鬼影般的人,而栏杆的另一边则是头戴尖顶帽、留着胡子、脸色苍白的官员,他翻捡着行李中的内衣,然后用粉笔胡乱画上记号。

办完这些事后,伯金拎起手提包,带着厄秀拉转身离开,而搬运夫跟在他们身后。他们走过一条大门道,来到了夜幕下的旷野中。夜幕中人们还在生气地喊叫着:"啊,这里有一座火车站台!"而鬼怪似的人仍然奔走于火车之间。

厄秀拉看清楚了高高的火车牌,上面写着:科隆——柏林。

伯金说:"我们到了。"她又看到身边的火车牌:阿尔萨斯—罗斯林金—卢森堡,麦兹—巴塞尔。

"到巴塞尔,就是那辆车!"

搬运夫赶忙跟了上来。

"就是这辆到巴塞尔去的车吗?二等车厢?"说完他登上了高高的火车,他们也跟着上去了。不少包厢已让被人占了,不过还剩下一些是空着的,借着昏暗的光线,安放好了行李,他们给了搬运夫小费。

伯金看看表问搬运夫:"还有多长时间开车?"

"还有半个小时。"穿蓝工装的搬运夫说完就离开了,他人不但长相丑陋,态度还十分的不好。

伯金说道:"来,天太冷了,咱们去吃点东西吧。"

车站站台上停着一辆售卖咖啡的小推车。他们吃着夹火腿的面包,喝着稀稀的热咖啡。厄秀拉大大地咬了一口,上下颚差点脱了臼。他们在高高的火车旁漫步,感受着陌生的一切,一片荒凉,就如身处地狱一般,灰色,灰色,恶浊的灰色、荒疏、萧条,四处都充斥着阴郁的景象。

火车载着他们在穿行在黑暗之中。厄秀拉分辨出了这是在欧洲大陆那润湿、和缓、阴郁的黑暗平原之上。他们感到十分诧异:怎么这么快就到布鲁支了!紧接着又是黑夜席卷下的平原,偶尔从沉睡的农出、枯瘦的白杨和荒芜的公路旁闪过。

她诧异地坐在伯金的身旁，紧握着他的手。他脸色苍白，如幽灵般纹丝不动，时而向窗外望望，时而紧闭双眼。

在根特站的窗外闪过几缕灯光。站台上晃动着几个鬼混似的人，然后响起了铃声，紧接着车又开始在黑暗中穿行。厄秀拉看到在铁路边的农田中，有个人提着灯走向漆黑的农舍。她想起了玛斯庄，想起考塞西往日熟悉的田园生活。天啊，她离童年已经那么远了，她还要走多远的路啊！人在一生中都要这么永不停息地走下去吗？童年的记忆与现实的生活已经相隔太远了。那时她还是个孩子，在考塞西和玛斯庄生活，那是多么亲切的回忆啊。她依稀记得在那间古老的起居室里，女仆蒂丽给她吃抹有黄油和红糖的面包，在那间屋子里，有外祖父绘着一只装有两朵粉红玫瑰的篮子的钟表。可是现在，她正和伯金这个陌生人一起走向未知的世界。童年与现实，太过于遥远了，她仿佛为此而失去了自己的本体，那个在考塞西教堂院子里嬉戏的孩子只是历史上的一只小动物而并非她自己。

这些都在《恋爱中的女人》的姊妹篇《虹》中早有描述。

当火车停靠在布鲁塞尔时，站台上的大钟时针刚好指向六点，他们走下了车，用了半小时来吃早餐。他们在空旷的大饮料厅里喝了咖啡，吃了抹蜂蜜的面包圈。这样一个巨大的空间太阴森，总是感觉那么凄惨、恶浊、荒凉。可她还是幸运的可以在这儿用热水洗了手和脸，还梳了头发。

很快他们又上了火车继续赶路。天渐渐亮了起来，车厢里开始传来那些高高大大、衣着华丽、蓄着棕色胡子的比利时商人们无休止的聊天声，他们那一口蹩脚的法语让厄秀拉感觉恶心。

火车似乎逐渐的钻出了黑暗：先是进入熹微中，然后慢慢地进入了白天。真是累死人！树木逐渐露出了样貌，紧接着是一间白房子，莫名其妙地清晰了起来。这是怎么回事？随后她看到了一座村庄——有房屋源源不断地闪过。

她依旧穿行在旧的世界中，这冬天沉闷而阴郁。外面是农田和草场，光秃秃的树林、灌木丛和赤裸裸的房屋。并没有崭新的东西和崭新的世界。

她看着伯金那张苍白、宁静的、给人以永远感觉的脸。她的手在毯子下握住他的手。他的手指有了反应，目光注视着她。真黑，他的目光如夜一般的黑，仿佛是另一个不可及的世界！啊，如果他是世界，如果世界就是他，那该多好！如果他能够将一个世界唤醒，那将是他们俩的世界了！

比利时人到站了，火车仍在继续前行。卢森堡，阿尔萨斯—洛林，麦兹。可她什么都没看到，她什么也看不到，她无心观望。

他们终于到了目的地巴塞尔，住进了旅馆。她的精神依旧集中不起来。他们早晨下的车。她站在桥上，注视着街道和河水。可这些丝毫没有意义。她只记得一些商店，一家挂满了图画的商店以及一家售卖橘红色的丝绒和貂皮的商店。可这有什么意义呢？没有任何意义。

直到又上了火车她才平静下来，松了口气。她只在前行中才会感觉满足。火车过了苏黎世之后，行驶在了堆积着厚厚积雪的山下。终于快到达目的地了。这就是那个崭新的世界了吧！

因斯布鲁克在夜幕下被大雪覆盖。他们乘雪橇向前滑行。火车里太热，热得使人喘不过气来。这儿的旅馆像自己的家一般，在廊檐下闪着金色的灯光。

进到厅里时他们开心地笑了。这儿好像有很多人，生意很是兴隆。

伯金用德语问道："您知道从巴黎来的英国人克里奇夫妇到了吗？"

行李工人思考了一下刚要作答，厄秀拉就发现了身穿闪闪发光的黑大衣，领子是灰皮毛的戈珍踱步向楼下走来，她。

"戈珍！戈珍！"她挥手呼喊着朝楼梯上跑去。

戈珍在看到厄秀拉的一瞬间，立刻就不见了那副优雅、端庄的神态，眼睛明亮了起来。

"真是你啊，厄秀拉！"她大叫。戈珍和厄秀都迎面跑向了对方。

她们在楼梯转弯处会合了，大喊大叫，欢笑着亲吻着。

"可是，"戈珍说，"我们还以为你们明天才能来呢！我还准备去车站接你们的。"

"不用了，我们今天就来了！"厄秀拉叫着，"这儿真漂亮！"

"那当然！"戈珍说，"杰拉德出去办事了。厄秀拉，你们一定很累吧？"

"没有，还行，不是很累。不过我这样子看上去有点憔悴，是吗？"

"不，才不是呢。你看上去很精神。我太喜欢这顶皮帽子了！"她打量着厄秀拉，她身穿一件镶有厚实的棕毛领子的大衣，头上戴着一顶柔软的棕色皮帽。

"你呢？"厄秀拉大叫，"你知道你是什么样子吗？"

戈珍又做出淡漠的神态。

"你喜欢吗？"

"这样好极了！"厄秀拉不无嘲笑地说。

伯金问道："是上去还是下去？"这两姐妹挽着手臂站在通往第一层楼梯平台的阶梯上，不仅挡住了别人的路，还给下面大厅的人们提供了一个看笑话的机会，甚至是身着黑衣那胖胖的犹太人的搬运工都看着她们笑出了声。

两个女子慢慢向楼上走去，伯金和侍从跟在她们身后。

"是二楼吗？"戈珍回头问。

"太太，是三楼，请上电梯！"侍从说完就先进到了电梯里。可她们并不理会他，依旧继续聊着天走向三楼。那侍从很生气地只得跟回来。

这两姐妹的会面是那么的欢愉，真让人不敢相信，仿佛是在流放中遇见，之后两股孤独的力量联合起来与整个世界对抗。伯金半信半疑地从旁观察着她们两个人。

杰拉德是在他们洗完澡换好衣服后回来的。他看上去神采奕奕，如雾霭中升起的红日一般。

"去和杰拉德吸烟吧，"厄秀拉对伯金说，"我和戈珍要好好说说话。"

然后姐妹二人就坐在戈珍的卧室中聊起了衣服和各自的经历。戈珍对厄秀拉讲起关于酒馆里人们读伯金的信的故事。厄秀拉听后大吃一惊。

"信在哪儿？"她问。

"我保留着呢。"戈珍说。

"给我吧，好吗？"她说。

可戈珍却沉默了半天才说话。

"你真想要那封信吗，厄秀拉？"她问。

"我想看一看。"厄秀拉说。

"当然没问题。"戈珍说。

甚至到现在,她都不承认自己想保存这封信,当作纪念或是一种象征。可厄秀拉明白她的心思,所以因为这样而感到不高兴,因此就不再说这件事了。

"在巴黎你们都在忙什么?"厄秀拉问。

"哦,"戈珍简要地说,"没什么。一天晚上我们在芬妮·巴斯的画室里开了一个即兴的晚会。"

"是吗? 你和杰拉德都参加了吗? 还有谁,告诉我。"

"哦,"戈珍说,"也没什么特别的。你知道芬妮疯狂地爱着那个叫比利·麦克法兰的画家。只要那个人在,芬妮就什么都不会错过,尽情地玩儿。那晚会真是太精彩了! 当然,虽然人人都喝醉了,但是我们跟伦敦那帮混蛋们可完全不同,我们醉得非常有意义。由于我们这些人是有身份的,因此情况就完全不同了。有个非常不错的罗马尼亚朋友,他喝得烂醉如泥,爬到画室的高梯子上发表了精彩绝伦的演讲,真的,厄秀拉,太绝妙了! 他刚开始用法文讲:生活,就是被禁锢的灵魂。他的声音非常动听,他的人也长得非常帅。可话还没讲完就开始说罗马尼亚语,在场的没有一个能听明白的。不过唐纳德·吉尔克里斯特却听得如醉如痴。他把酒杯摔在地上,然后宣布说,天啊,他为自己活在这个世界而感到愉快,上帝做证,活着是一大奇迹。厄秀拉你知道吗就是这样的。"戈珍干笑着。

"那杰拉德感觉怎么样呢?"厄秀拉问。

"杰拉德,老天爷,他就如阳光下的蒲公英一样,他一激动就会像疯子似的折腾。所的人的腰他都要去搂。真的,厄秀拉,他就像大丰收了那般会把所有的女人都搂遍了。不过非常奇怪的是,没一个女人拒绝他。你能理解吗?"

厄秀拉思考了片刻,眼睛一亮。

"能,"她说,"我能理解,他是个极端派。"

"极端派! 我也是这么认为的!"戈珍叫道,"可说真的,厄秀拉,屋里的所有女人都非常愿意为他折腰。詹提克利尔当时没在场,尤其是芬妮·巴斯也被他迷上了,别看她正儿八经地和比利·麦克法兰谈着恋爱! 我这辈子从来没有这样吃惊过! 从那之后,我感觉自己成了满屋子女人的象征。对他来说我不再是我自己,我变成了维多利亚女王。我立刻就成为了全部女人的象征。这真让人惊讶! 天啊,我抓住的是一个苏丹王哩!"

戈珍的眼睛明亮有神,面颊通红,她看上去十分怪异,表情里夹杂着嘲笑。厄秀拉立刻被她吸引住了,可她又感到担忧。

咱们得准备用晚餐了。戈珍下楼来时穿着鲜艳的绿绸长袍,上面缀着金线,外面套着绿色的坎肩,头上扎着一根奇特的黑白双色发带。她的确光彩夺目,引得人人都看她。杰拉德正是最帅气的时候,气色不错,神采飞扬。伯金笑着瞄了他们一眼,目光中透些许恶意。厄秀拉则无所适从。好似有一种魔法一般,使他们的餐桌比其他的桌子更加光亮。

"你喜欢这儿吗?"戈珍叫道,"这儿的雪非常的漂亮! 你发现没有,这儿的雪给万物增添了生机。简直太美妙了! 它让你感到自己成了超人。"

"确实如此,"厄秀拉大叫,"是否也有那么点我们离开了英国的原因呢?"

"哦,那是自然的,"戈珍大叫着,"在英国由于总是有很多令人不愉快的事,所以你一辈子都找不到这种感觉。在英国你想放松一下,真的是不可能的事情。"

说完她又接着吃,可仍然处于兴奋状态。

"这倒是事实,"杰拉德说,"在英国就找不到这样的感觉。不过在英国我们或许不需要这么放松,有点像把火种带到火药库周围然后不再管它一样。假如人人都这样放松,那么肯定会有可怕的事情发生的。"

"老天爷!"戈珍喊着,"可是,假如英国人全都像鞭炮一样突然炸开,那岂不是更好吗?"

"不会的,"厄秀拉说,"鞭炮里的火药太潮了,是不会炸开的——英国人太意气消沉了。"

"这可没准。"杰拉德说。

"我也这么认为,"伯金说,"假如英国真的发生一次大爆炸,你就得捂着耳朵逃命了。"

"绝不可能。"厄秀拉说。

"等着瞧吧。"他回答。

"真是太奇妙了,"戈珍说,"感谢上帝,我们从自己的国家离开了。我简直不敢相信,当我一踏上异国的土地时激动的像要死去一样。我对自己说:"一个新的生物来到了我的生活里。"

"别太过分地指责咱们可怜的老英国,"杰拉德说,"虽然我们会诅咒它,但是我们确确实实地是爱它的。"

厄秀拉感觉这话有点玩世不恭的意味。

"我们或许是爱它的,"伯金说,"可这种该死的爱实在是让人难受至极,就像爱一对患了绝症的老父母一样。"

戈珍睁大黑黑的眼睛注视着伯金。

"你觉得无药可救了吗?"她问道。

伯金躲开了,他不愿意解答这种问题。

"天知道,英国还会有什么希望。这太不现实了,没什么希望了。假如没有英国人,英国或许还是有救的。"

"你认为英国人会灭亡吗?"戈珍一直追问下去。她对他的解答颇有兴致。或许她问的正是她的命运。她黑色的目光注视着伯金,就如占卜一般,仿佛要从他身上看出未来的真理。

伯金脸色苍白,牵强地回答道:"这个,除了灭亡还有什么? 他们一定带着英国标记灭亡,不管怎样都得这么做。"

"可是,照你的讲法,是怎样一个'灭亡'法儿呢?"

"对了,你是不是说转换一下思想?"杰拉德插嘴道。

"我没有指任何事物。为什么要那样?"伯金说,"我是个英国人,我为此付出了代价。我没有办法评论英国,我只能评论我自己。"

"是的,"戈珍慢慢地说道,"你爱英国,非常爱,非常爱,卢伯特。"

"可是我离开了它。"他说。

"不,不是永远。你会回去的。"杰拉德庄重地点点头道。

"人们都说连虱子都会离开将要死去的肉体，"伯金表情凝重地说，"所以我也要离开英国。"

"可是，你还会回去的。"戈珍讥讽地说。

"那该我倒霉。"他答道。

"他这是在和自己的祖国怄气呢！"杰拉德开玩笑地说。

"嘀，这儿有个爱国人士！"戈珍有点讥讽地说。

伯金不再回答任何问题了。

戈珍又注视了他一会儿，然后转过脸去。他因为没有办法为她占卜点什么，也对，他对她来说不再具有魅惑力。她现在感到非常放荡不羁。她看看杰拉德，觉得他如一块镭般美妙。她感觉可以通过这块致命的、活灵活现的金属将自己重塑，从而得到全部的知识。她为自己这个怪念头感到可笑。假如她将自己毁灭了，她还能做什么呢？假如说精神和整个生命都是可以灭亡的话，物质仍会是存在的。

杰拉德一时间显得神采飞扬而又心猿意马，有点疑惑。她伸出裹着绿色薄纱的胳膊，用敏锐、艺术家才有的手指尖摸着他的下颏。

"那是些什么呢？"她惊奇、狡黠地笑着问道。

"什么？"他突然睁大眼睛问。

"你的思想。"

杰拉德看上去恍然大悟的样子。

"我觉得我没思想。"他说。

"真的！"她笑道。

在伯金看来，她摸的那一下就等于杀了杰拉德。

"好啦，"戈珍叫道，"让我们为大不列颠干杯！为大不列颠干杯吧！"

她的声音明显带着疯狂的失望。杰拉德笑着往杯子里斟上酒。

"我想伯金的意思是，"他说，"作为国家的英国必须消亡，而作为个人的英国人是可以存活的，还有——"

"超越国家——"戈珍插嘴道，说完扮个鬼脸，举起她的杯子。

第二天，他们坐车来到了深谷尽头的霍亨浩森小站。四处白雪皑皑，真是一个纯白的雪的摇篮，仿佛一个清新、冰天雪地的世界，黑色的岩石、银白的山峦直向淡蓝的天际绵延开来。

他们踏上光秃秃的站台，只见铺天盖地的大雪。戈珍颤抖着，仿佛心都是凉的。

"天啊，德国人，"她说着，突然亲热地转身对杰拉德说，"你达到目的了。"

"你说什么？"

她打个手势指向四周的世界说："你看啊！"

她仿佛不敢向前走，他笑了。

他们来到了山谷之中。两边的高山自上而下被雪全部覆盖住了，人在这个雪谷中显得那样的渺小。雪山峡谷，闪烁着奇异的光芒，庄重、沉静。

"这儿让人感觉到了自己的渺小与孤独。"厄秀拉紧紧握住伯金的胳膊说。

"来这儿你后悔吗？"杰拉德问戈珍。

她显得半信半疑的样子。他们从雪谷走出来，去到了车站。

"嗬,"杰拉德愉快地吸了一口空气,"这可太好了。那是我们的雪橇。咱们得走上一段,才能到公路上。"

戈珍一贯犹豫不决,这回她却学着杰拉德的样子将重重的大衣甩到雪橇上,开始出发了。她突然扬起头,沿着雪路跑了起来,一边奔跑一边摘下了帽子。她光鲜的绿衣服随风摆动,她厚厚的红袜子在白雪地上显得光彩夺目。杰拉德注视着她,她仿佛奔向了自己的归宿,他落在后面了,他先让她跑出一段路程,然后迈开大步紧追上前。

四处都充斥着厚厚的积雪,周围一片寂静。深陷在积雪中的梯罗尔房屋那宽大的房檐上垂着长长的冰柱。穿着长裙,裹着披肩,踏着厚厚靴子的农妇们向他们走来,突然停住脚步,注视着这个温柔但有主意的姑娘从追上她的男人身边跑开,而那男人却拿她无可奈何。

他们穿过那有着百叶窗板以及在阳台涂过油漆的小饭馆,越过几间半埋在雪中的农舍,又穿过架着篷子的桥边的锯木厂。通过了桥来到了河的对岸,向毫无人烟的雪野跑去。这儿的庄重、银装素裹,使人十分激动。这寂静带给人们心灵以孤单,冰冻了人的心,太恐怖了。

"不论怎样讲,这地方太奇妙了。"戈珍目光独到、意味深长地看着杰拉德,看得他心跳加速。

"很好。"他说。

仿佛有一股猛烈的电流从他的全身穿过,肌肉如充了电一般,双手充满了力量。他们快速向被白雪覆盖的公路走去,路上每隔一段距离都会插着一根干树枝子。他和她好像一股强电流的正负极般分开走去。可他们感到有充足的力气跨越生活的阻碍,跳到禁区中再跳回来。

伯金和厄秀拉也在踏雪前进,,他们已经超越了一些滑雪橇的人。厄秀拉兴致勃勃的,不过她还是不时地转身握住伯金,唯恐他有个差错。

"我从来没有想过会出现这样一幅景色,"她说,"这可是另一个世界。"

交谈间,他们已经踏上了白雪皑皑的草坪。寂静中伴随着一些雪橇"咣咣"的声响从他们的身边超了过去。又跑了一英里,他们才在崖畔半埋在雪中的粉红色寺庙旁将戈珍和杰拉德追上。

他们走到了一条溪谷旁边。这里有黑色的石壁,以及被大雪覆盖的河流,头顶上是一线青天。他们踩着"吱吱"作响的木桥向前先进,再次穿越雪野,然后慢慢地上山。拉雪橇的马走得飞快,车夫在一旁甩动着"嘎嘎"作响的马鞭,嘴里发出奇特的"嚯嚯"声。直到他们再次进入雪谷中,总算看不见石壁了。他们慢慢地向上走着,这儿的下午非常寒冷,阳光投射出一片片的阴影。

群山寂静,漫山遍野的白雪折射出耀眼的光芒。

他们终于来到了一块白雪覆盖着的高地上,有最后的几座雪峰屹立在这儿,看上去如一朵盛开的玫瑰花瓣儿。这沉寂的峡谷中耸立着一座孤单的建筑,棕色木头做的墙,被积雪覆盖了屋顶,给人以沉重感,它矗立在雪野的深处,如梦一般。它仿佛一块只不过是外形像房子一样的岩石,从陡坡上滚落下来,埋于大雪之中。真的难以置信人可以安心地住在里面,不被这恐怖的积雪、沉寂和怒吼的狂风所吓垮。

不过最终雪橇还是优雅地爬了上来,人们激动地放声大笑地走到门边,旅馆的地板几乎快被他们踩塌了,通道上布满了潮湿的泥雪,可屋里给人一种实在感,很温暖。

新来的客人跟随着女服务员走上了突兀的木楼梯。戈珍和杰拉德住进了头一间卧房。进门以后他们一眼就看全了这间很小的木制房屋,没有什么陈设,屋子里的地板、四壁、房顶、门都是用漆油过的松木,金光闪闪,一派暖色调,所以房间里能闪烁出金色的木质光芒。门对面有一面窗户,因为房顶是倾斜的,所以窗户开的位置很低。倾斜的屋顶下摆放着一张桌子,桌上摆放着洗手盆和一只罐子,在旁边是另一张摆放着镜子的桌子。门两旁分别放着一张床,床上摆放着绘着绿方格图案的厚厚的大垫枕。

只有这些,没有柜橱,没有一点生活的舒适感。他们就这样被关进了这座金色的木制牢房,里面只有两张架着绿方格床垫的床,两人相视而笑,这相当于与世隔绝了,真是恐怖呀。

一个男人敲打着他们的房门,把他们的行李送了过来。这家伙非常强壮,颧骨宽大,脸色苍白,蓄着粗粗的黄胡子。戈珍注视着他默默地放下行李包,然后迈着沉重的步伐离开。

"这儿没有那么糟糕,是吗?"杰拉德问。

卧室里不太暖和,戈珍有点颤抖。

"还好,"她模模糊糊地说,"看这墙壁的颜色,太奇妙了,我们就像是被关进了核桃壳里。"

他立在那里,捋着自己的短胡须望着她,身体微微向后靠,锐利的目光凝望着她,他此时完全被厄运般的激情驱使着。

她走过去,新奇地蹲在窗前。

"啊,可这——"她不禁难过地叫了起来。

眼前是一座幽闭的山谷,往上是苍穹,白雪将巨大的黑岩石山坡上全部覆盖,头顶上是一堵白墙,像是地球的肚脐,夜幕中两座巅峰在熠熠放光。正面是沉寂的雪谷,两崖畔是那如谷地周围的毛发般错落有致的松树。这雪谷一直延伸到尽头,那儿积雪的石墙和峰顶如剑般直刺向天空。这儿是世界的中心、焦点和肚脐,这儿的土地属于上天,洁净、无法靠近、更无法超越。

这幅景象令戈珍心旷神怡。她蹲在窗前,双手捧着脸如痴如醉地向外面张望着。她终于来了,来到了她神往的地方,她在这儿结束了她的冒险,如一块水晶石坠落入了白雪中。

杰拉德弯下腰从她的肩膀上向外望去。他感到孤单。她离他越来越远,完全要离开他了。于是,他感觉心头笼罩着冰冷的霜雾。他看着那大雪覆盖着的雪谷和苍穹下的山峰,这儿是日暮途穷,无路可走了。恐怖的沉寂和寒冷、暮色中他被刺眼的白光包围了,可她仍然如圣殿中的幽灵一般蹲在窗前。

"喜欢这儿吗?"他声调冷漠、生疏地问道。她至少应该意识到他和她在一起。可她为了躲避他的目光,只是把她温柔、漠然的脸扭到了一边。他知道她眼里含着泪水。她的泪水是她那怪异的信仰导致的,在她的信仰面前他分文不值。

突然,他的手将她的脸托起来,让她注视着他。她睁大了蓝色的眼睛,饱含泪水地望着他,好似受到了惊吓一般。透过泪帘,他看到了她眼中的害怕。他淡蓝色的眼睛折射出敏锐的目光,他的瞳孔虽然小,但是神情异常。她张着嘴,大口地喘着气。

激情如铜钟一般一下又一下地撞击着,那么强烈、那么顽固、无法抗拒地敲打着他的血管。他的双膝变得像铜钟一样硬实。他注视着她温柔的脸。她的双唇微张着,双目圆睁着,好像遭遇到了侵犯。她的下巴在他手中变得极其的温柔、顺滑。他感觉自己如严冬般强壮,他的双手就像活生生的金属一样战无不胜,谁也扳不开他的手。他的心像钟一样敲打着。

他抱起她那柔软、没有生气、纹丝不动的身体,她无可奈何地睁大了她那双含泪的眼睛,仿佛被什么迷住了一样,他非常强壮,好像体内注入了超自然的力量。

他托起她来,将她搂住,她的身子软弱无力,瘫在他身上,这情欲沉重地压在他铜一样的身体上,假如他的欲望无法得到满足,他就会被压垮。她的身子挣扎着要离开他的怀抱。顿时他心头燃起冰冷的怒火,于是他的手臂像钢铁一样紧紧地钳住了她。就是将她毁灭也不能让她拒绝自己。

他那强壮的力量是她不能反抗的。她柔软了下来,软瘫瘫的,昏然地大口喘着气。在他看来她太漂亮了,太让人断魂了,他宁可受一辈子的折磨,也不愿舍弃一秒钟如此异常美妙的享受。

“天啊,”他的脸扭曲着问道,“接下来会如何?”

她的神情如孩子一般,安静地躺着,黑黑的眼睛注视着他。她此刻感到非常茫然。

“我将永远爱你。”他注视着她说。

可她没听到。她躺着望他,就像看一个她永远都无法懂得的东西一样:就像一个孩子望着,不希望领会,只是屈服。

他为了不让她再注视着他,于是开始亲吻她,亲吻她的眼睛。他现在在渴望什么?是希望她认可他、对他有所表示、接纳他?可她只是安静地躺在那,疏离他,像一个孩子一样,虽然屈从了但仍然没有办法理解他,只是感到怅惘。他又吻了她,算是放过她了。

“咱们下去喝点咖啡,吃点蛋糕好吗?”他问。

夜幕已经越来越暗,向窗边弥漫。她闭上眼睛,关闭了枯燥幻境的闸门,又睁开眼睛来看现实的世界。

“好吧。”她打起精神,简洁地回答。说完她又走到窗前。雪谷和山坡被蓝色的夜影所笼罩着。可耸入云端的山峰顶端却呈现出玫瑰色,像超脱的花朵在天际闪耀着耀眼的光芒,那么可爱又那么遥远。

戈珍欣赏着这美丽的景色,她知道,蓝色的天光下这一朵朵玫瑰样的雪中花朵是难恒久不变的,永远这么漂亮。她看得出这有多漂亮,她知道,可她不属于这美景。她无关所有的一切,她的心被这美景排除在外。

她依依不舍地又看了一眼,然后转过身来理了理自己的头发。他已经将行李打开在等着她,望着她。她知道他在注视着她,这弄得她非常慌乱,非常不从容。

他们走下楼来,眼睛炯炯有神,那神情看上去就仿佛是从另一个世界来的一样。他们看到伯金和厄秀拉正坐在角落里的一张长桌前等候他们。

"他们看上去是多么般配、多么纯净的一对儿呀。"戈珍想到此不禁生起醋意。她羡慕他们那自然的行为,像孩子一样容易得到满足,可她就做不到这一点。在她眼里他们是两个小孩子。

"多好的蛋糕啊!"厄秀拉贪婪地叫着,"太好了!"

"是啊,"戈珍说。然后又对服务员说:"我们要咖啡和蛋糕。"

她坐在杰拉德身边,伯金注视他们两个人,感到很心疼他们。

"杰拉德,我觉得这地方着实不错,"他说,"神采奕奕、奇妙、美幻、难以想象,德文的形容词全都可以用来赞美这儿。"

杰拉德微笑着说:"我喜欢这儿。"

厅里三面都摆放着桌子,木头桌子已擦出了白木茬。伯金和厄秀拉背靠油过的木墙坐着,而杰拉德和戈珍则坐在他们旁边的墙角中,旁边放着火炉。餐厅不算小,就像在乡间酒馆中一样,还摆放着一个小酒柜。不过,这儿设施很简朴,房间显得空荡。这房子的四面墙、房顶和地板都是刷着明漆的木板制成的。仅有的家具就是三面环绕摆放着的桌子、板凳和一只绿色的大炉子,酒柜和门在另一面。窗户是双层的,没挂窗帘。已经到了傍晚时分。

热气腾腾的咖啡来了,很不错,还有一块圆蛋糕。

"整个儿的蛋糕!"厄秀拉叫着,"他们给你们的这个可比我们那个多好多呢!你们得分给我们一点儿。"

伯金发现,这里还有另外十个德国客人。他们中有两个艺术家,三个学生,一对夫妇,一位教授和他的两个女儿。只有他们四个英国人是新来的,坐在不错的位置上观察他们这几个德国人。德国人在门口偷偷瞄了一下,对服务员说了句什么就又离开了。现在不是饭点,所以他们没有来到厅里,而是换了靴子到娱乐厅去了。

英国人听得到不时地传来的齐特拉琴声、胡乱弹奏出来的钢琴声和欢声笑语、喊叫及歌声,不过听得不是太清楚。整座建筑都是木制的,好像没有一点隔音效果,就像一面鼓一般。不过声音散播开来倒不会像鼓声变大,而是减小了。因此齐特拉琴声听起来很微弱,像是从远方柔弱的传来的声音。钢琴声也不是很响亮,也许是一架极小的古钢琴吧。

店主在他们喝完咖啡的时候走了进来。他是悌罗尔省人,身材魁梧,面部扁平,苍白的脸上长满了麻子,有着很重的胡须。

"愿意到娱乐厅来跟其他的女士和先生们一起玩吗?"他弯下腰笑着问,露出一口又大又硬的牙齿。他的蓝眼睛快速地从人们脸上扫视而过,他不知道这些英国人的想法。他因为不会讲英语,也不知道是否该用法语说话而感到尴尬。

"咱们去娱乐厅跟其他人一起见个面吧?"杰拉德笑着道。

人们思考了片刻。

"我想咱们还是最好主动点。"伯金说。

两位女士红着脸站起身。那宽肩膀如甲壳虫般的店主低微地为他们向发出声响的地方引路而去。他打开门将这四位陌生的客人带到娱乐厅。

房间里突然安静了下来,那群人感到无所适从。新来的人感觉到有几张白净净的脸在注视着他们。店主向其中一位神采奕奕、留着大胡子的小个子低声说:

"教授先生,可以让我向您介绍一下吗?"

教授先生马上做出了回应。他非常友好的冲这几位英国人笑了笑,然后深深地鞠了一个躬。

"先生们愿意跟我们一起玩吗?"他很友好地问道。

四个英国人尴尬地笑着,在屋子中央不知所措地闲荡。杰拉德代表大伙儿表示他们很愿意参加他们的游戏。戈珍和厄秀拉激动地笑着,她们感到所有的男人都在注视着她们,于是她们抬起头如女王一般旁若无人。

教授对在场人的姓名一一做了介绍。大家互相鞠躬打着招呼。除了那对夫妇,别人都在这。教授的两个女儿像运动员一样,个子都很高,皮肤光洁。她们身着样子简朴的墨绿外罩和深草绿色裙子,脖子修长而健硕,目光清透,梳着很精细的头发。她们很害羞地鞠了个躬,然后退到了后面。那三个学生谦虚地深深地鞠躬,希望给人留下极好修养的印象。紧接着过来了一个皮肤黝黑,眼睛非常大,阴阳怪气,如孩子又像侏儒一样灵敏的瘦子,他显得不那么合群。他微微欠了欠身算是行了个礼数。他的伙伴是个皮肤白净净的大个子青年,衣着讲究。他鞠躬时脸都红到了耳根子。

见面礼算是完毕了。

"洛克先生刚才正在为我们用科隆方言朗诵呢。"教授说。

"对不起,我们打扰到了他的朗诵。"杰拉德说,"我们很愿意听一听。"

于是大家又是鞠躬又是让座。戈珍和厄秀拉,杰拉德和伯金坐在靠墙根厚厚的沙发中。屋里四壁跟旅店里其他的屋子一样,都是油漆过的镶板,屋里摆放着一架钢琴,几对沙发、椅子,几张桌子上摆放着书和杂志。除了那蓝色的大炉子,没有其他的装饰了,这样反倒显得屋里十分舒服宜人。

那个小男孩似的小男人就是洛克先生,他的头长得很圆,看上去很灵敏,一对老鼠似的眼滴溜溜地乱转。他用嗤之以鼻的表情快速地扫视了这些陌生人一眼。

"请接着朗诵下去吧。"教授柔和的语气中夹杂着权威的意味。洛克弯着腰在钢琴椅上坐下,眨了眨眼睛没有作答。

"我们将感到无比荣幸。"这句话厄秀拉已经用德语默念了好几分钟了,终于讲出来了。

听了这句话,那个本来一点表情也没有的小男人突然转过身来向以前的听众大讲特讲起来。他开始嘲讽地模仿起一位科隆老妇人和一位铁路看道工吵架的场景。

他身单力薄,发育不健全,的确像个男孩儿,但是他的声音却很成熟,带着嘲讽的口气。他的动作非常灵敏有力,证明了他对事物有着透彻的观察力。戈珍对他的独白一个字也没听懂,可她却出神地注视着他。他肯定是一位艺术家,否则他不会模仿得栩栩如生、别出心裁。德国人被他那稀奇古怪的模仿以及独特的方言逗得前仰后合。在疯狂的大笑中,他们也没忘记关注一下他们尊敬的英国客人。戈珍和厄秀拉也跟着他们笑了起来。整个屋子都充满了欢笑声。教授两个女儿那蓝色的眼睛中笑出了眼泪,光洁的脸蛋儿笑得绯红。她们的父亲更是笑得让人胆战心惊。那几个大学生也笑弯了腰,头都扎到了双膝中。厄秀拉奇怪地四下张望,忍俊不禁。她望了望戈珍,戈珍再望了望她,两个人相视大笑了起来。洛克睁大眼睛向大家扫视了一圈。伯金也嘿嘿地笑了起来。杰拉德·克里奇腰板笔直地坐着，脸上闪耀着快乐的光泽。随后又爆发出一阵大笑，人们疯狂地笑着，教授的两个女儿笑得浑身直发抖，要死要活的。教授脖子上都暴起了青筋，脸都笑紫了，笑到最后只剩了抽搐而发不出声音了。那几个学生突然喊了几声，还没喊完就被一阵狂笑声给顶了回去。忽然，艺术家的侃侃而谈戛然而止，人们的笑声随之开始变弱，厄秀拉和戈珍擦去笑出的泪水。教授大叫："太精彩了，太精彩了！"

"确实太精彩了。"他的筋疲力尽的女儿们随声附和着。

"可惜我们听不懂啊。"厄秀拉叫起来。

"噢，遗憾，真遗憾！"教授大叫着。

"你们听不懂吗？"大学生总算和陌生人讲话了，"真是太遗憾了，尊敬的夫人，你知道——"

大伙儿总算打成一片了，新来的英国人如新添的作料那样融入到了这个聚会之中，屋里的气氛也变得活跃起来。杰拉德又恢复了原来的样子，潇洒、兴致勃勃地和其他人交谈着，脸上放着奇幻的光彩。甚至伯金也谈笑自若起来。他以前一直害羞、拘泥，但他一直在关注着人们。

应教授的要求，大伙儿都要厄秀拉演唱一首《安妮·罗丽》。人们安静地、极为尊敬地期盼着。她一生中还没遇到过像今天这样的关注。戈珍坐在钢琴前，凭着记忆为她伴奏。

厄秀拉天生就有一副好嗓音，可她对自己没有自信，总是唱不好。但今天晚上她感到骄傲、没有拘束。伯金是她坚强的后盾，所以她表现得非常出色。在座的德国人让她感觉非常好，使她信心满满，她无拘无束，非常有信心。她感到自己像一只翱翔的小鸟，歌声飞扬，自己像鸟儿快乐地乘着歌声随风飞扬。观众们密切地关注着她，于是她的歌声越来越有感情。她十分兴奋，演唱起来充满着自豪感和无穷的力量，歌声将在座的所有人和自己都感染了，她自己感到非常的满意，她对德国的观众也充满了感激之情。

一曲结束，德国人都被这甜美忧伤的歌声所打动，他们轻声赞扬着，钦佩之情都无法用语言表达出来。

"太美妙了！太动听了！啊，苏格兰式的苦楚表达得那么真切。夫人的歌声真是美轮美奂。夫人是个真正的艺术家，了不起的艺术家！"

厄秀拉睁大眼睛，神采飞扬，就像朝阳下绽放的鲜花。她感觉到伯金在注视着她，好像是在妒忌她，心中不禁激动，热血沸腾起来。她就像喷薄而出的太阳，心中感到无比的幸福。在座的每个人都满面春风，皆大欢喜。

晚饭后，厄秀拉想外出看看美丽的夜色。因为外面过于寒冷，大家都劝诫她不要去。可她坚持要去，她说就去看一眼。

四个人裹得严严实实的，来到了一个朦胧、虚幻的世界中。这儿是个黯淡的积雪和鬼影绰绰的世界。确实过于寒冷，出奇的冷，冷得那样彻骨与恐怖。厄秀拉不敢相信自己鼻孔吸入的是空气。这种寒冷是上天刻意制造出来的，过于恶毒，冷煞人。

可这太漂亮了，使人沉醉。雪野悄然无声，将她与闪耀的繁华之前隔上了一道无形的屏障。她可以看到猎户星座斜向上升，它太漂亮了，漂亮得几乎要使她高声大叫起来。

　　周围处处都是积雪。脚下的雪非常的厚实,寒气穿透了鞋底。冷夜静悄悄。她想她能够听得到天上的星星在说悄悄话,听到星星演奏着音乐在附近驰骋。而她自己就像这和谐运动中的一只小鸟在飞呀飞。

　　她紧紧地依偎着伯金。突然她意识到不知道他在想什么,不知道他的心在哪里。

　　"亲爱的!"她停住脚步来注视着他。

　　他脸色苍白,目光黑漆漆的,上面闪耀着几点星光。他发现她柔美的面庞正在仰视着他,离他非常的近。于是他温和地亲吻了她。

　　"怎么了?"他问。

　　"你爱我吗?"

　　"非常爱。"他平静地说。

　　她又偎近了他。

　　"不行。"她请求道。

　　"爱得过分了。"他差不多都有点忧愁地说。

　　"我是你的全部,难道这还不能让你开心起来吗?"她思索着问。他搂紧她,亲吻她,用微弱的声音说:

　　"不,我感觉自己像个乞丐,穷透了。"

　　她不说话,望着星星,然后又亲吻他。

　　"别做乞丐呀,"她乞求道,"你爱上了我,这没什么丢人的。"

　　"可是感到贫困是件丢人的事,对吗?"他说。

　　"为何? 为何要这样?"她问。他没有回答,只是站在从山顶上刮下来的凛冽寒风中用双臂默默地将她搂紧。

　　"没有你,我就没有办法忍受这样寒冷、恒久的地方,"他说,"我没有办法忍受它,它会将我的生命毁灭掉。"

　　听到这话,她又出乎意料地亲吻了他。

　　"你不喜欢这儿吗?"她百思不解地问。

　　"假如我没有办法靠近你,假如你不在这儿,我就会不喜欢这儿。我不能忍受这种现实。"他答道。

　　"不过,这儿的人还行。"她说。

　　"我指的是这安静,这寒冷,这冰冻的恒久。"他说。

　　她揣度了一会儿,然后她的思绪跟上了他的想法,身子也不由自主地偎进了他的怀中。

　　"是啊,不过我们在一起这么暖和,这不是很好吗?"她说。

　　说完他们开始往回走。他们看到旅馆那金黄色的灯光像一簇簇黄色的小浆果,在安静的雪夜中闪耀着。使人感觉那是黑暗的雪地上点燃着的一团团火花。旅馆后面是一片巨大的山影,如魔鬼般挡住了星辰。

　　他们快走到旅馆时,看见有个人手里拿着灯笼走出黑暗的房子,那金黄色的灯光为他那双蹚雪的黑脚镶上一圈光环。这人的身影在雪地上显得很微小。他将外屋的门拉开,里面涌出一股热烘烘的牛肉味道,直逼寒冷的雪夜。他们刚刚能够瞥见里面的牛栏里养着两头牛,门就关上了,一丝光线也透不出来。这副情景令厄秀拉想起了家,想起了玛斯庄,想起童年的生活,还想起到布鲁塞尔去旅行,甚至奇怪地想起了安东·斯克里宾斯基。

啊,上帝,怎么让人承受得了那已经没入深渊的过去?她能承受过去的所有事情吗?她环望着这安静的雪原,空中闪耀着寒星。而在一幕幻灯上则照映出了另一个世界,空幻的光芒照映着玛斯庄,考塞西和伊开斯顿,以及一个影子一样的厄秀拉,这些全部都是一出空幻的皮影戏,一切都被一个框子围住,全部都是假的。她希望将这些幻灯片能被打碎,让它们永远消亡。她不要回望过去,不想艰难地从童年的泥沼中向外爬,她只想从天上回到这里,和伯金在一起。她感觉回忆给她开了一个卑劣的玩笑。为什么人要回忆,这是怎样的神旨啊!为什么不能清清爽爽地洗个澡,洗去过去生活的回忆与污点,从而重获新生呢?她现在和伯金在一起,她才开始步入生活,就在这儿,在这个满天星星的雪原上。她同父母和祖先有什么关系?她知道她是一个新人,不是被谁所生养,她无父无母,与过去没有半点关系。她就是她自己,洁白无瑕,只属于她和伯金构建的整体。他们俩共同演奏着强健的音符,震撼着他们从未涉足过的整个宇宙和现实的心脏。

甚至戈珍在厄秀拉的新世界中也是个与她没有半点关系的个体。那个空幻般的世界,那个以前的世界,哦,让它见鬼去吧。她展开自由的翅膀在新的环境下准备起飞了。

戈珍和杰拉德没有跟来。他们没有像厄秀拉和伯金那样来到右边的小山上,而是去了门前的峡谷中。戈珍在一种奇异欲望的驱使下,只想不断地前行,一直走到雪谷的尽头。然后她想登上那白色的绝壁道并且翻越过去,爬上那屹立在如世界中心的花瓣一样被冰雪覆盖着的神秘的巅峰。她感觉在这奇异恐怖的雪崖后面,在这神奇的世界中心,在这最高的群峰之间,在重峦叠嶂的怀抱中,是她尽善尽美的福地。只要她能只身前往,进入恒久的雪山、雪崖,她就会融入所有的一切,她就会化作恒久的沉寂,成为万物的沉睡、恒久、冰封的中心。

他们回到旅馆,又去到了娱乐厅里。她奇怪地想看看里面的人在做什么。里面男人们的行为激发起了她的好奇心,使她变得活跃了起来。对她来说这是一种新生活的体验,他们对她很崇尚,他们每个人都充满了活力。

屋里的人们正在狂舞。他们跳的是悌罗尔省的休普拉腾舞。这是一种拍手舞,跳到高潮时会将舞伴举到空中。这几个德国人中大多数人都是来自慕尼黑的舞迷。杰拉德也跳得很好。墙角中有三把齐特拉琴一直在响,屋里的人们跳成了一团。教授把厄秀拉拽进了舞群中,又是跺脚又是拍手,跳到高潮时又用极大的热情和力量将她举向高空。高潮来临时,甚至伯金也像个男子汉一样把教授其中一位漂亮健硕的女儿举了起来,那女孩开心极了。大家都在跳,跳得一片欢腾。

戈珍在一旁兴致勃勃地观看。男人们的鞋后跟敲打在坚实的木地板上发出嘭嘭的声响,拍手声和齐特拉琴声在空中回旋着,吊灯四周飞扬着金色的尘土。

人们突然停下了跳舞,洛克和大学生们跑出去购买饮料。随后屋里响起了人们的聊天声以及杯盖碰撞的声音,大家大喊:"干杯,干杯!"洛克到处游走起来,一会儿向女人们敬酒,一会儿又和男人们开着玩笑,弄得侍者们迷迷糊糊、无所适从。

他十分想和戈珍跳一支舞。第一眼见到她时,他就想和她搭讪。戈珍凭借本能对此有些察觉，一直在等待他主动靠近。但是因为她总绷着脸，所以他没有办法接近她，反倒让戈珍认为他并不喜欢她。

"夫人，跳舞吗?"洛克的那位身材瘦高、皮肤白皙的伙伴问道。戈珍感觉他过于软弱和谦虚不喜欢和他跳，可她又确实很想跳舞。这位名叫雷特纳的白净青年长得非常帅气，但显得很局促不安，确实可怜，不过这正说明他心中有点害怕。于是她同意跟这小伙子结伴跳舞。

齐特拉琴再次响起，人们又开始翩翩起舞。杰拉德率先笑着同教授的一个女儿跳了出来。厄秀拉和一位大学生跳舞，伯金和教授的另一位女儿跳舞，教授同克莱默夫人跳舞，其余的男人结成一帮跳，虽然没有女伴，但是依然跳得热情奔放。

由于戈珍是在和身材姣好、舞姿优美的小伙子跳舞，使得洛克更加气愤，妒火中烧，不再看她一眼。戈珍对此十分气愤，她为了遮掩自己的生气，又请教授跳了一曲。这位教授像一头成熟、正在发情的公牛，浑身都是野性。说实话，她真的无法容忍他，可她又很愿意让他带着快速地跳，乐意让他用力把自己举向空中。教授也非常高兴这样做，他蓝色的眼睛怪异地看着她，眼中充斥着欲火。她不喜欢他那种发情但又带点父爱的动物的眼光，可她喜欢他那一身力气。

屋内一片欢腾，充斥着热烈的兽欲。洛克没有办法靠近戈珍。他想跟她交谈，可又感觉隔着一道刺篱，所以他对那个年轻的伙伴深恶痛绝。雷特纳一无所有，全是倚仗他。他尖酸刻薄地嘲讽他，把雷特纳损得满脸通红，无力反驳。

杰拉德这会儿已经跳得非常顺溜了，又开始和教授的小女儿跳舞。那小姑娘激动的要死了，她认为杰拉德太帅了、非常了不起。她被他征服了，她就如一只活蹦乱跳的小鸟，在他手中拍打着翅膀。当他要把她举向空中时，她开始挣扎试图摆脱他，杰拉德被她这副样子逗笑了。最后，她简直爱他爱得疯狂了，连话都说不清楚了。

伯金和厄秀拉一起跳舞时，他的眼睛里闪耀着特别的小火花，他好像变得阴毒、若有若无、喜欢嘲讽人、挑逗色情、毫无礼貌。厄秀拉害怕他，但是又对他非常着迷。她梦幻般地注视着他，她可以看出他嘲讽的目光放任地凝望着她，他像个动物那样一点感情也没有、微妙地向她移过来。他那双不可思议的手快速而狡黠地碰到她乳房下的要害部位，然后凭借着一股情欲的力量把她举向空中，好像没有使用多大的力气而是使用的一种魔法。她快要吓昏过去了，一时间有种很讨厌的感觉，这太吓人了。她要将他的魔法破除掉。可还没有等她下定决心她又屈从了，她害怕极了。他一直知道他的一举一动，这一点她可以从他那微笑以及他那炯炯有神的目光中看得出来。这是他的事，她只能听从他。

当他们在黑暗中独处时，她就会感觉到他身上有一股生疏、放肆的力量向她袭来。她感到担忧、讨厌。他怎么会变成这样?

"怎么了?"她惊恐地问道。

他不说话，只是望着她，脸上泛着让人没有办法理解的光泽，令人恐惧，却也有些吸引她。她真想奋力反抗，脱离开这张嘲讽人、没有礼貌的脸。可她已经被迷得如醉如痴的了，她只能屈从于他，她想知道他到底要对她做什么。

他是那样的迷人却又让她厌恶。他眯着的眼睛中透露出的嘲讽和色情的眼神使她不敢直视，她想避开他，从一个他察觉不到的角度去注视他。

"你怎么这样?"她突然鼓起勇气,生气地问道。

他用那双如火一般的眼睛注视着她,之后又垂下眼皮,露出一副嗤之以鼻的模样,然后他睁开眼,冰冷地望着她。她彻底垮掉了,随他去吧。他那副放肆的样子令人厌恶又使人着迷。可他得为自己的做的事情负责,她要静观其变。

她上床前意识到了,他们可以为所欲为,想怎么样就怎么样。所有能够满足人欲的东西都不应该摒弃在外。何为堕落?谁会关心这个?堕落的东西确实存在,可那是另一回事。现在他是那样一点羞耻感都没有、也没有丝毫的拘谨。一个男人,平常就这样有思想、有情操,这样的状态是否太恐怖了呢?她不再想下去了,也不敢再追忆了,但是她又觉得他这样和野兽太像了。野兽,他们俩都是!这就是堕落!她害怕了。可为何不呢?她又开心了。为何不像畜生一样体会一下全过程呢?她是头畜生。确实可以感到羞耻该多么好!什么羞耻的事她没有体会过呢?她才不会感觉到丢人呢,她就是她。为什么不呢?她是自由的,一旦她什么都经历过了,就不会感觉到恐怖和害怕了。

戈珍在娱乐厅中望着杰拉德,突然生出一个想法:"他的本性就是能够占有他可以占有的所有女人。假如让他遵守一夫一妻制那才是荒谬呢,因为他本质上就是个胡来的人,这就是他的天性。"

她是情不自禁地这样想的。连她自己都对这个想法感觉到吃惊。她好像看到墙上写着危险!危险!这是真实的。有个什么声音清楚地对她这样说了,于是她相信这是圣灵在警告他。

"这是真的。"她又对自己说。

她知道她坚信这话是真的,但她一直缄口不言,甚至对自己都保密。她一定要保密。这是她自己的秘密,甚至连自己都不愿意去承认。

她决心跟他决斗。一定要一决高下。究竟谁会获胜呢?她心中充满了自信。一旦下了决心,她自己在心里笑了起来。她现在对他怀着一种半讨厌半怜惜的柔情,她感觉自己太严酷了点。

人们都早早地休息了。教授和洛克到一个小休息间去喝酒了。

他们看到戈珍扶着扶梯上楼去。

"美丽的妞儿。"教授说。

"对!"洛克简短地表示了认可。

杰拉德迈着大步穿过卧室来到窗前,弯下腰向外眺望。然后站起身走到戈珍跟前,眼光炯炯有神,若有所思地笑了。戈珍感觉到了他高高的个子,她发现他的眉心闪着白光。

"喜欢吗?"他问。

他好像是心里在笑,无声无息地流露出一丝笑意来。她凝视着他,觉得他是个奇怪的人,而非一个正常的人,他就是一只贪婪的动物。

"很喜欢。"她说。

"你最喜欢楼下那些人中的哪一个?"他问。他魁梧的身材矗立在她面前,脑袋上竖着闪闪发亮的头发。

"我最喜欢哪一个?"她复述了一遍。她想作答,可又觉得难以启齿。"我不知道,我对他们不怎么熟悉,所以答不上来。你最喜欢哪一个呢?"

"呃,我随便,我谈不上喜欢也谈不上不喜欢谁。对我来说随便。我想了解你的想法。"

"可这是为何呢?"她问,她的脸色变得很苍白。杰拉德眼中的一丝笑意慢慢地凝固了起来。

"我想知道。"他说。

她转过身去,将他的疑惑打破。她奇怪地感到他正在控制她。

"我现在没有办法告诉你。"她说。

她走到镜子前,摘下头上的发卡。每天晚上她都要站在镜子前几分钟,梳理那头黑色的秀发。这已经成为她生活中不可缺少的一种程序。

他跟过来,站在她身后。她正忙着低头摘下发卡,散开她那一头温馨的头发。她抬起头时,发现镜子中的他正在她身后似看非看,似笑非笑地注视着她。

她吓了一跳,鼓足勇气才装作泰然自若的样子,如平常那般继续平静地梳理头发。可跟他在一起,她却无论如何也安定不下心来。她费尽心思地想找点话题同他聊聊。

"明天你计划去干什么?"她若无其事地问,可她的心却跳得厉害,她的眼睛透露出紧张的神情。她感觉他能够看出她心中的紧张。可她也知道他像一只狼一般盲目地看着她。一场使人感觉怪异的斗争正在她正常人的意识和他那神秘、妖魔般的意识之间展开。

"我不知道,"他说,"你喜欢做什么?"他毫无用心地说。

"呃,"她随口说道,"什么都可以,对我来说什么都可以,真的。"

她心里却对自己说:"天啊,我为什么要这么紧张,你这个大傻瓜,为什么要这么紧张? 如果他看出来,我可就完了,你知道,假如让他看出你现在的心情,你就永远没戏了。"

想到此她又忍不住自己笑了起来,好像这全部都是儿戏。可同时她的心却在怦怦直跳,跳得她要昏死过去了。她可以从镜子里看到他,看到他硕高的身躯俯下来,碧眼金发,非常吓人的。她偷偷地观察镜子里的他,企图免于让他看出她的想法。他并不知道她在看镜子中的自己。他自顾茫然凝视着她的头,她正奋力地梳着头发,疯狂地用颤抖的手往下梳,让头发全部披散下来。然后她把头转到一边梳着,她说什么也不会转过脸来直视他。想到这里,她差不多在晕倒在地,浑身没有一丝力气。她意识到那恐怖的身躯就在身后,那结实、不屈的胸膛与她的背紧紧地贴在了一起。于是她感到她没有办法忍耐,再过几分钟她会在他的脚下摔倒,匍匐在他的脚前,让他将自己完全毁灭。

想到这里,她头脑立刻清醒了。她不敢转过脸去直视他,而他正一动不动地站着、丝毫没有松懈自己的意志。她拼尽全力,用一种淡漠的语调发出了响亮的声音,说:"你可不可以把那后面的包递给我,我的——"

话到这儿她停住了。"我的,我的什么——"她心里发出无声的喊叫。

可他已转过身去,心中暗自惊讶:她竟然允许让他翻看她的贴身小包。这时她转过身来,脸色苍白,眼睛里折射出神秘、极度兴奋的光芒。她看见他弯腰俯身对着包,无所用心地解开包上松松的带子。

"你的什么?"他问。

"哦,一只黄色的,上面画着一只正在啄胸毛的鹈鹕小珐琅盒。"

她走过去,美丽的赤裸手臂伸向小包,熟练地翻出她的东西,打开盒盖,只见上面的图案描绘的十分精美。

"就是它。"她说着在他眼皮底下将盒子拿走了。

他有些疑惑不解。他在这边扎紧书包的时候她快速梳好了头发,然后坐下来脱鞋。她必须要和他说话了。

他疑惑、消沉,不知道到底是怎么回事。现在是她掌控他的时候了。她了解他并没意识到她那副吓人的模样。可她的心还是重重地跳着。笨蛋,她是个笨蛋,为什么要怕成这样?! 感谢上帝让杰拉德这么盲从,没有察觉什么。

她坐在那不慌不忙地解着鞋带,他也开始脱衣服。上帝保佑已经度过了危险。她感觉自己开始喜欢他、爱上他了。

"喂,杰拉德,"她笑着,温柔地和他开着玩笑,"喂,你可知道你和教授的女儿玩得多有趣吗?"

"怎么玩了?"他回过头来问。

"她是不是爱上你了? 老天爷,她是不是爱上你了?"戈珍兴致勃勃地说。

"我认为不是这样的。"他说。

"不是这样的!"她打趣道,"那可怜的姑娘现在正躺在床上睡不着呢,人家爱你爱得死去活来的。她觉得你太优秀了——哦,太奇妙了,任何男人都无法和你媲美。真的,这是不是太有趣了?"

"怎么叫有趣? 什么有趣?"他问。

"看你跟她跳舞有趣呀,"她半带责怪地说。这话扰乱了他那男性的自尊心。"真的,杰拉德,那姑娘太可怜——"

"我可没把她怎么样。"他说。

"行了,就凭你那么脚不着地地抱起她,就够丢人的了。"

"休普拉腾舞就是那么跳的。"他笑道。

"哈——哈——哈!"戈珍大笑。

她的嘲讽令他浑身发抖。他睡觉时,仍在憋着劲儿,所以好像是蜷着身子睡去的,但是人却很空虚。

而戈珍则睡得趾高气扬,她胜利了。突然,她被吓醒了。曙光从矮窗外照射进来,洒满了小木屋。抬起头,她可以看到峡谷:白雪皑皑,红装素裹,如仙境一般。坡底有一圈松树,只见一个人影在晨曦中向这边起来。

她看了一眼他的手表:七点整。他还在沉睡。可她却完全清醒了,这几乎有点使人感觉到恐惧。她躺着,眼睛看着他。

他无精打采地睡着,她现在竟然诚挚地注视着他。在这之前她一直是惧怕他的。她躺在床上揣摩着他。他是个怎样的人? 他是世上哪类人的代表? 他有着极强的意志和见解。她想起他在非常短的时间里改革了煤矿业。她知道,不管他遇到什么样的问题和荆棘载途,他都会攻克它们。不管他有任何的想法,他都会付诸实际。他有补偏救弊的才能。只要让他掌控了局势,他就会度过难关,干出个样子来。

一时间,她竟雄心壮志了起来。她认为杰拉德有坚强的意志和对现实世界的独到的理解力,应该让他来解决现今的世界问题,解决现今世界上的工业化问题。她知道,他迟早会达到改革的目的,他会重建组织工业体系的。她知道他可以这样做。作为一个工具,干起这些事来他可是非常出色的,在这方面她还没见过其他的男人能有他这样的能力。他并没有意识到这一点,但是她知道。

他只需要被套上车,他只需要手上有任务,由于他自己并没有这种意识。只有她可以发现他的这些能力,为此她会和他结婚。他会进入议会,在议会中维护保守党的利益,他可以清除劳资之间的争斗。他是那么大无畏,那么强悍,他知道所有问题都能够得到解决,生活中的问题和几何中的问题是相同的。他不顾自己和别人,一心只在解决问题上。他的目的很单纯,真的很单纯。

她心潮澎湃,兴奋地想象着未来。他会成为和平时代的拿破仑或俾斯麦,而她就是他背后的女人。她读过俾斯麦的书信,深受感动。而杰拉德比俾斯麦更加无拘无束、更加的无所畏惧。

虽然她躺在床上兴致勃勃地幻想着、沐浴在奇特、空幻的生活希冀之光中,可是她还是被什么东西攫住了,好像是一种恐怖的放荡不羁的心情如狂风一般涌上心头。所有的一切在她看来都是那么可笑,所有的东西都是可笑的。每当她意识到希冀和理想是一种无情的嘲讽时,她就为自己的处境感到深深的痛苦。

她看着熟睡中的他。他简直太帅气了,他真算得上是一件完美的工具。在她看来,他是一件单纯的、毫无人性的、几乎可以称为超人的工具。他的这些优点强烈地吸引着她,她真希望自己就是上帝,能够把他当工具使用。

同时,她又向自己提出了一个具有讥讽意味的问题:“他对我来说有什么用途呢?”她联想到了矿工的老婆们以及她们的亚麻油毡和镶花边的窗帘,还有她们穿高靴子的女儿们。她又联想起矿井经理的老婆和女儿们,她们的网球相聚,她们的嫉贤妒能,真是太吓人了。还有肖特兰兹以及它那一点意义也没有的声誉,克里奇家一群一点意义也没有的人。以及伦敦,众议院,现实的社会。天啊!

虽然她年轻,但她对整个英国社会的脉搏已经把握得十分精准了。她并不想在这个世界崛起。她凭借着她经历过的严酷的青少年时代,以她放荡不羁的眼光看世界,她知道,要想在这个世界上混出个模样,就意味着要学会逢场作戏,就像是本来只有一个假便士也要装成是有两个半先令的银币一样。所有的价值观全都是假的。当然,她虽然放荡不羁,但是还仍然清楚,在一个伪币流通的世界上,一金镑比一便士要强,反正都不是好东西。可不论好坏,她都看不起它们。

她早已开始嘲讽自己做的那些梦。这些梦想要变成现实是非常容易的事情。但她可以感觉到自己在嘲讽自己的冲动。杰拉德把一个名为康采恩的没落旧工业厂改变成了一家富有的企业,可是这又如何呢? 关她何事? 那没落时候的工业康采恩和这高速发展起来的、组织有序的企业都是假币。当然了,她表面上还是表现出了很关心的样子,表面现象是非常关键的,内心里却觉得这不过是个大笑话而已。

她心里感觉所有的都是讥讽。她依偎在杰拉德身上,充满感情地暗自说:
“哦,亲爱的,亲爱的,你去演一场这样的戏不值得。你是个好人,真的,可你为什么要去演这种乏味的戏呢?!”
她的心因为他的同情和忧愁而破碎。可同时她嘴角上又涌现出一丝苦笑,她在为自己没有讲出口的长篇慷慨的演说感到好笑。哦,这真是一场闹剧!她想起了帕奈尔和凯瑟琳·奥谢帕奈尔!追根究底,谁会仔细对待爱尔兰的国有化呢?不论政治色彩那样浓厚的爱尔兰有何作为,谁会重视它呢?谁会看重政治色彩浓厚的英国呢?谁会?谁会关心一下拼凑而成的旧宪法是不是粗略地修订过?谁会比重视我们的圆顶旧式礼帽更重视我们的民族意识?哈,全是陈旧的帽子,全部都是陈旧的帽子!

就是这样,杰拉德,我的少年英雄!不论如何,咱们都别再去搅那锅老汤了,太讨厌了。你那样英俊,我的杰拉德,可是你太鲁莽。有美好的时光,清醒吧,杰拉德,清醒吧,让我相信有美好的时光。哦,让我相信吧,我需要这个。

他睁开眼看看她。她回以一个捉弄、快乐、谜一样的微笑。他下意识地笑了,他的脸如镜子一样映出了她的笑容。

为此她感到十分地快乐。她觉得那就像一个小孩子的笑容。这真让她异常快乐。

"你如此做了。"她说。

"什么?"他不明不白地问。

"让我相信了。"

说着她弯下身去满怀激情地亲吻了他,这热烈的亲吻使他无所适从。他没有问他让她相信了什么,虽然他想问。她亲吻了他,这他就高兴了。她好像在探索着什么,想要触碰到他内心敏感之处。他需要她深入他生命的深处,他太需要她这样了。

屋外,有个浑朴的男声在洒脱地唱着:

"给我开门,开门,
　你这傲慢的人,
　用木柴给我把火生着,
　我已被雨浇得水淋淋。"

戈珍知道这男人洒脱、嘲弄的歌声会永远在她心头振荡着。它正是她这美好时光的写照,是她紧张而又欢喜心情的写照。

这支歌让她难以忘怀。

这天天朗气清,天空蔚蓝。山顶上虽然微风阵阵,可所到之处却如刀子削下烟一样的雪花儿。杰拉德心满意足地走出来,脸色非常好,神情欣然。这天早晨戈珍与他平和相处,非常协调。但他们对彼此一点感觉也没有。他们乘着平底雪橇出发,等厄秀拉和伯金跟上来。

戈珍身穿猩红运动衫戴着一顶帽子,下身穿着品蓝裙和蓝袜子,兴致勃勃地在白雪上走着。杰拉德身穿白衣灰裤在她边上拉着小雪橇。他们爬上陡坡,身影在远处越变越小。

戈珍好像感觉自己完全没入了白雪中,化成了一块干净、半点思想也没有的水晶。当她爬到坡顶,顶着风四下环顾时,发现峰峦重叠,一眼望不到头的岩石和雪山在苍穹下轩然屹立着。她感觉这幅景象真如一座花园,山峰就是纯净的花朵,她真想去采摘这些花朵,把杰拉德都给忘在一边了。

从陡坡上往下滑时她紧紧依偎着他。她觉得她的感官就在如火般灼烫的砂轮上砥砺着。雪花在身边反溅开来,就像磨刀时溅起的火花,身边的白色越飞越快,白色的山坡像一片火光冲她迎面扑来,她被融化了,像一个小球蹦蹦跳跳着消失在一片白色之中。随后在山下拐了一个大弯,一下落到了地面上,慢慢减速,停了下来。

停下以后,她想站起来,可怎么也站不住。她怪叫一声,转身扶住了他,把脸埋进他的怀里,晕了过去。她昏然趴在他怀中,完全没有了知觉。

"怎么了?"他说,"太快了吧?"

可她什么也听不到。

缓过劲儿来以后,她站起身环顾了四下,不禁感到吃惊。她脸色苍白,大大的眼睛炯炯有神。

"怎么了?"他问,"不舒服吗?"

她明亮、好像有些变形的眼睛看了看他,放声大笑起来。

"不,"她获胜一样地叫道,"这是我一生中最欢喜的时刻。"

她注视着他,魔怔似的大笑了起来,这笑声如一把尖刀插入了他的心脏。不过他不在乎,也不理会。

他们又开始爬另一面坡,上去后又美美地滑落下来,就像在炽热的白光中穿行。戈珍笑着、滑着,身上溅满了晶莹的雪粒儿。杰拉德滑得很娴熟,他认为自己可以驾驶小雪橇穿过最危险的地方,甚至可以划向空中,直刺苍穹的心脏。好像他觉得这飞也似的雪橇能够表明他的力量,他只需要摇摆自己的双臂,雪橇就是他的身体。他们寻找了几面大山坡,又在探寻另一面滑坡。他认为这儿一定还有一处更好可以让人们滑雪的地方。他终于找到了他渴求的去处:一面长坡,十分陡峭,从一块岩石下穿过一直延伸到山底的林子中。十分危险,他知道。

同时,他也十分自信他可以熟练地驾驭雪橇。

最初这几天是在繁闹的体育运动中度过的:滑雪橇、滑雪、滑冰,以飞快的速度在白光中穿行,运动本身早已越过了生命,人的灵魂在运动和白雪中进入到了另一人物种界,一个有着抽象的速度、重量和恒久的境界。

杰拉德的目光变得刚毅、陌生起来。他在滑雪板上滑行时,看上去与其说是人倒不如说是一声强悍、致命的叹息。他那极有弹性的肌肉优美地隆起,躯体弹起,肆无忌惮、盘旋着飞起来、冲出去。

万幸的是,那天下雪了,他们只有待在室内,要不然的话,伯金说他们都会失去理智,大喊大叫,变成雪地里陌生的野人。

那天下午,厄秀拉和洛克坐在娱乐厅里闲谈。洛克这几天好像有些不开心,不过还是像日常一样活泼、幽默。

但厄秀拉感觉他一定有什么事不高兴了。他的那位高个、脸很白净的帅气同伴也不安定,东游西转没个安稳样,他好像在反抗着什么,像是不甘心屈服什么一样。

洛克差不多没和戈珍说过话。而他的伙伴却正好相反,不断温柔地讨好她。戈珍想跟洛克聊聊。洛克是位雕塑师,她想听听他对这门艺术的见地。此外她也被他的长相深深地吸引。她对他身上的那种流浪汉的气质很是好奇。同时,他还有一种老成相儿,使她非常感兴趣。此外,还有一种难以名状的刚愎自用不合群的气质,这些在她看来就是艺术家的所具有的气质。他喜欢絮叨,喜欢恶作剧似的玩笑,显得他很聪慧,可其实并非如此。透过他那棕色的魔眼,戈珍发现在他插科打诨的背后是与表象看起来严重不符的痛苦。

她对他的体格也非常感兴趣,他个头还像个小男孩儿似的,样子却像是街上的流浪汉。他丝毫也不掩藏这一点。他总是穿着质朴的深草绿色防水布衣和马裤。他的腿非常细,不过他并没有想办法掩藏这一点:这是德国人最出色的样子。他从来不阿谀奉承别人,从来都不,而是我行我素,不过在表象上却装作非常快乐的样子。

他的同伴雷特纳是个很出色的运动员,他四肢匀称,眼睛碧蓝,非常英俊。洛克有的时候去滑平底雪橇,有的时候去滑冰,但似乎都不是他所热衷的。他那优雅细长的鼻孔只有流浪汉才具备。见到雷特纳的体育表演,他的鼻孔微微翕动着不屑一顾。很显然,这两个一同旅游、共处一室、共同生活的人现在已经开始互相讨厌。雷特纳憎恨洛克,他受洛克的气,心中愤愤不平,可又无可奈何。洛克则总是对雷特纳不屑一顾,讥讽他。看起来这两个人的友谊快到头了。

他们已经很少在一起了。雷特纳总和别人显得非常有礼貌地结伴同行。而洛克则是我行我素。在户外,他头戴一顶威斯特菲伦式帽子,这种紧紧的帽子是用棕色天鹅绒制作而成的,宽大的帽边能将耳朵掩住,戴着这顶帽子的他看上去就如一只耷拉着耳朵的兔子或童话中喜欢恶作剧的侏儒一般。他的脸呈紫色,皮肤干得发亮,好像一做表情就会裂开。他的眼睛非常吸引人,那是双棕色的大眼睛,像兔眼、侏儒的眼,抑或是像一个惊慌失措的人的眼,眼里折射出怪异、木讷、堕落的光芒,喷发出神秘的火焰。每当戈珍要跟他谈谈的时候,他就会腼腆地躲开她的目光,用他的黑眼睛注视着她,一言不发。他这样子让她感觉他是不喜欢她那蹩脚的法语和德语。至于他那口不地道的英语,他也是不敢开口说的。不过别人讲的英语他可以听懂一大半。戈珍有点生气,也就不再理会他了。

可这天下午,她来到休息室时,却看到洛克正在和厄秀拉谈天。一看到他那漂亮的黑发,她不知为何就想起了蝙蝠,虽然这头发有点稀松,鬓角也全秃了。他弯腰坐着,仿佛他就是一只蝙蝠。戈珍感觉得到他正在和厄秀拉说知心话,不过那样子有点牵强,磨磨唧唧的。于是,戈珍走过去坐在了姐姐身边。

他看了看戈珍,然后目光游移开来,好像他没注意到戈珍。其实戈珍引起了他极大的兴趣。

“真有趣,戈珍,”厄秀拉对妹妹说,“洛克先生正在为科隆的一家工厂做一个柱子中楣,这根大柱子要矗立在马路上呢。”

她看看他那瘦弱、紧张的手。这双手紧握着,像魔爪,又像“虎爪饰”,反正不像是人的手。

“用什么材料?”她问。

厄秀拉又复述了一遍。

“花岗岩石。”他说。

接下来,就是两个内行人之间精短的问答。

"什么样的浮雕?"

"高浮雕。"

"多高?"

一想起他要为科隆的一家花岗岩石厂雕一座柱子中楣,戈珍就觉得十分有意思。她从他那儿知道了柱子的一些造型概况。这座浮雕绘的是一幅集市图:古里古怪模样的农夫和工匠们身穿时尚的服装正欢纵饮酒狂欢。他们疯狂地四处奔跑,看戏,亲吻,挤成一团。还有的在船形秋千上荡来荡去,或是把玩着手枪,一片疯狂,混乱的情景。

他们又忙着商讨技术问题。戈珍很喜欢他的构思。

"能有这么一座工厂真是太好了。"厄秀拉叫道,"整座建筑都这么好看吗?"

"哦,是的,"他说,"这根柱子只是整座建筑的一部分。它太庞大了。"

他停顿了一下,耸耸肩,又说:"建筑本身就得是雕塑。那些和建筑没有关联的塑像就像壁画那样早就不流行了。实际上,雕塑向来都是建筑的一部分。既然教堂都是博物馆,既然工业成了我们的事业,那么我们就让所有工业的地方变为我们的艺术区,变为巴台农神庙吧!"

厄秀拉正在思考。

"我认为,"她说,"真不应该把我们的大工厂弄得那么丑陋。"

他马上说:"讲得对极了! 说得好极了! 不但我们的工作场所极其丑陋,甚至这种丑陋会给我们的工作带来影响。人类不应该再忍受这种极端的丑陋了。到头来,它会把我们害了的,我们会因为他的丑陋而退步。工作也会退步。所以人们会认为工作本身就是丑陋的,因为机器和劳动都是丑陋的。事实上,机器和劳动本身是很美好的事物。人们终将由于工作无法让人容忍而放弃工作,工作太让人想吐了,人们宁愿挨饿也不工作,这将成为我们文明的末日。到那时,锤子将只会用来毁坏东西。可是我们现在还有机会让工厂漂亮起来,让车间美起来,我们有机会——"

戈珍只能听明白一点。所以感觉很厌烦,真想大叫出来。

"他在说什么?"她问厄秀拉。厄秀拉吞吞吐吐地做了简要的翻译。洛克注视着戈珍等待她给出一个评价。

"那么,你怎么看,"戈珍说,"艺术应该服务于工业吗?"

"艺术应该表述工业,就像艺术曾经表述出宗教一样。"他说。

"可是你的集市题材是不是也表现了工业呢?"她问他。

"当然。人在这个集市上干什么呢? 他们满足于和劳动相呼应的物品,也就是机器运用着他而非他运用了机器。现在是他运用机器的时候了,他在享受自己体内的机械运动。"

"可是,除了工作,我是说机器式的工作就没有其他的了吗?"戈珍问。

"只有工作,没有其他的!"他重申道。他向前倾了倾身体,两只黑黑的眼睛中只有两个针尖大的亮点。"没有,只能这样,只能服务于机器,然后再享受机器的运动,运动,即为全部。因为你从来没有为了填饱肚子工作过,所以你是不会明白上帝是怎样统辖我们的。"

戈珍打了个冷战,红了脸。不知为何,她快要哭了。

"没有,我是没有因为填饱肚子工作过。"她回答,"可是我也工作过!"

"工作过? 工作过?"他问,"什么工作? 你做过怎样的工作呢?"

他开始用意大利语和法语交替着说道。同她说话时,他本能地使用了外语。

"你从来没有像普通人那样工作过。"他不无讥讽地对她说。

"当然,"她说,"我当然像普通人那样工作。我现在就是为了一日三餐在工作着。"

他不说了,只是凝望着她,不再继续刚才的话题。他觉得跟她没什么可以说的了。

"可是你自己有否像普通人那样工作过呢?"厄秀拉问她。

他胆怯地望着她,狂暴地喊道:"当然,我知道躺在床上饿三天是怎么回事。"

戈珍睁大眼睛忧郁地望着他,好像要把他的骨髓抽出来一样试图从他身上得到真实的答案。他是个与生俱来都讲着谎话的人,可她那透着忧郁目光的大眼睛注视着他,好像将他的血管割破了,于是他很不情愿地开始讲:

"我父亲是个不喜欢工作的人,我们没有母亲。我们住在奥国侵占下的波兰,我们怎样生活呢? 嗨,有办法! 我们和另外三家人合租在一间房里,一家占一个角,一个盖上木板的坑就是我们的厕所,设置在屋子的中央! 我有两个兄弟和一个妹妹,或许还有个女人和父亲在一起。他是个好逸恶劳的人,跟镇上所有的人都会打架。那个镇子是个要地,他单单只是个小人物。可他果断拒绝为他人工作。"

"那你们怎么生活呢?"厄秀拉问。

他注视着厄秀拉,又突然把目光转向戈珍。

"你能体会吗?"他问。

"相当可以体会。"她答。

他们的目光相遇了。然后他又看向了别处,不想再说什么。

"你是如何干上雕塑的?"厄秀拉问。

"我如何干上雕塑?"他停顿了一下,接着说道,"因为——"他换了一副腔调,开始用法语接着说。"我长大了,在市场上偷过东西。后来我开始干活儿,给泥陶瓶印花。那是一家陶瓷瓶厂,我在那儿开始学造型。有一天我实在是干烦了,就躺在阳光下不再工作。后来我徒步走到慕尼黑,又徒步走到意大利,一路要饭,一路向前行。"

"意大利人对我非常好,他们很尊敬我。从波赞走到罗马,每天晚上我都可以和几个农民一起吃上一顿饭,还有草铺睡。我从心底里爱上了意大利人。"

"而现在,现在,我一年可以挣一二千英镑——"

他望着地板,声音越来越小,最后不再说话了。

戈珍看着他那光滑,黑红的皮肤,太阳穴处的皮肤绷得很紧。又看看他稀疏的头发和他爱动的嘴唇上方那剪得短粗的刷子样的小胡子。

"你多大了?"她问。

他睁着精灵大小似的眼睛诧异地注视着她。

"多大了?"他复述了一遍,犹豫未答。很显然他不愿意回答。

"你多大了?"他反守为攻。

"我二十六了."她回答。

"二十六,"他重复道,然后注视着她问:"你的丈夫,他多大了?"

"谁?"戈珍问。

"你丈夫。"厄秀拉不无嘲讽地说。

"我还没有丈夫,"戈珍用英语说,然后又用德语说,"他三十一。"

可洛克那神秘莫测的目光却紧紧地注视着戈珍。他觉得戈珍身上有什么与他的节奏相合。他真像是个传说中没有灵魂的小人儿,在人间找到了伴侣。可他又为此相当忧愁。戈珍也被他迷住了,好像他是一头怪异的动物——一只兔子,蝙蝠或一头棕色的海豹——开始和她说话。可她也了解他意识不到的东西:他不明白他自己具有超强的理解力,可以感悟到她的活动。他并不了解他自己的力量。他并不了解他那深邃的目光可以将她看透,能够知道她的秘密。他只期望她是她自己——他很明白她,这种明白靠的是下意识和恶意,没有任何幻想和希冀的成分。

戈珍感觉,洛克身上有着所有生活的基石。所有人都有幻想,一定都会有关于过去和未来的幻想,但是他是个彻底的苦行僧,没有过去和未来,没有任何幻想。如此说来,他不管怎样也不会骗自己。最后,因为他对任何事都不在乎,所以他也不会为任何事所忧愁,他丝毫不想与任何事情一样。他是一个单纯的局外人、苦行僧,过眼云烟般地生活。他心中只有他的工作。

说来也很奇怪,她对他早年贫穷卑微的生活产生了很大的兴奋。对那些受过中学和大学教育之后投入工作的所谓绅士感到毫无兴趣。不知道为何,她极度怜悯这个流浪儿。他仿佛就是下层社会生活的标志。她没有办法不怜悯他。

厄秀拉也被洛克所吸引了。姐妹二人都对他穆然起敬。可有的时候厄秀拉感觉他身上有无法名状的卑微气。

伯金和杰拉德都讨厌洛克。杰拉德对他嗤之以鼻,伯金对他也很生气。

"女人们看上他什么地方了?"杰拉德问。

"天才知道,"伯金说,"除非是他讨好她们,否则她们不会喜欢上他。"

杰拉德惊讶地抬头看着伯金。

"他讨好她们了吗?"他问。

"是的,"伯金说,"他是个十足的下贱胚子,像个犯人那样生活。女人们则像空气流向真空一般对此如蚁附膻。"

"这可真奇特。"杰拉德说。

"也让人生气,"伯金说,"他既让她们可怜又让她们讨厌,他是黑暗中下流的小妖。"

杰拉德默立着陷入了深深地思考之中。

"女人们到底都想要些什么?"他问。

伯金耸耸肩不知道如何回答。

"天知道,"他说,"我认为,她们需要的是她们的。她们好像是在恐怖的黑暗隧道中爬行,不爬到头她们是不会罢休的。"

杰拉德看向外面的雪雾。外面一片昏暗,恐怖的昏暗。

"那儿的尽头是什么模样的呢?"他问。

伯金摇摇头。

"我还没到那儿,所以我不能确定。去问洛克吧,他快到达了。他比咱俩都走得更远,远得多。"

"是的,可是在哪些方面呢?"杰拉德生气地大叫。

伯金叹了一口气,恼怒地皱起眉头。

"在仇视社会方面,"他说,"他像一只落入河中的老鼠,掉进了无底的深渊。他比我们掉的还有深。他更仇视理想,恨之入骨,可他没有办法让自己得到解脱。我猜他大概是个犹太人,或者说他有犹太血统。"

"或许是这样的。"杰拉德说。

"他是个在啃生活根基的小蛀虫。"

"可为什么别人对他那么关心呢?"杰拉德叫着。

"因为他们心中也仇视理想。他们想要去到阴沟中去看个清楚,而他就是游荡在人们前面的老鼠。"

杰拉德依然站立着注视着外面迷蒙的雪雾。

"真的,你说的这些话语我不是很懂,"他用平淡的声音说道,"可听起来像是在表达某种奇特的欲望。"

"我想这是我们所需要的东西,"伯金说,"只是我们要在一阵狂喜中跳下去,而他则是顺流而下的。"

此时,戈珍和厄秀拉正借机与洛克聊天。男人们在场时,她们是没有办法与他接触,和他谈话的。这位孤单的矮个子雕塑家要独自与她们相处才可以。他还期望厄秀拉在场,做他同戈珍之间的语言传递人。

"你除了建筑雕塑之外还做其他的吗?"有一天晚上戈珍这样问他。

"现在不做,"他说,"我什么都干过,就是没干过人物雕像,从没做过。其他的嘛——"

"都有什么?"戈珍问。

他停顿了一下,然后站起身向屋外走去。然后很快又回到了屋里,手里拿着一小卷纸,递给戈珍,她打开,那是一幅相片凹版制作的塑像的复制品,署名是 F 洛克。

"这是我很早以前的作品了,不算木讷,"他说,"还挺时尚呢。"

塑像是个裸体的美女,娇小的身材,她骑在一头高头大马上。姑娘年轻柔弱,简直是朵蓓蕾。她侧身坐着,双手捧着脸,好像有点忧伤、害羞,样子很潇洒。她的亚麻色短发松垮地披下来,挡住了双手的一半。

她的四肢很柔弱细嫩。她的腿还没有完全发育,那是少女的腿,正在向残酷的妇女阶段过渡,正在强悍的马肚子旁摇摆着,美丽动人。两只小脚交叉着想掩饰着什么,可什么也掩饰不住。她就这样裸着身体坐在滑溜的马背上。

那匹马站立着,随时会奔跑起来。这是一匹强悍的骏马,浑身肌肉绷得非常的紧实。它的脖颈恐怖地弓着,就好像一把镰刀,双腹紧收,卯足了劲。

戈珍脸色苍白,眼前一黑,好像有些不好意思。她乞求地抬头看了看,那表情如奴仆一般。他瞟了她一眼,头向一边偏了偏。

"以前是多大个儿?"她冷淡地问,试图装出一点也不关心,没有被打动的样子。

"多大?"他又瞟了她一眼。"没有马鞍还是很高,这么高。"

他用手比划画着。"算上马鞍,这么高——"

他注视着她。他那飞快的手势显示出对她的嗤之以鼻。她好像有点不寒而栗。

"用什么做的?"她抬起头,装作冷淡地望着他。

他依旧注视着她,一点也没有退步。

"铜——青铜。"

"青铜!"戈珍复述了一遍,冰冷地接受了他的挑战。她此刻在想青铜制成的少女那细嫩、不成熟、温柔、光滑但冰冷的四肢。

"是啊,非常漂亮。"她喃喃自语道,尊敬地昂起头看看他。

他紧闭双眼,得意地将头转向了一边。

"你为何,"厄秀拉问,"把马做得这么坚硬? 它硬得如一块大石头。"

"坚硬吗?"他双臂交叉起来问道。

"是的。你看它有多么死板、愚蠢、粗犷。马是敏锐,很灵敏的,真的。"

他耸耸肩,慢慢摊开手,表示没有兴趣,好像是在告诉她,她说的都是些外行的话。

"知道吗?"他装出有沉着的样子降贵纡尊地说,"那匹马只是一种形式,是全部形式的一部分。它是艺术品的一部分,是一种形式。它不是一匹和善的马,你可以给它吃糖块。你看得出来吗? 它是一件艺术品的一部分,它和艺术品之外的东西毫无关系。"

厄秀拉因为受到这样傲慢少礼的羞辱,变得非常气愤。他把她从神秘艺术的顶峰拉回到了普通的业余水平。她扬起通红的脸,气愤地回答:

"可无论怎样说,它只是一幅马的图画。"

他又耸耸肩,说:"随便你是如何想,反正它画的不是一头牛。"

戈珍插嘴了,她满脸通红,急着想要避开这种局势,规避继续让厄秀拉出糗。

"你说的'一幅马的图画'指的是什么?"她冲姐姐叫道,"你说的马指的是什么? 你说的是你脑海中早就存在的概念,你想看到的只是这个概念的图解。还有其他一个概念,完全不一样的概念。你可以把它称作马也可以称它为非马。我完全有理由说你的马不是马,那是你自己创造出的假象。"

厄秀拉无所适从地犹豫了一下,然后说:"可他为何要有马的概念呢? 我了解这是他的概念。我了解这是他的自画像,真的——"

洛克气愤至极。

"我的自画像!"他嘲讽地复述道,"你了解吗,夫人,那是艺术品。它是艺术品,不是什么所谓的照片,什么照片都不是。它与任何东西都无关,只与它自己相关。它与日常生活中的一切都没的关系,没有关系,它们是完全不一样的存在阶段。世界上蠢而又蠢的事就是想要把一种东西当成另一种东西,那是是非不分,黑白颠倒。你知道吗,你不应该把相对的工作行为与绝对的艺术世界混为一谈。你万万不可以这样做。"

"说得非常正确,"戈珍发疯似的叫道,"这是一点关系也没有的两类事,不能将它们混为一谈。我和我的艺术,二者之间一点关系也没有。我的艺术属于另外一个世界,而我却属于这个世界。"

她脸色通红,变形了。洛克刚才还如一只走投无路的野兽那样低头坐着,听到

她的话,抬起头偷偷地瞄了她一眼,喃喃自语道:

"对,就是这样,是这样的。"

厄秀拉喊了一阵就不再说话了。她很生气,真想把他们二人身上都扎个大窟窿。

"你高谈阔论了一番,其实根本就不是那么回事,"她淡然地说,"那马就是你自己,庸碌蠢笨而蛮横。那女孩儿就是你爱过、折磨过然后又丢弃的人。"

他微笑着注视着她,眼里露出一丝轻蔑。他不屑于应对这最后的挑战。

戈珍默不作声,她也十分气愤,很轻视厄秀拉。厄秀拉是个令人没有办法忍受的外行,竟然还闯进这个连天使都害怕涉足的领地。可其结果是傻瓜倒霉。

可厄秀拉还是不依不饶的。

"至于你的艺术世界和现实世界,"她说,"你要把它们分离开来,是由于你没有办法忍耐和了解你是怎样的一个人。你不认可你的庸碌、僵死、野蛮,因此你就号称'这是艺术世界'。可是艺术世界只是与真实世界的真理有关,就是这样。可是你走得太远了,无法明白这一点。"

她脸色苍白,浑身颤抖,非常紧张。戈珍和洛克很厌恶她。他们起初聊天时就过来的杰拉德也不支持她。杰拉德认为她很不自爱,把深奥的东西粗俗化了。于是他同那两个人联合起来抗议厄秀拉。他们三个人都期望她离开这里。可她却默不作声地坐着,心在哭泣,猛烈地颤抖着,手指不停地绞着手绢。

那三个人都不说话,等待着厄秀拉慢慢灭火。然后戈珍装作很平淡地问:"这女孩儿是模特儿吗?"

"不,她不是模特儿。她是美术学院的学生。"

"还是个学艺术的学生哩!"戈珍叫道。

原来是这么回事!她觉得那学艺术的女孩子还没有完全发育,不考虑不好的后果,她太年轻了。她那直直的亚麻色短发刚齐脖根儿,稍稍向里曲卷着,由于头发太浓密了。那女孩儿或许受过良好教育,家境很好,和这位有名的雕塑大师洛克相遇,自认为做了他的情妇十分了得。啊,她太明白这些严酷的常识了。德累斯顿,巴黎,或伦敦,在哪儿都是一样的。她明白这一套。

"她现在在哪儿?"厄秀拉问。

洛克耸耸肩表示嗤之以鼻。

"那是六年前的事了,"他说,"她现在应该有二十三岁了。"

杰拉德拿起照片看了起来。他被这照片吸引住了。他发现马鞍上写着标题"戈蒂娃女士"。

"可这个人并非戈蒂娃女士,"他说着很忠实地笑笑,她是个中年妇人,是个伯爵或其他什么人的妻子,留着长发。"

"像莫德·阿伦。"戈珍玩笑道。

"为何是莫德·阿伦呢?"他问,"是吗? 我一直以为那是个传说。"

"对,杰拉德,亲爱的,我敢讲你肯定了解那个传说。"

她讥讽他,又有点在哄他。

"说事实,我更愿意看到这个女人,而非她的头发。"他笑着回击。

"真的吗!"戈珍嘲笑道。

厄秀拉站起身离开了这三个人。

戈珍从杰拉德手中接过照片仔细端详了起来。

"当然了，"她开始开洛克的玩笑，"你是很明白这位艺术学院的小姑娘了。"

他扬扬眉毛，得意扬扬地耸耸肩。

"这小姑娘吗？"杰拉德指指照片上的人。

戈珍把图片放在腿上。他直直地凝望着杰拉德，看得他睁不开眼。

"他不是对她很熟悉吗？！"她冲杰拉德玩笑地说，声音非常快乐。"你只需看看她的脚就行了——多可爱，多粉嫩、多漂亮的脚，啊，它们可真是奇迹，真的——"

她缓缓地抬起眼皮，用火辣辣的目光注视着洛克的眼。他的心让她看得发热，他似乎更趾高气扬、更了不起了。

杰拉德看着那双雕出来的小脚。两只脚交叉在一起，青涩、惊吓地相互掩盖着。他看了好一阵子，深深地被这双小脚迷住了。

随后，他痛苦地把照片放到一边。他感到一阵空洞。

"她叫什么？"戈珍问洛克。

"安妮特·冯·威克，"洛克回忆道，"是的，她很漂亮。她漂亮，可令人厌恶。她是个大烦恼，一分钟也安静不下来，除非我狠狠给她一顿耳光，打得她哭出来她才会安安静静地坐上五分钟。"

他在想他的作品，他的作品，这对他来说比什么都重要。

"你真的打她耳光了？"戈珍冷漠地问。

他注视着她，看出来她是在挑衅。

"是的，打了，"他不在意地说，"比打什么都狠。我必须这样做，一定要这样做不可。不这样我就没有办法完成我的作品。"

戈珍黑色的大眼睛凝视着他好一会儿。她仿佛是在审度他的灵魂。然后她又垂下眼皮，不说话了。

"你为什么要弄这么个娇小的戈蒂娃？"杰拉德问，"她太小了，更何况骑在马上，显得她更小了，多小的一个小孩儿呀。"

洛克脸上一阵抽搐。

"的确，"他说，"我讨厌那些比她更年长的大个子模特儿。十六、十七、十八岁最漂亮，再大了就没用了。"

人们都沉默了。

"为何？"杰拉德问。

洛克耸耸肩。

"我发现她们没有味道，也不再漂亮了，对我的作品来说毫无用处了。"

"你是否在说女人过了二十就不美丽了？"杰拉德问。

"对我来说是这样的。二十岁前，她娇嫩、鲜活、柔弱、轻盈。二十岁以后，不论她长成什么样子，对我来说就一点用途也没有了。米洛的维娜斯是个中产阶级女子，二十岁以上的女子都是一样。"

"那么你对二十以上的女人就不在乎了？"杰拉德问。

"她们对我来说没什么好，对我的艺术来说更没什么用途。"

洛克很厌烦地重申道，"我不觉得她们好看。"

"你是个享乐主义者。"杰拉德略微讽刺地说道。

"那男人呢,你怎么认为?"戈珍突然问。

"哦,他们不论多大都没事。"洛克说,"一个男人应该是身材健硕,力大无穷,年纪大小都没关系,只要他身材高大,块头笨重就可以。"

厄秀拉来到外面纯洁的雪世界中。可是那刺眼的白光好像在打着她,将她打伤一般,她感到寒冷正侵袭着她的心。她头晕眼花,大脑十分麻木。

她突然奇迹般地出现了一个想法,她想要从这里离开,去到另一个世界。她感觉自己被这恒久的白雪世界宣判了死刑,好像找不到出路了。

突然,她奇迹般地想起,在脚下的远方,有黑色、长满果实的地球。向南延伸,是一片结满桔树、松柏、青青的橄榄林的土地。湛蓝的天际下是冬青树那葱郁的枝干。这真是奇迹中的奇迹!这寂然无声、冰天雪地的山峰并非全部的世界!人完全能够离开它,和它斩断所有的联系。可以一走了之。

她要立刻实现这个想法。她要立刻和这雪的世界、这恐怖的、静态的冰山告别。她要见到那黑色的土地,去闻那沃土的芬芳,去看看那耐寒的冬季植物,去感受阳光抚摸蓓蕾时花蕾的反应。

她充满希冀地跑回屋子里。伯金正躺在床上看书。

"卢伯特,"她冲他叫着,"我想离开这里。"

他慢慢地抬起头注视着她。

"是吗?"他温柔地说。

她坐在他身边,双手搂住他的脖子。她感到惊讶的是他听到她的话后竟没有感觉到那么诧异。

"你不想离开吗?"她烦闷地问。

"我还没有思考过,"他说,"不过我一定会这么想。"

她突然坐直身子。

"我讨厌这儿,"她说,"我讨厌这样的冰雪世界,讨厌它这么造作,讨厌它不自然的光芒,这是恶魔的光芒,它让每个人感到不舒服。"

他依旧躺着,笑了。

"好吧,"他说,"咱们可以离开,明天就离开。咱们到维洛那去找罗密欧和朱丽叶,到圆形剧场去,好吗?"

她猛地一头扎在他肩头上,不好意思了。他则得意扬扬地躺着。

"好吧,"她温柔地哀鸣道。她感觉自己的的心长出了新的翅膀,可他却并不关心。"亲爱的!我真想变成罗密欧和朱丽叶!"

"不过维洛那在刮吓人的大风,"他说,"是从阿尔卑斯山上下来的。我们仍旧会闻到雪的味道。"

她坐起身望着他。

"你愿意离开吗?"她忧愁地注视着他问。

他的目光中露出神秘的笑意。她把脸埋进他的衣领中,靠在他的身上,乞求道:

"不要笑话我嘛,不要笑我。"

"发生什么事了?"他说着搂住她。

"我不想让人笑话。"她小声说道。

他笑得更厉害了,边笑边亲吻她那喷了香水的秀发。

"你爱我吗?"她低声极肃穆地问。

"爱。"他笑着回答道。

她猛然昂起脸要他亲吻她的双唇。她的双唇绷得很紧,还在发抖,而他的唇则十分温柔。他亲吻了好一会儿,之后心中升起了一阵哀伤。

"你的双唇太硬了。"他恍惚地埋怨着。

"你的很柔软,很漂亮。"她愉快地说。

"可是你为什么总是将双唇绷得这么紧呢?"他遗憾地说。

"没什么,"她忙说,"这是我的习惯。"

她明白他是爱她的,这一点她非常确定。可是她没有办法让自己放松,没有办法忍耐他对她的质问。被她爱着时她是无比幸福的。可她明白,当她放纵自己时,他感觉非常开心,但是同时也会有些伤感。她本来是可以在他面前放纵自己的,可她无法来得自然些,由于她不敢和他坦诚相见,毫无保留、完全坦诚相待,她对他放纵自己,又要将他掌握住,从他那里得到快乐。她完完全全地享受着他。可他们从来没有亲密无间过,相互间总保留着些什么。不论如何说,她总是怀抱希冀,乐观而洒脱,很有活力。一时间,他安静、和顺而有耐心地躺在床上。

他们准备第二天就从这个地方离开。他们先去到戈珍的房间,戈珍和杰扯德刚打扮好准备去参加室内晚会。

"戈珍,"厄秀拉说,"我们明天要离开了。我没有办法忍耐这儿的雪了,它刺疼了我的皮肤和我的心。"

"这里的雪真的刺疼了你的心吗,厄秀拉?"戈珍有点惊讶地问,"我不相信这雪刺疼了你的皮肤,这也太吓人了。我倒觉得这雪心旷神怡呢。"

"不,对我来说并非如此。它偏偏弄伤了我的心。"厄秀拉说。

"真的吗?"戈珍大叫。

屋里人们都不出声了。厄秀拉和伯金感觉得到,戈珍和杰拉德很开心他们离开这儿。

"去南方吗?"杰拉德有点担心地问。

"是的,"伯金说着转过身去。近来这两个男人之间产生了一种无法用语言形容的敌意。自从出国以来,伯金就显得神情忧郁、淡漠、随波逐流,东游西逛,对什么都漠不关心。而杰拉德正好相反,他显得紧张,难过。两人僵持着。

杰拉德和戈珍对这两个即将要离开的人非常友好,非常关心,仿佛他们是要远行的孩子。戈珍来到厄秀拉的卧室,把她那三双从巴黎买的厚丝彩袜丢到床上。这些袜子有朱红的,矢车菊蓝和灰的。灰色的袜子是针织的,厚厚实实的没有缝。厄秀拉开心极了。她觉得戈珍把这么好的宝贝送给她可真是太善良了。

"我不能要,戈珍,"她叫道,"我可不能抢走你的这些宝贝。"

"它们是宝贝吗?"戈珍怜悯地望着她的礼物说,"多可爱的小东西呀!"

"对,还是你留着吧。"厄秀拉说。

"我不需要了,我还有三双。我要你拿起来,要你拿起来。这是你的了,拿着——"

戈珍的手发抖着将那令人垂涎的袜子塞到厄秀拉的枕头下。

"真正美丽的袜子可以给人带来莫大的欢愉。"厄秀拉说。

"对,"戈珍说,"莫大的欢愉。"

说着她坐在椅子上。很显然她是来向厄秀拉道别的。厄秀拉不晓得她要干吗,于是静静地等候着。

"你是不是感觉到,厄秀拉,"戈珍很疑惑地开始说,"你将走了再也不回来了,永远都不会再回来了?"

"哦,我们会再回来的,"厄秀拉说,"这只是坐火车旅行。"

"是的,我明白。可从精神上说,你们是要和我们分离了,对吗?"

厄秀拉打了个冷战。

"我对将来的事一无所知。"她说,"我只了解我们将要到什么地方去。"

戈珍等她接着往下说。

"你快乐吗?"她问。

厄秀拉思考了一下说:"我确信我是快乐的。"她回答。

戈珍从姐姐脸上看到了一种讲不出来的幸福。

"可是,你难道不想与以前的世界仍旧保持关联吗,比如父亲和我们大家,还有一切其他的,如英国和思想界。你不认为你需要这些,而是要去创造一个世界?"

厄秀拉不再说话了,在思考着什么。

"我认为,"她终于不自愿地说,"卢伯特是正确的,一个人需要一个新的生存空间,就要与旧的脱离关系。"

戈珍面无表情地注视着姐姐。

"一个人需要一个新的生存空间,这我赞同,"她说,"可我觉得一个新世界是从这个世界延展出来的,与另一个人单独待在异地发现不了新世界,那只是作茧自缚而已。"

厄秀拉向窗外望去,她的灵魂在斗争,她感到恐怖。她总是害怕别人的话,因为她知道单纯的语言力量总会让她相信她以前不曾相信的东西。

"或许是吧,"她说。她非常不相信自己和其他人。"但是,"她补充说,"我的确认为当一个人依旧注重以前世界时他是没有办法接纳新的东西,你明白我的意思吗?要与以前的做斗争才可以。我明白,人们迷恋这个世界是为了和它进行斗争。可它不值得我们去斗争。"

戈珍思量着。

"是的,"她说,"从某种意义上来讲,一个人只要活在这个世界上就属于这个世界。假如你想离它而去,这难道不是一个幻想吗? 不论怎样讲,一座农舍,不管是在阿部鲁吉还是其他什么地方都称不上一个新世界,称不上。对付这世界的唯一办法是将它看穿。"

厄秀拉看向一边。她对争论充满了恐惧。

"可是,还可以有其他的方法,不是吗?"她说,"在世界透过现实看穿自己之前许久,人类就能从内心看穿它。但是,当一个人看见自己的灵魂时,他就不是他自己了。"

"人心里真的可以看穿世界吗?"戈珍问,"假如你的意思是指你可以看穿将来发生的事,我对你的话并不能认同。我确实无法苟同。不管怎样,你不能由于你认为你看穿了这一切就能一下子飞到一个新的星球上去。"

厄秀拉突然站起身来说:"的确,人类是清楚地了解这一点的。他与这里已经毫无关系了,他就有另一个自我,它隶属一个新的星球,而不是如今的这个世界。我们非得跳开这个世界才行。"

戈珍思量了一会儿,随后脸上露出讥讽甚至轻视的微笑。

"你到了空间之后会如何呢?"她嘲讽道,"不管怎样,关于世界的伟大真理在那里会仍旧存在。你虽然比任何人都高明,可你没有办法不兼顾事实,比如说爱,不管在空间里还是在地球上都是最高尚的。"

"不,"厄秀拉说,"并非这样。爱过于人性化、过于渺小。我深信某种非人的物质,爱只是它的一部分。我深信我们要实现的东西是从未来我们不知道的世界里来的,它比爱要深沉得多。它没什么人性。"

戈珍注视着厄秀拉。她对姐姐真是又羡慕又鄙视!突然她转过头来冷淡、凶狠地说道:

"算了,我到目前为止还没有超越过爱。"

厄秀拉头脑中闪出一个想法:"那是由于你从来没有爱过,所以你没有办法超越。"

戈珍站起身走到厄秀拉的身旁,双手勾住她的脖子。

"去吧,去找寻你的新世界吧,亲爱的,"她的声音有点造作,"归根结底,最幸运的旅程是探索卢伯特的极乐岛。"

她的双臂搂住厄秀拉的脖子,手指抚摸了好一会儿她的脸颊。可厄秀拉感觉非常的不舒服。戈珍这种保护人的姿势对她来说是一种羞辱,太伤害别人了。戈珍感到姐姐的抗议,很尴尬地将手抽了回去,翻起枕头,拿出那几双袜子来。

"哈——哈!"她无聊地笑笑,说:"看我们都说了些什么呀——新世界和旧世界,真是的!"

于是,她们又谈起了平日的话题来。

杰拉德和伯金先行一步,去等待雪橇来接客人。

"你们还要待在这多么时间?"伯金昂着头注视着杰拉德那张通红但淡漠的脸问。

"哦,还不知道呢,"杰拉德说,"等待烦了就会离开。"

"你不担心雪化了吗? 到那时你们可就没有办法离开了。"伯金说。

杰拉德笑道:"会化吗?"

"你感觉所有都还好吗?"伯金问。

杰拉德翻翻白眼说:"都好? 我根本搞不懂这些日常用语的意思。好与坏有的时候不是具有相同的意思的吗?"

"我认为是的。何时回去?"伯金问。

"我也不知道。或许永远都不会再回去了。我既不朝前看也不朝后看。"杰拉德说。

"也不追求没有希望的东西。"伯金说。

杰拉德用鹰一般聚光的眼睛看着远方说:

"是的,这些该完结了,戈珍好像就是我的末日,我不知道。可她好像那么温柔,她的皮肤像绸缎般光滑,她的手臂丰盈而柔弱。如此种种都使我的意识萎靡,将我的心灵完全毁灭。"他说着朝前进了几步,眺望着远方,他的脸就如野蛮人在耸人听闻的宗教仪式中戴上的面具。"它将我心灵上的眼睛闪瞎了,"他说,"让人变成了睁眼瞎。可是你却期望失去光明,愿意让它弄瞎你的眼睛,不需要其他的。"

他好像发疯似的胡言乱语了起来。突然,他又疯了似的振奋了精神,用复仇、震慑的目光注视着伯金,说:

"你知道当你和一个女人在一起时你受的何种罪吗? 她太漂亮了,太美艳无双了,你发现她是独一无二的,于是这想法就如同扯绸布那样撕裂你自己,每扯一下都让你疼痛难忍。哈! 那种完美! 你将自己完全毁灭了! 然后——"他站在雪地上,突然松开握紧的拳头,说,"这没什么——你的头脑也许像破布那样已经被烧糊了,还有——"他抬头望了望天空,做了一个奇怪的戏剧动作——"那是灭亡,你懂我的意思吗? 那是一种伟大的经历,某种最终的体会。然后你就如同遭受到电击一样枯萎了。"他默不作声地走着。他好像在吹牛,但是却像极了一个在极端状态下如吹牛一般讲着实话的人。

"当然,"他又说,"我不见得不愿意有这经验! 这是一种全部的经历。她是一位美丽的女子。可是不知道为什么我却那么恨她! 这可真是怪异。"

伯金注视着他那不可思议、几乎一点表情也没有的脸。杰拉德好像不知道自己在说什么。

"你现在有足够的经历了吗?"伯金问,"你是过来人,为什么还要重复走着老路呢?"

"呃,"杰拉德说,"我不知道。这还没完呢——"

两个人接着往前走。

"不要忘记,我一直爱着你,也爱戈珍。"伯金痛苦地说道。杰拉德用怪异、漠然的眼神看着他。

"是吗?"他淡漠、半信半疑地问,"你自认为是爱着,是吗?"

他随口说道。

雪橇来了。戈珍走了下来,大家相互道别。他们要分开了。伯金坐上了雪橇,就启程了,戈珍和杰拉德站在雪地上挥手道别。看到他们站在雪中形单影只的身影越变越小,伯金的心凉了。

第三十章 雪葬

厄秀拉和伯金的离开，使戈珍感觉自己可以无拘无束地跟杰拉德斗争了。他们将彼此看得越来越透彻，于是杰拉德开始贪得无厌起来。刚开始她还能对付他，心里还觉得舒畅。可很快他就开始对她那套女人的手段不予理会了，不再被她的魅力所折服，不再让她宁静，开始对她蛮横起来。

他们之间的斗争早就开始了，这场搏斗是那么生死攸关，以至他们俩都感到恐怖。他孤军奋战，而她则开始向周围寻求帮助了。

厄秀拉一离开，戈珍就感觉自己的生命僵死了。她蜷曲在自己的房间里，望着窗外亮闪闪的星星。窗外有大山投射下来的浅浅的阴影。那儿是世界的中心，她感到很怪异，好像她将被钉在这所有生命的中心处，这是可避的，没有更深一层的真实了。

就在这时杰拉德打开门走了进来。她明白他会很快回来的。他不会给她单独待着的机会的，总是如严寒那样紧紧跟随着她，真是烦人。

"你怎么不开灯一个人在这待着？"他问。他的语气告诉了她，他不喜欢她这样，不喜欢她创造出的这种孤单的氛围。既然她感觉宁静，感觉所有都是无法规避的，她也就对他很平易近人了起来。

"我们把蜡烛点亮好吗？"她问。

他没作答，只是在黑暗中走进来站在她身后。

"看看那颗可爱的星吧。"她说，"你知道它叫什么吗？"

他蹲在她身边，向矮矮的窗外望去。

"不知道，"他说，"很漂亮。"

"是很漂亮！你关注过没有，它投射出的火焰独树一帜，真是太奇妙了——"

他们都不再说话。她无声地把手沉重地放在他的膝盖上，握紧了他的手。

"你为厄秀拉惋惜吗？"他问。

"不，一点也不，"她说。然后她情绪低沉地问，"你有多爱我？"

他对她更刚强了，问："你认为我有多爱你？"

"我不知道。"她说。

"可你是怎么认为的呢？"

她沉默了。最终，黑暗中传来她淡漠、生疏的声音："没想那么多，真的。"她的声音不只生疏，而且几乎带着狂妄。

听到她说这话他的心就凉了。

"我为何不爱你呢？"他好像对她的指责已经认可了，但很憎恨她这样说话。

"我也不知道你为什么不爱我，我一直对你很好。当你刚和我接触时，你是那么吓人的一个人。"

她的心脏快速跳动着，几乎快要使他窒息了。可她依然很坚毅，在他面前毫不屈从。

"我什么时候吓人过？"他问。

"你第一次来找我时。我必须怜悯你,可那绝对不是爱。"

这句"那绝对不是爱"让他听起来想要发疯。

"你为什么总重申我们没有爱呢?"他愤怒地说。

"可是你并不认为你爱我,对吗?"她问。

他强忍着愤怒,沉默不言。

"你不认为你能爱我,对吗?"她几乎嘲讽地重申道。

"是的。"他说。

"你知道你从没爱过我,是吗?"

"我不明白你所说的'爱'的意思是什么。"他说。

"你知道的,你知道。你清楚地知道你没爱过我。你以为你爱过吗?"

"没有。"他随口说。他坦白而执拗,精神上很空虚。

"你永远也不会爱我,"她坦白说道,"对吗?"

她太冷酷了,冷酷到吓人,让他无法容忍。

"不会。"他说。

"那,"她说,"你怎么会跟我反抗呢?"

他默不作声了,淡漠而绝望。"如果我能把她杀死的话,"他心里反复说,"如果我能把她杀死,那我就彻底自由了。"

对他来说,要想解决棘手的问题只有毁灭可以做到。

"你干吗要折磨我?"他问。

她双臂搂住他的脖子。

"哦,我才不想折磨你呢,"她充满怜惜地对他说,好像是在抚慰一个孩子。这个动作使他的血管发凉,他对此反而一点知觉也没有了。她搂住他的脖子,可怜他,感到自己获胜了。可她对他的可怜却如同石头一样冰冷,其最终的动机还是出自对他的憎恨和对他力量的恐怖,她时时都要对他进行反攻。

"告诉我,说你爱我,"她乞求道,"说你将永远爱我,说呀,说呀。"

她口头上在哄骗他,可她却心不对口,淡漠而具有摧毁性。这全是她那骄傲的意志在驱使着她。

"你不能说你永远爱我吗?"她又在骗他,"说吧,就算不是事实,说吧,杰拉德,说。"

"我永远爱你。"他难过地、逼迫自己复述这句话。

她快速地亲吻了他。

"这真的算是你说的了吧。"她嘲讽道。

他站立着,像是被人揍了一顿。

"尽可能地多爱我,少需要我。"她半是轻视、半是哄骗地说。

黑暗如浪涛一样席卷过他的头脑,一浪比一浪高,他好像感觉自己已经无半点人格了,已经变得分文不值了。

"你是说你并不需要我?"他说。

"你太无尽无休了,没一点羞耻,一点都不大度。你太粗暴。你把我毁了,把我毁了,太吓人了。"

"太吓人了?"他重复道。

"对。你是不是认为,厄秀拉离开了,我就可以自己一个人住了? 你可以跟他们说咱们需要一间梳妆室。"

"你爱怎么样就怎么样吧,如果你愿意的话,你也可以离开。"他极不情愿地说出了这句话。

"我知道,"她说,"你也可以这么做。你什么时候想离开我就走好了,都不用跟我说一声。"

又一股黑浪盖过他的头脑,几乎将他打倒。他感到十分疲累,好像必须躺在地板上才行。他脱掉衣服上了床,就像一个醉汉那样砰然倒下,黑暗的海水此起彼伏,他好像就躺在海上。他就这样一点感觉都没有地躺在吓人的海浪上漂浮着。

最后,她从自己的床上溜了下来来到他的身边。他笔直地躺着,背对着她。好像是变得一点知觉也没有了。

她张开双臂拥住他那恐怖、一点知觉也没有的身体,把脸贴到他坚实的肩上。

"杰拉德,"她低声说道,"杰拉德。"

他纹丝不动。她抱着他,用自己的胸紧紧地贴着他的肩膀。她透过他的睡衣亲吻着他的肩。她在猜测着,他这坚硬、如死人般的身体到底是怎么了。她感到吃惊,她的下意识告诉她不管怎样也要让他说话。

"杰拉德,亲爱的!"她低声说着,低头去亲吻他的耳朵。

她的热气有节奏地搔弄着他的耳朵,好像将他全身的紧张感觉减轻了。她可以感觉到他的身体慢慢地松弛下来,刚才那种吓人的僵死状已经不复存在。她的手将他四肢上的肌肉抓起使劲揉搓着。

热血又开始在他的血管中沸腾,他的四肢松弛了。

"转过身来冲着我。"她低声说着,虽然她固执而又凄凉、失望,但她仍保持着获胜的姿态。

他终于屈从了,暖和、灵敏的身体转了过来。他一下抱住了她。他感到她是那么绵软、软得稀奇,于是他的双臂把她夹得更紧了。她好像快要被他捏碎了,半点力气也没有,瘫在了他的怀中。他的意志如宝石一样刚硬,不可摧毁,势不可当。

她感觉他的激情实在是太恐怖,紧张,如一股魔力般要将她彻底毁灭。她感觉这激情会将她杀死的。她正在被他杀死着。

"天啊,我的天啊,"她在他怀中叫喊着,感觉生命正在消逝。他在亲吻她,抚慰她,弄得她命在旦夕,感觉真的快要完了、死了。

"我要死了吗? 我是要死了吗?"她一直在问自己。

黑夜和他都给不了她答案。

第二天,她身上那没有被毁灭的部分仍然和他没有关系,和他仇视。她没有离开,而是留下来度过了这个假期。可他还是很少留她自己独自一人,还是像影子一般追随着她。他像是对她宣判了死刑,无穷无尽的要求她"要这样"或"不要那样。"有时他表现得过于强大,而她则像一阵扫地风;有时正好相反。他们总是这样进行着拉锯战,互为生死。

"最后,"她自己对自己说,"早晚我会离开他的。"

"我可以离开她的。"他在极度苦痛中告诉自己。

他要自由。他甚至准备离开,把她丢在这儿。可是他的意志竟首次在这个问题上出了故障。

"我要到哪去里呢?"他问自己。

"你不能独立吗?"他自以为是地问自己。

"独立!"他重申着。

他好像感觉戈珍是可以独立的,就仿佛盒子里的一件东西那般可以自我封锁、自我修整。他平定地理性地看清楚了这一点,认可她这样是正确的。可他也认识到,假如让他自己也做到这样一点欲望也没有的独树一帜、自我修整,这需要付出最大的努力才可以。他知道,他只需要再加把力气就能如一块石头那样逍遥自得、无忧无虑,自我完备。

认识到这一点,他的脑海里陷入了恐怖的混乱之中。由于不论他的意志怎样努力要随遇而安、自我完备,他的心里却缺乏这样的想法,他更没有办法制造出这样的想法。他看得分明,要想存活,就得完全摆脱戈珍,只要她想走就走吧,不会提任何的要求,也不会挽留她,随她去吧。

可如果不对她要求什么,他最终只会得到一个形单影只的下场,什么也得不到。一想到这样,他又失去了主意。此外,他也可以退让,乞求她的怜悯。还不如将她杀死算了。否则,他索性淡然面对,不图任何目的去放任自己。可他本性就是个正经肃穆的人,不会足够的快乐,做不出放荡不羁的事情。

他被怪异以扯裂了。就仿佛成为了一个被分尸的罪犯,当成祭礼被奉献给了苍天。他就是如此被分尸,奉献给了戈珍。他如何能将这扯裂的肉体再复原呢?这伤口是他灵魂上一个奇特、敏感至极的窗口,就如一朵鲜花向世间万物开放一样,他通过这盛开着的花朵把自己交托给了另一个人,去到了一个未知的世界。这裸露着的伤口把他自己的掩盖都暴露了出来,让他不完备、受到了限制,永远也没有办法成为一个结束了的生命。这伤口就如天空下盛开的花朵,让他感到残酷的欢愉。他为什么要舍弃它?为什么他要像刀藏进刀鞘中去那样随遇而安呢?他本来已经如种子般破土而出,长出新芽,喷发出生命去拥抱那未知的天空。

不论她如何折腾他,他都要守护自己那没有被磨灭的欲望中的快乐。他变得执着至极。不论她讲什么、干什么,他都不会离开她而去。一种奇异、死亡一般的渴求鞭策他去跟随她。她对他的生命起着关键作用,虽然她轻视他、反反复复地回绝他,可他就是赖着不离开。哪怕离她近一点都是好的,那样他就会对所有的事物都有感觉,就如生命的种子一样旭日东升、轻快,感觉自己的限制性和希冀的魔力,感觉到自我灭亡的神秘。

虽然他阿谀奉承她,可她仍然要折腾他那颗毫无防备的心。她这么样同样也是在折腾她自己。也许她的意志更加坚固吧。她恐惧地感觉到,他正在拉扯她心灵上的花朵,毫无敬重她的意味。他就如一个小男孩儿撕下苍蝇的翅膀,或撕开一朵蓓蕾去观察里面到底是什么模样一般,他撕扯着她的秘密和她的生命,他会将她这朵不成熟的蓓蕾毁灭掉,把她扯得稀碎。

她在很久以后的梦中会像个单纯的精灵那样向他敞开自己。可现在她绝对不会受到伤害,绝对不会让他把自己销毁。于是,她恶狠狠地向他锁闭了自己的心扉。

傍晚时分,他们一同爬上高高的山坡去观赏日落。他们站在温煦的微风中注视着太阳从鹅黄变成猩红,直至消失。东方的峰峰岭岭笼罩在玫瑰红中,在紫色的天际下如恒久的花朵在闪闪发光,真是一大奇观。此时,山下的世界已成青光一片,而空中却是跳跃着的玫瑰色。

　　她觉得这幅景色太漂亮了，令她喜出望外。她想张开双臂拥抱这闪光、恒久的山峦，然后抱着它们离开这个世界。他也觉得这景色太漂亮了。可他的心中没有达成任何共识，他只是感觉到了一阵虚无的痛苦。他希望这峰峦是惨淡的，不要这么漂亮，从而她也就没有办法从这漂亮的山峰中得到支撑。为何她背弃了他，反而去拥抱那霞光？为何她把他一个人抛弃在刺骨的寒风中，让他的心饱受死亡般的风侵袭，而她却自己欣赏那玫瑰色的雪峰？

　　"那黄昏的光芒有什么值得看的呀？"他问，"你为何要对它奉若神明？它对你来说难道就那么重要？"

　　她气愤地不回应他。

　　"走开，"她叫道，"我要一个人独处。这太漂亮了，太漂亮了，"她声调奇异，谵狂般地低吟着。"这是我此生见到的最漂亮的东西。别妨碍我。你自己先离开这吧，你与这无关。"

　　他向后倒退了几步，让她自己一个人如一尊雕像那样矗立在那儿，面对着发出神秘光芒的东方发呆。那玫瑰色已经消逝，巨大的闪着折光的星星已经在天际出现。他仍然在等待。他决不放弃自己的渴望。

　　"这是我以前从未见过的最完美的景象，"她最后转过身朝他淡漠而没有礼貌地说。"你竟然想将它舍弃，这真让我惊讶。你不懂得欣赏它，可你为何要阻止我呢？"实际上他已经破坏了这景致，她不过是在争夺已经逝去了的景象。

　　"总有一天，"他抬头看看她轻声道，"由于你是个大骗子，所以我会在你站着看日落时将你毁灭。"

　　他这是在卑鄙地吹牛皮。她心灰意冷了，但依然装作傲慢地面对着他。

　　"哈！"她说，"我不怕你的胁迫！"

　　她跟他切断了联系，独自待在自己的房间里。可他依旧在等待，有种出奇的耐心，他依旧对她充满渴求。

　　"总会有一天，"他淫邪地对自己说，"一有机会，我就除掉她。"想到这里，他忍不住四肢微微发抖，就如他每次怀着激情和过多的欲望接近她时发抖。

　　此时，她奇怪地和洛克好上了，这真是一种可憎的背弃行为。杰拉德明明知道这件事情，可他却极有耐心地忍耐着，不愿意跟她折腾，于是他果断装作一无所知。可是眼瞅着她对那个他恨入骨髓的毒虫子般的家伙亲热，他就气得浑身颤抖。

　　只有他去滑雪时她才会独处一会儿。他喜爱这项运动，可她不会。他一滑上雪，就如同冲出了生活，冲向了彼岸。常常是他一离开，她就和那个子不高的德国雕塑家攀谈起来，他们在艺术上总有聊不完的话题。

　　他们的观点是相同的。他们厌恶麦斯特洛维克，对未来主义心存芥蒂。他喜欢西非的木头雕塑，阿兹台克艺术及墨西哥和中美洲的艺术。他认为荒谬绝伦的机械运动，与常理相违背的东西让他着迷。戈珍和洛克在玩着一种奇怪的游戏，打情骂俏，有着无限意味，好像他们对生活有某种独特的见解，好像只有他们两个人才钻到了世界的核心，去了解了别人不敢参与的秘密。他们之间通过奇特的色情见地产生了共识，埃及和墨西哥艺术中微妙的情欲将他们心中的火花点燃。他们之间的全部游戏都是一种相互间情欲的沟通，只不过他们试图把这种沟通保持在暗示的阶段。从双方语言和动作的微小的变化中，他们精神上得到了极大的满足。他们之间通过暗示、表情和手势进行沟通。杰拉德虽然看不明白这一套，可他对此没有办法忍耐。他是个粗人,没法弄懂他们交流的形式。

他们依靠原始艺术的暗示,崇尚感觉的内在神奇。对他们来讲艺术是真实,而生活是缥缈的。

"当然了,"戈珍说,"生活确实无所谓。只有人的艺术才是核心。一个人在生活中的一举一动是不重要的事,一文不值。"

"正确,说得太正确了,"雕塑家说,"一个人在艺术上的一举一动,那才是他生命的喘息。一个人在生活中的一举一动是无足轻重的,只有俗人们才会因此而大惊小怪呢。"

非常怪异,戈珍在这种沟通中得到了极大的欢愉与自由。她感觉自己从现在开始永久稳固了脚根。对比之下,杰拉德是那种粗俗的人。喜欢在她的生活中只是转瞬即逝的东西,除了她搞艺术时,她感觉不到爱。她记起了克利奥帕特拉,她肯定是一位艺术家,她汲取了男人的精髓,获取了最高级的享乐,然后抛弃掉糟粕。她还想起了玛丽·斯图亚特和了不得的伊丽欧诺拉·塔斯,每当她演完戏后就去和她的情人们做爱,气喘吁吁的景象可想而知。她们是俗套的恋爱者先驱。归根结底,情人不过是这种微妙的感觉、这种女性艺术,感官理解的完美知识的燃料,点燃了人们的狂热之情。

一天晚上,杰拉德同洛克就意大利和特利波利问题展开了辩论。杰拉德正处于怪异的一触即燃形态中,洛克很激动。表面上他们是在拌嘴,实际上是两个男人之间的精神之战。戈珍看得出,整个过程中杰拉德都对洛克表现出英国式的倨傲。虽然杰拉德浑身发抖,眼睛冒火,满脸通红,可在争论中他却表现出一副粗犷的傲慢样子,这副样子让戈珍极为恼怒,洛克深恶痛绝。杰拉德的话句句刚毅果决,毋庸置疑,德国人不论讲什么他都轻视,被认为是信口开河。

最后洛克百般无奈地举手投降,耸耸肩表示停战,那表情带着严重的讥讽意思,如孩子一般向戈珍求助。

"太太,您看——"他说。

"别叫我太太好吧?"戈珍叫道,她羞愧满面,眼冒火花。她看上去活脱脱的一个美杜萨。她大喊大叫,让别人都惊叹不已。

"请不要叫我克里奇太太!"她大叫。

这种称谓尤其从洛克的口中说出来,就让她感到无法忍受,仿佛是一种羞辱,让她感到尴尬。

两个男人吃惊地看着她。杰拉德的脸都白了。

"那让我怎么叫你呢?"洛克心怀不轨地小声问道。

"反正不能这么叫,"她轻声说着,脸都红了,"至少不能这样叫我。"

她从洛克的表情上看出他懂得了。她并非克里奇太太,这表明了大问题了。

"叫您小姐好吗?"他故意问。

"我未婚。"她带着傲慢的表情说道。

她的心如一只受到惊吓的鸟儿在狂跳。她知道这么做已经伤害到了杰拉德,于心有些不忍。

杰拉德笔挺地坐着,脸色苍白但表情镇静,如一尊雕塑。他没关注她,也没关注洛克,他谁都不关注。他只是一动不动地坐着。洛克此时躲在一边,低着头向上翻着眼皮注视着他们。

戈珍不知道要怎么样，为此心里实在伤心，她没有办法将这里的空气缓和过来。她挤挤眼笑着心领神会地看一看杰拉德，几乎是在嘲讽他。

"尊重事实吧。"她说着做个鬼脸。

可现今他又一次将她掌控住了，由于她给了他这样的致命一击，由于她毁灭了他，她不知道他如何能承受这个抗击。她望着他，发现他非常有意思。一时间她对洛克都失去了兴趣。

最后，杰拉德站起身，款款地走到教授跟前同他讨论起哥德来。

她非常好奇为何杰拉德今夜这么容易认输。他好像没有生气、也不反感，看上去出奇的纯粹，十分帅气。他有时显露出来的这副若远若近的模样让她着迷。

这一夜，她一直悔恨地等待着。她想他会躲避她或者表露出什么迹象来。可他却跟她一点感情也没有地说了几句话，就如同跟屋里任何一个其他人说话一般。他的心里很平静，很超然。

她走到了他的房间，心里爱他爱得疯狂。他是那么英俊，让她没有办法靠近。他亲吻了她，他是爱她的，这令她十分舒畅。可他并未清醒过来，仍然表现得那么有距离感、一点感知也没有。她想对他说什么，可他那副率真、一点感知也没有的样子让她没办法说出口。这让她感到十分的苦恼，她又不开心了起来。

到了次日清晨，他开始用稍带着厌烦的眼神注视她，目光中透出某种害怕与仇视的表情。她又恢复了以前的面孔。可他依旧没有勇气跟她搏斗。

现在，洛克正在等待她。这位自我与世无争的人终于感觉这样一个女人的存在，他可以从她那儿获得点什么了。他一直担心地等待着跟她说话，想尽办法靠近她。她的身影使他万分激动，他狡黠地想靠近她，好像她身上有什么无法看到的吸引力。

他一点也不认为自己比杰拉德差。杰拉德是个局外人。洛克嫉妒他的富足，骄傲和俊朗的外表。这些东西——资产、社会地位的贵重和英俊的外表都是外在的东西。要想靠近戈珍这样的女人，洛克可是有着杰拉德做梦也无法想到的招式。

杰拉德如何能满足戈珍这样的能人呢？他以为自满、主人般的意识和健硕的体魄能发挥作用吗？洛克有方法，他了解如何满足女人的秘密武器。最有用的力量是要细致、会因地制宜而不是盲目地反击。他洛克深知此法，而杰拉德却一无所知。他洛克可以探进女人的心中，杰拉德却根本就找不到入口。在女人这座神奇的庙宇中，杰拉德不是洛克的敌手，洛克可以探入到女人阴暗的内心深处，在那里找寻到她的精神并与之进行角逐。他是蜷曲在生命中心的蛇。

究竟什么才是女人需要的呢？只是求取在人类社会中满足自己的野心吗？抑或说是在爱与善中寻得伴侣？她需要"善"吗？只有傻瓜才坚信戈珍会需要"善"。她这样只是一种表象。跨越门槛之后，你会发觉她对社会抱有一种完全的愤世嫉俗的态度。一深入她灵魂深处，你就会嗅到刺鼻的腐蚀气味，可以看到一股阴暗的欲火和一种鲜活的微妙的社会批判意识，她认为社会歪曲了，社会是恐怖的。

那么，她还需要什么？难道只有单纯盲从的激情才能使她得到满足吗？不，并非如此，而是在变态的极端感受中难以名状的快感。这是阴暗中展开的变形过程中一种坚强的意志和她的坚强意志撞击后取得的快感，这是最后的，无法用语言表达的分离与裂变。可在这全部过程中，她表面上却表现出极度的泰然自若，没有流露出一丝情感来。

可是在两个特殊的世人之间，感觉经历的范畴是有限的。情欲反应的高潮一旦向某个方向冲去就结束了，不会再有发展。只有来来回回的重复的可能，抑或是对立双方分开，更或者是一方屈从于另一方，或者以死亡来收场。

杰拉德已经渗透了戈珍灵魂的全部表层。对戈珍来说，杰拉德是世界上现在为止存在的最重要的人物，是她那个男人世界的终结。她通过他知道了世界并与世界隔绝。一旦完全了解了他，她就又如亚历山大大帝那般去探求新的世界。可是没有新世界，没有其他的男人，只有生物，只有洛克这样不能再分解的小生物。对她来说这个世界毁灭了，只剩下了自己内心的阴暗，以及自己的感知，最后变为猥亵的宗教神秘。这神秘的磨合运动变形了生命这个强大的有机体。

戈珍明白所有的一切，凭借的是她的下意识而非她的头脑。她知道她下一步要如何走——她知道和杰拉德分离以后要去到哪里。她害怕杰拉德，害怕他将她杀死。可她不愿意被人杀死。仍然有一缕细丝将她跟他连接在一起。她犯不着用自己的死来切断这根线。她还有更远的路要走，她还要去体验更漂亮的东西，在她死之前她还有很多无以言表的微妙感觉需要经历。

杰拉德不配经历最终的微妙感觉。他没有办法触碰到她的敏感点。可是他那粗犷的攻击没有办法刺中的地方却让洛克这样的昆虫的理解力如小刀一般一点点触碰到了。至少现在她脱离了一个人转而投入了另一个人的怀抱，投向了那个生物，那个最终的艺术家。她明白，在洛克的心灵深处他与所有的事物都没有关系，对他来说无天、无地、也无地狱。他没有忠实的朋友，也不跟随其他人。他只是孑然一身，深居简出，特立独行。

可杰拉德的心却仍旧依恋着外面的世界，依恋着别人。他的局限就在这里。他有他的限制性，受着必然的局限，他需要善良，需要正义，需要与自己的最高目标融为一体。这最高目标或许就是对死亡过程的完美细致的经历同时维持自己的意志不受侵害，可是他做不到。这就是他的限制性。

自从戈珍否认了她与杰拉德的夫妻关系，洛克恍惚感觉到取得了一些儿胜利。这位艺术家好像如一只飞旋着的鸟随时准备向戈珍扑去。但他并没有莽撞地向戈珍扑过去，他一直都不会在不正确的时候选择发起进攻。不过，在黑暗中，他拥有充满自信的本能，神秘地与她产生感应，两人心领神会。

这两天，他们一直对艺术和生活进行探讨，两个人交谈甚欢。他们称赞以前的东西，对过去的成就又有着柔情似水、孩子气的欢欣。他们尤其喜爱18世纪末叶，那是哥德、雪莱和莫扎特的时代。

他们回味往昔，赞赏以前的伟人，就仿佛玩弄着象棋和活动木偶，从中得到欢乐。他们把全部伟人都安排在木偶戏中，由他们掌控剧情。至于将来，他们只字不提，偶尔玩笑地说梦道，人类会发明一场可悲的灾难将世界毁灭。某个人会发明一种炸药把世界炸成两半，两半都会向相反的方向飞走，致使地球上的人惊慌失措。或者地球上的人划分成了两派，每一派都以为自己是绝对正确的，而对方是不正确的，应该被毁灭，于是世界的另一种末日就来到了。洛克则做了这样一个吓人的梦：地球变冷了，冰天雪地，只有北极熊、白狐这样的白色生物得以存活，而人类则像恐怖的白色雪鸟在严酷的冰雪世界中挣扎着。

除了设计这样的故事以外，他们对未来只字不提。他们最爱做的就是讥讽般地想象世界的灭亡，或者悲伤地回忆过去。他们要悲伤而快乐地重新建筑起那个世界:魏玛的哥德,贫困但对爱人忠诚的席勒,或者是道别到发抖的让·雅克·卢梭,抑或是芬尼的伏尔泰或朗诵自己诗歌的腓烈特大帝。

他们每次都聊上好几个小时,探讨文学、雕塑和绘画,意味深长地讨论米莱克斯曼、布莱克、弗赛利、费尔巴哈和伯克林。他们感觉这些伟大艺术家的生涯够他们谈论一辈子的。不过他们更喜欢探讨 18 和 19 世纪的伟人。

他们会交替着用好几种语言聊天,主要讲法语。可他总是在每句话的最后蹩脚地讲上一点英语,并使用德语进行总结。而她则能灵活地使用任一种语言进行总结。她尤其喜欢这样的聊天。都是美妙绝伦的语句、双关语,模模糊糊的。她为可以用三种不一样色彩的语言丝线织成的对话感觉愉快。

整个谈话的过程中,这两个人围绕着一团看不见的火焰踌躇不前。他想得到这团火,可又犹豫不前。她也想,可她又想将这团火永远地扑灭,因为她还有点怜惜杰拉德,还跟杰拉德纠缠不清。最关键的是,一想起跟杰拉德的关系,她就悲伤起来,怜悯自己。由于过去发生的所有事情,她感觉自己被一种恒久,无法看到的线拴在了他的身上——就是由于过去的所有事情,就是由于那个夜晚他第一次来找她,疯狂地闯进她的卧室,由于——

杰拉德渐渐地讨厌起洛克来,极度憎恨他。他并没有拿他当一回事,只是轻视他而已。可是他能感觉得出来戈珍被这个小矮子所影响了。他对这点生气至极。戈珍竟然被洛克的身影生命统治了,这可不得了!

"那小歹徒是怎样将你迷住的?"他有一天非常迷惑不解地问。他是个真真正正的男子汉,根本看不出来洛克为什么这么迷人、为什么那么值得人人都看他一眼。杰拉德企图在洛克身上找到一些足以迷惑女人的帅气或高贵的地方。可是,很可惜,他什么也没找到,他只让杰拉德感觉想吐,就像只虫子一样让人想吐。

戈珍的脸红了。她永远也不会原谅这样的攻击。

"你这是什么意思?"她反问,"天啊,没和你结婚真是最大的幸运!"

她那轻蔑的语调将他镇住了,使他一下子无话可说。但他很快就缓了过来。

"告诉我,只要告诉我就行,"他压低嗓音狡诈地说,"告诉我,你被他哪点迷住了。"

"他并没有迷住我。"她淡漠、纯粹地驳斥他。

"是的,他就是把你给迷住了。是那条小干巴蛇把你给迷住了,就如同一只小鸟随时准备跳进它的口中。"

她生气地凝望着他。

"我不喜欢和你说话。"她说。

"你喜不喜欢和我说话都无所谓。"他说,"这并没有想改变你准备跪在那只小虫子跟前亲吻他的脚这个事实。我不想阻止你如此做,去吧,跪下去亲吻他的脚。可我想知道你是被什么迷住的,是什么?"

她被气急了,只得默不作声。

"你怎么敢对我这么生气呢?"她大叫道,"你竟然敢这样,你这个供贵妇人玩弄的美男子,你还想欺负我。你凭什么欺负我?"

他脸色苍白。从他的眼光中她看得出,她受到了这条狼的掌控。由于她受到他的掌控,所以她憎恨他,她不知道自己是不是应该将他杀死。在她的假想中她已经将这个站在面前的男人杀死了。

"这并非权力的问题，"杰拉德说着坐在椅子中。她注视着他身体动作的改变，他紧张的身体像是被什么魔力鞭策着一样，机械地做着动作。她对他的憎恨中带有几分轻视。

"这不是我对你有什么权利的问题，请不要忘记，我当然对你权利的。我只想知道是什么东西驱使你屈服于楼下的那个卑鄙的雕塑家，是什么让你像个可怜的虫子那样崇尚他？我想知道你追求的是什么。"

她站到窗边去听他讲话。然后转过身去。

"是吗？"她极随便、极果敢地说，"你想了解他吗？因为他对女人理解，因为他聪慧。就这么回事。"

杰拉德脸上露出一丝怪异、毒辣、畜生般的笑容。

"是怎样理解的呢？"他说，"那是一个跳蚤的理解，一个长着大象的鼻子蹦蹦跳跳的跳蚤。你为什么会对一个跳蚤屈服呢？"

戈珍脑海中想起了布莱克对跳蚤的灵魂的叙述。她想用这种叙述来雕刻洛克。布莱克也是个小丑。可是他应该回答杰拉德的问题。

"你不认为一个跳蚤比一个傻瓜的理解更有意思吗？"她问。

"一个傻瓜！"他又说了一遍。

"一个傻瓜，一个自高自大的傻瓜，一个笨蛋。"她说完又加上了一个德文词。

"你是在叫我傻瓜吗？"他问，"好吧，当傻瓜比当楼下那样的跳蚤好很多！"

她望着他。他那种蠢笨相让她生厌。

"你最后那句话表露了真相。"她说。

他坐着，惊慌失措。

"我这就离开。"他说。

她开始向他发起进攻了。

"不要忘记，"她说，"我完全不依靠你，完全。你安排你的，我规划我的。"

他在思量着。

"你的意思是从现在开始我们谁也不认识谁了？"

她踌躇了一下，脸红了。他给她设下了埋伏，逼迫她受骗。

她转过身冲他说："你永远也别想谁都不认识谁的事。假如你擅自做主，我希望你了解你是自由的，根本用不着为我考虑。"

她的话向他暗示她仍然是需要他的，单单这么一点点的暗示就足够将他的激情激发出来。他坐在那里，体内发生了改变，血管中情不自尽地荡起一股热血。他的心低吟着，可是他享受这样。他明亮的眼睛注视着她，他在等她。

她马上就懂了，不由得讨厌地打起寒战。都这样了，他怎么还用如此的眼光急切地期盼她？他们刚才说的那些话难道还不足以将他们完全分开、让他们心灰意冷吗？可他还在对她满怀着期望呢。

她有点不知所措了，偏着头说：

"如果我有什么改变，我会告诉你的——"

说完她就走了出去。

他迷茫地坐在屋里，失望至极，这失望感好像逐渐地将他的理解力毁灭。可是他的潜意识还是耐心地等待着。他纹丝不动，停止了思想和感知，就这样坐了好半天。然后他站起身到楼下去和一位大学生下棋。他此时神清气爽，表现出一副烂漫无邪的样子。戈珍对他这种样子感到非常的不安,使她非常恐惧,她真的憎恨他这个样子。

在这以后,从来没有问过她个人问题的洛克开始探听她的情况了。

"你没结婚,对吗?"

她注视着他。

"压根没有。"她很有分寸地回答。洛克笑了,脸上挤出怪异的表情。他的前额上飘着一缕细发。戈珍注意到他的皮肤、手和手腕都是发亮的棕色。他那双手好像攥得很紧。他如同一块黄玉那样闪着透明的棕色光泽。

"很好嘛。"他说。

他得拿出点勇气才敢接着问。

"伯金太太是你姐姐?"

"对。"

"她结婚了吗?"

"结了。"

"父母还健在吗?"

"在。"戈珍说。

接着她概述了她现在的境况。他一直用很好奇的眼光注视着她。

"是这样!"他惊讶地说,"那克里奇先生很有钱吗?"

"对,很有钱,他是个煤矿主。"

"你们交朋友多长时间了?"

"好几个月了。"

一阵沉默。

"真的,我感到惊讶,"他终于开口说话了,"英国人,我原本认为都很漠然的。你离开这儿以后计划做什么?"

"我计划做什么?"她重复道。

"对。你不能再回去做老师了。不能。"他耸耸肩道,"那是不可能的。让那些一无所长的恶棍去做那些事吧。你,你知道,你是个不平凡的女子,了不得的女性。为何要否认这一点? 为何要存在疑问? 你是个不平凡的女人,为何要走别人的老路,过平凡人的生活?"

戈珍看着他的手,脸颊绯红。她很开心他那么坦诚地说她是个不平凡的女性。他说这话不是要奉承她,要知道他是个有见地,讲话很客观的人。他如此说,就和他在讨论一尊雕塑是不平凡的是一样的,由于他认为如何就是如何。

她感动于他这番讲话。其他人总爱用一种标准和模式去度量所有的事情。在英国,足够平凡就是美德。听到别人讲她不平凡,她感到轻松了下来。自此她再也不用为那些俗套的尺度而忧愁了。

"你知道,"他说,"我可是一无所有的。"

"哦,钱!"他耸起肩道,"人长大了之后,钱能为你做任何事情。只是年轻时想要有钱很难。不用为钱发愁,想要得到钱是件很容易的事情。"

"是吗?"她笑道。

"总是如此。只要你需要,杰拉德他们家会给你一笔钱的——"

她的脸红透了。

"就算我会向所有人要，"她很困难地说，"但就是不会管他要。"

洛克注视着她。

"好，"他说。"就算管别人要吧。只是别再回那个英国去，不要再回那所学校。不要回去，不要那么傻。"

又一阵相对无言。他不敢要她随他走，他甚至不敢确定她会需要他。再说她也害怕他提这样的要求。他爱惜自己的孤单，更害怕别人与他分享生活，甚至一天都不可以。

"我只知道其他的地方就是巴黎，"她说，"可我又受不了那儿。"

她睁大眼睛牢牢地盯住洛克。洛克垂下头把脸扭向一边。

"巴黎，不行！"他说，"深陷爱的信仰、最新式的主义和新的崇拜基督热衷，还不如整天骑旋转木马的好。但是，你可以到德累斯顿去。在那儿我有一间画室，我可以给你一份工作，哦，很容易做的工作。虽然我还没看过你的作品，可我相信你能胜任。到德累斯顿来吧，那可是个好地方，那可以找到你想过的城市生活。在那里可以得到所有你想要得到的东西，不会有巴黎的愚蠢和慕尼黑的啤酒。"

他坐着，镇静地注视着她。她就喜欢他跟她说话时那种坦诚劲儿，就如同在自言自语。他是她的艺术伙伴，但首先是她的同伴。

"不行，巴黎，"他又说，"巴黎让我想吐。呸，爱情，我厌恶它。爱情，爱情，爱情，不管用哪种语言说出这个词汇都让我感觉恶心。再没有比女人和爱更使人恶心的了。"他大叫着。

"我也这么认为。"她说。

"厌恶"他复述了一遍，"我戴这顶帽子或那顶帽子关别人什么事。爱也是如此。我不需要戴何种帽子，怎样舒服就怎样。假如爱情让我不便利，我就不去爱。你说对吧，小姐，"他向她凑近一些，快速打了一个手势，似乎要把什么打到旁边去，"小姐，不要介怀，我告诉你吧，为了得到一个聪慧的小伙伴，我会付出所有，包括你全部的爱。"他目光有神、有点儿邪恶地注视着她。"你了解吗？"他微微一笑。"不论她年龄多大，一百岁，一千岁，对我来说都一样，只要她能明白就行。"说着他猛然闭上了眼睛。

戈珍又一次感到被侵犯了，他难道不认为她长得好看吗？

她突然笑道："我得再等二十年才能达到你的标准，"她说，"我非常难看，对吗？"

他突然用一个艺术家的眼光审度着她。

"你很漂亮，"他说，"为此我非常开心。可不是这么回事，不是，"他叫着强调，这让她有点得意起来。"你漂亮，是由于你聪慧，你有悟性。而我，是个上不了台面的人。那好！那就别要求我变得强悍、健硕。可是，我，"他很怪异地把手放在嘴上，"我在寻找情妇，由于你的聪慧跟我匹配，所以我想找你做我的情妇。你懂吗？"

"是的，"她说，"我了解。"

"至于爱情，"他打个手势好像要舍弃什么厌恶的东西，"是无足轻重的，无足轻重。今晚我喝白葡萄酒或不喝酒有什么所谓呢？没关系，没关系嘛。所以，爱情与偷情，今天与明天甚至永远，这都是一回事，都无所谓，跟喝不喝白葡萄酒是一个道理。"

他说完这话无望地垂下头去。戈珍凝望着他，她的脸变得苍白。

突然,她伸出手握住了他的手。

"说得没错,"她尖着嗓子激动地说,"我也是这么认为的,最关键的是懂得。"

他抬头怯懦地注视着她。然后忧郁地点点头。她松开了他的手:原来他竟然一点反应也没有。他们默不作声地坐在那里。

"你懂吗,"他黑色的目光注视着她像是在做什么预言一样地说,"我们两个人的命运,会交织在一起,直到——"他做个鬼脸不再往下说了。

"直到何时?"她的脸和嘴唇都变得苍白起来。她对这类恶毒的预言总是非常敏感,可他只是猛地摇头。

"我不知道,"他说,"我不知道。"

杰拉德去滑雪了,直到黄昏才归来,没有吃上她下午四点准备的茶点。因为雪质很好,所以他滑的时间很长。他单独一人在雪坡背上滑着,他爬得很高,直到能眺望到五英里外的山口,眺望到山顶上半陷在雪中的玛丽安乎特旅馆,还可以眺望到远处的深谷和暮霭中的松林。那条路直通到家,可一想起家他就感到厌恶。你大可以向下滑,滑到山口下古老的大路上去。可为何要到路上去呢?一想到重返人世间他就厌恶。他应该在雪山上住一辈子。他一个人曾经很幸福,自己在山上,快速地滑雪,架着雪橇飞驰过覆盖着晶莹白雪的黑色岩石。

可是他感到心头越来越发凉。他已经开始失去耐心、不再那么纯粹,他又要被恐怖的激情所折磨了。

于是他浑身沾着白雪像个怪雪人一样,极不情愿地来到空谷间的房子前。他看到屋里亮着橘黄色的灯光,就犹豫不决了,他很不情愿进去遇上那帮人、听他们吵吵嚷嚷,见到他们那纷杂的身影。他感觉自己的心头一片空虚,有时又感觉一阵冰凉。

一见到戈珍,他的心禁不住发抖。戈珍在德国人面前显得极为高贵,很大方地冲他微笑着。他心中顿时就涌现出一个想法——杀死她。整个晚上他都魂不守舍,脑海里隐隐约约地想着雪和他的激情。他一直在想要将她掐死,将她身体内的每一点生命火花都挤出来,直到她纹丝不动地躺倒,浑身柔和,永远如一堆躺在他手掌中的软团,那时,他极大的情欲将会得到满足。那样的话从此他就永远将她占为己有了,那将会是情欲的顶峰和终点。

戈珍并未意识到他现在有这样的想法,只觉得他依旧和平常一样安静、平和。他这种平和的样子甚至让她感觉自己对他太蛮横了一些。

她来到他屋里时他正巧在脱衣服。她根本未注意到他眼中那仇视的奇异光芒。她倒背着手站在门后。

"我在想,杰拉德,"她那种淡漠的样子简直是对他的羞辱,"我不回英国了。"

"哦?"他说,"那你打算去哪里?"

她对这个问题置若罔闻,她仍然依照自己的思想讲下去。

"我感觉回去没有意义,"她继续说,'我和你之间也算是结束了。"

她停了下来,等着他说话。可他什么也没说。他只顾自言自语:"结束了,是吗?我相信结束了。可还没完。记住这还没完。我们得让它毁灭才行。得有个结果,有个结尾。"

他喃喃自语着,但并没有大声地讲出来。

"过去的就让它过去吧,"她继续说,"我从来没后悔什么,我希望你也别后悔什么——"

她在等他说话。

"哦,我什么都不后悔。"他随声附和道。

"那好,"她回答,"那好。那就是说,咱们谁也不后悔什么,就是我们活该。"

"活该。"他毫无目标地说。

她停了停,理顺了思绪。

"咱们的努力已经成败局,"她说,"不过我们仍然可以在其他方面做些尝试。"

他愤怒了。好像她是在撩拨他,刺激他。她为何要这样做?

"努力什么?"他问。

"努力做成情人啊。"她说,她有点难为情,但又装作满不在乎的样子。

"我们做情人的努力也会注定会是个败笔吗?"他大声重申道。他心里在说:"我要杀了她,就在这儿。必须杀了她。"

他已经变得杀气腾腾了。可她却什么也没看出来。

"难道不是吗?"她问,"你以为是胜利了吗?"

这种羞辱如一团火在他的血管灼烧着,提出这样轻浮的问题。

"总有点成功的地方吧,我是指我们的友谊,"他回答,"或许,有成功的地方。"

他说最后一句话时停顿了一下,甚至起初讲这句话时他都不知道将要说什么,他知道他们从来都没有成功过。

"错,"她说,"你没有办法爱。"

"你呢?"他问。

她的两只黑眼睛像两盘黑色的月亮在注视着他。

"我没有办法爱你。"她这一句话讲出了这个残酷的事实。

他的脑海忽然黑了一下,身体禁不住摇晃了一下,他的心燃烧起来了。他的意识向他的手腕流动,向他的手心流动。他现在只有一个想法就是要将她杀死。他的手腕在燃烧,直到掐死她他才会得到满足。

就在他向她冲去之前,她终于懂了,脸上露出茅塞顿开的表情,紧接着她像闪电那样地开门而逃。她冲回到自己的房间,将门反锁起来。她恐惧,但心里又很自信。她明白自己的生命正在深渊的边缘上抖动。可怪异的是,她自认为很安全。她知道她的智慧可以打败他。

她站在自己屋里万分激动。她知道她会将他打败的。她可以依靠自己的理智和聪慧。可现在她知道了,这是决一死战的关键时刻。稍微摔一跤她就死定了。她只感觉到一阵奇异、刺激、越来越强烈的厌恶感,就好像一个人从高处往下落那样,可她不向下看,以此来逃避自己的惊恐。

"我后天就得从这里离开。"她心里说。

她要让杰拉德明白她不害怕他,假如她这就逃跑表明她害怕他了。其实她并不畏惧他。她明白这就是逃避他在肉体上伤害她的武器。就是和他比力气她也不会畏惧他的。她想向他表明这一点。她要表明,不论他怎么样她都不会对他畏惧,她要表明,她可以永远从他的世界中消失。同时她也明白,他们之间的这场恐怖的战斗永不停歇。她自己得自信才可以。不管她心里有多少惧怕,她不能畏惧他,不能被他吓倒。他永远也不要妄想可以将她吓倒,永远也别妄想掌控她,永远也别妄想对她有什么权利。她要坚持这几点,要向他表明这些。一旦表明了这些,她就永远自由了。

可现在她既没询问他，也没向自己表明这些。她现在依旧没有办法离开他。她坐在床上用被子将自己包裹住，一坐就是好几小时，陷入无尽的沉思中，可是她好像永远也理不清自己的思绪。

"他好像并不是真的爱我。"她喃喃自语道。他不爱我。他遇上哪个女人都要让人家爱上他。他甚至不清楚自己这样做了。可他在每个女人面前都展现了他的男性魅力，表现出他强烈的欲望，他想让每个女人都感觉有他这么一个大情人是多么完美的一件事。他故意不在乎女人，这是他的一个儿戏。其实他无时无刻不在注意着她们。他就像一只公鸡，在五十个女人面前昂首阔步，将她们的心全部俘获。可是我对他这种唐·璜式的样子并不感兴趣。我要做一个女唐·璜会比他做唐·璜厉害百倍。他让我厌恶。他的大男子主义让我厌烦。没有人比他更招人厌烦、更愚蠢、更傲慢的发傻了。确实是这样，这些男人们得意忘形，真是可笑，这群自大的东西。

他们全都一个德行，看看伯金吧。他们都是些自高自大，事实上都并不怎么样的人。确实如此，正由于他们的能力有限，天性卑微，才使他们变得这样自满。

洛克比杰拉德要厉害上千倍。杰拉德没多少出息，没多少门路，他只能在旧磨坊里一辈子推碾子。可碾子下面并没有粮食。一直碾呀碾，却什么都碾不出来，即相同的话，相信同一件事，做同一件事，没有改变。我的天，连石头都缺乏这种耐性的。

我并不崇尚洛克，但不论如何讲他是个自由的人。他并没有大男子主义。他并不是那么忠厚地推着那架旧碾子。天啊，一想到杰拉德和他的工作——贝多弗的公务和煤矿，我就感到想吐。我跟这有什么关系，跟他有什么关系，他还认为他可以做女人的情人呢！你还不如把一根扬扬得意的电线杆当情人。这些男人，他们恒久的工作，还有上帝赐给他们的磨盘，他们一直不停歇地拉着磨，却一无所获！这可太恶心、太恶心了。我怎么能倚重他呢？！

你至少在德累斯顿就可以脱离这些了。你会做些有趣的事情。去欣赏音乐舞蹈和演出，听德国歌剧，看德国戏剧，那将是多少有意思的事情！加入德国放任的生活行列会十分有趣。洛克是个艺术家，是个自由的人。人可以脱离许多东西，这非常关键，脱离许多重复进行的使人厌恶的俗套行径、卑俗语言和姿态。我并非自欺欺人地认为可以在德累斯顿找到长命百岁的仙药。我明白这不可能。可是我可以脱离那些有自己的家、自己的子女、自己的熟人、自己的这个、自己的那个的人们。我将与那些无财产、无家、无家仆的人作为同伴，我们不需要身份、地位和阶层，不需要朋友圈子。哦，天啊，一圈又一圈的人，让人的脑袋像闹表一样转，疯狂地像机器一样一点意义也没有地空转。我真憎恨生活，憎恨这一切。我真憎恨杰拉德一家，他们不能给我们任何东西。

肖特兰兹！天啊！想想生活在那儿是种什么感觉！一周，又一周，又一周，循环往复——

"不，不能去想它，实在没有办法接受——"

她想不下去了，真恐怖了，实在忍受不了再往下去想了。

一想起周而复始的机械运动，这样一天天没有尽头地继续下去，她就要变得疯狂了。时间一点一点地过去了，表针在转动，带走了时光。啊，天啊，想想这是多么恐怖的事吧。可谁也逃不了,躲不过。

她几乎期望杰拉德和她在一起,把她从这些游思妄想中救赎出来。哦,她自己一个人躺在那儿,听着表针在嗒嗒响着,这有多么恐怖呀。所有的生活,所有的生活都化作了这嘀嘀嗒嗒,嘀嘀嗒嗒声,然后敲响了,一个小时,随后又是连绵不断的嘀嘀嗒嗒声,指针在转动。

杰拉德没有办法将她救赎。由于他的身体、他的动作、他的生命也是这种嘀嘀嗒嗒声,一样如指针在表面上机械、吓人地滑过。他的亲吻,他的拥抱也是这样。她可以听得出他身上发出的嘀嘀嗒嗒声。

哈——哈,她自我讥讽地笑了,她感到太吓人了,她要用笑来把惊惧驱赶开来。哈——哈,这如同疯了一样,真的,真的呀。

她突然这样想:某天早晨,当她一觉醒来时,发现自己头发全白了,她会不会为之一惊? 她经常感觉自己的头发正在变白,因为她想太多的事情,情感太沉重了。可她的头发仍然是棕色的,她依旧是她自己,看上去非常健康。

或许她是健康的。或许就是由于她健康才可以直面现实。假如她病得一塌糊涂,她就会陷入幻想中无法自拔。她没有办法避开现实。她必须时刻睁大双眼、清清楚楚,永远也没有办法逃避,现在她就面临着钟面一般的生活。假如她像在车站上那样转过身去阅读书亭里的书,可是她的心还是可以看到那面白色的大钟。她翻弄书页或做小泥人也是徒劳。她明白她并非真正地在读书,并非真正地在工作。她是在专注自己的手指头拨弄着时钟,那指针在机械、乏味、无休无止地转着。她从未真正生活过,她只是在观望生活。确实,她就如同一只小钟,面对着恒久这座大钟,她既肃穆又放任,或着说既放任又肃穆。

她非常满意自己勾画出的这幅图片。她的脸不是如同一座钟吗——圆圆的,时常苍白,缺乏表情,她应该站起身望望镜子中的自己,可一想到自己的脸长得像一面钟,她就极为害怕,赶紧换了其他的想法。

哦,为何没有人对她友好一些? 为何没有人把她拥入怀中抱着她,让她休息一下,好好儿、安安定定地休息一下? 啊,为何没有人把她拥在怀中,稳稳地拥在怀中让她睡上一觉? 她总是睡不安稳,总是睡不踏实,没有办法松了口中的气,平平静静地睡。啊,她如何可以忍耐这个,如何可以忍耐这种没有尽头、恒久的紧张?

杰拉德! 他能抱着她,用他的臂膀呵护她安睡吗? 哈! 他也需要人安抚他安眠,可悲的杰拉德。他需要的就是如此。他的一举一动就是给她增加压力,他在身边,她睡得就不舒服,他给她的不眠之夜带来更多的疲惫,让她睡不好。但是他反倒因为这样能睡得安稳? 或许是这样的。这就是他要从她那里索取到的,就如同一个嗷嗷待哺的婴儿。也许这就是他激情的秘密,就是他对她永无止境的欲火——他需要她安抚他入眠。

这算什么! 难道她成了他的母亲吗? 她并未让一个需要她整天伺候的孩子来当她的情人。她瞧不起他,轻视他,她硬下心来。这个唐·璜却原本是一个夜间哭闹的孩子。

哦,她真仇视夜里哭闹的孩子,她真想把这个孩子痛痛快快地杀掉算了。她要把他窒息,然后将他埋掉,就如同海蒂·索莱尔所做的那般。对,海蒂·索莱尔的孩子是个夜哭郎,对,亚瑟·唐尼桑恩的孩子就是如此的。哈,亚瑟·唐尼桑恩们,杰拉德们。白天他们是那么纯纯正正的男子汉,可到晚上却成了啼哭不已的婴儿。

让他们都变为机器吧,改变吧。让他们变成工具,单纯的机器,让他们单纯的意志如钟表一般永远反复运动。让他们成为一架巨大机器的完备零件,不停地转动吧。让杰拉德去管理他的企业吧,他会感到心满意足,就好像一辆独轮车来回往返一样,她一直注视着他如此做。

独轮车,可悲的轮子,即为企业的剪影。之后是双轮车,四轮卡车,八个轮子的襄助机车,十六个轮子的卷扬机,持续发展下去,直到一千个轮子的联合采矿机,之后是管理三千个轮子的电工,管理二万个轮子的井下经理,管理十万个轮子的总经理,最后是管理着一百万个轮子的齿轮和车轴的杰拉德。

可悲的杰拉德,他要管理这么多轮子!他比一座精准计时表还要精准。可是天啊,这可真让人感到无趣!真无趣,天啊!一座精准计时表,一只甲壳虫,一想这些她就会恶心地想吐。要计算,要思量,要管理那么多的轮子!够了,够了,人处置繁琐事务的能力是有限度的。不过也未必。

这时,杰拉德正坐在他的屋里看书。戈珍一走,他的欲望就消失了,人也呆捏起来。他在床边痴痴地坐了一个多小时,脑海持续不断地冒出许多想法。可他仍然一动不动,低着头纹丝不动地坐了很长时间。

等他抬起头的时,发现已经到了该睡觉的时候了。他浑身冰凉,在黑暗中躺下。

可他无法忍耐这黑暗。这四周的黑暗使他发狂。于是,他站起身来将灯点亮。他坐着凝望前方,既没有想戈珍也没有想其他的事。

突然他走下了楼去找出了一本书。他惧怕黑夜的来临,他没有办法安然入眠。他知道,自己根本无法忍受在不眠之夜里惧怕地凝望着时光流逝。

他如一尊雕塑一样坐在床上看书,一看就是好几小时。他的头脑很敏锐,专心读书,身体竟然完全没有了知觉。他就这样一点知觉也没有地阅读了一个通宵,清晨他已经筋疲力尽,对自己都感到厌烦了,于是倒头睡了两个小时。

等他起床以后,已经变得精神抖擞。戈珍不愿意和他说话,只是在喝咖啡时说:

"明天我就要离开了。"

"咱们是不是顾全一下颜面,一起到了因斯布鲁克再分手?"他问。

"也许吧。"她说。

她一边品着咖啡一边说"也许",说话时吸气的声音让他感到作呕。他立刻站起身离她而去。

他去安顿第二天出发的事宜。之后他带了一些食物,准备去滑一天雪。他对维特说他或许到玛丽安乎特旅馆去,也或许到山下的村子里去。

对戈珍来说,这一天如春天一般充满希冀。她感到一种轻快,感到一股崭新的生命之泉在体内翻涌。她慢条斯理地收拾行李,读读书,试穿各种各样的衣服,照照镜子望望自己,她感觉十分快乐。她感到崭新的生命注入了她的体内,为此她如同一个孩子那般开心。她温柔的体态,婀娜多姿的身影和幸福的表情惹得人人喜欢。可这种外表下却是死寂。

下午,她要和洛克一同出门。明天对她来说依然很模糊。对此她感到很是欢欣。她也许会和杰拉德一起回英国,也许会和洛克去德累斯顿,也许去慕尼黑的一位女性朋友那儿。明天不知道会发生什么样的事情。而今天则是所有可能性的开始——雪白,闪光的开始。所有的远景不论是美好的、闪光的、难以判定的魅力都吸引着她,这是单纯的幻想。所有都有可能发生,因为死亡是不能避免的,除了死亡,其他也都是不可避免的。

她不想实现一些东西,不想让它们有具体的形态。她突然想明天离开,进入一个全新的轨道,这全部出自某种偶发原因。因此,虽然她想最后一次和洛克到雪野中去遛遛,但她并不拿这当成一回事来看待。

洛克也不是个庄重严肃的人。他头戴棕色的天鹅绒帽,整个头看上去像栗子那样圆。宽大的帽边松松地将他的耳朵盖住,一缕黑头发在他那调皮的黑眼睛上舞动着,小小的脸上透明的脸皮挤到一起像是在做鬼脸。他这副模样看上去仿佛一个没长大的人,像一只蝙蝠。这副身材,再穿上草绿色防水布衣服,让他看上去显得那么弱小,看上去非常古怪,与众不同。

他带着一副双人平底雪橇,他们二人在白雪覆盖的山坡上奔波起来。风雪像火一样燎着他们的脸,他们开开心心不停地用几国语言开着玩笑,幻想着。幻想取代了他们的现实世界,他们极其开心地扔着用幽默和荒诞故事编成的彩球。他们在谈话中使天性自然地闪出火花,他们在玩着一种单纯的游戏。他们只想把两人之前的关系停留在随俗应酬上。这是一场多么奇特的游戏呀。

洛克没把滑雪看得很真切。他不像杰拉德那样痴醉、严谨。戈珍反倒为此感到开心。她对杰拉德滑雪时那紧张的动作恶心透了。洛克放纵自己的雪橇,让它如一片树叶子轻快漫舞,拐弯时他和她双双被雪橇甩了出去,滚进雪里。等他们从冻得如刀子那般刺人的地上爬起来时,发现自己并未受伤,于是又调皮地哈哈大笑起来。她知道他会说玩笑话的,就算是在地狱中,只要他心情好,他就会逗趣儿、说俏皮话。她十分满意他这一点。他这样子就如同超越了尘世的烦忧和枯燥生活一般。

他们天真无邪、兴高采烈地玩着,直到日落西山。小雪橇很惊悚地打个转,停在山坡下。

"等等!"他突然说道,不知从哪里弄来一个大暖瓶,一包饼干和一瓶荷兰杜松子酒。

"啊,洛克,"她叫道,"真是棒极了! 太令人振奋了! 这是哪种杜松子酒?"

他望着酒笑道:"覆盆子。"

"不对! 是用雪下面的越橘做的。这酒看上去就像是用雪提炼出来的呀。你能——"她闻闻瓶子说:"你能闻出越橘味儿来吗? 这可真是太美妙了。可以透过雪被闻到越桔味儿。"

她轻快地跺着脚。而他则跪在地上吹着口哨,把耳朵贴近雪地,眼睛一眨一眨的。

"哈! 哈!"她笑了。他用这种奇怪的动作来讥讽她的哗众取宠,这让她心里感到暖洋洋的。他总逗她开心。作弄她。可他的作弄比她的哗众取宠还荒唐,所以她只能大笑,感觉心里舒服多了。

她感觉自己和他的声音就如同银铃一样在黄昏时分寒冷的空气中响着。多么美妙,多么美妙,这银色的孤单世界,他们之间的交谈。

她喝着咖啡,咖啡的清香在空中弥散开来,有如蜜蜂在嗡嗡采蜜。她小口品着越桔酒,吃着冰冷的甜奶油饼干。所有都是多么美好啊! 所有闻起来、品尝起来、听起来都是那么美好,在这黄昏静寂的雪野中。

"你明天就离开了吗?"他终于问。

"对。"

一阵相对无言。夜似乎悄悄地在升起,越升越高,越来越苍白,直升入近在咫尺的苍穹。

"到哪儿去呢?"

到哪儿去?哪儿,哪儿,这是一个多么美好的词汇呀!她永远不想作答,让这个字永远震响吧。

"我不知道。"她笑道。

他明白这微笑的含义。

"谁也无法明白。"他说。

"谁也无法明白。"她反复说着。

都默不作声。他快速地咬着饼干,就好像兔子吃树叶那样。

"但是,"他笑道,"你买的票是去哪儿的?"

"噢,天啊!"她叫道,"还得有张车票才行。"

这是一个打击。她好像看到自己站在火车站售票处的窗前。然后她松了口气,呼吸通畅了。

"也可以不离开了嘛。"她叫道。

"当然可以。"他说。

"我的意思是说可以不依照车票标明的方向走。"

这句话将他震动了。你可以买一张车票,但不依照车票上标注的方向走。你可以中途停下来,从而逃离终点站,这是个办法。

"例如去伦敦的票吧,"他说,"那地方一定不能去。"

"是的。"她说。

他往一个铁皮罐子中倒了一点咖啡。

"你不告诉我你要到哪去吗?"他问。

"说实际的,"她说,"我也不知道。这要看风往哪儿刮。"

他凝视着她,然后鼓起嘴唇学着柔和的西风神的样子向雪地上吹了一口气。

"风刮向德国。"他说。

突然,他们发现一个隐隐约约的白色人影向他们走近。那是杰拉德。一看到他,戈珍的心不禁惧怕地狂跳起来。她站起身来。

"是别人告诉我你在这儿。"杰拉德的声音像是黄昏的苍白空中响起的判决。

"圣母啊!你像个魔鬼一样。"洛克大叫起来。

杰拉德没有应答。他的身影对他们来说真像个鬼影。

洛克摇了摇水瓶,口朝下倒了几下,水瓶中只滴出几滴棕色液体。

"全喝光了!"他说。

在杰拉德眼中,这个怪异、小小的德国人就像在望远镜中看得那么清楚。他真厌烦这个矮小的身影,想把他赶走。

洛克又晃晃盛饼干的盒子。

"倒是还有些饼干。"他说。

他坐在雪橇中把饼干传递给戈珍。戈珍不安地接过来一片。他本想递给杰拉德一片,可杰拉德摆出一副极不情愿的样子,于是洛克识趣地把盒子放到了一边。然后他拿过小酒瓶,举在光线中照着。

"还有一些杜松子酒。"他喃喃自语。

突然他热情地把酒瓶举在空中,用一种极为荒谬的姿势偏向戈珍,说:

"小姐,为了健康——"

一声炸响,瓶子飞了出去。洛克吓得向后退了一步。三个人都浑身发抖,异常激动。

洛克转向杰拉德,魔鬼般地注视着他。

"干得漂亮!"他生气地讥讽道,"这真算得上是体育运动。"

话刚说完,杰拉德冲着他的脸就是一拳,一下将他击倒在雪中。可洛克踉跄着站起身来,浑身打着寒战,眼睛凝望着杰拉德。别看他身体瘦弱,可他的眼睛却透着恶魔一般的讽刺的目光。

"英雄万岁,万岁——"

说话间,杰拉德的拳头又从暗中打了过来,打在他头上,他躲不过这一拳,像一根折断的草被打到一边去了。

戈珍冲上前来,高举起拳头使劲地击打杰拉德的脸和胸。

杰拉德非常惊讶,好像天塌了一样。他的心裂了,万分苦痛。然后他的心又笑了,他终于伸出强悍的手去采摘他欲望中的果实了。他终于可以实践自己的欲望了。他双手掐住戈珍的喉咙,那双手刚硬,力大无穷。她的喉咙太漂亮了,太漂亮了,异常柔弱,他可以感觉到那脖颈内滑动着的生命之弦。他要将它折断,他可以如此做。这是多大的欢乐呀!哦,这是多大的欢乐!他终于可以心满意足了!他心中充满了十分的快感。他在等待她胀起的脸失去感知,等着她翻白眼。她怎么这么难看啊!他真心满意,真满意!这太好了,太好了,上帝终于实现了他的愿望!他压根意识不到她的抗争。这是她情欲的报酬,越是强烈、越有快感,直到达到快感的高潮,待到她的力气用尽,她的反抗动作和缓下来、平定下来。

洛克在雪中醒了过来。他头晕得厉害,受伤太严重,没有办法站起来。只是他的眼睛还能够看得清楚。

"先生!"他叫道,声音非常弱小,"等你把她杀死之后——"

听到他的话,杰拉德不禁感觉想吐。这恶心令他作呕。哦,他这是在干吗?他还要走多远?!好像他是由于太爱她才要将她杀死,好像由于他太爱她他才要亲手杀死她的!

他感到浑身没有力气,力量像是被融化了似的。他无声无息地松开了手,戈珍从他手中滑落下来,跪在地上。他一定要注视着她,看她是死是活。

他既害怕又虚脱,关节好像化成了水。他飘飘然而去,好像乘着风、飘然离开。

"我并不想这样做,真的,"他心里恶心地坦白着。他一点也没有力气地滑上山坡,一点意识也没有地飘乎着,躲避着眼前的阻碍。

"够了,我想睡了。我受够了。"想到这他不禁想吐了起来。

他很虚脱,可他并不想歇息一下,他只想一直向前,向前,一直滑到底。不到底就不歇息,这是他心里仅存的唯一想法。于是他就这样飘然滑着,滑得毫无力气,什么也不想,只是一味地向前滑。

黄昏的天光如神光一般,蓝得发紫,寒冷的蓝夜降在雪野上。在身后深谷中的茫茫雪野上有两个小小的人影:戈珍跪在地上,像一个被处决的人,洛克笔直地挨着她坐着。

就这么一幅景象。

杰拉德歪歪斜斜地爬上雪坡,他在墨绿的天光下向上爬着。尽管疲惫不堪,还是盲目地向上,向上。他的左侧是布满黑色岩石的陡坡,风雪扑打着黑黑的石崖。可是无半点声音,风雪静悄悄地袭击着黑色的石崖。

他右侧有一轮小小的月亮闪烁着耀眼的光芒,这亮闪闪的东西真让人难受,他如何躲避也没法避开。他想,就这样滑下去吧,一直滑到头。不过他还没有睡。

他难过地向上爬着,有时不得不飞越过一片覆盖着白雪的黑石山坡。他真害怕在这儿跌倒,真害怕跌倒在这个地方。这高高的山顶上,没多久一股冰冷刺骨的寒风让他很难顶得住了,他差不多快要昏睡过去。只是,这儿不是目的地,他必须一直向前爬。他心中那无法言表的恶心让他没有办法待在这。

爬上一道山梁后,他发现有一座更高的山峰隐隐约约出现在前面。总是更高的山峰,更高的山峰。他明白他这是沿着雪道爬向坡顶,玛丽安乎特旅馆就在那儿,然后从那儿顺另一面坡再滑下去。可他并不十分醒悟。他只想一直前进,只要能活动,就一直滑下去,一直滑,如此,直到滑到尽头。他早已没有了方向感。他的脚凭借本能踩着雪橇寻着雪道前进。

他滑下雪坡时歪斜了一下。他被吓了一跳。他没有带铁头蹬山杖,什么都没带。不过既然安全地停了下来,他就在熠熠闪光的雪地上走了起来。他又冷又困地走在雪谷中。他转过身来,心想是否爬上另一道白雪覆盖的山梁然后再沿雪谷前进。他的生命线扯得愈来愈微弱了!他也许会爬上另一道山梁。纯净的积雪很结实了。他往前走着。雪中冒出了什么东西。他惊奇地凑过去。

那是一个半埋在雪中的十字架,顶端是一尊戴着头巾的小型耶稣塑像。他忙转开身去,好像有什么人要将他杀死。他十分惧怕别人杀死他。这种恐怖就像一个恶魔站在他的身边。

可是为什么要害怕呢?被谋杀这事一定会发生的!他惧怕地向周围的雪野望去,周围的雪坡在隐隐约约地晃动。他知道,他注定是要被杀死的。此时死神已经来临,他劫数难逃了。

主啊,难道这一定会发生的吗?主啊!他可以感觉灾祸正在降临,他知道他已经被谋杀了。他迷迷糊糊地向前滑去,高举起双手,好像要去触碰将要发生的一切。他在等待他停下来的瞬间,所以还没有结束。

他来到雪谷中的盆地中,周围全是斜坡和悬崖,只有一条通往山巅的雪道。他朦朦胧胧地向前滑着,一不小心,跌倒了。他感觉灵魂中什么东西摔碎了,随后酣然睡去。

第三十章　雪葬

第二天清晨别人把杰拉德的尸体运送了回来,这时戈珍仍然闭不出门。她见到窗外几个男人负重抬着什么踏雪而来。她安静地坐在那消磨时间。

有人敲门,她把门打开,外面站着一个女人,温柔地很有礼貌地说:"夫人,他们将他找到了!"

"他死了?"

"是的,死了好几个小时了。"

戈珍不知道要说什么才好。她应该说什么呢?她有什么感想呢?她应该怎样做呢?他们期望她怎样做呢?她手足无措,露出一副淡漠的样子。

"谢谢!"说完她将卧室的门关闭了。那女人憋着火离开了。没有一句话,没有一滴眼泪,戈珍就是这么冷漠,一个残冷的女人。

戈珍一直在屋里坐着,苍白的脸上一点表情也没有。她要怎么样?她哭不出来,也不能胡闹什么。她没有办法改变自己。她一动不动地坐着,避开其他的人。她唯一的办法就是避开参与这件事情。然后她给厄秀拉和伯金发去一封长长的电报。

下午,她突然起身去找洛克。她惊恐地向杰拉德住过的屋子瞄了一眼。不管怎样她都不会再进那间屋了。

她见到洛克一个人坐在客厅里,就径直朝他走过去。

"是真的吗?"她问。

他抬头望着他,苦笑一下,耸耸肩。

"真的吗?"他又问了一遍。

"不是我们把他害死的吧?"她问。

他不喜欢她这副模样。他疲倦地耸耸肩道:"可是,事情已经发生了。"

她望着他。他颓废地坐在那,和她一样淡漠无情,备感无聊。我的天!这是一场没有意思的悲剧,乏味,乏味透了。

她回到自己屋里去等待厄秀拉和伯金。她想从这儿离开,一门心思地想要离开这儿。如果不离开这儿,她就没办法思想,就会没有感觉,不摆脱这种情境她就完了。

一天过去了。第二天,她听见一阵雪橇声响。紧接着见到厄秀拉和伯金从高坡上滑下来,她想避开他们。

厄秀拉直冲她而来。

"戈珍!"她叫着,泪水流了下来。她一把将妹妹搂住。戈珍把脸埋在她的怀里,可她依旧没有办法脱离心头那严酷、讽刺人的魔鬼。

"哈,哈!"她想,"这种表现最合适。"

可她哭不出来。望着戈珍那淡漠之情,苍白的脸,厄秀拉止住了眼泪。一时间,姐妹二人竟沉默了。

"把你们又拉回到这儿来是不是太让人讨厌了?"戈珍终于说。

厄秀拉十分惊讶地抬头望着戈珍。

"我可不这么认为。"她说。

"我感觉把你们叫来,真的太让你们为难了,"戈珍说,"可我的确无法见人。这事儿太让我难以忍耐了。"

"是啊。"厄秀拉说着,心头直发凉。

伯金敲敲门走了进来。他脸色苍白,一点表情也没有。她知道他什么都知道了。他向她伸出手说:"这次旅行总算结束了。"

戈珍有点恐惧地望着他。

三个人都默不作声了,无话可说。最后还是厄秀拉低声问:"你看见过他了?"

伯金望了望厄秀拉,目光异常严酷,他没有作答。

"你见过他了?"她又问了一次。

"见了。"他冰冷地说。

然后他望一望戈珍。

"你都做了些什么?"他问。

"什么也没有,"她说,"什么也没有。"

她感到想吐,避开回答所有的问题。

"洛克说,你们在路德巴亨谷底坐在雪橇上时,杰拉德来找你,你们大吵了一架,杰拉德就离开了。你们为何争吵? 我有必要了解,假如官方来调查,我也好说些什么。"

戈珍面色苍白,像一个孩子一般地望着他,心神不宁,沉默不语。

"我们压根就没吵架,"她说,"他打倒打晕了洛克,还几乎掐死我,然后他就离开了。"

可她心里却对自己说:

"这是恒久的三角恋的绝佳的案例!"但她知道,这场战争是杰拉德和她之间的战争,第三者插足只是个偶发现象——可能是不可规避的偶然,但毕竟是个巧合。就让他们把这事当成三角恋的一个案例吧,是三人的仇视导致的。对他们来说这样更容易明白。

伯金淡漠地离开了。但明天他不管怎样都会替她出把力,他会帮忙帮到底的。她情不自禁地笑了。让他去做吧,反正他是关心其他人的好模范。

伯金又去看了杰拉德。他爱过他。可一见到那具一动不动的尸体他又感觉讨厌。这尸体冰冷、僵硬,使伯金五脏冰冷。

他站在那儿,注视着冻僵的杰拉德。

这是一个冻死的男性。他让伯金想到了一只冻死的兔子,像一块木板冰冻在雪地上。他捡起那兔子时,它早已冻成了一块干木头。现今,杰拉德也像一块冻僵的木块,蜷着身子好像睡着了一样,可他显著得僵硬了,硬得让人害怕。伯金感到十分惊恐。这房子得弄暖和点才可以,尸首得化一化,要不然一拉直,他的四肢就会如玻璃或木头一样裂掉。

他伸手去抚摸那张死者的脸,那脸上被冰雪划出的伤口令他万箭穿心。他疑惑自己是不是也冻住了。自己的内心冻住了。棕色短鬓下,鼻孔已不再喷发生命的气息。这就是杰拉德！

他又抚摸了那冰冷的尸体和那冻得闪闪发光、刺眼的黄头发。头发冰冷，差不多如毒药一般吓人。伯金的心冻住了。他爱过杰拉德。现今，他望着这张奇怪颜色、奇特形状的面孔。他鼻子小而帅气地向上翘着，面颊很有男子气。这张脸冻得如一块石头。可不论如何讲他是爱过他的。这让人有何感受啊？他的脑海开始感觉冻结了，他的血液也开始变为冰水。真冷，一种沉痛的、刺人的冰冷力量从外界向他的四肢压去，而他的体内也开始冻结，他的心，他的内脏都开始冰封了。

他踏着雪上了山坡去看事发的地方。他终于来到了山谷下那个被悬崖包围的大盆地中。这天天色阴沉沉的，已经三天了，一直这么阴沉、这么沉寂。四处一片惨白、冰冷、一点生气也没有，只有延绵不断的黑色岩石如树根一样凸出来，有的地方那黑石又像一张张裸脸。远处，一面山坡从山顶上铺下来，坡上布满了滚下的黑色岩石。

这儿就如同一只被石头和白雪包围的浅谷。杰拉德就在这里睡了过去，没有醒来。远处雪墙之中，导游们已经深深打入了铁桩，如此他们可以拉着拴在铁桩上的大绳索爬上巨大的雪墙顶上，攀上天际下突兀的山顶，玛丽安乎特旅馆就在山顶的一片乱石丛中。四周的雪峰如剑戟一样直刺苍穹。

杰拉德原本可以看到这根绳索，可以借助它攀到山顶。他或许听见了玛丽安乎特旅馆中的狗吠，能够在那儿找到住处。他原本能够滑下南面的悬崖，落到下面长满松柏的黑色深谷中，落到通往意大利的大路上。

他能够！那又会如何？大路！南面？意大利？然后又会如何？难道那就是出路？那是另一条死路。伯金顶着刺骨的寒风站在高处望着峰顶和向南的通路。往南走，去意大利有何好处？走上那条老而又老的大路吗？

他转过身。要不就心碎，要不就不再忧愁。最好不要再忧愁，不论创造人和宇宙的是什么神秘物，它终归是不以人的意志为转移的，它有它自己的伟大目标，不以人的行为准则，让那庞大的、具有制造性的非人类的神秘去将所有问题解决吧。最好是特立独行，不与这宇宙有任何关联。

"没有人类上帝就不会存在"。这是一位法国宗教大师的语录。不过这话并不与实际情况相符。没有人类上帝依旧会存在，没有鱼龙和蛙牙象，上帝还是依旧存在。那些怪物没有办法创造和发展了，因此上帝这个神秘的造物主就舍弃了它们。假如人类也不能创造、改变和发展，上帝同样也会舍弃他们。上帝这个恒久的神秘造物主可以舍弃人类，用另一种更优秀的生物将人类取代，就如马取代了蛙牙象是一样的。

想到这些，伯金感觉出了莫大的欣慰。假如人类发展到了头，耗光了自身的力量，那恒久的神秘造物主就会创造出另一类更优质、更奇特、更新奇、更可爱的生命来延续造物主创造的企图。这场戏永无停息地唱着。制造的神秘永远是深不可测、正确无误，永不停息的，永远都如此。种族和物种出现了又灭亡了，但总有会新的、更好或同样好的诞生，总会有奇迹的出现。创造的根源无尽无休，谁也找不到它。它没有界限。它可以创造奇迹，依照自己的时间表创造出崭新的种族，崭新的意识，崭新的肉体和崭新的生命统一体。与创造的神秘相较，人类太过于渺小。让人类的脉搏跳出那神秘之地，这是那样的完备，无法形容的满足。至于是不是人类这已经无足轻重了。那完备的脉搏是与无法形容的生命和神秘、未来的物种一同跳动的。

伯金又回到杰拉德身边。他进了屋坐在床上。这里弥漫着死人气和阴冷气味。

"恺撒大帝死了,变成了泥土,他会堵住一个洞挡风。"

杰拉德的身体一点反应也没有了。他这个人已经成为了一堆生疏、冰冷的东西——仅此而已。他死了!

伯金非常疲倦地离开了,去处理一天的事物。他悄无声息地、不费吹灰之力地做他的事。去叫喊、悲伤、劳师动众—— 一切都晚了。最好是继续沉默、耐心地忍受痛苦。

可是到了晚上,在他心中欲望的驱使下,他手里拿着蜡烛又走了进来。他又见到了杰拉德,他的心突然收紧了,蜡烛从手中掉落了下来,他哽咽着,泪水潸然流下。他坐在椅子上,因为突然的感情爆发开始浑身发起了抖。跟随他进来的厄秀拉看见他低着头坐在那,浑身颤抖,一边流着眼泪,一边怪异的哭泣,吓得退了出去。

"我并不想如此,并不想,"他哭着喃喃自语。厄秀拉不禁记起德国皇帝的话:"我并不想如此。"她差不多是惊恐地注视着伯金。

伯金突然安定了下来。可他依旧垂着头把脸埋在胸前,偷偷用手擦去眼泪。随后他忽然把头抬起来,黑色、仇视的眼光直逼厄秀拉。

"他那时应该爱我,"他说,"我曾经表达过。"

她脸色苍白、惊恐、咬着牙说:"就算是这样又会怎样呢?"

"会有不同的结果的!"他说,"就不会是现在这个这样了!"

他抛下她,转过脸去看杰拉德。他怪异地抬着头,就如同一个骄傲看待羞辱他的人那般,抬着头注视着杰拉德那冰冷、僵死的脸。他的脸发青,就仿佛一根冷箭刺透活人的心灵。冰冷、僵死的东西!伯金想起了杰拉德曾经亲切地握住他的手表示对他的无限热爱,那一瞬间表明了所有。只那么一下就放开了,永远放开了手。假如他仍然对那一下紧紧的握手忠诚,死亡并不能改变所有。那死去的和正在死去的依然能够爱,能够相互相信,他们不会死,他们依然活在所爱者的心中。杰拉德死后依然同伯金一起在精神上共同存在。他可以和朋友在一起,他的生命在伯金身上继续延续。

可现在他如一团泥、如一块蓝色、如可以溶化的冰,已经死去了。伯金看看他苍白的手指,已经不能动了。这让他记起他看到过的一匹死马:一堆雄性的死肉,让人作呕。他又记起他所爱的人那张帅气的脸,他死时仍折服那神秘物。那张脸很俊美,没有人会说它淡漠、僵死。一记起它,你就会信服造物主,心中就会为此对生活生出新的、深刻的信念而暖和。

可是杰拉德!他不信任生活!他死了,他的心是冰冷的,几乎无法跳动。他父亲当年死时,那充满希望的表情令人神伤。可杰拉德却是这种恐怖的淡漠、僵死相。伯金对着他的脸看了又看。

厄秀拉在一边考量着这个活人怎样注视死人那冻僵了的脸。活人和死人的脸都是那样的一点表情也没有。紧张的空气中蜡烛爆着火花。

"还没有看够吗?"她问。

他立起身来。

"这真让我难过。"他说。

"什么——他的死?"她问。

他们的目光遇到了一起,他没有作答。

"还有我呢。"她说。

他笑笑,亲吻着她说:"假如我死了,你会知道我并未和你分离。"

"那我呢?"她叫道。

"你也不会和我分离的,"他说,"咱们不必由于死而失望。"

她握紧他的手说:"可是,杰拉德的死让你失望吗?"

"是的。"他说。

说完,他们就离开了。杰拉德的尸体被带回英国埋葬了,是伯金、厄秀拉和杰拉德的一个弟弟护送他回去的。克里奇家的兄弟姐妹坚决要将他葬在英国。而伯金则希望他留在阿尔卑斯雪山上。但是克里奇家反对,态度非常决绝。

戈珍去到了德累斯顿。没有写信谈详细情况。厄秀拉和伯金在磨坊的住处停留了一二周,心情很平静。

"你需要杰拉德吗?"一天晚上她问他。

"需要。"他说。

"有我,你还不知足吗?"她问。

"不知足,"他说,"作为女人,你对我来说足够了。但在我看来我还需要一个男性朋友,就像你和我是恒久的朋友那样,他也是我恒久的朋友。"

"我为何让你不满足呢?"她问,"你对我来说满足了。除了你我谁也不再想了。为什么你就跟我不同呢?"

"有了你,我可以不需要别人过一辈子,不需要别的密切关系。可是要让我的生活更完备,真正幸福,我还需要同另一个男子结成恒久的伙伴,这是另一种爱。"他说。

"我不相信,"她说,"这是执着,是一种信念,是变态。"

"那——"

"你不会得到两种爱。为何要如此?"

"好像我不可能,"他说,"可我想如此。"

"你无法如此,因为这是不真实的,不可能的。"她说。

"可我不相信。"他回答。